JN205074

Storia del nuovo cognome

Elena Ferrante

ナポリの物語2

新しい名字

エレナ・フェッランテ
飯田亮介 訳

早川書房

新しい名字

――ナポリの物語2

日本語版翻訳権独占
早　川　書　房
© 2018 Hayakawa Publishing, Inc.

STORIA DEL NUOVO COGNOME
by
Elena Ferrante
Copyright © 2012 by
Edizioni E/O
Translated by
Ryosuke Iida
First published 2018 in Japan by
Hayakawa Publishing, Inc.
This book is published in Japan by
arrangement with
Edizioni E/O
c/o Clementina Liuzzi Literary Agency
through The English Agency (Japan) Ltd.

装画／高橋将貴
装幀／仁木順平

目次

登場人物およびあらすじ

チェルッロ家（靴職人の一家）

フェルナンド・チェルッロ　靴職人、リラの父親。小学校を出た娘の中学進学を認めなかった

ヌンツィア・チェルッロ　リラの母親。娘の味方だが、夫の意見に逆らうだけの力はない

ラッファエッラ・チェルッロ　通称リナまたはリラ。一九四四年八月生まれ。六十六歳の時、ナポリから跡形もなく姿を消す。勉強がもの凄くでき、十歳の時に『青い妖精』という童話を書く。小学校卒業後は進学を諦め、家業の靴作りを学んだ

リーノ・チェルッロ　リラの兄。父と同じ靴職人で、親子で靴メーカーのチェルッロ製靴を立ち上げる。創業にはリラの才覚とステファノ・カッラッチの資金提供も不可欠だった。ステファノの妹、ピヌッチャ・カッラッチと婚約。リラは自分の長男にこの兄の名をつけ、リーノまたは「小さなリーノ」を意味するリヌッチョと呼ぶ。なおリーノは通称で、本名はジェンナーロ

その他の子どもたち

グレーコ家（市役所案内係の一家）

エレナ・グレーコ　通称レヌッチャまたはレヌー。一九四四年八月生まれ。幼なじみのラッファエッラ・チェルッロ（通称リナ。エレナだけがリラと呼ぶ）が姿を消したと知り、エレナはこの長

い物語の執筆を始めた。小学校卒業後もエレナは進学を続け、成績も上昇の一途をたどった。幼いころからニーノ・サッラトーレに密かに思いを寄せている。長女で、下に弟のペッペとジャンニ、妹のエリーザがいる

父親　市役所の案内係

母親　主婦。母親の足を引きずる歩き方にエレナは常々おびえている

カッラッチ家（ドン・アキッレの一家）

ドン・アキッレ・カッラッチ　童話に出てくる人食い鬼。闇商人、高利貸しだったが、何者かに殺害された

マリア・カッラッチ　ドン・アキッレの妻。ステファノ、ピヌッチャ、アルフォンソの母親。一家が経営する食料品店に勤務

ステファノ・カッラッチ　ドン・アキッレの息子。リラの夫。亡父の遺産を活かして、妹のピヌッチャ、弟のアルフォンソ、母マリアとともに食料品店を経営し、成功させた

ピヌッチャ　ドン・アキッレの娘。一家の食料品店に勤務。リラの兄、リーノと婚約する

アルフォンソ　ドン・アキッレの息子。エレナのクラスメイト。マリーザ・サッラトーレと交際中

ペルーゾ家（家具職人の一家）

アルフレード・ペルーゾ　家具職人。共産主義者。ドン・アキッレ殺害容疑で逮捕され、有罪判決が下り、服役中

ジュセッピーナ・ペルーゾ　アルフレードの妻。煙草工場に勤務しつつ、子どもたちと刑務所の夫

　に熱心に尽くしている
パスクアーレ・ペルーゾ　アルフレードとジュセッピーナの長男。現場作業員。左翼活動家。リラの美しさに気づき、愛を告白した最初の男性。ソラーラ兄弟を憎んでいる。アーダ・カップッチョと交際中
カルメーラ・ペルーゾ　パスクアーレの妹。カルメンとも名乗る。小間物屋で働いていたが、まもなくリラにより、ステファノの新しい食料品店の店員に採用される。エンツォ・スカンノと交際中
その他の子どもたち

カップッチョ家（正気を失った後家の一家）

メリーナ　後家。ヌンツィア・チェルッロの親戚。旧地区の団地で階段掃除を仕事にしている。ニーノ・サッラトーレの父、ドナートの愛人だった。ふたりの不倫の愛が理由でサッラトーレ一家は地区を出てゆくこととなり、その結果、メリーナは正気を失った
その夫　青果市場で荷下ろしの仕事をしていたが、原因不明の急死を遂げた
アーダ・カップッチョ　メリーナの娘。子どものころは母親の階段掃除を手伝っていたが、リラのおかげで旧地区の食料品店の店員に採用された。パスクアーレ・ペルーゾと交際中
アントニオ・カップッチョ　アーダの兄、自動車修理工。エレナと交際中で、ニーノ・サッラトーレに強く嫉妬している
その他の子どもたち

サッラトーレ家（詩人鉄道員の一家）

ドナート・サッラトーレ　車掌、詩人、ジャーナリスト。かなりのドンファンで、メリーナ・カップッチョを愛人にしていた。休暇でイスキア島に行ったエレナは、サッラトーレ一家と同じ家で生活したが、ドナートに性的ないたずらを受け、急いで島を出る羽目になった

リディア・サッラトーレ　ドナートの妻。ふたりには五人の子どもがいる

ニーノ・サッラトーレ　長男。父を嫌っている。秀才

マリーザ・サッラトーレ　ニーノの妹。秘書専門学校に通うが成績は凡庸。アルフォンソ・カッラッチと交際中

ピーノ、クレリア、チーロ　次男、次女、三男

スカンノ家（八百屋の一家）

ニコーラ・スカンノ　八百屋

アッスンタ・スカンノ　ニコーラの妻

エンツォ・スカンノ　ニコーラとアッスンタの息子で、やはり八百屋。リラは幼いころからエンツォに独特な親しみを覚えている。ふたりの友情が生まれたのは、小学校で行われた算数の試合で、彼が意外にも優れた暗算の腕前を披露した時のことだった。カルメーラ・ペルーゾと交際中

その他の子どもたち

ソラーラ家（バール菓子店ソラーラの一家）

シルヴィオ・ソラーラ　バール菓子店の主人。王制支持者でファシスト。マフィア組織カモッラの

成員であり、地区の違法取引を仕切っている。チェルッロ製靴の誕生を妨害した
マヌエーラ・ソラーラ　シルヴィオの妻。高利貸しの彼女が持つ赤表紙の台帳は、地区の住民から恐れられている
マルチェッロとミケーレ　シルヴィオとマヌエーラの息子たち。ふたりともはったり屋で傲慢だが、地区の娘たちには人気がある。当然、リラは例外である。兄マルチェッロはそんなリラに恋をするが、ふられてしまう。弟ミケーレは、兄と年はそれほど離れていないが、ずっと冷酷で頭が切れ、暴力的。ミケーレは菓子職人の娘、ジリオーラと交際中

スパニュオロ家（菓子職人の一家）

スパニュオロ氏　バール菓子店ソラーラの菓子職人
ローザ・スパニュオロ　その妻
ジリオーラ・スパニュオロ　菓子職人の娘。ミケーレ・ソラーラと交際中
その他の子どもたち

アイロータ家

アイロータ教授　ギリシア古典文学の研究者
アデーレ　その妻
マリアローザ・アイロータ　長女。ミラノ大学で美術史を教えている
ピエトロ・アイロータ　長男。学生

教師たち

フェッラーロ　小学校教師、司書、男性。彼が司書を務める図書館で熱心に本を借りていたリラとエレナを表彰したことがある

オリヴィエロ　小学校教師、女性。リラとエレナの才能に初めて気がついた人物。リラが十歳の時に初めて書いた童話『青い妖精』におおいに感心したエレナは、オリヴィエロに作品を手渡し、読んでもらおうとした。しかしオリヴィエロは、リラの両親が娘の中学進学を認めないと知って立腹していたため、『青い妖精』の感想を一切述べなかった。それどころか、以来、リラに目をかけるのをやめ、エレナの支援に専念するようになった

ジェラーチェ　ジンナジオ教師、男性

ガリアーニ　高校教師、女性。極めて学識豊かな教師で、共産主義者。エレナの才能にただちに注目し、魅了される。ひいきのエレナに本を貸したり、彼女が宗教学の教師と衝突した時にかばったりした

その他の登場人物

ジーノ　薬局の息子。エレナの初めてのボーイフレンド

ネッラ・インカルド　オリヴィエロ先生の従姉妹。イスキア島バラーノ在住。エレナは夏の休暇でネッラの家に世話になった

アルマンド　ガリアーニ先生の息子。医学部の学生

ナディア　ガリアーニ先生の娘。学生

ブルーノ・ソッカーヴォ　ニーノ・サッラトーレの友人。サン・ジョヴァンニ・ア・テドゥッチョ

地区の裕福な実業家の息子

フランコ・マーリ　大学生、男性

青年期

1

一九六六年の春、わたしはリラから、ブリキの箱をひとつ渡された。中身は八冊のノートだった。彼女はひどく興奮していて、これ以上、このノートを家に隠しておくことはできない、夫に読まれるのが恐いのだと言った。わたしは余計なことは言わず——箱をぐるぐる巻きにしていた紐がおおげさだと軽くからかったくらいで——請われるままに箱を持ち帰った。あのころ、わたしとリラの関係は最悪だった。でも、そう思っていたのはこちらだけだったのかもしれない。ごくまれに会えば、リラのほうは気まずげな様子もなく、いつも優しかった。彼女の口から辛辣な本音がつい漏れる、というようなことも一度もなかった。

箱は絶対に開けないでほしいとリラに言われ、わたしはそうすると固く誓った。でも、列車に乗った途端にわたしは箱の紐をほどき、ノートを取り出して、読み始めた。それはいわゆる日記ではなかった。確かにそこには、小学校卒業以降の彼女の日々が詳述されてはいたが、日記というよりは、頑固なまでの文章修業の跡、とでも呼ぶべきものだった。さまざまなものを描写した文章がそこには残されていた。たとえば、ありふれた木の枝、沼地、石ころ、葉脈の白い木の葉、台所の鍋、コーヒーメーカーを構成する色々な部品、火鉢、石炭、練炭の描写があり、団地の中庭のとても細かな地図もあれば、大通り《ストラドーネ》の描写もあり、沼地の向こうに見える錆びた鉄の骨組みや、地区の教会と公園の描写もあった。線路沿いの草刈りの風景、新しくできた建物や実家の描写、彼女の父親と兄が靴の修理に使う道具の説明もあれば、ふたりの仕事ぶりを描いた文章もあった。それに色だ。ありとあらゆるものが一日の異なる時間帯に見せる多彩な色合いが、実に丁寧に描写されていた。ただし、ノートに記されていたのは、そうした叙述的な文章ばかりではなかった。たとえば、方言や外国語の単語がなんの説明もなくぽつんと書いてあったり、丸で囲んであったりもした。ラテン語とギリシア語の作文もあった。英文もあった。地区の商店について、取り扱われている商品について、エンツォ・スカンノが毎日、ロバの手綱を引いて地区の道のひとつひとつを売り歩く、野菜と果物でいっぱいの荷車について、すべて英語で記した長い文章だった。読んだ本と、教会の映写会で観た映画の感想文も数多くあった。パスクアーレとの議論やわたしとのおしゃべりで彼女が主張した意見の多くも、そこにあった。もちろん、文章の流れはまだまだ悪かったが、彼女の筆がそうして捉えた対象物は、なんであれ独特の輝きを放っていた。十一歳か十二歳の時に記したはずのページにすら、子どもっぽい箇所は一行だってなかった。

一文一文はたいてい極めて正確で、句読点の打ち方も無駄がなく、筆跡もオリヴィエロ先生に教わったとおりの優美なものだった。ところが時おり、まるで何かの薬物が全身の血管に広がったみたいに、リラはいつもの整然とした文体を維持できなくなるようだった。そうなると文章は息も切れ切れといった風になり、やけに興奮したリズムで言葉が記され、句読点が姿を消す。それでも普通は、すぐにまた、リラックスした明晰な文体を取り戻したが、ページによっては唐突に執筆が中断され、ねじ曲がった木々や、噴煙の立ちのぼるごつごつした火山、恐ろしげな顔のいたずら書きで余白が埋め尽くされている箇所もあった。わたしは彼女の落ちついた文章にも、混乱した文章にも同じく惹きつけられた。そして、読めば読むほど、だまされた気分になった。何年も前にイスキア島のわたしに届いたリラの手紙の裏には、これだけの努力が隠されていたのだ。だからあの手紙はあんなによく書けていたのか。わたしはノートを箱に戻すと、二度と読むまいと心に誓った。

でもすぐに我慢できなくなった。八冊のノートは、リラが小さなころから漂わせていたのと同じ、あの誘惑的なオーラを放っていた。彼女は地区を描き、家族たちを描き、ソラーラ一家を描き、ステファノを描いた。対象が誰であれ、なんであれ、無慈悲なまでに正確に描いた。当然わたしのことも書いてあった。それも、ひどく好き放題に書かれていた。わたしが発した言葉について、考えについて、愛した人々について、それに、わたしの外見についても。リラは誰に遠慮することなく、これは重要だと思った瞬間をノートに次々と記録していったようだ。たとえばそこには、十歳の時、童話『青い妖精』を書いた時の彼女の喜びが活き活きと記されていた。そして、同じ物語を、小学校のクラス担任だったオリヴィエロ先生に見せた時に味わった深い悲しみも、同じく鮮明に描かれていた。先生はあの時、簡単な感想すら述べようとしなかった。それどころか、手渡された作品を黙殺したのだ。わたしが中学に進んだ時の、彼女の悲しみと怒りも記録されていた。こちらが彼女を見捨てたような言いようだった。靴作りを学んでいたころの熱中ぶりも、見返してやりたいという気持ちをバネに新作の靴をデザインするようになった経過も記録されていた。兄リーノと一緒に一足目を作っていた時の喜びも、いよいよ完成した靴が父フェルナンドに失敗作と評価された時のつらさも記されていた。そんな風にノートには何もかもが記録されていたが、なかでも興味深かったのは、ソラーラ兄弟に対する憎悪に触れた部分と、その兄弟の上のほう、マルチェッロに愛を告白され、残酷なまでにきっぱりと断るくだり、そして、食料品店の温厚な主人、ステファノ・カッラッチとの婚約を決意するくだりだった。ステファノは愛ゆえに、彼女の作った最初の靴を買い求め、自分はこの靴を一生大切にすると誓ってくれた。十五歳のリラは、お金持ちの優雅な若い貴婦人にでもなった気分だった。あの素晴らしい日々。彼女と腕を組んで歩く許婚《いいなずけ》は、ただ愛ゆえに、未来の義父と義兄の靴メーカー、チェルッロ製靴に巨額の投資までしてくれた。彼女は本当に満足だった。思い描いた靴はほぼすべてのモデルが実現され、新地区に家まで買ってもらい、十六歳で結婚することになったのだから。そして続いたあの豪華な結婚式、彼女はどれだけ幸せを噛みしめていたことか。だが、披露宴の盛り上がりが頂点に達したころ、マルチェッロ・ソラーラが弟ミケーレと一緒に会場に姿を見せたのだった。マルチェッロの足には、彼女の夫が生涯大切にすると言ったはずのあの靴があった。そう、彼女の夫。いったいわたしはどんな男と結ばれてしまったのか。いったんことが成就すれば、偽の仮面は脱ぎ捨て、恐ろしい正体を暴露する。そういう魂胆だったのか。リラのノートにはそんな疑問が連ねられ、わたしたちの貧しい日々の真実の姿が記されていた。わたしはそれから何日も、いや何週間も、熱心にノートを読み、分析した。特に気に入ったり、刺激的だったり、引きこまれたり、屈辱を覚えたりした箇所はすっかり暗記してしまった。彼女の文章がこうも自然なのは、絶対に何か工夫があるはずだ、そう思ったが、いつまでもその正体がつかめなかった。

そして十一月のある晩、精根尽き果てたわたしは、ノートの入った箱を持って家を出た。リラにぴったりと張りつかれ、心の中にまで彼女がいるような感覚にもう耐えられなかったのだ。それなりに名を挙げて、ナポリを出て暮らすようになった自分が、どうして今さらこんな思いをしなくてはならないのか。わたしはソルフェリーノ橋（トスカーナ州ピサにある有名な橋）の上に立ち、冷たい薄霧の向こうに見えるぼんやりとした町の明かりを眺めた。それから箱を橋の胸壁の上に置くと、ゆっくり、少しずつ押して、川に落とした。まるで箱ではなく彼女が、リラ本人が、川に落ちたような気がした。彼女と一緒に、その思考も、言葉も、誰に反撃する時も見せたあの凶暴さも、みんな川に落ちた。かつてわたしを支配し、自分に触れたものは、それがひとであろうと、ものだろうと、出来事だろうと、知識だろうと、片っ端から我が物にした彼女も。読書に靴作り、優しさに暴力、結婚式に初夜、ラッファエッラ・カッラッチ夫人という新たな立場で果たした地区への帰還——そんな記憶の一切合切が、彼女とともに落ちていった。

2

あんなに優しくて、リラに首ったけだったステファノがあの靴をまさかマルチェッロ・ソラーラに贈ろうとは。わたしは信じられなかった。少女時代の彼女の名残であり、苦労の結晶ではないか。

同じテーブルで目を輝かせておしゃべりをしているアルフォンソとマリーザを、わたしは忘れた。酔っ払った母さんの笑い声も気にならなくなった。音楽と歌声が遠ざかり、ペアを組んでダンスに興じる者たちも、テラスに出ていったアントニオの姿も見えなくなった。彼はガラス窓の向こうで、嫉妬でいっぱいの胸を抱えて、夕暮れの町と海を眺めているはずだった。聖なる告知をもたらさぬ大天使のように会場を去ったニーノの印象さえ、薄れた。わたしにはもうリラしか見えなかった。興奮した様子でステファノの耳に何か言っている。ウェディングドレスに包まれた新婦の顔は真っ青だった。新郎の上気した顔に笑みはなく、当惑で額から目元の辺りをカーニバルの仮面のように白ばませている。いったい何が起き、これからどうなるのか。わたしの親友は、夫の片腕を両手で力いっぱい引いていた。彼女の気持ちは手に取るようにわかった。できるものならステファノの腕を引きちぎり、頭上に高々と掲げて、ドレスのトレーンに血をぽたぽたと滴らせながら広間を横切り、その腕が棍棒かロバのあご骨でもあるかのように、マルチェッロの顔めがけて強烈な一撃をお見舞いしてやりたい、そう思っているはずだ。間違いない、リラならきっとそうする。その思いにわたしは胸が激しく動悸し、喉がからからになった。それから彼女はふたりの男の目をくりぬき、顔の骨から肉を剝ぎ、嚙みつくに違いない。そうだ。やってしまえ。わたしは本当にそうなることを願った。愛の終わりだ。こんな最悪な宴も終わるがいい。アマルフィのホテルのベッドで抱きあうのも取りやめだ。地区の何もかもを破壊し、全住民を抹殺し、わたしとリラは逃げ出すのだ。どこか遠くへ。そして派手にお金を使いまくって、ふたりきり、見知らぬ町でどんどん堕ちていこう。わたしにはそれが、今日という日にはぴったりの結末に思えた。お金も男も救いにならず、学問さえわたしたちを救ってくれないのなら、いっそ今すぐにみんな壊してしまったほうがいいではないか。リラの怒りが自分の胸の中で膨らむのがわかった。わたしのものでありながら、わたしのものではない力が満ちて、理性のたがを外せと誘惑した。その力があふれかえることをわたしは望んだが、おびえている自分にも気づいた。のちに理解したことだが、わたしがいつも不幸な状態に甘んじてしまうのは、暴力的なかたちで問題に立ち向かうことができず、暴力に訴えるくらいなら、何もせずにいじけていたほうがましだと考えるから、ただそれだけの話だった。だがリラは違った。あの時、彼女は席を立った。あんまり勢いよく立ち上がったものだから、テーブルが揺れ、みんなの汚れた皿の上のナイフとフォークが揺れ、グラスがひとつ倒れたほどだった。テーブル夫人のドレスに向かって流れだしたワインをとっさにステファノがせき止めようとする横で、リラはドレスの裾をあちこちに引っかけながら、足早に裏手のドアから出ていった。

彼女のあとを追いかけ、その手を取って、こんなところ出ていきましょう、そうささやきたかった。

でもわたしは動けなかった。ステファノが先に動いた。彼は一瞬、迷う表情を浮かべてから、踊る客たちをかき分け、リラに追いついた。

わたしは辺りを見回した。新婦がなんらかの理由で気分を損ねたことには、誰もが気づいたようだった。それでもマルチェッロはわざとらしくリーノとしゃべり続け、自分がこの靴を履いているのはごく当たり前のことなのだというポーズを崩さなかった。屑鉄屋の乾杯の音頭はますます下品になった。自分たちは招待客のなかでも席順から料理から最低な扱いを受けていると自覚する者たちは、ぎりぎりの我慢を続けていた。つまり、わたしを除けば誰ひとりとして、この佳《よ》き日に祝福されたばかりの結婚が——恐らくはふたりがこの世を去る日まで続き、多くの子宝に恵まれ、さらに多くの孫たちに恵まれ、喜びと悲しみの数々があり、銀婚式に金婚式まで祝されるであろう結婚が——新郎が今いかなる方法で許しを求めているにせよ、リラにとっては完全に終わってしまったということに、まるで気がついていない様子だった。

3

それからの展開にわたしはとりあえず失望した。アルフォンソとマリーザの隣に座り直し、彼らのおしゃべりは気にも留めず、リラの反乱の兆しを待ったのだが、何も起こりはしなかったのだ。リラの思考を追うのは相変わらず難しかった。様子をうかがってみても、彼女の怒鳴り声も、罵倒も聞こえてこなかった。ステファノは三十分もすると戻ってきた。とても落ちついて見えた。衣装替えを済ませており、額から目元にかけての白い斑も消えていた。彼は親族や友人たちの席を巡りながら、妻の帰りを待った。やがて広間に戻ってきたリラは、もう花嫁姿ではなく、旅装になっていた。真っ白なボタンが並んだ淡い水色のスーツと青い帽子という格好だった。ステファノはすぐに妻の元に向かった。彼女はまず、クリスタルの容器に入った砂糖菓子を小さな銀のスプーンですくって、子どもたちに配った。次に、引き出物を自分の親族に配って回り――引き出物は、砂糖菓子の詰まった小さな陶器のかごを白いチュールで包んだものだった――それからステファノの親族に配った。ソラーラ一家は完全に無視された。実の兄であるリーノも同様だった。不安げな笑みを浮かべたリーノに、「俺のこと、嫌いになっちゃったのか？」と尋ねられても、彼女は答えず、兄の隣のピヌッチャに引き出物を渡した。リラはうわの空で、いつもよりひきつった顔をしていた。わたしの番が来ても、目を合わせてにやっとする、ということもなく、ただぼんやりと引き出物をこちらに突き出すだけだった。

ソラーラ一家の面々は新婦の無礼に腹を立てたが、ステファノが穏和な笑顔でそのひとりひとりを抱擁し、頬にキスをして、こうささやきかけることで状況の悪化を回避した。「妻はどうも疲れているようで、勘弁してやってください」

ステファノがリーノの頬にもキスをすると、リラの兄は顔をしかめて言った。

「ステー、あれは疲れてんじゃねえ。あいつは生まれた時から歪んでんだ。お前には悪いがな」

するとステファノは真剣な声で答えた。

「歪んだものは、まっすぐにするさ」

それから彼は、もう店の戸口に立っていた妻を追った。楽団が酔いの混じった音を奏で続けるなか、多くの者たちが最後の別れを告げようと新郎新婦のほうに押しかけた。

つまり、破局はまるで訪れず、わたしとリラが手に手を取って放浪の旅に出るなんて可能性もそこでなくなった。優雅な夫婦がさっそうとオープンカーに乗りこむ場面を、わたしは想像した。ふたりはまもなくアマルフィ海岸の高級ホテルに到着する。そうすれば、最低の侮辱もただのふくれ面に変わり、ほどなく解消されるのだろう。リラは決意を変えることなく、ついに完全にわたしから離れていった。しかも――その時、不意に思ったのだが――わたしたちふたりの距離は、想像していたよりもはるかに遠のいてしまったようだった。彼女は結婚し、ひとりの男と毎晩、床を共にし、夫婦の義務に従うことになった。ただそれだけのことかと思ったら、どうもそんな簡単な話ではなさそうだった。以前にはよくわからなかったものが、その時になってようやくはっきりと見えた気がした。要はこういうことではないか。リラは、自分の夫とマルチェッロが少女時代の彼女の労作をだしにしてなんらかの商的な合意にいたったという事実を甘んじて受け入れた。そしてその行為によって、自分が誰のことよりも、どんなものよりも、ステファノを大切に思っているという事実を認めたのだ。もしもリラが〝とっくに〟諦め、受けた侮辱を〝とっくに〟消化したというのならば、彼女とステファノの絆は本当に強力なものであるに違いなかった。リラはステファノを愛している。まさに、フォトコミックに登場する少女たちのように。彼女は一生、その才能のすべてを夫に献げることになるのだろう。だが彼のほうはそんな妻の献身にまるで気づかぬまま、彼女自身が持て余してきた、あふれんばかりの才覚に感受性、想像力を独り占めして、無駄に費やしてしまうのだろう。わたしにはそんな風にひとを愛するなんてとてもできない、そう思った。たとえニーノが相手でも無理だ。わたしって、やっぱりただのガリ勉なんだ……。そこではっとした。自分は、妹のエリーザが子猫に餌をやるのに使っていた、あのぼろぼろの茶碗と同じだと思ったのだ。やがて子猫は来なくなったが、茶碗は空っぽのまま踊り場に残され、しばらくそこで埃を被っていた。わたしはひどく不安になった。身の程をわきまえず、遠くに来すぎてしまったと思った。わたしもカルメーラにアーダ、ジリオーラのように、そう、リラのように生きないと駄目だ。これからは地区を受け入れ、お高くとまるのはやめ、うぬぼれは押し殺し、愛してくれるひとを侮辱するのもやめよう。アルフォンソとマリーザがニーノと落ちあうために会場を去ると、わたしは大回りをして母さんの席を避け、テラスにいる恋人の元に向かった。

わたしは薄着すぎた。日が沈み、もう肌寒かった。アントニオはわたしに気づくと、煙草に火を点け、また海を眺めるふりをした。

「ねえ、行きましょう」わたしは言った。

「サッラトーレの息子と、どこでも好きなところに行けよ」

「あなたと出ていきたいの」

「お前は嘘つきだ」

「どうして？」

「あいつに誘われていたら、お前、俺には挨拶も抜きで、とっくにどっか行っちまってただろう？」

まさにそのとおりだったが、それでも腹が立った。彼の言葉があまりにまっすぐで、容赦なかったからだ。わたしはぴしゃりと言ってやった。

「このわからず屋。わたしだって、こうしてあなたといるだけで、今にも母さんからびんたを食らうかもしれないっていうのに、そんなこともわからないなら、あなたが自分勝手で、わたしのことなんてどうでもいいと思ってる、いい証拠よ」

ほとんど方言抜きのこみ入った長台詞を聞かされて、アントニオはやけを起こした。煙草を投げ捨て、わたしの手首をつかむと、手にぐいぐい力をこめながら、怒鳴ったのだ——ただし声は喉で押し殺されていた——俺がここにいるのはお前のため、お前だけのためだ。そもそも、教会でも披露宴でも、ずっとそばにいてくれと頼んだのはお前のほうじゃないか。そう、お前だ、お前が俺に誓わせたんだよ――彼は息を弾ませた――絶対ひとりにしないでくれって。だから俺はこんな服まで仕立てたんじゃないか。おかげでソラーラの奥さんにはたっぷり借金ができちまった。それでもお前のために、お前に言われたとおりに、俺はママのところにも、弟たちのところにもちっとも行かず、頑張った。だが、その見返りはどうだ？　お前ときたら、俺を大馬鹿扱いじゃねえか？　あの詩人野郎の息子としゃべりっぱなしでよ？　こっちには、みんなの前で赤っ恥かかせてよ？　まったくひでえもんだぜ。それもこれも、お前にとっちゃ、俺が糞ほどの価値もないからなんだ。そっちはすげえ学があるのに、俺はてんで無学だからな。お前の話だって、俺にはよくわからない。それは本当だ。これっぽっちもわからないさ。だがな、なめてもらっちゃ困るぜ。レヌー、よく聞けよ、これは真剣な話なんだ。どうせお前は、俺を魔法の杖で好きに操れると思ってるんだろう？　こいつは嫌だとは絶対に言えない男だ、ってな。それは違うぞ。なんだって知ってるつもりだろうが、お前にだって、ひとつわかってないことがある。もしも今、俺たちが一緒にあのドアを出たとして、そうだ、もしも今、俺が〝わかった、行こう〟と言って、お前と一緒にこの店を出ていったとしようじゃないか。だがそれで、万が一にも、お前があのサッラトーレの野郎と学校かどこかで会っているとわかったらな、レヌー、俺はお前を殺すぜ。絶対に殺してやる。だからよく考えて、ここで今すぐ俺を捨ててくれ――その声には絶望の色があった――それがお前のためだ。そうして話すあいだ、アントニオはかっと見開いた目を真っ赤にして、わたしをにらんでいた。言葉を放つその口は大きく開かれ、声を殺したまま、わたしに向かって叫んでいた。鼻の穴は大きく膨らみ、真っ黒に見えた。表情はひどく苦しげで、体のどこかが本当に痛むのかもしれなかった。こんな風に喉で叫び、胸で叫び、そのくせ空中で爆発させなかった言葉は、どれも鋭く尖った鉄の破片みたいになって、彼の肺と喉をずたずたにしているに違いなかった。

わたしはそんな彼の激しさをどこかで欲していた。手首を締めつけてくる手も、今にも叩かれるかもしれないという恐怖も、彼の苦しげな言葉の奔流も、結局は慰めになった。少なくとも彼はわたしを大切に思ってくれている、そんな気がしたからだ。

「痛いじゃない」わたしはつぶやいた。

アントニオは手の力をゆっくりと緩めてくれたが、こちらをにらむ目は動かず、口も大きく開いたままだった。彼を尊重し、持ち上げて、しっかりとしがみつけ。わたしの手首は紫色に変色しつつあった。

「それで、どうしたいんだ？」彼は尋ねてきた。

「あなたと一緒がいい」そう答えたが、すねたふりをした。

するとと彼は口を閉じ、海を振り返って、湧き上がった涙を引っこめようとした。

それからほどなく、わたしたちは外を歩いていた。パスクアーレもエンツォも待たず、女の子たちも待たず、誰にも別れを告げずに、レストランを離れた。肝心なのは母さんに見つからぬことだった。だから、もう暗い町を急いで歩いた。しばらくは互いに触れぬようにして歩いていたが、やがてアントニオが自信なさそうに腕を肩に回してきた。それはわたしに許しを請う合図だった。まるで悪いのは彼のほうであるかのように。わたしを愛するがゆえ、アントニオは目の前でわたしとニーノがいちゃついて過ごしたあの数時間を、まぼろしの一種とみなすことに決めたようだった。

「痣になっちゃったかい？」彼はそう言って、わたしの手首に手を伸ばした。

わたしは答えなかった。すると大きな手が肩をぎゅっと抱いてきたので、不快に思い、すぐにはねつけた。彼は待ち、わたしも待った。やがて彼がもう一度、恐る恐る降参の合図をした時、わたしはその腰に腕を回してやった。

4

わたしたちは何度もキスをした。木陰で、建物の入口の中で、暗い路地裏で。それからバスに乗り、一度乗り換え、駅に着いた。そして沼地を目指して歩いた。線路沿いの人気《ひとけ》のない道を、飽きることなくキスを繰り返しながら歩いた。

体がやけに熱かった。わたしの服は薄手で、夜の冷えこみは時おり肌が震えるほど厳しかったが、かっかしていた。アントニオは道々、暗がりで抱きついてきた。あんまり強く抱きしめるので、痛いほどだった。彼の唇は火傷しそうに熱く、その熱が、わたしの空想に火を点けた。もうリラとステファノはホテルに着いたころではないか。あるいは夕食をとっているころかもしれない。それとも、もう寝支度を済ませたころか。ああ、男のひとにくっついて眠れば、いくら寒くたってきっと暖かいんだろうな。口の中ではアントニオの舌がうごめいていた。服の上から胸を揉まれながら、わたしも彼のズボンのポケットに手を入れて、ペニスをさすってやったりした。

真っ暗な空には、薄霧でにじんだ星が点々と見えていた。苔のにおいと沼地の腐敗した土のにおいよりも、次第に春めいた甘いにおいのほうが強くなってきた。地面の草は濡れており、水面は、どんぐりか石ころが落ちたか、カエルでも飛びこんだか、不意の水音を繰り返した。わたしたちは通い慣れた小道を進んだ。枝がどれも雑にへし折られた細い枯れ木の立ち並ぶ林へと続く道で、その数メートル先には、缶詰工場の跡地があった。廃屋は屋根も落ち、鉄骨の骨組みとトタン板しか残っていなかった。その時、早く気持ちよくなりたいという欲求に襲われた。ぴんと張ったビロードのリボンみたいに、何かが内側から引っ張っていた。猛烈に満足して、今日という一日を粉砕してやりたかった。お腹の底のほうを心地よくさすり、撫で、つついてくるいつもの感覚が、今までになく強かった。アントニオは方言でずっと愛の言葉をささやき、わたしの口の中にも、首の上にも、これでもかと甘い言葉を注いだ。でもわたしは黙っていた。密会の時はいつだってそうだった。わたしは何も言わず、ただ小さく息を漏らすのだった。

「なあ、好きだって言ってくれよ」途中で彼にせがまれた。

「うん」

「ちゃんと言えよ」

「うん」

　わたしはそれしか言わず、彼に抱きつき、全力でしがみついた。できるものなら体中、あますところなく触れ、キスしてほしかった。押しつぶされ、噛みつかれ、息をするのも忘れたかった。アントニオは少しわたしを遠ざけ、キスを続けながら、片手をブラジャーの下に入れてきた。でもそれだけじゃ、その晩のわたしにはまるで足りなかった。それまで彼が慎重にわたしに求め、こちらもまた慎重に了承してきた愛撫の種類は色々とあったが、その時のわたしにはどれも不十分で、面倒で、あまりにせわしない気がした。でも、自分がもっと欲していることを彼にどう伝えればいいのか、適当な言葉が見つからなかった。ふたりの密会はいつだって、沈黙の中で、同じ手順を追って進行したからだ。まず彼がこちらの胸に優しく触れながら、スカートをまくり上げ、股間に触れてくる。次に彼はこちらの行為をうながすように、ズボンの中で震えている、柔らかな皮膚と海綿体と血管と血液の痙攣をわたしに押しつけてくるのだ。でもその晩、わたしはペニスをすぐにズボンから出してやらなかった。そうしてしまえば彼が途端にわたしのことも愛撫も忘れてしまうのはわかっていたからだ。乳房も、お尻も、恥丘も放りっぱなしで、アントニオはわたしの片手にだけ集中してしまう。いやむしろ、すぐにそこに自分の手を重ねてきて、正しいリズムで上下させようとするはずだった。そして彼はハンカチを取り出し、自分の口から小さなあえぎ声が漏れ、ペニスからあの危険な液体が出てくる瞬間に備えるに違いなかった。そのあとは、少しぼうっとした顔で必ずあとずさりをする。恥ずかしかったのかもしれない。そしてわたしたちは家路につく。それがおなじみの結末だったが、あの晩のわたしには、どうにかしてそれを変えたいという焦りがあった。未婚のまま妊娠することになろうが、姦淫の罪を犯すことになろうが構わなかった。天上からひっそりとこちらを見張っている聖なる監視人たちの目も、聖霊も、聖霊の使いもどうでもよかった。アントニオはそんなわたしの気持ちを感じ取り、迷っていた。ますます激しくわたしにキスをしながら、彼は何度もこちらの手を下に引っ張ったが、わたしはその手を逃れ、股間を愛撫してくる彼の指に恥丘を押しつけた。長い吐息を漏らしながら、繰り返し、強く、押しつけた。すると彼はそこから手を離し、ズボンを脱ごうとした。

「待って」わたしは言った。

骨組みばかりとなった缶詰工場の廃屋へと、わたしは彼を導いた。そこはもっと暗くて、人目を避けるにはずっと都合がよかったが、鼠だらけだった。かさかさっと動いたり、走る音も聞こえた。胸がどきどきしてきた。場所も不気味だったが、自分のことも恐かった。数時間前に気づいてしまった疎外感を立ち振る舞いからも声からも振り払おうとして焦る心が恐かった。元どおり地区に埋没して、昔の自分に戻りたかった。学校も、勉強の跡でいっぱいのノートも、すべて捨ててしまいたかった。そもそも何になるための勉強だと言うのか。リラの影の外では、何になれたとしても意味がなかった。

ウェディングドレス姿のリラ、オープンカーに乗ったリラ、青い帽子に淡い水色のスーツを着たリラに比べたら、わたしなんてなんだろう。こんな錆びたスクラップに囲まれた、鼠が駆け回るような場所で、アントニオとこそこそと、スカートをまくり上げてショーツをずり下げたあられもない格好で、焦り、不安がって、罪悪感まで感じているわたしなんて、リラに比べたら何？　彼女のほうは、きっと物憂く冷ややかに裸になり、リネンのシーツに包まれ、海を望むホテルの一室で、ステファノに犯されるがままとなり、自分の奥の奥まで彼が侵入し、そこに精を放ち、正式な夫として誰にはばかることもなく彼女を孕《はら》ませようとするのを許しているというのに？　アントニオはズボンを脱ぐのにさんざん悪戦苦闘してから、わたしの太股のあいだに大きなペニスを据えて、剝き出しの秘部に触れ、こちらの尻を両手でつかみながら性器をすり合わせ、腰を前後に動かして荒い息を立てた。こんなわたしって何？　その答えは見つからなかったが、自分が今の状態に不満なことだけはわかった。こすってもらうだけでは足りなかった。挿入してほしかった。そして、新婚旅行帰りのリラに言ってやりたかった。わたしだってもう処女じゃない。あなたがやることはわたしもやる。これからも絶対に負けない、と。だから、わたしはアントニオの首に両腕を回すと、キスをしてから、つま先立ちになり、自分の性器で彼自身を探した。何も言わず、手探りで探した。こちらの意図に気づいた彼は、手を使って助けてくれ、ほんの少しだけ入ってきたのがわかった。わたしは好奇心と恐れとで、びくっと体を震わせた。ただ、彼がそこでやめておこうと、頑張っているのもわかった。アントニオはこらえていた。午後いっぱい溜めこみ、恐らくはその時もまだ抱えていたであろう怒りに任せて、突っこんでしまいたい衝動に彼は耐えていた。彼がやめようとしているのに気づいて、わたしは抱きついて誘った。続けてほしかったのだ。しかしアントニオは長いため息をついて、わたしを遠ざけると、方言で言うのだった。

「駄目だよ、レヌー。俺はこういうことは、本物の夫婦みたいにちゃんとやりたい。こんなやり方は嫌なんだ」

彼はわたしの右手をつかむと、すすり泣きをこらえるような声を出してペニスへと導いた。わたしは諦め、手でしてやった。

その後、沼地を離れながら、彼は気まずそうにこんなことを言った。俺はお前を大切に思っている。だからこそ、あんな場所で、あんなふうに不潔で、不用心なやり方で、後悔するような真似はさせたくなかった。あたかも彼のほうがやりすぎたかのような口ぶりだった。あるいは本当にそう信じていたのかもしれない。わたしは黙って歩き続け、彼と別れた時にはほっとした。家に着き、玄関のドアをノックすると、母さんが出てきて、弟たちの止める声も聞かず、いつもの金切り声も上げず、文句のひとつも言わず、いきなりわたしの頬を張った。眼鏡が飛び、床に落ちるのを見て、わたしは辛辣な喜びを覚えながら、方言のかけらもない標準語で母さんを怒鳴りつけた。

「ひどい、なんてことをするの？　眼鏡が壊れちゃったじゃない？　母さんのせいで、わたし、もう勉強もできないし、学校にも行けないよ？」

母さんは途端に凍りついた。びんたを張ったその手まで、振りかざされたままの斧みたいに宙で動かなかった。だが妹のエリーザが眼鏡を拾い、そっと言った。

「はい、お姉ちゃん。眼鏡、壊れてないよ」

5

わたしはなんだか疲れ切ってしまい、いくら休んでみても、休んだ気がしなかった。初めて学校をサボった。十五日くらいは休んだと思う。本音を言えば、勉強にはもう飽き飽きで、学校もやめたかったが、それはアントニオにも黙っていた。毎朝、普段と同じ時間に家を出て、午前中いっぱい、学校が終わる時間まで、町中を歩き回った。この時期、わたしはナポリという町について多くを学んだ。アルバ門の露店で古本を漁り、たくさんのタイトルと作家の名を意識せぬまま記憶してから、トレド通りを歩き、海に向かった。あるいはサルヴァトール・ローザ通りから高台のヴォメロ地区まで上り、サン・マルティーノの見晴台まで行って、ペトライオ坂から下に戻った。ドガネッラ地区を散策し、市民墓地に行き、園内の静かな小道を歩いては、死者たちの名を読むこともあった。若い暇人やおいぼれのろくでなし、中年の立派な紳士にまで恥知らずな申し出をされ、つきまとわれることもあった。そんな時は身の危険を覚え、足を速め、うつむいて逃げた。それでも散策はやめなかった。それどころか、学校をサボり続け、朝の長い彷徨《ほうこう》を重ねるにつれ、六歳の時からわたしをがんじがらめにしてきた学業の網の目に開いた裂け目はますます広がっていった。家には普段の下校時間（イタリアの高校は通常、正午～午後一時で下校）に戻っていたから、家族は誰ひとりとして、よりによってこのわたしが学校をサボろうとは思わずにいた。午後は小説を読んで過ごし、それからアントニオに会いに沼地に向かった。こちらがいつもその気なので彼は大喜びだった。でも本音は、サッラトーレの息子とは会ったかと聞きたかったはずだ。彼の目にはその問いが浮かんでいたが、尋ねてくることはなかった。喧嘩になり、わたしが腹を立てて、つかの間の愉悦を味わえなくなるのを恐れていたのだ。だから彼はわたしを抱き寄せ、素直に応じるこちらの体を感じることで、一切の疑問を忘れようとした。そうしているあいだは、こちらがまさか彼だけではなく、ニーノとも会うなんて侮辱的な行動に出ることはないだろうと思えたようだ。

だがアントニオは間違っていた。罪悪感はあっても、実のところわたしはニーノのことばかり考えていた。ニーノに会って、話をしたいと思いながら、そうすることに恐れも感じていた。不安の種は尽きなかった。ニーノがあまりに優秀であるがゆえに、劣等感に苦しむことになるのではないか。宗教の教師との対立を取り上げたわたしの記事が掲載されなかった理由がそのうち話題になり、彼から編集部の残酷な判断理由を明かされることになるのではないか。想像するだけでも耐えられなかった。町をうろついている時も、夜、眠れぬベッドの中で自分の能力不足を痛感する時も、あの記事が掲載されなかったのは、純粋に掲載スペースが足りなかったからなのだと考えようとして、気にするな、忘れよう、と思うのだが、難しかった。記事が没にされたということは、わたしにはニーノと肩を並べるだけの才能がなかったことになる。ならば、彼の隣にいることも許されず、こちらの話を聞いてもらうことも、自分の意見を伝えることも許されない。そうも思った。そもそも、わたしにどんな意見があるというのか。そんなものは何もなかった。ならば自ら棄権しよう。それがいい。教科書とも、成績とも、褒め言葉ともさようならだ。何もかもを徐々に忘れていきたかった。頭にあふれかえった知識も、現代の言語も、古代の言語も、忘れたかった。今や弟たちと妹を前にしても口をつく標準語さえも忘れたかった。わたしがこんな道を選んでしまったのは、みんなリラのせいだ。彼女のことも忘れないといけない。あの子は自分の望むものをいつだって知っていて、それを手に入れてきた。一方のわたしは何も望まず、空っぽのままだった。朝、目が覚めたら、一切の願望がなくなっている。そんな風になりたかった。いったん空っぽになったなら、あとはわたしに対するアントニオの愛情と、彼に対するわたしの愛情、それだけで十分、そう思えるようになるのではないか。

そんなある日、散歩から家に帰る途中でピヌッチャに会った。ステファノの妹だ。そして、リラが新婚旅行から戻り、義理の妹と実の兄、つまりピヌッチャとリーノの婚約を祝して、盛大な昼食会を開いたと教えられた。

「あなたとリーノ、婚約したの？」わたしは驚いたふりで尋ねた。

「そうなの」ピヌッチャは嬉しそうに言い、リーノにもらったという婚約指輪を見せびらかした。

ピヌッチャの話を聞きながら、自分がずっといじけたことばかり考えていたのを覚えている。リラは新居でパーティーを開いたのにわたしを招待してくれなかった。でもかえってよかったのかもしれない。あの子と競争するのはもう飽き飽きだし、二度と会いたくないのだから、といった風に。婚約祝賀パーティーの様子が事細かに語り尽くされるのを待ち、わたしはリラがどうしているかそれとなく尋ねてみた。するとピヌッチャはほくそ笑み、方言独特の言い回しで〝あの子は勉強中だ〟と答えた。リラが何を〝勉強〟しているのかは敢えて聞かなかった。家に帰ったわたしは、夕方までぐっすりと眠った。

翌日はいつもどおり、学校に行くため、というよりは、行くふりをするために、朝七時に家を出た。大通り《ストラドーネ》を渡ってすぐ、リラの姿に気がついた。彼女は例のオープンカーを降りると、運転席のステファノにはまるで構わず、わたしたちの団地の中庭に入っていった。とても上品な格好で、日差しもないのに大きな黒いサングラスをしていた。特に水色のショールにわたしは目を引かれた。口元まで覆う変わった被り方をしていたのだ。きっと彼女の新しいスタイルなのだろう、わたしは皮肉っぽくそんなことを思った。いつかのようなジャクリーン・ケネディ風というよりは、幼いころのわたしと彼女がずっと憧れていた、謎の女めいた格好だった。わたしはリラを呼び止めず、そのまま歩き続けた。

でも少しも行かないうちに、やっぱりあと戻りした。戻ってどうしようという考えはなかったが、そうせずにはいられなかった。心臓が高鳴り、気持ちは混乱していた。もしかしたらわたしは、わたしたちの友情が終わったなら、はっきりそう言ってほしいとリラに要求するつもりだったのかもしれない。あるいは、もう学校はやめてわたしも結婚する。アントニオの家で向こうの家族と一緒に暮らして、正気を失ったメリーナみたいに階段掃除をすることに決めた。そう高らかに宣言してみたかったのかもしれない。早足で中庭を横切ると、リラが、ステファノの実家のある棟に入っていくのが見えた。わたしは階段を上り始めた。小さなころ、ドン・アキッレに人形を返してもらうべく、彼女とふたりで上ったあの階段だ。呼びかけると、リラは振り向いた。

「帰ってきてたんだね」わたしは言った。

「そう」

「どうして会いにきてくれなかったの？」

「レヌーに見られたくなかったから」

「みんなは平気で、わたしだけどうして駄目なの？」

「みんななんてどうでもいいけど、あなたは特別だから」

わたしは訳がわからぬまま、彼女を観察した。何を見られたくなかったというのか。ふたりを隔てていた残りの段を詰めると、わたしはリラの顔のショールをそっとずらし、サングラスを持ち上げた。

6

今わたしは、頭の中であの時の自分の仕草を繰り返しながら、リラの新婚旅行の顚末を語ろうと考えている。彼女があの時、踊り場で聞かせてくれた話だけではなく、のちにわたしが彼女の八冊のノートで知った内容も織り交ぜるつもりだ。当時のわたしはリラに対してフェアではなかった。ニーノが披露宴の会場を去るなり、自分が急につまらぬ人間に思えてきたわたしは、リラが逆境を前に簡単に降参したものと思いこむことで、彼女の格まで下げようとした。そうして矮小化することで、彼女を失う痛みを回避しようとしたのだ。一方、現実のリラは、披露宴も終わったころ、青い帽子を被り、淡い水色のスーツを着て、オープンカーに乗っていた。その目は怒りに燃えていた。車が動き出すや否や、彼女はステファノをさんざん罵った。地区の男性に向けるものとしては、最悪な部類の罵詈雑言だった。

彼はいつものように、穏やかな笑顔を浮かべたまま、ひと言も反論せず、攻撃を受け流した。だからついにはリラも黙った。ただし沈黙は長続きしなかった。彼女がまた口火を切ったのだ。ただし今度はずっと冷静な口調で、若干、息が弾んでいるだけだった。彼女は言った。自分はこの車にはもう一分だって乗っていたくない。あなたが呼吸する空気を吸うと思うだけで、鳥肌が立つ。だから今すぐ降ろしてくれ。ステファノは彼女に目をやり、相手が実際にぞっとした顔をしているのに気がついたが、何も言わず、運転を続けた。するとリラがまた騒ぎだし、車を停めろと大声を出したので、彼も車を脇に寄せた。しかし、彼女が本当にドアを開けようとするのを見ると、その腕をしっかりとつかんで引き留めた。

「いいか、よく聞いてくれ」彼は静かに言った。「今夜の出来事には、切実な理由がいくつもあるんだよ」

そして彼は落ちついた声で、ことの顚末を説明した。本格的な開業前からチェルッロ製靴が倒産するような事態を防ぐためには、シルヴィオ・ソラーラとそのふたりの息子たちを共同経営者として迎えるしかなかった。なぜなら、会社の靴をナポリ中の一流店の店先に並べてもらい、しかも、秋までにマルティリ広場に直営の靴屋まで一軒開くなんて約束ができるのは、あの三人だけだったからだ、と。

「そんなの、そっちの勝手な都合でしょ」リラは彼の腕から逃れようともがきながら、口を挟んだ。

「こっちの都合はお前の都合でもある。俺の妻だからな」

「わたしが？　わたしはもう、あなたの妻でもなんでもないわ。あなただってそう。わたしの夫でもなんでもないんだから。もう、手を離してよ」

ステファノは腕から手を離した。

「親父さんと兄貴のことも、ふたりのことも、どうでもいいのか？」

「その汚らしい口で、ふたりのことを軽々しく口にしないでちょうだい」

ステファノは構わず、フェルナンドとリーノの話を始めた。なんとシルヴィオ・ソラーラとの合意は、そもそもリラの父親であるフェルナンド自身が望んだ話だったというではないか。最大の障害となったのは、むしろソラーラ兄弟の長男坊、マルチェッロだった。マルチェッロは、リラとチェルッロ一家全員に腹を立てていた。愛車をぼろぼろにされ、自身も袋叩きにあった、パスクアーレ、アントニオ、エンツォの三人のことはさらに憎んでいた。ステファノの話によると、そんなマルチェッロをなんとかなだめたのはリーノだということだった。辛抱強い交渉が続き、ついにはマルチェッロも合意を了承した。ただし、その代償としてマルチェッロはリラの作ったあの靴をほしがった。そしてリーノは相手の要求を呑んだということらしかった。

リラはひどいショックを受けたが、それでも怒鳴った。

「それであなたはどうしたの？」

　ステファノはちょっと困った顔をした。

「俺に何ができた？　お前の兄貴と喧嘩をして、お前の実家を破産させればよかったとでも言うのか？　あのままだと、お前の友だち連中を相手にした抗争になっていたかもしれない。俺の投資だって、丸きり無駄になるところだったんだぞ？」

　リラには彼の言葉のひとつひとつが、その響きも、内容も偽善的に思われ、己の罪を認める声に聞こえた。だから話の終わりを待たず、ステファノの肩を拳で叩きながら、金切り声を上げた。

「つまりあなたまであいつの要求にうんと言って、わざわざ靴を取りにいって、手渡したってことでしょ？」

　ステファノはやられっぱなしになっていたが、リラがふたたびドアを開けて逃げようとすると、冷たい声で、落ちつけと言った。それを聞いたリラはぱっと振り返った。何もかもわたしの父親と兄のせいにしておいて、落ちつけですって？　三人揃って、ひとのことをさんざん馬鹿にしておいて、落ちつけですって？　彼女は叫んだ。落ちつくもんですか、今すぐ実家に連れてってよ。今あなたが言ったことみんな、残りふたりの糞ったれ《ウォンメネ・メルド》の前で繰り返してもらうから。だが彼女はそんな方言独特の言い回しを使うまで、自分が冷静な夫の防壁を破ってしまったことに気づかなかった。一瞬間を置いて、ステファノのがっしりとした手が彼女の顔面に飛んできたのだ。真実が爆発したような激しいびんただった。驚きと、頬の焼けるような痛みにリラは息を呑んだ。その信じられないといった顔に見つめられながら、ステファノはまたエンジンをかけた。そして、ふたりの交際が始まって以来、彼女も初めて聞く冷静さを欠いた声、いや、それどころか震える声で、こんなことを言った。

「こんなことまでさせて、お前のせいだぞ。いくらなんでも、言っていいことと悪いことがあるだろう？」

「何もかも間違いだったんだね」彼女はつぶやいた。

だがステファノは、そんな可能性は考慮に入れるのも嫌だとでも言いたげに、リラの言葉を力強く否定すると、長い演説を始めた。脅迫めいたところもあれば、説教臭いところもあり、しかも哀れっぽいその話の内容は、おおよそ次のようなものだった。

「いいや、俺たちは何ひとつ間違っちゃいない。いいか、リナ、お前がちょっと理解してくれれば、それだけで解決できる問題なんだ。お前はもうリナ・チェルッロじゃない。今日からはカラッチ夫人として、なんでも俺の言うとおりにしてもらう。もちろん、俺だってわかってる。お前には仕事の経験もないし、商売にも疎《うと》いだろう。金なんて地面に転がってるくらいに思ってるはずだ。だが、そうじゃない。金ってやつは、俺が毎日稼いで、もっと増える場所に運んでやらなきゃならないものなんだよ。お前は靴をデザインしたし、親父さんと兄貴は腕利きの職人だ。だがな、お前たち三人には、肝心の金を増やす力がない。一方、ソラーラにはそれがある。そこでだ――ここが肝心なんだ、よく聞いてくれ――お前があの兄弟を嫌いだろうがなんだろうが、俺は気にしない。お前の勝手な都合だ。マルチェッロは俺だって嫌いだ。あの野郎がお前をちらりとでも見れば、どてっ腹にナイフを突っ立ててやりたくなる。あいつの流したお前の噂のことを思ってみても、憎らしくてたまらない。しかしな、そんなマルチェッロでも、金を増やすために役立つとなれば、それはもう、俺にとっては最高の友人なんだよ。なぜだかわかるか？　なぜなら、金が増えなければ、この車だって手放さなきゃならなくなるからだ。こんな服だって、もう買ってやれなくなる。ふたりの家だって、中身も含めて一切合切、失うことになるんだぞ？　お前はお金持ちの奥様じゃなくなるし、生まれてくる俺たちの子どもたちにしたって、貧乏人のガキどまりだ。だからな、今夜みたいな悪態をもう一度でもついてみろ。そのきれいなお顔を滅茶苦茶にして、二度と表を歩けなくしてやるぞ。わかったか？　わかったら、返事をしろ」

リラは目をぐっと細めた。叩かれた頬は紫色に変色していたが、顔の残りの部分は真っ青だった。

返事はしなかった。

7

アマルフィには夕方のうちに着いた。ふたりともホテルに泊まったことなどなかったので、ひどく緊張していた。特にステファノは、フロント係のどことなく嫌みっぽいしゃべり方に怖じ気づき、無意識のうちにぺこぺこしてしまった。だがやがてそのことに気づいた彼は、今度は恥ずかしいのをぶっきらぼうな態度で誤魔化そうとしたが、身分証明書の提示を求められるだけで耳を真っ赤にする始末だった。そこへ細い口髭をたくわえた五十前後のボーイが現れた。ふたりの荷物を部屋へ運ぼうとするボーイを、ステファノはまず、泥棒のようにはねつけた。しかし考えを改めたらしく、サービスも利用しないのに、偉そうにチップをたっぷりと渡した。山のような荷物を自分で抱えて階段を上っていく夫のあとを追って、階段を一段また一段と上りながら——と、彼女がのちに語ってくれたのだが——リラは思った。もしかしてわたし、今朝結婚した若者とははぐれてしまって、今一緒にいるのは見知らぬ男なんじゃないだろうか。そんなことを思うのは初めてだった。ステファノってこんなに太ってたっけ？　脚もこんなに短くて、太かった？　腕はこんなに長くて、拳を握った指の関節はこんなに白かったか。いったい自分は、誰と永遠に結ばれてしまったのだろう……。車中でかられた激しい怒りが去り、今度は不安に包まれた。

部屋に入ると、ステファノは優しい夫に戻ろうと努力したが、疲れてもいれば、リラに手を上げる羽目になったせいでまだ気も立っていた。彼はわざとらしい声で、まず部屋を褒めた。事実、とても広い部屋だった。それからバルコニーに出ると、来てみろよ、いい香りがするぞ、ほら海がきらきらしてきれいだぞ、とリラを誘った。だが彼女のほうは、まさにそんな罠から逃れる方法を探していたところだったので、ぼんやりと首を振り、寒いと言った。すると彼はすぐに窓を閉めてから、こんな提案をしてきた。ちょっと散歩してから、外で夕食にしよう。でもそれなら、何か厚手の上着を羽織ったほうがいいな。そうだ――彼はこう続けた――俺のベストを出してくれないか。その口調は、あたかもふたりがもう何年も前から一緒に暮らしており、彼女であれば、旅行鞄の中にある自分の下着のシャツを探すように、彼の所望するベストだって楽々と見つけられるはず、そんな感じだった。リラは言われたとおりにするような気配を見せたが、実際には鞄を開けもせず、シャツもベストも手にせず、そのまま廊下に出た。もう一分だって、部屋にはいたくなかったのだ。あとを追って出てきたステファノは愚痴をこぼした。俺の格好はこのままでも構わないが、そっちは大丈夫か。風邪を引くぞ？

ふたりはアマルフィの町をあてもなく歩き回った。大聖堂《ドゥオーモ》に向かい、大階段を上り、それからまた同じ大階段を下って、噴水まで戻った。ステファノは今度はリラを笑わせようと努力していたが、そもそも笑い話は得意なほうではなく、哀れを誘う話し方とか、進むべき道を心得た大人風の偉そうな台詞を吐くほうが十八番《おはこ》の彼だった。何を言っても彼女がほとんど返事をしないので、ついには彼もあちこちを指差して、見ろよ、と感極まった声を上げるだけになってしまった。リラも以前であれば、建材の石のひとつひとつにまで注目したはずだが、その時は、アマルフィの有名な路地の美しさも、庭の香りも、芸術も歴史もまるで興味が湧かなかった。素敵だなあ、と繰り返し同意を求めてくる彼の声は特に不快で、退屈だった。

まもなくリラは震えだした。ただし寒さのためではなく、苛立ちゆえの震えだった。ステファノも気づき、ホテルに戻ろうと提案してきた。彼は調子に乗って、部屋でぎゅっと抱きあって温めあおうや、なんてことまで言った。だが彼女は散歩を続けたがり、どこまでも歩いた。そしてついには疲れ果て、食欲はまったくなかったが、彼にはなんの相談もなく、適当なレストランに入った。ステファノは我慢強く新妻に従った。

ふたりはあれこれ注文しておきながら、料理にはほとんど手をつけず、ワインばかりやたらと飲んだ。やがてステファノは我慢できなくなって、まだ怒っているのかとリラに尋ねた。すると彼女は首を横に振った。嘘ではなかった。そう問われてリラは初めて、自分の胸に一片の恨みもないことに気づき、我がことながら驚いていた。ソラーラ一家も父親も兄もステファノも、もう恨めしくはなかった。彼女の頭の中で一切は短時間のうちに変化していた。不意に、例の靴の一件もどうでもよく思えてきた。それどころか、マルチェッロがあの靴を履いているのを見て、自分がどうしてああも腹を立てたのかさえ、もう理解できなかった。むしろ今は、自分の薬指で輝いている、太い結婚指輪が恐ろしかった。彼女は信じられぬ思いで、一日を振り返った。教会、儀式、披露宴。ワインの酔いにぼうっとしながら、リラは思った。わたしはなんてことをしてしまったのだろう。この金色の輪っかは何？　どうしてこんなものに指を通してしまったのか。ステファノも同じ指輪をしていて、真っ黒な体毛のあいだで輝いている。難しい本だと〝毛深い指《ディータ・ヴィッローゼ》〟なんて表現される指だ。海辺で見た、水着姿の彼を思い出した。幅広な胸、伏せたお椀のように大きな膝頭。そうして振り返ってみれば、彼のどこをどう切り取っても、まるで魅力を感じられず、もはや、何ひとつ分かちあう気になれない、他人としか思えなかった。だというのに、そいつは、ジャケットにネクタイを締めた姿で目の前にいて、腫れぼったい唇を動かし、分厚い耳たぶを時おり掻き、しばしばフォークで彼女の皿をつついては、ひとの頼んだ料理をつまみ食いまでするのだった。彼女が惹かれた若き食料品店経営者の面影は無きに等しかった。そいつはもう、あの自信たっぷりでも行儀はよかった野心家の青年でもなければ、今朝、教会にいた花婿でもなかった。真っ白な歯を剝き出しにして、真っ暗な口の洞穴の中で赤い舌を踊らす男。ステファノの内部と周囲で何かが壊れてしまったようだ。リラはそう思った。ウェイターたちの行き来するなか、そうして席に着いていると、アマルフィまで自分を運んでくることになったことのすべてに、まるで脈絡がないように思われた。にもかかわらず何もかもが、嫌になるくらいリアルだった。だから、すっかり変わってしまったそいつが、嵐は過ぎたらしいと思いこんで目を輝かせ、自分の言い分を彼女が理解し、受け入れたと早とちりし、これでようやく俺の壮大な計画を説明できると考えていたその傍らで、リラのほうは、念のためテーブルのナイフを一本くすねておこう、なんてことを考えていた。部屋に戻って、こいつに触られそうになったら、喉に突き立ててやるのだ。

でも実行はしなかった。なぜなら、そのレストランのそのテーブルに着き、ワインでぼんやりとした彼女には、ウェディングドレスから結婚指輪まで、自分の結婚の一切が無意味に思えたからだ。ステファノに性的な要求をされたらどうするという不安にしても、それがどのような要求であれ、まず彼自身がそんなものは非常識だと思うに違いない、そんな気がした。だから、最初はナイフをくすねる方法まで検討したのに（膝の上から取ったナプキンでナイフを覆う。次にナイフごとナプキンを腹の前に置く。ポーチを手に取り、ナイフを滑りこませてから、ナプキンをテーブルに戻す）、結局やめたのだった。妻という新しい身分、そのレストラン、そしてアマルフィをひとつにまとめていたネジが、どれもゆるゆるに緩んでしまったらしく、夕食が終わるころには、ステファノの声すら聞こえなかった。彼女の耳で響いていたのは、さまざまなもの、さまざまな生き物、さまざまな思念が立てる雑然とした音だけだった。

帰り道、彼はまたソラーラ一家の長所について説明を始めた。あの連中は市役所にも重要なコネを持っていて、王制支持政党とも、極右の連中ともつながってるんだ。そんな風に、あたかもソラーラ一家の稼業を把握しているような口ぶりで話すのが彼は好きらしく、すっかり専門家気取りで、こんなことまで言った。そりゃ政治は醜いが、金儲けには大切なんだ。それを聞いてリラは、以前、パスクアーレと交わした議論だけではなく、まだ婚約者だったころのステファノとの議論も思い出した。わたしたちは両親の世代とも、権力の横暴とも、偽善的で残虐な過去とも、完全に別れを告げようというあの計画。彼はそれがいいと言って、賛成してくれたのに、結局、こちらの話など聞いていなかったということなのか。わたしは誰に向かって語りかけてきたのだろう。こんな人間、わたしは知らない。この男は誰だ?

それでも彼に手を取られ、耳元で愛をささやかれた時も、リラははねつけようとはしなかった。あるいはそうして万事順調だと彼に思いこませ、自分たちは新婚旅行中の夫婦以外の何者でもないのだととりあえず信じこませておいて、いざとなったら、腹の中の嫌悪感を洗いざらいぶちまけて、最大限に相手を傷つけてやろうという作戦だったのかもしれない。たとえばこんな具合に。あなたと寝るなんて、あのボーイと寝るのと同じくらい吐き気がする。煙草で指が黄ばんでるところなんて、あなたたちそっくりじゃない? それとも、もしかすると――わたしはこちらの説のほうがずっとありそうな気がするのだが――リラは驚愕のあまり、もはや、あらゆる反応を先送りにするようになっていたのではないだろうか。

部屋に戻るなり、彼はキスをしようとしてきたが、彼女はそれをかわして、真剣な顔でふたりの旅行鞄を開けると、自分のネグリジェを取り出し、相手にもパジャマを渡した。その気配りを喜んだ夫はまた彼女をつかまえようとしたが、リラはバスルームにこもってしまった。

ひとりになった彼女は長いこと顔を洗い、ワインの酔いと、世界がぼやけて見える感覚の狂いを振り払おうとした。しかしうまくゆかず、むしろ、今度は自分の挙動までちぐはぐに思えてきた。これからどうしよう。彼女は迷った。ひと晩中、ここにこもろうか。でもそのあとは？

ナイフをくすねてこなかったことを悔やんだ。実はちゃんと持ってきたのではないかとも一瞬思ったが、やはり勘違いだった。バスタブの縁に腰かけ、新居のバスタブと比較してから、うちのもののほうが素敵だと結論した。タオルだって、彼女の家のタオルのほうが品が上だった。ただ、あれは〝わたしの〟ものなのだろうか？　あの家のタオルにバスタブ、その他もろもろは、実際、誰のものなのだろう。そうした素敵で新しいものたちの所有権を保証しているのが、ドアの向こうで待っている男の名字だと思いいたって、リラは嫌な気分になった。カラッチ家の所有物。わたしだってカッラッチ家のものなのだ。ステファノがノックしてきた。

「どうした、気分でも悪いのか？」

彼女は答えなかった。

夫は少し待ってから、またドアを叩いてきた。反応がないのを見ると、今度はドアノブを苛立たしげに揺らしてから、わざとらしい陽気な声色でこう呼びかけてきた。

「ドアを破らなきゃ駄目かい？」

それくらい平気でやるだろう。リラは相手の言葉を疑わなかった。外で待っている他人は手段を選ばぬ男だ。わたしだって、なんでもやってみせる。服を脱いで、体を洗うと、ネグリジェを着た。何カ月か前、そのネグリジェを選んだ時にさんざん迷ったのを思い出して、そんな自分が馬鹿らしくなった。ステファノは――その名前はもう、ほんの数時間前までの習慣とも愛情とも無関係な、ただの記号でしかなかった――パジャマ姿でベッドの端に腰かけていたが、彼女が姿を見せるなり、ぱっと立ち上がった。

「ずいぶんとかかったね」

「そうでもないわ」

「凄くきれいだよ」

「へとへとなの、寝かせて」

「あとで一緒に寝るさ」

「今寝たいの。あなたはベッドのこっち側、わたしはそっちで別々に」

「わかったから、おいで」

「わたし、真面目に言ってるんだけど」

「俺だってそうさ」

ステファノはにやりとすると、リラの手を取ろうとした。だが避けられて、顔を曇らせた。

「どうしたんだよ？」

リラはためらった。やがて正しい言葉を見つけると、彼女はゆっくりとそれを声に出した。

「あなたがほしくないの」

あたかも意味不明な外国語でも聞かされたかのように、ステファノは困った顔で首を横に振ると、つぶやいた。俺はこの時を毎日、ずっと待っていたんだぞ。それから彼は猫なで声で、頼むよ、と言い、情けなさそうな仕草で、薄紫色のパジャマのズボンを指差すと、歪んだ笑みを浮かべ、こう続けるのだった。お前を見るだけで、こんなになっちまうんだよ。リラはつい見てしまい、うっときて、すぐに目をそらした。

　彼女がまたバスルームにこもろうとしているのに気づいたステファノは、動物的な素早い動きで妻の腰をつかむと、宙に持ち上げ、ベッドの上に叩きつけた。いったいなんだというのか。彼に現況を理解するつもりがなかったのは明らかだった。仲直りはレストランで済んだものと信じていた彼は、どうしてリナはこんな態度を取るのだ、やっぱりまだ子どもだな。そう思っていたのだ。事実、彼女を押さえつけながらも、彼は笑っており、こう言って妻を落ちつかせようとさえした。

「あれはいいもんだぞ。恐がることなんてないんだ。俺はママよりも、妹よりも、お前のことをずっと大切に思っているんだから」

　だが説得の甲斐なく、リラはまた体を持ち上げ、逃れようとした。この娘にはまったく手が焼けるな。ステファノは思った。〝はい〟と言えば〝いいえ〟の意味だし、〝いいえ〟と言えば〝はい〟の意味だ。わがままはもうおしまいだ、彼はそうつぶやいてから、妻の動きをまた封じてその上に跨がり、両の手首をベッドカバーに押しつけた。

「お前が待てと言うから、俺たちは待ったよな」彼は言うのだった。「そばにいるのに触ることもできないのは、つらかったぜ。だが、もう俺たちは夫婦だ。おとなしくしろ。大丈夫だから」

　彼は唇を求めたが、リラに激しく顔を左右に振って拒まれた。彼女は必死にもがき、身をよじらせながら、何度も叫んだ。

「離して、あなたなんて嫌、嫌、嫌」

　するとステファノの声が、なかば本人の意思を無視するように大きくなった。

「リナ、調子に乗ってんじゃねえ」

　彼はその台詞を二度か三度は繰り返した。声はそのたびに大きくなった。そうして繰り返すことで、どこか、はるか遠くから届けられた命令をしっかりと理解しようとするようにも見えた。その〝どこか〟はもしかすると、彼の生まれる前なのかもしれなかった。命令の内容はこうだった。『ステー、男を見せてやれ。今のうちに性根を叩き直しておかねえと、一生なめられるぞ。女は男の言うことを聞くもんだ。そこんところ、さっさとわからせてやれ』一方のリラは、彼の声を聞き——調子に乗ってんじゃねえ、調子に乗ってんじゃねえ、調子に乗ってんじゃねえ——自分の細い腰の上に重たくのしかかった巨体と、怒張したペニスがテントの支柱のようにパジャマの下で突っ張っているのを見ているうちに、昔、同じステファノに、舌をつままれ、ピンで刺されそうになった時のことを思い出した。小学校の算数の試合で彼の弟のアルフォンソをリラが侮辱した、というのが理由だった。そしてはっと気づいた。この男は一度だってステファノであったことなどなく、昔からずっとドン・アキッレの一番上の息子だったのだ。そう思った途端、夫の若い顔の下から、それまで隠れていた別の顔が急に浮かびあがってきた。それまで慎重に彼の血の中に隠れ続けていたものの、常にそこにあって、じっと登場の時機をうかがっていた顔だった。そうなのだ。地区で愛され、彼女に愛されるために、ステファノはずっと別人を演じてきたのだった。本来の顔立ちは礼儀正しい物腰によって和らぎ、目つきも穏和な男にふさわしいものへと変わり、声は争いごとの調停者のそれに変わり、指も手も、いや、全身が、本来の力を抑制することを学んだのだ。しかし今、彼が長年、自らに強いてきた、そんな偽の輪郭が崩壊しようとしていた。リラは子どもっぽい恐怖にとらわれた。それは、わたしたちが人形を探しにアパートの地下室に降りたあの時よりも強い恐怖だった。ドン・アキッレが息子の肉体を糧に、地区の泥の中から甦ろうとしていたのだ。父親は息子の皮膚を亀裂させ、その目つきを変え、その体から噴出しようとしていた。事実、ドン・アキッレはやってきた。ネグリジェの胸を引き裂き、剝き出しになった乳房を荒々しくつかむと、そこに顔を伏せ、乳首を何度も軽く嚙んだ。彼女が恐怖をぐっとこらえ――昔からの得意技だ――相手を引き離すために、その髪を引っ張り、口をぱくつかせて思い切り嚙みつこうとすると、彼はさっと身を引いた。そして彼女の両腕をつかむと、膝を折った自分の太い両脚の下敷きにして動けなくしてから、嘲笑うのだった。なんだよ、落ちつけって。じたばたすると、こんな小枝みたいな体、あっという間にへし折ってやるぜ。それでもリラは諦めず、宙を何度も嚙み、背を弓なりにして、相手の体重から自由になろうとした。だが無駄だった。両手が好きに使えるようになった彼はリラを見下ろし、指先だけの軽いびんたを繰り返して、挑発してきた。見たいか、俺のでっかいやつ？　見せてって言えよ、ほら、言えよ、言えったら。彼はずんぐりしたペニスをパジャマから引っ張り出した。彼女の上に突き出したそれは、腕もなければ脚もない赤ん坊の人形のようにリラには見えた。赤ん坊は無音の泣き声を上げて真っ赤に充血しており、もう一体の大きな人形から離れたくて仕方がないようだった。その大きな人形のほうは、しわがれ声でこんなことを言っていた。リナ、いよいよお楽しみだぜ。見ろよ、立派なもんだろ？　こんなイチモツはそうはお目にかかれないぜ？　それでも彼女がもがくのをやめないのを見て、彼は往復びんたをした。そのあまりに強烈な痛みにリラも理解した。これ以上逆らえば、自分は確実に殺されてしまう。少なくとも本物のドン・アキッレであればそうするに違いない。地区の誰もがあの男を恐れていたのは、怪力でひとを軽々と壁や木に投げつけるという噂のためだったのだから。だから彼女は完全に抵抗をやめ、音のない恐怖に身を委ねた。彼は後退し、ネグリジェの裾をたくし上げると、妻の耳にささやいた。なあ、俺はお前が大好きなんだよ。今はわからないだろうが、明日にはお前のほうから、してほしいって、もっと愛してくれって、言ってくるに決まってるんだ。そりゃもう、きっと必死に頼んでくるさ。そこで俺はこう言うね。いい子にしていたら、してやってもいいって。それでお前も従順な妻になるってわけさ。

何度かの失敗のあとで、相手が彼女の肉を興奮混じりの凶暴な勢いで切り裂いた時、リラはそこにいなかった。夜も、部屋も、ベッドも、押しつけられる唇も、自分の体の上のふたつの手も、彼女のすべての感覚も、ただひとつの感情に吸収されていたのだ。リラはその時、ひたすらにステファノ・カッラッチを憎んでいた。彼の力を憎み、自分の上の重さを憎み、その名と名字をひたすらに憎んでいた。

8

ふたりは四日後に地区に帰った。戻ったその晩にステファノは、義理の両親と兄を新居に招いた。そして、まずは義父に対して、シルヴィオ・ソラーラとどういう話になっているのかリナに説明してやってほしいと、普段よりも謙虚な口調で頼んだ。するとフェルナンドはつっかえつっかえ、やたらと愚痴を挟みながらも、娘婿の説明の正しさを証明した。するとステファノは続けて義兄に対し、どうして自分たちが、同意の上とはいえ、結局はマルチェッロに言われたとおり、あの靴を差し出すという苦渋の決断をせねばならなかったか、その説明をリラにするよう求めた。リーノは分別くさい顔で、世の中には選択の余地のない状況というものがあるのだと断ってから、ソラーラ兄弟を叩きのめし、ふたりの車を壊して以来、パスクアーレ、アントニオ、エンツォの三人組が直面していた危機について語り始めた。

「誰が一番、危ない橋を渡ったか、わかるか？」妹のほうに身を乗り出し、次第に声を大きくしながら、リーノは言った。「お前のお友だちの、正義の三銃士だよ。マルチェッロは三人の正体に気づいた。しかも、お前の差し金だと思いこんだんだ。俺とステファノに何ができた？　あの三人の大馬鹿ども、あのままじゃ、殴った兄弟に三倍は痛めつけられるところだったんだぞ？　見殺しにすればよかったのか？　43号の靴一足で救えるというのに？　しかもあれは、お前の旦那には小さすぎて履けないばかりか、雨が降ればすぐに染みてくるような代物じゃないか。俺たちはあの三人とマルチェッロのあいだに立った。そうしたら、マルチェッロがあの靴をあんまりほしがるものだから、くれてやったのさ」

言葉ではなんとでも言えるものだ。リラは言葉を操るのが昔からうまかった。でもその時、彼女は意外にも口を開かなかった。ほっとした様子でリーノは妹に対し、自分たちはお金持ちにならなきゃいけないと言って、小さなころから俺のケツを叩いてきたのはお前だろうと意地悪を言った。そして笑って、こう続けた。だから頼む、もう波風立てずに、金持ちにならせてくれよ。ただでさえ、人生楽じゃないんだから。

その時、来客を告げる呼び鈴が鳴った。新居の女主人であるリラにとっては予期せぬ来客だったが、残りの者たちにとってはそうではなかったはずだ。やってきたのはピヌッチャにアルフォンソ、そしてふたりの母、マリアだった。三人はできたてのお菓子を山盛りにしたトレーを土産に持ってきた。ソラーラ一家のお抱え職人、スパニュオロ氏が自ら腕を振るったお菓子だ。

一見それは、単に新婚夫婦の帰宅を祝う催しとしか見えなかった。事実、ステファノは、カメラマンから受け取ったばかりの結婚式当日の写真をみんなに披露した（8ミリのほうはもう少し時間がかかるようだと彼は説明した）。だがまもなく真相は明らかとなった。ステファノとリラの結婚はすでに古い話題であり、そのお菓子は新しい吉報、すなわちリーノとピヌッチャの婚約を祝すためのものだったのだ。もめごとはいったんすべて棚上げとなった。ほんの数分前まで激していたリーノが急に声を和らげ、大げさな愛の言葉を語りだし、まるで今思いついたように、妹のこの素敵な新居でこれから婚約祝いのパーティーをしようじゃないかと提案するのだった。そして彼は芝居じみた仕草でポケットから小さな包みを取り出した。中身は丸みを帯びた蓋をした黒っぽい小箱で、中から出てきたのはダイヤの指輪だった。

リラはその指輪が、自分が結婚指輪と同じ指にしている婚約指輪とそっくりなのに気づき、果たして兄はどこでそんな大金を調達したのかと疑問を覚えた。それから抱擁とキスが繰り返され、みんなは口々に明るい未来を語った。秋にソラーラ一家がマルティリ広場に開店予定の、チェルッロ製靴の靴を専門に扱う店は、いったい誰が任されることになるのかという点も話題になった。リーノは、ピヌッチャひとりに任せるか、ジリオーラ・スパニュオロと一緒にやればいいと言った。ジリオーラもミケーレ・ソラーラと正式に婚約し、あれこれわがままを言うようになっていたのだ。リーノの発言により、家族会議はずっと楽しく、希望に満ちた雰囲気になった。

リラはほとんどずっと立ちっぱなしだった。座ると痛んだのだ。誰ひとりとして——その日ずっと口をつぐんでいた実の母親ですら——彼女の黒く腫れた右目にも、切れた下唇にも、両腕にできた痣にも、気づかないらしかった。

9

ステファノの実家へと続く階段で、わたしがサングラスを外し、ショールをずらした時、リラの顔はまだそんな状態だった。右目の周りは肌が黄色っぽく変色し、紫色に腫れた下唇には、真っ赤なひび割れがいくつもあった。

親戚と友人たちには、アマルフィの磯で転んだと説明したらしい。よく晴れた日に、夫とボートに乗り、黄色い岩壁の真下にあるビーチまで行った時の事故だった、と。リーノとピヌッチャの婚約を祝う昼食の席で、リラは自嘲気味にそんな嘘をつき、その場にいた誰もがその嘘を皮肉っぽく受け入れた。特に女性陣だ。彼女らは常日ごろから、自分たちを大切に思ってくれる愛する男たちから手ひどく打擲《ちょうちゃく》された時、世間に対し、どんな言葉で誤魔化すべきかをよく心得ていた。しかも、地区の住民は例外なく――こちらもやはり主に女たちだったが――リラはもうずいぶん前からお仕置きを受けてしかるべきだったと考えていた。暴力の跡を見ても誰も騒がなかったのはそういう訳で、むしろステファノに対する共感は高まり、敬意は高まった。男らしさを評価されたのだ。

でもわたしは違った。リラのひどい顔を見るなり、胸を締めつけられ、思わずその体を抱きしめた。連絡がなかったのはこんな姿をわたしに見られたくなかったからだという説明を聞いた時は、涙が出た。フォトコミックでいうところの〝ハネムーン〟の顚末を、彼女は淡々と、ほとんど凍るような口調で聞かせてくれた。その話にわたしは腹を立てたり、悲しんだりした。ただし、ひとつ白状しておかなければなるまい。ほのかな喜びをわたしが感じていたのもまた事実だった。あのリラがわたしの助けを必要とし、ひょっとすると保護さえ求めている。しかも彼女は地区の他の住民の前では見せなかった弱さを、このわたしの前では見せた。ぞくぞくする気分だった。思いがけずふたりの距離がまた縮まったことに気づいたわたしは、勉強はもうやめるとその場で彼女に伝えてしまいたい衝動にかられた。なんの役にも立たないし、自分には才能もなさそうだから、そう言ってやりたかった。そうと知れば彼女も慰められる気がしたのだ。

ところがそこで、最上階の手すりからリラの義母が顔を見せ、彼女を呼んだ。リラは急ぎ足で話を終えると、ステファノにだまされた、あの男は父親にそっくりだ、と結論した。

「ドン・アキッレが人形の代わりにお金をくれた時のこと、覚えてる？」

「うん」

「わたしたち、あんなお金は受け取るべきじゃなかったんだよ」

「でも『若草物語』を買ったよね」

「そんなことをしちゃいけなかったの。わたし、あの時からずっと、やることなすこと間違いばかりだもの」

リラに興奮の色はなく、ただ悲しげだった。彼女はまたサングラスをかけ、ショールを巻き直した。彼女が〝わたしたち〟（〝わたしたち〟はあんなお金を受け取るべきじゃなかった、〝わたしたち〟はそんなことをしちゃいけなかった）と言ってくれたのは嬉しかったが、それが途中で急に〝わたし〟に変わってしまったのは不愉快だった。〝わたし〟のやることなすこと間違いばかりだった、じゃなくて、〝わたしたち〟でしょ？　と言ってやりたかったが、やめた。わたしの目には、彼女は自分の置かれた新たな状況を把握しようとしている最中で、その状況と対峙するために何を頼りにできるのか、急いで見極めようとしているように見えた。また階段を上りだす前に、リラはこんなことを尋ねてきた。

「うちに勉強に来ない？」

「いつ？」

「今日の午後も、明日も、毎日来てよ」

「ステファノが怒るでしょ？」

「あのひとが家の主《あるじ》なら、こっちだって主の妻だよ」

「わたし困っちゃうな、リラ」

「部屋をひとつあげるから、ドアを閉めて勉強すればいいじゃない？」

「でも、なんのために？」

リラは首をすくめてみせた。

「レヌーがそこにいるって、思いたいの」

わたしはうんともいいえとも言わずに去り、いつものように町をぶらついた。リラはこちらが勉強を続けるものと確信している。にきびだらけの眼鏡っ子で、成績優秀なガリ勉ちゃん。そんな友だちの役をこちらに押しつけた彼女は、わたしが考えを変え得るとはちらとも思っていない様子だが、正直、そんな役はもう降りたかった。例の記事が掲載されなかった一件で、自分の実力のなさを思い知らされた気がしていたからだ。わたしとリラと同じように貧しい地区の中で育ちながらも、ニーノは、自分の学識を賢明に活用する術を心得ている。だが、わたしには無理だ。だから夢を見るのもおしまいなら、苦労ももうおしまいにしよう。運命を受け入れるべきなのだ。カルメーラもアーダもジリオーラも、だいぶ前にそうしたじゃないか。リラにしたって、彼女なりのやり方にせよ、やはり運命を受け入れたじゃないか。結局、その日の午後も、翌日以降の午後も、わたしは彼女の家には行かず、相変わらず学校をサボっては、悶々として過ごした。

ある朝、わたしは植物園の裏手にあるヴェテリナリア通り界隈を散歩していた。高校からそう遠くない場所だ。そして少し前にアントニオとした会話を思い出していた。母親が未亡人であり、自分が家族唯一の稼ぎ手であることを理由に、なんとか兵役を免除されぬものかと彼は考えていた。その上で自動車修理工場の賃金を上げてもらい、お金を貯めて、大通り《ストラドーネ》沿いのガソリンスタンドの権利を買う。しかるのちわたしたちは結婚し、わたしはガソリンスタンドで彼の仕事を手伝う、というのが彼の計画だったのだ。シンプルな人生設計だが、うちの母さんは賛成してくれるはずだった。だからわたしも、〝いつもリラの言うなりじゃたまらないもの〟と思ってみるのだが、猛勉強によって身についた向上心がなかなか頭を離れてくれなかった。下校時刻になると、わたしはほぼ無意識のうちに学校に近づき、周囲をうろついた。先生に見つかりやしないかと不安だったが、見つかってしまいたい、という願望も間違いなくあった。もはや模範的ではない不良学生の烙印をしっかり押されたい、そう思う反面、学校の規則正しい生活に首根っこをつかまれ、強制的に元のわたしに戻してほしいという気持ちもあったのだ。

やがて生徒たちが学校を出てきた。呼びかけてくる声があり、見れば、アルフォンソだった。マリーザと待ちあわせているのだが、なかなか来ないらしい。

「あなたたち、つきあってるの？」わたしはアルフォンソをからかった。

「違うよ、彼女が勝手につきまとってくるんだ」

「また嘘言って」

「嘘つきはそっちだろう。病気だなんて言って、ぴんぴんしてるじゃないか。ガリアーニ先生がいつも君はどうしたって聞いてくるから、ひどい熱みたいです、って僕、答えちゃったぞ」

「熱あるもの、実際」

「よく言うよ」

アルフォンソはゴムバンドで留めた本を脇に抱え、授業に疲れた顔をしていた。彼もドン・アキッレを胸の中に隠しているんだろうか。こんなに繊細そうな男の子なのに？　両親というものはいつまでも不死身で、子どもならば誰であれ、自分の親を体の中に抱えて生きている、そんな話があっていいものだろうか。つまりはいつかこのわたしの中からも、足を引きずる母さんが顔を出す、それが宿命だというのか。

わたしは尋ねた。

「あなたのお兄さんがリナをどんな目に遭わせたか、知ってる？」

アルフォンソは困った顔をした。

「うん」

「知ってるなら、なんとか言ってやってよ」

「でも、リナが兄貴に何をしたのか調べてみないと」

「あなたもマリーザに同じようなことをすると思う？」

すると彼は恥ずかしそうな微笑みを浮かべた。

「それはないよ」

「本当に？」

「うん」

「でも、どうして？」

「だって、僕は君を知ってるから。君とおしゃべりもすれば、学校にだって一緒に行くからさ」

彼が何を言わんとしているのか、すぐにはわからなかった。わたしと知りあいだからなんだって言うの？　一緒におしゃべりして、学校に行く。だから何？　その時、マリーザが向こうからやってくるのが見えた。待ちあわせに遅れたもので、走っている。

「彼女が来たよ」わたしは言った。

彼は振り向きもせず、肩をすくめると、つぶやいた。

「頼むからさ、学校に戻ってきてよ」

「まだ具合が悪いの」わたしは言い返し、そこを離れた。

ニーノの妹とは挨拶ひとつしたくなかった。彼を思い出させるものはなんであれ、わたしを落ちつかぬ気分にしたからだ。一方、アルフォンソのあいまいな言葉は気分がよかったので、道々、頭の中で反芻した。彼はこう言った。自分はいつか妻ができても、暴力で威圧するようなことはしない。なぜならわたしという人間を知り、おしゃべりをしたり、クラスで席が隣同士になったからだ、と。アルフォンソは無防備なまでに正直に打ち明けてくれた。表現こそ混乱していたが、なんのためらいもなく、このわたしには、ひとりの男性である彼に影響を与え、その行動を変化させる力があると告白してくれたのだ。その不器用なメッセージにわたしは感謝した。彼の言葉はわたしを慰め、反省させた。とうにもろくなっていた考えをぐらつかせ、つき崩すには、ほんのひと押しで十分だ。翌日、わたしは母さんの署名を偽って書いた先生宛ての手紙を持って、学校に戻った。そしてその晩、沼地でアントニオに抱きついて寒さをしのぎながら、彼にひとつ約束をした。今の学年が終わったら、結婚しましょう、と。

10

しかし、遅れを取り戻すのにわたしは苦労した。特に理系の科目だ。それに、勉強に集中したくても、アントニオと会う回数を減らすのがまた難しかった。勉強のためにデートをすっぽかせば、そのたび彼は暗い顔をして、いぶかしげにこんな質問をしてきたからだ。

「何かあったのか？」

「宿題がたくさんあるの」

「どうしてこんなにいきなり宿題が増えたんだ？」

「これまでだって多かったわ」

「ここしばらく、まるでなかったじゃないか」

「たまたまよ」

「何を隠してるんだ、レヌー？」

「何も」

「俺のこと、嫌いになっちまった訳じゃないよな？」

こうして毎度、アントニオを安心させなくてはならず、そうこうしているうちにあっという間に時間は過ぎてしまい、わたしは苛々と家路につくことになるのだった。家に帰れば帰ったで、まだ勉強が待っていたからだ。

アントニオの悩みの種はいつも同じだった。サッラトーレの息子、すなわちニーノのことだ。わたしがニーノと口を利くのはもちろん、顔を合わすだけでも嫌らしかった。アントニオを苦しませぬよう、登校時と下校時、それに廊下でもニーノとすれ違うことがあるのをわたしは、当然、隠していた。そうして会っても何が起きる訳でもなく、ちょっと会釈してそのまま別れるのがよいところだった。だからこちらとしては事実をそのまま打ち明けてもよかったのだが、わたしの婚約者は道理の通じる人間ではなかった。だがそれを言えば、道理が通じないのはお互い様だった。ニーノのほうはこちらのことなどまるで眼中にない様子なのに、彼をちらりと見るだけでわたしは授業にまったく身が入らなくなる始末だった。本物の彼が、いくつか向こうの教室にいる。教師の誰よりも教養があり、勇敢で、反逆的なあのニーノがそこで息をしている。そう思うと、目の前の教師たちの話は意味を失い、教科書の文字も、アントニオとの結婚計画も、大通り《ストラドーネ》沿いのガソリンスタンドも、みな無意味に思えてくるのだった。

勉強は家でも手につかなかった。アントニオについて、ニーノについて、自分の将来についての悩みの数々に加え、家には、あれをしろこれをしろと病的にわめき続ける母親がおり、宿題を手伝えと代わる代わる騒ぐ弟妹までいた。そうしてひっきりなしに邪魔が入るのは初めての経験ではなかったし、混乱の中での勉強には慣れていたつもりだった。ところが、以前ならば持ち前の粘り強さで頑張れたのが、その粘り強さが底をついてしまったようだった。家族みんなの要求に応えながら勉強をすることができなくなり、またそうするのが嫌になった。だから午後は家で母さんを手伝い、弟たちの宿題を助け、自分の勉強はほとんどしなくなった。昔ならば睡眠時間を削ってでも学んだところだが、どうにも普段から疲れが取れず、眠りが貴重な安らぎのひと時に思えたので、夜になれば、宿題など忘れてベッドに向かった。

こうしてわたしは、ぼんやりしている上に、まともに予習復習もできていない状態で学校に行くようになり、今日こそは口頭試問の番が来るのではないかと戦々恐々として過ごすようになった。その恐れはまもなく現実のものとなった。ある日など化学で二点、芸術史で四点、哲学で三点といずれもひどい点数をいっぺんにつけられた。神経がすり減っていたわたしは、哲学のひどい点数を聞き、みんなの前で大泣きをした。最悪な瞬間だった。自分の破滅を恐れつつもそれが嬉しくもあり、堕落に怯えながらもそれがまた誇らしい、そんな心境だった。

同じ日の下校時、アルフォンソが、彼の義理の姉、つまりリラがわたしに会いにくるよう伝えてくれと言っていたと教えてくれた。彼も心配そうに励ましてくれた。行ってきなよ。あそこなら、君も家よりもまともに勉強ができるだろう？　そしてわたしはもうその午後には、新地区に向かって歩いていた。でもリラの家に行ったのは、勉強の問題を解決するためではなかった。彼女のところに行けば、午後いっぱいおしゃべりをすることになり、わたしの元優等生・現不良学生という現状はさらに悪化する。それは元々予想していた。むしろ、こう思ったのだ。母さんの怒鳴り声に弟たちのわずらわしいわがまま、ニーノへの切ない思い、アントニオの恨み言、そんなものに悩まされているよりは、リラとおしゃべりをして成績を落とすほうがずっといい。少なくとも結婚生活については何かを学べるはずだ。わたしだってもうすぐ結婚するのだし。あのころのわたしは、アントニオとの結婚をそれほど確実視していた。

リラは本当に嬉しそうに迎えてくれた。右目の腫れは引き、下唇の怪我も治りつつあった。自宅にいるというのに、きれいに着飾り、頭もきちんとしていて、口紅まで塗っていた。あるいは自分の家になじめず、彼女自身、訪問客のような気がしていたのかもしれない。玄関にはまだ結婚式の時の贈り物が山積みになっていて、どの部屋も塗りたての漆喰とペンキのにおい、食堂の真新しい家具から漂う、どことなくアルコール臭いにおいが入り混じっていた。家具の内訳は、食卓、褐色の木彫りの木の葉で縁取りされた鏡の載ったサイドテーブル、そして食器棚だった。食器棚にはナイフにフォーク、皿にグラスといった食器がたくさん収納され、色とりどりのリキュールが入ったボトルが何本も並んでいた。

リラはコーヒーを淹れてくれた。そうして彼女と広いキッチンで座り、幼いころに地下室の通気口の前で一緒によくやったように、奥様ごっこをするのは楽しかった。こんなに気持ちが安らぐものなら、もっと早く来ればよかった。わたしは悔やんだ。自分には、こんなに高級そうで、清潔なものがたくさんある家に暮らす、同い年の親友がいたのだ。しかも彼女はいつも暇で仕方ないのか、わたしの訪問を喜んでいる。リラもわたしもどちらも変わってしまい、変化はまだ続いている。でも友情は無事だったようだ。そうとなれば、この状況を楽しんではいけない理由があるだろうか。彼女の結婚式以来、初めて心からくつろぐことができた。

「ステファノとはうまくいってるの？」わたしは尋ねてみた。

「うん」

「お互いの誤解は解けた？」

わたしの質問にリラは楽しげな表情を浮かべた。

「うん、完全に解けた」

「ってことは？」

「ひどいもんよ」

「アマルフィの時と何も変わらないってこと？」

「うん」

「また殴られたの？」

彼女は自分の顔に触れた。

「ううん、これは前の時の跡だよ」

「じゃあ何？」

「とにかく惨めね」

「それで、どうしてるの？」

「どうって、あいつの言いなりになるしかないし」

少し考えてから、わたしはほのめかすように尋ねた。

「でもせめて、夜、一緒に寝るのは素敵じゃないの？」

彼女は顔をしかめると、真剣な表情で夫について語りだした。その口調には、嫌々の容認とでも呼ぶべき響きがあった。敵意でも恨みでもなく、嫌悪ですらない、静かな軽蔑だ。彼女の軽蔑は地中の汚染された水のように、ステファノの全人格に染み渡っていた。

わたしは黙って耳を傾けた。わかる気もすれば、わからぬ気もした。昔、リラは、マルチェッロがわたしの手首をつかみ、ブレスレットを壊したというだけの理由で、切り出しナイフで脅したことがあった。あの事件以来、リラはマルチェッロに少しでも触れられたなら、彼を殺すだろうという確信がわたしにはあった。ところがその彼女が、ステファノに対してはまるでおとなしいではないか。もちろん、簡単に説明がつくことではあった。わたしたちは幼いころから、父親が母親に手を上げる姿を見ながら育ってきた。他人はわたしたちを撫でることすら許されなくても、両親に婚約者、夫であれば、愛のため、教育のため、再教育のためにこの頰にいくらでもびんたを張ることができる。そう信じて大きくなったのだ。つまり、ステファノはあの憎きマルチェッロではなく、彼女が愛を誓い、その妻となり、一生添い遂げると決めた相手であるからには、リラは自らの選択に対し徹底的に責任を負わねばならないのだった。それでも、どこか妙だった。わたしにとってリラはやはりリラであり、地区のありふれた女たちとは別格だった。うちの母さんや彼女の母親であれば、夫に頰を打たれても、リラのような静かな軽蔑の表情は浮かべない。彼女らは絶望し、泣きわめき、夫をにらみつけ、陰口こそ叩くが、程度の差はあっても、連れあいに対する敬意はまず失わなかった（たとえば母さんは、父さんの狡猾で恥知らずな取引の才をいつも手放しで褒めた）。ところがリラは夫に従順は従順なのだが、そこに敬意がないのだった。わたしは彼女に言った。

「わたし、アントニオと一緒にいるのは好きだよ。別に彼のことは好きでもないけど」

そう言えば、彼女が昔のようにこちらの言葉に秘められた一連の問いかけに気づいてくれるだろうと期待したのだ。わたしはニーノを愛している。だけど、アントニオを思い、彼のキスに抱擁、沼地での愛撫を思うだけで、ぞくぞくする。言外にそうにおわせたつもりだった。わたしの場合、愛は快楽のために不可欠なものではなかった。敬意だって同じだ。つまり、〝ひどいもの〟も〝惨めな思い〟も、みんな〝あとから〟始まるということなのだろうか。もはや彼に従属しているからという理由だけで、男に押さえつけられ、好きなように蹂躙された時から？　愛の有無も、敬意の有無も関係ないということなのか。そんな風に男に圧倒された女は、ベッドの中でどうなってしまうのだろう。その身で体験した彼女の説明が聞きたかった。ところがリラは、あなたがアントニオと幸せなら嬉しいわ、とだけ茶化すように言うと、線路に面した小さな部屋にわたしを連れていった。殺風景な部屋で、机がひとつ、椅子が一脚、簡易ベッドがひとつあるばかり、壁には絵一枚かかっていなかった。

「どう、気に入った？」

「うん」

「じゃあ、勉強して」

そして彼女は部屋を出て、後ろ手にドアを閉じた。

その部屋は、他の部屋よりも湿った壁のにおいがきつかった。わたしは窓の外を眺めた。彼女とずっとおしゃべりをしていたかったなと思ったが、すぐに気がついたことがあった。リラはアルフォンソからわたしが学校を休んでいたことを聞いていたに違いなかった。恐らくは、口頭試問でひどい点数を取ったことまで知っている。だから、それこそ無理矢理にでも、わたしを元の成績優秀なエレナに戻そうと考えたのだろう。それが昔から彼女がかくあれと望んできたわたしのあるべき姿だからだ。

きっと、これでよかったのだろう。そう思った。家の中をリラが歩く物音がして、電話をかける声がした。彼女が、〝もしもし、リナですけど〟とも、〝もしもし、リナ・チェルッロです〟とも言わず、〝もしもし、カッラッチの妻ですが〟と名乗ったことに強い印象を受けた。わたしは机の前に座り、歴史の教科書を開くと、自分に発破をかけて勉強を始めた。

11

あの学年の終盤（イタリアの学校は通常、九月始業～六月終業）は結構ごたごたしていた。高校の建物はぼろぼろで、教室も雨漏りがしていたのだが、激しい雷雨のあとですぐ近くの道路まで陥没してしまい、その影響で学校はしばらく隔日登校となった。その結果、授業よりも重視されるようになった宿題の量がどっと増えた。それで、母さんにはさんざん文句を言われたが、わたしは学校が終わるとまっすぐリラの家に向かうようになった。

いつも午後二時に到着して、まずは教科書をその辺に放り投げた。すると彼女がパニーノを作ってくれる。中身は生ハムでもチーズでもサラミでも、なんでも好きなものを挟んでくれた。そんな贅沢はわたしの家ではあり得なかった。焼きたてのパンの香ばしさとおかずのおいしさはよく覚えている。特に、鮮やかな赤い肉を白い脂がぐるりと縁取る、あの生ハムときたら。わたしが脇目も振らずにパニーノを食べているあいだ、リラはコーヒーを淹れてくれた。それからひとしきりおしゃべりに熱中すると、彼女は例の勉強部屋にわたしを閉じこめた。そのあとはほとんど顔を出さず、たまにおいしいおやつを差し入れてくれ、一緒に食べたり、飲んだりするだけだった。わたしは、毎晩八時ぐらいに食料品店から帰ってくるステファノに会いたくなかったので、ぴったり七時に退散することにしていた。

その家にもやがて慣れた。部屋の光にも、線路から届く騒音にも慣れた。どこもかしこも何もかもが新しく、清潔な家だったが、なかでもバスルームは素敵だった。トイレに加え、洗面台とビデ、バスタブまであったのだ。どうにも勉強に身が入らなかったある午後、わたしはリラにお風呂に入ってみてもいいかと聞いてみた。うちではまだ、蛇口の下か、銅のたらいに入って行水を使っていたのだ。すると彼女はもちろん好きなようにしてくれと言って、急いでバスタオルを取りにいってくれた。蛇口を開くと、出てきた水はもう温かかった。わたしは服を脱ぎ、首までお湯につかった。

お風呂の気持ちよさときたら、思いがけぬほどだった。しばらくしてから、わたしはバスタブの縁の角にひしめきあっていた小瓶に手を伸ばした。すると、自分の体からふわふわの泡がたくさん生まれて、あふれ出しそうになった。なんてたくさんの素敵なものをリラは持っているんだろう。それはもう単なる体を洗うという行為ではなく、ひとつの遊戯であり、享楽だった。わたしはあのバスルームで初めて、あんなにたくさんの口紅と化粧品がこの世にはあるのだと知り、映った姿が歪まない鏡を知り、ドライヤーの熱風を知った。肌があんなにすべすべになったのも初めてだった。髪の毛もボリュームが出て、つややかになり、ずっと明るい金色になった。幼いころにわたしたちが望んでいた豊かさとは、もしかしたらこういうことだったのかもしれない。そう思った。豊かさとは、金貨とダイヤモンドでいっぱいの宝箱などではなく、こんなバスタブであり、そこにこうして毎日つかることであり、パンにサラミに生ハムを食べることであり、トイレまで広々としていて、電話があって、食べ物でいっぱいの食料棚と冷蔵庫があり、銀の額縁に入った花嫁姿の写真がサイドテーブルに飾ってある、こんな素敵な家を持つことなのかもしれない。キッチンがあって、寝室があって、ダイニングがあって、バルコニーがふたつあって、わたしが勉強している小部屋まである家だ。あの小部屋は、リラからはひと言も説明がなかったが、そう遠くない未来に生まれてくるはずの子どもが眠ることになっているに違いなかった。

夕べになれば沼地に急いだ。アントニオに早く触れてほしかったのだ。彼がわたしの香りを嗅ぎ、驚き、美しさを引き立てる豊かな清潔さを味わう様子を見たくて、いても立ってもいられなかったのだ。こちらとしては彼への贈り物のつもりだったが、彼にとっては逆に悩みの種でもあったらしく、俺にはこんな贅沢をお前にさせてやることはできない、なんてことを言われた。贅沢など別にしたくないと答えれば、いやお前はいつもリナの真似をしたがると言い返された。わたしは腹が立ち、喧嘩になった。わたしはわたしのつもりだった。自分のやりたいことだけをやり、彼とリラがしないか、できないことばかりをしているつもりだった。学校だってそうだ。目が潰れそうなくらい必死に勉強していた。だから怒鳴った。どうせあなたにはわたしのことなんてわかんないのよ。いつもいつも馬鹿にして。そして走った。

だがアントニオは、わたしという人間のことを理解しすぎなほどよくわかっていた。リラの家は日増しにわたしを惹きつけ、ほしいものがなんでも手に入る魔法の家に見えてきた。そこは、わたしと彼女が育ったあの古いアパートの惨めな暗い貧しさからも遠ければ、ぼろぼろの壁からも、傷だらけの扉からも遠く、あちこち欠けたり剝げたりしていて、永遠に変わらぬあれこれからも遠かった。リラは勉強の邪魔をせぬよう気を遣ってくれたので、用があればこちらから声をかけた。喉が渇いた、ちょっとお腹がすいた、テレビを点けて、あれを見せて、これを見せて、といった具合に。わたしはしばしば勉強に飽き、やる気を失った。教科書の暗唱につきあってもらうこともあった。彼女はベッドに腰かけ、こちらは机に向かう。わたしが該当ページを指定して、暗唱し、彼女が教科書で一行ずつチェックしていくという仕組みだった。

リラと本との関係がどれだけ変わってしまったかにわたしが気づいたのは、そんな時のことだった。彼女は今や本を前に気後れするようになっていた。以前のように読み方をわたしに指示してくることもなくなった。昔の彼女には、ほんの数行読むだけで、もう文章の概要を把握してしまい、〝大切なのはここ、ここから読んでみて〟という能力があったのに、そういうこともなくなった。教科書を読みながらわたしの暗唱を追っていて、何かおかしいと思っても、こちらのミスを指摘する前にやたらと言い訳をした。〝もしかしたらわたしの誤解かもしれないから、ちょっと確認してみて〟という具合に。あのずば抜けた理解力が今なお健在であることに、自分では気づいていないらしかった。でもわたしにはわかった。たとえば、化学の勉強の時だ。わたしにとっては退屈で仕方のない科目だったが、リラが目をぎゅっと細める例の表情を見せ、ひとつふたつ意見を述べるだけで、こちらもはっとして、俄然興味が湧いてくるということがよくあった。哲学の教科書を読む時だって、リラは半ページも読めば、古代ギリシアの哲学者アナクサゴラスが万物の混沌状態に与えた秩序と、メンデレーエフの周期表とのあいだの驚くべき関連性を指摘することができた。でも自分の理解力と意見を未熟とみなしてか、敢えて口を挟むまいとしているような印象を受ける時のほうが多かった。夢中になりすぎた、そう気づくたび、彼女はそこに罠でもあるかのように尻込みし、もごもごと言うのだった。レヌーはいいよね、なんでもわかって。わたしにはさっぱりだよ。

ある時など、彼女はぱっと教科書を閉じ、不機嫌な声でこう言った。

「もうたくさん」

「どうして?」

「だっていつも同じ話ばかりで、飽きちゃったよ。小さなものの中には必ずもっと小さな何かがあって、外に飛び出したがっている。で、大きなものの外には必ずもっと大きな何かがあって、中から出すまいとしている。そうじゃない? さて、夕食の支度をしないと」

でもその日の勉強の内容は、小さなものとも大きなものとも、一見なんの関係もないものだった。彼女はただ、自分の鋭い理解力に嫌気が差したか、怯えるかして、退散したのだろう。

でもどこへ?

夕食の支度、家の掃除、わたしの邪魔にならないよう音量を絞ったテレビ観賞、それがリラの逃げ場だった。あるいは線路を眺め、列車の往来を眺め、ぼんやりと霞むヴェスヴィオ山を眺め、まだ並木も店もない新地区の通りを眺め、滅多に通らぬ車を眺め、買い物袋を提げた女たちとそのスカートをつかんで歩く幼子たちを眺めるか。ごくたまに、それもステファノの命令か、一緒についてくるように言われた場合だけだったが、新しい食料品店を開くことになっていた店舗——家からは五百メートルと離れておらず、わたしも一度彼女と行ったことがあった——に行くこともあった。そんな時、彼女は、棚や什器をデザインするために、巻き尺であちこちの寸法を測った。

それ以外、リラにはやるべきことがまったくなかった。結婚してから彼女が余計に孤独になったことには、わたしもすぐに気がついた。こちらは時々、カルメーラにアーダとも出かければ、ジリオーラと出かける時もあり、学校で仲良くなったクラスメイトや他のクラスの女の子たちとフォリア通りで落ちあって、ジェラートを食べたりもした。ところがリラのほうは、義妹のピヌッチャとしか会わなくなっていた。昔の男友だちはどうかといえば、婚約者時代であれば、まだ足を止めてリラと二言三言会話を交わしていたのが、彼女が人妻となった今や、通りですれ違っても、挨拶もそこそこの関係になっていた。それでもリラはとても美しかった。服装だって、彼女がどっさり買いこんでいた婦人雑誌のモデルのようにおしゃれだった。ただ、妻という身分のせいで、ガラスの容器に閉じこめられたような状態であり、いわば彼女は誰も入ってこられない空間で快走する帆船だった。しかもそこには海すらなかった。パスクアーレもエンツォも、恐らくはアントニオも、新築のアパートが建ち並ぶ、木陰ひとつないあの白い通りを歩いて、彼女のアパートに向かい、部屋まで来て、ちょっとしたおしゃべりをするとか、散歩に誘うなんて思い切ったことはする気になれなかったはずだ。それはまず考えられない話だった。キッチンの壁で黒く光っているせっかくの電話機にしても、わたしには無意味な飾り物にしか見えなかった。勉強のために彼女の家にいるあいだ、電話は滅多に鳴らず、鳴ってもたいていはステファノからの電話だった。顧客からの注文に応じるため、食料品店にも彼は電話を引いたのだった。新婚夫婦の会話はいつだって短く、彼女は相手の問いかけに面倒臭そうにうんとか、ううんと答えるだけだった。

リラが電話を使うのは主に買い物のためだった。あのころの彼女は顔の傷跡が消えるまで滅多に家を出なかったが、それでも買い物は盛大にやった。たとえば、お風呂で大喜びし、髪の毛がもの凄くきれいになったと騒いだあの日、わたしはあとで、リラが電話で新しいドライヤーを注文する声を聞いた。そうして届けられたドライヤーを彼女はわたしにプレゼントしてくれた。魔法の呪文みたいなあの言葉（〝もしもし、カッラッチの妻ですが〟）に続き、リラは交渉に移り、議論をし、購入を諦めるか、注文するかした。彼女が自分でお金を払うことはなかった。相手はみな地区の商人で、ステファノをよく知っていたからだ。彼女はただ〝リナ・カッラッチ〟と、オリヴィエロ先生に習ったままに名前と名字をサインするだけでよかった。サインをする彼女の顔には集中した微笑みがあり、自分で決めた課題でもこなしているようだった。サインの前に荷物を確認しようともしなかった。まるで、紙に記した文字のほうが、受け取った商品よりもずっと大切であるかのようだった。

　緑色の表紙に花模様の装飾が入った大きなアルバムを何冊も買って、結婚式の写真をそこにすべて整理したこともあった。わたしと両親に弟たち、それにアントニオの写った写真はみんな焼き増ししてくれて、正確には覚えていないが、とにかく相当な枚数をもらった。カメラマンへの焼き増しの注文もやはり電話越しだった。ある日、わたしはニーノがちらっと写っている写真を見つけた。アルフォンソとマリーザを捉えた一枚で、ニーノは写っていると言っても、右端に前髪と鼻と口元が見えるだけだった。

「できたらこれも、ほしいんだけど」わたしは迷いながらも言ってみた。

「レヌーは写ってないじゃない」

「この後ろ向いているのが、わたしよ」

「わかった。ほしいなら、焼き増ししてあげる」

　わたしは急に考えを変えた。

「やっぱりいい、いらないわ」

「遠慮しないで」

「ううん、いらないの」

　でも何よりも印象に残った買い物は、映写機だった。結婚式の8ミリフィルムがようやく現像されて、ある晩、カメラマンが新婚夫婦と親戚のために上映にやってきた。その時、リラは機械の価格を尋ね、注文した映写機が家に届くと、結婚式の8ミリを観るためにわたしを呼んでくれたのだ。彼女はダイニングのテーブルに映写機を据え、一方の壁にかかっていた嵐の海の絵を外すと、慣れた手つきでフィルムをセットし、シャッター式のよろい窓を下げた。すると、映像が白い壁に映し出された。

感動的だった。映像はカラーで、長さは数分間だったが、わたしは口を閉じるのも忘れて見入った。フェルナンドの腕に手を預けて教会に入るリラ、ステファノと一緒に教会を出る彼女、戦没者記念公園《リメンブランツァ》（現ヴィルジリアーノ公園）を楽しそうに歩いてから、最後に長いキスを交わすふたり。レストランの大広間に入場するふたり、そのあとのダンス、食べたり踊ったりしている親族たち、ケーキカット、引き出物を配るシーン、レンズに向かって別れを告げるふたり。ステファノは陽気だが、リラは暗い顔をしている。どちらも旅装だ。

最初に観た時に一番印象的だったのは、自分自身の姿だった。わたしはふたつのシーンで映っていた。最初は教会の前で、アントニオの横にいた。なんとも垢抜けず、苛々した感じで、眼鏡がやけに目立って見えた。次はレストランでニーノの隣に座っているところなのだが、これが本当に自分かと、ほとんど目を疑った。わたしは笑い、優美な仕草で手と腕を動かし、髪を整え、母さんのブレスレットをいじっていた。その姿は我ながら、上品で、美しかった。実際、リラもこんな声を上げたものだ。

「凄くきれいに撮れたね」

「そんなことないわ」わたしは心にもない返事をした。

「嬉しい時、レヌーっていつもこんな感じだよ」

二度目に観て（もう一度観たいと言うと、すぐにまたかけてくれたのだ）はっとしたのは、ソラーラ兄弟の入場シーンだった。あの日のわたしが恐らく何よりも強い印象を受けた瞬間をカメラマンはしっかり捉えていた。ニーノが広間を立ち去るのとちょうど入れ替わりに、マルチェッロとミケーレが闖入してきたあの瞬間だ。兄弟は礼服に身を包み、肩を並べて会場に入ってきた。どちらも背は高く、ジムのウェイトトレーニングで鍛えた体は筋骨隆々としている。一方のニーノはうつむき加減に出ていこうとして、マルチェッロの腕にぶつかってしまう。マルチェッロはさっと振り返り、いかにも筋者っぽい恐い顔でにらみつけるのだが、ニーノのほうはまるで構わず、振り向きもせずに、そのまま姿を消してしまうのだ。

両者の対照にわたしは暴力的なまでに強烈な印象を受けた。でもそれは、ニーノの貧しい服装のせいばかりではなかった。確かに彼の格好は、ソラーラ兄弟の高級な装いとも、手首や指に輝く金の飾りともまったく釣りあわなかったが、問題はそこではなかった。また、背が高いために余計に目立つ──兄弟も背は高いほうだったが、ニーノはさらに五センチは高かった──彼の痩せた体型のためでもなかった。マルチェッロとミケーレがこれ見よがしに誇示するマッチョな屈強さとはほど遠い、軟弱な印象の体型もたいした問題ではなかった。むしろ、ニーノの超然とした態度こそが最大の原因だった。ソラーラ兄弟が傲慢な態度を見せるのはごく普通のことだったが、マルチェッロにぶつかりながら、何ごともなかったように去っていったニーノの尊大なまでにうわの空な態度は、まるで普通ではなかった。パスクアーレやエンツォ、アントニオのように、兄弟を嫌う者たちさえ、ふたりのことはやはり無視できないというのに、ニーノは無礼を謝ろうとしなかったばかりか、マルチェッロを一顧だにしなかったのだ。

そのシーンがわたしには、自分が体験的に察していたある事実の明確な証拠に思えた。つまり、画面の中でサッラトーレ家の長男は──わたしたちとまったく同じように旧地区の団地で育ち、小学校のあの試合の時は、アルフォンソを打ち負かすのをあれほど恐れているように見えた彼が──ソラーラ一家を頂点とする価値観とはもはや完全に無縁な人間に見えたのだ。ニーノはそんな階級ピラミッドにはまったく興味がなさそうだった。あるいは、ひょっとすると、もう理解すらしていないのかもしれない。

わたしはニーノをうっとりと眺めた。苦行の旅を続ける王子のようだった。ミケーレとマルチェッロなどまるで眼中にないという、その視線だけであの兄弟を震え上がらせる力がありそうだった。そして一瞬、わたしは期待した。せめてこの映像の中だけでも、ニーノがわたしを連れ去ってくれやしないかと。

リラはその時になって初めてニーノに気づいたらしく、興味深げに尋ねてきた。

「ねえ、これって、アルフォンソと一緒のテーブルで、レヌーが横に座ってた彼?」

「そう。わからない? ニーノよ、ほら、サッラトーレさんの長男の」

「イスキアで、レヌーがキスされたっていうのも彼?」

「あれは、ただの悪ふざけ」

「よかった」

「どうして?」

「だって、やけに偉そうじゃない?」

彼女の印象の正しさを裏付けるようにわたしは言った。

「でも実際、今年で高校を卒業するし、学校で一番の秀才なんだよ」

「だから好きなの?」

「別に好きじゃないけど」

「やめときなって。アントニオのほうがいいよ」

「そう?」

「うん。だってこいつ痩せっぽちだし、かっこ悪いし、何よりかによりも、もの凄く傲慢だもの」

その三つの形容詞に腹が立って、わたしはもう少しで啖呵を切ってしまいそうになった。そんなことないでしょ、凄くかっこいいし、目だってきらきらしてるじゃない? リラにわからなきゃ、それは残念。だって、こんな男の子、映画にもテレビにも小説にも出てこないよ？ わたし、小さなころからずっと彼のことを愛してるの。それで幸せなんだ。たとえニーノが決して手の届かぬ存在だとしても、たとえこの先、アントニオと結婚して、一生、車にガソリンを入れて過ごすことになったとしても、わたしはあのひとのことを自分以上に愛するわ。それこそ永遠に。

ところがわたしはまた暗い声で、こんなことを言った。

「昔は彼のこと好きだったよ。小学校のころね。でも今は興味ないな」

12

続く数カ月、わたしにはひどくつらい小さな出来事がいくつも積み重なった。どれが先に起きてどれがあとだったのか、正確な順序は今もってよくわからない。いくら平気な顔を装い、規則正しい生活を送ってみても、わたしは何度も不幸の前に屈し、そのたび自虐的な喜びを覚えた。何もかもがわたしを陥れようとしているような気がした。学校では、また自習を始めたのに、以前のような好成績を収めることはできなかった。日々はいたずらに流れ、わたしは一時も生きているという実感を覚えることがなかった。学校への道も、リラの家への道も、沼地への道も、みんな色あせた芝居の書き割りに見えた。苛立ち、気力を失ったわたしは、ほとんど意識せぬまま、自分の苦しみの大半はアントニオのせいだと考えるようになっていた。

そのアントニオもひどく動揺していた。しょっちゅうわたしに会いたがり、時には仕事を抜け出して、高校の入口の前の歩道で気まずそうにわたしを待っていることもあった。彼の不安の元は母メリーナの錯乱であり、そして、万が一、兵役を免除されなかったらどうしようという恐れだった。彼は軍の地方管区に対し、所定の期間内にすでに申請書を何枚も提出し、父親の死亡に母親の健康状態、自分が一家の唯一の稼ぎ手であるという事実をそれぞれ証明する書類も併せて提出してあり、軍も書類の山に圧倒され、彼のことは忘れることに決めたものかと思われた。それがここに来て、エンツォ・スカンノの入隊が秋になったと知り、アントニオは自分もやはり徴兵されるのではないかと心配になったのだった。「ママにアーダ、弟たちをあとに残して兵役なんて行けないよ。一文無しのあいつらを誰が守ってくれると言うんだ？」彼はそう言って絶望するのだった。

　ある時など息を切らせて学校の下に姿を見せたこともあった。憲兵《カラビニエーリ》が彼について聞きこみ調査に来た、そう知らされたというのだ。

「リナに聞いてみてくれないか」彼は不安そうにわたしに頼んだ。「ステファノが兵役を免除されたのは、母親が未亡人だからなのか、それとも何か別の理由があったのかって」

　わたしは彼を落ちつかせ、気を紛らわせようとした。パスクアーレにエンツォ、それぞれの婚約者であるアーダとカルメーラを誘って、アントニオのためにピザ屋で集まったこともあった。友だちと話しあえば不安も収まるのではないかと期待したのだが、うまくいかなかった。エンツォは相変わらず淡々としていて、自分の入隊の知らせにもまったく動じる様子がなかった。彼が愚痴を言ったのは、兵役のあいだ、決して健康ではない父親が自分の代わりに以前のように荷馬車で野菜の行商に出なくてはならないという点だけだった。パスクアーレはと言えば、昔、結核を患ったがために俺は兵役に行けなかったんだと、いくらか暗い表情で告白した。健康状態に問題ありとして地方管区が入隊を認めなかったらしい。彼はこぼした。残念だよ、兵隊はやっておくべきだからな。何も祖国のためなんかじゃない、俺たちみたいな人間は、武器の使い方をしっかり学んでおく義務があるんだ。なぜって、悪いやつらを懲らしめる時がきっともうすぐ来るからさ。パスクアーレはそこで政治に話題を移した。いや正確には、なんだか腹が立って仕方ない様子の彼のひとり語りが続いた。キリスト教民主党の力を借りてファシストたちが権力に返り咲こうとしており、警察機動隊と軍隊まで連中の味方だと彼は言い、いざという時のために俺たちは備えておかなくちゃいけないと主にエンツォに向かって主張した。するとエンツォはうなずき、普段はだんまりの彼がその時はにやりとして、心配するな、帰ってきたら俺が銃の撃ち方を教えてやるから、なんてことまで言った。

アーダとカルメーラはふたりの話に驚いた顔をしていたが、自分たちの婚約者がそんな危険な男たちであったと知って、得意そうだった。わたしも議論に加わりたいところだったが、ファシストとキリスト教民主党と機動隊のつながりなんて話題については無知同然で、意見のひとつも浮かばなかった。そこでアントニオをちらちら見ながら、彼が議論に夢中になってくれやしないかと期待したのだが、駄目だった。アントニオは自分の不安の種に話を戻そうとするばかりで、兵役とはどんなものかと友人ふたりに何度も質問した。するとパスクアーレは、自分だって軍隊など行ったことがないくせに、こんな返事をするのだった。そりゃあ、ひどいところさ。生意気なやつは徹底的に潰されるんだ。エンツォはどうかといえば、今度はいつものように我関せずと黙っていた。パスクアーレの言葉に、アントニオは食べるのをやめてしまい、皿に半分残ったピザをいたずらに切り刻みながら、ぶつぶつとこんな文句を繰り返した。連中、俺が誰だかわかってないんだ。やるならやってみろ、こっちが潰してやる。

ふたりきりになると、アントニオはなんの前置きもなく、沈んだ声でわたしに言った。

「俺が兵役に行ったら、お前は待っていてくれないんだろうな。わかってるよ。新しい男を作るに決まってる」

そこでようやくわたしは理解した。本当の問題はメリーナでもなければ、アーダでも弟たちでもなく、彼らが孤立無援になることでもなければ、兵営での新兵いじめでもなく、このわたしだったのだ。アントニオは一瞬でもわたしをひとりにするのが不安だったのだ。これでは彼を安心させようとして、わたしが何と言おうが、何をしようが、信じてもらえそうになかった。だからとりあえず傷ついた顔をしてから、エンツォを見習えと叱りつけてやった。エンツォは落ちついたもんじゃない？ 入隊しろと言われれば黙ってするし、泣き言なんて言わない。カルメーラとつきあい始めたばかりだっていうのに偉いわ。それがあなたは何？ 理由もないのに愚痴ばっかりで。そうよ、アントー、なんの理由もないじゃない？ だって、どうせ入隊なんてしないんだから。ステファノ・カッラッチが未亡人の息子だから兵役を免除になったのなら、あなただって免除にならないはずがないでしょ？

厳しさと優しさの入り混じったわたしの言葉にアントニオは落ちついたようだった。それでも別れ際、気まずそうな声でまた同じことを頼まれた。

「やっぱりリナに聞いてみてくれよ、親友なんだろう？」

「あなたの友だちでもあるでしょ？」

「そりゃそうだが、頼むよ」

翌日、わたしはリラに相談してみたが、彼女は夫が兵役免除になったことなど何も知らなかった。調べておくとは言ってくれたが、気は進まぬ様子だった。

事実、彼女からの回答は、こちらが期待していたほどすぐにはなかった。ステファノとも、その家族とも、リラは常に何かしら問題を抱えていたからだ。マリアは息子に、お前の嫁は浪費がすぎると言い、ピヌッチャは兄に、新しい食料品店のことで不満を漏らし、自分はあの店では働きたくない、リナに任せるべきだと難癖をつけた。ステファノは母親と妹を黙らせたが、結局は、妻に向かって浪費を咎め、新店の店長をやる気はないかと尋ねることになった。

あのころのリラは、わたしの目から見ても妙につかみどころがなかった。口では無駄遣いはやめると言い、店長の役も喜んで引き受けると答えながら、実際には浪費に拍車がかかり、準備中の店舗にしても、以前は好奇心もあれば、そうしろと言われたせいもあって、顔を出していたのが、ぴったりと行かなくなってしまった。顔の痣もすっかり消えたので、今度はお出かけに夢中らしかった。特に、わたしが学校に行っている午前中だ。

リラはいつもピヌッチャと出かけ、互いにおしゃれを競いあい、無駄遣いを競いあった。たいていはピヌッチャの勝ちだった。一番の理由は、婚約者の彼女が少し可愛らしくおねだりすれば、リーノがどんどんお金をくれたからだ。リーノは、自分は妹の夫よりも太っ腹なところを見せなければいけない、そう思いこんでいる節があった。

「こっちは働き詰めだからな」彼は婚約者によく言ったものだった。「お前は俺の分まで楽しんでくれ」

そして、こんなことはなんでもないといったそぶりで、従業員と父親の見ている前で、ズボンのあちこちのポケットからくしゃくしゃになった紙幣を取り出すとピヌッチャに渡し、すぐに偉そうな態度で妹にも金をやろうとするのだった。

リラはそんな兄の態度が気に入らなかった。ドアをいきなり開き、棚のものを落とす突風のように不愉快だった。ただ、それが、製靴会社の経営がようやく軌道に乗りつつあるという兆しであることには彼女も気づいていたし、チェルッロ製靴の靴が今ではナポリのあちこちの店先に並んでいて、春物の売れ行きもよく、再注文も増えてきたのは、やはり嬉しかった。実際、ステファノは工房の地下も新たに借りて、半分は倉庫に、半分は作業場にせねばならなかったほどで、フェルナンドとリーノも、大急ぎで見習いをもうひとり雇い、時には夜まで働くほどの忙しさだった。

もちろん問題がまるでない訳ではなかった。ソラーラ兄弟がマルティリ広場に開くと請けあった靴屋は、内装にかかる費用をステファノが負担すると決まっていたが、兄弟との約束がすべて口約束であることを警戒したステファノは、しばしばふたりと激しい口論をするようになっていたのだ。ただ、この問題もそのころには決着を見そうな気配だった。非公式ながら念書を作成し、そこにステファノが用意した内装の予算をはっきりと（少々多めに）記すことになったのだ。この結果を特に喜んだのはリーノだった。妹の夫が出資をした店であれば、まるで金を払ったのは自分でもあるかのように、オーナー然として威張ることができるからだ。

「この調子で行けば、来年には結婚できるぞ」彼からそう約束されて、ピヌッチャはある朝、リラがウェディングドレスを注文した仕立屋に行きたがった。ちょっと見ておきたい、という訳だ。

仕立屋の女店主はピヌッチャとリラを大歓迎した。しかしリラの美しさに惚れこんでいた彼女は、結婚式の様子を事細かに知りたがり、ウェディングドレス姿のリラの大きな写真がどうしてもほしいと言いだした。リラは希望どおりに大きな写真を一枚プリントさせ、ある朝、ピヌッチャと一緒に仕立屋に届けに向かった。

その時のことだった。直線道路《レッティフィーロ》沿いを歩きながらリラは夫の妹に、ステファノはどうして兵役を免除されたのかと尋ねた。さらに、彼が未亡人の息子であることを憲兵《カラビニエーリ》が確認しにきたかどうか、免除の知らせは地方管区から郵便で来たのか、それとも自分で確認に行かねばならなかったのかも知りたがった。

ピヌッチャは皮肉っぽい目でリラを見返した。

「未亡人の息子ですって？」

「うん、アントニオが、そういう条件があれば軍隊に行かなくて済むって言ってるらしいんだけど」

「確実に行かずに済ませるには、お金を払うしかないんですって」

「払うって、誰に？」

「地方管区の人間に」

「ステファノは払ったの？」

「そう。でも誰にも言っちゃ駄目よ」

「額はどのくらい？」

「そんなの知らない。みんなソラーラがやったことだから」

リラはそれを聞いて凍りついた。

「どういうこと？」

「だってほら、マルチェッロもミケーレも兵役には行ってないでしょ？　胸囲不足ってことにしてもらったみたい」

「あのふたりが胸囲不足？　でもそんなこと、どうすればできるの？」

「コネさえあればできるのよ」

「ステファノはどうやったの？」

「あの兄弟と同じコネに頼ったんでしょ。お金を払えば、相手が融通を利かせてくれるの」

リラはその日の午後のうちに、そのますべてをわたしに伝えてくれた。しかし彼女は、それがアントニオにとってどれだけ悪い知らせかということは理解していないようで、むしろ、興奮していた。そう、夫とソラーラ一家の同盟関係が今度の商売の都合から致し方なく生まれたものではなく、実はもっと根が古く、自分と婚約するよりも前からの話であったという事実の発見に、彼女は興奮していたのだ。

「わたし、端からあいつにだまされていたんだよ」ほとんど満足げにリラはそう繰り返した。あたかも、その兵役逃れの話こそはステファノの本性を示す決定的な証拠にほかならず、そうとわかって清々したとでも言いたげだった。しばらくして彼女にようやくこちらの質問を聞いてもらうことができた。

「どう思う？ もしもアントニオの兵役免除が認められなかったら、ソラーラは手を貸してくれるかな」

するとリラは、わたしが何かとても嫌なことを言ったみたいにあのきつい目でにらんでから、こう言い切った。

「アントニオがソラーラに助けを求めるなんてこと、まず絶対にあり得ないよ」

13

リラとの会話の内容はひと言もアントニオには伝えなかった。宿題が多すぎる上、試験もたくさんあると言って、デートも断り続けた。

単なる言い訳ではなかった。学校は本当に地獄の様相を呈していた。教育委員会が校長を虐げ、校長は教師たちを虐げ、教師たちは生徒たちを虐げ、生徒は生徒同士でいじめあう。そんな状況だった。

大多数の生徒は宿題のあまりの多さにうんざりしていたが、それでも隔日でしか授業がないことは喜んでいた。しかし一部の生徒は、校舎の老朽化に腹を立て、授業時間の減少に腹を立て、通常授業への即時復帰を求めていた。この少数派の先頭に立っていたのがニーノ・サッラトーレであったため、わたしの日常はさらにややこしいものとなった。

廊下でガリアーニ先生と話をしているニーノの姿をよく見かけた。そのたびに、先生が声をかけてくれないかと期待して、わたしはふたりの横を通ったが、期待は毎度裏切られた。ニーノに期待してみても結果は同じだった。こうしてわたしは自分が格下げされたような気分になった。前みたいに優秀な成績が取れなくなったので、せっかく勝ち得たわずかな名声すらあっという間に失ってしまった、そういうことなのだろう。そもそもお前はあのふたりにどうしろというのか——苦い気分だった——たとえば、教室が使えない問題と宿題の多さについて意見を求められたとしても、お前に何が言える？　実際、わたしには意見など何ひとつなかった。ある朝、その事実にはっきりと気づかされた。ニーノが目の前に立ち、一枚のタイプ原稿を差し出してきたかと思うと、いきなりこう言ったのだ。

「これ、読んでくれないか」

胸がどぎまぎしてしまって、わたしはまともに返事もできなかった。

「今？」

「いや、放課後に返してくれればいい」

わたしは有頂天だった。トイレに急ぎ、興奮したまま原稿を読んだ。数多くの数字が並び、わたしには予備知識のない分野の話題ばかりだった。たとえば、都市計画、校舎の建築技術、イタリア共和国憲法、憲法のいくつかの主要条項といった話題だ。理解できたのは元々知っていたことと、つまり、一刻も早い通常授業への復帰をニーノが要求しているということだけだった。

教室に戻ったわたしは、アルフォンソに原稿を手渡した。

「彼には関わらないほうがいいよ」アルフォンソはろくに読みもしないで、そう言った。「もう学年末だろ。これから最後の口頭試問だっていう時期だよ。彼といると厄介ごとに巻きこまれるよ」

でもわたしはなかば正気を失ったような状態で、こめかみは音を立てて脈打ち、まともに息もできなかった。教師も校長も恐れることなく、あんなにも危険に身をさらしているのは学校でもニーノひとりだ。すべての学科で一番なだけじゃなくて、学校で教わらないことまでたくさん知ってる。他の生徒はどんなに優秀でも、ひとりとして知らないことばかりだ。それにあの性格ときたら。しかもあんなにハンサムだ。わたしは時間を指折り数えた。下校時間になったら、ニーノの元に急ぎ、原稿を返して、絶賛し、自分はすべての論点において彼に賛成だと言い、運動に協力させてほしいと申し出るつもりだった。

生徒であふれた階段に彼の姿はなく、外の通りにも見当たらなかった。やがて、最後の数人と一緒にようやく出てきたニーノは、普段に増して仏頂面だった。わたしは原稿をひらめかせながら、浮かれ調子で駆け寄り、大げさな賛辞を山と浴びせた。彼は難しい顔でこちらの言葉を聞いていたが、やがて用紙を取り上げると、腹立たしげにそれを丸め、投げ捨てた。

「ガリアーニのやつ、これじゃ駄目だって言うんだ」ニーノはつぶやいた。

わたしは困ってしまった。

「何が駄目なの?」

彼は顔をしかめ、〝忘れてくれ、話す価値もないから〟という意味の仕草をした。

「とにかく、ありがとうね」少しぎこちなく礼を述べた彼は急に身をかがめ、頬にキスをしてくれた。

イスキアでのキス以来、その瞬間まで、わたしたちふたりのあいだには接触というものが一切なかった。握手ひとつなかったのだ。しかも当時は、頬にキスしてお別れ、という挨拶もまだ一般的ではなかったから、わたしは金縛りにでもあったみたいに動けなくなってしまった。ニーノは途中まで一緒に帰ろう、とも、じゃあね、とも言わずに、そのまま歩きだした。わたしは腑抜けのようになって、立ち去る彼を見つめていた。

だがその時、最悪な出来事が立て続けにふたつ起きた。まず近くの路地から、十五歳になるかならないかという、間違いなくわたしよりも年下の少女がひとり出てきた。清潔な美しさが印象的な子で、きれいな顔立ちをしていて、まっすぐな長い黒髪が背中へ垂れ、一挙一動がなんとも優雅で、春めいた装いもいい趣味でまとまっていた。そこへニーノが近づいていき、少女の肩を抱いたかと思うと、彼女が顔を上向きにして差し出した唇にキスをしたのだった。わたしがしてもらったのとはまるで違うキスだった。その直後、わたしは通りの角に立っていたアントニオに気づいた。まだ仕事中のはずなのに、もうわたしを迎えにきていたのだ。いつから彼がそこでそうしていたかは見当もつかなかった。

14

アントニオを納得させるのは容易ではなかった。たった今、目の当たりにした光景は彼がずっと疑っていたとおりのことなどではなく、あくまで友だち同士の振る舞いであって、それ以上の意味はない、わたしはそう説明したのだが。「あのひとには恋人だっているのよ。あなたも見たでしょ？」そんなこちらの言葉ににじんだ苦渋の色に気づいたらしく、彼はわたしを脅し、下唇と両手をわななかせた。そこでわたしが、もううんざり、別れましょう、とつぶやくと、彼が降参したので、仲直りした。ただその時から、アントニオは余計にわたしを信用しなくなり、兵役への不安が、ニーノにわたしを取られるという恐れと完全に結びついてしまった。そして、仕事を抜け出して――彼の言葉によれば――わたしにちょっと挨拶にくることがますます増えた。実は犯行現場を押さえて、誰よりも自分自身に対し、わたしの不義を証明したかったのだろう。それからどうするつもりなのかは、彼自身、わかっていなかったと思う。

ある午後、アントニオの妹アーダが、食料品店の前を通りかかったわたしに気がつき、駆け寄ってきた。彼女はその店でもうだいぶ前から張り切って働いていて、ステファノにも喜ばれていた。膝の下まである脂だらけの上っ張りを着ていたが、彼女はとてもきれいだった。それに、口紅を見ても、アイシャドーを見ても、ヘアピンを見ても、上っ張りの下はパーティーにでも行くようにおしゃれをしているのがわかった。話があると言うので、夕食前に中庭で改めて会うことになった。仕事を終えた彼女は息を切らせ、パスクアーレを連れて中庭にやってきた。

ふたりは困り切った様子で交互に口を開き、わたしに問題を説明しようとした。とにかくアントニオのことがとても心配だと彼らは言うのだった。このところ彼はつまらないことで怒るようになり、メリーナに対しても辛抱がなくなり、断りもなく仕事を休むようになったという。勤め先の自動車修理工場の主人、ゴッレージオさんも、アントニオのことは少年時代からよく知っているだけに、こんなあいつは見たことがないと言って戸惑っているらしかった。

「兵役が恐いんでしょ」わたしは言ってみた。

「なんにしたって、呼ばれたら行かない訳にはいかないんだ。さもないと兵役逃れになっちまう」パスクアーレが言った。

「レヌーがそばにいてくれれば、気が晴れるみたいなの」これはアーダだ。

「こっちも忙しいのよ」わたしは言い返した。

「ひととのつきあいは勉強よりも大切だぞ」パスクアーレは言った。

「リナと会う時間を減らせば、暇なんていくらでもできるでしょ」とアーダ。

「なんとかしてみる」わたしは不承不承答えた。

「あいつ、ちょっと心がもろいところがあるんだよな」

最後にアーダが乱暴にまとめた。

「わたし、小さなころからずっと、頭のおかしなママの面倒を見てるの。レヌー、病人がふたりになったら、本当たまらないわ」

わたしは腹が立ったが、恐ろしくもなり、罪の意識にさいなまされて、また頻繁にアントニオと会うようになった。とてもそんな気分ではなく、勉強だってたくさんあったのだが。でも、それだけでは足りなかった。ある晩、沼地で彼は泣きだし、わたしに一枚のはがきを見せた。結局、兵役は免除されず、秋にエンツォと一緒に出発することになったということだった。続いてアントニオがとった行為は、わたしをひどく怯えさせた。彼はごろりと地面に倒れると、取り憑かれたように土をどんどん口に入れだしたのだ。わたしは彼を固く抱きしめ、愛しているとささやきかけながら、口の土を指で掻き出してやらねばならなかった。

このままだとまずい――その夜、眠れぬまま、ベッドの中で考えているうちに、あることに気がついた。学校をやめ、本来の自分を受け入れ、アントニオと結婚して、彼の実家でその母親と妹に弟たちと一緒に暮らし、ガソリンスタンドで働こう、ずっとそう思っていたはずが、その気持ちがにわかに薄れていたのだ。わたしは決めた。まずはどうにかしてアントニオを助けよう。そして、彼が元気になったら、ふたりの関係に終止符を打とう。

翌日、わたしはリラに会いにいった。こちらはびくびくしていたが、彼女のほうはやけに陽気だった。あの時期、わたしたちはどちらも精神的に不安定だった。わたしはアントニオのこと、はがきのことをリラに話し、ひとつ決心をしたと告げた。アントニオには内緒で――話せば絶対に許してくれないだろうから――マルチェッロかミケーレに会い、彼を危機から救ってくれないかと相談しようとわたしは決めたのだった。

わたしは自分の覚悟のほどを大げさに語ったが、実のところは混乱していた。やってみるしかない、そもそもアントニオの苦しみはこの自分が原因なのだから、と思う一方で、そうしてリラに会いにきたのは、彼女ならば必ずわたしを止めてくれるとわかっていたからなのだった。ところが自分の感情の嵐で手いっぱいだったわたしは、彼女の嵐にまで気が回らなかった。

リラの反応はあいまいだった。まずはわたしをからかい、嘘つき呼ばわりしてから、過去のごたごたを考えれば、ソラーラ兄弟がアントニオのために指一本だって動かすはずがないのをわかっていて、それでもわざわざ、あのふたりに馬鹿にされにいくというのなら、彼のことを本当に愛しているのねと言った。でもまたすぐに彼女はこちらの相談を苛々と再検討しだし、くすくす笑ったかと思えば、また真面目な顔になり、そうかと思えば、また笑いだしたりした。そして最後に、話はわかった、行くだけ行ってみればいいじゃない、と言い、こんなことを付け加えた。

「それにつまるところ、うちの兄貴とミケーレ・ソラーラにどんな違いがあるって言うの？　もっと言っちゃえば、ステファノとマルチェッロだって同じようなものじゃない？」

「何が言いたいの？」

「もしかしたらわたし、マルチェッロと結婚すべきだったのかも、ってこと」

「意味がわかんないんだけど」

「少なくともマルチェッロは、誰のすねもかじらずに、自由にやってるし」

「本気でそんなこと言ってるの？」

彼女は笑いながらすぐに打ち消したが、わたしは納得がいかなかった。リラがまさかマルチェッロの評価を今さら改めようとしている？　あり得ないと思った。笑い声も嘘っぽかった。夫とうまくいかないものだから、苦悩がこんな嘘笑いになって出てくるのではないか。

わたしの推理の正しさはただちに証明された。彼女は真剣な顔になると、目をぎゅっと細めて、こう言ったのだ。

「わたしも一緒に行くわ」

「どこに？」

「ソラーラのところ」

「でも、リラがなんで？」

「あの兄弟にアントニオを救えるのかどうか、知るためよ」

「駄目だって」

「なんで？」

「きっとステファノが怒るもの」

「そんなの平気。ステファノがあの連中を頼るなら、わたしが頼ったっていいはずでしょ？　あのひとの妻なんだから」

15

リラの考えを変えることはできなかった。ある日曜日――日曜は昼までステファノが起きてこなかった――彼女と一緒にただの散歩に出かけたつもりが、バール・ソラーラに連れていかれたのだ。朝、石灰でまだ白っぽい、舗装されたばかりの道路に姿を見せたリラを見て、わたしは唖然となった。もの凄く派手な格好をしていたのだ。そこにいたのは、昔のみすぼらしい彼女でもなければ、グラビア誌のジャクリーン・ケネディでもなかった。当時わたしたちが愛した映画でたとえれば、『白昼の決闘』のジェニファー・ジョーンズか、『日はまた昇る』のエヴァ・ガードナーといったところか。

そんなリラの傍らを歩けば、気まずい上に、ある種の危険も感じた。彼女は悪口を言われるだけならともかく、笑い物になる恐れもあったからだ。しかも、リラに付き添うわたしまで地味だが忠実な子犬のように見られ、巻き添えを食う羽目になりそうだった。リラは髪型も、イヤリングも、タイトなブラウスにスカートも、歩き方も、つまりは何もかもが、地区の灰色の街角には不釣りあいだった。彼女を目の当たりにした男たちは、息を吞み、むっとした表情になった。女たちは――なかでも老人は――戸惑いを見せた。なかには、通りでメリーナの奇行を目撃した時と同じように、愉快と不快の入り混じった薄笑いを浮かべる者もあった。

にもかかわらず、わたしたちがバール・ソラーラに入った時、店内は日曜のお菓子を買い求める男たちでいっぱいだったが、リラを待っていたのは、うやうやしくそっと見つめてくる視線の数々と、礼儀正しい黙礼がいくつか、そして、カウンターの後ろにいたジリオーラ・スパニュオロの心からの憧れの目と、レジにいたミケーレのほとんど歓声のような、大げさな〝いらっしゃい〟という声だった。続く会話はすべて方言で行われた。緊迫した空気のせいで、標準語の面倒な発音と語彙、構文を介する余裕などとてもない、そんな雰囲気だった。

「ご注文は？」

「お菓子を一ダースちょうだい」

するとミケーレはジリオーラに向かって声を張り上げた。今度の声には若干、皮肉っぽい響きがあった。

「カッラッチ夫人にお菓子を十二個だ」

その名を聞いて、調理場の入口にかかったカーテンからマルチェッロが顔を覗かせた。なんとリラが自分の店にいるのを見て、マルチェッロは血の気を失い、いったん顔をひっこめた。しかしすぐにまた出てきて、わたしたちに挨拶をした。彼はわたしの親友に向かってこうつぶやいた。

「お前をカッラッチ夫人なんて呼ぶのは、変な感じだな」

「本当ね」リラは面白そうに微笑んで答えた。その声にまるで敵意がないことに、わたしだけではなく、ソラーラ兄弟も驚いていた。

ミケーレはそんなリラを改めてまじまじと眺めた。首を一方に傾けて、一幅の絵画でも鑑賞するかのように。そして言った。

「そうだ、昨日、お前を見たぜ」それから彼はジリオーラに大声で呼びかけた。「なあ、ジリオー、昨日の午後だったよな？」

ジリオーラはうなずいたが、どちらかといえば冷めた様子だった。マルチェッロも〝ああ、見た、見た〟と同意したが、ミケーレのような茶化した口調ではなく、むしろ手品師のショーで催眠術でもかけられたような反応だった。

「昨日の午後？」リラは尋ねた。

「そう、昨日の午後だ。場所は直線道路《レッティフィーロ》だよ」ミケーレが答えた。

するとと弟の話し方が不快だったらしく、マルチェッロがすぐに種明かしをした。

「仕立屋のショーウィンドウだ。ウェディングドレスを着たお前の写真が飾ってあったんだ」

それからしばらくは、その写真の話題になった。マルチェッロは真剣に、ミケーレは皮肉っぽく、それぞれ表現こそ違ったが、ふたりともその写真がいかに結婚式当日のリラの美しさをよく捉えているかを強調した。するとリラはあくまであだっぽく、一応、腹を立ててみせ、仕立屋はあの写真をそんな風に飾るなんて言ってなかった、知っていたらやらなかった、と言った。

「わたしもそんな写真、店先に飾ってほしいな」ジリオーラがカウンターの後ろでおねだりをするような声を上げた。

「まず、お前をもらってくれる男がいれば、だけどな」ミケーレが言った。

「あなたがいるでしょ」沈んだ声でジリオーラはやり返した。そんなやりとりがしばらく続き、やがてリラが真面目な声で言った。

「レヌッチャも結婚したいんだって」

するとソラーラ兄弟は仕方なくといった感じでわたしに目をやった。その時までわたしは、透明人間にでもなった気分で、じっと黙っていた。

「そんなの嘘です」わたしは赤くなった。

「どうして？　眼鏡をかけてるからか？　俺でよければすぐにもらってやるぜ」ミケーレが言い、またジリオーラから暗い目でにらまれた。

「残念でした。レヌッチャにはもう婚約者がいるもんね」リラは答え、徐々に話題をアントニオに持っていくことに成功した。そして、一家の厳しい現状を兄弟に訴え、働き手の彼が軍隊に取られてしまうと、その状況がまたどれだけ悪化するかを活き活きと説明した。彼女の巧みに言葉を操る技は見慣れていたが、ぶしつけな物言いと堂々たる態度が絶妙に配合された、その新しい語り口にわたしは目を見張った。リラは口紅で真っ赤に輝く唇を開いて、マルチェッロには、過去のことは水に流したと信じこませ、ミケーレには、彼の抜け目なく傲慢な態度を彼女が楽しんでいると信じこませた。しかも——この点、わたしはおおいに感心したのだが——彼女は兄弟のどちらに対しても、男というものをよく知っている大人の女として振る舞った。男について新たに学ぶべきことなど自分にはもうなく、むしろ、おおいに教えるべき立場にあるとでも言いたげだった。それは演技ではなかった。子ども時代のわたしたちは、道を踏み外した貴婦人の出てくる小説を真似て、大人のふりをしたものだが、今度の彼女の知識は明らかに本物であり、だからといって赤面することもなかった。そうかと思えば突如、冷たく振る舞い、〝あんたたちふたりがわたしを我が物にしたいと思っているのは知っているけれど、こっちはどっちも願い下げだから〟という否定の信号を発するのだった。そうしてリラがすっと身を引けば、兄弟は戸惑った。マルチェッロはおろおろしてしまい、ミケーレは次の一手に迷い、〝なめるんじゃねえぞ、カッラッチ夫人だろうがなんだろうが、びんたのふたつ三つはお見舞いするぜ〟と言わんばかりに、鋭い眼光を彼女に浴びせた。するとまたリラは態度を変え、ふたりを懐に引き寄せ、ふたたび楽しげな顔になり、兄弟を楽しませるのだった。さて、その結果は？　ミケーレは揺るがなかったが、マルチェッロはこう言った。

「アントニオは助けてやる価値もない男だが、レヌッチャがかわいそうだな。よし、どうにかできないか友人に聞いておいてやろう」

わたしは嬉しくなって、マルチェッロに礼を述べた。

リラは菓子を選んだ。ジリオーラに対しても、調理場から顔を出し、ステファノによろしく伝えてくれと言った父親の菓子職人に対しても、彼女は礼儀正しく接した。代金を支払おうとすると、マルチェッロは身振りできっぱりと拒否し、弟も、そこまで断固とした否ではなかったが、兄に倣った。そしてわたしたちが店を出ようとした時、ミケーレがリラに声をかけた。その声は真面目で、やけにゆっくりとしていた。それは彼が何かを相手に要求し、有無を言わせまいとする時の話し方だった。

「あのお前の写真、本当にきれいだぜ」

「ありがとう」

「靴もよく写ってるんだよな」

「そうだったっけ？」

「ああ、間違いない。そこでひとつ頼みがあるんだ」

「あなたも一枚ほしいの？　ここに飾りたいわけ？」

ミケーレは冷たい薄ら笑いを浮かべ、首を横に振った。

「違う。だが、マルティリ広場の店を今、準備中なのは知ってるだろう？」

「あなたたちの仕事の話、わたしなんにも知らないの」

「ふん、じゃあ知っておくべきだな。大切な話だし、お前が馬鹿じゃないことは俺たちだってよくわかってる。考えたんだ。仕立屋があの写真をウェディングドレスの広告に使ったなら、こっちはチェルッロの靴の広告にもっとうまく使えるはずだってな」

リラはげらげら笑いだし、こう言った。

「まさか、あの写真をマルティリ広場のショーウィンドウに飾るつもり？」

「違う。もっともっと大きく引き伸ばさせて、店の中に飾りたいんだ」

彼女はちょっと考えてから、いかにも関心なさそうな顔をした。

「そういうことはわたしじゃなくて、ステファノに聞いて。彼が決めることだから」

するとミケーレとマルチェッロは困ったように顔を見合わせた。それでわかった。彼らはもうそのアイデアについてとっくに話しあいを済ませており、リラはまず了承しないはずだという結論にいたっていたのだ。だからこそ、こうして彼女が提案に腹も立てず、即座に断りもせず、迷うことなく夫に決定権を委ねたという現実が信じられなかったのだ。わたしもその時は、いつものリラらしくないと思った。

マルチェッロは店の戸口までわたしたちに付き添い、外に出ると、改まった声でリラに言った。その顔は相変わらず血の気がなかった。

「リナ、お前とこうして話すのは、ずいぶん久しぶりのことだよな。俺、凄く緊張してる。お前とは一緒になれなかったが、それは仕方ない、もう終わった話だ。だがな、お前とのあいだに誤解は残しておきたくないんだよ。何より、身に覚えのない罪でお前に恨まれたくないんだ。俺が例の靴をほしがったのはそっちの顔に泥を塗るためだった、そうステファノが触れ回っているのは知ってる。だがな、レヌッチャの前でお前に誓うが、あの靴はあいつとリーノのほうから、これで恨みっこなしだって差し出してきたんだ。こっちは無関係なんだよ」

リラはマルチェッロの言葉を遮ることなく優しい顔で聞いていた。だが話が終わると、すぐにいつもの彼女に戻り、軽蔑した声で言った。

「あなたたちって、罪のなすりあいをする子どもみたいね」

「信じてくれないのか？」

「そうじゃないよ、マルチェー。話は信じるよ。だけどね、あなたが何を言おうが、ステファノとリーノが何を言おうが、わたしはもうどうでもいいんだ」

16

わたしは懐かしい中庭にリラを引っ張っていった。自分が彼のためにどんな手柄を立てたか、一刻も早くアントニオに教えてやりたかったのだ。わたしは興奮混じりにリラに打ち明けた。実は彼が落ちつき次第、別れるつもりでいるのだ、と。しかし彼女は何も言ってくれず、なんだかぼんやりしていた。

名前を呼ぶと、アントニオは窓から顔を出し、下りてきた。深刻な表情だった。彼はリラに挨拶をした。彼女の派手な服装も化粧も気にならない風を装っていた。というより、できるだけ見ないようにしていた。男としての動揺が顔に出るのをわたしに気づかれたくなかったのだろう。時間がないのだけど、いい知らせがあるので伝えにきたと言うと、アントニオは聞いてくれた。しかし、こちらの話が終わる前からもう、彼はまるでナイフでも突きつけられたみたいに尻込みをした。わたしは構わず、マルチェッロがあなたを助けてくれると約束してくれたと嬉々として伝え、リラにも同意を求めた。

「マルチェッロ、助けるって言ってたよね？」

彼女はうなずいただけだった。だが彼のほうは真っ青になって、うつむいてしまい、声をつっかえさせながら、ぼそりと言うのだった。

「ソラーラに相談してくれなんて、俺、頼んでないぞ」

するとリラがこんな嘘をついた。

「わたしが思いついたんだ」

アントニオはうつむいたまま答えた。

「ありがとう。でも、そんな必要はなかった」

彼はリラに別れを告げると――わたしにはひと言もなかった――身を翻し、アパートの入口に消えた。

わたしは胃が痛くなってきた。自分は何か間違いを犯したのだろうか。彼は何をあんなに不安がっているのだ。道々、わたしはリラに不満をぶちまけた。アントニオって母親のメリーナよりたちが悪いよ。不安定な血を受け継いじゃったのね。もうやってらんないわ……。リラは黙って話を聞いてくれた。そうして一緒に彼女の家の下まで来ると、部屋に上がっていくように誘われた。

「ステファノがいるでしょ」わたしは断ったが、本当の理由は別にあった。アントニオのあの反応があまりにショックだったので、自分がどこでミスを犯したのか、ひとりで考えてみたかったのだ。

「五分だけでいいから」

そう言われて上がってみると、ステファノはまだパジャマ姿で、髪はくしゃくしゃ、髭もぼうぼうだった。彼はわたしに優しく挨拶をしてから、妻を一瞥し、菓子の包みを見た。

「バール・ソラーラに行ったのか」

「そう」

「そんな格好で？」

「どうして？　どこか変？」

ステファノは不機嫌そうに首を振ると、包みを開けた。

「レヌー、ひとつどうだい？」

「せっかくだけど、遠慮しとく。もうすぐお昼だから」

彼はカンノーロ（筒状の生地にリコッタチーズ等を詰めたお菓子）にかぶりつき、妻に尋ねた。

「バールで誰と会った？」

「あなたのお友だちと会ったわ」とリラ。「ふたりとも、わたしのこと凄く褒めてくれた。そうよね、レヌー？」

そして彼女は、ソラーラ兄弟の言葉を一語一句漏らさず伝えた。ただし、アントニオの問題に関するものを除き、という条件付きだ。それこそがわたしたちがバール・ソラーラに向かった本当の理由であり、だからこそリラはつきあってくれたのだろうとわたしは思っていたのだが。最後に彼女はわざと嬉しそうな声を出し、こう締めくくった。

「ミケーレ、あの写真を大きく引き伸ばして、マルティリ広場のお店に飾りたいんだって」

「それでお前は了解したのか？」

「あなたに相談してくれ、って言っておいたわ」

ステファノはカンノーロをひと噛みで飲みこみ、指をなめた。そして、いかにも面倒くさそうに言った。

「また余計なことをしてくれたな。おかげでこっちは明日、直線道路《レッティフィーロ》の仕立屋と話をつけにいかなきゃならないじゃないか」彼はため息をつき、次にわたしに向かって言った。「レヌー、君ならば道理がわかるよな？　こいつに説明してやってくれないか。俺はこの地区で商売をしているんだ。だから恥をかかせないでくれって。それじゃ、よい日曜日を。ご両親によろしく」

そして彼は洗面所に消えた。

リラは馬鹿にした顔で夫の背中をにらみつけてから、わたしを玄関まで送ってくれた。

「なんだったら、わたし、まだいてもいいけど」わたしは言った。

「あの馬鹿なら平気、心配しないで」

リラは男っぽい低い声を出して、〝こいつに説明してやってくれないか〟とか、〝恥をかかせないでくれ〟とかいった台詞を繰り返した。物真似をしているうちに彼女の目は陽気な色を帯びてきた。

「でも叩かれたりしない？」

「叩かれたってどうってことないよ。何日かすれば、元より調子よくなるくらい」

踊り場に出ると、彼女がまた作り声を出して、〝レヌー、俺はこの地区で商売をしているんだ〟と言ったので、こっちもアントニオの真似をせねばならないような気分になって、〝ありがとう。でも、そんな必要はなかった〟とささやいた。すると、なんだか急に、自分たちを外から眺めているような気分になった。それぞれ男と問題を抱えたふたりが玄関の前で立ち止まり、大人の女っぽいおしゃべりに興じている。そう思うとおかしくなって、わたしたちは一緒に笑った。わたしはリラに言った。わたしたちって何をしても結局、間違っちゃうみたい。男って、訳わからないよね。ああ、本当、面倒くさい。それから彼女を強く抱きしめ、わたしは立ち去った。しかし階段を下り切る前に、彼女を口汚く罵るステファノの声が聞こえてきた。それは父親そっくりな、人食い鬼の声だった。

17

家に戻る前から、リラのことも、自分のことも、心配になってきた。彼女、ステファノに殺されてしまうのではないか。わたしだって、アントニオに殺されやしないか。そんな不安にかられて、思わず急ぎ足になった。辺りは埃っぽいひどい暑さに包まれ、日曜の通りは人気《ひとけ》が途絶えつつあった。昼食の時間が迫っていたのだ。男たちのむやみに細かなルールにまったく抵触せずに行動するのは、なんと難しいことか。密かな計算があっての行動だったのか、単なる意地悪だったのかはわからないが、リラは、かつて自分に求婚をしたマルチェッロ・ソラーラに公然と――カラッチ夫人として――媚を売り、夫であるステファノの怒りを買った。わたしはそうと意識せぬまま、いや、むしろよいことをしているのだと本気で信じて、アントニオの問題をよりによってかつて彼の妹を侮辱し、彼をぼろぼろに叩きのめし、彼もまた同じくらい派手にやり返した、あの兄弟に相談にいった。中庭に入るとわたしの名を呼ぶ声がして、ぎょっとした。アントニオだった。窓際でわたしの帰りを待っていたのだ。

彼が下りてきた。恐かった。ナイフを持っているに違いない、そう思った。ところが彼は、動きを封じるように両手をずっとポケットに突っこんだまま、冷静に、遠くを見るような目をして、こんなことを言うのだった。お前は俺が世界で一番軽蔑している人間と一緒になって、この俺を馬鹿にした。お前のせいで俺は、自分の頼みごとのためにてめえの女を走らせる情けない男扱いをされることになった。俺は誰に頭を下げるつもりもないし、兵役ぐらい一度と言わず、百遍だって行ってやる。いや、マルチェッロに助けを求めるくらいなら、いっそのこと立派に戦死してやる。こんなことがパスクアーレとエンツォに知られたら、俺は顔に唾を吐きかけられるだろう。もう別れよう。今度の一件でようやくはっきりした。やっぱりお前は俺のことなんてどうでもいいんだ。お前はこっちの気持ちなんてこれっぽっちも考えちゃいない。これからはサッラトーレの息子とせいぜい勝手にやればいい。お前とはもう二度と会いたくない。

何も言い返せなかった。不意に彼はポケットから両手を出すと、わたしをアパートの入口の扉の中に引きずりこみ、ぎゅっと唇を重ね、こちらの口の中を舌でめったやたらにかきまわした。それから体を離し、後ろを向くと、行ってしまった。

わたしは家までの階段を上った。頭がひどく混乱していた。自分はリラより運がいいと思った。アントニオはステファノとは違うのだ。わたしに向かって手を上げることは絶対にないはずだ。彼は、自分自身しか虐げることのできない人間なのだから。

18

その翌日、リラには会わなかったが、思いがけず、その夫と会うことになった。

午前中は暗い気持ちで学校に行った。暑い上に、前日は予習復習もしておらず、ろくに眠れなかった。結果、学校で過ごした時間は最悪だった。朝は、学校の前でニーノを待った。階段を一緒に上り、少しでも言葉を交わせればと期待したのだが、彼は現れなかった。あの彼女と町でデートなのかもしれなかった。朝からやってる映画館の暗がりであの子にキスをしているところか、カポディモンテの森辺りで、わたしが何カ月もアントニオにしてやったようなことを彼女にさせているところかもしれなかった。一時間目に口頭試問があった。化学だ。わたしの回答は混乱気味で不十分だった。どれだけひどい点数をつけられたかわからないが、もはや挽回する時間もなく、九月に追試となる危険が高かった。廊下ですれ違ったガリアーニ先生には穏やかに説教をされた。グレーコさん、最近、どうしたの？　どうして勉強しなくなってしまったのかな？　そんな内容だった。わたしはなんと答えたものかわからず、先生、勉強はやってます。本当です、一生懸命やってるんです、としか言えなかった。彼女は耳を傾けてくれたが、ほどなくわたしを置いて、職員室に行ってしまった。わたしはトイレにこもって長いこと泣いた。己の不運な人生を嘆く、自己憐憫の涙だった。何もかも失ってしまった。優等生の名声も失った。アントニオも、ずっと別れたいと思っていたのに、逆に捨てられてみれば、もう恋しかった。それにリラも、カッラッチ夫人になってからは日ごとに別人に変わっていく。頭痛に悩まされながらわたしは家まで歩いて帰り、道々、彼女のことを思った。リラはわたしを利用したのだ。そうとしか言いようがなかった。ソラーラ兄弟を挑発するため、そして、夫に仕返しをするために。あの子はわたしの前で、傷ついたステファノの情けない姿をわざとさらしものにしたのだ。歩くわたしの胸を離れなかったのは、こんな疑問だった。いったいひとはここまでがらりと変われるものなのだろうか。今のリラはもう、ジリオーラと何ひとつ変わりがないじゃないか。

ところが家に帰ってみると、思いがけぬ事態が待っていた。まず、母さんがいつもみたいにわたしを叱り飛ばさなかった。たいてい、帰りが遅いとか、アントニオと会ってきたんじゃないかとか、山のようにある家事を何か忘れたとかで怒られるのだが、その日は、優しげなしかめ面といった表情でこんなことを言うのだった。

「ステファノに頼まれたよ。今日の午後、あんたを借りたいって。直線道路《レッティフィーロ》の仕立屋までつきあってほしいんだとさ」

わたしは自分の耳を疑った。疲れと気落ちとで、ぼんやりしていたからだ。ステファノって、ステファノ・カッラッチ？　どうしてわたしなんかと一緒に、直線道路《レッティフィーロ》に彼は行きたいの？

「どうして奥さんと行かないのかね」隣の部屋で父さんがからかうように言った。父さんはその日、仕事を病欠ということになっていたが、実はまた何か怪しげな取引があったらしかった。「あの夫婦は暇な時、何をして遊ぶのかな。もしかしてトランプか？」

母さんはやめてちょうだいという仕草をしてから、リナはたぶん忙しいんでしょうと言い、カッラッチ家とは仲よくしなければいけないと言い、何を聞いても不満を言うのは誰かさんの悪い癖だと言った。実のところ父さんは不満どころか、大喜びだった。食料品店の経営者一家と良好な関係を築けば、つけで食べ物が買える上、支払いもかなり先送りできるからだ。それでも父さんは冗談を言わずにいられないらしく、もうしばらく前から、機会があるごとに、ステファノはどうやら性的に怠け者らしいとほのめかしては喜んでいた。食事の時も父さんは時おり、ステファノはどうしてるかな、あいつ、テレビの見すぎじゃないか、なんてことを言って笑った。何が言いたいのかは簡単に見当がついた。どうしてあの夫婦にはまだ子どもができないんだ？　ステファノは不能なんじゃないか、ということだ。母さんはその手のほのめかしには鋭かった。だから、口では真面目に、まだ早いでしょ、放っといてやりなさいよ、と答えながらも、心の中では、あんな金持ちが不能だなんていい気味だと、父さん以上に楽しんでいた。

食卓はもう準備ができていて、みんな、わたしの帰りを待っていたようだった。父さんはいやらしくにやけながら席に着き、母さんにまた冗談を言った。

「俺も、一度くらいはお前に言ったことがあったっけ、〝ごめん、今夜は疲れてるんだ。あっちはやめて、トランプにしておかないか〟って？」

「ないわよ。あなた、そんな善人じゃないもの」

「善人になってほしいのか」

「少しはね。やりすぎは嫌よ」

「じゃあ今夜から善人になろう。ステファノみたいにさ」

「やりすぎは嫌って言ったでしょ」

わたしは両親のこうした掛けあいが大嫌いだった。ふたりの口ぶりは、どうせわたしと弟たちと妹にはまったく理解できない、そう信じているか、あるいは逆に、子どもたちは細かいニュアンスまで完全に理解しているものと考え、それが男と女のあるべき姿を教える一番の方法だと信じているかのようだった。悩みの数々に打ちのめされていたわたしは、できるものなら今にも叫びだし、皿を投げ、家を飛び出してやりたかった。そして二度と家族には会わず、食堂の天井の隅にできた湿気の染みも、ぼろぼろの壁も、昼食のにおいも、何もかも忘れてやりたかった。ああ、アントニオ。彼を失うなんて、なんて馬鹿をやったんだろう。わたしはもう後悔していた。許してもらえないだろうか。九月に追試と決まったら、サボって落第してやろう。そしてすぐにでも彼と結婚しよう。でもそこまで考えて、リラを思い出した。あんな格好をして、ソラーラ兄弟にあんな口を利いて、何を考えているのだろう。彼女、屈辱と苦しみのせいで、あんなに悪い子になってしまって……。あの午後は、そんな風に脈絡もないことをつらつらと考えて過ごした。リラの新居のバスタブも思い出した。ステファノの頼みごとへの不安もあった。このこと、リラにどうやって伝えよう。そもそも彼がわたしなんかに、なんの用なんだろう。ああ、化学。ああ、エンペドクレス（古代ギリシアの哲学者）。ああ、勉強。勉強なんてもうよそう。そして最後にひやりとするような、つらい真実をわたしは理解した。どうしようもないのだ。わたしも、リラも、どちらも駄目なのだ。わたしたちはどうしたって、学校の前でニーノを待っていたあの子みたいにはなれない。目には見えないが、とても大切な何かがわたしたちには欠けている。あの子にはその何かがある。遠くから見ても一目瞭然だ。この世にはそれを持つ者と、持たぬ者の二種類の人間がおり、それは、いくらラテン語とギリシア語を学んでも身につかず、いくら食料品店で稼いでも、いくら靴を売っても、決して手に入らないものなのだ。

ステファノは中庭からわたしの名を呼んだ。急いで下りていくと、彼はやけに沈んだ顔をしていた。仕立屋が許可もなく店頭に飾った写真を取り返しにいくので、つきあってほしいと頼まれた。お願いだからきてくれ、とささやくその声には少し甘い響きがあった。彼はわたしをあのオープンカーに乗せると、黙って出発した。車は飛ぶように走り、熱風がふたりを包んだ。

地区を出た途端、ステファノは口火を切り、それから仕立屋に到着するまで話をやめなかった。語り口は穏やかな方言で、汚い言葉も使わず、誰かを嘲笑うようなこともなかった。まず彼はわたしに助けを求めた。ただし具体的にどうしてほしいということは言わず、しどろもどろになりながら、この自分を助けることは、君の親友である妻を助けるのと同じことなのだと主張した。続いてステファノはリラの話に移った。あれはなんと賢明で、美しい女だろう？　だが、生まれつきの反逆児だ。なんでもあいつの言うとおりにしないと、さんざんな目に遭わされる。レヌー、俺が今、どんなに苦しい状況にあるか、君は知らないだろうな。いや、知っているのかもしれない。でもそれはあいつに聞かされた一面に過ぎない。どうか俺の話も聞いてくれ。リナは俺が金のことしか考えなくなった、そう言って聞かなくなった。もしかしたらそのとおりなのかもしれないが、家族のため、あいつの兄貴と親父さんをはじめ、向こうの一族のみんなのためにやっていることなんだ。俺の言ってることは間違っているか？　君には学もある、間違っていたら教えてくれ。あいつは俺に何を望んでいるのだろう？　元の貧しい生活に戻りたいとでも言うのか？　金はソラーラにだけ稼がせておけばいいとでも？　連中が地区で我が物顔をするのを放っておけと？　君が俺の考えは間違っていると言うなら、素直に聞こう。過ちはすぐに認めるつもりだ。ところが、リナとは、どうしても口論になってしまうんだよ。あなたなんか嫌い、あいつはそう言った。一度や二度の話じゃない。俺が夫だとリナにわからせるのは本当に骨が折れる。結婚してからこのかた、俺の人生は最悪だよ。毎日、朝も夜も一緒で、同じベッドで寝ているのに、こっちはどんなにあいつが好きか伝えたくて、そのための力だってあるつもりなのに、伝えることができないというのは、まったくひどい気分だ。

わたしはハンドルを握る彼の大きな手を見つめ、顔を見た。急にその目が潤んだかと思うと、彼は、初夜に不本意ながらリラに手を上げてしまったと告白した。そうせざるを得なかったのだと。リラは毎朝、毎晩、彼からわざと叩かれるようなことをして、彼を堕落させ、彼が絶対に、絶対に、絶対になりたくないと思っていたような男にしてしまうのだという。ステファノはそこで、ほとんど怯えたような声になった。俺はまたあいつを叩いたよ。仕方なかった。あんな格好でソラーラのところに行っちゃいけない。だがリナの中には、俺にもどうしようもない力がある。悪い力だ。どんなに優しく接しても、あの力がすべてを台無しにしてしまうんだ。一種の毒だよ。ほら、たとえば、ぜんぜん妊娠しないだろう？　幾月たっても何も起きないんだ。親類も、友だち連中も、店の客も、薄笑いを浮かべながら俺に聞くよ。最近どうだいって？　こっちは質問の意味がわからないふりで、どうって何もないさ、と誤魔化すしかない。さもなきゃ、まともに答えなきゃならないもんな。答えるといったって、なんと言えばいい？　知っていても、言えないことってあるだろう？　レヌー、あいつは悪い力で腹の中の赤ん坊を殺してしまうんだよ。それもわざとだ。わざと殺して、俺が男として不能だとみんなに思わせ、無様な思いをさせようというんだ。どう思う？　俺は大げさだろうか？　話を聞いてくれてありがとう。心から感謝している。

わたしは答えに迷った。男のひとがそんな風に自分のことを赤裸々に語るのを初めて聞いたもので、たまげていたのだ。ステファノは自分の暴力を語る時も、その他の時もずっと、心のこもった方言を使った。無防備で、なんだかある種の歌の文句みたいな言葉遣いだった。彼があの時どうしてあんな告白をしたのか、わたしはいまだにわからない。もちろん、いったい何が望みなのかは、続いて聞かされた。リナのためを思って俺の味方になってほしい、というのが彼の望みだった。彼の敵ではなく妻として振る舞うことがどれだけ大切か、彼女が理解できるように助けてやらなくてはならない。彼はそう言うのだった。二軒目の食料品店の経営に手を貸し、会計を手伝うように説得してくれとも頼まれた。しかしそうした頼みごとがあるからといって、あそこまで胸のうちを明かす必要はなかったはずだ。

恐らく彼は、わたしがリラから一切を事細かに聞かされているものと思いこみ、釈明をしたかったのだろう。あるいは、妻の親友にそこまで胸襟を開くつもりはなかったが、感情が昂ぶってつい、ということだったのかもしれない。または、わたしを感動させておけば、わたしからすべてを聞いたリラも感動するだろうという計算尽くの行為だったのかもしれない。確かに話を聞くうち、わたしはステファノに強く共感した。極めてプライベートな話をとうとう聞かされるという状態も、段々、心地よくなってきた。それに——これは白状せねばならない——彼がわたしをそんなにも重視してくれたという事実が何よりも嬉しかった。わたしが昔から抱いてきたのと同じ疑念にステファノが言及した時は、つまり、リラには自分の体が子どもを授かることさえ妨げ得る、なんでもできる怪しげな力があるのではないかという話だが、〝君には聖なる力があり、リナの呪わしい力さえ打ち破ることができる〟と言われた気がして、もう有頂天だった。車を降り、仕立屋に着いた時、わたしは彼の言葉のおかげで気も晴れやかだった。ふたりが幸せになれるようにわたしも力の限り頑張ってみるなんて、標準語で大げさな宣言までしてしまったほどだった。

ところが仕立屋のショーウィンドウの前に来ると、また落ちつかない気分になった。わたしとステファノはどちらも足を止め、色とりどりの生地のあいだに飾られた、額縁入りのリラの写真を眺めた。彼女は脚を組んで座っていた。ウェディングドレスの裾が少し持ち上がり、左右の靴と片方の足首が見えていた。頬杖を突き、力強い真剣な視線を物怖じすることなくレンズに向けている。頭には美しいオレンジの花輪があった。カメラマンは運に恵まれたようだ。この写真はステファノの述べた彼女の力をよく捉えている、そう思った。リラ自身、どうにもできない力らしかった。わたしは賞賛と無念の入り混じった口調で、〝ほら、さっきわたしたちが話していた力がこの写真にはよく表れているわ〟と言うように、ステファノを見た。しかし彼はドアを押すと、先に入るようわたしを促した。

ステファノは仕立屋の女主人に対し、わたしを相手にしていた時とはまるで違う、ずっと厳しい調子で話しかけた。彼はまず、わたしはリナの夫です、そう名乗った。これはよく覚えている。それから、自分も商売をしているが、こんな広告は常識外れだと批判し、こんなことまで言った。あなたは美しい女性だが、あなたの写真をわたしが店のチーズやサラミのあいだに飾ったら、ご主人はどんな顔をしますかね？　そして彼は写真の返却を求めた。

仕立屋は困った様子で、弁解を試みたが、最後には諦めた。それでも、とても残念だと告げ、写真を飾ったのはあくまでよかれと思ってのことだったと言い、自分が残念に思うだけのことはある根拠として、写真にまつわる逸話を三つ四つ語った。この時の彼女の話はのちに地区でちょっとした伝説となり、語り継がれてゆくことになる。なんでも、リラの写真をショーウィンドウに飾ってからというもの、ウェディングドレス姿の若い女性について知りたいと言って、有名歌手のレナート・カロゾーネ、エジプトの某王子、映画監督のヴィットリオ・デ・シーカ、『ローマ』紙の記者がそれぞれ訪ねてきたというのだ。記者はリラへのインタビューを希望し、美人コンテストのような水着姿の写真をカメラマンに撮らせたいと希望したそうだ。しかし仕立屋は、誰にもリラの住所は教えなかったと誓った。ただ、カロゾーネとデ・シーカについては、超がつくほどの有名人なだけに、断るのがひどくつらかったと告白した。

彼女が語れば語るほど、ステファノは態度を和らげた。彼はずっと愛想がよくなり、妻の写真にまつわる逸話をもっと細かく聞かせてほしいとせがんだ。写真を抱えて店を出るころにはすっかりご機嫌で、帰りの車中でのひとり語りにも往路の暗さはなかった。ステファノは陽気にリラの話をした。その口ぶりは尊大で、自分は世にも珍しい品を持っており、そのおかげで有名にだってなれるのだ、とでも言いたげだった。もちろんわたしは改めて協力を求められた。アパートの前で車を降りる直前、リラに正しい道と誤った道の区別を教えてやってほしいと繰り返し約束させられた。それでもステファノの言葉の中で、リラはもはやひとりの制御不能な人間ではなく、彼の所有物であり、容器に密封された貴重な液体のような存在に変わっていた。続く日々、ステファノは自分の店でもどこでも誰かれ構わず、カロゾーネとデ・シーカの話をした。おかげで噂は広まり、リラの母、ヌンツィアはそれから死ぬまでこんな繰り言をこぼすようになった。わたしの娘は本当なら歌手や女優になって、デ・シーカの『あゝ結婚』にだって出演できたはずだった。テレビにだって出られただろうし、エジプトのお姫様にだってなれたはずだった。ところが、直線道路《レッティフィーロ》の仕立屋の口が重すぎたのと、ステファノ・カッラッチと十六歳で結婚したのとで、みんな駄目になってしまった。

19

化学の教師は寛容にも、わたしにぎりぎり及第の六点をくれた（もしかしたらガリアーニ先生の陰なる尽力があったのかもしれない）。おかげで結局、進級は認められた。文系の科目はどれも七点、理系の科目はみな六点だった。宗教もぎりぎり及第点、生活態度の評価では初めて八点をつけられた。司祭はもちろん、クラス委員会（校長、クラス担任、各科目担任、保護者代表と生徒代表で構成される組織）のメンバーの大半も、まだわたしを許していないという事実の証だった。残念だった。そのころにはわたしも、聖霊の役割をめぐる宗教の先生との対立では自分が傲慢であったと反省し、アルフォンソの言うとおりに波風を立てなければよかったと後悔していたからだ。当然ながら奨学金は得られず、怒った母さんに、アントニオなんかとつきあって時間を無駄にするからこういうことになるのだと怒鳴られた。わたしは滅茶苦茶に腹が立って、もう学校なんてやめてやると言い返した。すると母さんはびんたを張ろうとして手を上げたが、こちらの眼鏡が心配になったようで、急いで布団叩きを探しにいった。そんな不幸な日々が続いた。しかも状況は悪化の一途をたどった。そうしたなか、唯一のよい出来事らしきものと言えば、ある朝、掲示された成績表を見に学校に行くと、用務員に呼び止められ、ガリアーニ先生からの預かり物だと言われて、小包をひとつ受け取ったことだった。中身は本だった。でもどれも小説ではなく、評論書ばかりだった。先生がまだわたしに期待をしてくれているというほのかな合図だったが、それだけではとても元気にはなれなかった。

わたしは山のような不安に取り憑かれていた。何をやっても間違ってしまう気がした。元婚約者のアントニオに会いたくて家にも職場にも行ったが、そのたび避けられ、会えなかった。彼の妹のアーダに助けてほしくて食料品店にも行ったが、冷たくあしらわれ、兄は二度と会いたくないと言っていると教えられた。しかもその日以来、アーダと会っても顔を背けられてしまうようになった。学校が休みに入った今や、毎朝起きるたび、頭ががんがん痛んだ。最初のころは、ガリアーニ先生の貸してくれた本を読もうと努力したが、たちまち飽きてしまった。どれも内容がほとんど理解できなかったのだ。そこで図書館でまた小説を借りるようになり、こちらは次々に読んだ。だが長い目で見れば、小説もわたしには毒だった。本の中で語られるのは、濃密な人生と深い会話ばかりで、わたしの実人生よりもずっと魅力的な現実の幻ばかりだったからだ。おかげでわたしは現実の自分を忘れたくなって、そのころ連日、高校で卒業資格試験を受けていたニーノに会えやしないかと、何度か学校まで行ったりもした。ギリシア語の筆記試験の日など、何時間も辛抱強く待った。ところが、受験生たちがちらほら大きな辞典を抱えて出てくるころになって、いつか学校の前でニーノに唇を差し出したあの清潔な感じのきれいな子が現れた。彼女がこちらのすぐそばで待ち始めたのを見て、わたしはとっさに、学校から出てきたニーノの目に自分たちふたりが――何かのカタログのモデルみたいに並んだふたりが――どう映るだろうと思った。不細工で、垢抜けない自分がたまらなくなり、わたしは退散した。

リラの家にわたしは急いだ。慰めてほしかったのだ。でも自分が彼女に対しても、愚かな過ちを犯したことをわたしは知っていた。ステファノと一緒にあの写真を取り返しにいったと、彼女にまだ告げていなかったのだ。わたしはどうして黙っていたのだろう。彼女の夫に提案された仲裁者の役目が気に入ったので、その役目を果たすためには、仕立屋までのドライブは内緒にしておいたほうがいいと判断した？　ステファノの信頼を裏切ることを恐れ、意図せぬままに、彼女を裏切る結果となってしまったのだろうか。自分でもよくわからなかった。間違いないのは、わたしの沈黙が、本当の意味での決心に基づく沈黙ではなかったという点だ。むしろ、最初はどうしようかと迷っていたのが、そのうち忘れたふりに変わり、ついには〝リラにはすぐに報告するべきだった。今さら取り繕うのもややこしいし、どうにもならないかもしれない〟と考えるようになった、そんなところだったはずだ。ひとを傷つけるのはかくも容易だ。リラが納得してくれそうな言い訳だって探してみたが、自分が納得できそうなものすら見つからなかった。自分の振る舞いがどこか根本的に矛盾しているのは、わたしもなんとなくわかっていた。だから黙り続けた。

一方、リラのほうは、あの日、わたしがステファノと会ったことを知っていそうな気配は一度も見せなかった。彼女はいつだってわたしを優しく家に迎え入れ、バスタブを使わせてくれ、化粧品だって貸してくれた。だが、わたしが読んだ小説の筋を聞かせても感想はほとんど述べず、自分がグラビア誌で読んだ俳優や歌手たちの薄っぺらいゴシップをこちらに教えたがった。以前のように彼女自身の考えや秘密の計画を打ち明けてくれることもなくなった。彼女の肌にできた痣に気づくたび、わたしはその傷跡を起点に、ステファノが暴力を振るう原因を考えさせようとし、彼がそんなひどいことをするのは、もしかすると、彼女に助けてほしかったり、どんな時も支えてほしいからなのかもしれない、などと言ってみたが、彼女はそのたびに辛辣な目でこちらを見返し、首をすくめるばかりで、話をそらした。ほどなくわたしは理解した。リラはわたしと絶交するつもりはないが、本音を明かすのはもうやめた、そういうことらしかった。やはり彼女は何もかもを知っていて、わたしはもう友として信用するに足りないと判断されたのだろうか。不安になったわたしは、彼女の家を訪れる頻度を少なくしてみたりもした。そうすれば、向こうもきっと寂しくなって、わたしに訳を尋ねてくる。その時はきっちりと話しあおう、そう思ったのだ。ところが、リラは変化に気がついた様子を見せなかった。かえってこちらがこらえきれなくなって、結局はまた頻繁に会いにいくようになったのだが、彼女のほうは、それが嬉しいとも、嬉しくないとも言ってくれなかった。

七月のとても暑かったあの日、リラの家を訪ねたわたしはいつも以上に落ちこんでいたが、ニーノのことも、ニーノの恋人のことも、彼女には話さなかった。なぜならそれと意識せぬままに、わたしのほうもいつの間にか――こうした場合によくある流れだが――彼女に打ち明け話をほとんどしなくなっていたからだ。リラはその日も親切で、アーモンドシロップを作ってくれた。わたしはダイニングのソファーにうずくまって、キンと冷えたそれを飲んだが、列車の騒音も、汗も、何もかもが不快だった。

家の中を行き来する彼女を黙って眺めるうち、わたしは怒りを覚えた。この上なく憂鬱な迷宮の中をそうして歩き回りながら、彼女は闘う意思を決して捨てず、しかもそれをおくびにも出さない。その才能が嫉《ねた》ましかったのだ。わたしは彼女の夫の言葉を思い出した。何か危険な仕掛けのバネみたいに、リラがぐっと溜めこんでいるという例の力。わたしは彼女のお腹を見つめ、その中で本当に彼女が、毎日、毎晩、ステファノが力尽くでそこに宿らせようとする命を破壊せんとして闘うところを想像した。いつまで頑張るつもりなのだろう？　疑問に思ったが、そのまま尋ねるのはやめておいた。嫌な顔をされるに決まっていたからだ。

それから少しして、ピヌッチャがやってきた。一見、兄の妻に会いにきた風だったが、実はそうではなかった。十分後にはリーノもやってきたのだ。恋人たちに目の前で軽くいちゃつかれ、わたしとリラは皮肉な視線を交わした。やがてピヌッチャは外の景色が眺めたいと言いだし、リーノと一緒に部屋のひとつにこもった。そしてふたりは、そのまま三十分以上は出てこなかった。

こんなことしょっちゅうよ、とリラは不快感と皮肉の入り混じった口調で言った。わたしは恋人たちの気軽なつきあいを羨ましく思った。きっとなんの恐れも不満もないのだろう。戻ってきたふたりは先ほどよりも幸せそうだった。リーノはキッチンにおやつを取りにいってから、リラに靴の話をした。商売はますます繁盛してるよ、などと言っていたが、その実、妹から何かアイデアをかすめとり、あとでソラーラ兄弟の前で得意になって披露しようという魂胆なのだった。

「知ってるか、マルチェッロとミケーレな、お前の写真をマルティリ広場の店に飾るつもりだぞ」急に猫なで声になって、彼は言った。

「それって変でしょ？」ピヌッチャがすぐに口を挟んだ。

「なんでさ？」とリーノ。

「そんな理屈もわからないの？ リナが自分の写真を飾りたいなら、ステファノの新しい店のほうに飾ればいいじゃない。あの店、彼女が任されるんでしょ？ でも、マルティリ広場の店はわたしが任せてもらうんだから、何を飾るかだって、わたしが決めるのが当たり前じゃない？」

　出しゃばりなリーノからリラの権利を守ろうとするようなことを言いながら、ピヌッチャが実は自分の権利と将来を守ろうとしているのは誰の目にも明らかだった。何につけ兄ステファノに指図される今の生活に彼女は飽き飽きしており、食料品店を去って、中心街の靴屋でいっぱしの女主人を気取ってみたかったのだ。そんな訳で、もうしばらく前からリーノとミケーレのあいだでは、靴屋の経営を巡るちょっとした争いが続いていた。争いは双方の恋人からの圧力によって余計に激しさを増していた。つまり、リーノはピヌッチャを店長に推し、ミケーレはジリオーラを推していたのだ。しかしピヌッチャのほうが攻撃的な性格であり、彼女は自分が勝つと信じて疑わず、しかもリーノだけではなく、兄ステファノの後ろ盾も頼りにできると知っていた。だからことあるごとに、自分の出世はすでに決定事項であり、わたしは地区を抜け出したのだという顔で振る舞うようになっていた。そして今や、何が中心街の優雅な客層にふさわしくて、何がそうではないかまで決めつけるようになっていた。

リラの反撃開始をリーノが心配していることにわたしは気がついた。しかし彼女はまるで無関心な風だった。そこで彼はいかにも忙しそうに時計を確認すると、目先が利く商売人を気取った口ぶりで言った。「あの写真は商売におおいに利用できる、俺はそう思うね」そしてピヌッチャにキスをしてから――彼女は不満の印に恋人をすぐに突き放したが――出ていった。

あとにはわたしたち三人、女ばかりが残された。わたしの権威を利用して問題を解決しようと思ったのだろう。ピヌッチャがふくれ面で尋ねてきた。

「レヌーはどう思う？　リナの写真はやっぱりマルティリ広場の店に飾るべき？」

わたしは標準語で答えた。

「それはステファノが決めることね。でも彼はわざわざ、仕立屋が店先に飾ったあの写真を取り返しにいったくらいだから、今度も許さないと思うけど」

ピヌッチャは嬉しさに顔を紅潮させ、ほとんど叫ぶように言った。

「レヌーって本当、頭いいのね」

リラの反応をわたしは待った。長い沈黙のあとで、彼女はわたしひとりに向かってこう言った。

「レヌーの言うとおりにならなかったらどうする？　ステファノはきっと、あの写真を使っていいって言うよ」

「あり得ないでしょ」

「そうなるって」

「そこまで言うなら何か賭ける？」

「そっちが間違ってたら、今後は絶対に、全科目八点以上の成績で進級すること」

わたしははっとリラを見返した。気まずかった。かろうじて落第を避けたことはまだ言っておらず、彼女も知らないだろうと思っていた。ところがしっかり知っていて、そんな台詞で言外にわたしを責め、あんなひどい点数取っちゃ駄目じゃない、と言っているのだった。リラは自分が同じ立場にあればきっと実現したであろう成果を求めていた。つまり彼女は真剣に、勉強ばかりの人生をわたしに送らせようとしていたのだ。そのくせ、自分のほうは、お金もきれいな服も、家もテレビも自動車も持っていて、ほしいものは片っ端から手に入れて、好き勝手にやるつもりでいるのだった。

「でも、リラが負けたらどうするの？」わたしは辛辣に言い返した。

すると突然、黒い銃眼から放たれるあの眼光が復活した。

「負けたら、私立学校に入って、わたしも今から勉強する。そしてレヌーと一緒に、しかもずっといい点数で、高校卒業資格試験に合格してみせる」

〝レヌーと一緒に、しかもずっといい点数で〟リラは心の中でそんなことを考えていたのか？　彼女の言葉を聞いて、その暗い時期にわたしの中でざわめいていた一切――アントニオ、ニーノ、無意味な人生への不満――が、深いため息に吸いこまれていっぺんに消えたような気がした。

「本気で言ってるの？」

「賭けごとって、冗談半分にやるものじゃないでしょ？」

そこでピヌッチャが激しくつっかかってきた。

「リナ、もう馬鹿はやめてよね。あなたにはうちの新しい店があるでしょ？　ステファノひとりじゃ無理なんだから」でもすぐに彼女は怒りを引っこめて、作り物の優しい口調でこう付け加えた。「それにあなたたち夫婦、いつになったらわたしに可愛い甥っ子の顔を見せてくれるのかしら？」

言葉遣いこそ甘ったるかったが、ピヌッチャの声には恨みっぽい響きがあった。リラに対する彼女の恨みには、リラに対するわたしの恨みと重なる部分がある。気分は悪いが、そう認めざるを得なかった。つまりピヌッチャは、〝お前はステファノの妻だ。うちの兄はお前になんでも与えてきた。今度はお前が妻として義務を果たすべきだ〟そうリラに言いたかったのだ。そしてわたしもそのとおりだと思った。カッラッチ家に嫁いでおきながら、あらゆる扉を閉ざし、自分の殻にこもりっぱなしで、激しい怒りをその腹に溜めこんで、どんな意味があるというのか。リラ、あなたはどうしても面倒を引き起こさずにはいられないのか。こんなこと、いつまで続けるつもりなのか。いつかは精根尽きて、睡魔に襲われた番兵のように地に崩れ落ちる日が来るのか。いつになれば、あなたはその殻を破り、大きくなる一方のお腹を抱えながら、新地区の店でレジに座るつもりなのか。いつになったら、ピヌッチャに甥っ子か姪っ子を抱かせてやるつもりなのか。そしてわたしはどうなる？　あなたはいつわたしを解放し、自分の道を進ませてくれるの？

「さあね」リラは答えた。その顔には、元の大きくて深い瞳が戻りつつあった。

「わたしのほうが先にママになっちゃったりして」ピヌッチャは嘲笑しながら言った。

「リーノといつもあんなにべたべたしてたら、それもあり得るね」

ふたりはそれからちょっとした喧嘩になったが、わたしもそれ以上は聞いていられなかった。

20

母さんの怒りを静めるため、わたしは夏のアルバイトを探さねばならなかった。もちろん、真っ先に文房具屋に行った。おかみさんは、まるで学校の先生か学者でも来たみたいに歓迎してくれ、店の奥で遊んでいた娘たちを呼んだ。少女たちはわたしに抱きつき、何度も頬にキスをしてきて、一緒に遊ぼうと言ってくれた。実は仕事を探していると思い切って打ち明けると、おかみさんは、あんたみたいな性根も頭もいい子と一緒に過ごせるなら、八月を待つまでもなく、すぐにでも娘たちをシーガーデンに通わせたいと言ってくれた。

「すぐって、いつからですか？」

「来週からでどう？」

「ええ、喜んで」

「お給料も去年よりちょっと多めに払うからね」

久しぶりのいい知らせだった。わたしはご機嫌で家に帰った。母さんから、あんたはやっぱり運がいいね、海で遊んで、日光浴して、そんなの仕事のうちに入らないよ、と言われてもへっちゃらだった。

元気が出てきたので、次の日はオリヴィエロ先生に会いにいった。今年の成績は今ひとつだったと伝えるのは気が進まなかったが、会わぬ訳にはいかなかった。わたしのために高校二年の教科書を用意するのを忘れないでくれと念を押しておく必要があったのだ。それに、良縁に恵まれ、好きに使える時間もたくさんできたリラがまた勉強を始めるかもしれない、そう伝えれば、先生も喜んでくれるかもしれないと思った。その知らせに先生が目を輝かせるのを見れば、同じ知らせに自分が覚えた困惑も軽くなるのではないか、そんな期待があった。

ところが何度ノックしても、先生はドアを開かなかった。近くの部屋の住人に先生の近況を尋ね、地区の人々にも聞いて回り、一時間後に戻ってきたが、やはりドアは開かなかった。それでも先生が出かけるところを見た者はなく、わたし自身、地区のどの通りにも店にも、彼女の姿を見なかった。

何しろ独り暮らしの老女であり、体調もよくないと知っていたから、隣人たちにまた相談してみた。すると先生の部屋の隣に住む婦人が、うちの息子になんとかさせようと言ってくれた。若者は自宅のバルコニーから先生の部屋の窓を開け、中に入った。そして台所の床にネグリジェ姿で倒れている彼女を見つけた。オリヴィエロ先生は気を失っていた。駆けつけた医者が、すぐに入院させる必要があると言うので、先生は階段を担ぎ降ろされることになった。アパートの入口から出てくる彼女をわたしは目撃した。あられもない姿だった。学校ではいつもあんなに身なりに気を遣っていたのに、顔もひどくむくみ、怯えた目をしていた。わたしが手を振ると、彼女は目を伏せた。先生を乗せた車は、荒々しくクラクションを鳴らしながら出発した。

あの夏の暑さは脆弱な者たちにはひどくこたえたようだった。同じ日の午後、今度は、メリーナの子どもたちが中庭で母親を探す声が聞こえだし、声の調子が次第に緊迫していくのがわかった。いつまでも止まぬ声に、様子を見にいこうと家を出たわたしは、アーダと鉢合わせした。彼女は緊迫した様子で、目を潤ませながら、母親がどこにも見つからないのだと言った。アーダのすぐあとから、アントニオも息を切らせ、真っ青な顔で現れたが、わたしには目もくれず、走り去った。やがて地区の住民の大半がメリーナを探し始めた。ステファノまで食料品店の上っ張りのまま、オープンカーのハンドルを握り、アーダを助手席に乗せて、地区の道をゆっくりと流しながら、捜索に協力した。わたしはアントニオを追いかけた。わたしたちは言葉を交わすことなく、あちこち駆け回った。ついには沼地の辺りまで来て、ふたりでメリーナの名を呼びながら、背の高い草をかき分けて進んだ。アントニオは顔が痩せこけ、目の下に青い隈もできていた。慰めるつもりで手を取ると、はね返され、ひどいことを言われた。彼はこう言ったのだ。放っておいてくれ、お前なんか女じゃないんだから、と。胸が痛んだ。激しい痛みだった。しかしまさにその時、わたしたちはメリーナを見つけた。彼女は水

21

につかって座り、涼んでいた。緑がかった水面から首と顔だけ出して、髪の毛はぐっしょりと濡れ、目は充血し、唇は小さな葉っぱと泥だらけだった。そして黙っていた。十年来、狂気にかられるたびに叫び続けるか、歌ってばかりいた彼女が、その時は静かだった。

アントニオとわたしはメリーナを両側から支えて、家まで連れ帰った。ほっとした様子で声をかけてくるみんなに、彼女は弱々しく手を振った。団地の門の横にはリラがいた。捜索には参加しなかったらしい。離れた新地区に住んでいるので、知らせが届くのが遅かったのだろう。リラがメリーナと強い絆で結ばれていることは知っていた。しかし、みんながアーダになんらかの形で親愛の情を示しているその時に――たとえばアーダは「ママ」と叫んで駆け寄り、ステファノも、ドアも開けっぱなしで愛車を大通り《ストラドーネ》の真ん中に乗り捨て、そのあとに続いた。彼の顔には最悪の結果を覚悟していたら、一件落着と知らされた者の幸福な表情があった――ひとりぽつんと離れ、なんだかよくわからない表情を浮かべて立っている彼女の姿にわたしはショックを受けた。リラはメリーナの哀れな姿に心を動かされているようだった。力ない笑みを浮かべる汚い顔。泥まみれの濡れた服。薄い生地の下には痩せ細った体の線が透けて見えた。友だちや顔見知りに手を振る頼りない仕草。しかし、わたしの親友はその光景に同情すると同時に、傷つき、怯えていた。まるでメリーナと同じ混乱をその胸で感じているかのようだった。手を振っても、彼女は応えてくれなかった。そこでわたしはメリーナをアーダに委ねると、リラのところに戻ろうとした。オリヴィエロ先生の話もしたかったし、アントニオのひどい言葉も聞いてほしかった。だが彼女の姿はもうなかった。立ち去ったようだった。

次にリラに会った時、彼女がご機嫌斜めで、こちらまで不機嫌にしようと仕掛けてくるのにすぐに気がついた。その朝、わたしたちは彼女の家で、一見、楽しく遊んで過ごした。だが実際には、リラに彼女の服を片っ端から試せと言われ、わたしがいくら似合わないと言っても聞いてもらえなかった。しかもリラはますます意地悪になって、遊びはやがて拷問に変わった。彼女のほうが背も高ければ、ずっと痩せていたので、何を着せられても、わたしは滑稽でしかなかった。だが彼女はそれを認めようとせず、ちょっとここそこを直せば問題なし、などと言って聞き流すのだが、そのくせ、ますます不機嫌な顔でこちらをじろじろと見るのだった。あたかも醜いわたしに罪があり、彼女に失礼を働いたかのような目つきだった。

それからリラは突然、もうたくさんと叫ぶと、なんだか亡霊でも見たような驚いた顔になった。はっと我に返った彼女はわざと軽薄な声を出し、このあいだ夜にパスクアーレとアーダと一緒にジェラートを食べに出かけた、と言った。

わたしは下着姿で、ハンガーに服を戻すのを手伝っているところだった。

「パスクアーレとアーダと一緒に？」

「そう」

「ステファノと行ったの？」

「ううん、わたしひとり」

「ふたりに誘われたの？」

「ううん、こっちから声をかけた」

リラはわたしをもっと驚かせてやろうという口ぶりで、昔の仲間と出かけたのは、その晩限りのことじゃないと言った。次の日にも、エンツォとカルメーラを誘い、ピザを食べに出かけたそうだ。

「やっぱりステファノ抜きで行ったの？」

「そうよ」

「彼は何も文句を言わないの？」

リラは興味ないわという顔をした。

「結婚したからって別に、年寄りみたいな暮らしをしなきゃいけない訳じゃないし。あのひとが来たいって言うなら、連れていくけど、夕方、仕事から帰ってきて疲れてたら、わたしひとりで出かけるよ」

「で、どうだった？」

「楽しかった」

こちらの顔に浮かんだ失望の色に彼女が気づかぬことを祈った。最近、わたしとはしょっちゅう会っていたのだから、〝今夜、アーダにパスクアーレ、エンツォにカルメーラと出かけるけど、レヌーも来る？〟ぐらいは言ってくれたってよかったはずなのだ。ところがリラは何も言ってくれなかった。ひとりでみんなと約束をし、わたしには伏せた。まるで〝わたしたちの〟幼なじみではなく、彼女ひとりのそれであるかのように。そして今さら、みんなとの会話の内容をこんな風に事細かに、いかにも嬉しげに報告してくるのだった。メリーナがほとんど何も食べず、やっと食べても全部吐いてしまうから、アーダは心配している。パスクアーレも母ジュセッピーナのことを不安がっている。夜眠れず、脚がだるく、動悸まであるらしい。刑務所の夫に面会に行けば、そのたび泣いて帰ってきて、どうなだめても泣きやまないそうだ。そんなリラの話にわたしは黙って耳を傾けた。その語り口はいつになく対象への共感にあふれていた。彼女は感情に強く訴える言葉を選んで、メリーナ・カップッチョにジュセッピーナ・ペルーゾについて語った。その様子は、ふたりの女性の肉体が彼女のそれをわしづかみにし、彼女自身、ふたりと同じように歪んだり、膨らんだりして、同じ苦しみを味わっているようだった。語りながらリラは、それがもはや他人の肉体でもあるかのように、自分の顔に触れ、胸に触れ、腹に触れ、腰に触れた。ふたりの女性のことなら何から何まで知っている風な彼女の口ぶりは、みんな、あなたには何も教えてくれないが、わたしには教えてくれるとでも言わんばかりだった。あるいは、こちらのほうがずっとたちが悪いが、お前は周囲の人間の苦しみにも気づかない鈍感な人間であると、わたしに自覚させようとしたのかもしれない。ジュセッピーナを語るリラは、ステファノとの交際中も結婚後も、どんなに忙しくても自分はパスクアーレの母親から目を離さなかったのだとでも言いたげだった。メリーナを語らせれば、自分の頭の中には昔からアーダとアントニオの母親が棲みついており、彼女の狂気ならば我がことのように心得ているといった調子だった。それからリラは、地区の他の住民たちについても次々に語りだした。わたしにとってはそのどれも顔見知り程度の仲だったが、彼女は誰のことでも実によく知っていた。離れた場所から人々と関わることのできる神秘の業でも知っているんじゃないかと思うほどだった。最後にリラは言った。

「わたし、アントニオともジェラートを食べにいったよ」

その名を聞いて、胃がきゅっと痛んだ。

「元気にしてた？」

「うん」

「わたしのこと、彼、何か言ってた？」

「ううん、何も」

「入隊はいつだって？」

「九月よ」

「ということは、マルチェッロは彼のために何もしてくれなかったんだね」

「そんなの、最初からわかっていたことじゃない？」

わかっていた？　ならばどうして、もう人妻だっていうのに、あなたはわたしをソラーラ兄弟のところへわざわざ連れていったの？　それにどうして、あなたはアントニオと会っておきながら、ずっと黙っていたの？　それもひとりで？　どうしてアントニオと会っておきながら、そんな風に昔の男友だちと会ったりするわけ？　元婚約者で、向こうは会いたがってないけど、わたしは会いたがっているのも知っていたくせに？　彼がわたしのもしかしてこれって復讐？　こっちがあなたの夫とドライブに出かけておきながら、ふたりで何を話したかあなたに報告しなかったから？　わたしはむかむかしてきて、忙しいからそろそろ帰る、とぼそっと言った。

「もうひとつ、話があるんだけど」

彼女はそう言って、真剣な面持ちでこんな話をした。ステファノはある日、リーノとマルチェッロ、ミケーレの三人にマルティリ広場の店に呼び出された。店がどんなに素敵に仕上がりつつあるか見せたいという話だったようだ。彼が行ってみると、セメントの袋やペンキの容器や刷毛の散らばった店の中で、リーノとソラーラ兄弟は入口正面の壁を指差し、そこの壁にリラのウェディングドレス姿の写真を大きくして飾りたいのだと説明した。ステファノはとりあえず話を聞いてから、確かにいい宣伝にはなると思うが、自分は気に入らないと答えた。三人は諦めなかったが、彼も頑固だった。ステファノはリーノに対して否と言い、マルチェッロにも、ミケーレにも否と言った。つまり、わたしは例の賭けに勝ったのだ。彼女の夫はソラーラ兄弟に負けなかった。

わたしは興奮を装って言った。

「ほらね？　いつも悪口ばかり言われて、かわいそうなステファノ。でもわたしが言っていたとおり、いいところだってあるじゃない？　約束よ、リラには勉強してもらいますからね」

「まだわからないわ」

「何が？　賭けは賭けよ。そっちの負けははっきりしたじゃない？」

「だから、まだ勝負はわからないわ」リラは繰り返した。

わたしはますます不機嫌になった。この子は何を考えているんだろう。自分の夫のことで、こっちの見込みが正しかったのが腹立たしいのか。いや、もしかしたら、夫の拒否そのものは嬉しいのだけれど、あの写真を巡って男たちがもっと激しくぶつかりあうのを期待していたのに、ソラーラ兄弟がたいして粘らなかったのでがっかりしているのだろうか。リラはわたしの前で、自分の腰から片脚に沿ってのラインを、片手でぼんやりと撫でていた。誰かに優しく触れて、別れを告げるような手つきだった。そして一瞬、その目に苦しみと驚愕と嫌悪の入り混じった表情が浮かんだ。それは、メリーナが行方不明になったあの晩に見せたのと同じ表情だった。もしかしたらリラは本心では、自分の写真が町の中心で大きなサイズで展示されるのを望んでいるんじゃないか。それで、ミケーレがステファノを説得できなかったのが悔しいのではないか。あり得る話だと思った。なんだって一番になりたがる彼女ならば、あり得る。そういう子なのだ。一番きれいで、一番優雅で、一番お金持ちな女の子。そして何より、一番賢い女の子でいたい、リラはそう思っている。もしも、彼女が本当にまた勉強をするようになったらどうする？　わたしは心底ぞっとした。リラは間違いなく、学校に行かなかった空白の歳月を埋めてしまうだろう。そして高校卒業資格試験をわたしたちは隣同士の席で、ふたりぴったり並んで受けることになるだろう。そんな未来は我慢できなかった。だが、そんな感情が自分の胸に潜んでいたとわかったことのほうが、ずっと不愉快だった。わたしは恥ずかしくなり、とっさに、また一緒に勉強できるようになったら本当にいいだろうね、などと言い、そのために必要な手順を調べておけと念まで押した。でも彼女に肩をすくめられてしまったので、暇乞いをした。

「もう、本当に行くね」

今度はリラも止めなかった。

22

いつものことだが、階段を下りるころにはもう、彼女の気持ちもわかるような気がしてきた。少なくともわたしはそう感じた。リラは日々、みんなから離れた新地区でひとり、モダンな新居に閉じこめられ、ステファノに暴力を振るわれ、子どもを授かるまいとして、自分の体を相手に得体の知れぬ闘いに明け暮れているのだ。高校でのわたしの成功に嫉妬するあまり、あんな馬鹿みたいな賭けまでして、自分にだって勉強をやり直す意志があることを伝えようとした。それに、彼女がわたしのことを自分よりずっと自由だと見ているのは間違いなかった。アントニオに捨てられたことも、成績の悩みも、彼女の苦しみに比べたら取るに足りないものに見えるのだろう。わたしは歩みを進めるうちに、そうとは意識せぬまま、不承不承、リラに共感を覚えるようになり、やがてそれは、彼女に対する新たな賞賛の念へと変わった。そうだ、リラがまた勉強を始めたら、素敵じゃないか。小学校時代に戻るのだ。彼女がいつも一番で、わたしがいつも二番だったあのころに。きっとまた勉強に意義を与えられるようになるだろう。リラならばそれができるからだ。そんな彼女の影を追えば、わたしも強くなった気がして、安心感を得ることができるだろう。そうだ、そうだ、それがいい。あのころのようにふたりでやっていこう。

だが、そうして家に戻る途中で、ふとわたしは、リラが浮かべた、苦しみと驚愕、嫌悪の入り混じったあの表情を思い出した。どうしてあんな顔をしたのだろう。わたしは、担ぎ出されたオリヴィエロ先生のあられもない姿を思い、メリーナの制御不能な肉体を思った。それから、自分でもはっきりとした理由はわからぬまま、大通り《ストラドーネ》を行く女たちをじっと観察し始めた。そして、はっとした。自分の視界がいかに狭かったかと気づかされたのだ。それまでわたしの目は、自分たち若い女の子にしか──アーダにジリオーラ、カルメーラにマリーザ、リラにわたし、そして学校の友だちくらいにしか──ピントを合わせようとせず、メリーナの容姿にも、ジュセッピーナ・ペルーゾの容姿にも、ヌンツィア・チェルッロの容姿にも、マリア・カッラッチの容姿にも、本当の意味で注意を払ったことなどなかった。しっかりと観察したことのある女性の肉体といえば、足を引きずる母さんのそれだけだった。いや増す不安にかられながらも見つめてきたあの姿だけが恐ろしく、いつか急に母さんの姿に圧倒され、自分の姿を失う羽目になるのではないかと常に怯えていた。ところがその時わたしは、旧地区に暮らす母親たちの姿を初めてはっきりと見たのだった。女たちはみな不機嫌で、諦めていた。口をぎゅっと結び、背を丸めて黙る者もあれば、言うことを聞かぬ子らをきつい言葉で罵る者もあった。ひどく痩せていて、目も頬もくぼんだ母親もあれば、尻も大きければ、足首も膨れ、胸も重たげな母親もいた。母親たちは買い物袋を提げ、幼い子どもたちがそのスカートを握り、抱っこしてくれとせがんでいた。なんとも恐ろしいのは、彼女らとわたしの年の差が、十からせいぜい二十しかないという事実だった。だというのに、母親たちは、わたしたち若い娘がこだわり、服や化粧で誇示する女らしさをすっかり失ってしまったように見えた。女たちは夫に父親、兄弟の肉体に貪られ、しかも、労苦や老い、または病気のために、時につれて容姿まで彼らと似てくるようだった。そうした変身はいつ始まるのだろう？　家事のせいなのか。それとも妊娠のせい？　あるいは暴力のせいなのか。リラの容姿もいつかはヌンツィアのように歪んでしまうのだろうか。あの繊細な顔立ちからフェルナンドが飛び出し、あの優雅な足取りも、がに股な上に腕が胴からやけに離れたリーノのいかつい歩き方に変わってしまうというのか。わたしの体にしても、いつかは壊れ、母さんの体だけではなく、父さんの体が中から浮き出してくるのだろうか。そして学校で学んだ一切は溶解し、地区が勢いを取り戻して、わたしの言葉遣いも振る舞いも、何もかもが黒っぽいぬかるみの中で渾然一体となるのだろうか。アナクシマンドロス（古代ギリシアの哲学者）も父さんも、フォルゴーレ（イタリアの詩人）もドン・アキッレも、原子価も沼地も、ギリシア語の不定過去《アオリスト》もヘシオドス（古代ギリシアの詩人）も、ソラーラ兄弟の粗野で傲慢な態度も何もかもが？　瓦解を続け、没落する一方のこの町で、何千年も前から繰り返されてきたように？

　はっと思った。わたしはどうやら無意識のうちにリラの感情を傍受し、それを自分の感情に重ねあわせていたようだった。そうか、だから彼女はあんな顔をしたのか。だからあんなに不機嫌だったのか。ああして脚を撫で、腰を撫でていたのは、自分の体に別れを告げていたから？　メリーナとジュセッピーナの話をしながら、自分の顔や胸に触れていたのは、あのふたりに体の輪郭を侵食されているような気がして、驚き、不快に思ったからなのか。彼女が幼なじみに会いにいったのは、そうした感覚に抵抗するためだった？

　わたしは思い出した。壊れた人形のように教壇から倒れたオリヴィエロ先生を眺めていた幼いリラの眼差しを。それに、買ったばかりの柔らかな石鹸を食べながら大通り《ストラドーネ》を歩くメリーナを見つめていた、あの時の彼女の眼差しも。幼かったわたしたちにドン・アキッレ殺人事件を物語り、銅の鍋を伝って落ちる血を描写し、殺人犯は男ではなく女なのだと語る彼女も思い出した。その口ぶりは、憎しみにかられたか、復讐か裁きを焦ったがためにひとりの女性の肉体が砕け、形を失う場面がリラにはまざまざと見え、聞こえているかのようだった。

23

七月の最後の週から、日曜も含めて毎日、わたしは三人の女の子を連れてシーガーデンに通った。わたしの布地のバッグの中には、文房具屋のおかみさんの娘たちに必要となるかもしれないあれやこれやに加え、ガリアーニ先生に貸してもらった本も入っていた。いずれも、過去や現在を考察し、世界がこれまでどうあり、これからはどうあるべきかを語る、薄めの評論書だった。文体は教科書に似ていたが、内容はもっと難しくて、ずっと興味深かった。ただその手の本には慣れていなかったので、読みだしてもすぐに疲れてしまう上、三人娘もなかなか目が離せなかった。しかも、すぐそこにはとろんとした海があり、ナポリ湾と町の上でぎらぎらと輝いてこちらの思考力を奪う太陽があり、空想はふらふらとさまよい、とにかく気が散った。整然とした文章の秩序なんて滅茶苦茶にしてやりたい、そんな気持ちをいつも抱えていた。ついでに、実現に努力を要したり、とにかく手間のかかりそうな秩序もことごとく破壊して、目の前にあるもの、すぐに到達できるものに身を委ねてしまいたかった。天と地と海に生きる野獣たちのような、奔放な日々を送りたかった。片目で文房具屋の子どもたちを見守り、反対の目でルソーの『人間不平等起源論』を読むわたしは、まもなく十七歳になろうとしていた。

ある日曜のこと、誰かの指に目をふさがれたかと思うと、若い女性の声がした。

「わたしはいったい誰でしょう？」

マリーザの声だった。とっさに、ニーノも一緒ならいいなと期待した。太陽と海水できれいになったわたしが、難しい本を読んでいるところを見てもらえたら最高だったからだ。「マリーザね」と大喜びで叫び、ぱっと振り向いた。だがニーノはおらず、代わりにアルフォンソがいた。水色のタオルを肩にかけ、煙草とライターと財布を手にしている。白い縞の入った海水パンツを穿いているが、彼自身、真っ白で、まるで生まれてこのかた、一筋だって日光を浴びたことがないみたいだった。

ふたりが一緒にいるのを見て、わたしは驚いた。アルフォンソは十月に二科目の追試がある上、食料品店のほうも忙しいはずだから、店が休みの日曜日はいつも試験勉強だろうと思っていたのだ。マリーザにしても、家族とイスキア島のバラーノにいるものとばかり思っていた。ところが彼女が言うには、去年、両親が家主のネッラと喧嘩をしてしまい、今年は、父親が『ローマ』紙の同僚たちと一緒にカステル・ヴォルトゥルノに借りた別荘に滞在しているのだそうだ。マリーザはそこからナポリに戻ってきたところで、数日でまた別荘に向かうという。わざわざ帰ってきたのは、家に忘れた教科書が必要――三科目の追試が待っているそうだ――だったのと、あるひとに会わねばならなかったから、だそうだ。そこまで言って、彼女はアルフォンソに向かってあだっぽく微笑んだ。つまり彼がその〝あるひと〟なのだ。

わたしは辛抱できず、すぐにニーノの高校卒業資格試験の結果を尋ねた。するとマリーザは顔をしかめた。

「二科目で九点、残りはみんな八点だって。合格とわかった途端、ひとりでイギリスに行っちゃった。

お金もまるでないのに。向こうで仕事を見つけて、英語をマスターするまで戻ってこないんだって」

「それから？」

「さあね、大学の経済学部に入るようなこと言ってたけど」

わたしには聞きたいことが山とあった。学校の前でニーノを待っていたあの女の子の正体も、なんとかして聞き出すつもりだった。本当に彼はひとりで出発したのか、それとも実はあの子と一緒なのかも知りたかった。ところがちょうどその時、アルフォンソが気まずそうに言った。

「そろそろリナも来るよ」そして彼はこう付け加えた。「今日はここまでアントニオがみんなを車で連れてきてくれたんだ」

アントニオですって？

わたしの表情が変わり、興奮に顔が赤らみ、嫉妬を帯びた驚きが目に浮かんだのに、アルフォンソは気がついたのだろう。彼はにやりとして、急いで説明してくれた。

「ステファノが新しいお店の商品カウンターのことで用事ができて、今日は来られなくなっちゃったんだ。でもリナはどうしても君に会って伝えたいことがあるみたいで、アントニオに運転を頼んだんだよ」

「そう、何か急いで教えたいことがあるんだって」マリーザが手を叩きながらやけに陽気に言い、〝何か〟の内容をもう知っているのをほのめかした。

何かって何？　マリーザの態度を見るに、いいことに違いなかった。もしかしてリラがアントニオの怒りを静めてくれ、彼がわたしとよりを戻したがっているとか？　ソラーラ兄弟がようやく軍の地方管区のコネを使い、アントニオの入隊が取り消しになった？　すぐに思いついたのは、このふたつの仮定だった。でも問題のふたりが顔を見せるなり、わたしはどちらの可能性も打ち消した。アントニオがそこにいるのは、リラの要請に従うことにより自分の無為な休日に意義を与えられるから、そして、彼女の友人でいられることはひとつの幸運であり、かつ必要なことだと思っているから、明らかにそれだけの理由だった。しかし彼の表情はまだ暗く、目には警戒の色があり、わたしへの挨拶は冷え冷えとしていた。こちらから母親の具合を尋ねても、ろくな答えは返ってこなかった。彼は辺りを落ちつかぬ様子で眺めると、再会に大喜びをする三人の女の子と一緒にすぐに水に飛びこんだ。リラはといえば、青ざめた顔をしており、口紅も差さず、きつい目をしていた。わたしに急用があるようにはとても見えなかった。彼女はコンクリート敷きの地面にじかに座ると、わたしが読んでいた本を手にし、無言でページをめくった。

マリーザはわたしたちの沈黙を前に戸惑い、いったんはいつもの〝世界は何もかもが美しい〟といった感じの興奮した口調で場を盛り上げようとしたが、途中で口ごもり、結局は泳ぎに向かった。アルフォンソはわたしたちから一番離れた席を選ぶと、そこで日を浴びたままじっと動かず、海水浴客たちをひたすらに眺めていた。裸の人々が海に入ったり出たりする光景がそんなに面白いか、と思うほどの集中ぶりだった。

「こんな本、誰に借りたの？」リラに尋ねられた。

「ラテン語とギリシア語の担任だよ」

「どうして教えてくれなかったの」

「だって興味ないと思ったから」

「わたしが何に興味あって、何に興味ないか、すっかりご承知ってわけ？」

不機嫌な彼女をとっさに取りなそうとしたが、自慢したい気持ちもあって、こう答えた。

「読み終わったらすぐに貸してあげる。先生は優秀な生徒にだけこういう本を貸してくれるの。だからニーノも読んでるみたい」

「誰、ニーノって?」

知らぬふりはわざとなのだろうか。忘れたふりをして、わたしの前で敢えて彼を軽んじようというのか。

「ほら結婚式の8ミリに映ってた、あの彼よ。マリーザのお兄さん、サッラトーレ家の長男でしょ」

「レヌーが好きだって言ってた、あの不細工な彼?」

「もう好きじゃないって言ったでしょ? でも、素敵なことをやるひとなのは、本当ね」

「たとえば?」

「たとえば、今はイギリスにいるんだって。働いたり、旅をしたり、英会話を覚えたりしてるみたい」

マリーザの説明をそうして短くまとめるだけで、わたしは興奮してきて、言葉を続けた。

「わたしとリラで同じようにできたらいいだろうね。ふたりで旅して、ウェイトレスをして稼いで、英語だってイギリス人より上手に覚えるの。ニーノにできて、わたしたちにできないってこと、ないでしょ?」

「彼、高校は卒業したの?」

「うん、卒業資格試験も合格した。でもまだ大学に行って、凄く難しい勉強をするんだって」

「頭いいんだ?」

「そう、リラと同じくらい頭いいよ」

「わたしは勉強しないもの」

「駄目。賭けに負けたら、勉強するって約束したでしょ?」

「その話はもうやめてよ、レヌー」

「ステファノが許してくれないの？」

「新しい店ができるからね。わたしが任されることになってるの」

「お店で勉強すればいいじゃない？」

「無理」

「どうして？」

リラは何度も本の表紙を撫でて、皺を伸ばすような仕草をした。

「子どもができたの」彼女は言い、わたしの反応を待たずに、「ああ暑い」とつぶやくと、本を置き、コンクリートの台の端まで行き、マリーザと女の子たちと水を掛けあって遊んでいるアントニオに向かってひと声叫び、ためらうことなく水に飛びこんだ。

「トニー、助けて」

彼女はぱっと両手を広げ、つかの間、宙を舞ったが、無様に水面に叩きつけられた。リラは金槌だった。

24

それからしばらく、リラは取り憑かれたように活動的になった。まずは新しい食料品店がその活動対象となり、それが自分にとっては世界で一番大切なものでもあるかのように彼女は働いた。朝はステファノよりも早く起きた。それから吐き、コーヒーを淹れ、また吐いた。ステファノは以前よりずっと妻を思いやるようになり、店まで車で送ろうといつも申し出た。しかし彼女は断り、歩きたいのだと言って、まだ暑さが猛威を振るう前の涼しい早朝の空気の中を歩きだし、完成したばかりで大半はまだ中身が空っぽな建物の建ち並ぶ人気《ひとけ》のない通りをたどって、内装工事の続く新店舗に向かうのだった。店に着いたらシャッターを上げ、ペンキで汚れた床を掃除した。そして作業員を待ち、業者を待って、秤やスライサー、その他の什器が届けば、置き場所を指示した。自分でも位置を変えて、もっと効率的な配置はないかと試したりもした。恐ろしげな大男たちも、不良っぽい少年たちも、彼女の命令にはおとなしく従い、どんなにわがままを言われても刃向かわなかった。彼女自身、命令を言い終わるよりも先にいつだって率先して力仕事にとりかかろうとしたから、男たちはそのたびに心配し、カッラッチ夫人やめてください、と大声を上げげて、懸命に手伝った。

気力まで奪われそうな暑さにもかかわらず、リラは活動対象を新地区の店に留めず、時々、夫の妹にくっついてマルティリ広場の小さな現場にも行った。そちらの現場はたいていミケーレが仕切っていたが、リーノが仕切ることもよくあった。リーノは、チェルッロ製靴の商品の作り手として、さらには、ソラーラ兄弟の共同経営者であるステファノの妻の兄として、自分には靴屋の工事を監督する権利があると思っていたのだ。そこでもリラはじっとしていなかった。工事の進捗具合を確認し、左官工の梯子に上って店内を見下ろしたかと思えば、また下りてきて、今度はあれこれとものを移動した。彼女の行為は当初、誰をもいらつかせたが、みんなが不承不承、ひとりまたひとりと降参するまでにそう時間はかからなかった。ミケーレなどは最初、誰よりもリラに対し冷笑的な態度を見せていたが、彼女の提案する改善案がみな優れていることにいち早く気づいたのも彼のようだった。

「奥さん、うちのバールも直しにきてくれよ。金は払うからさ」ミケーレはからかうようによくそう言った。

バール・ソラーラの改装など、リラは当然、考えてみようとすらしなかったが、マルティィリ広場の現場をさんざんかき回したあとは、カッラッチ家の本丸である古いほうの食料品店へと進み、そこに陣取った。彼女はステファノに命じて、アルフォンソを出勤させないようにした。追試の勉強があったからだ。さらにピヌッチャをけしかけ、マルティィリ広場の店に母親と一緒にもっと頻繁に通って、口出しをするように仕向けた。続いて、隣接した二店舗からなる旧地区の店の空間を見直し、より効率的かつ楽に働けるように、毎日少しずつ改善を加えた。こうして短期間のうちにリラは、マリアもピヌッチャも事実上、店にとっては無用な人手であることを証明し、アーダの役割を強化した上で、ステファノを説得してアーダの賃上げにも成功した。

夕方、シーガーデンから戻り、三人娘を文房具屋のおかみさんに返すと、わたしはたいていリラのいる食料品店に向かった。彼女がどうしているか、お腹は目立ってきたか、気になったからだ。果たして彼女はいつも不機嫌で、顔色もすぐれなかった。こちらが妊娠の経過についてそれとなく尋ねても、答えてくれないか、店の外に連れ出されて、ナンセンスな返事を聞かされた。たとえば、「話したくないんだ。変な病気よ。お腹の中に空っぽな部分があって、そのくせ、重いの」といった具合だ。そして、食料品店の新店と旧店、マルティィリ広場の靴屋を彼女一流の語り口で絶賛し、三つの店は本当に素晴らしい場所で、日々、素敵なことがたくさん起きているというのに、哀れなわたしは何もかもを見逃している、そうこちらに信じこませようとした。

でもわたしもいい加減、彼女の手口は心得ていたから、耳を傾けはしたが、だまされなかった。それでもやはり、召使いからご主人様まで演じ分ける彼女の活き活きとした語り口には毎回、魅了された。リラはわたしと話しながら、同時に客はもちろん、アーダと話すことまでできた。そうして口を動かしながらもその手は片時も休まず、箱を開けたり、何か切ったり、重さを量ったり、お金を受け取ったり、渡したりしているのだった。言葉と動作に埋没し、疲れ果てるその姿は、彼女が奇妙にも〝お腹の中の重たい空洞〟と呼ぶその重みを、そうして死に物狂いに活動することでなんとか忘れようとしているようにも見えた。

いずれにせよ、わたしが一番驚いたのは、お金に対するリラの無頓着な態度だった。彼女はレジからいつでも好きなだけお金を取り出した。あのレジの引き出しこそは、彼女にとって豊かさの象徴であり、開くたびに財宝を与えてくれる、子ども時代に夢見た宝箱に相当するものだった。レジのお金が足りなくても(滅多にないことだったが)、ステファノをちらりと見れば済む話だった。そうすれば、婚約者時代のように寛大なところをまた見せるようになった彼が、上っ張りをまくり上げ、ズボンの後ろのポケットをまさぐって、厚く膨らんだ財布を取り出し、「いくら必要なんだ?」と尋ねてくるからだ。リラは指で金額を示し、夫が伸ばしてくる右手から、その細くて長い手でお金を受け取るのだった。

アーダはそんなリラをいつもカウンターの後ろから、まるで雑誌の人気女優のグラビアでも見るような目で眺めていた。思うに、アントニオの妹はあのころ、いつも夢見心地だったのではないだろうか。リラがレジの引き出しを開け、差し出すお金を、アーダが目を輝かせて受け取る。そんなことがよくあった。リラは夫が背を向けた隙に、実に気前よく金を配った。アーダには兵役に行くアントニオのために金をやり、急に歯を三本抜くことになったパスクアーレにも金をやった。九月の頭にはわたしも人目につかぬ場所に連れていかれ、本を買うお金はいらないかと聞かれた。

「本って?」

「新しい教科書が必要でしょ。ほかの本でも別にいいけど」

オリヴィエロ先生がまだ退院していないので、今年は教科書を用意してもらえるかまだわからないとわたしが言うと、リラはすぐさまこちらのポケットにお金を突っこもうとした。わたしはあとずさりして、断った。金をせびりに来た貧しい親戚みたいな真似はしたくなかったのだ。わたしは学校が始まるまでお預けにしておいてほしいと言い、シーガーデン行きのアルバイトを文房具屋のおかみさんが九月のなかばまで延長してくれたから、予定よりもいくらか多めに稼げる、だから教科書代もなんとかなるはずだと説明した。リラは残念がり、もしも先生が教科書を用意できなかったら必ず教えてくれと念を押してきた。

　わたしに限らず、仲間たちはみな、彼女にそんな贈り物をされて、多かれ少なかれ戸惑った。たとえばパスクアーレは、歯医者に行くための金を最初は受け取るまいとした。あまりに屈辱的だと思ったからだ。それでも結局受け取ったのは、顔が歪み、片目が炎症を起こすほど虫歯が悪化し、レタスの湿布もまるで役に立たなかったためだった。アントニオも少なからず困惑し、アーダがリラから月給とは別に受け取るそうしたお金は、過去に彼の妹に対してステファノが払っていた安月給の埋め合わせだ、そう考えて無理矢理、納得することにした。わたしたちはいつだってお金がなかったし、たった十リラだって大金扱いで、道で硬貨を一枚拾っただけでお祭り騒ぎだった。だから、リラがお金をまるで無価値な金属か紙くずのように配るのは、この上なく重い罪とさえ思われた。お金を渡してくれる時、彼女は何も言わなかったが、その仕草には有無を言わせぬ力があり、昔、みんなでよく一緒に遊んだ時、それぞれの役割分担を指定する幼い彼女の姿を彷彿とさせた。お金を渡したあと、リラは決まって話題を変え、そんな行為などなかったかのように振る舞った。でも考えようによっては――とある晩、パスクアーレが独特のまわりくどい話し方でわたしに言った――彼女の店のモルタデッラ（ボローニャ特産の太いソーセージ）はよく売れているし、靴だって売れている。それにリナは昔から俺たちの仲間で、こちら側の人間だ。つまり味方であり、同志だ。今でこそ金持ちだが、それはリナが偉いからだ。そうなんだよ。何もカッラッチ夫人になったからじゃない。ステファノの野郎の未来の息子の母親だから、という訳でもない。リナは、チェルッロ製靴の靴を発明した功労者だから偉いんだ。そんなこと、今じゃみんな忘れちまったみたいだが、俺たちは覚えている。何せ友だちだからな。

彼の言うとおりだった。わずか数年のあいだにリラは本当に色々なことを実現してきた。しかし、わたしも彼女も十七歳になったそのころになると、時間の本質が以前とは変わったような印象があった。時間は、かつてのように滑らかには流れず、もっと粘ついたものになり、菓子職人の機械に入ったカスタードクリームのようにわたしたちの周囲をぐるぐると回っているような気がした。同じことをリラも恨みっぽく認めたことがある。あれは、海はべた凪で曇り空の、ある日曜だった。なんの前触れもなく、午後三時ぐらいに彼女がひとりでシーガーデンに姿を見せた。実に珍しいことだった。地下鉄に乗り、バスを乗り継ぎ、わたしの前に水着姿でそうして立っているリラは、顔色が悪く、額には吹き出物までできていた。その時、彼女は方言でこう言い放ったのだ。「十七歳って本当、最低ね」、しかし表情は一見したところ明るく、瞳もいたずらっぽく輝いていた。

ステファノと喧嘩をしてきたとのことだった。なんでも彼とソラーラ兄弟がいつものように角を突きあわせているうちに、マルティリ広場の店を誰に任せるかで口論になった。ジリオーラを推すミケーレは、ピヌッチャを推すリーノを滅茶苦茶に脅してから、ステファノと神経のすり減るような交渉に入り、今にも手が出るかというところまで行った。その結果、どうなったか？　一見したところでは、勝者もなければ、敗者もなかった。ジリオーラとピヌッチャは〝ふたりで〟店をやっていくことになったのだ。だがそれも、ステファノがいつかの提案を受け入れるならば、という条件付きだった。

「どの提案？」わたしは尋ねた。

「当ててみな」

わからなかった。正解は、リラのウェディングドレス姿の写真の一件だった。ミケーレは例のからかうような口調でステファノに譲歩を求め、彼女の夫も今回は譲歩したというのだった。

「本当に？」

「本当よ。だからあの時、まだわからないって言ったでしょ？　あの写真、店に飾るんだってさ。そういうことだから、賭けはわたしの勝ちね。レヌーは勉強を頑張って、今年は全科目八点以上取りなよ」

そこで彼女は真剣な口調になり、今日はそんな写真の話をしに来たのではないと言った。あの最低な男がわたしのことを商品のひとつぐらいにしか考えていないのは、どうせ前からわかっていた。そうじゃなくて、妊娠について話したかった。そう言うのだった。彼女は苛々と、すり鉢でじっくりと潰すべき何かについて話すように長いこと語った。その語り口はどこまでも冷ややかだった。だって、こんなのナンセンスだよ。嫌悪も露わに彼女は言った。男にあれを突っこまれたら、こっちは、生きた人形の入った肉の箱になっちゃうなんてさ。ここに、人形が入ってるんだよ。ぞっとしちゃう。四六時中、吐き気がするし、お腹がそんなものはいらないって言ってるんだと思う。わかってるよ。もっと素敵なことを考えるようにしなきゃいけないし、慣れるしかないんだってことくらい。でも無理。納得のしようがないし、まるで素敵だとも思えないし。それにわたし、子どもってたぶん苦手だと思う。レヌーは得意だよね。文房具屋の子たちだって、本当よく面倒見てるもの。でもわたしは駄目。そういうの生まれつき向いてないから。

聞いていて胸が痛かった。なんと言ってあげればいい？

「向いてるも向いてないも、試してみなきゃわからないじゃないの」わたしはリラをなんとか励まそうと思って、少し離れた場所で遊んでいた三人の女の子を指差した。「ちょっとあの子たちの相手をしてみなよ。おしゃべりしたりしてさ」

するとリラは笑い、どこかのお母さんみたいに相手を調子に乗せるのがうまくなったね、とわたしをからかった。それでも彼女は、ぎこちなくも女の子たちと会話を試み、すぐに尻込みして帰ってきて、わたしとの会話に戻ろうとした。わたしは彼女を相手にせず、励まし、三人のなかでも一番小さなリンダの面倒を見るように言った。

「あの子、バールの横にある水飲み場で水を飲んだり、吹出口を親指でふさいで、水鉄砲みたいにして遊ぶのが大好きなの。やってみて」

リラはリンダの手を引き、不承不承、離れていった。しばらくしても、ふたりは戻ってこなかった。わたしは心配になり、残りの姉妹を呼んで、一緒に様子を見にいってみた。何も問題はなかった。リラはリンダの言いなりになって、楽しそうにしていた。女の子を吹出口の上に抱え上げ、好きなだけ水を飲ませたり、辺りに水を撒き散らさせたり。ふたりとも大はしゃぎで笑っていた。

ほっとした。わたしはリラに残りふたりの女の子も預けると、バールで腰を下ろした。四人に目が届く席で、少し本を読みたかったのだ。リラを眺めながらわたしは思った。こんな感じに、彼女もきっといいお母さんになるのだろう。最初は苦手だと言っていたのに、もうあんなに楽しそうじゃないか。もしかしたら〝無意味なものほど素晴らしいんだよ〟って教えてやるべきなのかもしれない。いい言葉だ。きっと気に入ってくれるだろう。ああ、羨ましい。リラは大切なものをもうみんな持っている。

それからしばらく、わたしはルソーの考えを一行また一行と追おうと努力した。やがて目を上げると、何か問題が発生したようだった。悲鳴がした。リンダが前のめりになりすぎたか、姉のどちらかに強く押されたか、いずれにせよ、リンダがリラの手から滑り落ち、水槽の縁にあごをぶつけたのは確かだった。わたしは震え上がる思いで駆けつけた。リラはわたしに気づくなり、子どもっぽい声で叫んだ。彼女のそんな声を聞くのは初めてだった。小さなころだって聞いたことがなかった。

「リンダのお姉ちゃんがやったんだよ、落ちたの、わたしのせいじゃないからね」

リラの腕に抱かれたリンダは血をぽたぽた垂らしながら、泣きわめいていた。ふたりの姉はどちらもあらぬほうを眺めて、もじもじと体を動かし、ひきつった笑みを浮かべていた。事件は自分たちには無関係で、何も聞こえず、見えない、そんなそぶりだった。

わたしはリラの手からリンダを奪うと、噴出する水に近づけ、怒りをこらえながら、女の子の顔を洗った。するとあごの下に横長の傷口があった。これでおかみさんにはアルバイトのお金をもらえなくなる。きっと母さんにも怒られるだろう、そう思った。ともかく海水浴場の監視員に助けを求めた。監視員の男性はリンダをなだめすかしたのち、いきなり傷口にアルコールを塗って、また泣きだした女の子のあごにガーゼを固定し、改めてあやした。幸い、たいした怪我ではなかったのだ。わたしは女の子たちにジェラートを買ってやり、コンクリートの台の上に戻った。

リラはいなくなっていた。

25

文房具屋のおかみさんはリンダの怪我を見てもさほど驚かなかった。でも、明日もいつもの時間に三人を迎えにこようかと尋ねると、うちの子もこの夏はもう十分すぎるくらい海に行ったから、今日でおしまいにしましょうと言われてしまった。

仕事を失ったことをリラには告げなかった。彼女のほうも、あれからどうなったとも、リンダの傷は大丈夫かとも聞いてこなかった。ふたたび会った時、リラは新しい食料品店の開店祝いに向けた準備で大わらわだった。その姿は、縄跳びの縄をどんどん速く回転させるトレーニング中の運動選手をどこか彷彿とさせた。

彼女につきあって印刷屋に行ったこともあった。開店を告げる膨大な枚数のちらしを注文してあったのだ。司祭に会いにいき、開店当日、店と売り物を祝福してもらう時間を決めてくるというお使いも頼まれた。カルメーラ・ペルーゾを店員に雇ったという報告もあった。元々働いていた小間物屋よりもずっといい給料を約束したそうだ。しかしリラがあのころ、わたしに何より強調していたのは、彼女が夫にピヌッチャ、義理の母に兄のリーノの四人を相手に、文字通りありとあらゆる問題に関して、熾烈な闘争を展開中であるということだった。とはいえ、見たところ彼女に特に攻撃的な様子はなかった。わたしと話す時はいつも小声の方言だったが、そうして話しながらも手は決して休めず、話の内容よりもそちらのほうがずっと大切であるかのように無数の仕事を片付けていた。彼女は実家と嫁ぎ先の双方の親族一同がこれまで自分をいかに害し、今なお害しているか、あれこれ例を挙げ連ねた。「あいつら、ミケーレを手なずけたんだよ」リラは言うのだった。「マルチェッロを手なずけた時と同じやり方でね。わたしをだしに使ったんだ。わたしなんて、もの扱いだから。〝リナはあいつにくれてやろう、リナを壁に貼りつけよう、どうせ、あの子には元々なんの価値もないんだから〟ってね」そうして話しながら彼女は、紫色の隈に囲まれた目をくりくりと輝かせた。肌は頬骨の上でぴんと張り詰めており、時おり歯をちらりと覗かせ、神経質な笑みも浮かべた。だがわたしは信用しなかった。喧嘩腰で活発な見かけの裏には、出口を探す疲れ切った彼女がいるのではないか、そんな気がしていたのだ。

「どうするつもりなの？」わたしはリラに尋ねた。

「どうするつもりもないよ。ただ、わたしの目が黒いうちは、あの写真を好きにはさせないけどね」

「放っておきなよ、リラ。それに素敵な話じゃない？　だってそういうポスターになるのって、普通、女優だけでしょ？」

「じゃあ聞くけど、わたしって女優？」

「違うけど」

「ほらね？　夫がソラーラに魂を売ったからって、ついでに妻まで売り渡していいって話はないでしょ？」

わたしはリラを落ちつかせようとした。ステファノが辛抱しきれなくなり、彼女に暴力を振るうのではないかと恐れたのだ。そう伝えると、彼女は笑った。妊娠がわかってから、ステファノはびんたひとつ張ろうとしないと言うのだ。だがその言葉を聞きながら、わたしはある疑いを持った。実は彼女、男たちをわざとうんざりさせて、ステファノにソラーラ兄弟、リーノから袋叩きの目に遭い、苦悩の種である、お腹の中の生きた人形を叩き潰してもらおうと考えているのではないか。

新しい食料品店が開店した晩、わたしの疑いは確信へと変わった。彼女はとてつもなくだらしない格好で登場し、みんなの前で夫を下僕のようにこき使った上、わたしに呼んでこさせた司祭にも祝福をさせず、軽蔑した態度で相手の手に幾ばくかの金を突きつけると追い返した。彼女は次に生ハムをスライスしてパンに挟むと、それを一杯の赤ワインと一緒に無料で誰かれ構わず配りだした。これが大当たりして、開店したばかりの食料品店は大変な混みようとなり、彼女とカルメーラの前には客が殺到し、ステファノも上っ張りもないまま、せっかくのエレガントな格好を脂まみれにして、ふたりを助けねばならなかった。

　ステファノとリラはへとへとになって帰宅した。すぐに夫から激しく叱られた彼女は、彼の怒りを爆発させようとして、さんざん挑発した。ただの聞き分けのいい妻がほしかったならおあいにく様、わたしはあんたのママでもなければ、妹でもないわ。この先もずっとこの調子だから覚悟しなさい。彼女はさらにソラーラ兄弟と例の写真の一件で彼を責め、容赦なくこき下ろした。最初はまともに相手にしなかったステファノも、やがて妻より激しい言葉でやり返してきた。しかし手だけは出さなかった。翌日、彼女からそんな顚末を聞かされたわたしは言ってやった。ステファノは悪いところも色々あるが、あなたを大切に思っているのは間違いない、と。ところが彼女は認めようとせず、「あのひとはこれしか理解できないの」そう言って、親指と人差し指を擦りあわせるのだった。お金を意味する仕草だ。事実、新しい店はもう新地区の話題の的で、その日は朝から客でいっぱいだった。

「レジの引き出しはもうお金でいっぱい。わたしのおかげでしょ？　がっぽり儲けさせてやって、子どもまで産んでやろうっていうのに、これ以上わたしに何を望むって言うの？」

「そう言うリラだって、それ以上、何が望みなの？」わたしは彼女に尋ねた。だがその声に若干の怒りがこもっていたことに自分で驚き、とっさに作り笑いで誤魔化した。

　リラが戸惑い顔になり、額に指をやったのを覚えている。彼女自身、何をどうしたいのかはわからないが、とにかく気持ちが落ちつかないという状態だったのかもしれない。

　もうひとつのイベント、マルティリ広場の靴屋の開店が迫ると、リラはひどくわがままになった。いや、わがままは言いすぎかもしれないが、ともかく、彼女は心の混乱を、わたしも含め、みんなにぶつけてくるようになった。彼女はステファノの生活を一種の地獄に変えた。夫の母や妹とも飽きずに口論し、リーノのところに行っては、従業員らとフェルナンドのいる前で、兄と喧嘩をした。そんな時、フェルナンドは自分の作業机に向かい、いつもの猫背をさらに深く曲げ、何も聞こえぬふりをした。リラ自身、慢性的な不機嫌から抜け出せなくなっているという自覚はあったらしく、珍しく客足が途絶え、出入りの業者の姿もない新地区の店でぼんやりしている彼女の姿をわたしは何度か見かけた。そんな時、彼女は傷でも押さえるように片手を額の生え際にやり、息を整えて落ちつこうとするような表情をしていた。

ある日の午後、わたしが家にいた時のことだった。九月の終わりにもかかわらず、まだまだ暑かった。高校はもうすぐ新学年が始まろうとしており、わたしの気分は日々の出来事に頼りなく揺られていた。母さんにはいつもだらだらしていると無精を責められ、ニーノは行方知れずで、イギリスか、あるいは大学《ウニヴェルシタ》と呼ばれる、わたしにとっては謎でしかない空間か、どこにいるとも知れなかった。その上、アントニオもおらず、よりを戻す希望も絶えた。エンツォと一緒に兵役に行ったのだ。アントニオはみんなには別れを告げておきながら、わたしにだけは何も言わず、行ってしまった。そんな午後のことだった。外からわたしの名前を呼ぶ声がして、顔を出すと、リラだった。熱でもあるみたいに目を輝かせながら、解決策が見つかったと彼女は言うのだった。

「なんの解決策？」

「あの写真の。どうしてもあの写真を飾る気なら、わたしの言うとおりにさせようと思って」

「言うとおりって、どうするの？」

彼女は説明してくれなかった。あるいは彼女にもまだはっきりとした考えはなかったのかもしれない。だがわたしはリラという子をよく知っていたから、その時の表情が意味するものは理解した。それは、彼女の内面の暗い奥底から、〝脳がオーバーヒートしそうだ〟というサインが届いている時の顔だった。今晩、マルティッリ広場の店に一緒に来てほしいと彼女に頼まれた。そこでソラーラ兄弟とジリオーラ、ピヌッチャ、リーノに会うことになっているから、自分を助け、支えてほしいというのだった。わたしはリラが自分の終わり知れぬ闘争を過去のものにする武器を何か見つけたのだと悟った。どっさり溜まったストレスをここでどっと吐き出し、決着をつけるつもりなのだろう。あるいは単純に、溜まったエネルギーを放出して、身も心も楽になりたいだけなのかもしれなかった。

「わかった。でも、馬鹿はやらないって約束して」わたしは言った。

「うん」

二軒の食料品店の営業時間が終わると、リラとステファノがわたしを車で迎えにきた。ふたりのわずかなやりとりから察するに、彼女の夫も妻が何をするつもりなのかは知らず、今度はわたしの存在も彼にとっては安心材料とならず、むしろ警戒を呼んでいるようだった。久しぶりに協調的な態度を示した妻から彼は、あの写真をどうしても飾るというなら、せめて飾り方に注文をつけたい、それだけの話だ、と説明されたらしい。

「額縁を替えるとか、壁か照明をどうにかするとかいうことかい」

「見てみないとわかんない」

「でもリナ、これでおしまいにしてくれよな」

「うん、大丈夫」

暑さの緩んだ、いい夕べだった。店内の豪華な照明が外の広場まで照らしており、中央の壁に立てかけてあるウェディングドレス姿のリラの巨大な写真は、遠くからも見えた。ステファノは車を停め、わたしたちは、まだ散らばっている靴の箱やペンキの容器、脚立を避けながら、店に入っていった。マルチェッロとリーノ、ジリオーラとピヌッチャは明らかにむっとした顔をしていた。それぞれ理由こそ異なれ、四人とも、リラのわがままにまたつきあわされるのはまっぴらだったのだ。ただひとり、ミケーレだけはわたしたち三人を一応愛想よく迎えてくれ、にやにやしながらリラに向かって尋ねた。

「麗しのカッラッチ夫人、何を思いついたのかきちんとご説明いただけますかね？　単に俺たちの夕べを台無しにしたかっただけ、とは言わせませんよ」

リラは、壁に立てかけられた写真のパネルをじっと見ると、それを床に平らに置いてほしいと言った。するとマルチェッロが慎重に口を開いた。その声には、リラに対して彼が常に見せていた暗い恥じらいがにじんでいた。

「どうするつもりだ？」

「置いてくれたらご披露するわ」

リーノが口を挟んだ。

「リナ、馬鹿はよせ。こんな写真だって結構な値段するんだぞ。駄目にしたら、ただじゃおかないからな」

結局、ソラーラ兄弟が、言われたとおりにパネルを床に置いた。するとリラは眉間に皺を寄せ、目をぎゅっと細めて周囲を見回した。何かそこにあるはずのもの、たとえば、自分で頼んであらかじめ買っておいてもらったものでも探しているようだった。やがて彼女は店の片隅に黒いカートン紙のロールを見つけ、大きなはさみと画鋲を棚から取った。それから極度に集中して周囲の一切を忘れた時の、あの独特な表情になると、パネルのところに戻った。そしてあやふやな顔をしたわたしたちの前で――なかには敵意剥き出しの顔もあった――子どものころから変わらぬ器用な手つきで黒いカートン紙を何枚も帯状に切り、それを写真のあちこちに貼りつけていった。請われてわたしも手を貸したが、彼女の合図はちょっとした仕草か、目配せだけだった。

わたしは一体感の高まりを感じながらリラに協力した。幼いころからよく知っている懐かしい感覚だ。そうして彼女の傍らに控え、意図を察し、先取りして行動するのがわたしは大好きだった。写真のパネルを前にしたリラには、何かそこにないものが見えており、わたしたちにもそれを見せるために作業をしているのがわかった。ほどなくわたしはうきうきしてきた。彼女も充足感に包まれ、はさみを握り、画鋲で黒い紙を留めるその指にも同じ喜びが流れているのがわかった。

最後にリラは、そこにいるのが彼女ひとりであるかのように、パネルを持ち上げようとしたが、かなわなかった。すぐにマルチェッロが手を差し伸べ、わたしも手伝って、壁にパネルを立てかけた。それから全員で入口のほうに後退した。そうしながらある者は嘲笑し、ある者は眉をひそめ、ある者は唖然とした。写真の花嫁姿のリラの体は無残に切り刻まれたような状態になっていた。顔の大部分は消え、腹もほとんど見えなかった。まだ見えているのは、片目、頬杖を突いた片手、輝く唇、斜線のあいだから覗く胸元、組みあわされた両脚、そして靴だけだった。

口火を切ったのはジリオーラだった。怒りを懸命にこらえようとしている。

「こんなもの、〝わたしの〟店に飾りませんからね」

「賛成」と言ったのはピヌッチャだ。「こんなへんてこなものが店にあったら、お客さんが逃げちゃうわ。リーノ、あんたの妹でしょ、なんとか言ってやってよ」

リーノは聞こえぬふりをしたが、あたかも一切の責任は妹の夫にあると言わんばかりに、ステファノをなじった。

「だから、こいつとまともに話しあおうとしたら駄目だと言ったろう？　イエスかノーか、それだけ言ってやればもう十分なんだ。さもないと、こうして時間を無駄にすることになるんだよ」

ステファノは答えず、壁に立てかけられたパネルを見つめていたが、逃げ口を探しているのは明らかだった。やがて彼はわたしの意見を求めた。

「レヌーはどう思う？」

わたしはきちんと標準語で答えた。

「凄く素敵だと思う。もちろん、ここがわたしたちの地区だったら、わたしだって飾らないわ。だって場違いだから。でもこのお店なら話は別ね。話題になるだろうし、評価されると思う。ちょうど先週の『コンフィデンツェ』（イタリアの女性誌）で、ロッサーノ・ブラッツィ（イタリアの俳優。映画『旅情』など）の家に似たような絵があるのを見たわ」

ジリオーラはわたしの言葉にますます腹を立てたようだった。

「それってどういう意味？　ロッサーノ・ブラッツィとあんたたちふたりにはなんでもわかって、わたしとピヌッチャは馬鹿だってこと？」

その段になってわたしは危険を察知した。リラをちらりと見れば、店に着いた時は作品の出来が悪ければ譲歩するつもりもあった彼女が、自身の写真に大胆な変更を加えた作品がこうして完成した今となっては、もはや寸分たりとも譲る気はないのがはっきりとわかった。写真に手を加えているうちに、自制心のくびきが断たれたのだ。その瞬間、リラはあふれんばかりの自意識に圧倒されており、食料品店の店主の妻という次元に戻るにはまだまだ時間がかかり、作品を否定する声はどんなに小さなものであれ一切受け入れられないという状態だった。それどころかジリオーラが話している途中から、「このままか、飾らないかよ」とつぶやき、すぐにでも喧嘩をするか、何かを滅茶苦茶にしたい、壊してやりたいと思っているのが見て取れた。許されるものなら、はさみ片手にジリオーラに飛びかかっていっただろう。

マルチェッロが味方をしてくれぬものかとわたしは願ったが、彼は黙ってうつむくばかりだった。

彼がリラに対して相変わらず抱えていた特別な感情の残滓がまさにその時、完全に消えようとしているのがわかった。古く暗い情熱をもって彼女を追うのに疲れ果ててしまったのだろう。ジリオーラを黙らせたのは、マルチェッロではなく、その弟のほうだった。ミケーレは「お前は黙ってろ」と恐ろしい声で婚約者を叱った。彼女が言い返そうとすると、すぐにまた「ジリオー、黙れ」と脅したが、その目はジリオーラを一顧だにせず、パネルから離れなかった。やがて彼はリラに言った。

「奥さん、俺は気に入ったよ。こうしてあんたが自分の姿をわざわざ消した理由もわかった。脚をはっきりと見せるためだったんだな。この靴を履いた女の脚がどんなにきれいか、もっとよく見せるためなんだ。やるなあ。あんたは面倒くさい女だが、やる時はやる。見事なもんだぜ」

沈黙が続いた。

ジリオーラが指先で涙を拭った。こらえきれなくなり、声を押し殺して泣いていたのだ。ピヌッチャはリーノをにらみ、兄のステファノをにらんだ。その視線は、なんとか言いなさいよ、わたしを守ってよ、この馬鹿女を調子に乗らせないで、と告げていた。ところがステファノは穏やかな小声で言うのだった。

「確かに、これは悪くないな」

するとリラはただちにこう言った。

「まだ完成してないわ」

「これ以上、何をするつもり？」ピヌッチャがかっとなった。

「少し色を塗りたいの」

「色だって？」マルチェッロがつぶやく。声ににじんだ戸惑いは前よりも強かった。「三日後には開店だぞ」

ミケーレが笑い飛ばした。

「少し待てというなら、待とうじゃないか。どうぞ奥さん、好きなようにやってくれ」

作るのも壊すのも俺次第という、靴屋のオーナーを気取ったミケーレの口調は、ステファノの気に障ったようだった。

「うちの新しい店はどうなる？」新しい食料品店には妻が必要だという意味で彼は言った。

「自分で考えろ」ミケーレは答えた。「こっちの仕事はな、そんな店よりずっと面白いんだよ」

26

九月の月末の数日間、わたしとリラは三人の作業員と一緒に、マルティリ広場の店にこもって過ごした。遊びと発明と自由の素晴らしい時間だった。もしかすると子どもの時だって、そんなふうに三つの要素をいっぺんに楽しめる時間はなかったかもしれない。わたしはリラの熱狂に引きずりこまれた。わたしたちは糊にペンキに刷毛を買い、この上なく正確に（彼女がうるさかったのだ）黒いカートン紙の切片をパネルに貼りつけていき、写真の部分とそれを貪ろうとする黒い雲の境目には赤か青の線を引いた。リラは昔から線と色を使いこなすのがうまかったが、あの時の彼女はさらにひとつ、新しい何かを成し遂げた。その何かの正体を問われても答えようなどなかったろうが、それは刻一刻とわたしを夢中にした。

最初わたしは、リラがそんな機会を設けたのは、ひとつの時代を頭の中で終結させるためだと思った。まだリナ・チェルッロという少女だった彼女が描いた靴の絵から始まった歳月のことだ。今でも思うのだが、あの数日があんなにも楽しかったのは、何より彼女が、いや、わたしと彼女のどちらもが、それぞれ日常を忘れることができたからだ。さらにはふたりに自分自身を超越した高みに立つ力があったこと、そして、ある種の視覚的要約とも呼ぶべきあの作品の制作に完全に没頭する力があったことも大きかった。わたしたちはアントニオを忘れ、ニーノを忘れ、ステファノを忘れ、ソラーラ兄弟を忘れた。わたしの学校の問題も、彼女の妊娠のことも忘れ、互いのあいだにあったわだかまりも忘れた。わたしたちは時の流れを止め、あの空間を世界から隔離した。あとに残されたのは、糊とはさみとカートン紙とペンキの遊戯、すなわち、ぴったり息のあったふたりの発明ごっこだけだった。

でも理由はほかにもあった。まもなくわたしはミケーレが使った〝姿を消す〟という言葉を思い出した。黒い紙の帯が結果的にあの靴を切り取り、強調する効果を生んだのは恐らくそのとおりで、正解といってまず間違いなかった。ミケーレは決して愚か者ではなく、見る目のある人間だ。しかしリラを手伝いながら、次第にわたしは、自分たちがこうして紙を貼ったり色を塗ったりしている本当の目的はそんなことではないと感じるようになり、その確信を深めていった。リラは幸せだった。彼女はその獰猛なまでの多幸感にわたしをどんどん引きずりこんでいったが、彼女が幸福だったのは、自身に対する激しい怒りを〝表現〟する機会を、恐らくは意図せぬままに得たからなのだろう。それはつまり、たぶん彼女が生まれて初めて覚えた――ここでミケーレの言葉がぴったりくる訳だが――姿を消したいという願望を表現する機会となったのだった。

今のわたしは、続いて起きた多くの出来事に鑑みると、当時の自分の推論は正しかったとほぼ断言できる。写真に黒いカートン紙を貼り、自分の体のあちこちに緑色と紫色の円を描き、真っ赤な線で切り刻み、また切り刻めと命じることで、リラは自らの破壊を一枚の〝絵〟として完成させた。そして、それをソラーラ兄弟が〝彼女の〟靴を並べ、売るために買った店で公開したのだ。

そんな印象をわたしに植えつけ、確信させたのは多分、リラ自身なのだろう。一緒に作業をしながら彼女は、自分はもうカッラッチ夫人なのだと初めて認識した時の話をしてくれた。聞いていて、彼女が何を言わんとしているのか最初はほとんどわからなかったし、やけにありふれた話ばかりに思えた。若い娘は恋に落ちれば、きまってすぐに恋人の名字と自分の名前を組みあわせて、どんな風に聞こえるか試すものだ。たとえばわたしは、エレナ・サッラトーレという署名を何ページも練習したジンナジオ四年の時のノートをまだ持っている。エレナ・サッラトーレとそっと自分に呼びかけては、ぞくぞくした記憶は今なお鮮やかだ。でもリラが言いたいのはそういうことではない、むしろまったく逆のことだと、まもなく気づかされた。彼女はそんな練習などしようと思ったこともないと告白していたのだ。そもそも〝ラッファエッラ・チェルッロ・イン・カッラッチ（カッラッチ家のラッファエッラ・チェルッロ）〟という自分の新しい名称に対し、彼女は当初、ほとんど違和感を覚えなかったという。特にわくわくもせず、がっかりもしなかったそうだ。カッラッチという名字を名乗ることにしても、小学校でオリヴィエロ先生に厳しく指導された構文解析の練習よりやさしいと思った。そう言うのだった。〝カッラッチ家の《イン・カッラッチ》〟という言葉は構文解析で言えばなんだろう、そんなことも思ったらしい。ある場所における状態を示す補語の一種だろうか。つまり彼女がもはや両親の元ではなく、ステファノの元に暮らしている状態を示しているのだろうか。彼女の新居のドアには真鍮のプレートにカッラッチの名が記されることになる、そういう意味なのか。わたしが彼女に手紙を書く時、宛先をラッファエッラ・チェルッロではなく、ラッファエッラ・カッラッチにしなくてはならないということか。やがて普段の会話では〝ラッファエッラ・チェルッロ・イン・カッラッチ〟から〝チェルッロ・イン〟の部分が消え、彼女自身、単にラッファエッラ・カッラッチと自称し、署名をするようになり、彼女の子どもたちは母親の旧姓を思い出すのに苦労し、孫たちにいたっては祖母の元々の名字を完全に無視することになる、そういうことを意味する言葉なのだろうか。

そう、要はひとつの風習であり、よくある話だ。しかしリラの思考は例によってそこで留まらず、ただちにその先に進んだ。刷毛とペンキで作業しながら彼女は語り、〝ラッファエッラ・チェルッロ・イン・カッラッチ〟という名称の中に、いつからか、場所に対する動作を示す補語が見えてくるようになったと言った。具体的に言えば、〝チェルッロ・イン・カッラッチ（カッラッチ家のチェルッロ）〟の部分が、〝チェルッロがカッラッチ家に行き、そこに転落し、吸収され、溶けた〟という意味に思えてきたというのだ。結婚式の証人が急にシルヴィオ・ソラーラに代わり、マルチェッロ・ソラーラがあの靴（かつてステファノが、彼にとってはどんな聖遺物よりも大切だなどとでまかせを言ったあの靴）を履いて披露宴会場のレストランに登場し、悲惨な新婚旅行と夫の暴力が続き、ついにはステファノの望んだ生きものが彼女の〝お腹の中の重たい空洞〟に棲みつく瞬間まで、リラはずっと、ある耐えがたい感覚の高まりに悩まされ、勢いを増す一方のある力にぼろぼろにされてきた。やがてその印象はぐっと強さを増し、ついには彼女を打ちのめした。ラッファエッラ・チェルッロは圧倒され、形状を失い、ステファノの輪郭の中に溶けこみ、ついには彼から発せられ、彼に従属するもの、すなわち〝カッラッチ夫人〟へと成り果てたのだ……。そこまで聞かされてようやくわたしにも、彼女の話の痕跡が目の前のパネルの上に見えてきた。「そうしたことがね、まだ終わってないんだ」リラはささやいた。そのあいだもわたしたちは糊で紙を貼りつけ、色を塗り続けた。でも、わたしにはわからなかった。わたしたちは今、本当は何をしているのだろう。わたしはいったい彼女の何を手助けしているのだろうか。

最後に三人の作業員が、ひどく困惑した様子で、パネルを壁にかけた。寂しかったが、わたしも彼女もその気持ちを口には出さなかった。遊戯は終わってしまった。それからわたしたちは店を隅々まで掃除した。リラはまた、ソファーとクッションソファーの位置をあれこれと変えた。最後にわたしとリラは入口まで後退し、自分たちの作品を眺めた。すると彼女が大声で笑いだした。そんな声を聞くのは久しぶりだった。自分を笑い飛ばす、朗らかな笑い声だった。一方のわたしは、パネルの上部に目を奪われていた。そこにあったはずのリラの頭部は消え、もはや輪郭もわからず、今は彼女のきらきらした片目だけが、ナイトブルーと赤で囲まれて、てっぺんで輝いていた。

27

開店祝いの日、リラは夫の運転するオープンカーの助手席に乗ってマルティィリ広場にやってきた。車を降りた彼女が、何か凶事を恐れるような不安げな目をしていることにわたしは気づいた。パネル制作に取り組んでいた日々の興奮は影もなく、不本意にも身重でいる妊婦らしい、病弱そうな雰囲気を彼女はふたたびまとっていた。それでも服装はきちんとしていて、ファッション雑誌から出てきたみたいだった。彼女はすぐにステファノから離れると、わたしの腕を引き、ミッレ通りのウィンドウショッピングに出かけた。

わたしたちはしばらく散歩をした。リラはぴりぴりしていて、自分の格好におかしなところはないかと何度も尋ねてきた。

「ねえ、覚えてる？」彼女は不意に言った。「あの全身緑ずくめだった女の子のこと？　山高帽被ってた、あの子」

もちろん覚えていた。数年前に今と同じ通りでその子を見た時にわたしたちが感じた気まずさも、リーノたちとその界隈の少年たちとの喧嘩も、ソラーラ兄弟の介入も、鉄の棒を握ったミケーレも、あの時の恐怖も、よく覚えていた。彼女が何か、気分の落ちつく言葉を求めているのだと気づいて、わたしは言った。

「あれって、ただのお金の問題だったんだよ。今はもうあの時とは違う。あんな子より、リラのほうがずっときれいだよ」

でも心の中では、そんなの嘘だ、わたしはあなたに嘘をついている、そう思っていた。身分の差というものにどこか意地の悪いところがあるのを、そのころにはわたしも気づいていた。それはお金よりもずっと深い場所に根を持つ何かだった。食料品店二軒分の売り上げも、靴工房の売り上げも、新しい靴屋のそれさえ、わたしたちの生まれを隠すには不十分だった。リラでさえ、たとえレジの引き出しからもっとお金を取り出しても、何百万、何千万リラというお金を手にしたとしても、生まれを隠すことは絶対にできない。わたしはとっくにその事実に気づいていた。わたしにもようやくひとつ、彼女よりも詳しいことができたという訳だった。そのことに気づいたのは、マルティリ広場界隈ではなく、学校の前だった。ニーノを迎えにきたあの女の子を眺めていた時のことだ。彼女はわたしたちよりも上位にいた。それも、ありのままで、自分では意図せぬままに。そこが耐えがたかった。

わたしとリラは店に戻った。その午後は、まるで結婚披露宴のように、料理にスイーツ、ワインまたワインの大盤振る舞いだった。しかもみんな、リラの結婚式の時の衣装を着ていた。みんな、というのは、フェルナンドにヌンツィア、リーノ、勢揃いしたソラーラ一家、アルフォンソに加え、わたしとアーダ、カルメーラのことだ。乱雑に停められた車で辺りはいっぱいになり、店内はひとであふれ、騒々しくなった。ジリオーラとピヌッチャは互いに張りあい、どちらも最後まで店主然として振る舞い、自分のほうが偉いのだと気張り続けたため、ついにはへとへとになっていた。売り物の靴とご馳走の上、人々の頭上では、リラの写真のパネルが威容を誇っていた。興味深く眺める者もあれば、いぶかしげに見上げる者もあり、笑う者までいた。わたしはパネルから目を離せなかった。もはやリラだとは見分けのつけようがなく、そこにあるのは誘惑的かつ恐ろしいひとつのフォルム、美しい靴を履いた足を店の真ん中に突き出す、隻眼《せきがん》の女神の姿だった。

人混みの中でわたしの目を引いたのはアルフォンソだった。やけに元気で、陽気で、しかも優雅だったのだ。そんな彼は、学校でも、地区でも、食料品店でも見たことがなかった。リラもいぶかしげにしばらく彼の様子をうかがっていた。わたしは、笑いながら彼女に言った。

「彼、すっかり変わっちゃったね」

「いったいどうしたの？」

「わかんない」

アルフォンソはあの午後、よい意味で一番の驚きとなった。彼の中でそれまでずっと眠っていた何かが、開店祝いの機会に、昼から照明の灯るあの店内で、目覚めたようだった。ナポリの町でもこの界隈が自分には水があっている、不意にそう気がついたのかもしれない。アルフォンソはいつになく活発に動き、あちこちのものを片付けたり、興味をかられて店に入ってきては、商品を眺め、お菓子やベルモットのグラスを手に取る上品な客人たちと会話を始めたりした。やがて彼はわたしとリラのところにやってきて、わたしたちが写真に加えたアレンジを率直に賞賛してくれた。心のとらわれから解放されたらしく、彼はいつもの内気さも忘れたか、兄の妻に、「僕は君が危険な女性だって昔から知ってたよ」などと言い、その頬にキスまでした。わたしはアルフォンソに不審の目を向けた。危険な女性？　彼はパネルに何を見たのだろう。わたしが見逃している何かだろうか。アルフォンソは物事の見かけに留まらず、想像力を働かせてずっと深くまで理解のできる人間だったということなのか。彼に本当にふさわしい将来とは進学ではなく、学校で身につけたわずかな知識を武器にこの裕福な地区で生きていくことなのだろうか。そうか、彼はずっと別の人格を己のうちに隠して生きてきたのだ。元々、地区のどんな男の子ともどこか違うとは思っていた。特に兄のステファノとはまるで違う……。そのステファノはと言えば、隅に置かれたクッションソファーにおとなしく腰かけていたが、来客に声をかけられれば、いつでも穏やかな笑顔で応じた。

　夕闇がやってきた。突然、店の外で、まばゆいばかりの光がはじけた。ソラーラ一家の面々が、祖父から両親から息子たちまでよく似た調子で騒々しく興奮しながら、外に飛び出していった。わたしたちもみんな外に出た。すると、ショーウィンドウと入口の上に〝SOLARA《ソラーラ》〟の文字が輝いていた。

　リラは顔をしかめ、わたしに言った。

「あのひとたち、店名まで譲ったんだね」

　彼女はわたしを連れて、嫌そうにリーノの元に向かった。そして、誰よりもはしゃいでいるようにすら見える兄を問い詰めた。

「靴はチェルッロの製品なのに、どうして店の名前がソラーラなの？」

　リーノはリラの腕を取ると、小声で答えた。

「リナ、どうしてお前はいつもそうやって面倒なことばかり言うんだ。昔、ちょうどこの広場で、お前のせいで俺がどんなに厄介な目に遭ったか忘れたのか。どうしろって言うんだよ。また引っかき回すつもりかよ。なあ、今度くらい我慢してくれ。俺たちはこうしてナポリのど真ん中で、立派な店の主人になったんじゃないか。あれから、三年もたってないよな？　あの時、俺たちをよってたかって痛めつけようとした連中が、今は見ろよ、ああして足を止め、ショーウィンドウを覗き、中に入って、菓子をつまんでるじゃねえか。それで十分だろ？　靴はチェルッロ、店はソラーラだ。それとも何か、カッラッチと書けとでも言うのか？」

リラはリーノの手を逃れると、静かに答えた。

「もう大きな声は出さないから安心して。でも、ついでにひとつ言わせてちょうだい。今後は何があっても、二度と助けを求めてこないで。だってお兄ちゃん、何考えてんの、ソラーラの奥さんに借金なんてして？　ステファノも同じなんでしょ？　ふたりとも借金のせいで、すっかりソラーラの言いなりじゃないの。これからはわたしはわたし、お兄ちゃんはお兄ちゃん、お互い頼るのはもうおしまいだから」

リラはそう言ってリーノとわたしを置き去りにすると、浮かれたあだっぽい物腰でミケーレにまっすぐ近づいていった。それからふたりは店の前を離れ、広場を歩きだし、中央にあるライオンの石像の周りを回った。わたしは彼女の夫がふたりを見つめているのに気がついた。ステファノは、おしゃべりをしながら歩いているふたりから片時も目を離さなかった。ジリオーラが腹を立て、ピヌッチャの耳にひっきりなしに何かささやいているのも見た。このふたり組もリラから目を離さなかった。

そうこうするうちに店は客足も途絶え、誰かが、あの大きくてやたらと明るい看板の明かりを消した。広場は何秒か真っ暗になったが、やがて街灯が力を取り戻した。リラは何やら笑いながらミケーレと別れたが、がらりと表情を変えて、死んだような顔で店に入ってくると、そのまま奥のトイレにこもった。

アルフォンソとマルチェッロ、ピヌッチャとジリオーラが店の中を片付け始めたので、わたしも手伝った。

リラがトイレから出てくると、待ち構えていたステファノがすぐにその腕をつかんだ。だが彼女は不快そうに夫の手を振り払うと、わたしのところに来て、真っ青な顔でこんなことをささやくのだった。

「なんだか少し下り物があるの。これって、赤ちゃんが死んだってこと？」

28

リラの妊娠は十週間と少しで終わり、助産婦が来て、すべてを掻き出していった。その翌日には彼女はもう元どおり、新地区の食料品店をカルメン・ペルーゾと一緒に切り盛りしていた。時には優しく、時には凶暴な顔も見せながら、リラはそれからしばらくのあいだはあちこち駆け回るのをやめ、自分の人生のすべてをその店の空間――漆喰とチーズの香りが漂い、サラミにハム、パンにモッツァレラチーズ、カタクチイワシの塩漬けにチコリ（豚肉の脂身を煮詰めた食材。チッチョリとも）の塊、乾燥豆のあふれかえる袋、ラードで丸々と膨らんだ豚の膀胱、そんなものでいっぱいの空間――の秩序の中にぎゅっと押しこむ決意を固めたかとさえ思われた。

彼女の新たな姿勢は、特にステファノの母、マリアに高く評価された。嫁の中にかつての自分の面影でも認めたかのように、マリアは急に優しくなり、自分が使っていたレッドゴールドの古いイヤリングをリラにいくつかやったりもした。リラは顔色もまだ青白く、額の吹き出物も目の隈も治らず、頬もひどくこけたままだったが、やがて回復し、店の仕事にそれまで以上に力を注ぐようになった。早くもその年のクリスマスシーズンには売り上げが著しく増え、開店からわずか数カ月で旧地区の店のそれを上回った。

リラに対するマリアの評価はさらに高まり、実の息子と娘よりも、嫁の手助けに行くことがますます多くなった。父親になり損ねた悔しさと仕事のストレスとでステファノはマリアに愛想がなく、マルティリ広場の靴屋で働きだしたピヌッチャも、お客さんにみっともないところを見られたくないからと、母親に来店を厳しく禁じていたためもあった。ステファノとピヌッチャが声を揃えて、リラには赤ちゃんをお腹の中に留めておくだけの才覚がなかったか、わざとそうしなかったのだと責めた時も、熟年のカッラッチ夫人は、若きカッラッチ夫人をかばった。

「あいつは子どもがほしくないんだよ」ステファノはそんな愚痴をこぼした。

「そうよ、いつまでも娘っ子でいるつもりなんだわ。妻の務めってものをてんで知らないのよ」ピヌッチャは兄に味方した。

だがマリアはふたりを厳しく叱りつけたのだ。

「滅多なことを言うものじゃありません。考えるだけで罰が当たりますよ。子どもは神様が下さり、神様が奪われるものです。そういう下らない話は二度と聞かせないでちょうだい」

「そっちこそ、黙りなさいよ」娘は金切り声を上げた。「わたしがほしかったイヤリング、あの子にあげちゃったくせにさ」

彼らの口論とそれに対するリラの反応は、まもなく地区で噂の的となり、わたしの耳にまで届いた。ただ、わたしはあまり気にかけぬようにした。新学年が始まっていたのだ。

高校二年の日々は出だしから自分でも驚くほど好調だった。わたしはすぐに学年トップになれた。

あたかも、アントニオが去り、ニーノが姿を消し、さらにはリラがついに食料品店の仕事に専念したおかげで、頭の中で何かが解放されたみたいだった。高校一年の時にまともに覚えなかった知識もなぜか正確に思い出すことができ、先生から授業の内容をまとめてみろと言われれば、即座にすらすらと総括できた。それだけではなかった。恐らくは一番優秀な教え子だったニーノを失ったためだろうが、ガリアーニ先生がわたしにずっと親密な態度で接してくるようになり、果ては、今度の世界平和大行進に参加してみたらどうか、きっとためになると思うと勧めさえしてくれたのだ。行進は隣町のレジーナ（現エルコラーノ）からナポリまで歩くというものだった。一応顔を出しておこう、そう決めた。少しは興味もあったし、ガリアーニ先生の気分を損ねたくないという恐れもあった。それに、行進のルートには大通り《ストラドーネ》が含まれ、つまり、わたしたちの地区をかすめていくことになっていたから、見物にはなんの苦労もいらぬはずだった。ところが母さんが弟たちも連れていけと言って聞かず、声を上げての大喧嘩になったせいで、家を出るのが遅れた。弟たちを連れて鉄道の高架橋に行くと、眼下には、道いっぱいに広がって、車の通行を妨げながら進む人々の姿があった。みんな普通の人々で、行進といっても軍隊式の行進ではなく、旗やプラカードを手にぶらぶらと歩いてくるだけだった。ガリアーニ先生を見つけて挨拶をしたくて、弟たちには橋の上で待っているように言い聞かせ、わたしはその場を離れた。最悪なアイデアだった。先生は見つからず、しかも、わたしが目を離した途端に弟たちはほかの少年たちと一緒になって、行進の参加者たちに罵声を浴びせながら石を投げだしたのだ。わたしは大汗をかきながら駆け戻り、弟たちを連れ去った。ガリアーニ先生があの鋭い目で悪ガキどもを見つけ出し、わたしの弟であることに気づくのではないかと不安だったのだ。

　そうこうするうちに数週間が過ぎ、新しい科目が増え、いよいよ教科書を買わねばならなくなった。母さんには教科書のリストを見せるだけ無駄だろうと思った。そうして父さんに掛けあってもらい、お金を出してもらおうにも、うちにそんな余裕がないことくらい、わたしも承知していたからだ。オリヴィエロ先生の行方も知れなかった。八月から九月にかけて二度、病院に見舞いに行ったことはあったが、一度目は眠っていて、二度目はもう退院していたのに、自宅には戻っていなかったのだ。窮地に立たされたわたしは九月の頭に先生の隣家を尋ねた。すると、ポテンツァに住む先生の妹が、姉の健康状態を不安に思って引き取ったのだとわかった。ナポリに戻ってくるのかどうかも、地区に戻り、また教壇に立つかどうかもわからないとの話だった。そこでわたしはアルフォンソに助けを求めた。彼がステファノに教科書を買ってもらったら、なんとか時間を調整して、わたしにもちょっと使わせてもらえないだろうか、そう頼んだのだ。アルフォンソは申し出を喜んでくれ、どうせならリナの家で一緒に勉強しようとまで言ってくれた。彼女が店を任されてからというもの、あの家は朝の七時から夜の九時まで空き家も同然だったのだ。わたしは彼の提案を呑んだ。

ところがある朝、アルフォンソは腹立たしげに言うのだった。「今日、リナの店に寄ってやって。君に用があるってさ」彼はリラの用向きを知っていたが、固く口止めされているらしく、秘密を聞き出すことはできなかった。

その午後、わたしは新地区の食料品店に向かった。店ではまず、悲しみと喜びがない混ぜになった表情のカルメンに一枚のはがきを見せられた。ピエモンテ州のどこかの町から婚約者のエンツォ・スカンノが送ってきたものだった。リラにも一枚来ており、そちらはアントニオからのものだということだった。まさかそんなものを見せるためだけにわざわざ呼ばれたのかと思ったら、彼女ははがきはちらりとも見せず、文面すら教えずに、わたしを店の奥に引っ張りこみ、楽しげにこんなことを尋ねてきた。

「例の賭けのこと、覚えている?」

わたしはうなずいた。

「レヌー、負けたよね？」

わたしはまたうなずいた。

「だから今年は全科目八点以上で進級しなきゃ駄目、そうだったよね？」

わたしは三度うなずいた。

すると彼女はふたつの大きな紙包みを指差した。中身は教科書だった。

29

教科書はとても重かった。家に着いたわたしは、大興奮で紙包みを開け、中身が古本ではないことを知った。それまで先生が用意してくれたのはどれも古本で、時には嫌なにおいまでしたものだが、リラがくれた教科書は新品ばかりで、新しいインクの香りがした。先生がどうしても古本では見つけられなかった、三冊の大きな辞典まであった。イタリア語の『ジンガレッリ』、ギリシア語の『ロッチ』、そして、ラテン語の『カロンギ・ゲオルゲス』だ。

母さんには、わたしに起きることはなんであれ文句をつける癖があったが、包みを開いている娘の姿を見ると、いきなり泣きだした。わたしはびっくりすると同時に、その異常な反応が不安になり、母さんの側に行って、腕を撫でてやった。彼女が何にそんなに心を動かされたのかはよくわからない。わたしたち一家の貧しさに対する無力感ゆえの涙だったのかもしれないし、食料品店の若奥様の寛大な振る舞いに感動したのかもしれない。母さんはすぐに落ちつきを取り戻すと、もごもごと悪態をつぶやいてから、家事に没頭した。

わたしが弟妹と寝ていた部屋には、おんぼろで虫食いだらけの小さな机がひとつあって、宿題はたいていそこでしていた。その机に教科書をすべて並べてみた。そうして壁を背にきれいに並んだ本を眺めていると、やる気がもりもりと湧いてきた。

日々は忙しさを増し、飛ぶように過ぎていった。夏休みに借りた本をみんなガリアーニ先生に返すと、また別の本を数冊、貸し与えられた。前よりも難しい本だった。借りた本は頑張って日曜のたびに読んだが、内容はほとんど理解できなかった。一行一行きちんと読み、ページをめくるのだが、退屈な文章ばかりで、なんの話だったかどうしても忘れてしまうのだった。高校二年の一年間は、勉強と難解な読書のためにわたしをくたくたにしたが、悪くない疲労感だった。納得ずくの疲れであり、充足感のある疲れだった。

そんなある日、ガリアーニ先生に尋ねられた。

「グレーコさんはどの新聞を読んでるの?」

その質問にわたしは、リラの結婚式でニーノと語りあった時に覚えたものと同じ種類の気まずさを覚えた。先生は、当然わたしが家で新聞を読んでいるものと考えていたが、それはうちに限らず、わたしの生まれ育った環境では少しも当たり前の行為ではなかった。うちの父さんには新聞を買う習慣がなく、わたしも新聞なんて一度も読んだことがないなどと、どうして言えようか。正直に告白をする気にはなれなかったので、共産主義者のパスクアーレが何か新聞を読んでいなかったか、急いで記憶をたどってみた。だが、無駄な努力だった。わたしはふとドナート・サッラトーレを思い出し、イスキアのマロンティの浜を思い出した。あの男は『ローマ』に寄稿していたはずだ。だから答えた。

「『ローマ』です」

　すると先生は少し皮肉っぽい笑みを浮かべ、その翌日から、読み終わった新聞を回してくれるようになった。彼女は毎朝、二紙、時には三紙を買っていて、そのうち一紙を下校時に渡してくれたのだ。わたしは口では感謝したが、いつも重い気分で帰宅した。宿題が余計に増えたようにしか思えなかったからだ。

　最初は、持ち帰った新聞はとりあえず家の中の適当な場所に置いておき、宿題が片付いてから読もうとした。ところが夜になると、新聞はいつもなくなっていた。父さんが持っていって、ベッドかトイレで読んでいたのだ。そこでわたしは新聞を教科書のあいだに隠し、夜、みんなが眠ってから取り出すようになった。新聞は時には『ウニタ』であり、『イル・マッティーノ』の時もあれば、『コリエレ・デッラ・セーラ』のこともあったが、三紙ともわたしには難しかった。言わば、前回までの筋を知らぬ漫画を途中から読まされて、夢中になれと言われているような感じだった。本物の興味よりは義務感のために、わたしは新聞の段から段へと素早く目を通していった。それでも、学校に押しつけられたことがなんでもそうであったように、今はちんぷんかんぷんでも、粘り続ければ、いつかはわかるようになるのではないかという期待はあった。

　あのころはリラとも滅多に会わなかった。でも時々、学校が終わってすぐ、宿題をするため家路を急ぐ前に、彼女の働く新地区の食料品店に行くことがあった。わたしが腹ぺこなのを向こうも知っていたから、贅沢に色々と挟んだパニーノをいつもすぐに用意してくれた。わたしはパニーノにかぶりつきながら、ガリアーニ先生にもらった新聞か教科書で覚えた言い回しをきれいな標準語で彼女に披露するのだった。たとえば、〝ナチスの強制収容所における残酷な現実の前では〟とか、〝人類が過去になし遂げ、将来もなし得るところの〟とか、〝原子爆弾の脅威と平和という責務について〟とか、

〝自ら発明した道具をもって自然の力を屈服させようとするうちに、いつか我々の道具は自然の力よりも危惧すべき力を持つにいたった〟とか、〝人々の苦しみのために闘い、そうした苦しみを一掃する文化が求められている〟とか、〝誰もが平等で、階級の区別もなく、社会と人生についての堅固な科学的観念を備えた世界がついに到来するその時こそ、宗教は人類の意識から消えてなくなるであろう〟とかだ。その手のあれやこれやをわたしが彼女に話したのは、自分が全科目八点以上での進級に向かって邁進していることを見せつけたかったためもあれば、ほかに自慢できる相手がいなかったためもあったが、彼女がこちらの言葉に反論をし、昔のようにふたりでまた議論を楽しめるのではないかという希望も実はあった。ところがリラは、ほとんど何も言ってくれず、わたしの言葉がよくわからないみたいに困った顔をするばかりだった。あるいは、まれに何か意見を言おうとしても、なぜかそのころまた彼女を悩ませるようになっていた、昔からの疑問の話にどうしてもなってしまうのだった。ドン・アキッレやソラーラ一家の財産がどこから来たか、という例の謎のことだ。カルメンの前でもリラは構わずそんな話をし、カルメンもそのたび迷わず相槌を打った。ところが客が来ると、リラはさっと口を閉ざして、笑顔できちんと応対をし、注文の品を切り分け、重さを量り、お金を受け取るのだった。

ある時、彼女はレジの引き出しを開くと、中のお金を見つめたまま動かなくなった。それからひどく不機嫌な声でこんなことを言った。

「これはわたしとカルメンが稼いだお金。でもレヌー、この店の中には、何ひとつわたしのものはないんだよ。みんなステファノのお金で買ったもの。そして、そのお金だって元はと言えば、あのひとが父親のお金を元手に作ったもの。ドン・アキッレが闇商人と高利貸しをやって、ベッドのマットレスの下に隠したお金がなかったら、今ごろこの店もなかっただろうし、チェルッロ製靴だってなかったはず。それだけじゃない。やっぱり高利貸しのソラーラ一家のお金とコネがなかったら、ステファノとリーノとパパは、靴なんて一足だって売れてなかったはずよ。わたしがどんな厄介な状況に足を突っこんでしまったか、わかる？」

それはわかったが、彼女がどうしてそんな話をするのか、その意図がわからなかった。

「もう終わった話じゃない？」わたしは言い、ステファノと交際していたころに彼女がたどり着いた結論を思い出させようとした。「それにわたしたちは、そういう過去を乗り越えた新しい世代のはずでしょ？」

ところがその理論を発明した当の本人であるはずのリラが、納得いかなそうな顔をするのだった。次に彼女が方言で言った台詞は今でもしっかり覚えている。

「自分がしてきたことも、今していることも、わたし、すっかり嫌になっちゃった」

もしかしてリラ、またパスクアーレと会うようになったのだろうか。わたしはそう思った。その手の意見はどれも、彼が昔から信条としてきたものだからだ。もしかすると、ふたりの絆はいっそう堅固になったのかもしれなかった。なぜなら彼の婚約者アーダは旧地区の食料品店に勤めており、しかも、彼の妹カルメンが新地区の新店でリラと一緒に働いていたからだ。店を出たわたしは不機嫌だった。昔、リラとカルメンが急接近して、自分がのけ者にされた幼いころの嫉妬が甦るのをなんとか抑えようとした。その夜は遅くまで勉強をして、心を静めた。

ある夜、わたしは『イル・マッティーノ』を読んでいた。疲れていて、今にもまぶたが閉じそうだったのだが、署名のない、とある囲み記事にぶつかって、まさに電気ショックのように眠気が吹き飛んだ。記事はマルティリ広場の店を取り上げ、わたしとリラが制作したあのパネルを褒めていた。信じられない思いだった。

わたしは記事を何度も読み返した。一部は今も覚えているくらいだ。〝マルティリ広場の温かい雰囲気のお店を切り盛りするふたりのお嬢さんは、残念ながら本紙に作者の名を明かしてくれなかった。この、写真と色彩のただならぬフュージョンを発明したのが誰であるにせよ、作者の前衛的な想像力は、神々しいまでの純粋さと尋常ではないエネルギーをもってマチエールをねじ伏せ、秘められた力強い痛みを表現することに成功している〟とあった。残りの部分では新しい靴屋を〝近年、ナポリの実業界の特徴となっているダイナミズムを証明するひとつの重要なサイン〟と率直に賞賛していた。

興奮で眠れなかった。

翌日、学校が終わるとわたしはリラの元に急いだ。店に客の姿はなかった。カルメンは、母ジュセッピーナが調子を崩したので家に戻り、リラは、モッツァレラだかプロヴォローネチーズだか、とにかく何か注文の品を届けなかった郊外の業者と電話中だった。声を荒らげ、汚い言葉を使う彼女の姿にわたしはショックを受けた。もしかして受話器の向こうの男は年寄りで、女に馬鹿にされたと腹を立て、息子たちの誰かを差し向け、彼女に復讐するのではないか、そんな心配までしてしまったほどだ。どうしてリラはいつもこうやりすぎるのだろう、そう思った。電話を終えると、彼女は馬鹿にしたように鼻を鳴らしてから、わたしに言い訳をした。

「こうでもしないと、この手の連中は話を聞いてもくれないの」

わたしが新聞を差し出すと、彼女はさっと一瞥しただけで、こう言った。「それ、もう見た」なんでもミケーレ・ソラーラが例によって誰に相談することもなく、勝手に仕掛けた宣伝工作の成果だということだった。ほら、と彼女は言い、レジの引き出しから二枚、しわくちゃになった新聞記事の切り抜きを取り出すと、わたしによこした。ひとつは『ローマ』の小さなコラムで、ソラーラ一家を大げさに褒めていたが、わたしたちのパネルについてはひと言も触れていなかった。もうひとつは『ナポリ・ノッテ』の三段にもわたる記事で、あの店のことをまるで王宮のように謳っていた。筆者は店内の様子を仰々しい言葉遣いで描写し、内装がいかに美しく、照明がいかに豪華で、商品の靴がどれほど素晴らしいかを語った上で、だが何より注目すべきは、〝我々を優しく、甘美に迎えてくれたジリオーラ・スパニュオロさんとピヌッチャことジュセッピーナ・カッラッチさんだ。すでに花盛りの我らが町の小売業界において突出した存在感を誇るこの店の運命を支えているのは、まさに海の精ネレイスかと見まごうばかりに美しい、ふたりのお年ごろのお嬢さんなのだ〟なんて言っていた。パネルについての記述は記事の最後にようやくあったが、わずか数行の扱いで、しかも、「雑な失敗作であり、かくも優雅な空間には不釣りあいだ」と切り捨てていた。

「署名、見た？」リラがいたずらっぽく言った。

『ローマ』のコラムのほうはD・Sとあり、『ナポリ・ノッテ』のほうはドナート・サッラトーレとあった。ニーノの父親だ。

「見たよ」

「ご感想は？」

「感想って？」

「この親にしてこの子あり、そう言えばいいのよ」

彼女は醒めた笑い声を上げ、細かく説明してくれた。チェルッロ製靴の靴とソラーラ靴店の順調な成功を受けて、ミケーレは事業をもっと宣伝しようと考え、あちこちにいくらか賄賂《わいろ》をばらまいた。おかげで地方紙がこうして声を揃えてベタ褒めの提灯記事を書いたのだという。つまりは、単なる有償の広告だ。読む価値もない、リラはそう言うのだった。どの記事も本当の言葉はひと言だってない、と。

わたしは気を悪くした。新聞を見下した彼女の言い方が気に入らなかったのだ。こっちは眠いのを我慢してまで、頑張って読んでいるというのにそれをなんだ？　ニーノとふたつの記事の筆者の血縁関係を強調されたのも気に入らなかった。嘘ばかり書く、あんな気取り屋の父親とニーノをどうして一緒くたにせねばならない？

30

いずれにせよ、そうした宣伝文句のおかげで、ソラーラの靴屋とチェルルッロ製靴の靴は、ほどなくさらなる名声を博した。ジリオーラとピヌッチャは自分たちが新聞でいかに褒められたかと大得意になったが、ふたりのライバル意識が成功によって収まることはなく、この店の成功は誰あろう自分のおかげだとどちらも言い張り、互いを今後のさらなる発展を妨げる邪魔者とみなすようになった。ただ一点において、両者は常に意見の一致を見た。リラのパネルは醜悪だという点だ。噂の作品をひと目見せてほしいと上品な声で訪ねてくる者があるたび、ふたりはぶしつけに追い払った。そして店内には『ローマ』と『ナポリ・ノッテ』の記事の切り抜きだけを飾り、『イル・マッティーノ』の記事は飾らなかった。

クリスマスから復活祭（春分の日以降、最初の満月のあとの最初の日曜日）にかけて、ソラーラ一家とカッラッチ家には莫大な収入があった。ステファノは誰よりも安堵の息をついた。二軒の食料品店は新地区の店も、旧地区の店も売り上げがよく、チェルルッロ製靴もフル操業していたからだ。しかもマルティリ広場の靴屋では、以前からの見込みの正しさが証明された。すなわち、リラが何年も前にデザインした一連の靴は、直《レッ》線道路《ティフィーロ》とフォリア通りの店、あるいはガリバルディ通りの店でも売れていたが、もっと上流階級の紳士淑女の人気まで集めるようになったのだ。財布の紐が緩い、重要な客層だ。この機を逃さず人気を確立し、評判をさらに広める必要があった。

　成功を裏付けるように、早くもその春には、郊外のあちこちの靴屋の店先に、チェルッロ製靴の靴のよくできた模造品が並ぶようになった。基本的にはリラの靴そのままで、金具か飾り鋲がひとつ追加された程度の違いしかなかった。ミケーレ・ソラーラが手を回し、抗議と脅しによって模造品の流通はただちにやんだ。だが彼はそこで満足せず、新しいモデルをデザインしなければならないという結論に達した。そこである晩、マルティリ広場の店に兄のマルチェッロにカッラッチ夫妻、リーノ、そして当然ながらジリオーラとピヌッチャを呼び集めた。ところがステファノはリラ抜きでやってきた。妻は疲れていて来られない、みんなにはすまないと言っていた、と彼は説明した。

　ソラーラ兄弟はリラの欠席を喜ばなかった。ミケーレは、リナ抜きじゃ、話しあいの意味がてんでないだろうと言って、ジリオーラの機嫌を損ねた。だが、リーノがすかさず口を挟み、すべてはったりだったが、彼と父親は実はかなり前から新モデルのデザインを練っていて、九月にアレッツォ（トスカーナ州の町）で開催される見本市に出品するつもりでいたのだと明かした。ミケーレはリーノの言葉を鵜呑みにせず、余計に怒りをつのらせ、本当に誰も見たことがないようなモデルを出さないといけない、陳腐なデザインじゃ駄目なんだと言い返すと、次にステファノに告げた。

「あんたの奥さんが必要なんだ。無理にでも連れてきてもらわなきゃ困るんだよ」

　するとステファノは、彼にしては珍しく声に怒りをにじませて答えた。

「妻は日のあるうちは店で忙しくやっている。夜は夜で夫のある身だからな。家にいてもらわなきゃ困るんだよ」

「そうか」ミケーレは答え、ハンサムな顔を数秒しかめた。「けどな、ちっとはこっちの手助けをしてくれてもいいんじゃないか。まあ、考えておいてくれ」

こうしてその晩は、みんなそれぞれ不満を抱えたままお開きとなった。特にピヌッチャとジリオーラの心中は穏やかでなかった。理由は別々だが、ふたりともミケーレがリラをああも重視したのが気に入らず、それからの日々、ふたりは不機嫌のあまり、ちょっとしたきっかけですぐに喧嘩をするようになった。

そして——確か三月のことだったと思うが——ある事件が発生する。ただし、この事件についてのわたしの知識は限定的なものだ。ある日の午後、いつもの喧嘩のあいだにジリオーラがピヌッチャに一発、びんたをお見舞いした。ピヌッチャはリーノに泣きついた。そのころ、自分は立派な建物ほどもある大きな波の頂点に立っていると思いこんでいたリーノは、オーナー気取りで靴屋に向かうと、ジリオーラを厳しく叱りつけた。しかし彼女に激しく反抗されて、かっとなった彼はつい、お前なんかもう首だと脅してしまった。

「お前は明日から菓子屋に逆戻りだ。カンノーロにリコッタチーズでも詰めてりゃいいんだ」

ほどなくミケーレが登場した。彼は笑いながらリーノを外の広場に連れ出すと、店の看板をよく見てみろとうながした。

「な、この店の名はソラーラだ。お前には、ここにほいほいやってきて、俺の女の首を切る権利などないのさ」

リーノは反論した。店の中身は何もかも、俺の妹の夫のもので、しかも売り物はみんな俺が作っているのだから、当然の権利だろう、と。だがそうこうしているうちに店の中では、どちらも婚約者の

31

加勢に勇気を得たジリオーラとピヌッチャが、もう罵りあいを再開していた。外のふたりは急いで中に戻り、彼女らを落ちつかせようとしたが、うまくいかなかった。すると堪忍袋の緒が切れたミケーレが、ふたりとも首だ、と怒鳴った。それだけではなかった。彼は勢い余って、今後、この店はリナに任せる、とまで言ってしまったのだ。

リナに任せる？

この店を？

娘ふたりは黙りこみ、リーノも思いがけぬ話に唖然とした。それからまた口論が始まった。ただし今度はジリオーラ、ピヌッチャ、リーノの三人が一緒になってミケーレの爆弾発言を責めた。何が問題なの、リナがどうして必要なんだ、わたしたちしっかり稼いでるじゃない、文句を言われる筋合いないでしょ、靴はどれも俺が考えたんだぞ、考えてみろ、あいつはまだちっちゃな女の子だった、デザインなんてできる訳ないだろう……。四人はどんどん熱くなった。先にわたしが触れた事件が起きなければ、論争は果てしなく続いたことだろう。突然、原因はわからないが、あの写真のパネルが――黒いカートン紙と写真に加え、ペンキをたっぷりと吸ったあのパネルが――病人の呼気にも似たかすれた音を立てたかと思うと、大きな炎を上げて燃えだしたのだ。その瞬間、ピヌッチャは写真に背を向けて立っていた。炎は彼女の背後で、そこに秘密の暖炉でもあるかのように燃え上がり、髪の毛をなめ、ぱちぱちと音を立てて焼いた。リーノがとっさに素手で消さなかったら、ピヌッチャの髪は燃え尽きていたことだろう。

リーノもミケーレも火事をジリオーラのせいにした。彼女は以前から隠れて煙草を吸っており、小さなライターを持っていたからだ。リーノは、ジリオーラがわざと火を点けたものと決めつけた。彼らが口論になった隙にパネルに火を点け、紙と糊とペンキがたっぷりついていたもので、あっという間に燃え上がったというのだ。ミケーレの推理はより慎重だった。ジリオーラには確かにライターを点けたり消したりして、弄《もてあそ》ぶ癖がある。だから火事を起こすつもりはなかったが、口論に気を取られて、火が写真に近づきすぎたことに気づかなかったのだろう。彼はそう言った。しかし当のジリオーラはどちらの意見も受け入れず、リラ本人のせいに決まってると猛然と主張した。あのみっともない写真が勝手に燃えたのだ。女に化けた悪魔に誘惑されそうになった聖人が主イエスに救いを求めて祈ると、悪魔が炎に包まれたという話はよくあるが、似たようなものだ――彼女はさらにこう言って、自説を裏付けようとした――ピヌッチャだって以前、言っていたではないか。リナには妊娠せずにいられる怪しい力がある。万が一失敗して身ごもったとしても、赤ん坊を途中でお腹から追い出してしまい、あくまで神様の贈り物を拒むのだ、と。

そうした噂の内容は、ミケーレがちょくちょく新地区の食料品店に通いだすと、余計にひどくなった。店に行くたび、彼はリラとカルメンを相手に長いこと軽口を叩いて過ごした。おかげでカルメンなど、彼は自分に気があって来てくれるのではないかと思うようになり、ピエモンテ州で兵役を務めているエンツォに誰かが告げ口しやしないかと冷や冷やしながらも、舞い上がってしまい、ミケーレに媚を売るようになった。だが彼の婚約者ジリオーラが広めた噂を聞きつけていたリラは、むしろ、こう言ってミケーレをからかった。

「あんた、こんなところに来ないほうがいいわよ。何せわたしたち、魔女だからね。ふざけるとあとで恐いよ」

ところがその同じころ、わたしが店に行っても、本当に楽しそうなリラは一度も見たことがなかった。どちらかといえば彼女はいつもわざとらしい口調で、なんでも皮肉っぽく語った。たとえば、彼女の腕の痣に気づいたわたしが、どうしたのかと問えば、ステファノが撫でてくれたのだが、それがちょっと情熱的すぎたのだと答え、目が泣き腫らしたように赤いと指摘すれば、嬉し泣きだと言い、ミケーレはひとを傷つけるのが趣味だから気をつけてと警告すれば、そんなことはない、ちょっとでもわたしに触れたら、向こうのほうが火傷をするはずだ。ひとを傷つけてしまうのは、いつもわたしのほうなのだ。そんな答えが返ってきた。

リラにはどこかひとを害するところがある。その点については誰の意見もなんとなく一致していた。しかしジリオーラにとってそれは、疑いの余地のない事実だった。リラは尻軽な魔女であり、だからこそわたしの婚約者も惑わされ、あの性悪女にマルティリ広場の店を任せようなんて言いだしたのだ。彼女はそう断言し、嫉妬と絶望ゆえに、それからしばらく仕事を休んだ。その後、彼女はピヌッチャと話しあい、同盟を組んで、反撃に出た。ピヌッチャはステファノに対し、お兄ちゃんは寝取られ男にされて悔しくないのかと何度も大声で責め立て、リーノに対しては、あんたなんか、店のご主人様どころか、ミケーレの使い走りじゃないかと吼《ほ》えた。その結果、ある晩、ステファノとリーノはバール・ソラーラの前でミケーレを待ち、現れた彼に対し、非常に遠回しな言い方で、リナを放っておいてくれ、あいつも仕事で忙しいのだからと伝えることになった。ミケーレはただちにふたりの意を察したが、冷たく言い返した。

「よくわかんないんだが、つまりどうしてほしいんだ？」

「よく言うぜ、このわからず屋が」

「わからず屋はお前らのほうだろ？　俺たちの商売に何が足りないか、そっちがぜんぜんわかってないから、俺が考えるしかないんじゃないか」

「なんだそれは？」とステファノ。

「お前の奥さんはな、あんなしょぼい店にはもったいないんだよ」

「どういう意味だ？」

「リナだったらな、マルティリ広場で、お前の妹とジリオーラが百年かかってもできないようなことを、たった一ヵ月でやっちまうってことだ」

「よくわかるように言ってくれ」

「いいか、ステー、リナは上に立つべき女だ。あいつにはいつも責任を負わせて、何か発明させてやらないと駄目なんだよ。リナは、新しい靴を今すぐデザインするべきなんだ」

　三人は議論になり、意見の不一致は山とあったが、合意に達した。ステファノは妻をマルティリ広場の店に働きに出すことだけは絶対に許さなかった。せっかく好スタートを切った新地区の食料品店から彼女を外すなんてあり得ないというのが、彼の言い分だった。それでも、少なくとも冬物だけは、新しいモデルの靴を近日中にデザインさせると約束した。するとミケーレは、靴屋をリナに任せないのは馬鹿げていると言い、軽くどすを利かせた冷たい声で、この話は夏が終わるまでいったんお預けだと勝手に決めた。一方、リラに新モデルのデザインを考えさせるというステファノの約束のほうは受け入れ、決定事項とみなした。

「シックな靴がほしいんだ。そこんところ、リナにしっかり伝えておいてくれ」ミケーレはそう強調した。

「どうせ、あいつの好きなようにしかやらないさ」

「直接、俺から頼んでもいいぞ。彼女、俺の話なら聞いてくれるしな」

「その必要はない」

それから少ししてわたしはリラに会いにいき、そんな合意のことを聞かされた。こちらは学校帰りで、季節の割にはやけに暑かったのもあり、疲れていた。食料品店には彼女しかおらず、一見、気が晴れたような顔をしていた。自分は靴など絶対にデザインしない、サンダルひとつ、スリッパひとつだって嫌だ。彼女はそう言った。

「でも、みんな怒るよ」

「仕方ないよ」

「だって、商売がかかってるんだからさ」

「お金ならあいつら、もう十分儲けたでしょ」

リラはまた意固地になっているのだろう、最初わたしはそう思った。彼女は昔から誰かにあれこれしろと言われると、途端にやる気をなくしてしまうところがあったからだ。でもすぐにそうではないと気づいた。性格的な問題でもなければ、パスクアーレとカルメンを相手にした共産主義者気取りのおしゃべりで強まったであろう、夫と兄とソラーラ兄弟のやり方に対する嫌悪感が理由でもなく、ほかに何か理由があるようだった。リラはその理由を、ゆっくりと真面目に説明してくれた。

「デザインしろって言われたって、どうせ何も思い浮かばないもの」彼女はそう言うのだった。

「試してみたの？」

「うん。でも、十二歳の時みたいにはいかなかった」

彼女の話はこうだった。靴の着想は十二歳の時に思いついた限りで、もう二度とアイデアは湧いてこなかったし、まだ使っていないデザインも一切ない。あれはもう終わったゲームであって、どうすれば再開できるかは自分でもわからない。今やなめし革のにおいを嗅ぐことさえ耐えられず、過去にはできたこともやり方を忘れてしまった。それに、もう何もかもが変わってしまった。フェルナンドの小さな工房は、従業員たちの作業机が並び、機械が三台も入った新しい工場に呑みこまれ、面影もなくなってしまった。父親はやけに小さくなったように見え、リーノと喧嘩することもなくなり、ひたすら仕事に追われている。家族に対するわたしの愛情まで薄れた気がする。もちろん、母親がこの店にやってきて、あたかも貧しかったころのように、買い物袋を無料の食品でいっぱいにしていくのを見れば、優しい気分になれるし、弟たちにはまだお土産を持っていってやることだってある。でも、兄との絆をまるで感じられない。リーノとの絆は壊れ、断たれてしまった。かつてのように兄を助け、守ってやる必要も薄れた。つまり、あのころの自分に靴を思い描かせた動機は一切なくなり、その発想が芽吹いた土壌も干上がってしまった……。リラはそこでいきなり、こんなことを言った。一番大きな動機はね、レヌーに見せてやりたかったんだよ。学校に行かなくても、自分はそうしたことをこんなに上手にできるんだって。そして彼女はひきつった笑い声を上げ、横目でこちらの反応をうかがった。

わたしは返事をしなかった。胸がいっぱいで何も言えなかったのだ。リラって本当はそんな子だったのか。わたしと同じ、なんでも意地になって頑張る子ではなかったのか。あんなに色々考えたり、靴を発明したり、作文を書いたり、難しい言い回しをしたり、複雑な計画を練ったり、激しく怒ったり、ひらめいたりしてきたのは、みんな〝このわたしに〟自分の才能を披露したかった、ただそれだけのためだった？　しかも動機を失えば、才能まで枯れてしまうって？　つまり、あのウェディングドレス姿の写真のアレンジもあれきりのことで、二度と同じ真似はできないということ？　彼女の才能はどれも、その時その時の混乱の産物だったというのか。

　わたしの中のどこかで、長く苦しかった緊張が解けたような気がした。彼女の潤んだ瞳と頼りない微笑みにもほろりとさせられた。だがそんな表情はたちまちに消えた。彼女は見慣れた手つきで自分の額を触ると、つらそうに打ち明けてくれた。「わたし、相手よりも自分はできるって、見せつけずにはいられないところがあるんだよね」そして暗い声でこう続けた。「この店がオープンした時、ステファノに、売り物の重さの誤魔化し方を教えられたの。最初は〝この泥棒、そうやってぼろ儲けしてきたのね〟ってわたし、怒鳴ってやった。でも、そのうち我慢できなくなった。まずは、ステファノのやり方を覚えて彼に披露したわ。それからもっとうまいやり方を見つけて、それも披露した。新しいやり方はどんどん頭に浮かんだよ。わたし、みんなをだましてるの。売り物の重さだけじゃない。ほかにもたくさん嘘をついてるんだから。地区のひとたちみんなをペテンに掛けてきた。だからレヌー、わたしを信じちゃいけないよ。わたしが何を言っても、何をしても、信用しないでね」

　わたしは困ってしまった。リラの態度があっという間に変化するため、こうなると、彼女が本当はどういうつもりなのかよくわからなかった。どうして今度はそんなことを言うのだろう。それは果たして、彼女が自らの意志でもって選んだ言葉なのか、それとも思わず口から飛び出した言葉なのか。後者であれば、わたしたちの絆を強化したいという気持ち――つまり本音――が、そんな絆は別に特別なものではないと否定したがる気持ち――ほら、わたしって、ステファノを相手にする時も、あなたを相手にする時も、態度は同じだから。誰に対しても、いい顔もすれば嫌な顔もするし、いいことも悪いこともするの――によってただちに粉砕されてしまうのかもしれなかった。リラは長くほっそりとした両手の指を組みあわせると、固く握りしめ、尋ねてきた。

「ジリオーラが〝写真はひとりでに燃え上がった〟って言ってるの、聞いた？」

「馬鹿馬鹿しい。あの子、リラのこと嫉《ねた》んでるから」

するとリラは、鞭を鳴らすような、乾いた短い笑い声を上げた。彼女の中で何かが急激にねじれたような印象があった。

「わたし、目の裏が痛いんだよね。何かに押されてるみたいな感じ。ねえ、そこに包丁あるでしょ？みんな切れすぎるくらいに切れるんだ。研ぎ屋に出したばかりだから。サラミを切りながら、よく思うの。ひとの体にはどれだけの血が入ってるんだろうって。ものってなんでも中身を入れすぎると、割れちゃうの。そうじゃなきゃ、火花が散って、燃えちゃうの。花嫁姿の写真が燃えちゃって嬉しいわ。どうせなら、結婚も、お店も、靴も、ソラーラ一家も、みんな燃えちゃえばよかったのに」

わたしにはわかった。どれだけ言葉を費やしてみても、何をしても、どんなに声を張り上げても、リラはそこから逃げ出せずにいたのだ。結婚式のあの日から、ますます混乱を極め、膨らむ一方の不幸に彼女はせき立てられてきたのだ。哀れだった。落ちつくように言うと、うなずいてくれた。

「あまり考えすぎないほうがいいよ」

「ねえ、助けて」

「どうすればいいの？」

「ずっと近くにいて」

「もういるでしょ？」

「嘘。こっちはどんなにひどい秘密でもみんな打ち明けてるのに、レヌーは自分の話、ほとんどしてくれないし」

「そんなことないよ。リラにだけは、全部打ち明けてきたつもりだよ」

すると彼女は力強くかぶりを振り、言うのだった。

32

「わたしよりずっといい子で、ずっと色んなことを知ってても、頼むから見捨てないで」


男たちにつきまとわれ、うんざりしたリラは、降参するふりをした。ステファノに新しい靴を考えてみると告げてから、ミケーレにもすぐ同じ約束をした。それからリーノを呼ぶと、前から彼が妹の口から聞きたいと望んでいたとおりの言葉を聞かせてやった。

「新しい靴はお兄ちゃんが好きに考えてみて。わたしには無理だから。パパと一緒にやってみるといいわ。なんたって、ふたりは腕も確かな職人なんだし。でも販売が始まって、それなりに売れるまでは、わたしがデザインしたってことにしておかないと駄目よ。ステファノにだって本当のことは教えちゃ駄目」

「でも売れなかったどうする?」

「その時は、わたしのせいにすればいい」

「じゃあ、売れたら?」

「本当のことをステファノに説明する。手柄はお兄ちゃんのものよ」

リーノはその嘘がいたく気に入った。彼は父親と早速作業に入り、時々、リラの元にこっそりやってきては、自分の思いついたモデルを披露した。彼女は一足一足丁寧に眺めていったが、基本的にとりあえず褒めた。兄の不安そうな顔が我慢ならなかったのもあれば、さっさと済ませてしまいたいという気持ちもあった。しかしまもなく、新モデルの出来のよさに彼女は本心から驚くようになった。いずれも現行モデルの流れをきちんと汲みながら、革新的なデザインに仕上がっていたのだ。「もしかしたら」リラはある日、思いがけず明るい声でわたしに言った。「前の靴もわたしが考えたんじゃなくて、本当にリーノの作品だったのかもね」そこで肩の荷がひとつ下りたか、彼女は兄に対してふたたび愛情を抱くようになった。いや、より正確には、自分の言葉が大げさだったことに気がついたらしく、こんなことを言った。兄妹の絆は絶対に解けない。たとえリーノが何をしようと、彼の体から鼠が出てこようと、暴れ馬が出てこようと、どんな動物が出てこようと、変わらないはずだ。もしかするとわたしとリーノがつくことにした嘘には、自分には才能がないという彼の不安を拭い去る効果があったのではないか。そしてリーノはようやく自分が一人前の職人であり、腕もいいことに気づいたのではないか、リラはそんな風に推測した。さて、そのリーノはどうしていたかといえば、妹が毎度、自分の作品を褒めてくれるので大喜びだった。そして靴の相談が終わるたび、彼はリラの耳元で家の鍵を貸してくれとささやき、またこっそりと、ピヌッチャと新地区の家に一時間ばかりしけこむのだった。

一方のわたしは、これからもずっと親友だとリラに証明したくて、日曜はよく彼女を誘って出かけるようになった。一度など、高校のクラスメイトの女の子ふたりと一緒に四人で、見本市が開かれるモストラ・ドルトレマーレまで遊びにいったことがあった。しかしクラスメイトのふたりは、リラが一年以上前から夫のある身だと知ると態度をこわばらせ、まるでわたしからうちの母さんと出かけるように命じられでもしたかのように、やけにお行儀よく、おとなしくなってしまった。やがて片方の子がリラに向かって、ためらいがちに尋ねた。

「子どもはいるの？」

リラは首を横に振った。

「できないの？」

リラはうなずいた。

このやりとり以降、その晩はまるで盛り上がらなかった。

五月なかば、わたしは彼女をとある文化サークルに連れていった。ジュセッペ・モンタレンティという科学者の講演会で、自分でも特に乗り気ではなかったが、ガリアーニ先生に勧められたので、なんとなく行かざるを得ないようなことになってしまったのだ。ふたりでそうした場に向かうのは初めてだった。モンタレンティは一種の講義をしたが、子ども向けのやさしい話ではなく、彼の講演だと知って集まってきた大人向けの内容だった。殺風景な部屋の一番後ろのほうに陣取り、耳を傾けたが、わたしはすぐに飽きてしまった。ひとには行けと言っておきながら、ガリアーニ先生の姿は見当たらなかった。わたしはリラに「もう出ようよ」とささやいた。しかしリラは嫌がり、立ち上がって周りに迷惑をかけるのは嫌だとそっと答えた。彼女らしくない懸念だった。急に弱気になったのか、それとも、講演に興味が湧いてきたのを隠そうとしているのだろうか。結局、最後まで聞く羽目になった。モンタレンティはダーウィンについて語ったが、そんな名前はわたしも彼女も聞いたことがなかった。会場を出たところでわたしは、冗談のつもりでリラに言った。

「あの先生、ひとつ、前からわたしが知ってたこと言ってた。ほら、リラがお猿さんだってこと」

ところが彼女は真剣な面持ちで言うのだった。

「わたし、それ絶対に忘れたくないな」

「自分が猿だってこと？」

「わたしたちが動物だってこと」

「わたしとリラが？」

「ううん、誰も彼も、みんなが」

「でも、人間と猿のあいだには、たくさんの違いがあるとも言ってたよ」

「そうかな。だってどんな違いがある？　うちのママが耳たぶに穴を開けたから、わたしは赤ん坊の時からピアスをしてるけど、猿のお母さんはそんなことしないから、ピアスもしていないとか？」

そこからはどちらも笑いが止まらなくなった。その手の違いを次々に、しかもどんどん馬鹿げた例を挙げていったのだ。凄く楽しかった。でも地区に戻ったら、せっかくの愉快な気分も消えてしまった。大通り《ストラドーネ》を散歩していたパスクアーレとアーダから、ステファノがリラをあちこち探し回っていて、ひどく心配していたと教えられたからだ。わたしはリラに家まで一緒に行くと申し出たが、断られた。だが、パスクアーレとアーダから車で送ろうと言われると、彼女は承諾した。

ステファノがリラを探していた訳は、翌日までわからなかった。あの晩、わたしたちの帰りが遅かったからではなかった。時間ができるとリラが時々、夫の彼ではなく、わたしと一緒に過ごしていたからでもなかった。理由はほかにあったのだ。ステファノはその日、自分の家で妹がリーノとしょっちゅう会っていたことを知ったのだった。それも、よりによって彼のベッドでふたりが抱きあっていたこと、リラが鍵を渡していたことを知り、その挙げ句、ピヌッチャが妊娠したことを彼は知った。だが、ステファノが何よりも腹を立てたのは、彼にリーノとの恥知らずな行為を責められ、びんたを張られた妹が、その時、叫んだ言葉だった。「お兄ちゃん、羨ましいんでしょ？　わたしは真っ当な女なのに、リナがそうじゃなくて、リーノは女の扱い方を知ってるのに、自分がうまくできないもんだから」すっかり興奮した夫から一部始終を聞かされたリラは、婚約者時代のいつも落ちつき払っていた彼を思い出して、げらげら笑いだした。するとステファノは、怒りのあまり妻を殺してしまわぬよう、車に乗ってどこかに行ってしまった。あのひときっと、売女でも探しにいったのよ。リラはわたしにそう言った。

33

ピヌッチャとリーノの結婚式は大急ぎで準備が進められた。ただし、わたしはあまり関わらなかった。高校二年最後の課題と試験で忙しかったのだ。さらにある出来事のおかげで、わたしはひどく落ちつかない日々を過ごすことになった。ガリアーニ先生のせいだ。彼女には以前から、一般に教師が守るべきとされている行動規範を気軽に破るところがあったが、なんとわたしを——そう、全校でわたしただひとりを——自宅で彼女の子どもたちが開くというパーティーに招待したのだ。

わたしに本を貸してくれたり、読み終わった新聞を回してくれたり、平和大行進や難しい講演会への参加を勧めるだけでも、すでに教師としては相当に変わっていたが、わたしひとりを依怙《えこ》贔屓《ひいき》して、自宅に招待するというのは度を超していた。先生はこう言った。「ひとりで来ても、恋人と一緒でも、どちらでもいいから。とにかくあなたが来てくれれば、それでいいの」学年が修了し、夏休みに入るほんの数日前のことだった。こちらがまだどれだけ試験勉強をせねばならないかも、どれだけ心の中で慌てふためいているかも気にしていない、まったく気楽な口調だった。

即座にはいと答えたものの、本当に行く勇気など自分には持ちようもないと気づくまでに時間はかからなかった。仮に、他の凡庸な教師の家でのパーティーだったとしても、あり得ないような晴れの舞台だというのに、よりによってガリアーニ先生の家で開かれるパーティーなのだ。当時のわたしにとっては、王宮に出向き、女王様の前でおじぎをし、王子様と踊れと言われたのと同じようなものだった。大きな喜びだが、ひとつの暴力ですらあった。腕をぐっと引っ張られ、無理矢理に何か、確かに魅力的だが、自分に似合わぬことはわかっていて、状況が許すものならば決して進んではやらないはずのことをさせられるようなものだった。先生は恐らく想像もしなかっただろうが、わたしには着ていく服さえなかった。学校ではいつも無様な黒いスモックを着ていたわたしだが、先生はまさか、スモックの下には彼女と同じように、まともな服と下着が隠れているとでも思っていたのだろうか。とんでもない。そこに隠れていたのは、彼女の世界には不釣りあいで、貧しく、ろくに行儀も知らぬわたしだった。靴など一足しか持っていなかった。それもひどく擦り切れた靴だ。なんとか見られる服も一着だけ、リラの結婚式で着たものしかなかった。しかも厚手の服なので、結婚式のあった三月ならばよかったが、五月末には不向きだった。それに問題は何を着ていくかだけではなかった。ひとりぼっちになるのも恐かった。見知らぬ人々に囲まれ、自分とはしゃべり方も、冗談の種類も、趣味も違うだろう若者たちのあいだで覚えるだろう当惑が不安だった。アルフォンソについてきてもらおうか、とも思った。わたしにはいつも優しい彼がいい。でも考えてみれば、アルフォンソはわたしと同じクラスなのに、ガリアーニ先生から直接の招待を受けなかった。どうしよう？　それから何日もわたしは不安でたまらず、いっそのこと適当な言い訳をして参加を取り消そうかとさえ思った。リラに相談してみようと思いついたのはそんなころだった。

それは例によってリラにとっては明るい季節ではなく、事実、出てきた彼女の片方の頬骨の下には、黄ばんだ痣があった。わたしの知らせを彼女は喜ばなかった。

「何しにいくの？」

「先生に招待されたの」

「その先生ってどこに住んでるの？」

「ヴィットリオ・エマヌエレ大通り」

「家から海は見える？」

「わかんない」

「旦那の仕事は？」

「コトゥニョ病院のお医者さんだって」

「先生の子どもって、みんなまだ学校に行ってるの？」

「そんなこと知らないよ」

「わたしの服、着てったら？」

「サイズ、ぜんぜん違うの知ってるでしょ」

「胸が大きいだけじゃん」

「何言ってんの。どこもかしこも、わたしのほうがでかいでしょ？」

「じゃあ、わたしにできることはないね」

「やっぱり、行くのやめたほうがいいかな？」

「それがいいよ」

「よし、やめた」

リラはわたしの決断に顔をほころばせた。別れを告げて、わたしは店を出たが、沿道に発育の悪い夾竹桃《きょうちくとう》が植わった道に入ったところで、彼女の呼ぶ声がして、あと戻りした。

「わたしがついていってあげるよ」リラは言った。

「どこに？」

「パーティー」

「ステファノが駄目って言うでしょ？」

「それはあとの問題。で、どうなの、わたしに来てほしい？」

「もちろん」

やけに嬉しそうなリラを見ると、考えを変えさせる気にはなれなかった。でも、もう家に帰る前から、自分を取り巻く状況が余計に悪化したことに気づいた。パーティーへの参加を妨げていたわたしの問題は何ひとつ解決されず、しかもリラの申し出のせいで、余計に頭が混乱してしまった。頭の中でもつれた考えをひとつひとつ列挙してみる気にはなれなかった。並べてみたところで矛盾だらけのはずだった。わたしはステファノが彼女の参加を許さないのではないかと心配すると同時に、彼が許すのではないかと恐れていた。わたしは彼女がソラーラ兄弟に会いにいった時のように派手な格好をしてくるのではないかと心配すると同時に、何を身につけたにせよ、彼女の美しさは星のようにきらめきながら炸裂し、男たちはみな息を切らしてそのかけらをつかもうとするのではないかと恐れた。わたしは彼女が方言でしゃべり、下品なことを言い、彼女の学歴が小卒止まりであることがばれてしまうのではないかと心配すると同時に、彼女が口を開いた途端、その頭のよさに誰もが心を奪われ、ガリアーニ先生まで聞き惚れるのではないかと恐れた。わたしは、リラをひどいうぬぼれ屋で幼稚だとみなした先生から〝こんな友だちとはもうつきあわないほうがいい〟と命じられるのではないかと心配すると同時に、実はわたしがリラのつまらぬ影でしかないと気づいた先生が、わたしのことなどもう構わなくなり、リラにばかり目を掛けて、彼女に勉強を再開させるために尽力するのではないかと恐れた。

それからの数日、わたしはリラの店を避けた。できるものなら彼女にパーティーのことは忘れてもらい、当日はひとりでこっそり行って、あとから〝だってリラ、なんにも言ってこないから〟と白を切りたかった。ところが、まもなく向こうからわたしに会いにきた。しばらくないことだった。彼女は、当日はステファノに車で送ってもらえるだけでなく、迎えも頼んでおいたと言い、先生の家には何時までに行けばいいのかと知りたがった。

「リラは何を着ていくつもり？」わたしは不安になって尋ねた。

「そっちに合わせるよ」

「わたしは、ブラウスとスカートだけど」

「じゃあ、わたしもそうする」

「でもステファノが送り迎えまでしてくれるなんて、本当？」

「うん」

「どうやって説得したの？」

彼女はわざと明るい顔を作り、あのひとの扱い方ならとっくにわかってると答えた。

「何か頼みがある時はね」彼女は小声で言った。まるで自分の声を聞きたくないみたいだった。「ちょっと色っぽく迫るだけでいいんだよ」

あの時、リラは方言で確かにそう言った。それから自分を皮肉るようにいくつか下品な言葉を続け、身の毛がよだつほど夫を嫌っていること、自分自身にも激しい嫌悪感を抱いていることをこちらに伝えようとした。わたしは余計に不安になった。もうパーティーには行かない、やっぱり考えを変えた、彼女にそう伝えなければいけないと思った。朝から晩まで休みなく働く真面目なリラの裏に、もうひとりの、実はまるで負けを認めていないリラがいることは、もちろんわたしもとうに知っていた。ただ、ガリアーニ先生の家に彼女を連れていく責任を負わんとしている今や、その反逆児なほうのリラが恐ろしかった。負けを認めまいとすればするほど、彼女は壊れていくように思えた。もし、何かのきっかけで先生の目の前でそんなリラが目を覚ましたらどういうことになるだろう。たった今、わたしに対して使ったような品のない言葉遣いをされたら？　わたしは慎重に警告した。

「リラ、お願いだから、そういう話し方はしないでね」

彼女はあやふやな顔でわたしを見返した。

「そういうって、どういう？」

「だから、今みたいな話し方のこと」

しばしの沈黙ののち、彼女は尋ねてきた。

「レヌー、わたしのことが恥ずかしいの？」

34

リラを恥ずかしいなどとは思っていなかった。だからわたしは彼女に、そんなことはないと誓った。でも、恥ずかしいと思う羽目になるのではないかと不安なのだ、という本音のほうは伏せておいた。

ステファノはわたしたちを先生の家の下までオープンカーで連れていってくれた。わたしは後部座席、ふたりは前だったのだが、夫婦の左手にある太めの結婚指輪にわたしはその時初めてはっとさせられた。リラの格好は約束どおりブラウスにスカートで、派手さのかけらもなかった。化粧も地味なもので、口紅を薄く塗っただけだった。一方、ステファノのほうは完全なよそいきで、金のブレスレットやら何やら、装飾品をやたらと身につけ、シェービングソープの香りを強く漂わせて、わたしとリラがぎりぎりのところで〝一緒においでよ〟と誘ってくれるのを待っていたようだった。しかしわたしたちは彼を誘わなかった。わたしは何度も気持ちをこめて礼を言うに留め、彼女にいたっては挨拶すらせずに車を降りた。ステファノはタイヤに痛ましい悲鳴をひとつ上げさせると、去っていった。

エレベーターがあるのを見て、わたしたちは乗ってみたくなったが、やめておいた。乗ったことがなかったのだ。エレベーターなど、リラの住む新しいアパートにすらなかった。だから厄介ごとの種は避けることにした。あらかじめ先生から家は四階にあり、ドアの表札には〝医学博士フリジェリオ〟とあると聞かされていた。わたしたちは念のためすべての階で表札を確かめていった。わたしが前、リラがあとで、ふたりとも黙って、階段を上っていった。本当に清潔なアパートで、どのドアノブも、真鍮の表札も、ぴかぴかに輝いていた。わたしは胸がどきどきいっていた。

先生の家のドアは、中から漏れて聞こえる大音量の音楽と、人々のざわめきでわかった。わたしたちはスカートの皺を伸ばした。わたしはスリップを下に引っ張り、リラは指先で髪型の乱れを整えた。わたしも彼女もつい気を抜いて、せっかく被ったお行儀のいいお嬢さんという仮面が剝がれるか、消えてしまうのを恐れていた。わたしは呼び鈴のボタンを押した。待ってみたが、誰も出てこなかった。わたしはリラを見てから、もう一度、今度は長めにボタンを押した。急いでやってくる足音がして、ドアが開いた。現れたのは黒髪の若者だった。背は低いが、顔立ちはハンサムで、活き活きした目をしている。年は二十歳前後だろうか。わたしがどぎまぎしながら、自分はガリアーニ先生の教え子だと自己紹介を始めると、彼はしまいまで言わせず、笑いながら大きな声で尋ねてきた。

「エレナだね？」

「はい」
「君は、うちじゃ有名人だよ。母がなんにつけ君の作文を読み聞かせるものだから、僕らはもううんざりしてるくらいなんだ」

若者の名はアルマンドといった。彼の言葉はわたしをおおいに勇気づけ、急に力みなぎる思いがした。戸口に立ち、親しげにこちらを見つめていたアルマンドの姿は今もよく覚えている。あの時、彼はわたしにひとつ、新しいことを教えてくれた。それはこうだ。敵意をもって迎えられる可能性すらある見知らぬ人々のなかに飛びこんでいく場合でも、あらかじめ自分の高い評判が先方に届いており、彼らのあいだで受け入れてもらうためになんの努力もいらず、みんながわたしの名前はもちろん、どんな人間かもかなりよく知っていて、むしろ、相手のほうがこちらの歓心を買うために努力せねばならないとなれば、そうした訪問もどれほど快適か、ということだ。ひとよりも不利な立場に置かれることに慣れていたわたしは、突然の有利な立場に力を得て、すぐに緊張をほどくことができた。不安はたちどころに消えた。リラが何をしでかそうが構わないとさえ思った。思いがけず浴びることになったスポットライトに興奮して、わたしはアルマンドにリラを紹介するのを忘れた。向こうも彼女に気づいた様子はなかった。まるでこちらがひとりで来たかのように彼はわたしを中に導き、どれだけ母親がわたしの話をよくし、褒めているかと賑やかに言い続けた。わたしは、自分はそんなたいしたものじゃないと口では謙遜しながら彼のあとに続き、リラが玄関のドアを閉じた。

大きな家だった。どの部屋もドアが開いていて、明かりが点いており、高い天井に花模様の装飾が施されていた。わたしが何よりも強い印象を受けたのは、いたるところにある本だった。地区の図書館よりも多くの本があって、壁という壁が天井まで本棚で覆われていた。そして音楽。豪華なシャンデリアがぶら下がった広い部屋で踊っている若者たち。煙草を吸いながらおしゃべりをしているその他の若者たち。明らかに全員学生で、両親ともに高学歴であろうことがうかがえた。アルマンドもそうだ。母親は高校教師、父親は外科医。ただし父親はその晩、家にいなかった。彼はわたしたちを小さなテラスに連れていってくれた。外はほどよい暖かさで、空が広く、藤の花と薔薇の強い香りがヴェルモットとアーモンド菓子の香りと一緒に漂っていた。光でいっぱいの町と、暗い大海原にわたしたちは見入った。その時、わたしの下の名を嬉しそうに呼ぶ、ガリアーニ先生の声がした。先生に言われるまで、わたしは後ろにいたリラのことをすっかり忘れていた。

「あなたのお友だち？」

わたしは一瞬口ごもり、自分がひとの紹介の仕方もろくに知らぬことに気づいたが、なんとか言った。「ほら、こちらがわたしの先生よ。先生、彼女はリナといって、小学校の時からの友だちです」すると先生はリラを見つめながら、優しい声で、昔からの友だちは大事にすべきだ、頼りになる存在だ、といったありがちな賛辞を述べた。リラは戸惑いがちに簡単な返事をしたが、やがて先生の視線が自分の結婚指輪に向けられたことに気づくと、さっと右手で指輪を隠した。

「あなた、結婚してるのね？」

「はい」

「年はエレナさんと同じ？」

「ええ、誕生日はわたしのほうが二週間前です」

ガリアーニ先生は辺りを見回してから、息子に尋ねた。

「ナディアにはもう会わせたの？」

「まだだよ」

「何してるの。早く教えてあげなさい」

「ひどいなママ、ふたりとも今来たばかりなんだよ」

先生はわたしに言った。

「ナディアはね、あなたにとても会いたがってるの。このアルマンドなんて悪党だから、まともに相手しちゃ駄目。でも、ナディアはいい子よ。あなたたち、きっといいお友だちになれると思うわ」

わたしたちは、煙草を吸う先生をテラスに残して、中に戻った。ナディアというのは、アルマンドの妹だった。彼は冗談めかして、十六歳の面倒な妹で、僕の子ども時代はあいつのおかげで悲惨だったと教えてくれた。わたしも弟たちにはさんざん迷惑をかけられたと冗談混じりに答え、笑いながら、そうだよね？　とリラに声をかけたが、彼女の表情は硬く、返事もなかった。みんなが踊っている広間に戻ると、明かりが落ちて、薄暗くなっていた。ポール・アンカの歌か、映画『太陽の誘惑』の主題歌『WHAT A SKY』が流れていた気がするが、よく覚えていない。ぴったりとふたりで寄り添って踊るカップルたちの影がゆっくりと揺れていた。やがて曲が終わった。誰かが嫌々ながら明かりのスイッチを入れる前に、わたしをはっとさせる出来事があった。ニーノがいたのだ。煙草に火を点けようとした彼の顔を、小さな炎がぱっと照らした。ほぼ一年ぶりに見るニーノは前より大人びて、背も伸び、頭もずっとくしゃくしゃで、さらにかっこよくなっていた。目もくらむばかりに明るい電灯が点くと、彼と踊っていた女の子の顔も見えた。前に学校の前で見た、上品できらきらしたあの子だった。わたしに、自分がどんなに垢抜けていないかを否応なしに理解させたあの少女だ。

「ほら、あれだよ」アルマンドが言った。

ガリアーニ先生の娘、ナディアとは、まさに彼女のことなのだった。

35

奇妙に思われるかもしれないが、そうと知っても、わたしは気分を害さなかった。先生の家で、上流階級の若者たちに囲まれて、相変わらずいい気分のままだった。わたしはニーノを愛していた。その点は当時から確信しており、今にいたるまで一度も疑ったことがない。そんなわたしが、彼が決して自分のものにはならないという証拠を改めて見せつけられたのだから、苦しむのが当然だった。だが、そうはならなかった。ニーノに恋人がおり、その恋人が自分よりもあらゆる面で優秀なのは前からわかっていた。あの時、わたしが初めて知ったのは、彼女がガリアーニ先生の娘であり、あの家で、あんなにたくさんの本に囲まれて育ったという事実だった。それを知った途端、わたしは傷つくどころか、ほっとした。そういうことならば、ふたりが互いを選ぶのもなお当然だ、避けようのないことだ、道理にもかなっている、そう感じたのだ。言ってみれば、あまりにも完璧なシンメトリーがいきなり目の前に現れたので、これは黙って観賞するしかないだろう、そんな気分だったのだ。

だが理由はそれだけではなかった。アルマンドから「ナディア、ママのお気に入りのエレナだよ」と声をかけられた途端、彼女は顔を紅潮させ、わたしの首にがばっと両腕を回し、「エレナ、やっと会えたわね。本当に嬉しい」とささやいてくれたのだ。それからこちらには口を開く間も与えず、彼女の兄のような皮肉も抜きで、わたしの作文を率直に褒め、文章がうまいと讃えてくれた。その感激した口調にわたしは、教室で彼女の母親に作文の一部を読み上げてもらった時と同じ感動を覚えた。いやそれ以上だったかもしれない。何せ、わたしが誰よりも大切に思っているニーノとリラがふたりともそこにいて、ナディアの言葉を聞いており、その家でわたしが愛され、尊敬されていることを恐らくは理解したはずだからだ。

　わたしはそれまでずっと苦手だと思いこんでいた、いかにも学生仲間っぽい態度を取ると、たちまち打ち解けたおしゃべりに没頭し、きれいな標準語を披露した。同じ標準語でも、学校でしゃべる時のような不自然な感じはしなかった。ニーノにはイギリス旅行について尋ね、ナディアにはどんな本を読み、どんな音楽が好きなのかと尋ねた。それからアルマンドと踊り、ほかの若者たちとも立て続けに踊った。ロックンロールさえこなせる気がして、踊ってみたら眼鏡が吹き飛んでしまったが、レンズは無事だった。奇跡のような夜だった。途中でニーノがリラと二言三言交わし、彼女を踊りに誘っているのを見た。でも彼女は断り、広間を出て、見えなくなった。それからわたしがまたリラのことを思い出すまでには、ずいぶんとかかった。ダンスの勢いがゆっくりと下火になり、アルマンドとニーノに加え、同年配の男子ふたりが盛んに議論しながら、ナディアとともにテラスのほうへ移動していった時のことだ。彼らが場所を変えようとしたのは、部屋が暑かったせいもあるが、ひとりテラスに残って煙草を吸いながら涼んでいたガリアーニ先生を議論に巻きこむためでもあった。アルマンドはわたしの手を取り、「おいでよ」と言ってくれたが、わたしは、「友だちを呼んでくる」と言ってその手を逃れた。わたしは全身を火照らせたままリラを探し回った。彼女はある本棚の前にぽつんと立っていた。

「ねえ、テラスに行こうよ」わたしは言った。

「行ってどうするの？」

「外のほうが涼しいし、みんなでおしゃべりしたり」

「ひとりで行きなよ」

「飽きちゃった？」

「そうじゃないけど、わたし本を見てるから」

「たくさんあるよね」

「うん」

リラが不機嫌なのはわかった。誰にも相手にされないからだろう。結婚指輪のせいかもしれない。あるいは、ここでは彼女の美しさが評価されず、ナディアの美しさのほうが高く評価されるからか。それともリラ自身の問題だろうか。彼女には夫もあれば、妊娠の経験も堕胎の経験もあり、斬新な靴をデザインする才もあれば、商才まであるというのに、この家では、地区にいる時のようにうまく自分の価値を他人に理解させることができない。そういうことなのかもしれなかった。ところが、わたしにはそれができた。そして、不意に悟った。リラの結婚式以来続いていた不安定な状態がついに終わったのだと。わたしは先生の家で、そこにいた若者たちと打ち解けることができた。地区の幼なじみたちといるよりもずっと楽しかった。唯一の不安の種は、ひとり孤独を気取り、外れた場所にいようとするリラのことだけだった。だからわたしは彼女を本棚から引き離し、テラスに連れていった。

若者たちの多くはまだ踊っていたが、テラスのガリアーニ先生の周りには、男子三、四人と女子ふたりからなる小さなグループができていた。ただし口を開くのは男子ばかりで、ただひとり議論に参加する女性は先生だけ、それも決まって皮肉っぽい口調だった。男子のなかでも年上のニーノとアルマンド、そしてカルロという若者には、先生と真っ向から意見を戦わせる気がないのがすぐにわかった。彼らは自分たちのあいだで意見をぶつけたがり、先生のことは信頼に足る審判としてしか見ていなかった。アルマンドは母親と対立する意見を述べていたが、あくまでもニーノに反論するという格好を取った。カルロは先生の意見に同調しながら、残りふたりと対峙する時は、自分の意見と彼女の意見には違いがあると何かと強調した。そしてニーノは先生の言葉に礼儀正しく反論しながら、アルマンドとも、カルロとも対立していた。わたしは議論にうっとりと耳を傾けた。彼らの言葉がつぼみとなり、なんとなく見覚えのある花を頭の中で咲かせれば、自分も議論に参加しているつもりになって、熱くなった。でもつぼみからまったく見覚えのない花が開けば、無知を隠すため、引っこんだ。そんな時は腹が立った。何を話しているのか、名前の挙がった人物が何者なのか、さっぱりわからなかったからだ。彼らの言葉は意味を持たぬ音となり、有名な人物に史実、思想からなる世界が無限の広さを持つという事実をわたしに示し、夜の読書ぐらいでは太刀打ちできないこと、もっと勉強しないと、ニーノと先生とカルロとアルマンドに向かって、〝はい、わかります。知っています〟と言えるようにはなれないことを知らしめた。地球全体が危機に瀕している。核戦争。植民地主義に新植民地主義。ピエ・ノワールと秘密軍事組織《OAS》と民族解放戦線。虐殺の狂気。ド・ゴール主義とファシズム。フランス、テロ組織。フランス至上主義、名誉《オノール》。サルトルはペシミストだが、パリの共産主義労働者グループに彼は期待している。フランスとイタリアの国内状況の悪化。左派への歩み寄り。サーラガトとネンニ。ロンドンのファンファーニとマクミラン。ナポリで開かれたキリスト教民主党党大会。ファンファーニ派、モーロ、左翼キリスト教民主主義。社会主義の連中は権力のあぎとにかかってしまった。僕たち共産主義者が、志を同じくするプロレタリア階級と国会議員たちとともに、中道左派の法案を通過させなくては。このままだとマルクス・レーニン主義政党のはずが社会民主主義政党になってしまうぞ。始業式でレオーネが見せた態度ったらないよな。アルマンドが顔をしかめて首を横に振り、計画じゃ世界は変わらない、血を流さなければ駄目だ、暴力は必要なんだと言えば、ニーノが冷静に、闘争に計画は不可欠だと答え、議論は白熱し、そんな若者たちをガリアーニ先生が見守る。わたしは感心していた。彼らが地球の隅々まで知り尽くしているように思えたからだ。途中でニーノは合衆国を持ち上げ、まるでイギリス人のような本格的な英語で何か言った。その声が一年前と比べてずいぶんと野太くなり、いくらかかすれてさえいることにわたしは気づいた。語り口も、リラの結婚式や高校で話した時よりも、ずっと柔らかかった。彼はまるで行ったことがあるみたいにベイルートについて語り、ダニーロ・ドルチにマーティン・ルーサー・キング、バートランド・ラッセルといった名も挙げた。それから世界平和旅団とかいう団体に賛意を示し、その団体を悪く言ったアルマンドを論破したと思ったら、興に乗ったらしく、熱弁を振るった。わたしはその雄姿に見とれた。現在の世界には植民地主義と飢えと戦争を一掃するだけの力が本来はあるはずだというのが、ニーノの主張だった。わたしは彼の演説に胸を昂ぶらせ、知らないことだらけで目まいもしたが——ド・ゴール主義もOASも、社会民主主義もなんだかわからなかったし、ダニーロ・ドルチもバートランド・ラッセルも、ピエ・ノワールもファンファーニ派も、なんのことだかさっぱりだった——彼の世話をしたい、守ってあげたい、この先どんな時も一生、力になってあげたい、そんな衝動にかられた。それは過去にも覚えのある感情だった。あの晩を通じて、その時だけはナディアに嫉妬した。ニーノの側を離れぬ彼女の姿はまるで彼に従属する女神のようで、常に燦然と輝いていた。やがてわたしは自分の口から言葉が発せられるのを耳にした。自分の意志によるものとは思われぬ発言だった。誰か、わたしよりも自信に満ち、学もある他人が勝手に決断し、この口を拝借したかのようだった。わたしは自分が何を言おうとしているのか知らぬまま口火を切った。彼らの議論を聞いているうちに、ガリアーニ先生から借りた本や新聞で読んだ色々な言葉の無数の断片が頭の中でざわつきだし、何か言いたい、自分の声を聞かせたいという願望が、恥ずかしさを凌駕したのだった。わたしはギリシア語とラテン語の翻訳演習を通じて身につけた難解な標準語を操り、ニーノに味方した。わたしは言った。改めて戦争状態に突入した世界になど自分は生きたくない。我々は前の世代の犯した過ちを繰り返すべきではない。今日なお戦争をするならば、それは核兵器と戦争そのものを敵とみなした戦争でなくてはならない。仮に核兵器の使用を認めるような過ちを犯せば、我々の罪はナチスよりも重いものとなるだろう。そんなことをとうとうと述べるうち、気持ちが昂ぶり、目には涙まで浮かんできたのがわかった。最後にわたしはこう結論した。急いで世界を変えなくてはならない。人民を搾取する暴君はあまりに多い。しかし、変革は平和をもってなされなければならない。

あの時、みんながわたしの意見を高く評価してくれたとは思わない。アルマンドは喜んでいないようだったし、名前のわからない金髪の女の子もニヒルな笑みを浮かべてわたしをじっと見たからだ。それでも話の途中からもうニーノは、そのとおりだとうなずいてくれた。すぐに続いて意見を述べたガリアーニ先生も、わたしの言葉を二度も引いてくれた。彼女の口から「エレナさんの言葉にもあったように」と聞かされるのは心が躍るような体験だった。いずれにしても一番素敵だったのは、ナディアの反応だった。彼女はニーノから離れると、わたしの耳元でこうささやいてくれたのだ。「感心しちゃった。エレナって勇気あるのね」一方、リラは隣でずっと黙っていたが、先生の話の途中でわたしの腕を強く引っぱると、方言でいかにも嫌そうにこう言った。

「ねえ、眠くて死にそうなんだけど、電話どこだか聞いて、ステファノを呼んでくれない？」

36

あの晩、リラがどれほど傷ついたかは、のちに彼女のノートを読んで知った。日記でリラは、彼女のほうからあのパーティーについていくと言いだしたことを認めていた。せめてあの晩くらいは食料品店から脱出して、わたしと一緒に楽しむつもりでいたこと、急に広がりだしたわたしの世界に自分も参加したいと思っていたこと、ガリアーニ先生とも知りあいになって話をするつもりでいたことも認めていた。彼女には、恥をかくようなことはないだろうという自信もあれば、男子にもてる自信まであった。男には昔からもてた自分なのだから、と。ところが実際に行ってみれば、すぐに言葉もまともに出なくなり、振る舞いもぎこちない、不格好な娘になった気がしたという。ノートには詳細な記述が続いた。たとえば、彼女とわたしがふたりでぴったり並んでいても、みんなわたしにしか話しかけなかった。わたしにはお菓子やら飲み物やら持ってきてくれるのに、彼女のことは誰も構ってくれなかった。アルマンドが十七世紀の作品だという家族の肖像画をわたしに見せ、たっぷり十五分はあれこれ説明してくれた時も、どうせお前には何もわからないだろうという扱いを受けた気がした。彼女を歓迎する者もなければ、どんな人間なのかと関心を持つ者もなかった。あの晩、彼女はある事実を初めて明確に意識した。それは、自分の人生がこのままだと未来永劫にステファノであり、二軒の食料品店であり、兄とピヌッチャの結婚であり、パスクアーレとカルメンとのおしゃべりであり、ソラーラ一家との惨めな闘いのままだという事実だった。リラはそうした言葉を書き残していた。その夜のうちか、あるいは翌朝、店で書いたのかもしれなかった。あのパーティーの夜、彼女は最初から最後まで、まるで身の置き所がない気分を味わっていたのだ。

ところが地区に戻る車の中でリラは、そんな本音はちらとも漏らさず、とにかく陰険で意地悪だった。彼女の変化は車に乗ってまもなく、ステファノが、ふたりとも楽しかったかい、と不機嫌な声で尋ねてきた時に始まった。わたしは彼女に回答を任せた。先生の家での奮闘と興奮と喜びでもうくたくただったのだ。すると彼女はじわじわとこちらへの攻撃を開始した。まずは、こんなに退屈な思いをしたのは生まれて初めてだと夫に方言で答え、あなたと映画にでも行っておけばよかったと嘆き、シフトレバーを握るステファノの手を優しく撫でた。実に彼女らしからぬその仕草は明らかに、わたしを傷つけ、〝ほらね、善かれ悪しかれ、こっちには男がいるけど、あなたにはいないし、まだ処女よね。なんでも知ってるかもしれないけど、男の味だけはまだ知らないんだよね〃と言わんがための見せつけだった。それから彼女はこう続けた。あんな最低な連中と過ごすくらいなら、テレビを見ていたほうがずっとよかった。あの家にはあいつらが自分で稼いで手に入れたものなんて、何ひとつないよ。絵だってそう。家具はみんな百年前のものだし、家なんて少なくとも三百年はたっているはず。本だけはいくらか新しいものもあったけど、ほとんどは古くて、埃まみれで、もうどのくらい読まれていないかわかったもんじゃない。法律に、歴史に、科学に、政治なんかのぼろい本ばかり。代々の男たちが、あの家で読み、学んだ本なんだろうね。あの家の男たちはもう何百年と、最低でも弁護士か、医者か、大学教授でしょ？　あの家の人間がみんな、しゃべり方も、服装も、食べ方も、動作も、あんなにへんちくりんなのは、だからよ。生まれつきなの。でも、連中の頭の中にはひとつとして自分の考えというものがないね。苦労して思いついたことなんてひとつもない。何もかも知ってるくせに、実は何ひとつ知らないのよ――リラは、ステファノの首筋にキスをし、指先で髪を撫でた――ねえステー、もしも上に来てたら、ここにいるのはギャアギャア、ギャアギャア騒ぐオウムばっかりだって、あなたも思ったはずよ。本当あいつら、何言ってるんだかさっぱりわかんなかった。あれ、きっと自分たちでもわかってないよ。だって、OASってなんだか知ってる？　左派への歩み寄りはどう？　レヌー、次はわたしじゃなくてパスクアーレを連れてくといいよ。見てな、パスクアーレなら、あんな連中、あっという間に片付けちゃうから。猿は猿でも、地べたじゃなくて、便所で用を足す猿だからって、もの凄く偉そうな顔しちゃってさ。中国はああすべきだ、アルバニアはこうすべきだ、フランスはああしろ、カタンガはこうしろって、得意になってさ。レヌー、あんただってそうだよ。

気をつけないと、雌のオウムになりかけてるよ――リラは夫に向かってけらけら笑いながら言った――この子の声、聞かせてやりたかった。妙に可愛らしい声作っちゃってさ。レヌー、あいつらと話してた時の声、ステファノに聞かせてやってよ。あんたとサッラトーレの息子って、本当そっくり。世界平和旅団だって？　現在の世界には本来、なんの力があるんだっけ？　飢えと戦争？　笑っちゃうよね。レヌーが一生懸命、学校で勉強してるのって、あいつみたいにしゃべりたいから、それだけの話だったの？　〝そうした問題を解決できる者は、平和に貢献するだろう〟だっけ？　まったくよく言うよ。サッラトーレの息子が今までどんな問題を解決した？　レヌー、まさか忘れちゃいないわよね？　それでも、あいつを信用するつもり？　あんな最低な連中の家にお招きにあずかりたいからって妙な芝居までして、レヌーまであいつみたいに、地区出身の可愛いお馬鹿さんになるつもりなの？　ニーノもあんたも、地区の惨めなわたしたちのことは置き去りにして、自分たちだけギャアギャア、ギャアギャア、飢えだ、戦争だ、労働者階級だ、平和だって楽しくやろうってこと？

そんな感じで、ヴィットリオ・エマヌエレ大通りからわたしの家までの道中、彼女はずっと意地悪だった。わたしは口をつぐみ、彼女の吐く毒が、わたしの人生の重要な転換点とさえ思われたひと時の記憶を、笑い物になった失敗の記憶へと変質させつつあるのをひしひしと感じていた。リラの言うことなんて信じまいとしてわたしは自分の中で闘った。彼女が情け容赦ない敵に見えた。真っ当な人間の神経を激しく逆撫でして、破壊の衝動を焚きつける力が彼女にはあった。多分、ジリオーラとピヌッチャの言っていたとおりなのだろう。あの写真にはやはりリラ自身がこもっていて、悪魔のように炎を上げたに違いない。そう思い、わたしは彼女を憎んだ。ステファノすらこちらの怒りに気づいたようで、運転席側のドアから降ろしてもらった時、彼がかけてきた声には許しを請う響きがあった。

「おやすみ、レヌー。リナは冗談を言ってるつもりなんだ。気にしないでくれ」わたしは「おやすみなさい」と言って立ち去った。しかし車が出発してから、リラの叫び声が耳に届いた。その声は、彼女に言わせると先生の家でわたしが使っていたという声色を真似たものだった。「バイバイ、じゃあ、またねー」

37

その晩を境に苦しい日々がしばらく続いた。その結果、わたしとリラは初めて絶交し、長い断絶の時を過ごすことになる。

わたしはなかなか立ち直れなかった。喧嘩の理由なら以前からいくらでもあったし、機嫌を損ねた彼女が徹底的にわたしを屈服させようとするのも珍しいことではなかった。しかし、ああもあからさまに侮辱されたことは一度もなかった。わたしは彼女の店に通うのをやめた。教科書まで買ってもらい、例の賭けの約束もあったが、全科目八点以上、二科目は九点で及第したことも報告に行かなかった。学年が終わるとすぐにメッゾカンノーネ通りの本屋で働きだし、彼女には何も言わず、地区から姿を消した。あの晩のリラの皮肉な口調の記憶は薄れるどころか、時とともに膨らむばかりで、恨みもつのる一方だった。どうしても許せなかった。以前のわたしであれば、彼女があああもわたしを叩いたのは、先生の家で感じた屈辱に耐えるためだったのだと思い当たることもできたはずだが、その時はまるで思いつかなかった。

彼女との別れへの抵抗感を小さくする出来事もあった。あのパーティーで自分はどうやら本当に若者たちの賞賛を集めたらしい、そう思わせてくれることがまもなくあったのだ。アルバイトの昼休みにメッゾカンノーネ通りをぶらついていた時のことだ。誰かに名を呼ばれ、見れば、アルマンドだった。試験のために大学に行くところだと彼は言った。学部は医学部で、試験も難しいとのことだったが、大学のあるサン・ドメニコ・マッジョーレ広場のほうに向かう前に、彼は構わず足を止め、わたしに山ほどお世辞を言ってから、あの晩のように政治談義を始めた。そして夕方には、本屋にも顔を出してくれた。試験は三十点満点で二十八点も取れたと、嬉しそうだった。電話番号を聞かれたが、うちには電話がないとわたしは答えた。すると、次の日曜に散歩にいかないかと誘われたので、日曜は家で母の手伝いがあるからと断った。次に彼はラテンアメリカの話をしだし、自分は大学を出たらすぐに現地に向かい、貧民の治療に当たりながら、彼らに武器を取り、圧制者に立ち向かうよう説得するつもりだと語った。アルマンドの演説はいつまでも終わらず、店主が怒りだす前に追い出さねばならなかった。いずれにせよ、彼に気に入られたのは間違いなかったから、わたしは嬉しかった。だから親切に応じはしたが、積極的にはなれなかった。リラの言葉にやはり影響されていたのだ。わたしは自分の服装がみっともなく、髪も乱れていて、話し方もわざとらしければ、頭も悪い気がしていた。しかも、学校が休みに入って、ガリアーニ先生と会うこともなくなると、新聞を読む習慣も途絶えていた。懐具合に余裕がなかったのもあるが、自分でお金を出してまで買おうという気にはなれなかったのだ。こうしてナポリも、イタリアも、世界も、何がどうなっているのかわからない霧の荒野に逆戻りしてしまった。しゃべり続けるアルマンドにわたしは何度もうなずいたが、話の内容はほとんど理解できなかった。

その翌日、また驚かされることがあった。本屋の床を掃いていたら、目の前にニーノとナディアが現れたのだ。アルマンドからわたしがそこで働いていると聞かされ、寄ってくれたのだという。次の日曜にふたりと一緒に映画にでも行かないかと誘われたが、アルマンドにしたのと同じ返事を繰り返すしかなかった。無理なの。平日は仕事があるし、休日は両親に家にいろと言われているから。

「でも、地区でちょっと散歩するくらいなら平気だよね？」

「うん、それは平気」

「じゃあ、日曜、ふたりで迎えにいくから」

店主がいつもよりも余計に苛立った声でわたしを呼んだので——年は六十前後の、顔はなんだか汚らしい色をしていて、怒りっぽく、目つきもいやらしい男だった——ニーノたちはすぐに行ってしまった。

日曜の昼前、中庭からわたしを呼ぶ声がした。ニーノの声だった。顔を出してみると、いたのは彼ひとりだった。わたしは急いで身だしなみを整えると、母さんに断りもせず、嬉しさと不安でごちゃ混ぜになりながら階段を駆け下りた。彼の前に立った時は思わず呼吸を忘れた。「十分しかいられないの」息を弾ませてわたしは断った。結局、わたしたちは表の大通り《ストラドーネ》には出ず、各棟のあいだを散歩して過ごした。どうしてナディア抜きで来たのだろう。彼女が来られないなら、どうしてひとりでわざわざこんな遠くまで来たのだろう。わたしが疑問を口にするまでもなく、ニーノは自分から答えを教えてくれた。ナディアは父方の親戚が来ているとかで出てこられなかったのだそうだ。それでも彼がわざわざ来てくれたのは、地区が懐かしかったのもあるが、わたしにちょっとした読み物を届けたかったからだそうだ。読み物、というのは『クロナケ・メリディオナーリ』という雑誌の最新号だった。彼がなんだか不愉快そうな顔で差し出した『クロナケ・メリディオナーリ』をわたしは受け取り、礼を述べた。すると奇妙なことに彼はその雑誌の悪口を言いだした。ならばどうしてわたしにくれたのか、そう思わずにはいられなかった。「ものの見方がとにかく偏狭な雑誌なんだよね」ニーノは言い、笑いながら付け加えた。「ガリアーニとアルマンドと同じさ」それからまた真面目な顔に戻ると、まるで年寄りのような口調になって、こう続けた。自分はガリアーニ先生におおいに恩がある、彼女がいなければ、僕の高校生活は完全な時間の無駄だったろう。ただし、あの先生には気をつけたほうがいい。「彼女の最大の欠点はね、自分と違う考えを持つ人間を許せないってとこさ。もちろん、君はなんでも教えてもらうといいよ。ただその先は、自分の道を進むことだ」それから彼はまた雑誌に話を戻し、ガリアーニ先生も寄稿していると言ってから、なんの脈絡もなく、いきなりリラの名を挙げた。「なんだったら、あの子にも読ませてやればいい」リラはカッラッチ夫人をやるのに忙しくてもう何も読まないし、小学校時代と変わらないのは性格の悪さだけだ。そう言ってやりたかったが、やめておいた。わたしは話題をそらし、ナディアのことを尋ねた。すると、ナディアはこの夏、家族とノルウェーまで車で長旅に出かける予定で、それが済んだら、父方の別荘があるカプリ島のアナカプリで過ごすことになっているという答えが返ってきた。

「じゃあ、あなたもカプリに行くの？」

「行ってもせいぜい二回かな。勉強があるから」

「お母さんは元気？」

「絶好調だよ。今年はイスキアに戻るって。例のバラーノの家の女主人と仲直りしたみたい」

「バカンスは家族と一緒に過ごすの？」

「僕が？　親父と一緒に？　絶対にあり得ないね。イスキアには行くけど、こっちは勝手にやらせてもらうよ」

「じゃあ、どこに泊まるの？」

「フォリーオ（イスキア島にある町のひとつ）に別荘のある友だちがいるんだ。そいつ、夏のあいだ、別荘を好きに使っていいって親に言われててさ。だからそこで彼と勉強をするつもり。で、君は?」

「あの本屋で九月まで働くと思う」

「聖母被昇天の祝日(八月十五日)の連休も?」

「ううん、連休中は仕事もお休み」

わたしの答えに彼は微笑んだ。

「じゃあ、フォリーオに来るといい。大きな家なんだ。二日三日、ナディアも来るかもしれないって言ってるし」

わたしも笑顔になった。興奮していた。フォリーオ? イスキアですって? それも親抜きの別荘にわたしたちだけで? 彼はマロンティの浜でわたしにキスしてくれたこと、まだ覚えているだろうか? そろそろ家に帰らないといけない、そうわたしが言うと、ニーノは「また来るよ」と約束してくれた。そして「雑誌の感想も聞きたいし」と言ってから、ポケットに手を突っこんだまま、小さな声でこう付け足した。「僕、こうして君と話すのが好きなんだ」

実際、ニーノはやけに雄弁だった。わたしは自分が誇らしかった。彼が喜んでくれた、そう思うと本当に嬉しかった。だから、ほとんど聞き役だったけれど、「わたしもよ」と答えた。そして家に戻ろうとした時、ちょっとした事件が起きて、ふたりともどきりとさせられることになった。にわかに叫び声がして、中庭の日曜らしい静けさを破ったのだ。見ればメリーナが窓辺で腕を振り回し、こちらの注意を引こうとしていた。ニーノもあいまいな顔で振り向くと、メリーナの叫び声はさらに大きくなった。歓喜にも怯えにも聞こえる声で彼女は叫んだ。ドナート。

「あれ誰?」ニーノが尋ねてきた。

「メリーナよ、覚えてる?」

彼は顔をしかめた。

「僕に文句でもあるのかな」

「わかんない」

「ドナートって言ってるよね？」

「うん」

彼はまた窓を見た。メリーナは相変わらずそこから身を乗り出し、同じ名を叫んでいた。

「ねえ、僕と親父って似てると思う？」

「そんなことないわ」

「本当に？」

「ええ」

彼はむっとした口調で言った。

「もう行くよ」

「それがいいみたい」

彼はうつむき加減で、足早に去っていった。そのあいだもメリーナはますます興奮した大きな声で、ドナート、ドナート、ドナート、と叫んでいた。

わたしもその場を離れ、家に戻った。胸が高鳴り、頭の中はさまざまな思いで大混乱だった。ニーノはこれっぽっちも父親と似たところがない。背丈も顔立ちも似ていないし、立ち振る舞いも、声も違う。目つきだって似ていない。ニーノは異端児なのだ。ただし、この上なく甘美な異端児だ。もじゃもじゃの長い髪をした彼のなんと魅力的なことか。どんな男子とも似ていない。ナポリ中探しても、彼のような若者はいないはずだ。その彼がこのわたしを高く買ってくれている。こっちはまだ高校三年になる前で、向こうはもう大学に行くというのに。ニーノは日曜にわざわざ地区まで来てくれた。わたしのために心配をして、ガリアーニ先生は優秀な教師には違いないが、彼女にもそれなりの欠点はあるのだと教え、注意を呼びかけるために来てくれた。それにあの雑誌まで持ってきてくれた。わたしにしっかりと読みこなし、内容を議論するに足る力があると見込んでくれたからだろう。しかもなんと、八月になったら、イスキアのフォリーオにあるという別荘に泊まりにおいでと誘ってくれまでした。まず行けないだろうし、そもそも本当の意味での招待ではなかったとも思う。彼にしたって、うちの親がナディアの親とは違って、そんなお泊まりなんて許してくれないことくらい重々承知のはずだ。それでも招待してくれたのは、こんなメッセージを言外ににおわせ、わたしに伝えようとしたからに違いない。〝これからも君と会いたい。いつかのようにポルトの町やマロンティの浜を散歩しながら君とおしゃべりができたら、どんなに素敵だろう〟きっとそうだ。そうに違いない——自分の叫び声が頭の中で響いた——わたしだって、あなたに会いたい。きっと行くわ。八月の連休は家出をしよう。もう何が起きても構わない。

彼にもらった雑誌は教科書のあいだに隠しておいた。でもその夜、ベッドに横になってすぐに目次を見て、驚いた。ニーノの記事があったのだ。こんなに難しそうな雑誌に彼の記事が掲載されている。二年前に彼から司祭との対決の体験談を書いてみないかと勧められた、学生が作った、あの薄っぺらい鼠色の小冊子とは訳が違う。大人が大人のために書いた、本格的な内容の立派な雑誌だ。だというのに、そこにはアントニオ・サッラトーレと、ニーノの本名と名字が記されていた。そんな彼とわたしは知りあいなのだ。年だって二歳しか離れていないのに凄い。

読んでみた。論旨がよくわからず、もう一度読んだ。記事は、何か重大な具案と計画について論じたもので、とにかく言い回しが難しかった。だがそれが彼の知性が生んだ作品であり、彼という人間の一片であることには間違いがなかった。ニーノはそれを自慢するでもなく、そっとわたしに贈ってくれたのだ。

そう、このわたしに。

涙が出てきた。夜更けまで雑誌を片付けられなかった。リラにこのことを話す？　彼女に雑誌を回す？　あり得なかった。これはわたしのものだと思った。リラとはもう本物のつきあいはいらない。ちょっとした挨拶とありふれた会話だけの関係でいい。あの子にはわたしという人間の価値がわからないのだ。でもほかのみんなは、アルマンドとナディアとニーノはわかってくれる。あのひとたちこそ本当の友だちだ。大事にしないといけない。リラがわたしの中に見つけ、慌てて目をそらしたものを、彼らはただちに認めてくれた。リラが目をそらしたのは、彼女のものの見方がもはや地区の住民のそれだからだ。自らの狂気の世界に閉じこもり、ニーノを元恋人のドナートと取り違えたメリーナ。そんなメリーナと同じようにしか、リラは物事を見られなくなってしまったのだ。

38

わたしは元々、ピヌッチャとリーノの結婚式に行きたいとは思っていなかった。それが、ピヌッチャ本人がわざわざ招待状を届けてくれた上、大げさなくらい熱心に是非来てねと言われ、あれこれとアドバイスまで求められたら、嫌と言えなくなってしまったのだった。ただし、うちの両親と弟たちは招かれなかった。その点について彼女は、これは自分の不義理ではなく、ステファノが悪いのだと言い訳をした。彼は、新居を買うのに一族の共同資産からいくらか出してほしいという妹の頼みを断ったのみならず（靴作りと新しい食料品店にお金がかかりすぎて、俺は一文無しだと答えたらしい）、ウェディングドレス代と写真撮影代、そして何よりも軽食会の費用まで自分が負担するのだからと言って、地区の縁者の多くを招待客リストから外したのだそうだ。そんなステファノの恥ずべき行為に、リーノは彼女よりも頭を抱えているという話だった。リーノとしてはリラと同じくらい豪華な結婚式を開き、やはり線路を見下ろす新築の家に住むつもりでいたのだ。だが、いまや製靴会社の主人とはいえ、彼ひとりの資金力ではとても実現不可能な話だった。金遣いの荒いリーノ自身の責任でもあった。最近ミッレチェント（フィアットの乗用車）を買ったばかりで、蓄えがまるでなかったのだ。そこで、すったもんだの挙げ句、新婚夫婦はドン・アキッレのぼろ家に住むことになり、マリアが寝室を追い出される羽目になった。ふたりの計画では、今後は節約に努め、ステファノとリラの家よりも素敵な新居を一刻も早く買う予定らしい。話の終わりにピヌッチャは、うちの兄貴はひどい男だと恨みっぽくこぼした。妻のためならばいくらでも金を使うくせに、妹にはびた一文やらぬと言うのだから。

　わたしは一切意見をしなかった。結婚式にはマリーザとアルフォンソと一緒に出席した。アルフォンソはそうした華やかな場に出かけ、普段とは別人に変身するのが楽しくてたまらぬ様子だった。クラスでわたしと隣同士のいつもの男の子ではなく、容姿も振る舞いも美しい黒髪の若者になるのだ。濃い髭の剃り跡が頬から顎にかけて青々とし、目には物憂い光を湛え、服にしても多くの男子みたいにだぶついておらず、細身で機敏な肉体をぴったりと包んでいた。

　ニーノが妹のマリーザの付き添いでやむを得ず出席するのではないかという期待から、わたしは彼の記事だけではなく、『クロナケ・メリディオナーリ』を一冊丸ごと熟読してきた。だがそのころにはマリーザのナイト役はアルフォンソと決まっていて、彼女を家に迎えにいくのも、あとで送り届けるのもいつも彼の役目だったから、ニーノは姿を見せなかった。わたしはずっとマリーザとアルフォンソにくっついていた。リラと差し向かいになるのは避けたかったのだ。

教会では、最前列のステファノとマリアのあいだにいるリラがちらりと見えた。誰よりも美しいその姿は、やはり無視できなかった。披露宴の会場は、一年と少し前にリラの披露宴が開かれたのと同じ、オラツィオ通りのレストランだった。わたしと彼女は一度だけすれ違い、簡単な挨拶を交わした。それからわたしは、隅っこのテーブルでアルフォンソとマリーザ、そしてもうひとり、十三歳くらいの金髪の男の子と一緒になり、リラのほうは、ステファノとともに新郎新婦のテーブルに重要な来賓たちと一緒に座った。短い時間にどれだけ多くのことが変わったことだろう。アントニオもいなければ、エンツォもいない。どちらもまだ兵役に就いていた。二軒の食料品店の店員たち、カルメーラとアーダは招待されていたが、パスクアーレは招かれなかったようだった。あるいは彼が欠席を決めたのかもしれない。ピザ屋でみんなでおしゃべりしながら、彼がなかば本気、なかば冗談で、いつか殺してやると名指ししていた者たちと同席する気にはなれなかったのかもしれない。パスクアーレの母、ジュセッピーナ・ペルーゾの姿もなく、メリーナと末の子どもたちの姿もなかった。一方、カッラッチ家とチェルッロ家、そして両家の商売にさまざまな形で絡んでいるソラーラ一家の面々は、例のフィレンツェの屑鉄屋とその妻と一緒に、新郎新婦のテーブルに座っていた。ミケーレと話しながら、大げさな笑い声を立てるリラが見えた。彼女は時々こちらを見たが、わたしはそのたびすぐに目をそらし、わずらわしさと悲しみの入り混じった気持ちになった。あんなにげらげら笑ってみっともないと思った。うちの母さんみたいだった。母さんそっくりに、リラは典型的な人妻になり切っていて、仕草も方言も下品だった。ミケーレはリラにすっかり気を取られていたが、その傍らでは彼の婚約者のジリオーラが真っ青な顔をしていた。まるで自分を相手にしてくれないミケーレに腹を据えかねていたのだ。ただマルチェッロだけが、未来の義妹をなだめようとして時おり言葉をかけていた。ああ、リラ。彼女はいつだってああして度を超し、その過剰な振る舞いでみんなを苦しめずにはいられない。ヌンツィアとフェルナンドも長いこと娘を不安そうに見つめていた。

宴の一日は無事に過ぎていった。ふたつだけ事件があるにはあったが、どちらもとりあえず無害なものと思われた。まずはひとつ目の事件。招待客の中には薬局の息子、ジーノもいた。彼が出席していたのは、そのころカッラッチ家の親戚筋に当たる女の子と交際を始めたばかりだったからだ。ボリュームのない栗色の髪が頭にぺったりと張りつき、目には濃い隈のある娘だった。ジーノは成長につれて性格が余計に憎たらしくなり、わたしは、幼いころに彼とつきあった自分をまだ許せずにいた。相変わらず意地悪な男で、しかも二年連続の落第が決まった当時は、普段に輪をかけて性根がねじ曲がっていた。わたしにはだいぶ前から挨拶ひとつしてこなくなっていたが、アルフォンソにつきまとうのはやめず、妙に馴れ馴れしい態度を見せたり、性的な悪口でからかったりした。あの披露宴では、嫉妬のためか（アルフォンソは全科目平均七点で進級が決まっており、その上、目もぱっちりした可愛らしいマリーザと一緒だった）、ジーノの態度は特にひどかった。前に述べたように、わたしたちのテーブルには金髪の少年がいた。ハンサムだが、とても内気な子だった。ヌンツィアの親戚で、ドイツに移民して現地の女性と結婚した男性の息子ということだった。わたしはひどく不機嫌だったので、少年のことはほとんど構わずにいたが、アルフォンソとマリーザはどちらもよく気を配ってやっていた。特にアルフォンソは少年とずっとしゃべりっぱなしで、給仕の者が少年をなおざりにすれば注意を促したし、わざわざテラスに連れ出し、ふたり並んで海を眺めたりもした。そうして彼らが冗談を言いあいながら席に戻ってきた時のことだった。笑って止めようとする婚約者の手を振り払い、ジーノがこちらのテーブルに来て、腰を下ろしたのだ。彼は少年に向かって、アルフォンソを指しながら、小声で言った。

「こいつには気をつけろ。ホモなんだよ。テラスの次は、便所に連れこむ気だぜ」

アルフォンソは顔を紅潮させたが、反論はせず、力ない笑みを浮かべ黙っていた。怒ったのはマリーザだった。

「ずいぶんご挨拶じゃない？」

「本当のことだからさ。俺、知ってるんだぜ」

「何を知ってるの？　言ってみなさいよ」

「いいのかい？」

「いいわよ」

「本当に言うぜ？」

「早くしなさいよ」

「俺の彼女の弟がな、カッラッチの家に泊まりにいったことがあるんだ。その時、こいつと同じベッドで寝ることになったんだ」

「それで？」

「そいつに触りやがったのさ」

「誰が？」

「こいつが」

「あんたの彼女、どこ？」

「あれだよ」

「じゃあ、あんたの馬鹿女にこう伝えて。わたしはアルフォンソがノンケだって証明できるけど、あんたの彼氏は怪しいもんだってね」

言うなりマリーザは恋人を振り返り、その唇にキスをした。みんなの見ている前でこんなキスをするなんてわたしには一生無理だろうな、そう思うほど強烈なやつだった。

リラはわたしを監視するみたいにこちらをちらちらと見ていたが、マリーザのキスに真っ先に気づくと、素直に感激した様子で拍手をした。ミケーレも笑いながら拍手をし、ステファノが弟に下品な歓声を送ると、屑鉄屋もすぐに援護射撃をした。やんややんやの大喝采だったが、マリーザはあくまで平静を装った。彼女はアルフォンソの片手を固く握りながら――力を入れすぎて指の関節が白くなっていた――ふたりのキスに唖然とした顔のジーノにぴしゃりと言った。

「さっさと消えなさいよ。とろとろしてると、ひっぱたくわよ」

薬局の息子は無言のまま席を立ち、自分のテーブルに戻った。戻ってきた彼の耳に婚約者が何やら激しい調子でささやくのが見えた。マリーザはそんなふたりを最後にもう一度、軽蔑した目つきでにらんだ。

その時からわたしはマリーザを以前とは違う目で見るようになった。彼女の勇気と一途な愛情表現がまぶしく、アルフォンソに対する誠実な気持ちに感心した。ここにもひとり、わたしがこれまで愚かにも見過ごしてきた素敵なひとがいた。そう思うと悔しかった。リラに依存することで、わたしはどれだけ多くの物事を見逃してきたのだろう。あの子が少し前に見せた拍手の軽薄さときたら。ミケーレとステファノと屑鉄屋の、品のない馬鹿騒ぎと実にお似合いじゃないか。

ふたつ目の事件は、そのリラが主役となった。宴も終わりに近づいた時のことだ。わたしはトイレに行こうとして席を立ち、新郎新婦のテーブルの前を通りかかった。すると、屑鉄屋の妻の高笑いが聞こえてきた。見れば、ピヌッチャが立っていて、屑鉄屋の妻にウェディングドレスの裾を無理矢理にたくし上げられ、慌てていた。夫人は、花嫁の太くてしっかりした両脚を剝き出しにしたまま、ステファノにこんなことを言った。

「ご覧、あんたの妹の太腿の立派なこと。それにこのお尻とお腹もいいじゃない？　あんたたち今時の男は、便所掃除のブラシみたいな女がお好みらしいけど、神様が子どもを授けて下さるためにお作りになったのは、こういうピヌッチャみたいな娘っ子なのさ」

　すると、ワイングラスを口元に運ぼうとしていたリラが、なんのためらいもなくグラスの中身を夫人の顔と上等な絹織物《シャンタン》のドレスにぶっかけた。わたしはすぐ暗澹《あんたん》となった。リラは相変わらず、自分は何をしても許されると勘違いしているのだろうが、きっと恐ろしいことになるぞ。そう思ったのだ。だからトイレに駆けこみ、個室にこもって、そこでできるだけ長く粘った。怒り狂ったリラを見るのも、その声を聞くのも嫌だったのだ。もう関わりたくなかった。関わってしまえば、彼女の苦しみに巻きこまれるだろうし、長年の習慣ゆえ、自然と味方をしなければいけないような気分になってしまう気がした。ところがトイレを出てみると、会場に異変はなかった。ステファノは屑鉄屋の夫婦と楽しそうにおしゃべりをしており、夫人は染みのできたドレスのままでふんぞり返っていた。楽団は演奏を続け、カップルたちは踊っていた。リラの姿だけがなかった。見回すと、ガラス窓の向こうのテラスにいた。彼女は海を眺めていた。

リラのところに行ってやろうかとも思ったが、すぐに考えを変えた。きっと凄く怒っていて、今行ってもろくな扱いは受けず、余計に仲が悪くなるだけだろう。だから席に戻ろうとしたら、彼女の父親、フェルナンドが現れ、恥ずかしそうに、踊ってくれないかとわたしに申し出た。

敢えて断る気もせず、わたしたちは黙ってワルツを踊った。ほろ酔い加減のカップルたちのあいだで、フェルナンドは確かな動作でわたしをリードしてくれたが、汗まみれの手にきつく握られた片手が痛かった。彼が妻から何か重要なメッセージを託されてきたのは間違いなかったが、それを伝える勇気がなかなか持てないようだった。ワルツが終わったところでようやく彼は小さな声を出した。驚くほど他人行儀な口調だった。「ご迷惑でなければ、リナとちょっと話してやってくれませんか。母親のやつが心配しておりまして」それから、ぶっきらぼうにこう付け加えた。「靴がご入り用でしたら、うちの店にいらっしゃい。どうかご遠慮なく」

リラのために時間を割けば褒美が待っているぞとでも言いたげなその言葉に、わたしはプライドを傷つけられた。だからアルフォンソとマリーザにもう帰ろうと言うと、ふたりは喜んで同意してくれた。レストランを出るまで、わたしはずっとヌンツィアの視線を感じていた。

続く日々、わたしは自信を失い始めた。本屋でのアルバイトは、本もたくさんあるし、読む時間もたっぷりあるだろうと思いこんで始めたが、どうも運が悪かったらしい。店主はわたしをこき使い、少しでも手を休めれば怒られた。大きな箱を荷下ろしさせられたかと思えば、箱を重ねるように言われ、次はそれを空にして、中身の新しい本を店に並べ、古い本は片付けて、きれいに拭いておけと言われた。彼がこちらのスカートの中を覗きたいがためだけに、梯子を上り下りさせられることもあった。その上、アルマンドが顔を見せたのはあの一回きりで、あれだけ親しげなそぶりを見せておきながら、その後は音沙汰なかった。そしてなんといっても、ニーノが姿を見せてくれなかった。ナディアと一緒に来ることも、ひとりで来ることもなかった。わたしへの関心を三人がこんなにも早く失ってしまうなんて話があるもんだろうか。わたしは孤独と退屈に苦しむようになった。暑さと疲れ、本屋の店主のいやらしい目と下品な言葉にもうんざりだった。時間はなかなか過ぎてくれなかった。こんな暗い洞窟で自分は何をしているのだろうか。表の歩道では、わたしが足を踏み入れることはまずないだろう、大学と呼ばれる謎めいた建物に通う若者たちが今日も行き来しているというのに？　ニーノはどこ？　もうイスキアに行って、勉強中なのだろうか。あの雑誌と彼の記事、口頭試問でもあるみたいに一生懸命、勉強したのに、彼に質問してもらえる日なんて来るんだろうか。わたしは何を間違ったのだろう。お高く止まりすぎた？　こちらから会いにくるのをニーノは待っていたのだろうか。アルフォンソに相談して、マリーザと連絡を取り、お兄さんの近況を尋ねるべき？　でもどうして？　ニーノにはナディアといううれっきとした婚約者がいるのだ。彼がどこにいるとか、何をしているとか、彼の妹に聞けば、笑い物になるだけだ。

ガリアーニ先生の家でのパーティーを境に思いがけず膨れ上がったわたしの自信は、日ごとにしぼんでいった。早起きして、メッゾカンノーネ通りへと急ぎ、一日中働き詰めで、疲れ果てて家に帰る日々、学校で学んだ無数の言葉たちは頭の中に押しこめられたままで、役に立たない日々が続いた。思い出すとつらいのは、ニーノとのおしゃべりだけではなかった。文房具屋の三人娘とシーガーデンで過ごした一年前の夏も懐かしかった。アントニオもいた夏だ。わたしと彼はどうしてあんなに馬鹿げた終わり方をしてしまったのか。今までわたしを本当に愛してくれたのは彼ひとりだった。この先、あんなひとはもう二度と現れないだろう。夜、ベッドに横になれば、あれこれと思い返した。彼の肌が放っていたにおい。沼地での密会。トマトの缶詰工場跡で交わした口づけと愛撫。

そんな風に落ちこんでいたある晩、夕食後にカルメンとアーダとパスクアーレが会いにきてくれ、出かけることになった。パスクアーレの片手は包帯でぐるぐる巻きだった。仕事で怪我をしたという。わたしたちはジェラートを買い、公園で食べた。やがてカルメンから少し厳しい声で単刀直入に、どうして最近、リラの店に顔を出さないのかと尋ねられた。メッゾカンノーネ通りの本屋で働いていて、忙しいのだと答えると、今度はアーダに冷たい声で、本当に大切な友だちなら会う時間は必ず見つかるはずだが、レヌーがそういう人間ならば仕方がない、と言われてしまった。「そういう人間って？」と聞き返すと、「心のない人間よ。うちの兄貴があんたにどんな目に遭ったか。それが何よりの証拠でしょ」という答えが返ってきた。思わずかっとなって、わたしを捨てたのはアントニオのほうだと言うと、彼女は答えた。「そんなたわごと、誰が信じるもんですか。わざと恋人から捨てられるように仕向ける、捨てられ上手もいるって言うじゃない？」アーダの言葉にカルメンも賛成した様子で、「友情も同じことよ」と言った。「片方のせいで仲違いしたかと思っても、よくよく見れば、実はもうひとりのせいだったりするしね」わたしもいい加減、腹が立ってきて、大きな声が出た。「言っておきますけど、わたしとリナが会わなくなったのは、こっちのせいなんかじゃありませんから」するとパスクアーレが取りなそうとした。「レヌー、誰が悪いかは今、問題じゃないんだ。大切なのは、俺たちみんながリナのそばにいてやることなんだよ」そして彼は、いつか歯を悪くした時にリラが助けてくれた話をし、彼女が今なおカルメンに給料とは別に小遣いをくれるだけではなく、アントニオにもお金を送り続けていると教えてくれた。わたしは知らず、知りたくもなかったが、アントニオは軍隊でかなり苦労をしているらしかった。自分の元婚約者に何があったのかと恐る恐る尋ねると、わたしを厳しく責める者からそこまではしない者まで、三人それぞれ口調は異なっていたが、とにかく口を揃えて、アントニオはノイローゼにやられた、苦しんでいる、しかしあれは強い男だから、負けることなく、きっとやり抜くだろう、と言った。ただそこで、〝でも、リナは〟という声が耳に飛びこんできた。

「リナがどうかしたの？」

「医者に連れていこうって言うんだ」

「誰が？」

「ステファノとピヌッチャと一族の連中さ」

「どうして？」

「なんで一度妊娠したきりで次がないのかを調べるんだと」

「リナはなんて言ってるの？」

「絶対に行かないって暴れちゃって、もう大変さ」

わたしは肩をすくめた。

「わたしにどうしろって言うの？」

カルメンが答えた。

「あんたが医者に連れていきなさいよ」

40

わたしはリラと話してみた。すると彼女は笑いだし、わたしが彼女のことを怒っていないと誓うのならば、医者に行ってもいいと答えた。

「わかった」

「じゃあ誓って」

「誓うよ」

「レヌーの弟ふたりとエリーザの名にかけて誓って」

そこでわたしは答えた。病院に行くのは大変でもなんでもないけど、あなたがどうしても行きたくないと言うのなら、こちらとしては別にそれでも構わない、勝手にすればいい、と。すると彼女は真剣な顔になった。

「つまり、誓ってくれないんだ？」

「うん」

リラは少し黙ってから、うつむき、非を認めた。

「ごめん、わたしが悪かったよ」

わたしは嫌な顔をしてやった。

「お医者さんに見てもらったら、結果を教えて」

「一緒に来てくれないの？」

「仕事休んだら、本屋を首になっちゃうもの」

「わたしが雇ってあげるよ」彼女は冗談めかして言った。

「病院、絶対に行くんだよ。わかった？」

リラは、マリアとヌンツィアとピヌッチャに付き添われて病院に行った。三人が三人とも、診察に立ち会いたがったのだ。リラはおとなしく、医師の指示に従った。そうした検査を受けるのは初めてだったので、彼女はずっと唇を固く閉じ、目を見張っていたそうだ。地区の助産婦に勧められたかなり高齢な医師が、いかにも知恵者風な口ぶりで何も問題はないと結論すると、母親と義母は喜んだが、ピヌッチャは暗い顔で尋ねた。

「問題ないなら、どうして子どもができなくて、できても流れちゃうんですか?」

医師はピヌッチャの声に含まれた毒に気づき、眉をひそめて答えた。

「奥さんはとてもお若い。ただちょっと、体力をつけないといけませんな」

〝体力をつける〟。医師が本当にそんな言葉を使ったのかどうかをわたしは知らない。ただ、その言葉を口伝てに聞かされた時の衝撃は大きかった。つまりリラは、あの独特な強さにもかかわらず、体が弱いという意味だったからだ。子どもができず、できてもお腹の中で育たないのは、赤ちゃんを抹消してしまう怪しげな力が彼女にあるからではなく、むしろ逆に、女として足りない部分があるからなのだった。そうと知ると、リラに対して抱いていた恨みも軽くなった。団地の中庭で彼女から拷問じみた診察の体験を聞かされた時も、下品な言葉で医師と付き添いの三人のことをあれこれ言っていたが、わたしは嫌な顔をせず、むしろ興味津々だった。こっちは医者なんて一度もかかったことがなく、助産婦にも縁がなかったからだ。話の最後に彼女は言った。

「変な鉄の道具であれこれいじられて、お金まで払って、それで何よ、あの診断は? 体力をつけろ、なんて、馬鹿にしてる」

「それで、どうすればいいんだって?」

「海水浴をしろってさ」

「どういうこと?」

「砂浜に太陽、塩水が体にいいんだって。とにかく海に行けば、体力がついて、子どもができるみたいな言い草だったけど」

　わたしたちは気分よく別れた。ついに再会を果たし、それなりに楽しく過ごせたからだ。

　その翌日、リラはまたやってきた。わたしにはとても優しかったが、ステファノに腹を立てていた。彼女の夫はトッレ・アンヌンツィアータ（ナポリ近郊の海辺の町）に家を借りて、七月と八月の二カ月、彼女をヌンツィアとピヌッチャと一緒にそこで過ごさせようと考えているとのことだった。ピヌッチャはその必要もないのに、自分も体力をつけたいとわがままを言ったようだ。そのあいだ三つの店をどうするかについてもすでに話がまとまりかけていて、マルティリ広場の靴屋は、ジリオーラと一緒にアルフォンソが夏休みが終わるまで働き、新しい食料品店のほうは、マリアがリラの代わりを務めることになったという。彼女はもううんざりという顔で言った。

「二カ月もママとピヌッチャと過ごしたら、わたし自殺しちゃうと思う」

「でも海で泳いで、日光浴もするんだから」

「わたし、泳ぐのも、日光浴も嫌いだもの」

「リラと代われるものなら、わたし、明日にだって出発するよ」

　すると彼女は、なるほどという顔でこちらを見て、静かに言った。

「じゃあ、一緒においでよ」

「本屋の仕事があるもの」

　リラの声に熱がこもり、わたしがレヌーを雇ってあげるとまた言いだした。でも今度は真剣な口ぶりだった。「本屋なんてやめちゃいなよ、お給料だって、今もらってるのと同じだけ払うからさ」彼女は粘った。レヌーがうんと言ってくれれば、万事うまくいく気がする。とがったお腹が目立ってきたピヌッチャのことだって我慢できる。そう言うのだった。わたしは丁重に断った。トッレ・アンヌンツィアータのひどく暑い家の中で、二カ月間、どんな生活が待っているか想像してみたのだ。リラは喧嘩ばかりして過ごすだろう。まずはヌンツィアとの喧嘩だ。泣きわめく声が聞こえるようだった。土曜の晩にやってくるステファノとの喧嘩もあれば、ピヌッチャと合流するため、ステファノと一緒にやってくるリーノとの喧嘩も待っているだろう。そして何より、彼女はピヌッチャとひっきりなしに喧嘩をすることになる。時にはぐちぐちと、時には大声で、陰湿な意地悪もあれば、耳をつんざくばかりの罵りあいも起きるはずだった。

「やっぱり無理よ」わたしは最後に断言した。「母さんが許してくれるはずないもの」

リラは怒って、行ってしまった。わたしたちのあいだの和平はもろかった。翌朝、なんの前触れもなく、ニーノが本屋に現れた。顔は血の気がなく、ずいぶんと痩せていた。試験が続けざまに四つもあったのだそうだ。大学の壁の中にはきっと風通しのよい空間があり、そこでは優秀な学生たちと老賢者たちが日がな一日プラトンについて論じたり、ケプラーについて語りあったりしているのだろう……。そんな風に夢想していたわたしは、彼の話にうっとりと耳を傾け、余計な感想は言わず、「ニーノって本当、頭いいのね」のひと言に留めておいた。それからタイミングを見計らって、『クロナケ・メリディオナーリ』誌に載った彼の記事を、あまり実のない言葉をたくさん並べて褒めちぎった。彼は真面目な顔でわたしの評価を聞いてくれた。まるで口を挟まずじっと聞いているものだから、ついにはこちらもそれ以上何を言えば、自分が彼の文章を徹底的に読みこんだということを証明できるのかわからなくなってしまった。そこでようやく彼は嬉しそうな表情になり、ガリアーニ先生も、アルマンドも、ナディアも、あの記事を君ほど熱心には読んでくれなかったよと感慨深げに言ってくれた。次に彼は、同じテーマで書きたいと思っている記事のアイデアを語りだし、また載せてもらえればいいんだけどね、と話を結んだ。店の入口に立ってそんな話を聞いているあいだ、わたしはこちらの名を呼ぶ店主の声をずっと無視していた。だが店主がいよいよ怒鳴り声を上げると、ニーノは、なんだあいつとつぶやいて、いつもの無頓着な様子でもうしばらく居座ってから、明日、イスキアに出発するからと告げ、右手を差し出してきた。わたしがその手を握りしめた途端——ほっそりとした、華奢な手だった——彼はわたしを軽く引き寄せてから身をかがめ、唇でこちらの唇にそっと触れた。だがその一瞬あとには、指でわたしの手の平を撫でながら軽やかに退き、もう直線道路《レッティフィーロ》の方角へ歩きだしていた。一度も振り返ることなく遠ざかっていく彼の後ろ姿をわたしはいつまでも眺めた。自分はこの世界に何ひとつとして恐れるものがない、なぜなら世界は僕の前にひざまずくためだけに存在しているのだから、とでも言いたげな、うわの空な指導者みたいな歩き方だった。

その夜、わたしは眠れなかった。翌朝は早起きして、新地区のリラの店に急いだ。ちょうど彼女がシャッターを上げているところで、カルメンはまだ来ていなかった。わたしはニーノのことには触れず、無理は百も承知だという口調でつぶやいた。

「トッレ・アンヌンツィアータじゃなくてイスキアの海に行くんだったら、わたしも本屋は辞めて、リラについて行くんだけどな」

41

わたしたちがイスキア島に上陸したのは、七月の第二日曜日だった。わたしたち、というのは、ステファノにリラ、リーノにピヌッチャ、ヌンツィア、そしてわたしだ。男性ふたりは荷物を山と担ぎ、未知なる土地にやってきた古代の英雄のようにぴりぴりしていて、いつもは身を守ってくれるはずの愛車という鎧がないのが不安そうだった。しかも早起きを強いられ、地区で過ごすのんびりした休日を諦めざるを得なかったために、揃って不機嫌だった。よそいきで着飾った妻たちもそれぞれ夫に腹を立てていたが、理由はみな異なっていた。ピヌッチャは、リーノが荷物をみんな持ってしまって、彼女に何も持たせてくれないので怒り、リラは、ステファノがやるべきことも行くべき場所もなんでも知ったかぶりをするくせに、誰がどう見ても実は何も知らぬのに腹を立てていた。一方、ヌンツィアは、自分が邪魔者であるのを承知しているらしく、余計なことを言って若者たちの機嫌を損なわないように気をつけている様子だった。そうしたなかでただひとり、本当に喜んでいたのがわたしだった。わずかな荷物を詰めた背負い袋を肩にかけ、イスキアのにおいと音と色にわたしは興奮していた。そのどれもが期待どおり、数年前の夏の休暇の記憶とすぐに一致した。

　わたしたちは二台の三輪タクシーに分乗した。座席はぎゅうぎゅう詰めで、汗まみれで、荷物でいっぱいだった。食料品店にハムやサラミを卸しているイスキア出身の業者に紹介してもらい、大急ぎで借りた家は、クオットという地区に向かう道沿いにあった。みすぼらしい建物で、大家は業者の従姉妹に当たる、痩せぎすな六十代の女性で、独り者だった。わたしたちを迎えた彼女の態度は相当にぶっきらぼうだった。ステファノとリーノは貸家の玄関にいたる狭い階段を上って荷物を運び、互いに冗談を言いあいながらも、口汚く苦労を呪った。大家の先導でたどり着いた場所は、宗教画とろうそくの明かりでいっぱいの薄暗い空間だった。しかし窓を大きく開けてみれば、道路の向かいのブドウ畑を越え、さらに椰子《やし》林と松林を越えたところに、海が長細く見えた。正確には、どの部屋の窓からも見える訳ではなかった。ピヌッチャとリラが〝そっちの窓のほうが大きい〟〝いやそんなことはない、そっちのほうが大きい〟と少しやりあってから自分たちに割り当てたふたつの寝室は海に面していたが、ヌンツィアの部屋は天井に船窓のようなものがついているだけで、その向こうに何があるのかは最後までわからずじまいだった。わたしの部屋はといえば、なんとかベッドを入れたという感じの狭い部屋で、窓の外には鶏小屋と葦の茂みしかなかった。

貸家には食料が一切用意されていなかった。そこで大家に言われたとおり、みんなで近くの食堂に向かったのだが、薄暗い店で、客もほかにいなかった。戸惑いながらも、とりあえず空腹を満たせればよしとしようと、わたしたちは席に着いた。しかし蓋を開けてみれば、自分の手作り料理以外はまるで信用しないヌンツィアまでおいしいと褒め、夕食のために持ち帰る分を追加で注文したほどだった。食事が終わってもステファノが勘定を頼もうとする気配をまるで見せなかったので、しばらく何も言わずにためらっていたリーノが諦めてまとめて払った。それからわたしたち三人娘は浜辺を見にいきたいと提案したが、男ふたりはうんと言わず、あくびをして、疲れたと言った。でもわたしたちは諦めなかった。特にリラは「みんな食べすぎだから、歩いたほうがいいよ。海はすぐそこなんだし。ママも来るでしょ？」と頑張ったが、ヌンツィアがリーノたちに賛成したので、仕方なく家に戻ることになった。

みんなの部屋を順に覗いて回る退屈な遊びが終わると、ステファノとリーノはほとんど声を揃えて、少し眠りたいと言った。ふたりはにやにやと笑い、何やらささやきあっては、また笑い声を上げた。彼らに促されて、妻たちは嫌そうにそれぞれの寝室に向かった。ヌンツィアとわたしは二時間ほどふたりきりになった。わたしたちは台所の状態を確認した。汚れた台所を見て、ヌンツィアは、皿にコップにナイフにフォーク、鍋といった食器をすべて熱心に洗いだした。わたしはなかなか手伝わせてもらえず、ヌンツィアの説得に苦労した。彼女は大家に急いで頼むべきことをあれこれと数え上げ、わたしに覚えておくように言った。足りないものが余りに多かったため、そのうち彼女は混乱してしまったが、こちらは言われたとおりにきちんと覚えていたので、驚かれ、「学校の成績がいいのも当然ね」と褒められた。

そしてようやく二組の夫婦が戻ってきた。まずはステファノとリラ、次にリーノとピヌッチャの順だった。わたしは浜辺を見にいこうと改めて提案したのだが、コーヒーを飲んだり、冗談を言ったり、おしゃべりをしたり、ヌンツィアが夕食の支度を始めたり、ピヌッチャがリーノの腕の中で夫にお腹を触らせたり、〝今夜は泊まって、明日の朝出発すればいいじゃない〟などとごねているうちに、時間はあっという間に過ぎ、またどこも行かずじまいとなった。やがて男ふたりは帰りのフェリーに乗り遅れると慌てだし、車を持ってこなかったことを呪い、港までの足を探して外に急いだ。ほとんど挨拶もなしにふたりが去ってしまったので、ピヌッチャは涙を浮かべた。

それからわたしとリラとピヌッチャは、持ってきた荷物を黙って片付け、ヌンツィアはまた熱心にトイレを磨いた。しばらくして、夫たちはきっとフェリーに乗れたはずだ、もう戻ってくることはなさそうだ、という時間になると、ようやくわたしたちもひと安心して、冗談を言いあうようになった。

彼らのことは忘れて、わたしたち四人のことだけを考えていればいい、長い一週間の始まりだった。ピヌッチャはひとりで部屋にいるのが恐いと言って——嘆きの聖母の絵があって、胸に刺さったたくさんの剣がろうそくの灯りにきらめいていたのだ——リラと一緒に寝た。わたしは小さな部屋にこもると、ひとりで秘密を嚙みしめた。〝ニーノはフォリーオにいる。ここからはすぐ近くだ。もしかしたら明日には海で会えるかもしれない〟そんなことを考えるなんて、自分はどうかしてる、無分別だとも思ったが、やはり嬉しかった。優等生を続けることに、どこかわたしも飽き飽きしていたのだ。

暑かったので、窓を開けた。そうしてしばらく鶏たちの騒ぐ声、葦のざわめきを聞いていたが、そのうち蚊がいるのに気がついた。わたしは急いで窓を閉め、それから少なくとも一時間は、蚊を見つけ次第、ガリアーニ先生から借りた本のひとつで潰して過ごした。サミュエル・ベケットという作家の戯曲集だった。浜辺でニーノと会った時、こちらは顔も体も蚊に食われた跡だらけというのは嫌だったのだ。それに戯曲集を読んでいるところも見られたくはなかった。そもそも劇場など足を踏み入れたことすらないわたしなのだ。黒い跡と血の跡でいっぱいになったベケットの本を片付けると、国家という概念を論じたもっと難しい本を手に取った。そして、読んでいるうちに眠ってしまった。

42

翌朝、みんなの世話役を自任したヌンツィアは買い物のできる店を探しに向かい、わたしたち三人のほうは浜まで下りた。そこは〝チターラの浜〟と言ったが、休暇のあいだわたしたちはずっと〝チェターラの浜〟だと思いこんでいた。

サンドレスを脱いだリラとピヌッチャは、どちらも素敵な水着を身につけていた。もちろんワンピースだ。婚約者時代はなんでも彼女らの言うことを聞いた夫たちも、今や妻がビキニを身につけることには反対していたのだ。特にステファノは厳しかった。それでも新しい生地は色鮮やかに輝き、胸元と背中の大きく開いたラインが肌に美しく映えていた。わたしはといえば、おんぼろな水色の長袖の服の下に、もうあちこちが伸びた、いつもの色あせた水着を着ていた。数年前にバラーノでネッラが縫ってくれたやつだ。わたしは惨めな思いで長袖を脱いだ。

太陽の下、わたしたちは長いこと歩いて、地面から湯気が出ている場所（イスキア島は温泉地としても有名）で折り返し、来た道を戻った。わたしとピヌッチャは何度も海に入ったが、リラは、元々そのためにイスキアに来たはずなのに、まるで入ろうとしなかった。当然ながらニーノは現れず、わたしはがっかりした。そこで奇跡のように会えるものと勝手に信じていたのだ。ふたりが家に帰ると言っても、わたしはひとり浜に残り、フォリーオに向かって波打ち際を歩いた。だが夕方までにひどい日焼けをしてしまい、高い熱でもあるみたいにかっかして、続く数日は家を出られなかった。肩には水ぶくれまでできる始末だった。そのあいだ、家で掃除に料理、読書に専念していたら、わたしの熱心な仕事ぶりに感動したヌンツィアに何度も褒められた。ただし夜になれば、一日中、日を避けて家にこもりっぱなしだったからと言い訳をして、毎晩、リラとピヌッチャをフォリーオまでの長い散歩につきあわせた。町に着くと、わたしたちは盛り場をぶらつき、ジェラートを食べた。ここは活気があって素敵ね、わたしたちのとこなんてまるでお墓みたいじゃない。ピヌッチャはそう言って嘆いたが、わたしにとってはフォリーオだって墓場同然だった。そこにもニーノの姿がなかったからだ。

週末が近づくと、わたしはリラにバラーノとマロンティの浜に行ってみないかと言ってみた。リラが大賛成だったので、ピヌッチャも、家にヌンツィアとふたり残されて退屈するつもりはないと言いだし、来ることになった。わたしたちは朝早く出かけた。服の下にはもう水着を着て、みんなのタオルとパニーノと水の瓶が一本入った袋をわたしが持った。ふたりに説明したバラーノ行きの表向きの理由は、オリヴィエロ先生の従姉妹で、前回わたしがイスキアに滞在した時に世話になったネッラに会いにいくというものだった。一方、わたしの本当の狙いは、サッラトーレ家の人々に会い、ニーノがフォリーオで泊まっている友人の別荘の場所をマリーザから聞き出す、というものだった。もちろん彼らの父親、ドナートに出くわすのではという不安はあったが、まだ仕事があって島には来ていない可能性に賭けた。いずれにしても、ニーノに会うためならば、あの父親のおぞましい言葉のひとつやふたつは耐えてみせる、という覚悟もあった。

ドアを開けたらいきなり幽霊のように現れたわたしを見て、ネッラはあんぐりと口を開いて何も言えなくなり、涙まで浮かべた。

「感激の涙よ」彼女はそう言った。

しかし、涙の理由はそれだけではなかった。ネッラはわたしを見て、従姉妹のオリヴィエロ先生を思い出したのだ。先生はポテンツァでの生活に慣れることができず、苦しみ、不調続きだということだった。ネッラはわたしたちをテラスに連れていき、飲み物やら何やら色々と出してくれた。特にピヌッチャとお腹の赤ちゃんにはとても気を遣ってくれ、椅子に座らせると、少し目立ってきたお腹に触れた。そのあいだ、わたしはリラを連れて、ネッラの家の中を巡った。まずは以前にわたしがよく日光浴をしたテラスの一角を見せ、食事の時に座った席を教え、夜になるとベッドを作った場所を見せた。ほんの一瞬だけだが、わたしの上に身をかがめ、シーツの中に手を伸ばし、この体に触れてきたドナートが見えた。吐き気はしたものの、自然な態度でネッラにこう尋ねることができた。

「それで、サッラトーレさんたちはどこ？」

「みんな海よ」

「今年はどんな感じ？」

「さあ、なんと言ったものかね」

「わがままなことばかり頼まれて、困ってるんじゃない？」

「確かにあのひとは、車掌より記者の仕事が多くなってから、ずっとわがままになったね」

「えっ、来てるの？」

「病欠ってことにして来たみたい」

「マリーザは？」

「あの子はいないわ。でも、あとはみんないるわよ」

「みんなって？」

「わかってるくせに」

「ううん、本当にわかんないんだけど」

ネッラは大笑いした。

「今日はニーノもいるってことよ、レヌー。あの子、お金がなくなると、いつもこうして半日ばかり家族に顔を見せて、それからフォリーオの友だちの別荘に戻るの」

43

ネッラに別れを告げ、わたしたちは荷物を持ってマロンティの浜に向かった。リラには海に着くまでずっと、冗談めかした口調でからかわれた。「レヌーってずるいんだ。自分がニーノに会いたいものだから、イスキアに行こうなんて言ったんでしょ？　白状しなさいよ」わたしは白状せず、誤魔化そうとした。するとピヌッチャが夫の妹の肩を持ち、もっときつい口調で、レヌーは自分勝手な理由でこんなに遠いバラーノくんだりまで妊婦のわたしを連れてきた、おかげでくたくただ、と非難してきた。それを聞いてわたしは疑惑をいっそう頑なに否定し、もしサッラトーレさんたちの前で変なことを言ったら、わたしは今夜のフェリーでナポリに帰ると、ふたりを脅した。

一家はすぐに見つかった。マロンティの浜の、数年前とまったく同じ場所で、同じパラソルを差していた。みんなの水着も前と同じなら、バッグも同じで、夫婦の日光浴のスタイルまで変わっていなかった。すなわち、ドナートは黒い砂の上に直接、仰向けに寝転がり、両肘にもたれた格好、その妻リディアはタオルの上に座って週刊誌を読んでいた。ニーノの姿は見えず、わたしはひどくがっかりしたが、次いで海に目をやると、揺らめく水面に見え隠れする小さな黒い点がひとつあったので、それが彼であることを祈った。それからわたしは、水辺で遊んでいた三人の子どもたち、ピーノとクレリア、チーロの名を大声で呼んだ。

チーロはすっかり大きくなっていて、わたしのことが誰だかわからず、あいまいな笑顔を浮かべた。ピーノとクレリアは大喜びで駆け寄ってきて、両親も何ごとかとこちらを眺めた。リディアはすぐに勢いよく立ち上がって、わたしの名を叫び、手を振ってくれた。ドナートも駆け寄ってきて、満面の笑みで両腕を広げたが、わたしは抱擁を避け、こんにちは、お元気ですか、と言うに留めた。一家はわたしたちをとても歓迎してくれた。わたしはリラとピヌッチャを紹介し、ふたりがどこの家の娘で、誰と結婚したかを説明した。途端にドナートはふたりだけを相手にするようになり、カッラッチさん、チェルッロさんとかしこまった呼び方をしながら、幼かった彼女らの思い出を語り、大げさな口調で歳月は飛ぶように過ぎてしまうと嘆いた。わたしはリディアと話を始め、子どもたちの近況を礼儀正しく尋ねた。といっても、主にマリーザについてだ。ピーノとクレリアとチーロが元気なのは見ればわかった。三人はもうわたしの周りに集まって、遊びに誘うタイミングを待っていた。リディアによると、マリーザはナポリの叔父叔母の家に残っているとのことだった。九月に四科目の追試があり、それまで補習を受けることになっているのだそうだ。リディアは厳しい顔になり、「あの子にはいい薬になるでしょ。苦しめばいいのよ。この一年、勉強をサボってきた報いなんだから」と言った。

わたしは何も答えなかったが、正直なところマリーザが苦しんでいるとはとても思えなかった。あの子はきっと夏休みのあいだ中、マルティリ広場の店でアルフォンソと過ごすのだろう。そうも思えば、わたしも彼女のために嬉しかった。一方、リディアはいたる所に——以前よりも丸くなった顔にも、瞳にも、しぼんだ乳房にも、ずっと肉のついた腹にも——苦しみの跡が大きく残っていた。わたしとしゃべっているあいだも彼女は何度も、リラとピヌッチャを相手に親しげに話している夫を恐る恐るうかがう様子を見せた。やがてドナートがふたりに向かって海に入ろうと言いだし、リラに泳ぎを教えようと約束すると、リディアはわたしを忘れ、夫から目を離さなくなった。「うちの子たちはみんな僕に水泳を習ったんだよ。君にも教えてあげよう」そんな言葉が聞こえてきた。

わたしはニーノについては敢えて尋ねなかったが、リディアのほうも一切触れようとしなかった。だがそのころには、きらきらとまばゆい海の水色の中にぽつんと見えていた黒い点は遠ざかるのをやめ、方向転換をして、次第に大きくなり、横で弾ける白い水しぶきまで見えるようになっていた。間違いない、彼だ。わたしはどきどきしながら思った。

事実、それから少ししてニーノは水面から立ち上がり、父親のほうを興味深げに見つめた。ドナートは片腕でリラを水に浮かせ、もう一方の腕で動作を見せているところだった。こちらを見て、わたしに気づいても、ニーノは怒ったような表情を緩めなかった。

「どうして君がここに？」

「休暇でイスキアに来たの。それでネッラさんに挨拶したくなって」わたしは答えた。

すると彼はまた、父親とふたりの若い娘のほうに不快げな視線を投げた。

「あれってリナかい？」

「そうよ。もうひとりは彼女の夫の妹で、ピヌッチャ。覚えてる？」

タオルで頭を念入りに拭いているあいだも、彼は水の中の三人から目を離さなかった。わたしは少し声をうわずらせながら、自分たちが九月までイスキアにいること、フォリーオからそれほど遠くない場所に家を借りたこと、リラの母親も一緒に来ていて、日曜にはリラとピヌッチャの夫も来ることを彼に告げた。ただ、話しながら、どうも聞き流されているような感じがした。リディアも隣にいたが、わたしは思い切って、だから自分は週末は暇なのだと言ってみた。

「じゃあ遊びにくるといい」彼はわたしにそう答えてから、母親に向かって「僕、行くね」と言った。

「えっ、もう？」

「やることあるから」

「せっかくエレナが来てくれたのに」

ニーノはわたしを見た。初めてこちらの存在に気づいたというような顔だった。彼はパラソルにぶら下げてあったシャツのポケットを探り、鉛筆とメモ帳を出すと、何か書きつけ、破り取った紙をわたしに差し出した。

「僕はこの住所にいるから」

そのきっぱりとした態度はまるで映画俳優みたいにかっこよかった。わたしは紙切れを聖遺物か何かのように大切に受け取った。

「何か食べてから行きなさいよ」リディアは息子に言いつけた。

ニーノは答えなかった。

「あと、パパにせめてさよならくらい言いなさい」

彼は腰にタオルを巻いて着替えると、誰にも挨拶はせず、黙って波打ち際を遠ざかっていった。

44

わたしたちはそのまま夕方までマロンティの浜で過ごした。わたしは、子どもたちと遊んだり、一緒に泳いだりした。ピヌッチャとリラは、完全にドナートのとりこになり、彼に連れられて温水の湧いている場所まで長い散歩にも出かけた。そしてついにへとへとになったピヌッチャを見て、ドナートは快適で楽しい、家への帰り方を教えてくれた。わたしたちは彼に言われたとおり、ほとんど海ぎりぎりに屏風のように立っているホテルに向かい、わずかな料金を払って、老いた水夫が船頭を務めるボートに乗った。

海に出るとすぐ、リラがわたしに皮肉を言った。

「ニーノに全然相手にされてなかったじゃない？」

「勉強で忙しいんだって」

「さよならも言えないくらい？」

「そういうひとなの」

「それって最悪じゃない？」ピヌッチャが口を挟んできた。「父親はあんなに面白いのに、息子は凄い無作法なんだね」

ふたりともニーノがわたしにまるで気を遣わず、冷淡だったと信じていたが、放っておいた。秘密は自分だけのものにしておいたほうがいいと思ったのだ。それにもしかしたら、ニーノはわたしみたいに優秀な高校生にすら目をくれなかったのだと思わせておけば、リラとピヌッチャは、ならば自分たちが無視されても仕方ないと考え、彼の無礼を少しは許す気になるかもしれないと思った。わたしはふたりの憎悪からニーノを守りたかったのだ。作戦は当たった。まもなくふたりとも彼のことは話題にしなくなり、ピヌッチャはドナートの上品な態度を褒めそやし、リラも嬉しそうにこう言った。

「わたし、あのひとのおかげで、水に浮けるようになったの。泳ぎ方まで教わったわ。本当にいいひとね」

もうすぐ日が沈むという時間だった。わたしはドナートにいたずらされた時のことを思い出し、体が震えた。紫色の夕暮れ空から冷たい湿気が下りてくるのがわかった。わたしはリラに言った。

「でも、マルティリ広場の店の、リラのパネルは醜いっていう記事を書いたのも彼だよ？」

ピヌッチャはドナートの意見に賛成するように満足そうな笑みを浮かべた。リラも言った。

「そのとおりだったじゃない？」

わたしは苛々してきた。

「メリーナを駄目にしたのもあの男でしょ？」

リラは小さく笑い、こう答えた。

「もしかしたら、あのひと、メリーナを少なくとも一度は幸せにしたのかもよ」

その言葉にわたしは傷ついた。メリーナの苦しみも、その子どもたちの苦しみもよく知っていたからだ。それにリディアの苦しみもわかれば、ドナートという男がその上品な見かけの陰に、極めて利己的な欲望を隠しているのも知っていたからだ。幼いころからリラがメリーナの苦しみを目の当たりにするたびに示した反応だって、わたしはよく覚えていた。だというのに、その同じリラの、今の言い草はなんなのか。わたしに対するあてつけだろうか。あなたはまだ子どもだから、とても大人の女の気持ちはわからないとでも言いたいのか。わたしは急に気が変わって、秘密を打ち明けることにした。自分だって女だ、何も知らないお子様じゃないと、今すぐふたりに思い知らせてやりたくなったのだ。

「実は、ニーノに住所を教えてもらったの」わたしはリラに言った。「だからステファノとリーノが来たら、わたしは彼に会いにいきたいんだけど、いいでしょ？」

〝住所を教えてもらったから、彼に会いにいく〟。我ながら大胆な台詞だと思った。リラは目をぎゅっと細め、広い額を一本の皺がくっきりと横切った。ピヌッチャは意地悪な目つきになり、リラの膝をつついて笑いながら言った。

「わかった、リナ？　レヌッチャ、明日デートがあるんだって。彼の住所まで知ってるんだってさ」

わたしは真っ赤になった。

「だってそっちがふたりとも旦那と一緒なら、そのあいだ、わたしは何をしてればいいの？」

しばらく沈黙が続き、エンジンの騒音と、黙って舵を取る老水夫の存在が場を支配した。

やがてリラが冷たく言い放った。

「ママの相手をしてやってよ。そもそもレヌーを連れてきたのは、そんな風に勝手させるためじゃないんだからね」

わたしは言い返そうとしてやめた。わたしたちは自由な一週間を終えたところだった。そして今日は、リラもピヌッチャも、砂浜で、太陽の下で、長い海水浴のあいだ中、笑わせるのもご機嫌を取るのもうまいドナートの言葉のおかげで、我を忘れて楽しんだ。彼は滅多にいない理想の父親のようにふたりを扱い――罰を与える代わりに、願いごとを言ってごらんと勧めてくれ、しかも罪の意識を抱かせない父親だ――なかば大人のまま、なかば童心に返ったような気分をふたりに味わわせた。だというのにわたしは、よりによってそんな素敵な一日が終わった直後に、ふたりに向かって非情な宣告をしたのだ。自分は日曜を大学生の彼と一緒に楽しく過ごせるが、おふたりさんはこれで自由時間は終わり、また妻として夫に会わなくてはならないのだよ、と。確かに言いすぎだった。調子に乗るな、リラを怒らせるんじゃない。わたしは反省した。

45

ふたりの夫は思いがけず予定よりも早くやってきた。日曜の午前中に来るはずが、土曜の夕方、二台のランブレッタ（伊イノチェンティ社のスクーター）に跨がり、やけに陽気に彼らは登場した。港のあるポルトの町で借りてきたのだろう。ヌンツィアがおいしい夕食を山と用意するかたわら、地区のこと、店のこと、靴の新作の進捗具合が話題になった。リーノはおおいに自画自賛し、素晴らしいモデルをいくつも思いついて父親と細部を詰めているところなどと言いながら、時機をうかがい、持ってきたラフスケッチを何枚もリラの鼻先につきつけた。彼女は乗り気ではなさそうだったが、絵を一枚一枚確認し、変更すべき箇所をいくつかアドバイスした。それからみんなで席に着いたのだが、ステファノとリーノは出された料理を片っ端から平らげ、大食い競争になった。そして、まだ夜の十時にもなっていなかったが、どちらも妻を連れて、それぞれの寝室にひっこんだ。

わたしはヌンツィアを手伝い、テーブルを片付け、皿を洗った。それから自分の部屋にこもり、少し本を読んだ。暑かったが、蚊に刺されてみっともなくなるのは嫌だったから、窓は開けなかった。ベッドの中で汗だくになって何度も寝返りを打ちながら、わたしはリラのことを考えていた。時間はかかったが、ついに降参してしまった彼女。降参といっても、もちろん、夫への愛情をはっきりと示すようになった訳ではない。婚約者時代の彼女はステファノに対する好意を態度ににじませることもあったが、そんなこともなくなった。それどころかリラは夕食のあいだ、彼の品のない食べ方と飲み方をいかにも嫌そうに何度もこき下した。いずれにしても、ふたりの関係が、どれだけもろいものにせよ、ある種の均衡に達したのは明らかだった。事実、彼が思わせぶりな冗談を口にして寝室へ向かえば、リラはすぐさまそのあとを追った。先に行ってて、すぐ行くから、とすら言わなかった。議論の余地のない習慣と諦めているようだった。ふたりのあいだには、リーノとピヌッチャのような芝居がかった陽気なやりとりもなかったが、さりとてリラが抵抗する様子もまったくなかった。夜遅くまでわたしは二組の夫婦の立てる物音、笑い声にあの声を聞かされ、ドアの開く音、蛇口から流れる水音、トイレを流す音、ドアの閉まる音を聞かされた。それからようやく眠りに落ちた。

　日曜はヌンツィアと朝食をとった。十時まで待っても誰も起きてこなかったので、ひとりで浜に向かった。正午まで待ったが誰も海には来なかった。家に帰ると、ヌンツィアから、四人はランブレッタで島の探索に出かけたと教えられた。お昼ご飯は待たなくていいとの伝言もあったという。実際、彼らは三時くらいに戻ってきた。みんなほろ酔い加減で、楽しげで、よく日焼けしており、口々にカザミッチョラ、ラッコ・アメーノ、フォリーオの三つの町を褒めたたえた。リラとピヌッチャが妙に目を輝かせていると思ったら、果たせるかな、すぐにいたずらっぽくこちらを見た。

「レヌー、今日、何があったと思う？」ピヌッチャは叫ぶように言った。

「何？」

「海でね、ニーノに会ったの」リラが答えた。

　心臓が止まるかと思った。

「へえ」

「彼、泳ぐの本当、上手だね」ピヌッチャは大げさに腕で水を掻く真似をしながら、興奮した調子で言った。

リーノも口を挟んだ。

「悪いやつじゃなさそうだな。靴の作り方を話してやったら、面白そうに聞いてたよ」

ステファノも言った。

「あいつ、ソッカーヴォって友だちがいて、それがなんとモルタデッラで有名なメーカーの、あのソッカーヴォなんだ。父親がサン・ジョヴァンニ・ア・テドゥッチョにハムとかソーセージなんかの工場を持っているんだよ」

そしてまたリーノ。

「つまり本物の金持ちさ」

そしてまたステファノ。

「レヌー、悪いことは言わないから、大学生なんてやめておきな。あれは文無しだ。ソッカーヴォを狙うんだ。絶対にそれがいい」

からかい口調のおしゃべり（凄いな、レヌッチャ、大金持ちになるんだってさ。おとなしい顔してよくやるよ）のあとで、二組の夫婦はまたそれぞれの寝室にこもった。

わたしはひどく気分を害された。みんなはニーノに会い、一緒に海で泳ぎ、おしゃべりをした。それも、このわたし抜きで。わたしは一番上等な服――例の結婚式のドレスだ。暑かったが仕方なかった――を着ると、日に焼けてきれいな金色になった髪に丁寧にブラシを掛けてから、散歩してくるとヌンツィアに言って、家を出た。

わたしはフォリーオまで行った。長い道をひとりで行く心細さと暑さ、自分の行動がどんな結果を生むかわからない不安とでぴりぴりしていた。教えてもらったニーノの友人の住所を探し当て、答えてくれなかったらどうしようと怯えながら、外から繰り返し彼の名を呼んだ。

「ニーノ、ニーノ」

するとと本人が窓から顔を出した。

「上がれよ」

「ううん、ここで待ってる」

待っているあいだ、今度は、ニーノに冷たくされるのではないかと心配になってきた。ところが小さなドアから出てきた彼は、いつになく愛想がよかった。角張った顔の素敵なこと。すらりと高い背に広い肩、引き締まった胴。骨と筋肉と腱ばかりの痩せた体を覆う、ぴんと張った浅黒い皮膚。見ているだけでくらくらしそうだった。友人はあとから追いかけてくるとニーノは言った。わたしたちは、日曜の出店が並ぶフォリーオの中心街を散歩した。本屋の仕事はどうしたのだと聞かれて、わたしはリラから休暇について来てくれと言われたので、辞めたと答えた。彼女の部下みたいにお金をもらえることになっているのは伏せておいた。話題を変えたくて、ナディアはどうしてるかと聞いてみると、返ってきたのは「元気だよ」というたったひと言だった。「手紙のやりとりはしてるんでしょ？」「うん」「毎日？」「いや、毎週だ」会話はそこで尽きてしまった。共通の話題がなかった。互いのことなど何も知らないのだから仕方のない話だ。父親との仲は最近どうかと聞いてみようか、とも思った。でもどんな顔をして聞けばいい？　そもそも、ふたりの仲が悪いことは自分の目で確認済みではないか。沈黙が下り、気まずくなった。

だがニーノはすぐ、ふたりがそうして会っていることを正当化してくれそうな、恐らく唯一の分野に話を振ってくれた。別荘持ちの友人とはサッカーの話か試験科目の話しかできないから、君に会えて嬉しいと彼は言い、ガリアーニはさすがに目が高いよ、君はあの高校でただひとり、試験や成績には役に立たないことに関心を持っている女子だもんな、と褒めてくれた。それから難しい話題に移り、わたしたちは標準語に言葉を切り替えた。熱のこもったきれいな標準語は、どちらにとっても得意技だった。まず彼は暴力の問題を論じ、コルトーナ（トスカーナ州の町）で開かれた平和のためのデモについて語り、そこにトリノの広場で複数回にわたって起きた衝突事件の話を巧みに絡めてから、国内移民と産業の関係について自分はもっと理解したいと考えていると結論した。わたしは賛成してみせたが、まるでちんぷんかんぷんだった。ニーノはこちらの無知に気づき、南部出身の若い労働者たちによる抗議運動と、それを鎮圧した警察の横暴を事細かに語ってくれた。「警察は彼らをナポリ人と呼び、モロッコ人と呼び、ファシストと呼び、アナーキストとか、組合員とか呼ぶ。だが本当は彼らは、どんな公的機関にも救いの手を差し伸べてもらえない、完全に見捨てられた若者たちなんだ。だからこそ怒りにかられ、あんな風に何もかもを叩き壊したりするんだよ」わたしは何か彼が喜びそうなことを言いたくて、一か八かこんなことを言ってみた。「問題の本質が理解されず、早急に解決策も見つからなければ、混乱が生じるのは当然のことよね。でも抗議する人間に罪はないわ。罪は、国の舵取りが下手な政治家たちのものよ」すると彼は感心した顔でわたしを見つめ、「僕も君とまったく同じ意見だよ」と言ってくれた。

わたしはもう有頂天だった。彼の言葉に勇気を得て、次にわたしは、ガリアーニ先生に読まされた本に出てきたルソーやその他の偉人の言葉を引きつつ、個人と全体の融和はいかに実現されるべきかという問題を慎重に論じ、やがて、ニーノにこう問いかけた。

「フェデリーコ・シャボー（一九〇一－一九六〇。イタリアの歴史学者）は読んだ？」

シャボーの名を挙げたのは、それが例の、わたしの読んでいた、国家という概念を論じた本の著者だったからだ。読んだといってもまだ数ページの話で、それ以外、シャボーについての知識は皆無だったが、知らないことをいかにもよく知っていそうに論じる技をわたしは学校で身につけていた。〝フェデリーコ・シャボーは読んだ？〟ニーノがほんの少しだが不快げな顔をしたのは、その時だけだった。知らぬらしいと察したわたしは、ぞくぞくするほど満ち足りた気分になれた。続いて、本から得たシャボーについてのわずかな知識を簡単に披露しだしたわたしは、まもなく気がついた。何かを必死に学び、その知識を披露するニーノの鮮やかな弁舌は、彼の武器であると同時に弱点でもあったのだ。討論で相手に勝っているうちは胸を張っているが、言葉が出なくなった途端にもろくなってしまうのだった。事実、彼は表情を曇らせ、ほとんどすぐにこちらの言葉を遮ると、話を脇道にそらし、イタリアの州制度の問題を論じだし、早急に各州を成立させ、地方分権と地方自治を実現し、州単位の経済計画を立てなければならないと主張した。聞いたこともないような言葉ばかりだった。つまり、シャボーなど無用という気配だったので、わたしは演壇を譲った。でもそうしてニーノの話を聞き、情熱的な表情を眺めているのは好きだった。興奮すると彼の瞳はとてもきれいに輝いた。

そんな風にわたしとニーノは、一時間は過ごしたと思う。品のない方言一色の周囲の喧噪など意に介さず、丁寧な標準語を操り、他人は誰も関心を持たぬ議論を重ねる自分たちは特別な存在だとふたりは感じていた。今にして思えば、あれはいったいなんだったのだろう。本当に議論と呼べるようなものだったのだろうか。それとも、自分たちと同じように言葉を操る術を学んだ人々といつか対決するための、一種の予行演習だろうか。長く、実り多い友情の基礎たり得るものがふたりのあいだにあることを証明しようとする、信号のやりとりだったのか。あるいは、性的願望の上品なカモフラージュ？　よくわからない。わたしがそうした議論のテーマや、そこで取り上げられていた実在の物事や人々に対し、特に関心を持っていなかったのは確かだ。その手の問題意識を持つようには育てられなかったし、考える習慣もなかった。わたしにあったのはただ、恥をかきたくないというもの負けん気だけだった。とはいえ、そんな風に彼と過ごすのは、やっぱり素敵だった。学年末に成績表で、ずらっと並んだ自分の各科目の点数を眺め、〝進級〟の文字をそこに認める時と同じ感覚だった。それでもすぐに気づいたのだが、彼との会話は、何年も前にリラと交わしたある種の会話とはとても比べものにならなかった。そうした彼女とのやりとりにはわたしの頭を覚醒させる力があり、互いの口から次々に言葉を引き出しあううちに、放電現象でびりびりくる嵐のような興奮状態が訪れたものだ。ニーノとの会話は違った。わたしには彼の望みどおりの発言が求められ、こちらの無知は隠さねばならず、逆にわたしが知っていて彼の知らぬわずかな事実があれば、それも伏せなければならない。それがルールだった。わたしはそのようにしたし、彼の意見をあれこれ聞かせてもらえる自分が誇らしかった。だがそこで、思いがけぬ展開が待っていた。ニーノはいきなり、もうたくさんだ、と言うと、わたしの片手を取り、派手な色で宙に記された台詞でも読むように、〝さあ、一生忘れられない風景を見せてあげよう〟と宣言した。そのまま彼は一度もこちらの手を離さず、それどころかしっかりと指と指を絡ませて、ソッコルソ広場までわたしを引っ張っていった。広場からの眺望は何も覚えていない。どこまでも青い海が広がり、水平線が弧を描いていたはずだが、わたしは彼の手の感触にすっかり圧倒されていた。

その行為はわたしを本当に動転させた。一度か二度、彼は自分の髪を整えるために指を離したが、またすぐに指を絡ませてきた。ガリアーニ先生の娘という恋人がありながら、どうしてこんなことができるのだろう。そんな考えも頭をかすめた。もしかしたらこれは彼にとっては、当たり前の男女の友情のかたちなのかもしれない。でもそうしたら、本屋でのあのキスはなんだったのだろう。あれも実はたいしたことのない行為で、今風の挨拶で、今の若者らしい振る舞いというやつなのだろうか。

そう思えば、確かにあのキスはごく軽い、ほんの一瞬の接触だった。わたしは今この時の幸福で満足し、自ら望んだこのイスキアでの休暇という冒険に満足すべきなのだろう。そしていつか、わたしは彼を失うことになる。ニーノは去るだろう。彼には彼の運命があるのだから。彼の運命が同時にわたしの運命ともなる――そんなことは、万が一にもあり得ない話なのだから。

そんなぞくぞくするような思いにぼうっとしていたら、後ろでエンジン音がして、わたしを呼ぶ無遠慮な大声がした。全速力でわたしとニーノを追い越していったのは、それぞれの妻を後ろに乗せたリーノとステファノの二台のランブレッタだった。ふたりのスクーターはスピードを落とし、器用にUターンして戻ってきた。わたしはニーノの手を離した。

「お友だちはどうした？」ステファノがアクセルを吹かしながら、ニーノに尋ねた。

「もうすぐここに来ることになってるけど」

「よろしく言っといてくれ」

「ああ」

リーノがニーノに聞いた。

「レヌッチャを乗せて、こいつで走ってみたくはないか？」

「いや、遠慮しとくよ」

「そう言わずにさ、彼女、期待してるぞ」

ニーノは顔を赤らめ、こう答えた。

「僕、ランブレッタは乗ったことないんだ」

「簡単さ。自転車みたいなもんだよ」

「そうだろうけど、そういうの苦手なんだ」

46

ステファノが嘲笑った。

「リーノ、彼は学生さんなんだ。放っておいてやんな」

そんなに陽気なステファノを見るのは初めてだった。両腕とも彼の腰に回して、その背中にぎゅっとしがみついていたリラが、夫を急かした。

「もう行こう。ふたりとも急がないと、フェリーに乗り遅れちゃうよ」

「それもそうだ。行くぞ」ステファノが大声を出した。「こっちは明日は仕事だからな。君たちみたいにのんびり日焼けしたり、水遊びしてる訳にはいかないんだ。じゃあな、レヌー、ニーノ、ふたりともいい子にしてるんだぞ」

「会えてよかったよ」リーノはニーノに丁寧に別れを告げた。

二台のランブレッタは出発した。リラは去り際に手を振り、ニーノに向かって叫んだ。

「彼女を家まで送ってやって、頼んだわよ」

まるでうちの母さんみたい、そう思って、わたしは少しかちんときた。自分だけ大人のつもりなんだ。

ニーノはまたわたしの手を取ると、こう言った。

「リーノはいいやつだな。でもどうしてリナは、あんな馬鹿と結婚したんだい？」

それから少しして、わたしはニーノの友人と初めて会うことができた。ブルーノ・ソッカーヴォ。背の低い、二十前後の若者で、額は狭く、真っ黒な髪はカールしていた。顔は悪くなかったが、にきびが相当にひどかったらしく、今もあばた顔だった。

暗い赤紫色に染まった黄昏の海沿いを歩いて、ふたりはわたしを家まで送ってくれた。そのあいだ、ニーノはもうわたしの手を握ろうとしなかった。ブルーノは邪魔するまいと思ったのか、ずっとわたしたちの前か、後ろを離れて歩いていたが、それでもニーノは手を握ってくれなかった。ブルーノが話しかけてこなかったので、わたしも彼とはひと言も口を利かなかった。彼の内気そうな態度に、こちらまでなんだか気後れしてしまったのだ。それでも家の前まで来て、急にこう尋ねてきたのはブルーノのほうだった。「明日はまた会えるのかな？」するとニーノも、わたしたちがいつもどこの浜に行くのか細かく知りたがった。わたしは聞かれたとおりに答えた。

「海に行くのは午前中、それとも午後？」

「午前も午後も行くわ。リナができるだけ海水浴をしなくちゃいけないから」

ニーノは、ブルーノとふたりでわたしたちに会いにくると約束してくれた。

わたしは嬉しくて階段を駆け上ったが、家に入った途端、ピヌッチャにしつこくからかわれた。

「お義母さん」夕食のあいだもピヌッチャはヌンツィアに向かって言うのだった。「レヌッチャね、詩人のサッラトーレの息子とつきあってるんだよ。髪が長くて、痩せっぽちで、自分は誰よりも利口だと思いこんでる、嫌なやつなの」

「そんなの嘘」

「本当も本当、お手々つないで歩いてたじゃない？」

ヌンツィアはピヌッチャのからかいを真に受けず、いつもの沈鬱かつ真剣な態度で事態に対処しようとした。

「その方、どんなお仕事をなさってるの？」

「大学生です」

「じゃあ、本当にお互いのことが好きなら、まだまだ待たないとね」

「待つも何も、ヌンツィアおばさん、わたしたちただの友だちなんです」

「でも、もしも婚約することになったら、結婚は、彼が学校を卒業して、立派なお仕事を見つけて、それからようやくですよ」

リラが楽しげに口を挟んできた。

「レヌー、うちのママは、そんなに待ってたらかびが生えちゃう、って言いたいんだよ」

だがヌンツィアは娘を叱った。「レヌッチャにそんな口を利いてはいけません」それからわたしに向かって、自分だってフェルナンドとは二十一歳で結ばれ、二十三歳でリーノを産んだと言って慰めてくれた。次に彼女はリラに向かって、なんの悪気もなく、ただ事実をはっきりさせておくために、「逆にお前の結婚は早すぎたね」と言った。するとリラは腹を立て、寝室にこもってしまった。ピヌッチャがリラと一緒に眠りたくてドアをノックすると、「うるさい、自分の部屋があるでしょ」という怒鳴り声が返ってきた。とても〝ニーノとブルーノが明日、わたしに会いに砂浜に来てくれるの〟と言いだすような雰囲気ではなく、予告は諦めた。そもそも予告したって、ふたりがきちんと来ればいいものの、来なければ、言うだけ無駄というものだった。結局、ヌンツィアが辛抱して、ピヌッチャを自分のベッドに迎え、娘のわがままを許してほしいと頭を下げた。

リラの機嫌はひと晩寝たくらいでは直らなかった。月曜の朝、起きてきた彼女はもっと不機嫌になっていた。夫がいなくて寂しいのだろうとヌンツィアは言ったが、わたしとピヌッチャはそれはあり得ないと思った。ほどなくして、リラが何よりこのわたしに腹を立てているのが明らかになった。砂浜へ向かう道では、彼女のバッグを持てと言われ、砂浜に着けば着いたで、今度は二度も家まであと戻りさせられた。まず、スカーフを取ってきてくれと言われ、次に、爪切りがほしいと言われたのだ。こちらが抗議しようとすると、彼女はわたしに払う報酬のことを何か言いかけて口を閉じた。それでも何を言わんとしたのかは、なんとなくわかった。誰かが目の前でびんたを打つ構えをすれば、本当にぶたれなくても、相手が何をするつもりだったのかはわかる。それと同じだ。

とても暑い一日で、わたしたちはずっと水の中にいた。リラは仰向けに浮く背浮きの練習を頑張り、念のためにそばにいろとわたしに命じた。彼女の意地悪はなかなかやまなかった。泳げもせず、当然、泳ぎ方を教えることもできないレヌーなんかに、どうして自分は付き添いを頼んだのかと彼女は何度も嘆き、ドナートは教えるのがうまかったと彼の不在を惜しみ、明日は一緒にマロンティの浜に戻ろうとわたしに約束させた。ともあれ、粘り強く練習を繰り返すうちに、彼女の背浮きは大きな前進を見せた。リラにはどんな動作でもすぐに記憶する才能があった。靴職人の仕事を覚えたのも、慣れた手つきでサラミやチーズを切れるようになったのも、秤で重さを誤魔化せるようになったのも、同じ才能のおかげだ。天賦の才だった。仮にどこかで金細工師の作業を観察する機会に恵まれていたなら、ば、そうして見ているだけで彼女はきっと彫金技術を身につけ、その職人よりも優れた腕前を披露していたはずだ。実際、リラはもう水中で不安げにじたばたしなくなり、四肢を冷静に動かすそのさまは、海の澄んだ水面に自分の体の輪郭を描いているみたいだった。すらりと長い両脚と両腕はゆっくりとしたリズムで水を打ち、ニーノのようにやたらと飛沫を上げることもなければ、ドナートのような観衆を意識したわざとらしさも感じさせなかった。

「うまく泳げてる？」

「うん」

嘘ではなかった。ほんの数時間のあいだに、リラはわたしよりもうまく泳ぐようになった。ピヌッチャよりも上手だったのは言うまでもなかったから、リラは早速わたしとピヌッチャの無様な泳ぎ方をからかうようになった。

そんな彼女の横暴が終わったのは、四時ごろ、背の高いニーノとその肩ほどしかないブルーノが浜に姿を見せた時のことだった。ふたりの登場と同時に、水遊びには冷たい風も吹き始めた。最初にふたりに気がついたのは、ピヌッチャだった。スコップやバケツを手に遊ぶ子どもたちでいっぱいの波打ち際を歩いてくる彼らを見て、彼女は驚いて笑いだし、こう言った。「ねえ見て、噂の彼が来るよ」見れば、本当だった。ニーノとその友人が肩にタオルをかけ、煙草とライターを持ち、のんびりと歩きながら、海水浴客のあいだにわたしたちがいないかと目で探していた。

急に元気が出てきたわたしは、ふたりに大声で呼びかけ、腕を振ってこちらの居場所を示した。つまり、ニーノは約束を守ってくれたのだ。昨日会ったばかりなのに、彼はもうわたしに会いたくなった。あの口数少ない友だちを連れて、彼はフォリーオからわざわざこんな遠くまで来てくれた。ニーノはリラともピヌッチャともなんの縁もないのだから、唯一未婚で、しかも婚約者もいないこのわたしに会うためだけに歩いてきた。そうに違いない。幸せな気分だった。そして、わたしの幸せを裏付ける証拠が増えるたび——ニーノはわたしの隣にタオルを敷くと、そこに腰を下ろした。しかも、ただひとり砂の上にじかに座っていたわたしに、水色の布地の片隅に座るよう勧めてくれた。わたしはすぐに彼の横に移動した——わたしはますます愛想がよくなり、舌も滑らかになった。

リラとピヌッチャは逆に静かになった。わたしに嫌みを言うのもやめ、ふたりのあいだで喧嘩をするのもやめ、ニーノの語る、彼とブルーノがいかにして今度の合宿生活を準備したかという愉快な逸話に耳を傾けた。

しばらくしてようやくピヌッチャが、標準語と方言をごちゃ混ぜにした言葉をぽつりぽつりと漏らすようになった。そして、今日の海は水温が高い、椰子の実の売り子が今日はまだ来ない、ああ椰子の実が食べたい、というようなことを言った。しかしニーノは笑い話をするのに夢中で、彼女の言葉を聞き流した。だがブルーノが気づき、妊婦の言葉を無視できなかった。ピヌッチャが椰子の実を食べられなかったがために、生まれてくる赤ちゃんに痣ができても困ると心配して（妊婦が急に食べたくなったものを与えないと、痣ができるという迷信がある）、自分が探しにいきますよと買って出た。恥ずかしさでつっかえつっかえになりながらも優しげなその声が、ピヌッチャは気に入った。実際、蝿一匹殺せなそうな声だった。そこで彼女はブルーノとおしゃべりを始めた。ただし、こちらの話を邪魔すまいと思ってか、小さな声だった。

一方、リラは沈黙を守っていた。ピヌッチャとブルーノのやりとりにはほぼ無関心な様子だったが、わたしとニーノの会話はひと言だって聞き漏らすまいとしていた。そんな彼女の注目が嫌で、わたしは、噴気孔まで散歩に行きたいな、と二度ほど言ってみた。ニーノが、いいね、行こう、と言ってくれやしないかと思ったのだ。しかし彼は、イスキアの建造物が見せる景観的な混乱をちょうど論じだしたところで、こちらの言葉に自動的にうなずきながらも、話はやめてくれなかった。ピヌッチャとこそこそ話しているブルーノに腹を立てたか、ニーノは友人にも問題を証言させた。彼の両親の別荘の隣にまさにそうした醜悪な建造物が建ち並んでいるというのだ。ニーノはとにかく自己主張がしたくて仕方ないようだった。読書で得た知識を披露し、直接観察した物事には自分なりの形を与えたくて仕方ないのだ。そうしてしゃべって、しゃべって、しゃべりまくるのは、彼一流の考えのまとめ方には違いなかったが、ニーノという人間の孤独の印でもあるのだろう。そう思った。自分が彼と似た種類の人間である気がして、誇らしかった。わたしたちはどちらも、教養ある人間というアイデンティティを獲得したいと強く願い、自らの教養を他人に知らしめ、〝わたしはこんなことまで知っている、自分はこんな人間になろうとしている〟と聞かせたくてたまらないのだ。ただし、ニーノはそうする余地をわたしには与えてくれなかった。何度か発言を試みたものの、駄目だった。結局はわたしも、みんなと同じく聞き役に徹するしかなかった。やがてピヌッチャとブルーノが大きな声で、「そろそろ僕たちは散歩に行ってくるよ。椰子の実売りを探さないと」と言った時、わたしはリラを執拗に見つめ、彼女もピヌッチャと一緒に立ち上がってくれないかと願った。いい加減、ニーノとふたりきりにしてくれないか、こっちは一枚のタオルの上で彼とぴったり並んで見つめあいたいのに……。ところがリラは無言のままだった。このままでは、親切は親切だが、見ず知らずの若者とふたりで歩く羽目になると悟ったピヌッチャが、むかっとした声でわたしに言った。「レヌー、おいでよ。さっき、散歩に行きたいって言ってたじゃない？」わたしは答えた。「うん、でも、この話が終わってからにする。先に行ってて」するとピヌッチャは納得ゆかぬ顔で、ブルーノと噴気孔の方角に遠ざかっていった。並んだふたりの背丈は完全に一致していた。

わたしたちは議論を続けた。議題は、ナポリとイスキア、さらにはカンパーニア州全体が、悪人たちの手に落ちてしまった現状について、そして、そうした人間たちが表向きはどれだけ善人面をしているかについて、だった。「あいつらは強盗だよ」ニーノは語気を強めて断罪した。「連中は破壊者《カモッラ》で、搾取者だ。がっぽり儲けておきながら税金は納めない。建築業者、建築業者の弁護士、裏社会の人間、極右の王制支持者、キリスト教民主主義者、そういった連中だ。あいつらのやり方ときたら、まるでコンクリートは天の上で練るもので、それを神様が自ら巨大なこてで、丘や海岸にどんどん投げ落とすものなのだと言わんばかりじゃないか」先に〝わたしたちは議論を続けた〟と言ったが、〝三人全員で議論した〟と言えば、それは言いすぎだった。ほぼニーノの独壇場で、わたしは時々

『クロナケ・メリディオナーリ』で読んだ情報を頼りにちょっと何か言うだけだった。リラは一度だけ、慎重に意見を述べた。ニーノがならず者のリストに商店主《ボッテガイ》を含めた時、彼女はこう尋ねたのだ。

「ボッテガイって誰のこと？」

ニーノは話の途中だったが言葉を切り、驚いた顔でリラを見た。

「商売人のことさ」

「じゃあ、どうして〝ボッテガイ〟なんて呼ぶの？」

「そうとも呼ぶからだよ」

「うちの夫はボッテガイよ」

「そうか。君を傷つけるつもりはなかったんだ」

「別に気にしてないけど」

「君たちの店は税金を払ってる？」

「そんなもの、聞いたこともないんだけど」

「本当に？」

「ええ」

「税金は大切だよ。ひとつの社会集団の経済活動を計画するためには欠かせないものだ」

「あなたが言うなら、きっとそうなんでしょ。ねえ、パスクアーレ・ペルーゾって覚えてる？」

「いいや」

「パスクアーレは建築現場で働いているの。さっき言ってたコンクリートの話だけど、そういうコンクリートがなければ、あのひとは失業するわ」

「なるほど」

「でもパスクアーレは共産主義者なの。彼の父親も共産主義者で、裁判所にいわせれば、わたしの義理の父を殺したってことになってる。義父は闇取引と高利貸しで大儲けした人間だった。パスクアーレって、彼の父親と同じで、平和について独特な考えを持ってて、その点については共産党の同志たちとも意見がまるで合わないんだ。でも、わたしの夫のお金はみんな義理の父から受け継いだものなんだけど、わたしとパスクアーレはとてもいい友だちなんだよね」

「つまり君は何が言いたいんだ？」

リラは自分を嘲笑うような顔をした。

「わたしにもわからない。ふたりの話を聞いてれば、わかるかなと思ったんだけど」

それだけで、あとはずっと黙っていた。でもそうして話しているあいだ、彼女はいつもの攻撃的な口調にならず、本当にわたしとニーノに助けてもらいたがっているように見えた。地区の暮らしは多くの問題が複雑に絡みあっている、いったいどうすればよいのか、と。彼女はずっと方言を使った。わたしは小細工はしない、ありのままの自分として話す、そう謙虚に主張したかったのかもしれない。そして、ばらばらの事柄を素直にそのまま並べたてた。いつものようにそうした一切をひとつにつなぐ糸を探そうとすらしなかった。リラもわたしも、ニーノが軽蔑をたっぷりとこめて発した商店主《ボッテガイ》なんて言い回しは、それまでまったく聞いたことがなかった。その言葉にこめられた彼の軽蔑には、文化的な意味合いもあれば、政治的な意味合いもあるようだった。それに彼女もわたしも、税金など完全に無視してそれまで生きてきた。ふたりの両親も、友人も、恋人も、夫も、親族も、税金など存在せぬかのように振る舞い、学校でも政治に関する知識は一切教わらなかった。それでもリラは、せっかくその時まで画期的で、熱気あふれていた午後のひと時を台無しにすることにとりあえず成功した。彼女とのやりとりのあと、ニーノは元の議論に立ち返ろうとしたが、しどろもどろになり、結局、ブルーノとの合宿生活の愉快な逸話にまた戻ってしまった。僕ら、毎日、目玉焼きとハムやサラミばかり食べててね、やたらとワインを飲んでいるんだ……。だがそんな笑い話にニーノは自分でも気まずくなったようで、やがてピヌッチャとブルーノが帰ってくるとほっとした顔をした。ふたりは海に入ったのか髪が濡れていて、椰子の実を食べながらやってきた。

「とっても楽しかったわ」ピヌッチャは感嘆の声を上げたが、その表情は別の言葉を語っていた。あなたたちって最低。わたしをこんな赤の他人とふたりきりにするなんて。

ニーノとブルーノが帰ることになり、わたしはひとりで少し彼らを送っていった。ふたりが自分の友だちであり、わたしに会いにきてくれたのだという事実を明確にしておきたかった。それだけが目的だった。

ニーノは険しい顔で言った。

「リナはすっかり駄目になっちゃったんだな。残念だよ」

わたしはうなずいた。ふたりと別れてからも、わたしは足を水につけたまま、そこで少したたずんでいた。気持ちを静めたかったのだ。

家に戻った時、わたしとピヌッチャは陽気だったが、リラは何やら考えこんでいた。ピヌッチャはニーノたちが来たことをヌンツィアに語り、意外にもブルーノの気遣いに喜ぶ顔さえ見せ、こんなことを言った。あのひと言ってくれたの、椰子の実のせいで赤ん坊に痣ができちゃいけないからって。変わってるし、学生だけど、思ってたほど退屈じゃなかったわ。服装に無頓着なようでいて、実は水着からシャツからサンダルまで、みんな高級品だったし。ピヌッチャは、同じ金持ちでも、兄ステファノとも、リーノとも、ソラーラ兄弟とも、どこか違う金持ちがいるという事実に興味を引かれたようだった。とりわけ彼女の次の言葉にわたしは強い印象を受けた――ビーチのバールで、あのひとあれこれ奢ってくれたんだけど、だからってぜんぜん威張らないの。

その義母ヌンツィアは、休暇のあいだ一度も海には行かず、買い物に家事ばかりで、わたしたちの夕食も作れば、翌日に浜で食べるための弁当まで用意して、忙しく過ごしていたが、魔法の世界の物語でも聞くような顔でピヌッチャの話に耳を傾けていた。当然、ヌンツィアは、リラがやけにぼんやりとしていることには気づいており、何度も懸念の目を娘に投げかけた。でもリラはぼうっとしているばかりで、その晩はなんの騒ぎも起こさず、ピヌッチャを元どおり自分のベッドに入れてやり、わたしとヌンツィアにおやすみを言うと、部屋にこもった。だがそれから、彼女は思いがけぬ行動に出た。わたしがベッドに入ってまもなく寝室にやってくると、こう尋ねてきたのだ。

「一冊、本を貸してもらえる?」

こちらは戸惑いを隠せなかった。リラが本を読みたがっている?　もう三、四年は一冊も本を開いたことのない彼女が?　しかもどうして今?　わたしはベケットの本を取った。蚊を叩くのに使っていた例の戯曲集だが、手持ちの本のなかでは一番読みやすそうだったからだ。

47

続く一週間は、長い待機の時と、あっという間に過ぎてしまう再会のひと時の繰り返しで終わった。ふたりの若者は彼らが決めたスケジュールを厳密に守った。朝は六時起床、お昼まで勉強、三時にわたしたちに会うために歩きだし、夕方七時に帰宅、夕食後はまた勉強。ニーノがひとりで来ることは一度もなかった。彼とブルーノは似たところがまるでなかったが、とても仲がよかった。それに、頼もしい相棒がそばにいてくれないとわたしたち三人とはとても対峙できない、どちらもそう思っているような印象をわたしは受けた。

しかし、ふたりは仲がよさそうだというわたしの見方をピヌッチャはただちに否定し、あのふたりは親友でもなければ、特に強い絆がある訳でもないと主張した。彼女に言わせれば、ブルーノの忍耐があればこそ、ふたりの関係はなんとか保たれているのであって、彼はいいひとだから、ニーノが朝から晩まで与太話をやめず、いい加減うんざりさせられても我慢しているのだと言った。「そう、与太話よ」彼女はまた言ってから、少し皮肉っぽくわたしに謝った。わたしもまた、その〝与太話〟が好きなことを思い出したのだろう。「レヌーは学生だもんね。あなたたちにしか通じない話があって当然よ。でも、わたしとリナが聞いてて少し苛々するのは、わかってほしいわ」

ピヌッチャの言葉がわたしはいたく気に入った。それは、わたしとニーノのあいだにはふたりだけの特別な絆があり、そのあいだに割りこむのは難しいと、沈黙の証人、リラを前にして認める言葉だったからだ。ただある日、ピヌッチャはブルーノとリラに向かって、軽蔑した声でこう言った。「おふたりさんはインテリごっこしたいみたいだから、わたしたちは泳ぎにいこうよ。今日は水も澄んでるしさ」彼女の〝インテリごっこ〟という言葉は明らかに、わたしとニーノが実は自分たちの議論の内容にたいして関心がなく、みんなポーズに過ぎず、演技に過ぎないのだという意味だった。そう言われてもわたしのほうはそれほど悪い気分ではなかったが、ニーノはひどく気に障ったようで、話の途中で急に黙ったかと思うと、ぱっと立ち上がり、水温も気にせずに、真っ先に海に飛びこんでいった。そして、そろそろと海に入ろうとするわたしたちに水をかけ、抗議の声にもお構いなしで震え上がらせると、今度は、相手を溺れさせそうな勢いでブルーノと格闘を始めた。

これぞニーノだ、そう思った。難しいことをいつもたくさん考えているのに、やろうと思えばこんなに陽気で楽しい若者にも彼はなれる。でもそれならどうして、わたしには真面目な顔しか見せてくれないのだろう。ガリアーニ先生から、エレナは勉強にしか興味がないと吹きこまれたのだろうか。それともわたしが悪いのだろうか。眼鏡か、話し方のせいで、そういう印象を彼に与えているのだろうか。

その時からわたしは、飛ぶように過ぎ去る午後のひと時を恨めしく思って過ごすことになった。いつも時間が足りず、もっと自己主張をしたいという彼の焦り、なんとか先に意見を言って、賛成する彼の声を聞きたいというわたしの焦りばかりがつのるようだった。ニーノは二度とわたしの手を取ろうとはせず、自分のタオルの端に座れと誘ってもくれなかった。ブルーノとピヌッチャが下らない話で笑えば、わたしはふたりを羨み、同じようにニーノと笑えたらどんなにいいだろうと思った。わたしは特別なことは何も望まず、期待もしていなかったが、できるものなら彼と、礼儀を保ちつつも、もう少し親密な関係になりたかった。まさにピヌッチャたちのように。

リラはリラで色々と悩みを抱えているように見えた。それから週末まで彼女はずっとおとなしかった。午前中は大半の時間を泳いで過ごし、波打ち際から数メートルの位置で、浜と平行に行ったり来たりしていた。ピヌッチャとわたしはそれにつきあい、もう泳ぎはリラのほうがずっとうまくなっていたが、ふたりでコーチの真似事をした。ただ、わたしたちのほうはいつもすぐに体が冷えてしまって、熱い砂浜に身を横たえたのに対し、リラはひとり、ニーノの父親に教えられたとおり、水をゆっくりと掻き、軽やかに蹴り、規則的に息つぎをして、練習を続けた。どうしてあの子は適当にやるってことができないのかな、とピヌッチャは日なたでお腹を撫でながらこぼし、わたしは何度も立ち上がり、「もう上がりなさい。風邪引いちゃうわよ」と叫ぶ羽目になった。しかしリラは耳を貸さず、顔は血の気がなくなり、目は白く、唇は青ざめ、指の腹がふやけるまで、水から出てこなかった。わたしはそのたび、日差しで熱くなったタオルを手に岸で彼女を待ち受け、肩にかけ、体を強く摩擦してやった。

ニーノとブルーノは毎日やってきたが、彼らが来ると、わたしたちはもう一度、一緒に海に入るか――リラだけはたいてい断り、浜からこちらを見ていた――みんなで散歩に出かけた。そんな時、リラはひとり後ろのほうで貝殻を拾うか、わたしとニーノがあれこれと議論を始めれば、熱心に耳を傾けた。ただしそんな時も、滅多に口は挟んでこなかった。そのうちわたしたちのあいだにはいくつかのちょっとした習慣が生まれた。リラは驚くほど、そうしたしきたりを守ることに固執した。たとえばブルーノはこちらに来る道すがら、浜辺の店で冷たい飲み物を買ってきてくれるようになったのだが、ある日リラは、彼がわたしの飲み物を間違えたと指摘した。それまでオレンジジュースだったのが、その日に限ってサイダーを買ってきたのだ。わたしは、「ありがとう、ブルーノ。サイダーでも構わないわ」と言ったが、リラは許さず、わざわざ彼に買い直しにいかせた。さらに、ピヌッチャとブルーノは午後のある時間になるとふたりでよく椰子の実を買いにいったのだが、一緒に行かないかと誘われても、わたしとリラとニーノが毎回断ったもので、ふたりきりで出かけ、海で濡れた姿で戻り、その手には真っ白な果肉入りの椰子の実がある、というのがいつしか当たり前となった。ただふたりがその習慣を忘れた気配を見せれば、リラは必ず、「今日は椰子の実はいいの?」と尋ねた。

彼女は、わたしとニーノの会話にもこだわった。わたしたちがどうでもいいような話ばかりしていると、彼女は腹を立て、ニーノに向かって、「今日はおもしろい本を何も読まなかったの?」と言ったりした。すると彼は嬉しげに微笑み、いったん話をそらしてから、やがて一番気になっている問題を論じだすのだった。ニーノは実によくしゃべった。それでも、わたしたちのあいだで本当の意見の衝突が起きることはなかった。わたしはほとんどいつでも彼の意見に賛成だったし、リラにしても、何か反対意見があっても、短く慎重に考えを述べるに留め、決して対立姿勢を強調しなかったからだ。

ある午後、彼は、公立学校の現状を強く批判する記事を引き、その問題を論じていたかと思ったら、そのうちわたしたちが通った、地区の小学校の悪口を言い始めた。わたしも同意して、何か間違えるたびにオリヴィエロ先生からお仕置きに手の甲を棒で叩かれたこと、わたしたち三人が参加させられたあのひどく残酷な試合をやり玉に挙げた。しかしリラは意外にも、自分にとって小学校はとても大切な時間だったと言いだし、先生のことも褒めたたえた。しかもその発言は、彼女の口からは久しく聞かなかった、実に正確で力のある標準語でなされたため、ニーノも反論せず、黙って聞き入ったほどだった。彼女の言葉が終わると彼は、ひとはそれぞれ必要とするものが異なっており、同じ体験をしても、それで十分だと感じる者もいれば、不十分だと思う者もいるのが普通だというような一般論を述べた。

もう一度だけ、リラがやはりきちんとした標準語で穏やかに反論した場面があった。そのころわたしが一番気に入っていたのは、〝効率のよい対応策さえ早急に実行すれば、どんな問題でも解決可能であり、不正義を一掃し、争いを予防できる〟という、主張のひとつのパターンだった。あっという間にそれを習得したわたしは――その手の模倣は昔から得意だった――ニーノが、あちこちで読んだ植民地主義や新植民地主義の問題、またはアフリカの諸問題を論じるたびに、お決まりのパターンで同調するようになっていた。ところがある午後、リラがニーノに向かって、富める者と貧しき者の対立を避ける術など存在しないと静かに言い切ったのだった。

「どうしてだい？」

「下層にいる者は上に行きたがるものだし、上層にいる者はそのまま上に留まりたがる。だから必ずなんらかの形で、両者は激しくぶつかりあうことになるのよ」

「だからこそ、暴力沙汰になる前に、問題を解決することが肝要だと言ってるんじゃないか」

「でもどうやって？　誰も彼も上層に連れていくの？　それともみんな下層に行かせるの？」

「異なる階級のあいだで折りあえる一点を探すのさ」

「でもそんな点、どこにあるの？　下層の人々と上層の人々が上と下の真ん中で会うってこと？」

「簡単に言えばそういうことだ」

「でも上層の人々は喜んで下りてくるかしら？　それに下層の人たちだって、もっと上に行くのを諦めると思う？」

「そうなるはずだ。あらゆる問題をきちんと解決すべく努力すれば、という条件付きだけどね。納得したかい？」

「いいえ。階級差の問題はトランプ遊びじゃ解決できないもの。必ず闘争になるわ。それも生きるか死ぬかの闘争よ」

「それってパスクアーレの考え方でしょ」わたしは言った。

「今はわたしも同じ考えだもの」リラは平然と答えた。

この時の短い一対一のやりとりを除けば、リラとニーノがわたしを介さず言葉を交わすことは滅多になかった。リラはまず彼に直接話しかけようとはせず、ニーノにしてもそれは同じだった。互いに恥ずかしがっているようにも見えた。彼女はブルーノを相手にしている時のほうが気楽そうだった。ブルーノは決して雄弁ではなかったが、リラに対しても紳士的な態度を取り、〝カッラッチさん〟と丁寧に呼びかけ、それなりに親密な関係を築くことに成功していた。たとえば一度、みんなで長いこと海に入った時のことだ。いつもならひとりで遠泳に出てわたしを心配させるニーノも、珍しく一緒だった。その時、リラがニーノではなくブルーノに、腕を何度掻くごとに顔を上げて呼吸をすべきなのかと尋ねた。ブルーノはすぐに彼女に手本を見せたが、ニーノが腹を立てた。彼のほうが泳ぎは達者なのに、質問してもらえなかったからだ。ブルーノは腕も短く、リズムも悪い、と言ってニーノは友人をからかい、リラに正しい手本を披露した。彼女はニーノの泳ぎを注意深く観察し、すぐに真似た。そしてついには、ブルーノに〝イスキアのエスター・ウィリアムズ〟と呼ばれるまでになった。映画で華麗な泳ぎを披露した、米国の有名な女優みたいに泳ぎがうまいという意味だ。

その週末——あれは確かよく晴れた土曜の朝で、空気はまだ涼しく、家から砂浜までの道は始終、松の香りが強く漂っていた——ピヌッチャがばっさりとニーノを切り捨てた。

「彼って本当に嫌なやつよね」

わたしはさりげなくニーノの弁護を試みた。ひとは勉強をして、何かに夢中になると、どうしても自分の情熱を他人にも伝えたくなるものなのだと訳知り顔で語り、ニーノもそうした人間のひとりなのだと結論した。だがリラはわたしの説に納得いかなかったらしく、ひどいことを言った。少なくともわたしにはそう聞こえた。

「ニーノの頭から、本や新聞で読んで覚えたことを取り除いたら、きっと何も残らないよ」

わたしはとっさに言い返した。

「そんなの嘘。ニーノには色んな才能があるもの。わたし、彼のことよく知ってるんだから」

ピヌッチャは大喜びでリラの言葉に同意した。ところがリラは逆にそれが気に入らなかったのか、言葉足らずだったと断り、先ほどの言葉を自ら否定するようなことを言いだした。あたかも前の発言は試しに言ってみただけで、実際に聞いてみれば自分でも言ったことを後悔し、無理を承知で埋めあわそうとしているみたいだった。リラの弁解はこうだった。ニーノは、大きな問題だけに意味があるという考え方に慣れつつある。うまくいけば、彼はそうした大きな問題だけを考えて、ほかのことには邪魔をされることなく、一生を送ることになるだろう。わたしたちとは違う。わたしたちは、お金とか、家とか、夫とか、子どもを産むとか、つまり、身の回りのことだけを考えて生きている。

しかしわたしは、今度の説明も気に入らなかった。いったいなんだというのか。ニーノにとっては個々人の感情など無意味で、彼という人間は愛もなければ、子どももなく、結婚も抜きの人生を送るべく定めづけられている、とでも言いたいのか。わたしは力をこめて反論した。

「でも彼には恋人もいて、とても大事にしてるって、リラ知ってた？　週に一度はお互いに手紙だって書くんだって」

するとピヌッチャが口を挟んできた。

「ブルーノは誰ともつきあってないけど、理想の女性を探しているって言ってたわ。相手が見つかれば、すぐにでも結婚して、たくさん子どもがほしいんですって」彼女はそこでため息をつき、一見まるで関係のなさそうなことをつぶやいた。「今週は、あっという間に過ぎちゃったね」

「嬉しくないの？　せっかくリーノに会えるのに」わたしは聞いてみた。

するとピヌッチャはほとんど怒ったような顔になった。彼女は夫が戻ってくるのが実は残念なのではないか、そうこちらが勘ぐっていると思ったのだろう。金切り声が返ってきた。

「もちろん嬉しいに決まってるでしょ」

今度はリラがわたしに尋ねてきた。

「それで、レヌーは嬉しくないの？」

「リーノとステファノが帰ってくるのが嬉しいかってこと？」

「そうじゃないよ。わかってるくせに」

もちろん、彼女の言いたいことはわかっていた。翌日、つまり日曜日は、リラとピヌッチャは夫ふたりの相手をしなければならないが、わたしのほうはひとりでニーノとブルーノに会えるのだから、さぞ嬉しいだろう、という意味だ。いや、会える、どころか、きっと会うことになり、前の週末と同じように、ブルーノはこちらには構わず、わたしは午後いっぱいニーノとふたりきりで過ごせるはずだった。リラの想像どおり、わたしはおおいに期待していた。もう何日も前から、夜は毎晩、眠りに落ちるまで、その週末のことばかり考えていた。リラとピヌッチャには夫婦ならではの喜びが待っているのだろう。わたしだって、勉強漬けの日々を送るガリ勉眼鏡の女学生ならではの、ちょっとした幸せがあってもいいではないか。ニーノと散歩をして、手に手をつないで……。もしかしたら、その先だってあるかもしれない。わたしは笑いながら言ってやった。

「リラ、何が言いたいのか、さっぱりわかんないんだけど？　とにかく、ふたりが羨ましいわ。旦那様がいるんだもの」

48

その日は時がゆっくりと流れた。わたしとリラは日光浴をしながら、ニーノとブルーノが冷たい飲み物を持ってやってくるのをのんびりと待っていたが、ピヌッチャの機嫌はなぜか悪化の一途をたどり、腹立たしげに文句を言う間隔もどんどん短くなっていった。あのふたりは今日は来ないのではないかと不安がったかと思えば、こんな風にふたりを待って時間を無駄にするなんて最低だと怒鳴ったりもした。結局はいつもの時間に、いつもどおりに冷たいジュースを持って登場したふたりをピヌッチャは不機嫌に迎え、今日は疲れているのだと言い訳した。でもその数分後には、ご機嫌は斜めのままでも、考えを変えたらしく、椰子の実を買いにいこうというブルーノの申し出に、鼻を鳴らしながらも同意した。

一方、リラはひとつ、わたしの気に障ることをした。その一週間、彼女はわたしに借りた本のことはひと言も触れず、こちらもすっかり忘れていたのだが、ピヌッチャとブルーノが遠ざかるや否や、ニーノが話しだすのを待たず、いきなりこんな質問を彼にしたのだ。

「劇場って行ったことある?」

「うん、何度か」

「どうだった?」

「まあ、それなりにね」

「わたしは行ったことないんだけど、テレビでなら見たことあるよ」

「でも別物だよ」

「だろうね。でも、まるで知らないよりましでしょ?」

そこで彼女はバッグからわたしが貸したベケットの戯曲集を取り出すと、彼に見せた。

「これ、読んだことある?」

ニーノは本を受け取り、眺めると、気まずそうに答えた。

「いや」

「つまり、ニーノにも読んだことのない本があるのね」

「ああ」

「これ、読んだほうがいいよ」

リラは本の内容を説明し始めた。しかも驚いたことに、それはずいぶんと熱心な説明だった。まさに昔の彼女の語り口そのままで、本に登場する人物や事物が、よく選ばれた言葉のおかげで、聞いているわたしたちにもまざまざと見えた。そうしてふたたび内容を思い起こし、目の前に今、甦らせることで彼女が感じている興奮も、同じく伝わってきた。リラは言った。核戦争の到来を待つ必要はない、なぜならこの本の中ですでにそんな戦争があったような世界が語られているからだ。彼女は、ウィニーという登場人物の女性について長いこと語った。作中でウィニーは〝今日も幸せな日になるわ〟と叫ぶそうで、その台詞を発する時、リラはいかにも苦しげにいくらか声まで震わせた。それは残酷な台詞だと彼女は言うのだった。だって、〝今日〟に限らずその前からずっと、ウィニーの人生には、その一挙一動から頭の中にいたるまで、〝幸せ〟と呼べるようなものが何ひとつないの。でも、わたしが本当にショックを受けたのは、ダン・ルーニーという登場人物のほう。彼は盲目なんだけど、不満を言わないの。なぜなら、目が見えないほうが人生は幸せだと信じてるから。それどころか、もしかすると、いっそのこと耳も聞こえず、口も利けないほうが、人生はもっと純粋になるんじゃないか、人生以外の何物でもない人生になるんじゃないか、なんてことまで考えるの。

「この本のどこが気に入ったの？」ニーノは尋ねた。

「自分でも気に入ったのかどうか、まだよくわからないんだよね」

「でもとにかく興味は引かれたんだ？」

「考えさせられたわ。目が見えなくて、耳も聞こえなくて、その上しゃべることもできないほうが、人生はもっと純粋だなんて、どういう意味なんだろう？」

「ただの思いつきかもしれないよ」

「ううん、それは絶対にないと思う。思いつきどころか、それって何か、数え切れない数の発想の種を秘めた言葉だと思うの」

ニーノは何も言い返さなかった。彼は、そこにも何か解き明かすべき謎があるかのように本の表紙を見つめながら、ただこう言った。

「この本、もう読み終わった？」

「うん」

「じゃあ貸してくれないかな」

リラに対する彼のその問いかけにわたしは混乱し、痛みを覚えた。わたしはよく覚えていた。以前、ニーノはこう言ったのだ。自分は文学にはほとんど興味がない、ほかの分野の本ばかり読んでいる、と。わたしがリラにベケットの戯曲集を渡したのだって、そんな本はニーノとの会話にまず役立たない、読む必要もないだろうと思ったからだ。ところが彼女があらすじを説明すれば、彼は耳を傾けたのみならず、本を貸してくれとまで言うではないか。わたしは口を挟んだ。

「それ、ガリアーニ先生の本なの。元々、わたしが貸してもらったんだけど」

「君は読んだ？」

そう聞かれれば、読んでいないと白状せざるを得なかったが、すぐにこう付け加えた。

「ちょうど今夜から読もうと思ってたの」

「じゃあ、読み終わったら貸してくれる？」

「でも、そんなに読みたかったら、先に貸してもいいよ」わたしは慌てて言った。

ニーノはわたしに感謝すると、表紙にへばりついていた潰れた蚊を爪でこそぎ落としてから、リラにこう言った。

「今夜のうちに読んでしまうから、明日また話しあおうか」

「明日は会えないから、駄目」

「どうして？」

「夫と一緒だから」

「そうか」

彼はむっとしたように見えた。今にもこっちを向いて、明日ふたりで会えるか聞いてくるのではないかと、どきどきしながらわたしは待っていた。ところが、彼は腹立たしげに言うではないか。

「そういえば、僕も明日は駄目なんだ。今夜、ブルーノの両親が別荘にやってくるから、僕はバラーノの家族のところに泊まりにいかなくちゃならない。こっちには月曜に戻ってくるよ」

バラーノ？　月曜日？　せめて、マロンティの浜まで会いにおいでと誘ってくれやしないかと願ったが、でも彼は心ここにあらずといった感じだった。もしかしたらまだルーニーのことでも考えていたのかもしれない。盲目に飽き足らず、耳も聞こえず、口も利けなくなりたがっていた男。結局、誘いの言葉はなかった。

49

帰り道の途中でわたしはリラに文句を言った。

「ひとに借りた本を海に持ってこないでよ。そもそもわたしのものじゃないんだから。砂まみれでガリアーニ先生に返す訳にいかないでしょ」

「ごめんなさい」と彼女は答え、頬に楽しげにキスをしてきた。そして償いのつもりか、わたしとピヌッチャのバッグをひとりで持ってくれた。

次第にわたしは落ちつきを取り戻した。すると、ニーノがバラーノに行くと言ったのは偶然ではなかったのかもしれないと思った。あれはわざと行く先を知らせ、わたしが自分の意思で彼の元に向かうのを期待しての発言だったのだ。彼ってそういうひとだもの。そう思うと、気分はますます晴れてきた。きっと追いかけてほしいんだ。よし、明日は早起きして、出発しよう。ひとり、ピヌッチャだけがずっと不機嫌だった。元々すぐにかっとなるが、機嫌が直るのも早いのが彼女の取り柄で、しかも妊娠してからは、体型と一緒に性格もだいぶ丸くなっていたのだが、不機嫌は悪化の一途をたどった。

「ブルーノに何か嫌なことを言われたの？」しばらくして、わたしは聞いてみた。

「そんなことないよ」

「じゃあ、どうしたの？」

「なんでもない」

「具合でも悪いの？」

「そうじゃないわ。自分でも、なんだかわかんないの」

「着替えてきなよ、もうリーノが来るよ」

「うん」

ところがピヌッチャは濡れた水着を着たまま、ぼんやりとフォトコミックを読み続けるのだった。

リラとわたしは身なりを整えた。特にリラはパーティーにでも行くような着飾り方だった。それでもピヌッチャは動こうとしなかった。それまで黙って夕食の支度をしていたヌンツィアも、息子の嫁の様子がさすがに心配になったらしく、静かに問いかけた。「ピヌー、どうしたの？ 着替えてきたらどう？」だがピヌッチャは返事をしなかった。そして、二台のランブレッタの騒音と、ふたりの若者の呼びかける声が聞こえて初めて、彼女はぱっと立ち上がって寝室に駆けこみ、ドアを閉めながらこう叫んだ。「うちのひとを部屋に入れないで、お願い」

それはなんともややこしい夕べとなり、やってきた夫ふたりもそれぞれ別の意味で困惑することになった。何かと喧嘩腰なリラに慣れ切っていたステファノを待っていたのは、思いがけずやけに優しい彼女だった。リラは普段と異なり、触れてくる彼の手にもキスにもまるで嫌な顔をせず、むしろ進んで身を任せた。ところが、普段から甘えん坊で、妊娠してからは余計にその度合いを増していたピヌッチャに慣れていたリーノのほうは、気分を損ねることになった。いつものように妻のほうからいそいそと階段を下りて出迎えることもなく、彼が寝室に彼女を探しにいかねばならず、やっと会えたと思って抱きしめれば、相手が無理に喜ぶふりをしているのがすぐにわかったからだ。それだけではなかった。リラのほうは、ワインを何杯か飲んでからステファノとほろ酔い加減で性的なほのめかしを言いあい、何度も大笑いしたのに対し、ピヌッチャは、にやけ顔のリーノに何やらささやかれると、夫からさっと身を離し、方言と標準語をごちゃ混ぜにして、「やめて、本当、下種なんだから」と罵った。彼は怒った。「下種？ 俺が下種だって？」彼女はしばらくこらえていたが、やがて下唇を震わせたかと思うと、寝室に逃げこんだ。

「お腹の赤ちゃんのせいよ。我慢してやりなさい」ヌンツィアは息子をいさめた。

沈黙が続いた。リーノは食べ終えると、ひとつため息をついてから、妻の元に向かい、そのまま戻ってこなかった。

リラとステファノはランブレッタに乗って夜の浜辺を眺めに出かけた。ふたりはくすくす笑い、何度もキスを交わしながら家を出た。わたしは、例によってこちらの手伝いを頑固に断ろうとするヌンツィアと格闘しつつ、皿を片付けた。それから彼女にフェルナンドと出会った時の話を少し聞かせてもらったのだが、ひとつ、とても印象に残った言葉があった。ヌンツィアはこう言ったのだ。「ひとは誰でも、本当はどんな人間だか決してわからない相手を死ぬまで愛し続けるものなのよ」たとえばフェルナンドにしても、善き夫の時もあれば、悪い夫の時もあり、彼女にしても彼を深く愛しながら、憎んだこともあるというのだ。「だから、心配することはないの。ピヌッチャも今はご機嫌斜めだけど、また直るから。ほら、リナが新婚旅行から帰ってきた時のこと、覚えてるでしょ？ でもそれが、今日のふたりの仲のよさときたらどう？ そういうことなの。一生、その繰り返しよ。旦那に叩かれる日もあれば、キスされる日もあるってこと」

わたしは部屋に行き、シャボーの本を読み終えようとしたが、リラの語るあのルーニーとやらの物語にうっとりと聞き入るニーノの様子を思い出したら、国家の概念などに時間を費やす気は失せてしまった。ニーノだってよくわからない。そう思った。ニーノだって実はどんな人間なんだか知れたものじゃない。文学など興味もないという顔をしていたと思ったら、リラがたまたま手にした戯曲集について二言三言、適当に言っただけで、もう夢中ではないか。わたしは持ってきた本のなかにまだほかの文学書があるかと探してみたが、何もなかった。その代わり、本が一冊足りないことに気がついた。ガリアーニ先生に貸してもらった本は全部で六冊あった。一冊はニーノが持っていて、一冊はわたしが読んでいる最中なのに、窓の大理石の下枠の上には、奇妙なことに三冊しか残っていなかったのだ。六冊目はどこに行ってしまったのか。

どこもかしこも探してみた。ベッドの下も探した。そうするうちにわたしは、それが広島の原爆について語った本であるのを思い出した。わたしは動揺した。こちらがバスルームで体を洗っているうちに、リラが勝手に持っていったに違いなかった。彼女はどうしたというのだろう。もう何年も、靴工房と婚約と結婚と食料品店とソラーラ兄弟との駆け引きに熱中していたリラが、小学校時代の自分に戻ろうと決心した、そういうことなのだろうか。確かにその兆しはあった。あの時のわたしとの賭けがそうだ。結果はどうであったにせよ、あれは、勉強したいという彼女の願望の現れだったのだろう。だが、それからどうなった？　彼女は望みをかなえるために何か努力をしただろうか。いや、そういうことはなかった。ところがニーノのおしゃべりを聞き、砂の上で太陽を浴びながら六日間、一緒に午後のひと時を過ごしただけで、学習意欲を取り戻したというのか。もしかして小学校時代のように、誰が一番優秀か、また競争をしたくなってきたのだろうか。だからあんなにオリヴィエロ先生を褒めた？　だから、矮小な問題には構わず、大きな問題にだけ情熱を燃やす彼の生き方にあんなにも感心したのだろうか。わたしは音を立てぬよう注意してドアを開くと、抜き足差し足で部屋を出た。

家の中はしんとしていた。ヌンツィアは床につき、ステファノとリラはまだ帰ってこなかった。わたしはふたりの部屋に忍びこんだ。服に靴、鞄があちこちに散らばっていた。問題の本、『廃墟の光』は椅子の上にあった。やはり彼女が勝手に持っていったのだ。あたかもわたしのものはなんでも彼女のもので、わたしが今こうしてあるのはすべて彼女のおかげであり、ガリアーニ先生に目を掛けてもらえるようになったのも、やはり彼女が見せたちょっとした仕草とか、適当に言った言葉のおかげなのだとでも言うように。本を部屋に持ち帰ってしまおうか、とも思った。でも気後れして、結局、そのままにしておいた。

50

退屈な日曜日となった。前夜はひと晩中、暑さで寝苦しく、蚊のせいで窓も開けられなかった。うとうとしては目が覚め、またうとうとする、その繰り返しだった。バラーノ行きはどうしようか？　でも、行ったところでどうなる？　きっと日がな一日チーロ、ピーノ、クレリアの相手をして過ごすことになり、ニーノにしても遠泳をするか、浜で日光浴をしても黙りっぱなしで、父親と静かに角突きあわすだけだろう。結局、わたしは寝坊して、十時に起きた。目が覚めた途端、何かが足りないという感情が遠くからやってきて、不安になった。

ヌンツィアから、ピヌッチャとリーノはもう海に行ったと聞かされた。ステファノとリラはまだ寝ているとのことだった。食欲などなかったが、ミルクコーヒーにパンを浸して朝食とし、バラーノに行くのは完全に諦めた。そして、腹立ちと悲しみを覚えながら海に向かった。

浜ではリーノが日を浴びて寝ていた。髪の濡れた、重たげな体が、うつ伏せで砂の上に転がっている。ピヌッチャは波打ち際を行ったり来たりしていたので、噴気孔まで散歩にいこうと誘ってみたが、愛想なく断られた。結局、わたしはひとりでフォリーオの方角にしばらく歩き、気持ちを静めようとした。

なかなかお昼にならなかった。散歩から戻ってきたわたしは海に入り、浜に横になって日を浴びた。盗み聞きをするつもりはなかったが、リーノとピヌッチャがわたしなどいないみたいに小声でささやきあう声が聞こえてきた。

「ねえ行かないで」

「仕事があるんだよ。秋までに靴を用意しておかないと。新モデル、見ただろう？　気に入ってくれたかい？」

「うん。でもリナが付け加えろって言った飾りは、かっこ悪いから、みんな外して」

「いや、かっこいいじゃないか」

「ほらね？　わたしが何を言ったって、どうせ気にもしてくれないんでしょ？」

「そんなことはない」

「大ありよ。わたしのことなんて、もうどうでもいいんだわ」

「俺はお前が大好きさ。べた惚れなのは知ってるだろう？」

「何言ってんの、このお腹見てよ」

「素敵なお腹じゃないか。何遍だってキスしてやるさ。会えない時は、お前のことばかり考えているんだぜ」

「じゃあ、仕事なんて行くのやめて」

「無理だよ」

「そういうことなら、今夜、わたしも一緒にナポリに帰るから」

「もう宿代は全部払っちゃったんだぜ」

「でもここにいるの、うんざりなの」

「どうして？」

「どうしてって、夜は必ず悪夢を見て、朝まで眠れなくなるから」

「リナと一緒に寝ればいいじゃないか」

「余計に眠れないわ。あの子となんて寝たら、殺されちゃいそうだし」

「じゃあ、ママならどうだ？」

「いびきがひどいから、嫌」

ピヌッチャのわがままは聞くに堪えなかった。どうして彼女がそんなに泣き言ばかりこぼすのか、その日は最後までわからなかった。彼女が毎日睡眠不足なのは本当だったが、リーノにイスキアに残ってほしがり、それが駄目なら彼と一緒に家に帰りたいというのは嘘だと思った。やがてわたしはこう思うようになった。あの子は、自分でも見当のつかぬ何かを夫に伝えようとしている。だから、わがままという形でしかその気持ちを表現できないのではないか。でも、それ以上はわたしも追及しなかった。別のことが気になっていたのだ。なかでも、妙に元気なリラの様子だ。

夫と一緒に浜に現れたリラは、昨夜よりもさらに幸せそうだった。彼女は自分が泳げるようになったのをステファノに披露したがり、ふたりで浜辺から泳ぎだした。彼のほうはそこを〝沖〟なんて呼んでいたが、岸からの距離は十メートルもなかったはずだ。リラは、きれいに正確な動作で腕を掻きながら、リズムよく海面から顔を出して息継ぎをし、あっという間に夫を置いてけぼりにした。それから途中で止まり、笑いながら彼を待った。ステファノはぎこちなく腕を動かし、頭をまっすぐに立て、顔にかかる水に鼻を鳴らしながら泳いだ。

午後、彼女はさらに陽気になった。ステファノのランブレッタで出かけた時のことだ。リーノも一緒に行きたがったが、ピヌッチャに断られたので――転倒して赤ん坊が流れてしまうのを彼女は恐れていた――わたしに声がかかった。「レヌー、来いよ」スクーターに乗せてもらうのは初めてだった。ステファノが前を行き、わたしを乗せたリーノがそのあとを追った。あの風。今にも転倒するか、衝突するのではないかという恐怖。高まる興奮。ピヌッチャの夫の汗に濡れた背中がはなつ強烈なにおい。彼の虚勢ばかりの傲慢さ。ルールはことごとく破り、文句を言ってくる者があれば、急ブレーキを踏んだり、脅したり、地区一流のやり方で反応し、好き勝手にやる権利を守るためならば喧嘩も上等というあの態度。生まれ育ちの悪い少女に戻ったような、懐かしい楽しさだった。それは、毎日、午後になるとブルーノと浜辺に現れるニーノが与えてくれる喜びとは大きく異なっていた。

その日曜のあいだ、わたしは何度もふたりの名を挙げた。特にニーノの名を口にするのは楽しかった。ほどなく気づいたのだが、リラもピヌッチャも、ふたりの若者と会っていたのはこのわたしだけで、彼女らは一緒ではなかったというふりをした。おかげで、帰りのフェリーに遅れまいと慌ただしく去る間際、ステファノにはソッカーヴォの御曹司によろしくと、あたかもわたしだけがブルーノにまた会えるような口調で言われ、リーノにもこんな調子でからかわれた。「詩人の息子とモルタデッラ屋の息子、どっちが好きなんだい？　どっちがハンサムだと思う？」その口ぶりは、妻と妹には判断材料がないだろうから、わたしに聞いているという風だった。

夫たちが去ったあとのリラとピヌッチャの反応も気に入らなかった。ピヌッチャは急に明るくなり、髪が砂だらけだから洗わないと、などと大きな声で言った。リラは物憂げに家の中を歩き回ってから、乱れたままのベッドに寝転がった。滅茶苦茶な部屋の様子も気にならぬらしかった。おやすみを言うため彼女の寝室を覗いてみると、まだ服も脱いでおらず、例の広島の本に目をこらし、額に皺を寄せて読んでいた。本を勝手に持っていったことは敢えて非難せず、わたしはただこう問いかけた。少しきつい言い方ではあったかもしれない。

「どうしてまた、急に本なんて読む気になったの？」

「そんなの勝手でしょ」それが彼女の答えだった。

51

月曜、ニーノはわたしの祈りによって召喚された亡霊みたいに、いつもの午後四時ではなく朝十時に登場して、わたしたちをかなり驚かせた。こちらはまだ砂浜についたばかりで、三人とも不機嫌だった。それぞれ、自分以外のふたりが洗面所を長いこと独り占めにしたと不満だったのだ。特にピヌッチャはひどい寝癖もあって、誰よりも不機嫌だった。やってきたニーノに向かって真っ先に口を開いたのは、そんな彼女だった。どうしていつもとは違う時間に来たのか彼が自ら説明するのを待とうともせず、ピヌッチャは、ほとんど責めるようなつんけんした声で尋ねた。

「どうしてブルーノは来ないの。何かもっと楽しい用事があるってこと？」

「両親がまだ家にいるんだ。昼には出発するはずだよ」

「そしたら彼、ここに来るの？」

「だと思う」

「彼が来ないなら、わたし家に帰って寝るから。あなたたちだけじゃ退屈だもの」

それからニーノは、バラーノで家族と過ごした日曜日がどんなに最悪だったかを語り、だからこそ今朝はさっさと宿を出て、ブルーノのところにも行けないので、こうしてまっすぐここに来たのだと教えてくれた。彼の話のあいだ、ピヌッチャは二度ばかり口を挟み、誰か泳ぎにつきあってくれと駄々をこねたが、わたしにもリラにも相手にされず、ぷりぷりとひとりで海に入っていった。

彼女には悪いがわたしたちは、父親に受けたというひどい仕打ちを列挙するニーノの話に集中したかったのだ。彼はドナートをペテン師と呼び、怠け者と呼んだ。何かの病気にかかったことにして得た有給休暇をさらに延ばし、バラーノに腰を据えたらしいのだが、公務員保険機構の医師に知人がいて、仮病にもかかわらず、正式な診断書まで持っているとの話だった。ニーノは苦々しげに言った。

「うちの親父はやることなすこと、公共の利益に反しているんだ」そこで彼はなんの前触れもなく思いがけぬ行動にでた。さっとこちらに身をかがめてわたしをはっとさせると、頬にキスをしてきたのだ。強く、大きな音のするキスのあとには、こんな言葉が続いた。「君に会えてとても嬉しいよ」それから彼は、わたしに対する感情の吐露がリラには失礼だったかもしれないと気づいたか、少しためらいながら、こう言った。

「君にもキスしたいんだけど、いいかな？」

「もちろん」リラは従順に応じた。するとニーノは軽く、音のしない、かすかなキスを彼女の頬にした。それから興奮した様子で、ベケットの戯曲集について感想を述べた――あの、首まで地面に埋まった登場人物たちは実によかった。それに、現在が人の内面に点すという火について語ったくだりも素晴らしいね。ルーニー夫妻、すなわち、妻マディと夫ダンの会話には示唆的な箇所が山とあったが、残念ながら僕は、リナの引用した部分をどうしても見つけることができなかった。それはともかく、視覚も聴覚も断たれ、口も利けず、さらには味覚と触覚もないほうが、人生をもっと深く感じることができるはずだという概念は、客観的に見ても興味深いよ。つまりその概念は、僕たちが今、この場所に、現実に存在しているという事実をそのまま味わうことを妨げているフィルターをすっかり取り除いてしまおう、という意味ではないだろうか。

リラは戸惑った表情を浮かべると、あれからよく考えてみたのだが、そんな純粋な状態の人生がわたしは恐ろしくなってきたと答え、ちょっと芝居がかった調子で、こんなことを声高らかに言った。

「目も見えなければ口も利けない人生、口も利けなければ耳も聞こえない人生、覆い隠すものもなければ、入れ物もない、そんな人生っていびつな気がするの」あの時の彼女の台詞は正確にはこのままではなかったはずだ。しかし、〝いびつ〟という表現を使ったのは確かで、そう言った時の彼女の声には嫌悪がにじんでいた。ニーノは呪われた言葉でも口にするように「いびつ、か」とつぶやくと、それまで以上に興奮した調子で、議論を再開した。やがて彼は不意にランニングシャツを脱ぎ、褐色に焼けた細い体を剝き出しにすると、わたしとリラの手をつかみ、海に引きずりこんだ。わたしは「やめて、やめて、冷たい、やめて」と嬉しい悲鳴を上げ、彼は「これでようやく〝今日も幸せな日〟だね」と答え、リラは笑った。

わたしは有頂天で思った。リラは間違っていた。やっぱりもうひとりのニーノは存在する。世界情勢を論じる時しか熱くなれない、陰気な彼じゃなくて、この〝今の彼〟だ。こうして遊んでいる彼、わたしたちを乱暴に水の中に引っ張り、ぎゅっと手をつかみ、抱きしめたかと思えば、泳いで遠ざかり、離れたところでわたしたちが追いつくのを待って、つかまったふりでふたりに沈められ、観念して溺れたふりをする、この彼だ。

ブルーノがやってくると、状況はさらに好転した。みんなで一緒に散歩に出かけ、ピヌッチャの機嫌もだんだんと直り、ついにはまた泳ぎたがったり、椰子の実を食べたがったりするようになった。その日を境に、続く一週間、ふたりの若者は十時にはもう浜にやってきて、そのまま日没まで三人と過ごすのが当たり前になった。そして毎日わたしたちから、「ヌンツィアが怒るから、もう帰らないと」と言われてようやく諦め、家に戻って少し勉強をするようになった。

五人はすっかり打ち解けた。ブルーノに〝カッラッチ夫人〟と呼ばれてからかわれるたび、リラは彼の肩を拳で叩いたり、追いかけ回したりした。お腹に子どもがいるからとブルーノにやたらと心配されれば、ピヌッチャは彼と腕を組み、「いいから駆けっこしましょ。わたし、サイダーが飲みたくなっちゃった」などと言った。一方、ニーノはしょっちゅうわたしの手を握ったり、肩に手を回してくれるようになった。そんな時、彼はもう一方の手でリラの肩も抱き、彼女の人差し指や親指をつまんだりした。慎重に保たれてきた互いの距離は消え失せた。わたしたちはほんのつまらぬことで大はしゃぎする五人の若者グループとなり、あれこれゲームを楽しむようになった。ゲームで負けた者には罰が待っていた。たいていはキスだったが、もちろん冗談のキスだった。たとえばブルーノは、砂まみれのリラの足にキスをし、ニーノは、わたしの片手に、左右の頬に、おでこに、片耳にキスをする羽目になった。耳にキスをされた時は大きな音がしたものだ。タンブレロもずいぶんとやった。皮をぴんと張ったタンバリンのようなラケットでボールを打ちあう球技だが、リラも上手なら、ニーノもうまかった。でも誰よりも敏捷で、正確なのはブルーノだった。彼とピヌッチャのペアは誰を相手にしても負け知らずだった。わたしとリラのペアも、リラとニーノのペアも、ニーノとわたしのペアも打ち負かされた。ふたりの勝利は、いつしかみんながピヌッチャに対していくらかひいきをするようになっていたためもあった。ピヌッチャが自分の状態も忘れて、あんまり走ったり、跳んだり、砂の上を転げ回ったりするものだから、残りの四人は彼女を落ちつかせるためにも、毎回、花を持たせようとするようになったのだ。そんな時、ブルーノは優しく彼女を叱って座らせると、もうタンブレロはたくさんだと言ってから、大声でこう宣言するのだった。「ピヌッチャに一点、偉いぞ」

こうして幸福な時間が何時間も、幾日も続くようになった。リラに本を持っていかれてもわたしは腹を立てなくなり、むしろ素敵なことだとさえ思うようになった。議論が白熱するとリラは以前よりも自分の意見を進んで主張するようになり、ニーノは彼女の言葉に真剣に耳を傾け、反論する言葉を持たぬようにすら見える時もあったが、それも不快ではなかった。むしろそんな時は、ニーノが急にリラの相手をやめ、自信を取り戻そうとしてか、わたしと議論を始めてくれるのでとても嬉しかった。リラが広島の原爆についての本の感想を述べた時もそうだった。あの時は激論になった。ニーノは合衆国に対して確かに批判的で、米軍がナポリに基地を持っていることにも反対していたが、かの国の民衆の生き方に惹かれている部分もあって、いつか彼らの生活スタイルを研究したいとも言っていた。だから、リラが合衆国の原爆投下を責めると彼はかちんときたようだった。彼女の発言はだいたいこんな内容だった。日本に原爆を落とすなんて立派な戦争犯罪だ。いや、戦争犯罪というより――この場合、戦争はほとんど無関係だ――むしろ高慢の犯罪といったほうが当たっている。

「だったらパールハーバーはどうなる？」彼は慎重に反論した。

わたしはパールハーバーがなんだか知らなかったが、リラは知っていたらしく、パールハーバーと広島は比べものにならないと主張した。パールハーバーは卑怯な戦争行為だが、原爆投下はあまりに軽率で、残酷で、復讐的な恐怖であって、ナチスの大虐殺よりもずっと、ずっとたちが悪いと彼女は言った。そして、こう結論した。アメリカ国民は最悪の犯罪者として法の裁きを受けるべきだ。生き残った者たちを怯えさせ、いつまでも服従させるためだけに、あんな恐ろしい罪を犯したのだから。彼女の語気の凄まじさにニーノは反論もできず、ひどく難しい顔で黙りこんだ。そして、やはりその時も、まるで彼女などいないように、わたしを相手にして議論を始めた。彼は言った。あれは残酷とか、復讐とか、そういう問題ではなく、一刻も早くあの凶悪な戦争に終止符を打つと同時に、まさにあの恐るべき新兵器によって、ありとあらゆる戦争を終結させたいという願いあっての行為だったのだ。彼は低い声で、わたしの目をまっすぐに見つめて話した。自分が望んでいるのは君の同意だけだと言わんばかりに。実に甘美な時間だった。そんな風にまっすぐに見つめてくる彼はとてもかっこよくて、わたしは気持ちが昂ぶり、目からあふれそうな涙をこらえるのが大変だった。

　そしてまた金曜日が来た。とても暑くて、わたしたちはほとんどの時間を海に入って過ごした。だがその日、また何かが壊れた。

　わたしたちは坂道を上って家に戻る途中だった。ニーノたちとは別れたばかりで、太陽は沈みかけ、空は青みがかったピンク色をしていた。朝からずっとはしゃぎっぱなしだったピヌッチャが急に静かになったかと思ったら、バッグを地面に投げ出して道端に座りこんでしまった。そして、怒りのこもった金切り声を上げだした。その途切れ途切れの小さな悲鳴は、子犬の哀れな鳴き声にも似ていた。リラはぎゅっと目を凝らした。しかしピヌッチャを見つめるその表情には、夫の妹というより、思いがけず現れたおぞましい何かを見ているような色があった。わたしは驚いてあと戻りし、ピヌッチャに尋ねた。

「どうしたの、具合でも悪いの？」

「濡れた水着が気持ち悪くてたまらないの」

「わたしたちだって、濡れた水着を着たままよ」

「でも、わたしは嫌なの」

「ねえ落ちついて。お腹が減ってたんじゃなかったっけ？」

「うるさい。あんたに落ちつけって言われると、凄く腹立つ。レヌー、あんたも、あんたのその落ちついた態度も、わたし、もううんざり」

　そしてまたピヌッチャは自分の腿を叩きながら、またうなり始めた。

　リラがひとり、わたしとピヌッチャを待つことなく、遠ざかっていくのがわかった。しかも彼女がそうしようと決めたのは、事態を不快に思ったからでも、無関心ゆえでもなく、ピヌッチャの振る舞いに、何か、近づくと火傷しそうに熱いものを感じたためだとわたしにはわかった。わたしはピヌッチャに手を貸して立ち上がらせると、バッグを持ってやった。

52

ピヌッチャは次第に落ちつきを取り戻したが、その晩はずっと仏頂面で、まるでわたしたちに何かひどいことでもされたかのような態度だった。果てにはヌンツィアにまでパスタの茹で方がなっていないと難癖をつけたので、リラはため息をついてから、いきなりきつい方言でピヌッチャに対し、常人にはなかなか思いつかないような罵り文句の数々を怒濤のように浴びせた。結果、ピヌッチャはその夜、わたしと一緒に寝ることに決めた。

彼女は夢でうなされ、しかもあの小さな部屋にふたりでは暑苦しくてたまらなかった。汗だくになったわたしは諦めて窓を開け、今度は蚊にさんざん悩まされた。おかげで完全に目が冴えてしまったので、朝日を待ってベッドを出た。

これでわたしまで不機嫌になった。顔は三、四箇所も蚊に食われ、とても見られたものではなかった。台所に行くと、ヌンツィアがわたしたちの服を洗っていた。リラももう起きていて、朝食は牛乳に固くなったパンを浸したもので済ませ、いつかすめ取ったのか、また別の、わたしの本を読んでいた。彼女はこちらに気づくと、いぶかしげな顔をしたが、思いがけず、心から心配そうに尋ねてきた。

「ピヌッチャの様子はどう？」

「知らない」

「怒ってるの？」

「そうよ。ぜんぜん眠れなかったんだから。それに見てよ、このひどい顔」

「どこもひどくないじゃない？」

「そう思うのはリラだけよ」

「ニーノとブルーノだって、同じ意見だと思うけど」

「どういう意味よ？」

「レヌーってやっぱりニーノが好きなの？」

「そんなことないって何度も言ったでしょ？」

「怒らないでよ」

「怒ってないよ」

「ピヌッチャのこと、気にかけてあげないとね」

「リラの好きにすればいいでしょ？　あなたの旦那の妹で、わたしのじゃないんだから」

「やっぱり怒ってる」

「ええ、怒ってますとも」

その日は前日に輪をかけて暑かった。浜辺に向かうわたしたちは三人ともぴりぴりしていた。不機嫌は病原菌のように互いに感染した。

道なかばでピヌッチャはタオルを忘れたのに気づき、またヒステリーに襲われた。リラはうつむいたまま先に行ってしまった。こちらを振り返りもしなかった。

「わたしが取りにいってあげる」わたしはピヌッチャに申し出た。

「いいよ、このまま家に帰るから。海に行きたい気分じゃないんだ」

「具合でも悪いの？」

「ううん、絶好調よ」

「じゃあ、どうして？」

「見てよ、このお腹、こんなに大きくなっちゃって。みっともないったらありゃしない」

わたしは彼女のお腹を眺めてから、なんの考えもなしにこう答えた。

「それを言ったら、わたしはどうなるの？　顔中、蚊に食われてひどいもんよ」

途端にピヌッチャは大声でわたしを馬鹿だとけなし、早足でリラを追った。

だが浜に着くと彼女はわたしに許しを請い、あなたがあんまりいい子だから、時々、腹が立ってしまうのだと言い訳をした。

「別にいい子なんかじゃないよ、わたし」

「偉い、って意味よ」

「偉くなんかないって」

リラはその時まで徹底的にわたしたちを無視し、フォリーオの方向の海を見つめていたが、冷たい声で言った。

「もうやめて。ふたりが来るわ」

ピヌッチャははっと息を呑んだ。彼女は急に声をやわらげ、「彼もいる」とつぶやくと、もうたっぷり塗ってあるのに、また口紅を差した。

ふたりの若者もまた、こちらの三人に負けず劣らず不機嫌だった。ニーノは嫌みっぽい口調でリラに尋ねた。

「今夜、君たちの旦那が来るんだろう？」

「そうよ」

「来たら、一緒に何をするんだい？」

「食事をして、お酒を飲んで、それから寝るの」

「明日は？」

「食事をして、お酒を飲んで、それから寝るわ」

「明日の夜もまだいるの？」

「ううん、日曜は、食事をして、お酒を飲むけど、一緒に寝るのは昼だけよ」

わたしはおちゃらけた口調で不安を隠し、勇気をふるって言ってみた。

「わたしは自由よ。一緒に食べる相手も、お酒を飲む相手も、寝る相手もいないわ」

ニーノはその時になってようやく何かに気がついたような表情でわたしを見つめると、右の頬骨の辺りを撫でてくれた。蚊に食われた跡が一番ひどい場所だ。それから真面目な声でこう言った。

「じゃあ、明日は朝の七時にここで待ちあわせて、山に登ろう。山を下りたら、遅くまで海で遊ぼう。どうだい？」

体中の血が興奮でぽっと熱くなるのがわかった。わたしは元気よく答えた。

「わかった、七時ね。お弁当はわたしが用意するわ」

ピヌッチャががっかりした声を出した。

「わたしたちはどうなるの？」

「君たちは旦那がいるだろう？」ニーノはぼそっと言った。〝旦那〟という言葉を発したその声には、ヒキガエルとか、蛇とか、クモとか、何か醜い動物の名でも口にするような響きがあった。事実、ピヌッチャは返事を聞いてぱっと顔を背け、ひとりで波打ち際に行ってしまった。

「このところ彼女、神経過敏なの」わたしはピヌッチャを弁護した。「いつもはあんなじゃないんだけど、やっぱりお腹の赤ちゃんのせいみたい」

するとブルーノが、いつもの辛抱強そうな口調で言った。

「僕、彼女と一緒に椰子の実を探しにいってくるよ」

わたしとリラとニーノは、ブルーノの後ろ姿を見送った。背こそ低いが筋骨隆々としていて、胸板は厚く、太い腿をした彼は、悠々と砂の上を歩いていった。彼の足を置くところだけ、太陽は砂粒を焼くのを忘れたのではないかとさえ思った。ブルーノとピヌッチャが海の家に向かうのを見届けると、リラは言った。

「さあ、ちょっと泳ごうよ」

53

わたしたちは三人一緒に海に向かった。わたしが真ん中で、ふたりは左右に並んだ格好だった。ニーノから明日の朝七時に待ってると言われた途端、わたしが感じた達成感を説明するのはなかなか難しい。ピヌッチャの気分が不安定なのはもちろん残念だったが、それはこちらの幸福を傷つけるほど強い感情ではなかった。わたしはようやく自信を取り戻したのだった。ニーノと過ごす日曜日が楽しみだった。長く、濃密な一日になるはずだった。そしてとりあえず今は、自分にとって昔から大切な存在だったふたりと、こうして一緒にいられることを誇らしく思った。わたしにとっては、実の両親よりも、弟たちよりも大切なふたりだった。わたしはニーノとリラの手を取ると、喜びの雄叫びをひとつ上げ、冷たい水中に引っ張った。凍えるような泡の破片がざばっと舞い上がった。わたしたちはまるでたったひとつの生き物のように水中に沈んだ。

でも沈んですぐに、三人は絡めあわせた指をほどいた。わたしは、髪に頭、耳が冷たく濡れる感覚が元々好きではなかった。だからすぐに水面から顔を出し、口に入った水を吹いた。ところが、見れば、ふたりはもう泳ぎだしていた。遅れまいとしてあとを追ったが、追いつくのは無理だとただちにわかった。わたしはまっすぐに泳ぐことも、頭を水に沈めて泳ぐことも、腕できれいに水を掻くこともできなかったのだ。右腕の力が左腕よりも強すぎてカーブする癖があり、息継ぎも下手で、毎回、しょっぱい水を飲まぬように注意せねばならなかった。近眼でぼんやりした視界の中のふたりの姿を追って、わたしはせめてあとからついて行こうとした。そのうち止まってくれるだろう、そう思ったのだ。それでも心臓がどきどきしてきて、わたしはスピードを落とし、ついには泳ぐのをやめた。そしてそのまま浮かびながら、ふたりが肩を並べ、水平線に向かって堂々と泳ぎ続ける姿に見とれた。

ふたりとも沖に出すぎなんじゃないか。そう思った。わたし自身つい興奮して、いつも安全のために守っていた、少し泳げば岸に戻れる、想像上の一線をはるかに越えてしまっていた。リラにしてもそれは同じはずだったが、ニーノと競いあううちに、あんなに遠くまでいってしまった。まだ初心者だというのにまるで諦めず、彼について行こうと、どんどん遠ざかっていく。

わたしは不安になってきた。力が尽きてしまったらどうするつもりだろう。気分でも悪くなったら？　ニーノは泳ぎの達人だ。きっと彼が助けてくれる。でも彼も足がつったり、疲れ切ってしまったら？　周囲を見回せば、わたしは潮の流れで左のほうに流されつつあった。ふたりをここで待つ訳にはいかない、浜に戻らないといけない、そう思った。次にちらりと下を見たのだが、これが失敗だった。水色がすぐに深い青に変わり、さらに夜闇のように暗くなっていたのだ。その暗さは、太陽が輝き、海面をぎらつかせ、空には真っ白な雲が流れていようと、まるで無関係らしかった。わたしは海の深さを実感した。それは、手をかける場所ひとつない液体だった。死者たちの墓穴のようにも思えた。何か得体の知れぬものが今にも一瞬で浮かび上がってきて、この体に触れ、つかみ、噛みついてきて、底へと引きずりこまれてしまう、そんな気がした。

わたしは努めて落ちつこうとし、リラの名を大声で呼んだ。裸眼は水面のきらめきに負けて、役に立ってくれなかった。わたしは翌日のニーノとのハイキングのことを考えた。それから背泳ぎでゆっくりと後退を始め、手と足でひたすら水を掻き続けて岸に着いた。

腰から下だけ水につかった格好で、波打ち際にわたしは座った。ふたりの黒い頭は、まだかろうじて見分けることができた。海面に捨て置かれたブイのようだった。ほっとした。リラは無事で、しかも最後までニーノに負けなかったようだ。なんと頑固で、極端で、勇気のある子なのだろう。わたしは立ち上がり、みんなの荷物のそばに座っていたブルーノのところに行った。

「ピヌッチャはどこ？」わたしは尋ねた。

彼は恥ずかしげな笑みを浮かべた。心の傷を誤魔化そうとする表情に見えた。

「行っちゃったよ」

「行っちゃったって、どこに？」

「家にさ。荷物をまとめるんだって言ってた」

「荷物？」

「島を出るそうだ。こんなに長いあいだ夫をひとりにしておく訳にはいかない、そう言ってたよ」

わたしは自分のものを拾い上げると、ニーノとリラから目を離さないでくれ——特にリラに注意してやって——とブルーノに頼んでから、濡れた体を拭きもせず、ピヌッチャの元に急いだ。彼女に今度は何が起きたのか、気がかりだった。

54

待っていたのは、最悪な午後、そして、それどころではなくひどい夕べだった。わたしが家に帰ると、ピヌッチャは本当に荷物をまとめていて、ヌンツィアの説得も効を奏していない様子だった。「心配することないのよ」ヌンツィアは息子の嫁に辛抱強く話しかけていた。「リーノはひとりで下着も洗えれば、料理もできるし、父親も一緒なら、友だちだっているんだから。あなたがここにいることだって、あの子は何も、ただ遊びほうけているなんて思いやしないわ。ここでしっかり休んで、健康な赤ちゃんを産んでもらうためだってわかってるもの。ね、わたしも手伝うから、荷物は元どおりに片付けましょ？　こんな泊まりがけの長いお休みなんてわたしも初めてだけど、我が家も、神様のおかげで今じゃ十分なお金があるし、もちろん無駄遣いはよくないけれど、少しは贅沢をしても罪にはならないはずよ。だからお願い、よく聞いて、ピヌー。リーノは一週間働き詰めで、へとへとになって、今夜ここに来るの。なのに、あなたがそんな顔をしていたらどうなると思う？　あの子は心配するわ。心配すれば、すぐにかっとなる。リーノがかっとなれば、あとはどうなるか、よくわかってるでしょ？　あなたはあの子のそばにいたくてここを出ていきたい。あの子はあなたのそばにいるためにここに来ようとしている。それでもうすぐ会えるんだから、本当ならふたりとも大喜びのはずなのに、このままじゃ大喧嘩になっちゃうわ。それでいいの？」

でもピヌッチャはヌンツィアの言葉にまるで耳を貸そうとしなかったので、今度はわたしが説得を始めた。そうこうするうちにわたしとヌンツィアは、荷物の大半を旅行鞄から取り出すことに成功したが、ピヌッチャがそれをまた旅行鞄の中に戻したり、わめいたり、落ちついたかと思ったら、また騒いだりと、いつまでも切りがなかった。

やがてリラも帰ってきた。彼女は玄関の戸口にもたれたまま、額に一本、長い横皺を浮かべて、ピヌッチャの乱心した様子をじっと見つめた。

「海、平気だった？」わたしはリラに尋ねた。

彼女はうなずいた。

「泳ぐの本当にうまくなったね」

返事はなかった。

リラの表情は、内心の喜びと恐れを同時に隠さざるを得なくなった者のそれだった。彼女がピヌッチャのわがままを前よりも耐えがたく思っているのは明らかだった。ピヌッチャはまた、イスキアを出ていくと騒ぎだしたところで、みんなに別れを告げ、ナポリの家にあれもこれも忘れてきたと不満を言い、愛するリーノを思ってため息などついて見せたりしたが、奇妙なことにそうした言葉の合間合間で彼女は、島の海に行けなくなることを嘆き、庭園の香りを懐かしみ、浜辺を懐かしんだりもした。そんな芝居を見せつけられても、リラは何も言わなかった。いつもの悪口もなければ、皮肉のひとつもなく、ただ最後に、事態の収拾を図るためというよりは、わたしたち全員を脅かす災厄の到来を警告するように、こう言っただけだった。

「そろそろ来るわよ」

するとピヌッチャは、閉じた旅行鞄の並ぶベッドの上に力なく崩れ落ちた。それを見てリラは顔をしかめてから、身なりを整えるために自分の部屋に入り、すぐに出てきた。体の線がくっきりと見えるタイトな赤いドレスに着替え、漆黒の髪を束ねた格好だった。やがて彼女は、近づいてくる二台のランブレッタの音に最初に気づき、窓から顔を出すと、夫たちに賑やかに手を振った。そして真剣な顔でピヌッチャを振り返り、軽蔑し切った声で叱りつけた。

「さっさと顔を洗って、濡れた水着を脱ぎな」

ピヌッチャは黙ってリラを見返した。その瞬間、ふたりのあいだで何か、目にも留まらぬ素早いやりとりがあった。互いの胸に秘められた感情が一瞬で投げ交わされ、それぞれの自我の奥底から放たれた無限小の粒子が相手を蜂の巣にしたようだった。その長い刹那にふたりのあいだで起きた大揺れとかすかな震えをわたしはぼんやりとしか感じられず、その意味も読み取れなかった。しかし、ふたりはわかりあい、相手の中に自分と相通ずる何かを観た。ピヌッチャはリラが自分の秘密を知っており、その秘密を理解した上で、軽蔑しながらも助けてくれようとしているのを知った。だからリラの言葉に従った。

55

ステファノとリーノは騒々しく入ってきた。リラは前の週末に増して夫に優しく、彼を進んで抱きしめ、また抱きしめられるがままとなり、彼がポケットから小箱を取り出せば、歓声を上げげた。開けた箱の中には、ハートのペンダント付きの細い金のネックレスが入っていた。

当然、リーノもピヌッチャにプレゼントを用意していた。彼女はリラと同じように喜んでみせようと努力したが、その目には不安定な精神状態に苦しむ色がはっきりと浮かんでいた。だからリーノにキスされ、抱擁され、プレゼントを受け取るうちに、彼女が大慌てでまとった幸せな妻の仮面は簡単に剝がれてしまった。唇は震えだし、涙がわっとあふれた。ピヌッチャはしゃくり上げながら夫に言った。

「荷物をまとめたわ。こんなところは今すぐ出ていきたいの。わたし、いつもあなたと一緒にいたい。ほかには誰もいらないから」

リーノは微笑み、妻の愛の告白に感動し、笑い声を上げてから、こう答えた。「俺だってずっとお前と一緒にいたいよ。ほかに誰がほしいものか」だがそれから彼も理解した。妻が言わんとしていたのは、あなたと離れて暮らすのはつらかった、あなたが帰ってしまえばまた寂しくなるということだけではなく、ナポリに帰る支度はすっかり整っているということでもあったのだと。ピヌッチャの決意は固かった。彼女は大泣きをしながら、もう帰りたいと言い張った。

夫婦は寝室に閉じこもり、話しあいを試みたようだが、たいしてたたぬうちにリーノが戻ってきて、母親を怒鳴りつけた。「ママ、いったい何があったんだ？」彼は返事を待たずに、妹にも攻撃の刃を向けた。「もしもお前のせいなら、絶対にぶん殴ってやるからな」それから部屋の妻に向かって大声を上げた。「もううんざりだ、泣くんじゃない。さっさと出てこいよ。こっちはへとへとなんだ。飯にしてくれ」

ピヌッチャは目を真っ赤に泣き腫らして出てきた。そんな妹を見てステファノは、剣呑な雰囲気を和らげようと、彼女を抱擁し、ため息をついた。「やれやれ、お前たち女という生き物は、どうして俺たちをこうも悩ませるかね？」それからピヌッチャの錯乱の最大の要因を突然思い出したという風に、リラの唇にキスをした。彼は妹夫婦の不幸を前にして、自分たちの予想外の幸せが嬉しくてたまらなかったのだ。

全員が夕食の席につくと、ヌンツィアは黙って料理を各自の皿に盛り始めた。だが今度はリーノが癇癪を起こし、食べる気も失せたと怒鳴ると、ボンゴレのスパゲティが山盛りになった皿を台所の真ん中に放り投げた。わたしは怯え、ピヌッチャはまた泣きだした。ステファノまで普段の落ちついた構えを捨て、厳しい声でリラに告げた。「出るぞ。レストランにでも行こう」ヌンツィアとピヌッチャの止める声も聞かず、ふたりは台所を出ていった。続く沈黙の中、外からランブレッタのエンジンをかける音が聞こえてきた。

わたしは床を掃除するヌンツィアを手伝った。リーノは席を立ち、自分たちの部屋に入った。ピヌッチャはすぐにバスルームにこもったが、ほどなくして出てくると、夫に続き、部屋のドアを閉じた。そこでようやくヌンツィアもおとなしい姑という役を忘れ、愚痴をこぼした。

「レヌッチャも見たでしょ、あの馬鹿嫁、うちのリーノをあんなに苦しめて。でも本当に何があったの？」

わたしは知らないと答えた。事実、訳がわからなかった。でも、その晩はヌンツィアを慰めるため、ピヌッチャの気持ちを勝手に想像して、こんな具合に語って聞かせた。もしもお腹に赤ちゃんがいたとしたら、わたしだって、ピヌッチャみたいに夫のそばにずっといたいと考えると思う。そのほうが夫に守られている安心感があるし、母親の自分ひとりがすべての責任を負っているのではなく、夫も父親として責任を分担してくれていると感じられるだろうから。それに、リラがイスキアに来たのは子宝に恵まれるためで、その選択が正しく、海がよい効果をもたらしつつあるのは誰の目にも明らかだが――ステファノが来るたびに、彼女の表情がどんなに幸せに輝くかを見ればそれはわかる――ピヌッチャのほうは元々、愛情でいっぱいの女性だから、昼夜を問わず、四六時中その気持ちをリーノに注ぎたいのだ。さもないと、彼に対する愛情で彼女ははち切れそうになって、今度のように苦しむことになるのだ。

心なごむひと時だった。ヌンツィアとふたりきり、きちんと片付け終わった台所で、丁寧に洗ってぴかぴかになった皿や鍋に囲まれて、彼女から、「レヌー、あなたは本当に話が上手ね。素敵な将来が待っているのは間違いないわ」なんて褒め言葉を聞かされるのは悪くなかった。やがてヌンツィアは目に涙を浮かべ、リラは進学させてやるべきだった、あれは本来そう宿命づけられた子だった、とつぶやいた。「でも夫が駄目だって言ったの。わたしも反対できなかった。あのころは今みたいにお金もなかったしね。ただ、リラだって、あなたみたいになれるはずだった。それが結婚して、別の道に進んでしまった。もうあと戻りはできないわね。人生の流れには逆らえないもの」ヌンツィアはわたしの幸福をこんな風に祈ってくれた。「きっと、あなたみたいにたくさん勉強した、ハンサムな若者が待ってるわよ」それから彼女は、本当にサッラトーレの長男が好きなのかと尋ねてきた。わたしは否定しつつも、明日の朝は彼と山にハイキングに行く約束なのだと明かした。するとヌンツィアは喜び、サラミとプロヴォローネチーズを挟んだパニーノを作るのを手伝ってくれた。できあがったパニーノは、海で使うタオルやその他の必要になりそうなものと一緒に、背負い袋にしまった。いつもの分別を忘れないでねと注意する彼女におやすみを言って、わたしは台所を去った。

自分の部屋に入ると、少し本を読んだが、気もそぞろだった。明日の朝早くに出かけるのはどんなに素敵だろう。新鮮な空気、色々といい香りもするだろう。海って大好き。ピヌッチャも、彼女の泣き声も、今夜の喧嘩すら愛おしい。リラとステファノのあいだで週末ごとに育まれ、ふたりの仲を回復しつつある愛情も素敵だ。それに、ニーノを思うわたしのこの気持ちの強さときたらどうだろう？ その彼と、リラという一番の親友と、毎日、一緒に過ごせるのも最高だ。当然、誤解もあれば、心の暗い奥底にある意地悪な感情がしゃしゃり出てくることもあるにはあるけれど、わたしたちは、三人揃って幸せでいられる。

ステファノとリラが帰ってきた音がした。抑えた話し声に笑い声がして、ドアが開き、閉まり、また開く音がし、蛇口の水音、トイレの水を流す音がした。そこでわたしは部屋の灯りを消し、窓の外で葦の茂みが鳴るさやさやという音、鶏小屋の物音を聞きながら眠りに落ちた。

でもすぐに目が覚めた。部屋に誰かいる気配がしたのだ。

「わたしよ」ささやいたのはリラだった。

彼女がベッドの端に座っているのは声でわかった。わたしは灯りを点けようとした。

「点けないで。すぐに出ていくから」彼女は言った。

構わず灯りを点け、わたしは体を起こした。

淡いピンク色のネグリジェを着たリラが目の前にいた。あんまり日焼けをしているので瞳が真っ白に見えた。

「わたし、凄く遠くまで泳いだでしょ？」

「うん、凄いよ。でも心配しちゃった」

リラは誇らしげに首を横に振ると、海はもはやわたしの支配下にあるとでも言いたげに、にやっとした。それから、真剣な顔になって言った。

「ひとつ、レヌーに言わなきゃならないことがあるの」

「何？」

「ニーノにキスされちゃった」リラはひと息に言った。自らひとつ告白をすることで、ずっと重大な別の事実を己に対しても隠そうとするような言い方だった。「彼にキスされたの。でもわたし、唇は決して開かなかったよ」

56

リラの説明は微に入り細を穿った。彼女はその時、遠泳でへとへとだったが、自分の実力を証明できたことに満足していた。楽に浮いていたくなった彼女は、ニーノにもたれかかった。すると、ふたりの距離がぐっと縮まったのをいいことに、彼が唇を強く重ねてきたのだという。彼女はとっさに口を固く閉ざし、ニーノが舌先でこじ開けようとしても、決して侵入を許さなかった。彼を突き放しながらリラは言った。「頭おかしいんじゃない？　わたし、夫がいるのよ」しかしニーノは、「僕は君の旦那よりも、ずっと前から君が好きなんだ。いつか教室で競争させられたろう？　あの時から、ずっとだ」と答えた。彼女は二度とこんな真似はしてくれるなと彼を叱り、ふたりは岸を目指してまた泳いだ。「唇が痛いくらい強く押しつけられたの。まだ痛いよ」リラはそう話を結んだ。

彼女はこちらの反応を待っていたが、わたしはあれこれ問い詰めたい気持ちも、意見したい気持ちも、ぐっとこらえることに成功した。次に彼女は、ブルーノが一緒に来ない限り、ニーノとふたりで山になんか行っちゃ駄目だと言ったが、わたしは、自分は未婚だし、婚約者すらいないのだから、たとえニーノにキスされたとしても、何の問題もないはずだと冷たく言い返してやった。そしてこう付け加えた。「でも残念だけど、彼には興味ないの。だからキスされたってこっちは、鼠の死体に唇をくっつけたくらいの感じしかしないと思う」そこでわたしが眠くて仕方のないふりであくびをすると、彼女は愛情と賞賛の入り混じった目をこちらに向けてから、自分の部屋に戻っていった。彼女が出ていってから日の出のころまで、わたしは泣きっぱなしだった。

あの時どれだけ苦しんだかを思い出すと、気まずい気分になる。当時の気持ちが今のわたしには自分でもまるで理解できないからだ。それでもあの夜のわたしは、生きる理由などもう何ひとつないとさえ思っていた。なぜニーノはこんな風に振る舞うのか。ナディアにキスをし、わたしにもキスをし、リラにもキスをするなんて。それが、わたしの愛したあんなに真面目で、思慮深い彼と同一人物だなんてことがあっていいものだろうか。何時間と考えてみたが、世界の重大問題の数々をかくも真剣に論じる彼が、愛情に関してはひどく浅はかであるという事実を受け入れることなど到底できなかった。果てには、問題があるとしたらこのわたしのほうなのではないかとさえ考えた。そもそもわたしが勝手に夢を見て、勝手に勘違いしたのではないか。こんなちびで、デブで、眼鏡までかけた不細工なわたしが、勉強熱心ではあっても、決して頭なんてよくないのに、それでも教養ある女のふりをしてきたわたしが、彼の気を引くことができるなんて、どうして考えたのだろう。休暇のあいだだけのお遊びにしても無理がある話だ。そもそもわたしは、一度でも真剣に彼のことを思ったことがあっただろうか。自分の行動をわたしは意地になって振り返ってみた。すると、彼への気持ちをはっきりと表現できないことに気がついた。わたしはそうした気持ちを人前で懸命に隠してきただけではなく、自分に対しても、自信のない、半信半疑の告白しかできないのだった。どうしてわたしはニーノへの気持ちをリラに隠し続けるのだろう。そして今度も、彼女の夜中の告白を聞かされてどれだけつらかったか、面と向かって怒鳴りつけてやればいいのに、どうしてそうしなかった？　自分はあなたよりも先にニーノにキスをしてもらったと、どうして教えてやらない？　何がわたしをこうさせるのか。真の感情を押し隠すのは、自分が胸に抱えている欲望の激しさを恐れているからなのか。本当はあれもこれもほしくて、あのひともこのひともほしくて、みんなに褒められたくてたまらず、みんなに勝ちたくてたまらない。そんな激しい本音が恐ろしいのか。望みがかなわなければ、その激しさが胸の中で爆発し、ニーノの美しい唇を鼠の死体にたとえるような醜い感情として現れるのが不安なのか。だからわたしは、積極的に振る舞う時も、常に後退する用意ができているのだろうか。いくら状況が悪くても、わたしが上品な笑みを浮かべたり、楽しそうな笑い声を上げたりするのは、そういう訳なのか。誰かに苦しめられても、遅かれ早かれ、相手を正当化する理由を見つけてしまうのはそういう訳なのだろうか。

疑問は次から次に湧き、涙は止めどなくあふれた。きっとこういうことだったのだろうと思える答えにたどり着いた時には、もう夜が白んできていた。ニーノは自分がナディアを愛しているものと心の底から信じていた。そして間違いなくガリアーニ先生の高い評価がきっかけで、わたしのことを何年も前から尊敬し、親しみを感じてくれていた。だが今になって、イスキアでリラに会い、彼は気がついたのだ。彼女こそは、自分が幼いころから本当に愛した――そして未来永劫愛するであろう――唯一の女性であったと。間違いない。これこそが真相に違いない。そう思った。ならばどうして彼を責められよう？　どこが悪い？　ニーノとリラというふたりの物語には、深くて崇高な何かがあり、運命的な巡りあわせとでも呼びたくなるようなところがある気がした。わたしはそれまでに読んだ詩や小説に思い巡らせて、気持ちを静めようとした。もしかすると、勉強が役に立つのは、こんな風に落ちつきたい時だけなのかもしれない。リラはかつてニーノの胸に恋の炎を点した。彼はその炎を長年、そこにそんなものがあるとも知らぬまま守ってきた。そして今、炎は大きく燃え上がったのだ。

57

だが彼女は彼を愛していない。しかも人妻だ。手の届かぬ、禁じられた存在なのだ。なぜなら結婚とは、死を越えて続く永遠の契約なのだから。不倫の罪を犯し、裁きの日まで地獄の烈風にさらされることも厭《いと》わないというのであれば話は別だが。朝日が昇るころ、わたしはようやく状況を把握できた気がした。リラを愛するニーノの気持ちはかなわぬ恋なのだ。彼に対するわたしの気持ちと同じだ。かなわぬ恋、そう結論づけることで、彼が海の中で彼女にしたというあのキスもなんとか受け入れられる気がしてきた。

あのキス。

きっとそれは、誰の意志にもよらず起きてしまった出来事だったのだろう。しかも、リラにはさまざまなことを起こす力があるのだから。一方、わたしにそんな力はない。今日はどうしたらいいのだろう。約束どおりに出かけ、ニーノとエポメオ山に登ろうか、それともやめておこうか。今夜、ステファノとリーノと一緒にナポリに帰ろうか。母さんから手紙が来て、家に呼び戻されたと言い訳をしようか。彼がリラを愛しており、キスをしたと知らされた今、平気な顔で当の本人と山なんて登れる訳がないではないか。それにこれから毎日、ふたり並んで沖へ沖へと泳いでいく姿をわたしはどんな顔で眺めていればいいのだろう。わたしは疲れ果て、眠りに落ちた。はっと目が覚めた時、心の痛みは、長い自問自答のおかげでいくらか本当に軽くなっていた。わたしは約束の場所に急いだ。

　ニーノは絶対に来ないだろうとわたしは思っていた。ところが浜に着くと、彼は先に来ており、しかもブルーノの姿はなかった。ただし、山で登山道を探し回ったり、見知らぬ小道に分け入りたい気分ではなさそうだった。わたしがどうしてもというのであれば登ってもいいが、朝からこの暑さではきっと耐えきれないほどの苦行になるだろうし、頑張っても、海で気持ちよく泳ぐより素敵な何かが待っているとはまず思えない、彼はそう言うのだった。わたしは不安になってきた。今にもニーノが、やっぱり家に帰って勉強をするよ、と言いだしそうだったからだ。ところが驚いたことに、ボートに乗らないかと彼は提案してきた。そして所持金を何度か数え直すのを見て、わたしも手持ちの小銭を出した。すると彼は微笑み、こう言ってくれた。「君はパニーノを持ってきてくれたじゃないか。僕に出させてくれ」数分後、わたしたちは海を進んでいた。彼がオールを握り、わたしは船尾に座って。

　わたしは気分が晴れ晴れとして、もしかしたらリラは嘘を言ったのかもしれない、彼はキスなどしなかったのかもしれない、とさえ思った。でも、心のどこかではそんなことはあり得ないとはっきり知っていた。わたしという人間は時おり、自分にまで（あるいは、特に自分に対して、か）嘘をついたが、リラは違ったからだ。わたしの記憶の限り、彼女が嘘をついたことは一度もなかった。真相は自ずと明らかになった。それからまもなくニーノが自分で説明してくれたのだ。ボートが沖に出ると、彼はオールから手を離し、海に飛びこんだ。わたしもあとに続いた。彼はいつものように海の穏やかな波と見分けがつかなくなるほど遠ざかろうとはせず、海の底へと潜って姿を消し、離れた場所で浮かび上がったかと思うと、また潜った。わたしは深い海が恐ろしかったので、ボートを離れぬようにして、周囲をちょっと回ったが、すぐに疲れてしまい、悪戦苦闘して這い上がった。彼もほどなく戻ってきて、オールをつかむと、力一杯漕ぎだし、陸に平行するかたちでインペラトーレ岬の方角に向かった。その時までふたりの話題に上ったのは、パニーノのこと、暑さのこと、海のこと、エポメオ山なんて登らなくて本当によかった、そのことくらいだった。こちらとしては不思議でならなかったのだが、いつまでたっても彼は本や新聞で読んだことを話題にしなかった。沈黙を恐れてわたしから何度か、いつもの彼なら喜んで弁舌を振るうはずの世界情勢について話を振ってみたが、まるで効果なしだった。やがてニーノは途中でオールを放り出し、しばらく岩壁を眺め、空を舞うかもめたちを眺めていたかと思ったら、こう尋ねてきた。

「リナから何か聞いた？」

「なんのこと？」

彼は困ったように口をへの字に結んでから、言った。

「よし、聞いていないなら、僕から説明しよう。昨日、彼女にキスをしたんだ」

それがきっかけとなり、その日は丸一日、彼とリラ、ふたりのことだけを話して過ごすことになった。わたしたちはそれから何度も泳ぎ、磯や洞窟をいくつも探検し、パニーノを食べ、持ってきた水を飲み干し、わたしはボートの漕ぎ方も教えてもらったが、口を開けば、どうしてもふたりの話題になってしまうのだった。そうしたなかで一番驚いたのは、彼が普段とは異なり、自分の問題を一度も一般論へと発展させなかったことだ。問題はあくまで彼とリラ、リラと彼なのだった。ニーノはいわゆる愛を語ろうとせず、ひとがなぜ別の誰かではなく特定の誰かを愛してしまうのかについての考察もしなかった。彼はただ、リラについて執拗なまでにわたしを問い詰め、彼女と夫の関係を知りたがった。

「どうしてあいつと結婚したんだ？」

「彼に恋をしたからよ」

「そんなのあり得ないね」

「でも本当に本当だもの」

「きっと金のために結婚したんだ。家族を助けるためだ。身の振り方も考えたんだろう」

「それだけの話だったら、マルチェッロ・ソラーラと結婚してもおかしくないと思うけど」

「誰だい、そいつは?」

「ステファノよりもずっとお金持ちで、リナと結婚したくてさんざん無茶をしたひとよ」

「それで彼女はどうした?」

「マルチェッロの申し出を断ったわ」

「つまり、リナは食料品店の主人を愛するがゆえに結婚した、君はそう言いたいのか」

「そうよ」

「じゃあ、子どもを授かるために海水浴をしなくちゃいけないって話は、いったいなんなんだ?」

「お医者様に勧められたの」

「でも彼女は子どもをほしがっているのか?」

「最初は嫌がってたけど、今はどうかな」

「旦那のほうは?」

「ほしがってるわ」

「彼女には惚れてる?」

「べた惚れよ」

「それで君は、客観的に見て、ふたりのあいだはうまくいってると思う?」

「リナに関することで何もかもうまくいくなんてこと、まずないわ」

「どういう意味?」

「あのふたり、結婚したその日から問題が山積みだったの。でも、みんなリナのせい。あの子、自分を絶対に曲げようとしないから」

「それで今はどう？」

「今はずっと仲よしみたい」

「信じられないな」

彼の質問はその一点で堂々巡りをし、そのたび、疑いは深まるようだった。それでもわたしは譲らず、リラは今ほど夫を愛したことはないと主張した。彼が疑わしげな顔をすればするほど、わたしも語気を強め、ついには、あなたとリラのあいだがどうかなるはずがない、妙な夢を見ないでほしいとはっきり警告までした。それでも話は終わらなかった。わたしはやがて悟った。海と空に囲まれて過ごす今日という一日は、こちらがリラについて詳細に語れば語るほど、ニーノにとっては素敵なものになるのだ、と。わたしの言葉のひとつひとつがもたらす苦しみなど、彼にとってはどうでもよいのだった。大切なのは、彼女について知っていることをわたしが一切合切、善悪の区別なくすべて話すこと、わたしと彼がともに過ごす時間をその一分一秒にいたるまでリラの名で埋め尽くすことなのだった。わたしは彼の希望に応えてあげた。最初はつらかったが、わたしの気持ちには次第にある変化が生まれた。こうしてリラについてニーノと話しあうことが、この先の数週間、わたしたち三人の新しいつきあい方となり得る、そう気づいたのだ。ニーノを手に入れることは、わたしにもリラにも決してできないだろう。しかしこの方法なら、どちらも、せめて休暇が終わるまでは、彼の注目を浴び続けることができるはずだ。リラは、出口のない恋の対象として、わたしは、彼の狂気と彼女の狂気の双方を監視し、その暴走を防ぐ、賢明な助言者として。そんな重要な役割につけるのだ、そう思うことでわたしは自分を慰めた。現にリラは、わたしの元に駆けつけてニーノのキスを報告し、彼は彼で、キスの告白を皮切りにこうして丸一日、わたしを話し相手にしているではないか。ふたりのどちらにとっても、わたしは必要不可欠な人間となるだろう。

実際、ニーノはもう、わたしなしではいられなくなっていた。

「彼女が僕を好きになることは絶対にないと思う？」やがて彼はそう尋ねてきた。

「リナはもう覚悟を固めたの」

「覚悟って、なんの覚悟？」

「夫を愛し、彼の子を授かろうって覚悟。だからイスキアに来たの」

「それじゃ、僕の気持ちはどうなる？」

「ひとは誰かに愛されると、普通、相手を愛おしく思うものよね。だからきっと彼女だって、あなたの気持ちは喜んでると思う。でもこれ以上苦しみたくなかったら、何も期待しないほうがいいよ。リナって、ひとに愛されて、尊敬されればされるほど、残酷になるところがあるから。あの子はずっとそうだった」

ニーノとは夕日が沈んでから別れた。しばらくは、なんだかいい一日を過ごしたような気がしていたが、家路を行くうちにもう不機嫌が戻ってきた。どうして自分はこんな苦行に耐えられるなんて思ったのだろうか。ニーノを相手にリラのことを話し、リラを相手にニーノの話をし、しかも明日からは、ふたりが衝突したり、駆け引きしたり、抱きあったり、じゃれたりするのを目の当たりにしなければならないなんて。家に着いた時、わたしはもう、母さんに呼ばれて地区に戻ることになったとみんなに伝えようと決心していた。ところが中に入った途端、リラに厳しく叱りつけられてしまった。

「どこにいってたの。みんなで探したのよ。まったく、必要な時にいないんだから」

大変な一日だったらしい。ピヌッチャのせいだ。彼女はみんなをさんざん悩ませた挙げ句、もしもリーノが彼女を家に連れ帰りたくないと言うのなら、それはもう彼が彼女を愛していないということだから、いっそのこと、お腹の子どもと一緒に死んでやる、なんてことまでわめきだした。それで結局、リーノも降参して、ピヌッチャをナポリに連れ帰ったとのことだった。

58

ピヌッチャがいなくなるとどうなるかをわたしが本当に理解したのは、その翌日になってからだった。とりあえず、彼女のいない夕べはよいことばかりに思えた。ぐだぐだと泣き言を聞かされることもなく、家の中の空気は落ちつきを取り戻し、静かに時が流れた。わたしが部屋に引っこむと、リラもついてきたが、わたしたちの会話は表面的には穏やかなものに終始した。わたしが常に無関心を装い、本音は絶対に漏らすまいと注意したからだ。

「どうしてあの子があんなに帰りたがったか、知ってる?」ピヌッチャの話をしていて、リラにそう聞かれた。

「リーノと一緒にいたいからでしょ」

するとリラは首を横に振り、真剣な調子で言うのだった。

「自分の気持ちが恐くなったからよ」

「どういうこと?」

「あの子、ブルーノに恋しちゃったの」

わたしは驚いた。そんな可能性にはまるで思いいたらなかったからだ。

「ピヌッチャが？」

「そうよ」

「ブルーノのほうはどうなの？」

「気づいてもないわ」

「それって確かなの？」

「うん」

「でも、そんなこと、どうしてリラにわかるの？」

「だってブルーノが狙ってるのは、あなたのほうだもの」

「馬鹿言わないで」

「でも昨日、ニーノから聞いたんだよ」

「今日は彼、そんなこと何も言ってなかったけど」

「彼とふたりでどんなことしたの？」

「ボートに乗ったわ」

「ふたりきりで？」

「うん」

「どんな話をした？」

「そりゃ、色々と」

「例の話もした？」

「例の話って？」

「わかってるくせに」

「キスのこと？」

「そう」

「ううん、彼からはひと言もなかったよ」

何時間も直射日光を浴び、その上、何度も海を泳いだおかげで、わたしは頭がぼうっとしていたが、慎重に返事を選ぶことに成功した。リラが寝室に向かったあと、わたしは自分がシーツの上にぷかぷかと浮かんでいて、暗い部屋が実は青い光と赤みを帯びた光に満ちているような錯覚を覚えた。ピヌッチャがあんなに急いで出ていったのは、ブルーノに恋をしていたから？　しかもブルーノは彼女ではなくわたしが好きだって？　ピヌッチャとブルーノの関係を振り返り、ふたりの会話、口調、仕草を思い返すうちに、わたしはリラの観察の正しさを信じるようになった。そしてステファノの妹に急に親しみを覚えた。自分に鞭を打って島を出ていった、彼女の強さに感心したのだ。それでもブルーノがわたしを狙っているという説には納得できなかった。一度だってこちらの顔をまっすぐに見たことのない、あの彼が？　それにリラの言うとおりであるならば、今日の約束にはニーノではなく、ブルーノが来たはずではないか。少なくともニーノと一緒に彼も来なければおかしい。そもそも、その話が本当であろうとなかろうと、彼はわたしの好みではなかった。ちびで、巻き毛すぎて、額は狭く、歯並びなんて狼みたい。絶対に嫌だった。つかず離れず、適当な距離を保とう。そう決めた。

翌朝、わたしとリラが十時に浜に着くと、ふたりの若者は先に来ていて、波打ち際を行ったり来たり、散歩していた。リラは彼らにピヌッチャがいない理由をごく簡単に、仕事があって、夫と一緒に帰ったと説明した。ところがニーノもブルーノも少しも残念そうな顔をしなかった。わたしはショックだった。友人がひとりいなくなったというのに、なんの喪失感もないというのだろうか。ピヌッチャはわたしたちと二週間をともに過ごしたのだ。五人で一緒に散歩をし、おしゃべりをして、冗談も言えば、海で遊んだ仲ではないか。この十五日のあいだに彼女は間違いなく、何か衝撃的な体験をした。この初めての休暇をピヌッチャはきっと一生忘れないはずだ。だというのに、わたしたちはなんだろう。それぞれ異なる意味で彼女にとっては大きな存在だったろうに、四人とも事実上、なんの寂しさも覚えていないとは。たとえばニーノは、ピヌッチャの急な出発になんの感想も述べなかった。ブルーノにしても、「残念だよ、挨拶もできなかったな」と深刻な声で言っただけで、舌の根の乾かぬうちにもう別の話をし、まるで彼女などイスキアはもちろん、チターラの浜にも来たことなどなかったかのように振る舞うではないか。

続いて起きた、素早い役割変更とでも呼ぶべき事態も、わたしは気に入らなかった。どういうことかといえば、ニーノはそれまでずっとわたしとリラに向かって話しかけていたのが（というより、わたしだけを相手にすることが多かった）、急にリラひとりを話し相手にするようになったのだ。四人になったのだから、僕がふたりとも相手にする義務はもうないとでも言いたげな態度の変わりようだった。一方、ブルーノはブルーノで、先週の土曜までピヌッチャの世話ばかり焼いていたくせに、今度はわたしにつきまとうようになった。その態度はピヌッチャを相手にしていた時とまるで同じ、内気でまめなそれで、あたかも、既婚者で妊娠中の彼女とわたしのあいだになんの違いもないかのようだった。

海に沿って歩く一回目の散歩の時、わたしたちは横一列に、四人並んで歩きだした。ところがほどなくブルーノが、波でひっくり返った貝殻を見つけ、「きれいだな」と言い、かがんで拾った。ひとりだけ残していくのは悪いと思って、わたしが足を止めて待ってやると、彼はその貝殻をくれた。たいしたことのない貝だった。そのあいだにニーノとリラはどんどん先に行ってしまい、結果、波打ち際を前後して進む、二組のカップルが生まれた。ニーノとリラは前、わたしとブルーノは後ろだ。ニーノたちが何やら活発にやりとりをしているのを見て、わたしもブルーノと会話を試みたが、彼はまともに応答できず、しどろもどろになった。ふたりに追いつこうとして急いでみても、ブルーノにぐずぐずされ、足を引っ張られた。彼とまともな意思の疎通をするのは難しかった。海がどうしたとか、空がどうしたとか、かもめがどうしたとか、なんだか当たり障りのないことばかり言うのだが、それが素の彼ではなく、わたしにふさわしいと思われる人物を演じての台詞であるのは確かだった。ピヌッチャとはもっと違う話をしていたはずだ。でなければ、どうしてあんなに長い時間、楽しく一緒に過ごせたのかがわからない。それに、たとえ彼がもっと興味深い話題を取り上げたとしても、その言葉を解釈するのはなかなか困難だったと思う。今何時だとか、煙草をくれとか、水がほしいとか、そういう簡単な要求をする時は、彼も普通の声で、はっきりと発音するのだが、若き騎士《ナイト》の役を演じだすと（〝ほら貝だ、どうだい、きれいだろう、君にあげよう〟）、途端におかしくなって、標準語とも方言ともつかぬ妙にまごついた言葉遣いになり、自分の台詞を恥じるかのように声も小さく、滑舌も悪くなってしまうのだった。わたしはいちいちうなずいてやりながらも、何を言われているのかほとんどわからなかった。そうしながらニーノとリラの会話を聞き取ろうとして、耳を澄ませていた。

どうせ話の内容は、勉強中の何か深刻な問題について彼が弁舌を振るうか、わたしからかすめ取った本で得たばかりの知識を彼女が得意げに披露するか、そんなところだろうと思って、議論に加わるべく、わたしは何度も追いつこうとした。ところがふたりの言葉が聞き取れるくらい距離を詰めるたび、戸惑う羽目になった。こちらの聞き間違いでなければ、ニーノは地区で過ごした幼少時代の思い出をリラに語っていたのだ。しかもその口調は、劇的と言ってもいいくらい感情がこもっていて、リラもおとなしく彼の話を聞いてるようだった。わたしは自分が邪魔者に思えてきて、すごすごと後退し、そのままブルーノと退屈な時間を過ごした。

みんなで一緒に海に入ろうと決めた時も、わたしには以前の三人組を復活させる間もなかった。ブルーノにいきなり水の中に突き落とされて、沈んでしまったのだ。おかげで濡らしたくなかった髪までびしょ濡れになった。水面に顔を出した時には、ニーノとリラは数メートル向こうに浮いてまだ何か話していた。どちらも真剣な表情だった。ふたりはわたしとブルーノよりもずっと長く海に入っていたが、今回は岸から決して離れようとしなかった。自慢の遠泳さえ諦めるほど、議論に夢中らしかった。

夕方になって、ニーノがその日初めてわたしに話しかけてきた。妙に荒っぽいその口調は、まるで彼自身、こちらに拒否されることを期待しているかのようだった。

「夕食のあと、みんなで会わないか？　こっちから家まで迎えにいくし、きちんとまた送るよ」

それまでニーノたちがそんな提案をしてきたことはなかった。わたしはいぶかしげな視線をリラに向けたが、目をそらされてしまった。そこでわたしは答えた。

「家にはリナのお母さんがいるもの、朝から晩までひとりじゃかわいそうよ」

ニーノは返事をせず、ブルーノからも援護の言葉はなかった。ところが一日の最後の海水浴を済ませ、彼らと別れる前にリラは言った。

「明日の夜、わたし、レヌーと一緒にフォリーオに行くの。夫に電話をかけなきゃいけないから。その時、よかったら、みんなでジェラートでも食べましょ」

彼女の発言にわたしは腹が立った。だが、そのすぐあとに、もっと腹立たしいことが起きた。ふたりの若者がフォリーオを目指して遠ざかっていくと、リラは自分の荷物もまとめ終わらぬうちから、もうわたしをなじりだしたのだ。その口ぶりはまるで、ニーノの提案も、それに対するわたしの回答と彼女の回答の明らかな矛盾も含めて、どんな些細なことも、今日起きたことはすべて、理由はともかく、全部間違いなくわたしのせいだと言われている気がした。

「どうして今日はずっとブルーノと一緒だったの?」

「わたしがブルーノと?」

「だってそうじゃない? もう二度と、わたしをニーノとふたりきりにしないでよね。次は許さないから」

「何言ってんの? そっちがちっとも待ってくれなくて、こっちを置いてけぼりにしたんでしょ?」

「わたしのせいにしないでよ。あれは、ニーノが早く歩くから悪いの」

「待ってくれって、彼に言えばよかったじゃない?」

「そっちこそブルーノに、急がないとはぐれちゃう、って言えばよかったでしょ? ねえ、そんなに彼が好きなら、もう夜はふたりで出かけてよ。そのほうが好き勝手にできるでしょ?」

「わたしがイスキアに来たのはリラのためよ。ブルーノなんかのためじゃないから」

「そうは見えないけど。いつもやりたい放題だし」

「そんなに気に障るなら、わたし、明日の朝、島を出るけど?」

「へえ、それじゃあ明日の夜は、わたしひとりで、あのふたりとジェラートを食べなきゃならないってこと?」

「リラ、ジェラートでも食べようなんて言ったのは自分でしょ?」

「仕方ないじゃない? どうせフォリーオには、ステファノに電話しにいかなきゃならないのに、行った先でニーノたちに会ったらどうするつもりだったの?」

こんな調子でわたしたちは、家に帰ってからもやりあい、夕食が終わったあとも、ヌンツィアの前で言い争った。ただそれは、本当の意味での喧嘩ではなかった。陰険な悪意も若干あったにせよ、そんなあいまいなやりとりを通じて、わたしたちは互いに何かを伝えようとして、かなわずにいたのだ。

困った顔で聞いていたヌンツィアがやがて言った。

「明日の夜ご飯のあとなら、わたしも一緒にジェラートを食べにいこうかしら」

「でも、ずいぶん遠いんですよ」わたしは言ったが、リラが乱暴に口を挟んできた。

「何も歩かなくたっていいじゃない？　三輪タクシーを呼べばいいわ。わたしたち、お金持ちなんだから」

59

次の日、ニーノたちがまた早めに来るものと思い、わたしとリラは十時ではなく九時に浜に行ったが、ふたりはまだ来ていなかった。十時になっても来ず、結局現れたのは午後になってからで、どちらも示しあわせたようにのんきな態度だった。ふたりは遅くなった理由を、今夜は君たちと会う約束になっているのだから、朝のうちに先に勉強をしておくことにしたのだと説明した。そこでリラが見せた反応は、誰よりわたしを驚かせた。彼女はふたりを追い払おうとし、きつい方言で罵った。そんなに勉強がしたければ、午後も、夕方も、夜も、今すぐでも、いくらでも勉強すればいい。誰が止めるものか。ところがニーノもブルーノも彼女の言葉を真に受けず、気の利いた冗談でも聞かされたみたいに、にやにやするのをやめなかったので、彼女はサンドレスを着て、バッグを勢いよくつかむと、道路のほうにさっさと歩きだした。ニーノが慌ててあとを追ったが、まもなくすっかり気落ちした顔で戻ってきた。どうしようもなかったようだ。彼女は本当に怒ってしまい、彼の釈明にもまるで聞く耳を持たなかったという。

「そのうち落ちつくわよ」わたしは平静を装い、ふたりと一緒に海に入った。それから日なたで体を乾かし、パニーノをひとつ食べ、気の抜けた会話をすると、わたしも家に戻らないといけないと彼らに告げた。

「今夜はどうする?」ブルーノに尋ねられた。

「リナはステファノに電話をしなきゃいけないから、なんにしても出かけるわ」

そう答えたものの、リラの激しい怒りに実はすっかり動揺していた。あの口ぶりと態度はいったい何を意味しているのか。ふたりが約束に遅れたからといって怒る権利などそもそもないではないか。どうして彼女は自分を抑えきれなかったのだろう。ニーノたちのことをまるでパスクアーレかアントニオでもあるかのように、いやそれどころか、ソラーラ兄弟みたいに罵ったりして。どうしてあんなわがまま娘のような真似をしたのだろう。カッラッチ夫人はどこにいった?

わたしは大急ぎで帰った。ヌンツィアはタオルと水着を洗っているところで、リラは部屋にいた。ベッドに腰かけ、膝の上でノートを広げ、目を凝らし、額に皺を寄せて、珍しく何か書いていた。シーツの上にはわたしの本が一冊、転がっていた。彼女が書き物をする姿を見るのは本当に久しぶりだった。

「さっきのはやりすぎよ」わたしは言った。

彼女は肩をすくめただけで、ノートから目を離さず、午後いっぱい書き続けた。

その晩、リラは夫が来る時みたいに着飾り、わたしとヌンツィアと三輪タクシーでフォリーオへと向かった。ずっと日に当たらず、真っ白だったヌンツィアが娘に口紅を借りて唇と頬に少し紅を差したのが、印象的だった。死人に見間違えられては困るから、というのが彼女の言い分だった。

　ニーノたちはすぐに見つかった。ふたりは、見張り所に詰める番兵のようにバールの前でじっとしていたのだ。ブルーノは下は短パンのままで、シャツだけ着替えてきた。ニーノは長ズボンを穿き、まぶしいくらいに白いシャツを着ていた。頭はくせっ毛を無理に整えており、わたしの目には普段よりかっこ悪く映った。リラの母親の存在に気づくとふたりは態度を硬化させた。わたしたちはバールの入口に設けられたひさしの下に席を取り、スプモーネ（ジェラートの一種）を注文した。意外にも、沈黙を破ったのはヌンツィアで、彼女のおしゃべりはいつまでも終わらなかった。ヌンツィアはニーノとブルーノだけに話しかけた。彼女はニーノの母親を、とてもきれいなひとだった、よく覚えているわと褒め、大戦中の思い出や地区の逸話を山と語っては、覚えているかとニーノに尋ねて否定されるたび、「お母様に聞いてご覧なさい。きっと覚えていらっしゃるから」と言うのだった。やがてリラは苛立ちを見せ、ステファノに電話する時間だと言って、電話ボックスのある店内に入っていった。するとニーノが無口になったので、ブルーノがタイミングよくヌンツィアの話し相手を代わった。腹立たしいことに、ブルーノはヌンツィアが相手であれば、わたしと一対一で話す時とは異なり、すらすらと言葉が出てくるようだった。

「ちょっと失礼します」途中でニーノがそう言って立ち上がり、バールに入っていった。

　ヌンツィアは困った顔になり、わたしの耳にささやいた。

「彼、お代を払いにいったんじゃない？　一番年上なんだから、わたしが出さないとまずいのに」

　ブルーノがそれを聞きつけ、ご心配なく、支払いはもう済んでいます、ご婦人に払わせる訳にはいかないでしょう、と告げた。ヌンツィアは観念し、彼の父親のサラミ工場についてあれこれ尋ねてから、自分の夫と息子もやはり経営者なのだ、靴工場を持っているのだ、と自慢した。

そうこうするうちに、なかなか帰ってこないリラにわたしは不安を覚え、ヌンツィアの相手はブルーノに任せて、自分も店内に向かった。リラがステファノとこんなに長電話をしたことなんてあっただろうか。ふたつあった電話ボックスはいずれも空だった。わたしは辺りを見回した。しかしそうして突っ立っていれば、客に飲み物を運ぶ、店の主人の息子たちの邪魔になった。そのうち、通気用に開けてあるドアに気がついた。中庭に通じるドアだった。ためらいつつもそこから顔を覗かせてみると、古タイヤのにおいと鶏小屋のにおいがした。中庭には誰もいなかったが、庭を囲む塀のひとつに出口があり、その先に庭園らしきものが見えた。わたしは、錆びたスクラップでいっぱいの中庭を横切った。すると庭園に入る前から、リラとニーノの姿が見えた。真夏の夜の薄明かりが草木をぼんやりと照らしていた。ふたりはしっかりと抱きあい、キスを交わしていた。彼がスカートの下に忍びこませた片手をリラは遠ざけようとしていたが、そうしながらもキスはやめなかった。

わたしは音を立てぬようにして、急いで後退した。席に戻ると、ヌンツィアには、リラはまだ電話中だと説明した。

「喧嘩してた?」

「いいえ」

わたしは自分が燃えているような気がした。でも、その炎は冷たく、痛みも覚えなかった。彼女は一年ちょっと前に結婚しているのよ。そう思った。

リラはひとりで戻ってきた。見た目にはなんの変化もなかったが、それでもわたしは、彼女の服装にも、体にも、いくらか乱れを感じた。

それから少し待ったが、ニーノは姿を見せなかった。わたしは、自分が彼とリラのどちらをも憎んでいることに気づいた。そのうちリラが立ち上がり、「もう遅いわ、帰りましょう」と言った。そうして三輪タクシーに乗りこみ、家路につこうとしたところで、ニーノがようやく駆け寄ってきた。彼は陽気に手を振り、「また明日」と大声で別れを告げた。あんなに愛想のいい彼を見るのは初めてだった。リラが人妻であるという事実は、彼にとっても、彼女自身にとっても、なんの妨げにもならないようだ。そんな自分の認識が憎らしいほど的を射たものに思えて、わたしは吐き気を覚え、口元に手をやった。

リラはすぐにベッドに向かった。わたしは部屋で彼女を待った。今夜何があったのか、この先どうするつもりなのかを告白しにくるのではないかと思ったのだが、結局、来なかった。今にして思えばリラ自身、どうしたものかわからずにいたのだろう。

60

それからというもの、状況は日増しに明白になっていった。以前であれば、ニーノはたいがい、新聞か本を持って現れたが、そういうことはもう二度となかった。人類の現状についての真剣な議論も完全に熱を失い、今やいい加減な台詞ばかりとなって、もっと個人的なやりとりに移ろうと常に出口を探すありさまだった。リラとニーノはふたりきりで長いこと泳ぎ、見分けがつかぬほど岸から遠ざかるようになった。あるいはふたりはわたしとブルーノを長い散歩に連れだし、そのたび、二組のカップルという線引きが明確になった。わたしの傍らをニーノが歩き、ブルーノの傍らをリラが歩く、ということは、もう絶対になかった。そして二組のうち、彼らが後ろを歩くのがいつか習慣になった。散歩の途中でわたしは何度か急に振り向いてみたが、毎度、自分が彼らの仲を残酷にも切り裂いたような気分になった。ふたりの両手や唇が、まるでチックのようにぱっと離れるのを目撃する羽目になったからだ。

わたしは苦しんだ。でも、信じられないという思いが心の底にいつまでも残っていたため、その苦しみには波があった。婚約者ごっこをするふたりの空疎な芝居を見物しているようだった。どちらも、本当は自分が相手の婚約者などではなく、婚約者たり得ないことはよく承知していたはずだ。彼にはれっきとした婚約者がおり、彼女にいたっては結婚までしていたのだから。ふたりが堕落した神と女神に見えることもあった。かつてはあれほど優秀で知的だったあのふたりが、今はこんなにも愚かになり、下らないごっこ遊びに興じているのだから。そのうちはっきり言ってやろうとわたしは思っていた。リラ、ニーノ、あなたたちは何様のつもりだ、目を覚まして現実を見つめなさい、と。

でも、できなかった。二、三日のうちに状況はまた変化を遂げた。ふたりは、もはや人目をはばかることなく、手をつなぐようになったのだ。腹立たしいほど恥知らずな態度だった。わたしとブルーノの前では隠すだけ無駄だと判断したらしい。ふたりはよく喧嘩の真似ごとをした。つかみあい、叩きあい、抱きあい、一緒に砂の上を転げ回ることだけが目的の狂言だ。散歩の途中で、廃屋や骨組みだけになった工場跡、鬱蒼とした茂みに消える野道を見つけると、ふたりはすぐに子どもみたいに探検に出かけた。ただし、わたしたちは誘ってくれず、彼が前、彼女が後ろで黙って離れていくのだった。日光浴の時は、互いの距離を限りなく接近させるようになった。最初は肩や腕、腿や足を軽く触れあわせるだけで満足していたのが、そのうち、いつもの果てしない遠泳から戻ってくると、ニーノのものより大きなリラのタオルの上にふたりで並ぶようになり、まもなくニーノが自然なそぶりで彼女の肩に手を回し、リラは彼の胸に頭を乗せるようになった。ある時など、笑いながら、唇と唇を合わせるキスまでした。陽気で素早いキスだった。そんな様子を眺めてわたしは思った。リラはどうかしてる。このふたりはまともじゃない。ステファノを知っている、ナポリの誰かに見られたらどうするつもりなのか。わたしたちの家を用意してくれた業者が通りかかったら？　ヌンツィアが今にも、海に顔を出すことだってあり得ないとは言えないじゃないか。

その無神経さは信じられないほどだったが、ふたりの行動はますますエスカレートした。昼間に会うだけでは足りなくなったのか、リラは毎晩ステファノに電話しなければならないと決めた。ただし、外出につきあおうというヌンツィアの申し出はぶっきらぼうに断った。こうして夕食のあと、わたしは毎晩、フォリーオまでつきあわされることになった。リラは夫への電話をごく手短に済ませると、ニーノと町をぶらつき、わたしはブルーノと歩いた。帰宅はいつも零時を過ぎ、ニーノとブルーノに暗い砂浜を送ってもらうようになった。

金曜の夜、つまりステファノが戻ってくる前日、リラとニーノは急にお芝居ではない、本物の喧嘩をした。わたしはニーノとブルーノとバールの席に座り、ジェラートを食べているところだった。リラは席を外し、電話をかけに行っていた。やがてニーノが険しい顔つきで、裏まで文章の記された便せんをポケットから何枚か取り出すと、なんの説明もなく、わたしとブルーノの退屈な会話をよそに、黙って読み始めた。リラが帰ってきても彼女には一瞥もくれず、便せんをポケットにしまおうともせず、読み続けた。リラはほんの少しだけ待ってから、からかい口調で彼に尋ねた。

「そんなにおもしろいの、それ？」

「ああ」ニーノは答えたが、目は上げなかった。

「じゃあ声に出して読んでよ。みんなで聞きたいじゃない？」

「これは僕のものだ。君たちには関係ない」

「それ、なんなの？」リラは聞いたが、答えは知っている様子だった。

「手紙だよ」

「誰から来たの？」

「ナディアだ」

目にも留まらぬ速さでリラは彼の手から手紙をかすめ取った。ニーノは大きな虫にでも刺されたように、はっと息を呑んだが、取り返そうとはしなかった。彼女がわざとらしい節回しで読み上げても、黙っていた。それはいくらか稚拙な調子のラブレターだった。会えなくて寂しい、というメッセージが言い回しを変えて、甘ったるい言葉でひたすら繰り返されているだけだった。ブルーノは困ったような笑顔を浮かべ、じっと聞いていた。わたしは、ニーノに彼女の行為を冗談として受け取る気配がなく、彼の目がサンダル履きの自分の真っ黒な足をにらんでいるのを見て、リラにそっと言った。

「もうやめて。返してあげて」

わたしの声を聞いた途端、彼女は朗読をやめたが、顔には相変わらず楽しげな表情があり、手紙も返さなかった。

「恥ずかしいでしょ？」リラはニーノを責めた。「自分が悪いのよ。こんな手紙を書く相手と、よくもつきあおうなんて思ったものね」

ニーノは黙ったまま、うつむいて足を見ていた。すると、やはり愉快そうにブルーノが口を挟んできた。

「誰かに恋をする時って、相手がラブレターをうまく書けるかどうかなんて、先にテストしないだろ？　だからじゃないかな」

でもリラはブルーノなど一顧だにせず、あくまでニーノにだけ声をかけた。わたしとブルーノの見ている前で、ふたりだけの秘密の議論でもしているみたいだった。

「あの子が好きなの？　でもどうして？　みんなの前で説明してみてよ。ヴィットリオ・エマヌエレ大通りにある、本と古い絵でいっぱいの家に住んでるから？　子どもっぽい甘えた声で話すから？　それとも高校の担任の娘だから？」

ようやくニーノは目が覚めたらしく、厳しい声で言った。

「手紙を返してくれ」

「今すぐここで破るって言うなら、返してあげる」

愉快そうな彼女の声に対し、ニーノは明らかに挑戦的な響きを帯びた、この上なく真剣な声で短く答えた。

「それから？」

「それからみんなで、ナディア宛ての手紙を書くの。あなたが彼女に別れようって言う手紙を」

「それから？」

「今夜中にその手紙をポストに入れるの」

彼は一瞬黙ってから、同意した。

「よし、やろう」

リラは呆気にとられて便せんを指差した。

「本気で破るつもり？」

「ああ」

「彼女と別れるの？」

「そうだ。でも条件がある」

「聞こうじゃないの」

「君は夫と別れること、それも今すぐにだ。みんなで電話をかけに行って、君が別れを告げるのを聞き届けようじゃないか」

その言葉はわたしを激しく動揺させた。だが、その時はなぜそこまで自分が驚いたのかよくわからなかった。いきなり大きな声を出したせいで、ニーノの声はひび割れていた。リラはすっと目を細めた。わたしにはおなじみの表情だ。さあ、声色が変わるぞ。さあ、恐ろしいリラが出るぞ。そう思った。事実、彼女はニーノに向かって、よくもそんなことが言えたものだと言い、誰に向かって口を利いているつもりだと言い、さらにこう続けた。「ふざけないでよ。こんな手紙と、いいとこの尻軽お嬢ちゃんとあんたの下らないつきあいなんかと、どうしてこのわたしを同じまな板に載せるの？　うちの夫も結婚も、わたしの人生そのものなのよ？　利口そうな顔して、冗談もわからないのね。ううん、冗談どころか、あんた、なんにもわかってない。とことん馬鹿ね。何よ、その顔？　レヌー、もう帰って寝ましょ」

61

ニーノはわたしたちを引き留めようともしなかったが、ブルーノは「じゃあ、また明日」と言った。家には三輪タクシーに乗って帰ったのだが、その車上でリラは震えだし、わたしの片手を取って、きつく握りしめた。そして、ニーノとのあいだにあったことを包み隠さず語りだした。混乱した告白だった。わたしは彼のキスがほしかった、だからキスされるがままになった、彼の手に触れてほしかった、だから触れられるがままになった、といった具合だ。「眠れないの。うとうとしても必ずはっと目が覚めてしまう。そのたび時計を見て、もう朝で、海に行く時間ならいいのにと願うんだけど、でもまだ夜で、目が冴えてそのまま眠れない。頭の中は彼に聞かされた言葉と、こっちが彼にすぐに伝えたい言葉ではち切れそうなの。わたしだって我慢したわ。ピヌッチャとは違う、わたしなら思うままにやれるはず、始めてもきっとやめられる、こんなのただの暇つぶし、そう思ってた。最初は口だってきっちり閉じてた。でもそのうち、まあいいじゃないの、ただのキスじゃないの、なんて思って。そうしたら本当のキスを知ってしまった。わたし、知らなかった──嘘じゃないわ──そしたらもうやめられなくなった。彼と手をつないで、指を絡めて、ぎゅっと握ったら、二度と離したくないと思った。わたし、本当にたくさんのことを知らずに生きてきたのね。それが今になって、みんないっぺんに押し寄せてきたみたい。わたし、今さら恋人やってるの。もう結婚してるのに。胸もこめかみもどきどきしてて、息が苦しいの。でもそんな何もかもが大好きなの。人目につかない場所に彼に連れこまれるのも好きだし、誰かに見られちゃうんじゃないかっていうスリルも好きだし、いっそ見せてやりたいとも思うの。レヌーもアントニオとそういうことしてたの？　別れる時は苦しくて、またすぐに彼に会いたくてたまらなくなった？　それって普通なんでしょ？　どうだったの？　どうしてこんなことになっちゃったんだろう。きっかけだってよくわからない。最初は彼のことなんて好きじゃなかった。しゃべり方と話の内容は好きだったけど、見た目はぜんぜん惹かれなかった。このひと、なんて色んなこと知ってるんだろう、しっかり聞いて勉強させてもらおう、そう思ってただけ。それが今じゃ、彼の声を聞くと、わたし、話に集中することもできない。彼の口元を見れば、恥ずかしくなっちゃって、つい目をそらしてしまうの。あっという間に、彼の何もかもが愛しくてたまらなくなったわ。手も、薄い爪も、痩せた体つきも、浮き出たあばら骨も、ほっそりとした首筋も、剃るのが下手でいつもざらざらの髭も、鼻も、胸毛も、長くて細い脚も、膝も。わたし、彼に触れたいわ。そう思うとね、レヌー、吐き気がするようなことも、そう、気持ち悪くてたまらないような、あの手のことだって、あのひとがそれで気持ちいいなら、喜んでくれるなら、してあげたいと思えてくるの」

わたしはほぼ夜通し、そうした話をリラの寝室で聞かされた。部屋のドアは閉ざされ、電気は消えていた。彼女はダブルベッドの窓側に横たわり、月の光が、うなじにかかった髪の毛と丸いお尻を照らしていた。わたしはドアのほう、つまりステファノの寝る側に横たわり、こんなことを考えていた。リラの夫は週末のたび、ベッドのこちら側で寝て、昼に夜に、彼女を抱き寄せる。ところが今は同じベッドで、彼女はわたしに向かってニーノの話をしている。ニーノを語れば、リラの記憶はあいまいになり、このシーツから夫婦の行為の跡はきれいに消し去られてしまうのだろう。リラは彼を語ることで、ここに恋人を召喚し、彼を抱く夢を見る。そうして我を忘れるから、過ちも罪も気にはならない。リラはわたしを信頼し、黙っていたほうがいいようなことまで打ち明けている。わたしが昔から憧れてきたまさにそのひとを、自分はどれだけ愛しているかと熱く語る。しかもその口ぶりは、このわたしが鈍感で、ひとを見る目がなく、彼女には見えるものも見えないために、これまでニーノという存在に気づかず、その優れた人物にも気づかなかったと確信している者のそれだった。意地悪な演技なのかもしれない。それとも本当に、エレナは小学校から今日までずっと目も見えず、耳も聞こえず、サッラトーレの息子が放つ強い魅力には気づかなかったと、リラは信じているのだろうか――ならばそれは、本音をしばしば隠そうとするわたしの性格のせいだ――そして、ここイスキアで、自分が初めて彼の魅力に気づいたなどと？　ああ、リラのそんなうぬぼれがなんとも憎らしい。血も沸き返るようだ。でもわたしには、もうそんな話はうんざりだとも言えず、自分の部屋に戻って沈黙の叫びを上げることもできない。わたしは彼女の部屋に残り、時おり相手の言葉を遮っては、なんとか落ちつかせようとしている。

冷静を装いわたしは彼女を諭した。「何もかも海のせいよ。開放的な雰囲気と休暇のせい。それにニーノって、ペテン師っぽいところがあるから、彼の話を聞いてるとなんでも簡単そうに思えてきちゃうの。でも、よかった。明日になればステファノも来るし。そうしたら、きっとニーノなんて子どもに見えてくるよ。実際、子どもなんだし。ニーノの正体、わたしよく知ってるもの。そりゃ、なんだか凄いひとに見えるかもしれないけど、でも、ガリアーニ先生の息子さん――アルマンド、覚えてる？――の彼に対する態度を思い出せば、わたしたちが過大評価しているのは間違いないわ。もちろんブルーノに比べれば優秀に見えるけど、つまるところは、ちょっと勉強好きな、鉄道員の息子でしかない。だって学校じゃ、リラのほうが年下なのに、彼よりも勉強できたでしょ？　それにあのひと、はしたないくらい友だちを利用するじゃない？　飲み物でもジェラートでも、なんでもかんでもブルーノに払わせてさ」

ニーノをそんな風にけなすのはつらかったし、自分でも言いながら嘘だと思った。そして何より、わたしの努力はほぼ役に立たなかった。リラは不満の声を上げ、遠慮がちに反論し、わたしがまた言い返す展開となった。ついに彼女は真剣に腹を立て、自分だけが本当の彼を知っているとでも言いたげにニーノの弁護を始め、どうしてレヌーはいつもわたしの前では彼のことをやたらと軽んじるような口を利いてきたのか、何か彼を憎む理由でもあるのかとわたしを責めた。「ニーノ、あなたのことずっと助けてくれたじゃない？」リラは言うのだった。「あんなどうしようもない作文だって、雑誌で発表させようと努力してくれたのに。レヌーのこと時々、嫌いになるよ。誰でも彼でも、あなたはとにかくこき下ろすからね。それこそ、誰だってひと目見たら好きにならずにはいられないようなひとのことまで」

もう我慢ならなかった。愛するひとを敢えて悪く言ってまで彼女を元気づけようとしたのに、随分な言われようだった。だから、ついにこっちも啖呵を切った。「好きにすればいいでしょ？　わたしもう寝るから」だが彼女はすぐに態度を改め、わたしにぎゅっと抱きついて離さず、こうささやくのだった。「お願い、どうしたらいいのか教えて」わたしは彼女を突き放し、そんなことは自分で決めることだ、わたしが代わりに決められるような話じゃないと声を殺して言った。「ピヌッチャを見習ったらどう？　結局、リラよりあの子のほうが立派だったじゃないの」

彼女もその点には賛成し、わたしたちはピヌッチャを褒めたたえた。やがて彼女は急に、ため息混じりに言った。

「わかったわ。わたし、明日は海に行かない。それで明後日、ステファノとナポリに帰る」

62

それは最悪の土曜日となった。彼女は本当に浜辺に行かなかった。わたしも行かなかったが、わたしたちをひたすら待っているであろうニーノとブルーノのことばかり考えて過ごすことになった。かといって、彼女に〝ちょっと海に行ってくるね、軽く泳いだら帰ってくるから〟とも言えず、さりとて、〝ねえ、どうしたらいいの、荷物をまとめてナポリに帰るの？　それともまだここにいるの？〟

様子をうかがって過ごした。だからヌンツィアの掃除を手伝い、昼食と夕食の支度を手伝い、時々リラの様子をうかがって過ごした。ところが彼女はいつまでも起きてこず、ベッドに入ったまま、本を読んだり、ノートに何か書いてばかりいるのだった。食事のために母親に呼ばれても返事をせず、繰り返し呼ばれれば、部屋のドアを家が揺れるほど勢いよく閉じた。

「海水浴もやりすぎると、かえって神経に触るみたいね」わたしとふたりきりでの昼食中、ヌンツィアが言った。

「そうですね」

「それに子どもだってできなかったし」

「ええ」

午後も遅くなって、リラはベッドを出て、何やらつまみ食いをし、今度は何時間もバスルームにこもった。そして髪を洗い、化粧をして、きれいな緑色の服を着たが、表情はふくれ面のままだった。それでも、やってきた夫のことは優しく迎えた。ステファノも彼女を見るなり、映画のような長く熱いキスをした。わたしとヌンツィアはさだめし、気まずい顔でその光景を眺める観客といったところだった。それから彼は、わたしの両親がよろしく言っていたと言い、ピヌッチャのわがままは収まったと報告し、リーノとフェルナンドが完成させた靴の新作をソラーラ兄弟がどれだけ気に入ったかを子細に語った。しかしこの最後の話題がリラの気に障り、夫婦の調和は崩れた。彼女はその時までなんとか笑顔を浮かべていたのだが、ソラーラの名が耳に入った途端、夫を罵りだし、自分はあんなふたりのことはこれっぽっちも興味がない、あの兄弟が何を考え、何を考えていないかを知るためだけに生きるなんて、本当に下らないと言った。ステファノは傷つき、顔をしかめた。数週間にわたり続いた魔法がついに解けたのを彼も悟ったようだった。それでもいつもの従順そうな微笑みを崩さず、自分はただ地区での出来事を説明しただけなのに、お前の反応は大げさだと彼は答えた。だがそんな努力もたいした役には立たなかった。リラはその夕べをあっという間に、とめどなく続く夫婦喧嘩の舞台に変えてしまった。ステファノが何を言っても、彼女はことごとく嘲笑し、彼をこけにした。ふたりはいがみあったまま寝室に入り、わたしは争う声を聞きながら眠りに落ちた。

日の出のころに目が覚めた。わたしは迷った。荷物をまとめるべきか、リラの決断を待つべきか。それとも、海に行こうか。でも、浜辺でニーノに出くわして、リラをひどく怒らせることになるかもしれない。それとも、このまま丸一日、部屋にこもって悶々と悩み続けるか。結局、書き置きをして出かけることにした。バラーノのマロンティの浜に行きます、でも、お昼過ぎには戻ります。そう書いた。ネッラに別れを告げずにイスキアを去る訳にはいかないので、とも付け足しておいた。よかれと思って書いたつもりだったが、今のわたしは自分の考え方の癖をよく知っている。あの時、わたしは運試しをしたのだろう。両親の元に小遣いをせびりに来たニーノとマロンティで偶然会ったとしても、リラには責めようがないはずだったからだ。

だがその結果、わたしはままならぬ一日を過ごすことになり、結構なお金を無駄遣いさせられた。まずはボートタクシーでマロンティの浜まで向かったのだが、いつもならサッラトーレ家がいる場所には、一家のパラソルが立っているだけで誰の姿もなかった。辺りを見回すと、ドナートが泳いでおり、彼もこちらに気づいた。彼はわたしに向かって大きく腕を振り、駆け寄ってきた。そして、今日は妻と子どもたちはいない、夜までニーノとフォリーオで過ごすことになっているのだと言った。わたしは激しく落胆した。運命の皮肉どころか、すっかり馬鹿にされた気分だった。運命はわたしからサッラトーレ家の長男を取り上げ、代わりにその父親のねちっこい饒舌を待機させていたのだから。

彼には構わずネッラのところに向かおうとしたが、ドナートは諦めず、荷物を急いでまとめて、勝手についてきた。道々、彼はきざな口ぶりになり、だいぶ前にわたしとのあいだに起きたあの事件を恥ずかしげもなく話題にした。まずはわたしに謝っておきながら、情熱を理性で抑えつけることはできない、などとつぶやき、あのころも君は美しかったが、ああ、今の美しさときたら、などとため息混じりに言うのだった。

「大げさですね」わたしはつい答えていた。あくまで冷たく振る舞うべきだと頭ではわかっていたが、苛立ちのあまり、笑い声を上げてしまった。

パラソルと荷物を山ほど持って、ドナートは息をいくらか乱しながらも、おしゃべりをやめようとしなかった。彼が言わんとしていたのはつまるところ、若者には残念ながら、きちんと己を見つめるための目もなければ、自分というものを客観的に感じるための感情もない、ということだった。

「でも、鏡があるわ」わたしは反論した。「鏡は客観的ですよ」

「鏡だって？　鏡ほど信頼のできぬものはないよ。賭けてもいいが、君は、リナとピヌッチャのほうが自分より美人だと思ってるだろう？」

「ええ」

「ところが、君のほうがずっとずっときれいなんだよ。嘘じゃないぞ。そのブロンドの髪の美しさときたらどうだい？　立ち振る舞いだって、あのふたりよりずっと優雅だ。ただ、解決すべき問題がふたつだけある。ひとつ目は水着だ。君の持つ可能性にはふさわしくないね。そして眼鏡のモデルだ。その眼鏡は大間違いだよ、エレナ。印象が重たすぎるんだ。君の顔立ちは繊細で、勉強のおかげで知的な美しさまで備えている。もっと軽い感じの眼鏡にすべきだ」

わたしは次第に不快さを忘れ、ドナートの言葉に聞き入った。まるで美の科学者のようだと思った。その客観的な語り口には説得力があり、気づけばわたしも、彼の言葉がもしも本当だったらどうする、などと考えるようになっていた。もしかしたら、わたしは本当に自分の価値を知らないのかもしれない。でもだからといって、新しい服に水着、眼鏡まで買うお金なんてどこにある？　わたしが貧しさと格差について今にも愚痴をこぼしそうになったところで、彼はにやりとし、こんなことを言った。

「もしかしたら僕の言葉など信じられないかもしれないが、このあいだ三人で来てくれた時、うちの息子が君をどんな顔で見ていたかには、さすがに気づいただろう？」

それを聞いて、ようやくわたしは目が覚めた。ドナートはやはりペテン師だった。この男の言葉はすべて、こちらの虚栄心をあおり、いい気持ちにさせて、もっと褒めてほしいとわたしに思わせ、おびき寄せるための罠なのだ。自分が愚かしく思えた。そして、悔しかった。彼の嘘に傷ついたのではない。自分の愚かさが悔しかったのだ。わたしはぶっきらぼうに彼をあしらい、口をつぐませた。

ネッラの家では、彼女と少しおしゃべりを楽しんだ。今晩、みんなでナポリに帰るかもしれないから、挨拶に来たとわたしは説明した。

「もう帰っちゃうの？　残念ね」

「ええ、本当に」

「お昼、食べてってよ」

「ごめんなさい、時間がないの」

「でも、今晩の出発がなくなったら、絶対にまた来てちょうだい。もっとゆっくり、丸一日、遊びにきてよ。泊まっていけばいいわ。ベッドがあるのは知ってるでしょ？　色々と積もる話もあるし」

「ありがとう」

そこへドナートが口を挟んできた。

「待ってるよ。僕らは君のことが大好きなんだから」

わたしはすぐに立ち去った。ちょうど、港のあるポルトの町へと車で向かうネッラの親戚がおり、そこまで乗せていってくれるというので急いだのもあった。

車に揺られているうちに、ドナートに言われた言葉が、どれだけ否定しても、胸の中で勢いを取り戻していった。もしかしたら、嘘ではなかったのかもしれない。そう思った。ニーノがわたしを見る目に、ドナートは実際、気がついたのかもしれない。もしもわたしがそんなにきれいで、ニーノが本当に魅力を感じていたのならば――わたしはそれが真実であると知っている。つまるところ彼は、わたしにキスをし、手までつないでくれたのだから――今こそ、真実を直視すべき時に違いなかった。リラはわたしからニーノを奪ったのだ。リラはわたしから彼を遠ざけ、誘惑した。わざとではなかったのかもしれないが、いずれにせよ、事実には変わりがない。

ニーノを探そう、なんとしてでも彼に会わなければ。わたしは即断した。出発が迫っており、リラにもこれまでのように時間をかけて彼を誘惑する間がなく、彼女自身、日常生活に戻ろうと決めた今こそ、彼との関係を再開するチャンスだった。ナポリで、まずは友人としてつきあい直そう。リラについて話しあうためにと言って、会う約束をしてもいい。そのうち、以前のような難しい議論、読書に基づく議論もできるようになるはずだ。そうすれば、リラよりもわたしのほうが、彼の好きなテーマに熱中できるときっと証明できる。うまくいけば、ナディアにだって勝てるかもしれない。そうだ、ニーノとすぐに話さないと。今晩、ナポリに帰ることになったと彼に教え、場所は地区でも、ナツィオナーレ広場でも、メッゾカンノーネ通りでも、あなたが好きに決めていいから、なるべく早くまた会いましょう、そう言うのだ。

わたしはポルトから三輪タクシーに乗り、フォリーオのブルーノの家に向かった。ところがいくら呼んでも、誰も出てこなかった。わたしはだんだん不安になりながら、町をさまよい、次に浜辺を歩きだした。すると一見、運命が今度はわたしに味方したような展開が待っていた。もうだいぶ歩いたころ、前方にニーノが見えたのだ。彼はわたしに会えたのをもの凄く喜んでくれた。喜びすぎ、と言ってよかった。目をぎらつかせ、身ぶりは落ちつきがなく、声は裏返っていた。

「昨日も今日も、君たちをずっと探したよ。リナはどこだい？」

「ご主人と一緒よ」

ニーノはポケットから封筒を出し、こちらの手にぐいと押しつけた。

「これ、彼女に渡してくれないか」

わたしはむっとした。

「無駄よ、ニーノ」

「いいから、渡してくれ」

「今晩わたしたち、ナポリに帰るの」

彼はつらそうに顔を歪め、かすれ声で言った。

「誰が決めたんだ？」

「彼女よ」

「そんな馬鹿な」

「でも本当だもの。昨日の夜、リラに急に言われたの」

彼は少し考え、封筒を指差すとまた言った。

「頼む、とにかく彼女に渡してくれ。それもすぐに」

「わかった」

「絶対だよ」

「わかったって言ってるでしょ?」

ニーノはしばらくわたしにつきあって歩き、母親と弟と妹をずいぶんと悪く言った。面倒くさい家族だよ、バラーノに帰ってくれてほっとしたね。わたしがブルーノはどうしたのかと尋ねると、彼はちょっと嫌な顔をして、あいつは勉強中だと答え、ブルーノのことも悪く言った。

「あなたは勉強しないの?」

「気が乗らないんだ」

彼は深くうなだれ、悲痛な顔をした。それから、個人的な問題を抱えた教師のせいで、自分は勉強ができると信じこまされた生徒の悲劇を語りだした。以前は学びたいことがたくさんあったような気がしていたが、そのどれにも本当に興味を持ったことなど一度もなかった。彼はそう気づいてしまったのだという。

「何よそれ? どうして急に?」

「人生って、変わる時は一瞬でがらりと変わるものだよ」

いったいどうしてしまったのか。ひどくありふれた言葉ばかり重ねる目の前の彼が、以前のニーノとは別人に思えた。彼を助け、本来の自分に戻してあげよう、わたしは心で誓った。

「あなた今、ちょっと興奮しすぎで、自分でも何を言ってるかわかってないんじゃないかしら」わたしはいかにも聡明そうな声ではっきり言ってやった。「とにかくナポリに戻ってきたら、すぐに連絡ちょうだいね。改めて話しあいましょう」

ニーノはうなずいたが、すぐに怒りのこもった声で、ほとんど叫ぶように言った。

「大学はやめるよ。仕事を探そうと思ってるんだ」

63

ニーノは家の前までついてきた。おかげでこっちは、よもやステファノとリラに出くわすのではないかとびくびくものだった。急いで別れを告げると、わたしは階段を上りだした。すると彼の叫び声がした。

「明日の朝、九時に待ってる」

わたしは足を止め、答えた。

「でも今晩出発したら、次は地区で会いましょう。待ってるから」

ニーノはきっぱりと首を横に振った。

「今夜の出発はないね」あたかも運命に向かって脅迫めいた命令をするような声だった。

わたしは最後にもう一度、彼に手を振ると、階段を駆け上った。そして、渡された封筒の中身を確認する間がなかったのを悔やんだ。

家の中は嫌な雰囲気だった。ステファノとヌンツィアがふたりきりでひそひそ話をしており、リラはバスルームか寝室にいるようだった。帰ってきたわたしをふたりは恨みっぽくにらんだ。ステファノはなんの前置きもなく、怒りのこもった声でわたしを問い詰めた。

「君とうちのあいつは何を考えているんだ?」

「どういうこと?」

「リナのやつ、イスキアはうんざりした、アマルフィに行きたいなんて言うじゃないか」

「そんなの、こっちも聞かされてないけど」

そこでヌンツィアが口を開いたが、その口調にいつもの母親らしさはなかった。

「レヌー、あの子に妙な入れ知恵をしないでね。お金の無駄遣いは許しませんよ。どうして今さらアマルフィなの？　ここのお家賃は九月まで払ってしまったのよ」

わたしはむかっとしながら答えた。

「勘違いです。こっちのほうがリナのわがままに振り回されているんです。わたしのせいじゃないわ」

「なら、あいつに考え直すよう言ってくれ」ステファノが吐き捨てるように言った。「俺は来週また帰ってくる。そしたら、十五日の聖母被昇天の祝日をみんなで盛大に祝おうじゃないか。きっと楽しいぞ。だが、もうわがままはたくさんだ。ふざけるなって言うんだ。今からアマルフィに連れていけだって？　またアマルフィが気に入らなかったらどうする？　次はカプリか？　で、その次はどこだ？　そうだろ、レヌー？　もういい加減にしてくれよ」

彼の口調にわたしは震え上がった。

「彼女、どこにいるの？」わたしは尋ねた。

ヌンツィアが寝室を指差した。きっとリラは荷物をまとめ終わっており、どれだけ痛い思いをすることになっても、絶対に今夜出発するつもりでいるものと信じて、わたしは部屋に入った。ところがリラは下着姿で、乱れたベッドの上で寝ているではないか。部屋はいつもどおり散らかりっぱなしで、旅行鞄はその片隅に、空っぽで積み上げられたままだった。わたしは彼女を揺り起こした。

「リラ」

彼女ははっと目を覚まし、寝ぼけ眼《まなこ》ですぐにこう尋ねてきた。

「どこに行ってたの？　ニーノには会った？」

「うん。これ、あなたにって」

わたしは気の進まぬまま、例の封筒を渡した。リラは封筒を開け、一枚の紙を取り出した。そして文面を読むなり、いきなり元気になった。何か興奮剤でも注射されて、眠気も、落ちこんだ気分も吹き飛んだみたいだった。

「彼、なんだって？」わたしはそっと尋ねた。

「わたし宛てには、なんとも書いてないわ」

「どういうこと？」

「これ、ナディア宛ての手紙よ。別れようって書いてあるの」

彼女は手紙を封筒に戻し、わたしに渡すと、しっかり隠しておいてくれと言った。

わたしは封筒を両手で持ったまま、混乱していた。ニーノがナディアと別れる？　どうして？　リラにそうしろって言われたから？　わたしはニーノに失望した。それも激しく失望した。彼はリラとの火遊びのために、ガリアーニ先生の娘を犠牲にしようとしていた。わたしは、リラが着替え、化粧するのを黙って見つめていたが、やがて彼女に聞いた。

「どうしてステファノに、アマルフィに行きたいだなんて馬鹿なことを言ったの？　わたし、あなたの考えてること、よくわかんないんだけど」

するとリラはにやりとして答えた。

「わたしにもわかんない」

わたしたちは部屋を出た。リラはステファノに音を立ててキスをし、陽気にじゃれついた。それからみんなで彼をポルトまで見送ることになった。わたしとヌンツィアは三輪タクシーで、彼とリラはランブレッタに乗って。ポルトではフェリーを待つあいだ、ジェラートを食べた。リラは夫に優しく接し、離れているあいだの指示をあれこれしてから、毎晩電話すると約束した。船に乗りこむ直前、彼はわたしの肩に腕を回し、耳にこうささやいてきた。

「さっきはごめん。本当に腹が立ってしまってね。君がいなかったら、今度ばかりはどうなっていたかわからないよ」

丁寧な口ぶりだったが、わたしにはある種の最後通牒のように聞こえた。真意はこうだったはずだ──君の親友のリナによく言っておけ。今日みたいな馬鹿は二度と言うな。こっちだって堪忍袋の緒が切れるぞ、と。

64

手紙の冒頭には、ナディアのカプリでの滞在先の住所があった。ステファノを乗せたフェリーが埠頭を離れるや否や、リラはいかにも楽しげにわたしたちを連れて煙草屋に向かい、切手を買い求め、わたしがヌンツィアの相手をしているあいだに、封筒に住所を書き写して、ポストに投函した。

それから三人でフォリーオを散策したが、わたしはあんまりぴりぴりしていたので、ヌンツィアとしか口を利かなかった。家に戻ってようやくわたしはリラを自分の部屋に連れていき、はっきりと言うべきことを言った。彼女は黙って聞いていたが、どうもぼんやりしていて、わたしの話の内容の深刻さを理解しながらも、同時に、そんな説教などどうでもいいと思っている節があった。「リラ、何を考えているのかは知らないけど、どう見たってあなたのやっていることは危険すぎるわ。今日はステファノも喜んで出てったし、毎晩電話すれば、もっと喜ぶでしょうよ。でも、気をつけなさい。一週間たてばまた戻ってきて、次は八月の二十日まで、彼、こっちに残るのよ。それなのに、こんなとずっと続けられると思ってるの？　他人の一生を台無しにして楽しい？　ニーノ、大学をやめて、仕事を探すつもりでいるよ？　彼に何を吹きこんだの？　それにどうして婚約者と別れさせたの？彼を駄目にする気？　あなたたち、ふたりとも駄目になっちゃうよ？」

この最後の問いかけにリラははっとした顔をしてから、少々わざとらしく、げらげらと笑いだした。そして、本音かどうかは怪しかったが、いかにも楽しそうな口ぶりでこう答えた。あなたはわたしのことを誇りに思うべきだ、わたしのおかげでずいぶんといい格好をすることができたのだから。なぜって、あなたの担任のガリアーニ先生の娘で、あの極めて上品なナディアという娘よりも、わたしはあらゆる点において格が上である、そう評価されたのだから。なぜなら、あなたの学校で一番優秀で、もしかしたらナポリでも最優秀な、いやそれどころか、イタリアでも、世界でも一番かもしれない──当然、こちらの話によれば、ということだが──若者が、よりによってわたしのような、靴職人の娘で、学歴は小卒止まりで、カッラッチ家に嫁入りした女を喜ばせるために、あんなにいいところのお嬢さんを捨てたのだから……。リラの声はますます嫌みっぽくなり、残酷な復讐計画をついに打ち明けるみたいな調子になってきた。わたしは嫌な顔をしたはずだ。彼女は気づいた様子だったが、しばらくはそんな調子で語り続け、自分でもやめられないようだった。だがリラは本気でそんなことを言っているのだろうか。それが今この瞬間の本心だというのか。わたしは怒鳴った。

「誰のためにこんな芝居をしてるの？　わたしのため？　あなたを喜ばせるためならニーノはなんでもやるって、そう思わせたいの？」

すると彼女の目から笑みが消え、表情が暗くなり、急に声の調子も変わった。

「違う、わたしの言ってることなんてみんな嘘っぱちだよ。本当は正反対。彼のためならなんでもやるのは、わたしのほうよ。誰かにこんな気持ちになるの、生まれて初めてだし、今そう思えるのが、わたし、嬉しいんだ」

それから、打ちひしがれた様子で、リラはわたしにおやすみとも言わず、寝室に向かった。

わたしは疲れるばかりの浅い眠りに落ち、うとうとしながら、最後の言葉こそ彼女の本音なのだろうと思った。

次の週、自分の確信が正しかったことを知った。早くも月曜には、ブルーノがピヌッチャの出発を受け、真剣にわたしを狙いだしたのがわかった。しかも彼はわたしに対し、ニーノがリラに対して取るのと同じ態度で接すべき時が来たと考えたらしく、泳いでいる途中で不器用にわたしを引っ張り、キスをしようとした。おかげでこちらはさんざん海水を飲まされ、咳きこみながら急いで岸に戻らなくてはならなかった。さすがの彼もわたしの怒りに気づいたらしい。しゅんとした犬のようになって隣に来て、濡れた体を日干しすべく寝そべった彼に、わたしは優しくも、確固とした口調で、はっきり言ってやった――ブルーノ、あなたはとても楽しいひとだけど、わたしがあなたに対して友だち以上の感情を持つことはあり得ないわ。すると彼は悲しそうな顔をしたが、諦めなかった。その晩、ステファノへの電話が済んだあとで、わたしたちは四人で浜辺を散歩し、それから冷たい砂の上に座って星を眺めた。リラは両肘を後ろに突き、そのお腹にニーノが頭を乗せ、彼のお腹にわたしが、わたしのお腹にブルーノが、それぞれ頭を乗せた。わたしたちは星空を仰ぎながら、天の驚くべき設計美を言葉の限りを尽くして賛美した。だがひとりだけ例外がいた。リラだ。彼女は沈黙を守り、わたしたちが驚嘆のレパートリーを使い果たしてから、ようやく口を開いた。そして、夜空の眺めがわたしは恐ろしい、設計美なんてものは見えないし、真っ青なタールの中にガラスの破片がでたらめに散らばっているようにしか見えない、と言った。その言葉に、残る三人は何も言えなくなり、わたしはいらっときた。最後になって発言するのは、リラの嫌な癖だった。おかげで彼女にはじっくりと考える時間があり、わたしたちがほぼ考えもなく口にした言葉の一切を、いつもちょっとしたひと言で台無しにできた。

「恐いことを言うのね。こんなにきれいなのに」わたしは大声でやり返した。

ブルーノはすぐにわたしの意見を支持した。ところがニーノはリラに説明を求めた。彼は軽く体を動かして、自分のお腹から頭をどかすようわたしに合図すると、座り直し、まるでリラとふたりきりでいるみたいに一対一で議論を始めた。星空について、星々からなる神殿について、秩序について、無秩序について。最後にふたりは立ち上がり、おしゃべりをしながら闇の中に消えていった。

わたしはまだ仰向けになっていたが、今は両肘をついて上半身を起こした格好だった。ニーノの体という温かい枕はもうなく、ブルーノの頭がお腹の上で重たかった。わたしは彼の髪に軽く触れ、ごめんなさい、と声をかけた。すると彼は起き上がるなり、こちらの腰をつかみ、わたしの胸に顔を押しつけてきた。やめてと小声で言ったが、構わず砂の上に押し倒された。彼は片手でわたしの胸をぎゅっと押さえながら、口にキスをしようとした。仕方なくわたしも、何するのよと怒鳴りながら力いっぱい押し返し、今度は遠慮せず大声ではっきりと言ってやった。「あんたなんか大嫌い。まだわからないの？」彼はひどく戸惑った様子で手を止め、ぺたんと座った。そして、聞こえるかどうかという小声で尋ねてきた。「僕のこと、これっぽっちも好きじゃないってこと？」わたしは自分の感情が、量で測れるようなたちのものではないということを説明しようとした。

「あなたがかっこいいとか不細工とか、面白いとか面白くないとか、そういう程度の問題じゃないの。

わたしは、ある種の人々には惹かれるけど、ある種の人々には惹かれないってこと。相手が実際はどんな人間かはとりあえず関係ないわ」

「僕のこと嫌いなの？」

わたしはため息をついた。

「嫌いよ」

ただそう答えた途端、どっと涙が湧き出し、わたしは泣きながら、こんなことをわめいた。

「ほらね、こんな風に意味もなく泣くような女よ。あなたもこんな馬鹿は相手にするだけ、時間がもったいないわ」

ブルーノは指でわたしの頬にそっと触れ、また抱きつこうとしてきた。そして、たくさんプレゼントをあげるよ、だって、君はこんなにきれいなんだもの、などとささやいた。わたしは怒りをこめて彼の腕を振り払い、夜闇に向かって、涙声で叫んだ。

「リラ、さっさと戻ってきて。わたしもう帰る」

ニーノとブルーノは階段状になった坂の下までわたしたちを送ると、去っていった。家を目指して真っ暗な坂を上りながら、わたしはうんざりした声でリラに言った。

「あなたがどこで何をしようが、それは勝手だけど、わたしはもうつきあわないから。ブルーノに触られたの、今夜で二度目よ？　もう絶対に、わたしをあいつとふたりきりにしないで」

素直な気持ちを隠すために、ひとは時にナンセンスなことを言ったり、馬鹿げたわがままを言ったりすることがある。状況が違っていれば、わたしはあと少しでブルーノに口説き落とされていただろう。今ならばそう言える。もちろん彼のことなど好きではなかった。だが、アントニオのことだって、結局最後までたいして好きではなかった。どんな男であれ女は次第に愛着を持つようになるものだ。わたしたちが人生のさまざまな段階で抱く理想の男性像とその時の相手がどこまで一致するかはさておき。そういう意味でブルーノ・ソッカーヴォは——少なくとも当時の彼は——礼儀正しく、気前のいい若者だったから、彼にいくらかでも好意を持つようになるのは、そう難しい話ではないはずだった。ところが、わたしはあくまでブルーノを拒否した。拒否の理由は、彼という人間に対して覚えていた嫌悪感の程度とはまるで無関係だった。わたしはリラを引き留めておきたかった。それが本当の理由だ。わたしは彼女の恋の邪魔をしたかった。彼女が自らはまり、わたしも巻きこみつつあった状況を直視してほしかった。そして、〝わかったわ。レヌーの言うとおり、わたしが悪かった。もう二度とニーノとふたりきりで闇に消えたり、あなたをブルーノとふたりきりにしたりしない。これからは、夫のある女らしく振る舞うよ〟そう約束してほしかったのだ。

当然、彼女がそんな約束をするはずもなく、現実には「ニーノに話しておくわ。大丈夫、ブルーノも二度とレヌーにちょっかいを出さなくなるから」と言っただけだった。結果、わたしたちは翌日からも、朝九時にふたりと落ちあい、夜の十二時に別れるということを繰り返した。だが火曜の夜にはもう、ステファノへの電話のあとで、ニーノからこんな提案があった。

「ふたりともまだブルーノの家の中を見たことがなかったね。ちょっと行ってみない？」

わたしはすぐに断り、お腹が痛いので家に帰りたいと嘘をついた。ニーノとリラはどうしたものかと顔を見合わせ、ブルーノは無言だった。三人の苦々しげな気配が重たくて、戸惑いつつ、わたしは付け加えた。

「またそのうち、ね」

その時はリラは何も言わなかったが、わたしとふたりになると、「わたしを不幸にするつもり？」と怒鳴られた。だからわたしは「ふたりでニーノたちの家に行ったなんてステファノに知られたら、リラだけじゃなくて、こっちまで怒られるじゃないの」と言ってやった。わたしの攻勢は家に着いてからも続いた。不機嫌なヌンツィアをけしかけ、日に当たりすぎ、海で泳ぎすぎるのもよくないし、真夜中まで遊び歩くなんてとんでもないと、リラを叱るようにしむけたのだ。わたしは母と娘の仲を取り持つふりで、こんなことまで言った。「おばさん、明日の晩はわたしたちと一緒にジェラートを食べにいきましょうよ。そしたらわたしもリラも何も悪いことはしてないって、きっとわかってもらえるでしょう？」リラは怒りを爆発させ、わたしは年がら年中、食料品店にこもりっぱなしで、身を粉にして働いているんだから、ちょっとくらいは自由に、気晴らしをさせてくれてもいいだろうと言い張った。それを聞いてヌンツィアも平静を失った。「リナ、あなた何を言ってるの？　自由ですって？　馬鹿も休み休み言いなさい。夫のある身でしょ？　レヌッチャは少しくらい勝手をしてもいいけど、あなたは駄目です」ついにリラは寝室に向かい、ドアを叩きつけるように閉じた。

だが翌日の夜になると、結局はリラの言い分が通り、彼女の母親は家に残り、わたしとリラはステファノに電話をするため、また出かけることになった。「十一時までに帰ってくること。ちょっとでも遅れたら許しませんよ」ヌンツィアにふくれ面でそう言われ、わたしは「わかりました」と答えた。すると彼女はじっとこちらの目を疑わしげに覗きこんだ。もはやヌンツィアは明らかに警戒していた。彼女はわたしとリラの監視役だったが、まともにその役目を務めることはなかった。わたしたちが何かしでかすのではないかと心配しながらも、苦しいばかりだった自分の青春時代を思えば、ふたりのちょっとした気晴らしまで妨げる気にはなれなかったのだ。安心させてやりたくなり、わたしは「十一時に帰ります」と復唱した。

ステファノへの電話は一分とかからなかった。リラが電話ボックスを出ると、ニーノがまた同じ質問をしてきた。

「今夜はお腹のほうは大丈夫かい、レヌー？　ふたりで家に来ないか？」

「ちょっと何か飲んで、すぐに帰ればいいじゃないか、ね？」ブルーノもわたしの説得を試みた。

リラは同意し、わたしは何も言わなかった。ブルーノの別荘は外見こそ古く、手入れもされてない様子だったが、中に入ってみれば、改修されていて、新築のようだった。食料庫は壁も真っ白なら照明も明るくて、ワインにサラミやハムでいっぱいだった。大理石の階段には鍛造された鉄の手すりがついていて、どのドアも把手は金色で、窓枠まで金色だった。たくさんの部屋があり、黄色いソファーが並び、テレビもあった。台所の棚は藍緑色《アクアマリン》に塗装され、いくつもある寝室のクローゼットはゴシック様式の教会のように立派だった。ブルーノって本当にお金持ちなんだ。わたしは初めてはっきりとそう思った。それもステファノよりもずっとお金持ちのようだった。もしも母さんに知られたらどうなることか。モルタデッラで有名なソッカーヴォ社の社長の息子に言い寄られ、別荘にまで招かれたというのに、娘は幸運を神に感謝して、彼との結婚を願うどころか、二度も彼のアプローチをはねつけたなどとばれたら、さんざん叩かれるに違いなかった。だがその一方で、まさに母さんを思い、彼女の悪いほうの脚を思う時、わたしは自分が生まれつきブルーノにさえ不釣りあいな娘に思えてくるのだった。ブルーノの別荘はわたしを怯えさせた。自分はこんな場所で何をしているのだろう。リラは気楽そうに見え、しょっちゅう笑い声を上げていたが、こっちはまるで熱が出て、口の中が苦いような気分だった。拒否するのが気まずくて、わたしは何を提案されても受け入れた。これ飲まない？　このレコードをかけようか。テレビでも見る？　ジェラートを食べないか。ニーノとリラが姿を消したことにわたしはしばらく気づかなかった。でも、わかった途端、不安になった。どこにいったのだろう。まさかふたりきりでニーノの寝室にこもった？　リラはその一線まで越える気だというのか。だってまさか……。その先は考えるのも嫌だった。わたしはぱっと立ち上がると、ブルーノに言った。

「もう帰らないと」

彼は親切な態度を守ったが、どこか悲しげだった。そして「もう少しいないか」とつぶやき、自分は翌朝早くにイスキアを発つ予定だと言った。どうしても出席しなくてはいけない一族のパーティーがあって火曜までは戻れない、君と会えない日々はさぞかしつらいものになるだろうと彼はこぼすと、わたしの片手をそっと取り、君が大好きだとか、その手の言葉を重ねた。わたしがゆっくりと手を引くと、彼ももうそれ以上の接触を試みようとはしなかった。その代わり、いつもは言葉少ななブルーノがどうしたことか、わたしへの思いをとうとうと語りだし、なかなか口を挟むことができなかった。それでもついに、「もう本当に行かないと」と言うと、声を張り上げて、「リラ、行くよ。もう十時四十分だよ」と呼びかけた。

それから何分かして、ふたりは戻ってきた。ニーノとブルーノはわたしたちが三輪タクシーに乗るまで見送ってくれたのだが、ブルーノの名残惜しそうな様ときたら、ナポリに数日どころか、アメリカにでも行ってそのまま一生戻ってこないみたいだった。車中、リラはやけに感動した口ぶりでこんなことを言った。

「ニーノが言ってたわ、あなたをとても尊敬してるって」

「こっちは軽蔑してるけどね」わたしはすぐにぶっきらぼうに言い返してから、彼女を叱りつけた。「妊娠したらどうするつもり？」

するると彼女はわたしの耳にささやいた。

「大丈夫。わたしたち、キスして、抱きあってるだけだから」

「へえ」

「それになんにしても、わたし、妊娠はしないよ」

「前にしたでしょ」

「しないって言ったら、しないの。彼がいいやり方を知ってるんだ」

「彼って誰よ？」

「ニーノ。避妊具を使うんだって」

「何それ？」

「わかんない。とにかく、そういうものがあるんだってさ」

「わからないのに信用するの？」

「あそこに被せるものだって、言ってた」

「あそこってどこよ？」

わたしは彼女にはっきりと言わせてやりたかった。自分の言っていることがどれほど深刻か、気づいてほしかったのだ。最初はキスしかしていないなどと言っておきながら、妊娠しない方法をニーノが知っていると話を続けるのはどういうことか。腹が立ってたまらず、彼女に恥を覚えさせたかった。ところがリラのほうは、最近起きたことも、これから待っているはずの出来事も、何もかもが嬉しくてたまらないという風で、事実、家に帰れば、ヌンツィアには優しく接し、約束の時間よりずっと早く戻ってきたでしょう？　と母親に自慢してから、ネグリジェに着替えた。ところが寝室の扉は開けたままで、こちらも寝る支度を済ませたのを見ると、声をかけてきた。「ねえ、ちょっと来て。ドアは閉じて」

　わたしは夫婦のベッドに腰を下ろした。ただし、彼女を含め、何もかもうんざりだという自分の気持ちを極力態度に示そうとした。

「なんの用なの」

　彼女はひそひそ声で答えた。

「わたし、ニーノのところに泊まりにいきたいの」

　わたしは唖然としてしまった。

「ヌンツィアはどうするのよ？」

「ちょっと待って、レヌー、怒らないで。もうあまり時間がないの。ステファノは土曜日に来て、それから十日間、ここで過ごすでしょ？　そのあとはみんなでナポリに戻る。そうしたら、何もかも終わってしまうもの」

「何もかもって？」

「今この時、ここで過ごした日々のことよ」

　それからふたりで長いこと話しあったが、彼女は頭がどうかしてしまった訳ではなさそうだった。今度みたいなことはこの先、もう二度と起こらないようにする。そう彼女はささやくのだった。わたしは彼を愛している、彼がほしいの。リラはこの時、〝愛する《アマーレ》〟という動詞を使った。それは昔ふたりで読んだ小説とか、一緒に観た映画くらいにしか出てこない言葉で、当時、わたしたちの地区でそんな言葉を使う者は皆無だった。わたしにしても心の中でつぶやくくらいで、〝好きだ《ヴォレール・ベーネ》〟という言葉を使うのがより一般的だった。ところがリラは、愛していた。彼女はニーノを愛していたのだ。でも、その愛を終わらせ、愛の息の根を完全に止めなくてはならぬこともよく理解していた。土曜の晩からは、そのために全力を尽くすと彼女は言った。その点、迷いはなく、必ずできるという自信があるから、わたしを信じてほしい。でも、それまでの残りわずかな時間はニーノに献げたい。そう言うのだった。

「わたし、ひと晩と丸一日、ずっと彼と同じベッドにいたいの」彼女はそう言うのだった。「彼に抱きついたまま眠りたい。好きな時に、そう、彼が寝ているあいだも、キスをして、好きなだけ触れたいの。それで、おしまい」

「そんなの無理よ」

「お願い、助けて」

「どうやって?」

「ママを説得してほしいの。ネッラが一泊二日でわたしたちをバラーノの家に招待してくれたから、行かせてほしいって」

わたしは少し黙った。つまり、リラはとっくに計画を済ませ、作戦はもう用意できているということか。間違いなくニーノとふたりで練った作戦だろう。ブルーノだって、もしかしたらニーノがわざと追い払ったのかもしれない。ふたりはいつからこんなことを考えていたのだろう。新資本主義に新植民地主義についての議論、アフリカに南米についての議論、ベケットにバートランド・ラッセルについての議論はもうおしまい。そんなものは何もかも下らない、そう思っているのだろう。ニーノはもう何ひとつ議論をしなくなってしまった。ふたつの優れた頭脳は今や、このわたしをだしにして、ヌンツィアとステファノをいかに欺くかということだけに費やされていた。

「頭、大丈夫?」わたしは息巻いた。「ヌンツィアは信じるかもしれないけど、ステファノは無理よ」

「バラーノに行かせてくれってママを説得して。そうしたら、あとはわたしが、ステファノには黙っていてくれって言うから」

「そんなの駄目」

「わたしたち親友じゃなかった?」

「もう違うわ」

「ニーノとも友だちじゃないってこと?」

「そうよ」

しかし、リラは自分の計画にわたしを引きずりこむ手管《てくだ》を熟知していた。そしてわたしはわたしで、彼女の誘惑にいつまでも耐える力を持たなかった。口ではもううんざりだと言いながらも、彼女の人生とその思いつきに関われないと思うと、たまらなくつらかった。今度のヌンツィアをだますというのも、リラ一流の発想豊かで、危険いっぱいな策略の最新作でなくてなんだろう? またふたりで力を合わせ、みんなを敵に回して戦うことになるのだ。彼女の計画はこうだった。明日はふたりでヌンツィアの抵抗を打ち破ることに専念する。明後日は朝早くに出発。出る時はふたり一緒だが、フォリーオで別れる。彼女はブルーノの別荘にニーノとこもり、わたしはボートに乗ってマロンティの浜に向かう。彼女は一昼夜丸ごと、ニーノと過ごす。わたしはネッラの世話になり、バラーノに泊まる。翌日、わたしはお昼にフォリーオに戻り、ブルーノの家でリラと落ちあい、一緒に家に帰る。完璧な計画だった。謀略の各段階の細部を詰めるのに熱中し、彼女の頭がフル回転するにつれ、こちらもうまく乗せられて頭が冴え、繰り返し彼女に抱きしめられて、あれこれ懇願されることになった。〝ふたり一緒の〝新たな冒険の始まりだ。人生がわたしたちに与えまいとするものを〝一緒に〟自分たちの手で獲得するのだ。楽しかった。それともやはりわたしは、彼女にそんな喜びは許したくない、ニーノを苦しめたいと本当は望んでいるのだろうか。恋人たちが揃って理性を失い、ついには自らの欲望を抑えきれず、その僕《しもべ》となって我を忘れてしまえばいいと？　その夜、リラの言い分を聞き続けるうちに、わたしはこんな風に考えるようになった。今度の計画のために彼女を助けることは、わたしと彼女の長い友情におけるひとつの重要な到達点となるのみならず、ニーノに対するわたしの愛情──リラはそれを友情と呼んでいたが、こちらは心の中でずっと、〝違うわ。愛よ、愛よ、愛よ〟と悲痛な声を上げていた──の表現ともなるはずだ。そこでわたしはようやく、リラに決意を告げたのだった。

「わかった。助けてあげる」

66

翌日、わたしはヌンツィアに嘘をついた。あんまり破廉恥な嘘で、言っていて自分でも恥ずかしかった。嘘の中心にはオリヴィエロ先生を据えた。重い容態でポテンツァの妹の家にいるはずの先生だ。それはわたしのアイデアで、リラの思いつきではなかった。「昨日なんですけど」わたしはヌンツィアに言った。「ネッラさんに会ったんです。そうしたら、病気だった従姉妹のオリヴィエロ先生の具合がいくらかよくなって、この夏は療養のため、海の近くにあるネッラさんの家で過ごすことになった、そう言うんです。それで明日の晩、ネッラさんが先生のためにパーティーを開くことになって、わたしとリナも招待されたんです。わたしたち、先生のお気に入りの優等生だったから。行きたいけど、帰りが遅くなってしまうから無理だって言ったら、ネッラさんが〝うちに泊まればいいじゃないの〟って言ってくれて」

「バラーノに？」ヌンツィアは聞き返し、眉をひそめた。

「ええ。パーティーはネッラさんの家でやるんです」

沈黙。

「レヌー、あなたひとりでおいでなさい。リナは無理ですよ。ステファノが怒るわ」

そこでリラが言った。

「あのひとには黙ってればいいわ」

「何を言うの？」

「ママ、ステファノはナポリにいるのよ。こっちでわたしがどうしようと、わかる訳ないでしょ？」

「こういうことはね、いくら隠していても、絶対、そのうちわかってしまうものなんですよ」

「大丈夫だって」

「大丈夫じゃありません。駄目です。リナ、この話はここまで。レヌッチャが行きたいって言うなら、そりゃ行けばいいわ。でもあなたは駄目」

こんな具合で少なくとも一時間はやりあった。わたしはオリヴィエロ先生の病気は深刻で、もしかしたらこれがわたしたちの感謝を伝える最後の機会になるかもしれないという点を強調し、リラはリラでこんな具合に母親をそそのかした。「ママだってパパにさんざん嘘を言ってきたでしょ？　わかってるんだから。でも、悪気があってのことじゃなかったはずよ。少し自分の時間がほしかったり、正しいことだけど、パパに言っても絶対に許してもらえないようなことをするためだった。そうよね？」そうして押したり引いたりしているうちに、最初は、フェルナンドには嘘なんてこれっぽっちだってついたことがない、そう言っていたヌンツィアが、やがて、そりゃ、ひとつふたつは言ったことがあると言いだし、ついには、山ほど嘘を言ってきたと白状した。そして彼女は、怒りと母の誇りがごちゃ混ぜになった声で娘を怒鳴りつけた。「まったく、あんたを産んだ時、何があったんだろうね？　わたしは何を間違った？　しゃっくりでもしたか、引きつけでも起こしたかね？　それとも、停電でもあったか、電球でも切れたか、お湯の入ったたらいが床にでも落ちた？　何かあったはずだよ。そうじゃなきゃ、こんなに鼻持ちならなくて、へんてこな子ができるはずがないもの」彼女は悲しそうな顔をし、態度を軟化させるかと思われた。しかしほどなくまた気色ばみ、先生に会うためだけに、夫に嘘をつくなんてことは許されないと言いだした。するとリラが大声を出した。「わたし、たいして学はないけれど、それでも全部、オリヴィエロ先生に習ったのよ。小学校じゃ、ずっと担任だったんだから」それを聞いて、とうとうヌンツィアも降参した。ただし帰宅時間の厳守は約束させられた。土曜の午後二時きっかりに戻ってくること。一分だって遅刻せぬこと。「もしもステファノが早めに着いて、あなたがいなかったらどうなると思う？　リナ、頼むから、わたしに面倒を押しつけないでおくれ。わかったかい？」

「わかった」

わたしたちは浜に向かった。リラはきらきらした顔でわたしを抱きしめ、キスをすると、この恩は一生忘れないと言った。しかしこちらは、オリヴィエロ先生をバラーノでのパーティーの主役に仕立て上げた嘘にすでに罪悪感を覚えていた。元気に教鞭をとっていたころの彼女を想像してついた嘘だったが、わたしの目の前で救急車に担ぎこまれ、病院へ運ばれていった時よりも、わたしが病院に見舞いに行った時よりも、先生の容態は悪くなっているはずだった。うまい嘘を思いついたという得意な気分は消え、リラと一緒になって悪だくみをする興奮も冷め、また苦々しい気持ちになった。なぜお前はそうまでしてリラを守ろうとするのか。わたしは自分を問い詰めた。彼女は夫を裏切ろうとし、結婚という聖なる契約を破ろうとし、妻という役目をかなぐり捨てようとし、ステファノに勘づかれたら殺されかねないことをしでかそうとしているのに？　リラがかつて自分のウェディングドレス姿の写真パネルにしたことを思い出し、わたしは吐き気を覚えた。彼女はまた同じことを繰り返そうとしている。ただし今度、犠牲となるのは写真ではなく、カッラッチ夫人という自分の身分だ。そして今度も彼女はわたしを巻きこみ、力を借りようとしている。そうだ、ニーノはただの道具に過ぎない。あの時のはさみ、糊、ペンキと同じで、彼はリラが自分を台無しにするために必要な道具なのだ。彼女はなんてひどいことをわたしにさせようとしているのだろう？　そしてわたしはなぜ抵抗をしないのだろうか。

ニーノは浜でわたしたちを待っていた。彼は心配そうに尋ねてきた。

「どうだった？」

リラは答えた。

「ＯＫよ」

ふたりは駆けだし、海に向かった。わたしを誘うそぶりも見せなかったが、誘われても行くつもりはなかった。不安のせいで寒気がしていた。それに泳いだところでどうなる？　どうせ深い海が恐くて、ひとり、浅瀬に残る羽目になるだけではないか。

風があり、少し雲も出ていて、波は若干高かった。ふたりはためらうことなく海に飛びこみ、リラなど嬉しそうに長い雄叫びまで上げた。ふたりは幸せなのだ。自分たちの物語に夢中で、自分の望み

67

をかなえつつある者らしい覇気に満ちていた。どんな犠牲を払ってでもやり通すぞ、という感じだった。力強く腕を掻くふたりの姿はすぐに波間に見えなくなった。

一方のわたしは、友情を理由に、耐えがたい約束に束縛された気分だった。どうしてこうも何ひとつうまくゆかないのか。リラを無理矢理イスキアまで連れてきたのは、このわたしだった。ニーノを追いかけるために彼女を利用したのだ。端から彼とうまくゆく希望はなかったが。わたしはリラのお金を当てにして、メッゾカンノーネ通りの本屋の仕事も辞めた。こうして彼女に仕えることとなり、今ではご主人様にお力添えをして、その不倫を隠し、逢い引きの準備までしている。自分ではなく、彼女がニーノを我が物にするのをわざわざ手伝い、彼の前で一昼夜ぶっ通しで股を開き──そう、股を開き、だ──彼とやりまくって、彼のあれをしゃぶれるように手を貸している。こめかみが強く脈打ち始め、わたしは一度、二度、三度とかかとを砂地にめりこませた。子ども時代のスラングが、久しぶりに頭の中で響くのが心地よかった。妄想めいたいい加減なセックスの知識で膨れ上がった言葉たち。高校が消滅し、教科書に本の文章、ギリシア語とラテン語を訳した文章の持つ美しい響きが消えた。きらめく海に目をこらすと、暗い色をした雲の長い列が水平線から蒼い空に向かって移動し、立ちのぼる陽炎《かげろう》に向かって動いていた。ニーノとリラの姿はまだ見えたが、もはやふたつの小さな黒い点に過ぎず、水平線の雲に向かって泳いでいるのか、こちらに戻りつつあるのか、判別がつかなかった。わたしはふたりが溺れることを願い、死が明日の喜びをどちらからも奪いますようにと願った。

名を呼ばれ、わたしははっと振り返った。

「ほう、俺の目に狂いはなかったな」ぶっきらぼうな男の声がした。

「だから言ったでしょう、レヌッチャだって？」女の声が言った。

すぐに誰だかわかって、わたしは立ち上がった。ミケーレ・ソラーラとジリオーラだった。彼女の弟もいた。十二歳の少年で、名はレッロといった。

わたしは三人を大歓迎してみせたが、座って、とだけは言わなかった。なんらかの理由で三人が先を急いでいて、すぐに行ってしまいやしないかと願っていたのだ。ところがジリオーラは自分のタオルとミケーレのタオルを丁寧に砂の上に広げ、その上にバッグに煙草、ライターを置くと、弟に呼びかけた。温かい砂の上に横になりなさい。風もあるし、あなた、水着がびしょびしょだから風邪を引くわ。わたしは困ってしまった。とりあえず、できるだけ海のほうは見ないようにした。あたかもそうすれば、三人もそちらを眺めることはないだろうとでもいうかのように。そして、ミケーレがいつもの無感情な淡々とした口調で話しだすと、喜んで耳を傾けた――ナポリがあまりに暑いんで、一日休暇を取ったんだ。朝のフェリーに乗って、うまい空気を吸って、晩のフェリーで帰ろう、ってな。どうせマルティリ広場の店にはピヌッチャとアルフォンソがいるし。いや、アルフォンソとピヌッチャがいる、と言ったほうが当たってるか。ピヌッチャはたいして役に立たないが、アルフォンソは仕事ができるからな。フォリーオに来たのは、ピヌッチャに言われたからだ。フォリーオに行けばリナたちに会える。あいつはそう言った。浜辺をずっと歩けば必ず見つかるってな。実際、そうやって歩いてきたら、ジリオーラが大きな声を出すじゃないか。あれ、レヌッチャじゃない？　って。それでこうしているってわけだ……。来てくれて嬉しいとわたしが繰り返す傍らで、ミケーレは砂だらけの足のままでジリオーラのタオルに上がり、「ちょっと、汚いじゃない」と彼女に叱られたりしていたが、まるで気にせぬ顔だった。どうして自分たちはイスキアに来たのかという話を終えた彼が、いよいよ本当の関心事を尋ねてくるのは自明の理で、実際、その質問は、言葉にする前から彼の目にはっきりと浮かんでいた。

「リナはどこだ?」

「泳いでる」

「こんなに波があるのに?」

「そこまで荒れてないわ」

当然そこでミケーレもジリオーラも、あちこちで波頭が白く砕ける海に顔を向けた。ただし、ふたりともなんとなく目をやっただけだった。もうタオルの上に寝転がっていたからだ。それからミケーレはレッロと口論になった。少年がもう一度、泳ぎたいとわがままを言ったからだ。「駄目だ、ここにいろ。溺れたいのか?」とミケーレは許さず、少年の手に漫画本を押しつけた。それからジリオーラに言った。「こいつを連れてくるのは金輪際ごめんだぜ」

ジリオーラはわたしをべた褒めした。

「いいわねえ、真っ黒に焼けて。髪の毛も前よりきれいな金色になったみたい」

わたしははにかみ、謙遜の言葉を返したが、心の中では、彼らをどうにかしてここから遠ざけないといけないとそればかりを考えていた。

「そうだ、家に休みにいらっしゃいな。ヌンツィアもいるし、きっと喜ぶわ」わたしは提案した。だが断られてしまった。二時間後にはフェリーに乗らなくてはならないので、ここでもう少し日光浴をしたら、帰るつもりだと言うのだった。

「じゃあ、海の家に何か飲みにいかない?」

「ああ、でもリナを待ってからにしよう」

緊張した時の癖で、わたしは時間を言葉で埋め尽くそうとし、思い浮かんだ質問を次から次にした。お菓子職人の、ジリオーラのお父さんは元気か。マルチェッロは最近どうしているのか、恋人はできたのか。新しい靴のモデルをミケーレのお父さんはどう思うか。ミケーレのお父さんはどう思ったか。じゃあ、おじいさんの感想は? やがてわたしはぱっと立ち上がり、「リナを呼んでみるね」と言い、波打ち際に行くと、「リナ、戻ってきて。ミケーレとジリオーラが来てくれたの」と叫んでみたが、無駄だった。聞こえなかったようだ。仕方なくあと戻りして、またおしゃべりに興じ、ふたりの注意をそらそうとした。そして、岸に向かって泳いでくるリラとニーノが、ミケーレたちに危険に気づき、いちゃいちゃするのを避けてくれぬものかと願った。しかし、ジリオーラは話を聞いてくれたが、ミケーレは耳を傾けるふりさえしなかった。彼がイスキアに来た本当の理由は、リラと会って新しい靴について相談するために違いなかった。荒れる一方の海からミケーレはまるで目を離さなかった。

そしてとうとう彼は見つけた。ニーノと手に手を取って、海から上がってくるリラを。ただでさえ人目につく美しいカップルだった。どちらも背が高く、スタイルもいい。ふたりはふざけて肩をぶつけあい、笑みを交わしながらやってきた。互いに夢中で、わたしがひとりでないことにもなかなか気づかなかった。やっとリラがミケーレの姿を認め、ニーノの手を離した時にはもう遅かった。ジリオーラはもしかしたら何も気づかなかったのかもしれない、彼女の弟も漫画を読んでいた。だが、ミケーレははっきりと見てしまった。たった今自分が目撃した事実の証左をこちらの表情に読み取ろうとするような目つきだった。彼はわたしを振り返った。わたしの怯えた顔に確信を得たのだろう。スピードと決断力の問われる事態に直面した時にいつも使う、ゆっくりとした真剣な口調でミケーレは言った。

「あと十分で行こう。ちょっと挨拶をしたら、お別れだ」

彼らは実際にはそれから一時間以上、居座った。わたしからニーノを紹介された――わたしとリラの小学校の先輩だが、わたしにとっては高校の先輩でもあるという点を強調した――ミケーレは、サッラトーレという名字を聞いて、実に嫌な質問をした。

「お前、『ローマ』と『ナポリ・ノッテ』に記事を書いているサッラトーレの息子か？」

ニーノが渋々ながらうなずくと、ミケーレはドナート・サッラトーレとの血縁の証を求めるように、しばし相手の目を見つめた。しかしその後はもう二度とニーノに声をかけず、リラとだけ話をした。リラはミケーレに親切で、冗談まで言い、時には意地悪そうな顔も見せた。そんな彼女にミケーレは言った。

「お前のほら吹き兄貴、新しい靴はみんな自分で考えたなんて言ってやがるぜ」

「だって本当だもの」

「だから揃いも揃って、どうしようもない靴ばかりなんだな」

「でも、そのどうしようもない靴が、きっと前のモデルよりずっと売れるから、見てるといいわ」

「そういうものかもしれないな。だがな、それもお前がマルティリ広場の店にいてくれれば、の話だ」

「ジリオーラがいるじゃない？　彼女、よく働いてると思うけど」

「こいつは、うちの菓子屋のほうに必要なんだ」

「それはそっちの都合でしょ。わたしはステファノのお店があるもの」

68

「絶対にマルティリ広場に来てもらうぞ。その代わり、店は好きなようにしていい」

「好きにするも何も、嫌なものは嫌だから。わたし、今の仕事が気に入ってるの」

そんな感じで、ふたりは言葉を球にしてタンブレロの試合でもするように駆け引きを続けた。わたしとジリオーラも時おり口を挟もうとした。特にジリオーラは、婚約者が彼女の今後についてなんの相談もなく決めてしまうのが腹立たしくて仕方ないようだった。一方、ニーノはなんだか呆気にとられた顔をしていた。もしかすると、ミケーレの投げつけてくる売り言葉にふさわしい買い言葉をただちに方言で見つけ、堂々とやり返す彼女の能力に感嘆していたのかもしれない。

それからミケーレはようやく撤収を宣言した。パラソルと荷物をずいぶんと遠い場所に置いてきてしまったから、ということだった。彼はまずわたしに別れを告げると、リラには特に熱のこもった挨拶をし、九月からはうちの靴屋に来てもらうからな、とまた言った。ところがニーノに対しては、部下に対して煙草を買ってこいと命じる上司のような冷たい口調でこう告げた。

「親父によく言っておけ。うちの店の内装が気に入らないと書いたのは大きな間違いだった、とな。人様に金をもらってものを書く時は、一から十まで褒めちぎるのが筋ってもんだ。今度また同じようなことをしたら、金なんて二度とやらねえからな」

ニーノは、驚きと恐らくは屈辱のあまりぼんやりしてしまって、何も答えなかったが、ジリオーラに手を差し出されると、自動的に握手を返した。そしてミケーレとジリオーラは、漫画を読みながら歩く少年を引き連れ、去っていった。

わたしは自分の振る舞いと発言のすべてに怒り、怯え、不満だった。だから、ミケーレとジリオーラが十分に遠のくとすぐ、ニーノにも聞こえるようにわざと大声でリラに言った。

「彼、気づいたわよ」

ニーノはおろおろと尋ねた。

「誰だよ、あれ？」

「自分を大物だと思いこんでる最低なチンピラ野郎よ」リラは吐き捨てるように言った。

わたしはただちに彼女の説明を修正した。ニーノは正確に知っておかなくてはならない。

「リナのご主人の仕事仲間なの。彼、自分が見たこと、きっとステファノに全部言うわ」

「全部って何さ。言われて困るようなこと何もしてないじゃない？」

「わかってるくせに。あることないこと告げ口するに決まってるでしょ？」

「そう？　別にどうでもいいし」

「このままじゃ、こっちがどうでもよくないの」

「お気の毒さま。いいよ、レヌーはもう助けてくれなくても。こうなったら、なるようにしかならないから」

そしてリラは、ほとんどわたしなどそこにいないかのような態度で、ニーノと翌日の段取りをつけ始めた。ただ彼女のほうがミケーレとの遭遇によりむしろ百倍も活気づいた様子であるのに対し、彼のほうは、ぜんまいの切れたおもちゃみたいだった。ニーノはつぶやいた。

「でも、本当に大丈夫なのか。僕のせいで君が危険な目に遭ったりしないかい？」

するとリラは彼の頬を優しく撫でてささやいた。

「じゃあ、やめる？」

彼女の愛撫で、ニーノは元気を取り戻したようだった。

「君が心配なだけさ」

ニーノとは早めに別れ、わたしたちは家に向かった。道々、わたしは最悪のシナリオをいくつも描いてみせた。「今夜、ミケーレはきっとステファノに告げ口する。そしたらステファノ、明日の朝にはイスキアに駆けつけるよ。でもリラが家にいないものだから、ヌンツィアに言われて、きっとバラーノに来る。でもあなたはそこにもいない。リラ、このままじゃ、何もかも失うことになるよ？　こっちだってまずいんだから。母さんに死ぬほど叩かれるわ」それでも彼女はわたしの言葉にぼんやりと耳を傾けるばかりで、薄ら笑いを浮かべながら、言い回しこそ異なれ、同じことを何度も言った。それはこうだ。レヌー、わたし、あなたが大好きだし、いつまでも大切な親友だよ。だから、今この瞬間にわたしが感じているものをあなたにもせめて一度は感じてほしい、心からそう願うの。

それを聞いてわたしは呆れ、もう好きにしろと思った。その晩、わたしたちは出かけなかった。リラは母親にやけに優しく、夕食はわたしが作ると言いだし、ヌンツィアには何もさせずに、皿を片付けるのも、洗うのもひとりでやった。それから母親の膝の上に腰かけ、相手の首に両腕を回して、急に物憂い顔になり、おでことおでこをくっつけたりまでした。この手の優しさにはまるで不慣れだったヌンツィアは気まずくなったらしく、そのうちわっと泣きだしたかと思うと、涙声でこんなことを言った。不安のせいか、やけにわかりにくい言い回しだった。

「お願いだよ、リナ。あんたみたいな子をもった母親は、このわたしのほかにはひとりとしていないはずだよ。ママを死ぬほどがっかりさせるようなことは、どうかしないでおくれ」

リラは母親を優しくからかい、寝室まで送っていった。翌朝、リラに叩き起こされた時、わたしの一部はあまりの悲しさに目を覚ますことを拒否し、新たな一日が来たことを認めまいとした。フォリーオに向かう三輪タクシーの上で、わたしは、前日とは別の最悪のシナリオを連ねてみせたが、彼女はまるで無関心だった。「ネッラが留守だったらどうする?」「ネッラに本当にお客さんがあって、わたしの寝るベッドがなかったら?」「サッラトーレ家のみんながニーノに会いにフォリーオに来たらどうするつもり?」そんな問いかけのいずれにも、彼女は冗談めかした答えを返すのだった。「ネッラがいなくても、きっとニーノのママがいるよ」「寝る場所がなければ、フォリーオに戻って、わたしたちのところに来ればいいじゃない?」「ニーノの家族がブルーノの別荘に来たら? そしたら、ドアなんて開けないよ」そんな会話をしているうちに、三輪タクシーは九時少し前に目的地に着いた。窓辺で待ちわびていたニーノが飛んできて、玄関のドアを開けた。彼はわたしに手を振ると、リラを家の中に引っ張りこんだ。

ドアの前まではまだ避けようもあった話が、その瞬間から、もう誰にも止められない仕掛けが動きだしてしまった。代金はリラ持ちで、同じ三輪タクシーでわたしはバラーノに向かった。その道中に気がついた。自分にはあのふたりを心から憎むことがどうしてもできない、と。ニーノが恨めしく、リラに対する嫌悪感も間違いなくあり、ふたりの死を願う気持ちさえあった。だが、そんな気持ちになったのも、ふたりの死が逆説的にわたしたち三人全員を救う、ある種の魔法めいた力を発揮するのではないかという希望ゆえのことだった。あのふたりを憎む、というのはあり得なかった。むしろわたしは自分を憎み、軽蔑していた。わたしは一応、そこに存在していた。その島にいて、走る三輪タクシーの風に包まれており、島の緑が放つ濃いにおい、夜気が抜けつつあるそのにおいに包まれていた。だが、わたしはあくまでも惨めな存在であり、他人の道理に負けた存在だった。わたしは、あのふたりに寄生する、影の薄い生き物だった。誰もいない家の中で抱きあい、キスを交わすふたりのイメージがもう頭を離れなかった。ふたりの情熱はわたしを侵食し、混乱させた。わたしはふたりのどちらをも愛していた。だからこそ、自分自身を愛することができず、感じることができなかった。彼らのようなあんな無鉄砲な勢いを持つ、生きたいという意欲が自分にもあるとは思えなかった。あの時はそう考えていた。

69

ネッラとサッラトーレ家の面々にはいつもどおり、大歓迎された。わたしは一番おとなしい自分の仮面を装った。それはうちの父さんがチップを受け取る時に作る顔であり、我が一族の先祖たちが危険を避けるために生み出した仮面だった。いつもびくびくとしていて、いつも上に立つ者の顔色をうかがい、いつも用命を待っている笑顔だ。わたしはいい子のふりで次々に嘘をついた。ネッラには、こうして邪魔をしたのは、何も好き好んでのことではなく、どうしても仕方なくてのことだったと告げた。カッラッチ家に来客があり、今夜はあの家にわたしの寝る場所がなくなってしまった。それでもやはり、こんな風にいきなり来るのは失礼だったかもしれない。こちらに厄介になるのが無理であれば、ナポリにしばらく戻るつもりだから気にしないでほしい、と。

するとネッラはわたしを愛情たっぷりに抱きしめてくれ、あなたがこの家に泊まってくれるなら、こんなに嬉しいことはないと言ってくれた。それからわたしは、サッラトーレ家の人々に海に行こうと誘われたが断った。子どもたちは不平を言い、リディアはあとから来いと諦めず、ドナートは一緒に泳ぎたいから海で待っていると言った。でもわたしはネッラと家に残り、掃除と昼食の支度を手伝った。そうしていると、ほんの一時のことだったが、重い気持ちも少しばかり楽になった。自分のついた嘘も、現在進行中の不倫の想像も、わたしの共犯関係も、混乱気味な嫉妬も軽くなった。混乱気味な、というのは、わたしが、ニーノに体を許したリラに嫉妬すると同時に、リラとそういう関係になったニーノにも嫉妬していたからだ。ネッラと話していると、サッラトーレ夫婦に対する彼女の態度が先日よりも軟化したことに気づいた。ドナートとリディアが関係修復に成功したため、ふたりのせいで彼女が不快な思いをすることも少なくなった、ということのようだった。ネッラはオリヴィエロ先生の話もしてくれた。前回わたしが会いにきたことを伝えるために、先生にわざわざ電話をしてくれたのだそうだ。先生の声はとてもつらそうだったが、前よりも楽観的に聞こえたということだった。そんな感じでしばらくは、一応、平穏な噂話が続いた。ところがちょっとした台詞や、思いがけぬ話の脱線で、あっという間に、自分が陥った状況の重さが否応なしに戻ってきた。

「あなたのことをとても褒めてたわ」先生の話をしながらネッラは言った。「でも、お友だちふたりと一緒に来たと言ったら、あのひと、あれこれ知りたがった。特にリナさんのことね」

「リナのこと、なんて言ってた？」

「今まで教師をやってきて、あんなに優秀な生徒はいなかった、ですって」

リラの過去の栄光に触れた先生の言葉に、わたしの心は乱れた。

「そのとおりよ」わたしは認めた。

しかしネッラはまったく賛成できないというように顔をしかめると、目を活き活きと輝かせて言うのだった。

「従姉妹はそりゃ、素晴らしい教師よ。でも、今度ばかりは見当違いだと思う」

「そんなことないわ」

「本音を言ってもいい？」

「もちろん」

「傷ついたりしない？」

「大丈夫よ」

「リナさんのこと、わたしは好きになれなかったな。あなたのほうがずっといいよ。彼女よりきれいだし、頭もいいし。サットーレ夫婦とも話したけど、賛成してくれたわ」

「でもそれって依怙贔屓でしょ。わたしが友だちなものだから」

「そうじゃないさ。でもね、レヌー、気をつけなさい。あなたたちが仲よしなのは知ってるよ。でもね、従姉妹もそう言ってた。それにわたしだって、ひとのことをとやかく言うつもりはないんだよ。わたしには、ひと目で相手の正体を見抜く力があるんだ。あの子はね、自分があなたにかなわないのを知ってるよ。だから、あなたがリナさんを思っているほど、向こうはあなたを大切に思っていない気がするの」

　わたしはいぶかしげな表情を作って答えた。

「リナはわたしを嫌っているってこと？」

「それはわからないけど。でもとにかくあの子は、やろうと思えば、悪いことのできる人間だよ。顔にはっきりとそう書いてあった。額と目を見ればわかるのさ」

　わたしは首を横に振り、嬉しい気持ちを押し殺した。ああ、そんなに単純な話だったらどんなによかっただろう。でも、わたしにはわかっていた――今ほどよくわかってはいなかったが――リラとわたしの関係はもっとややこしいものなのだ。だから、わたしは冗談を言って笑い、ネッラを笑顔にしてから、リラという子はいつも第一印象が悪いのだと説明した。あの子は幼いころから怪物めいたところがあって、実際、ある意味では怪物だったの。ただし、いい意味での怪物よ。頭の回転が速くて、何をやらせてもうまかった。あのまま進学を続けていたら、将来はキュリー夫人のような偉い科学者か、グラツィア・デレッダ（一八七一－一九三六。イタリアの女性作家。一九二六年ノーベル文学賞受賞）のような大作家か、パルミーロ・トリアッティ（一八九三－一九六四。イタリアの政治家）の妻、ニルデ・イオッティ（一九二〇－一九九九。政治家。イタリアで女性初の下院議長を務めた）のようにだってなれたかもしれない……。共産主義者のトリアッティとイオッティの名を聞くと、ネッラは聖母の名を唱え、皮肉っぽく胸で十字を切った。それから彼女は不意ににやりとしたかと思うと、また笑い、ついには我慢できなくなったらしく、とてもおかしい秘密の話をドナートに聞かされたと言い、それをわたしの耳元でささやいた。なんでも彼に言わせると、リラの美しさは醜さと紙一重で、男たちを魅了すると同時に不安にさせるのだそうだ。

「不安ってどんな？」わたしも声を潜めて尋ねた。するとネッラはさらに小さな声で答えた。

「それがね、あれがまともに勃《た》たないんじゃないか、とか、もげちゃうんじゃないか、とか、あの子にナイフで切られちゃうんじゃないか、とかって思うんだって」

ネッラは大笑いを始め、胸を揺らし、目には涙まで浮かべた。しばらくその笑いは収まらず、わたしはほどなく、それまで彼女と一緒にいて感じた記憶のない、嫌な気分になった。ネッラの笑い声はうちの母さんのような、性体験のある大人の女の下品な笑いとは違っていた。清らかな感じもあり、そのくせ野卑な感じもする、オールドミスの笑い声だった。その声にうながされ、こちらも一応笑ったが、作り笑いだった。こんなによくできた女性がどうしてこんな話を喜ぶのかと、どうにも不思議だった。その一方で、年を取った自分がそうして意地悪で無垢な笑い声に胸を震わせる姿も想像できた。わたしもいつかはこんな風に笑うようになってしまうのだろう。そう思った。

70

サッラトーレ家の面々はお昼に帰ってきた。一家は床に砂をこぼし、海と汗のにおいを振りまき、わたしに向かって陽気に文句を言った。子どもたちはずっと待っていてくれたらしい。わたしは皿と食器を並べ、片付け、洗い終わると、ピーノにクレリア、チーロについていって、裏の茂みで葦を切り出すのを手伝い、一緒にひとつ、凧を作った。子どもたちといると気が晴れた。彼らの両親が昼寝をし、ネッラがテラスの椅子で居眠りをしているあいだ、時間は飛ぶように過ぎた。凧作りに夢中で、ニーノとリラのことはほとんど考えなかった。

午後遅く、みんなで凧を揚げに海に行った。ネッラも一緒だった。わたしは浜辺を行ったり来たり何度も走り、あとをついてくる三人の子どもたちは、凧が舞い上がる気配を見せるたびに口を閉じるのを忘れ、凧がなんの前触れもなく急旋回して砂の上に叩きつけられるたびに長い悲鳴を上げた。何度試しても、うまく揚がらなかった。ドナートがパラソルの下であれこうしろと指示を叫んでいたが、無駄だった。ついにはわたしも諦めて、汗だくになりながら、ピーノとクレリアとチーロに言った。「パパにお願いしてみて」子どもたちに引っ張られてやってきたドナートは、葦の骨組みを確かめ、水色の薄紙を確かめ、糸を確かめ、最後に風向きを確認すると、後ろ向きに駆けだし、以前よりも太って重そうな体にもかかわらず、ぴょんぴょんと力強く跳ね飛んだ。子どもたちは興奮して父親の傍らを走った。ひと息ついたわたしも一緒になって走り、みんなの放つ幸せな空気に染まることができた。凧はどんどん昇っていき、やがて走る必要もなくなって、ひもを握っているだけでよくなった。ドナートはいい父親だった。自分が手を貸せば凧のひもは誰でも持っていられると言って、チーロ、クレリア、ピーノの順に持たせ、わたしにまで持たせてくれた。ただ、ひもを渡してくれたあと、彼はわたしの背後を離れず、こちらの首筋に息を吹きかけながら「そうだ、うまいぞ、もう少し引きなさい、離しなさい」と指示を出した。そのうち、日が暮れた。

みんなで夕食を済ませると、一家は町に散歩に行った。よく日焼けした夫婦と三人の子どもたちは、よそいきの格好で出かけた。わたしは何度も誘われたが、ネッラと家に残った。ふたりで食事の後片付けをして、彼女の手を借りて台所の例の場所にベッドも用意してしまうと、わたしたちはテラスに出て夕涼みをした。月は見えず、真っ暗な空には白く膨らんだ雲がちらほらとあった。サッラトーレ家の子どもたちは三人とも本当に可愛くて、頭がいい、なんておしゃべりをしているうちに、ネッラがうとうとしだした。その途端、終わったばかりの一日と始まったばかりの夜がいっぺんに重たくのしかかってきた。わたしはそっと家を抜け出し、マロンティの浜へ続く道を下りていった。

ミケーレ・ソラーラは目撃したことを黙っていてくれるだろうか。実はなんの問題もなく、すべてがうまくいっているのだろうか。ヌンツィアはクオット地区に向かう道沿いのあの家でもう眠っているのだろうか。それとも最終便のフェリーでいきなりやってきて、妻が見当たらず、かんかんのステファノをなんとかなだめようとしているところだろうか。それともリラが夫にもう電話をし、彼が遠くナポリにいること、新地区の家にちゃんといることを確認済みなのだろうか。そして今ごろ彼女は、ニーノとふたりでなんの恐れもなくベッドにいて、秘密の恋人たちは、いよいよ夜を楽しもうとしているのだろうか。世界の何もかもが危うい均衡状態にあった。実に危険な状態だ。しかし、そうした危険を厭う者は、片隅に追いやられ、人生を深く知ることもなしに、そこで腐り果てることになるのだった。どうして自分にはニーノが手に入れられず、リラにはそれができたのか、不意にわかった。本物の感情の奔流に身を委ね、限界の向こうまで流されることが、わたしにはできなかったのだ。この一昼夜を楽しむためにリラを必死にさせた情熱の力がわたしにはなかった。わたしはいつだって後ろのほうで、ただひたすらに待っていた。ところが彼女はほしいものがあれば、手を伸ばし、心から欲し、夢中になり、一か八かの勝負に出た。軽蔑も、嘲りも、罵りも、暴力も恐れなかった。つまり、リラはしかるべくしてニーノを獲得したのだ。なぜなら、愛とは彼を手に入れるべく努力することであり、彼に愛されたいと祈ることではないと知っていたから。

わたしは真っ暗な坂を下り切った。わずかな雲のあいだから今では月が顔を覗かせ、雲の輪郭を白く照らしていた。夜の空気はいい香りがして、眠りを誘うような波の音がした。砂浜で靴を脱いだ。砂は冷たかった。青みを帯びた灰色の光が一筋、海まで延び、揺らめく水面に広がっていた。わたしは思った。リラの言っていたとおりだ。見かけの美しさなんて、みんな目くらましで、天空は確かに恐怖が支配している。わたしは今、ここに生きている。海まで十歩と離れていない、この場所に。でもそれってぜんぜん素敵なことじゃない。むしろ、恐ろしい。わたしは、この砂浜、この海、生きとし生けるものすべてと同じく、恐ろしい宇宙の一部をなす存在だ。今というこの瞬間、わたしはもの凄く小さなかけらだ。わたしというこの小さな存在を通じて森羅万象の恐怖は目を覚ます。このわたし。波の音を聞き、湿気を感じ、冷たい砂を感じるわたし。イスキアの隅々にまで思いを馳せるわたし。ひとつになったニーノとリラの体を思い描き、日増しに古びていく新居にひとり眠るステファノを想像するわたし。明日の爆発に備えて、今日の幸福の前ではおとなしくしている憤怒を想像するわたし。ああ、恐ろしくてたまらない。早く終わりが来ないものだろうか。悪夢の主役たちがやってきて、この惨めな魂を貪ってくれればいいのに。目の前の夜闇から、怒り狂った犬の群れとか、毒蛇とか、サソリとか、巨大な海蛇の群れでも飛び出せばいいのに。こうして浜辺に座っているわたしの体を、闇に紛れてやってきた殺し屋が八つ裂きにしてくれればいいのに。そうだ、それがいい、こんな駄目な自分は罰を受けるべきだ。ひどい目に遭いたい。とことんひどい目に遭って、いっそ今夜も、明日も、その先の日々も見ることなく終わりたい。どうせ先に行けば行くほど、いかに自分が生まれつき無能な人間かを余計に見せつけられるだけなのだから……。そんなことばかり考えていた。自信を喪失した若い娘らしい、大げさな思いばかりだ。どのくらいの時間そうしていたかわからない。やがて誰かの「エレナ」と呼ぶ声がして、冷たい指が肩にそっと触れた。わたしは驚き、息が止まりそうになった。だからさっと振り返って、そこにいるのがドナートだとわかると、思わず深い安堵の息が漏れた。古典詩に出てくる、飲めば生命力が甦り、生きたいとまた思えるという秘薬《ポーション》のようなため息だった。

71

ドナートはこんなことを言った――ネッラが目を覚まして、君が家にいないのを見て心配したんだ。リディアまで不安がり、僕に探しにいくように言った。君の留守を意外ともなんとも思わなかったのは、僕だけだった。ふたりを安心させたくて、僕は言ったんだ。「大丈夫だよ。ふたりとももう寝なさい。きっと浜辺に月でも眺めにいったのさ」それでも、ネッラとリディアを無闇に心配させたくなかったから、念のために偵察に出た。そして思っていたとおり、ここで座って、海の吐息に耳を傾け、天空の神々しいまでの美しさを楽しむ君を見つけたってわけさ。

彼の言葉は正確には覚えていないが、だいたいそんな内容だった。それからドナートはわたしの横に座ると、僕は君のことを自分のことのようによく知っていると言った。僕と君は、美しいものに対して同じような感性を持っている。僕らは、美を楽しみたいという強い欲求を抑え切れないタイプの人間なんだ。夜がどんなに美しく、月がどんなに魅力的で、海がどんなにきらめいているかを言葉にして伝えたい。ふたつの魂が闇の中、かぐわしい夜気の中で出会ってしまう不思議をどうにかして伝えたい。君にもそんな気持ちがあるはずだよ……。黙って聞いていれば、彼の気取った声は馬鹿みたいだったし、詩人風な言葉遣いも陳腐で、わたしを好きにしたいという下心は見え見えだった。しかし、こうも思った。本当にわたしと彼とは同じ種類の人間なのかもしれない。そしてどちらもなんの罪もないのに、同じ凡庸の刑に処されているのかもしれない。だからわたしは彼の肩に頭を預けると、「少し寒いわ」とつぶやいた。すると彼は待ってましたとばかりにこちらの腰に腕を回し、そっと自分のほうに引き寄せてから、これでましになったかと尋ねてきた。「ええ」とかすかな声で答えると、彼はすぐに親指と人差し指でわたしの顎を持ち上げ、そっと唇を重ね、「これでも寒い？」と言った。そして小刻みなキスを徐々に激しくしながら、「これでどうだい？　まだ寒い？　これならどうだい？」と小声でささやき続けた。彼の口は温かく、湿っていた。次第にわたしが進んで唇を受け入れるようになったのを見て、彼はもっと長く唇を押しつけ、舌でこちらの舌に触れたり、強くぶつけたり、口の中を深くまさぐったりしだした。わたしは元気が出てきた。沈んだ気持ちも上向き、凍えるような寒さが後退して、弱まっていくのがわかった。先ほどまでの恐怖も薄れていった。彼の両手は、寒さをゆっくりと追い払ってくれた。まるで寒さが幾重もの薄い層からできていて、彼にはその層を一枚一枚、破ることなく、丁寧に取り除く技術があるかのようだった。彼の唇にも、歯にも、舌にも同じ能力があるらしかった。だからこそドナートは、アントニオよりもずっとわたしのことをよく知っているのだと思った。いや、わたし自身よりも詳しそうだった。そしてわかった。わたしの中には、ひとの指に唇、歯に舌によってさらけ出される、もうひとりの自分が隠れていたのだ。もうひとりのわたしは一枚、また一枚と隠れ蓑《みの》を失い、やがてあられもない姿をさらした。するとドナートは、そんな新しいわたしが逃げたり、恥ずかしがったりせずに済むよう巧みに立ち回り、うまいこと引き留めた。それこそまさに、彼の優しい仕草と、強弱の変化を織り交ぜた攻勢の最大の目標だったのだろう。わたしは己の身に起こりつつあることを受け入れたのを、最初から最後まで一度だって悔やまなかった。自分が誇らしく、これでいいと思い、このままだと自分に命じた。後悔せずに済んだのは、もしかすると、次第にドナートが無口になって、つまらぬことを言わなくなったおかげもあったかもしれない。アントニオとは違って、何かをこちらに要求してくるということがなかったおかげもあったろう。たとえばわたしの手を彼自身に導き、触らせるということもなかった。ドナートはあくまで、わたしを丸ごと愛しているというその気持ちを伝えるに留め、わたしの体を終始、丁寧に、大切に扱い、女性のエキスパートである自分を披露するのに夢中な男にありがちな、誇らしげな態度で接した。〝処女だったんだね〟という台詞もなかった。そうだという確信があったのだろう。むしろ、処女でなければ驚いていたはずだ。やがて、快楽の欲求がわたしを圧倒した。周囲の世界も、年寄りに見えていた彼の肉体も、その肩書き――ニーノの父親、詩人でジャーナリストの鉄道員、ドナート・サッラトーレ――も消えるほどに、強烈で利己的な欲求だった。ドナートはそんなこちらの変化に気づき、中に入ってきた。最初は慎重に動く感触が続いたが、次にぐっとひと突きされ、裂けるような痛みが腹の中を走った。ただし、痛みは長続きしなかった。興奮した彼がリズミカルに揺れ、こすれたり、ぶつかったり、空になったり、満ちたりする感覚が、痛みを消してくれた。それからいきなり彼は抜け出し、砂の上に仰向けにひっくり返って、押し殺した咆哮のような声を出した。

　しばらくはふたりとも黙っていた。海の音がまた聞こえだし、恐ろしい天空も戻ってきた。わたしはぼうっとしていた。すると沈黙が、ドナートを陳腐な詩人気取りのおしゃべりに戻してしまった。優しい言葉でわたしを正気に戻す責任でも勝手に感じたのだろう。だがこちらはふた言も聞いたら、もう耐えられなかった。わたしはぱっと立ち上がると、頭と全身の砂を払い、身だしなみを整えた。彼から恐る恐る、「明日はどこで会おうか?」と聞かれた時は、確固とした標準語でぴしゃりと答えてやった。何か勘違いしているようだが、わたしとまた会おうなどとは絶対に考えないでほしい。チェターラでも地区でも探してくれるな。すると彼がわたしの本気を疑うようににやけたので、こう続けた。メリーナの息子、アントニオ・カップッチョを覚えているか? いつかあなたに腹を立てて、手を上げかけた彼だ。でもそのアントニオとは比べものにならないほど恐ろしいことが、ミケーレ・ソラーラという人間にはできる。わたしはミケーレをよく知っている。彼にひと声かければ、あなたはもうおしまいだ。そもそもミケーレは、あなたを叩きのめしたくてうずうずしている。マルティリ広場の靴屋の記事を書くようにお金をもらっておきながら、ろくな仕事をしなかったからだ。

　帰り道、わたしはドナートを脅し続けた。向こうが性懲りもなく甘い言葉をかけてくるので、こちらの気持ちをしっかりと伝えておこうと思ったためもあったが、実は、幼いころから方言でしか使ったことのなかった脅迫的な物言いが、標準語でもうまく使えることに我ながら感心したせいもあった。

72

ネッラとリディアが起きて待っているのではないかと恐れていたが、幸いどちらも寝ていた。眠れぬほど心配ではなかった、わたしをしっかり者とみなし、信頼してくれたということだ。わたしはぐっすりと眠った。

翌朝は気持ちよく目を覚ました。ニーノとリラのこと、マロンティの浜での出来事をいっぺんに思い出してからも、明るい気分に変わりはなかった。ネッラと長いおしゃべりを楽しんでから、サッラトーレ家の面々と朝食をとったが、わたしに対するドナートの、父親の仮面を被った優しげな態度も不快ではなかった。この小太りで、うぬぼれ屋で、饒舌な男とのセックスが過ちだったとは、一秒だって考えなかった。それでも、同じテーブルにつき、彼の声に耳を傾けながら、この男に処女を献げたのだと改めて思えば、やはり虫唾が走った。一家と海に行き、子どもたちと海水浴を楽しみ、名残を惜しまれつつ、わたしは去った。フォリーオには約束どおりの時間に到着した。

ニーノを呼ぶと、彼はすぐに顔を覗かせた。上がれという誘いは断った。ヌンツィアの元へ急がなくてはならなかったのもあったが、リラとニーノがほとんど丸二日のあいだ、ふたりきりで過ごした部屋の様子を記憶に残したくない、という気持ちもあった。だが待てど暮らせど、リラは現れなかった。わたしは急にまた不安になった。もしもステファノが朝早く出発することになり、まさに今、予定よりも数時間早く、イスキアに上陸したところだったらどうするのだ。いや、もしかしたら、もうこちらの家に迫っているころかもしれない。わたしがもう一度声をかけると、ニーノがまた顔を出し、あと一分だけ待ってくれという合図をした。ふたりはそれから十五分後に下りてきて、玄関のところで長いこと抱擁し、キスを交わした。そしてリラはわたしのほうに駆け寄ってきたが、何か忘れたように途中でいきなり足を止め、あと戻りして彼にまたキスをした。わたしは気まずくなって目をそらした。すると自分は不完全な人間で、本当に夢中になる能力が欠如しているのではないかという例の思いが息を吹き返した。それにひきかえ、ふたりはやけに美しく、仕草のひとつひとつまで完璧に見えた。「リナ、時間がないわ」という自分の大声が、ひとつの幻想的なイメージを台無しにする恥知らずな行為にさえ感じられたほどだった。残酷な力によってこちらに引っ張られるようにリラは動いた。片手が彼の肩からゆっくりと腕に沿って滑り、指へと流れた。まるでダンスの教科書の図解でも見ているようだった。そしてようやく彼女はわたしのところに来た。

三輪タクシーでの帰り道、わたしたちはどちらも言葉少なだった。

「うまくいった?」

「うん。そっちは?」

「こっちも平気」

わたしはそれ以上は何も語らず、向こうもそれは同じだった。ただし、ふたりが無口でいる理由にはだいぶ違いがあった。こちらには、自分の体験を説明するつもりが一切なかった。あれは、自分の体とその生理的反応に関わるひとつの赤裸々な事実であり、他人の体のごく小さな一部がそこに初めて侵入してきたこと自体には、たいした意味がない気がした。ドナートの夜の肉塊がわたしに伝えたものは異物がそこにあるという感覚のみであり、その異物感も、遠雷ばかりで結局やってこない嵐のように消えてくれたのは幸いだった。だがリラが黙っているのは、何か表現しようにも言葉にならないからに違いなかった。頭の中になんの思念も絵も浮かばぬ状態であるのが、こちらにも伝わってきた。ニーノから離れた時、彼女は自分のすべてを相手の中に置き忘れてきたのだ。その身に起きたこと、そして今、起こりつつあることを言葉にする能力も含めて。そんな彼女と自分の差がわたしは悲しかった。わたしは砂浜での体験を懸命に振り返り、苦しげなのに幸せそうな彼女の虚脱と同等なものをそこに見出そうとした。そして、彼女と異なり、自分がマロンティの浜にも、バラーノにも、何ひとつ置き忘れてこなかったことにも気づかされた。初めて姿を見せたあの新しい自分も含め、わたしは何もかもを持ち帰ってきてしまった。だから、リラの瞳にも、軽く閉じた口元にも、固く握った拳にもにじんでいる、〝今すぐ引き返したい、残してきたあのひとの元に早く帰りたい〟という焦りも、わたしにはなかった。傍目には隣の彼女よりずっとしっかりとしているように見えたかもしれないが、わたしは水を含みすぎた土のように頼りない気分だった。

73

彼女のノートを読んだのが後年のことで本当によかったと思う。そこにはニーノと過ごした一昼夜のことが延々と何ページにもわたって記されていたが、その内容はまさしく、当時のわたしには何とも意見のしようがないものばかりだったからだ。リラは性的な快楽の描写にはひと言も費やさず、彼女の体験をわたしのそれと比較するための材料になりそうな記述も一切なかった。むしろ彼女は愛を論じていたのだ。それも驚くべきかたちで。結婚式の当日からイスキアの日々まで、自分はそうと気づかぬままに、今にも死にそうな状態にあった。リラはそう言うのだった。ノートには死に瀕した感覚が細かに描写されていた。活力の低下、眠気、脳と頭蓋骨のあいだに膨らみ続ける気泡があるような、頭の中心の圧迫感。何もかもがやけにせわしなく移動し、自分から離れていくという印象。人々も物体も動作が速すぎて彼女にぶつかり、怪我をさせ、お腹の中や目の中に実際に痛みをもたらすという印象。しかもそうした現象のすべてに、まるで全身を脱脂綿で包まれたような五感の鈍化がともなう。彼女が負う怪我というのも、現実の世界からもたらされたものではなく、自分の体とその脱脂綿の塊のあいだにある隙間に起因するものだと記されていた。その一方で、死の予感があまりにも強かったため、何に対しても敬意を持つことができなくなり、とりわけ自分を大切にすることができなくなっていたという記述もあった。何もかもどうでもいい、壊してしまえ、という気分だったようだ。時には、思いっきり自分を表現したくてたまらないという激しい衝動に支配されることもあったようだ。最後にもう一度だけ、メリーナのように正気を失ってしまう前に自分を表現したい。大通り《ストラドーネ》を横切ろうとして、ちょうどやってきたトラックにはねられ、ひき殺されてしまう前に。だがニーノがそんな状況を変え、死神の手から彼女を救ってくれた。初めて彼に救われたのは、ガリアーニ先生の家でのことだったという。彼に一緒に踊ろうと誘われたものの、差し出された救いの手が恐ろしくて誘いを断ってしまった、あの時だ。そしてイスキアで、救い主ニーノは日増しに強い力を発揮するようになった。彼はリラの感覚を取り戻してくれた。そしてなんといっても、彼女の自我を甦らせた。そう、あれはまさに復活だった。この復活というテーマに彼女は実に多くの行を費やしていた。うっとりするような再起について、あらゆる束縛の終わりについて、そして、新たな束縛のもたらす、言葉にならぬほどの喜びについて。彼女の再起は、世界に対する反乱でもあった。彼と彼女、彼女と彼、ふたりでともに人生をゼロから学び直し、人生から毒を追放して、考える喜びと生きる喜び以外の何物でもない、純粋な新しい生き方を創り上げようとしたのだ。

以上が、おおよその内容だ。彼女の文章はとても美しかった。ここにわたしが記したのはその概要に過ぎない。もしも当時、あの三輪タクシーの上で、こうしたことを告白されていたら、わたしは余計に苦しむことになったはずだ。充足した彼女の姿に、好対照なまでに虚ろな自分を見せつけられる羽目になっただろうから。そしてわたしは、彼女があるものに巡りあったことに気づいただろう。それは、わたしもよく知っているつもりだったもので、ニーノに対してそれを感じていると信じていたぐらいだったが、その実、何もわかっちゃおらず、あのまま行けば一生わからずじまいか、漠然と知るぐらいが関の山となったはずのものだった。さらに、イスキアでリラが軽々しく夏の火遊びに興じていた訳ではなく、彼女のその後の運命を大きく揺るがすほど激烈な感情が心に育ちつつあったという事実も、わたしは知り得たはずだ。ところが現実には、リラとの悪だくみを終えて、ヌンツィアの待つ家にふたりで帰る車中、わたしの心は、またリラに差をつけられたという、あのおなじみの混乱した感情でいっぱいだった。彼女が獲得しつつある何かをこちらは見逃しつつある、そんな――わたしたちの物語ではしばしば繰り返された――あの印象だ。だからわたしは、彼女との差を埋めたいがあまり、自分が海と空のあいだ、夜のマロンティの浜で、いかにして処女を喪失したかをいっそのこと語ってしまおうかと、何度か思った。ニーノの父親の名前は出さなくてもいい。代わりに船乗りとか、アメリカ煙草の密輸人とかにしてしまってもいい。そして、何が起き、それがどんなに素敵だったかと、リラに自慢しよう……。だが、そのうちわかってしまった。自分の体験と快楽のほどを語るなんてことは、わたしにはどうでもよかったのだ。自分の体験談は、彼女の体験を聞き出すための口実でしかなかった。そして、リラがニーノからどれだけの快感を得たかを知って、自分の体験と比較し――かなうものなら――優越感に浸りたかったのだ。幸いわたしは、彼女がそんなことを打ち明けてくれるはずもなく、どうせ自分ひとりが馬鹿みたいな白状をしておしまいだろうと気がついた。だからわたしは沈黙を守り、彼女もまた黙り続けたのだった。

74

家に戻ると、リラは沈黙を破り、興奮気味で感情剝き出しの状態になった。ヌンツィアは心からほっとした顔でわたしたちを迎えながらも、つれなかった。彼女はひと晩中眠れず、家中であれこれ奇妙な音まで聞こえ、幽霊か殺し屋ではないかと気が気ではなかったらしい。リラに抱きしめられた時も、ヌンツィアはほとんど突き返すような仕草を見せた。

「楽しかったかい?」ヌンツィアは娘に尋ねた。

「とっても。わたし、これから何もかも変えるつもりよ」

「変えるって、いったい何を?」

するとリラは笑って答えた。

「もっときちんと考えてから、教えるね」

「まずは旦那に教えてやることったね」ヌンツィアは言った。珍しく辛辣な口調だった。

すると娘は母親を驚いた顔で見つめた。その驚きには、嬉しさと、いくらか感動も入り混じっていたようだ。母親の勧めは的を射ている、一刻も早くそうすべきだとでも言いたげな顔だった。

「そうだね」リラは答え、いったん寝室に入ってから、バスルームにこもった。

しばらくして出てきた彼女はまだ下着姿で、わたしに部屋に来てという仕草をした。気が進まぬままついていくと、リラは熱に浮かされたような目でこちらを見つめ、少し息を弾ませつつ早口で言った。

「わたし、彼が勉強すること、みんな勉強したいの」

「大学生なんだよ。勉強って言ったって、難しいんだから」

「彼と同じ本を読みたいの。彼の考えていること、もっとよくわかるようになりたい。大学に行くためじゃなくて、彼のために勉強したいの」

「リラ、馬鹿を言わないで。今度の一回きりだって約束だったでしょ？　どうしたの。落ちついてよ。ステファノが来るのわかってるの？」

「ねえ、本当のところを聞かせて。一生懸命やったら、わたしにも彼と同じくらい色々わかると思う？」

　わたしはもう耐えられなかった。ずっと知らぬふりをしてきたことが、その時、はっきりしたからだ。今や彼女もわたしと同じように、ニーノのことを自分を救い得る唯一の人物だと見なしていた。つまりリラは、わたしの昔からの恋心を横取りしたのだ。彼女の性格はよくわかっていたから、リラがこの先、あらゆる障害を乗り越え、とことん前進するのは目に見えていた。わたしは厳しい声で答えた。

「無理よ。すっごく難しいの。リラはどの科目も今さら、遅れすぎでしょ？　新聞も読まなければ、誰が首相かも知らないし、ナポリの本当の権力者が誰かも知らないじゃない」

「レヌーはそういうこと、みんな知ってるの？」

「そうじゃないけど」

「彼はそうだと思ってるよ。言ってたでしょ、レヌーのこと凄く尊敬してるって」

　頬が真っ赤になるのがわかった。わたしはつぶやいた。

「わたしだってまだ勉強中だもん。わからない時も、知ったかぶりをしてるだけよ」

「知ったかぶりだって、だんだん覚えるからいいじゃない？　ねえ、助けてよ」

「嫌よ。絶対、嫌。リラ、こんなのいいわけないよ。彼のこと、放っておいてあげて。あなたのせいで、もう大学をやめるなんて言ってるんだから」

「それは大丈夫。勉強するために生まれてきたようなひとだから。それでも、ニーノも結構知らないことあるんだよね。彼が知らなければ、それはわたしが勉強する。それで、必要な時には教えてあげるの。そうすれば、わたしも役に立てるじゃない？　レヌー、だから、わたし変わりたいの。それも大急ぎで」

　わたしはもう一度、彼女を叱りつけた。

「あなた結婚してるのよ。もう忘れなさい。それに、彼にしたってもっとふさわしい相手がいるはずでしょ？」

「ふさわしい相手って誰よ？」

　リラを傷つけてやりたくて、わたしは言った。

「ナディアよ」

「わたしのために捨てられた女じゃない？」

「だから問題なしってわけ？　いい加減にしてよ。あなたたちふたりとも正気じゃないわ。もう知らない」

　わたしは自分の部屋に向かった。不愉快で仕方なかった。

75

　ステファノはいつもの時間にやってきた。わたしたち三人は明るい笑顔を作って出迎えた。彼のほうは穏やかながらいくらか緊張した様子で、笑顔の裏に何か懸念を隠しているようにも見えた。今日から長い休暇のはずなのに、彼がまるで荷物を持ってこなかったことにわたしは驚いた。リラは気にしていない様子だったが、ヌンツィアがやはり尋ねた。「なんだかぼんやりしているみたいね。ステー、何かあったの？　お母さんは元気？　ピヌッチャは？　靴のほうはうまくいってる？　ソラーラさんたちは喜んでらっしゃるの？」彼は万事順調だと答え、夕食になったが、会話も途切れがちだった。最初はリラもご機嫌なふりをしていたが、ステファノがまともに返事をせず、態度も冷え冷えとしているのを見て、へそを曲げて黙ってしまった。それからはわたしとヌンツィアのふたりだけが、沈黙に場を支配されぬよう力を尽くした。そして、果物を食べる段になって、ステファノが薄ら笑いを浮かべながら、妻に尋ねた。

「お前、サッラトーレの息子と一緒に泳いでるんだって？」

　わたしは息を呑んだ。リラは不快そうに答えた。

「何回か泳いだわ。でも、どうして？」

「正確には何回だ？　一回なのか、二回なのか、それとも三回か、五回か？　レヌー、君は知ってるか？」

「一度だけよ」わたしは答えた。「二日か三日前だった。みんなで一緒に泳いだの」

　ステファノは薄ら笑いを浮かべたまま、妻を見た。

「それで、お前とサッラトーレの息子はあんまり仲よしなものだから、お手々つないで海から上がってきたんだって？」

リラは夫の顔をまっすぐにらんだ。

「誰がそんなことを？」

「アーダだ」

「アーダは誰に聞いたって？」

「ジリオーラだよ」

「ジリオーラは誰に聞いたの？」

「彼女に見られたんだろ？　俺を馬鹿にするなよ。ジリオーラはミケーレと島に遊びにきて、お前たちに会いにいったそうじゃないか。レヌッチャがあいつとお前と一緒に泳いでいたってのも嘘だ。ふたりきりで泳いでたんだってな。お手々つないでさ」

リラは立ち上がり、静かに言った。

「ちょっと散歩してくるわ」

「どこにも行かせないぞ。座れよ。そして質問に答えろ」

リラは座らなかった。そしていきなり、標準語で啖呵を切った。顔にはわざとらしい疲れた表情を浮かべていたが、それが実は軽蔑の色なのがわたしにはわかった。

「わたしって本当に馬鹿ね。どうしてあんたみたいな、なんの価値もない男と結婚したんだろ。ミケーレ・ソラーラが自分の靴屋でわたしを使いたがってるの、知ってるでしょ？　おかげでジリオーラは、わたしを殺せるものなら、殺したいと思うほど憎んでる。それも知ってるわよね？　そのくせ、あなた、彼女の言うことなんて信じるの？　あなたの言葉なんてもうひと言だって聞きたくない。だって、あんまり簡単にだまされるんだもの。レヌー、つきあってよ」

彼女が玄関のドアに向かうそぶりを見せたので、わたしも立ち上がろうとした。だがそこで、ステファノがばっと飛び出し、リラの腕をつかむと言った。

「どこにも行かせないと言ったろう？　サッラトーレの息子とお前がふたりきりで泳いでいたというのが本当なのか、ふたりで手をつないで歩き回っているというのが本当なのか、はっきり聞かせろ」

　リラは彼の手から逃れようとしたがかなわず、罵った。

「放してよ、あんたなんか大嫌い」

　するとヌンツィアがふたりのあいだに入った。まずは娘を咎め、そんなひどいことを夫に言ってはならないと叱ったが、間髪を容れず、彼女にしては驚くほどの勢いで、次にステファノをほとんど怒鳴りつけた。ヌンツィアは言うのだった。もううちの娘を責めるのはやめろ、あなたの質問にはもう答えたじゃないか。ジリオーラは嫉妬からあんなことを言ったのだ。あれは性悪娘だ、マルティリ広場の店を追い出されるのが嫌なのだろう。ピヌッチャも追い出して、いっそ自分ひとりで店の女主人様を気取りたいに決まってる。靴のくの字も知らず、お菓子だってろくに作れないくせに。それがリナはどうだい？　何から何まで、みんなうちの子のおかげじゃないか。あんたの新しい食料品店がうまくいったのだってそうだ。だから、そんな風にリナを扱っていいわけがない。ああ、いけないね。もっと感謝してしかるべきじゃないか。

　ヌンツィアは真剣に怒っていた。顔を真っ赤にして、目を瞠《みは》り、呼吸も忘れて一気にまくし立てたせいで、ついには息が詰まりかけたほどだった。だがステファノはそんな言葉などひと言も耳に入らぬ様子で、義母の抗議が続くなか、リラを寝室のほうに引っ張ってから怒鳴った。「どうなんだ、はっきりしろ」すると、リラからきつい罵声が返ってきたので、彼は、食器棚の扉の把手にしがみついて抵抗する妻の腕を力任せに引いた。家具の扉がぱっと開き、食器棚は危うく傾いて、ずれた食器やグラスが音を立てた。リラは台所のほぼ端から端に投げ飛ばされ、ふたりの寝室へと向かう廊下の壁に叩きつけられた。彼はすぐに妻の元に駆けつけ、彼女の腕をまたつかむと、ティーカップでもつまむように持ち上げて、寝室に連れこみ、後ろ手にドアを閉じた。

鍵穴で鍵の回る音に、わたしはぞっとした。やけに長く感じたその数秒のあいだに、わたしは、ドン・アキッレの亡霊がステファノに取り憑き、父親の影が息子の首筋の血管と額の青筋を膨らませるのをこの目で見た。だがそうして怯えながらも、何かしないといけない、ヌンツィアみたいにただ座っている訳にはいかないと思った。だからわたしはふたりの寝室のドアノブをつかんで揺らし、拳を握ってドアを叩き、呼びかけた。「ステファノ、聞いて。みんな嘘なの。暴力はやめて」しかし彼はもう怒りに我を忘れてしまったようだった。本当のことを教えろと怒鳴る声が何度も聞こえたが、リラが返事をする様子はなかった。それどころかもう部屋の中に彼女はいないのではないか、そんな印象さえ受けたくらいで、しばらくはステファノが独り言を言いながら、自分で自分にびんたを食らわせたり、暴力を振るったり、ものを壊したりしているようにさえ聞こえた。

「大家さんを呼んできます」わたしはヌンツィアに言い、急いで玄関先の階段を下りた。予備の鍵はないか、なければ、甥っ子はいないか聞くつもりだった。大家の甥っ子は巨漢で、戸板の一枚くらい簡単に破れそうだったからだ。でもいくらドアを叩いても、女主人は出てこなかった。本当に留守だったのか、開けるつもりがなかったのかはわからない。そのあいだもステファノの怒号は壁を揺らし、表の通りにも、葦の茂みにも、海の方角にも響いたが、わたしのほかに聞く耳を持つ者はいないようで、隣人は誰ひとり顔を覗かせず、駆けつける者もなかった。ステファノの声のほかにわたしの耳に届いたのは、ヌンツィアの小さな声ばかりだった。彼女はステファノに暴力をやめるよう求めては、彼を脅し、また許しを求めては、これ以上、娘を痛めつけるのならば、何もかも夫とリーノに話してやる、そうとなれば、ふたりが絶対にあんたを殺しにくるから覚悟しなさいと脅した。

上に駆け戻ったものの、どうしたらいいかわからなかったわたしは、寝室のドアに体当たりをした。そして、警察を呼んだから、すぐに来るから、と叫んだ。それでもリラの反応がまるでなかったので、わたしは金切り声を上げて呼びかけた。「リラ、大丈夫？　お願い、声を聞かせて」すると、ようやく彼女の声がした。こちらに向けた声ではなく、夫に向けた、凍えるような声だった。

「そんなに知りたきゃ、教えてやるわ。そうよ、わたしとサッラトーレの息子は、手に手を取って泳ぎにいくの。そうよ、沖のほうまで泳いで、そこでキスをしたり、触りっこしたりするの。そうよ、彼と百回は寝たわ。おかげであんたがただの糞ったれで、なんの価値もない男で、吐き気がするようなことをわたしにさせたがるだけの最低な人間だってのが、よくわかった。どう、これでご満足？」

沈黙が下りた。彼女の言葉が終わると、ステファノは口をつぐみ、わたしはドアを叩くのをやめ、ヌンツィアは泣くのをやめた。行き来する自動車、遠くの人声、雌鶏の羽ばたきといった外の物音が元どおりに聞こえだした。

数分がたち、最初に口を開いたのはステファノだった。だがその声はあまりにも小さく、わたしとヌンツィアには聞き取れなかった。いずれにしても彼がなんとか冷静になろうとしているのはわかった。言葉の断片がぽつりぽつりと聞こえてきたのだ。怪我はないか、やめろ、落ちつけ。リラの告白の内容があまりにも耐えがたいものであったため、彼にはそれをひとつの嘘としてしか受け入れることができなかったに違いなかった。きっとこれはわざと俺を傷つけて、我に返らせ、正気に戻すための、よく狙いを定めた平手打ちのような大げさな作り話であり、彼女の言葉の真意はつまり、まるで根拠のない罪でわたしを責めてるのがまだわからないの？　じゃあ、目を覚まさせてあげるから、よく聞きなさい、ということなのだ。彼はそう思ったはずだ。

ところがわたしには、リラの言葉がステファノの暴力と同じくらい凶暴に響いた。彼が優しげな態度と穏やかな顔の裏で日ごろ押し殺している、限度というものを知らぬ暴力も恐ろしかったが、まるで嘘のように大声で真実を告げる彼女の勇気も、その恐るべき傲慢も耐えがたかった。リラがステファノに向けた言葉は、そのひとつひとつが彼を正気に戻した。ステファノはそれを嘘だと思ったからだ。しかし、真実を知るわたしは、彼女の言葉に貫かれるたび、痛みを覚えた。彼の声がずっとはっきり聞こえるようになると、わたしもヌンツィアも、最悪の瞬間が過ぎたこと、ドン・アキッレが息子を解放し、より穏やかで、頭の柔らかい男が回帰しつつあることを知った。だが、商店主として成功した側の自分に戻ったステファノは、戸惑いを見せた。自分の声と両手と両腕にいったい何が起こったのか、彼にはもうわからなかったのだ。手に手をつないだリラとニーノの姿は恐らくまだ頭から離れていなかっただろうが、リラの一連の激しい言葉が喚起したイメージのほうは、もうどう考えても現実離れしたものとしか思えなくなっていたのだ。

寝室のドアは開かず、鍵穴の鍵も朝になるまで回ることはなかった。それでもステファノの声が沈鬱になり、哀願するような口調に変わったのはわかった。わたしとヌンツィアは力なく言葉を交わしながら、ドアの外で何時間も待った。ドアの中でも外でも、ひそひそ話が続いた。「リーノに話したら、あんな男、絶対に殺されちゃうから」ヌンツィアは幾度となくそうつぶやき、わたしはそのたび真に受けたふりで、「お願いだから、リーノさんには言わないで」とささやいた。でも心のうちではこんなことを思っていた。リーノもフェルナンドも、リラが結婚してから今まで、彼女を助けるために指一本だって動かしたことがないじゃないか。そもそもあのふたりにしたって、赤ん坊のころから彼女を好きなようにひっぱたいてきたのだ。男ってみんな同じだ。違うのは、ニーノだけだ——そこでわたしは毎度ため息をつき、改めて後悔を深めるのだった——あのひとはもう確実にリラのものになる。彼女が結婚していようがそんなことは関係ない。そしてふたりはこの最悪な世界を脱出するのだろう。だが、わたしは永遠にここを離れられないだろう。

76

夜が明けると同時にステファノは寝室から出てきたが、リラは出てこなかった。彼は言った。「荷物をまとめてください。ナポリに帰ろう」

ヌンツィアは腹に据えかねた様子で、彼が大家の持ち物に与えた損害を指摘し、弁償すべきだと言った。すると彼は、自分はこれまでも払うべき金は払ってきたし、これからも払うつもりだと答えた。数時間前に姑が自分に対して放った暴言をまだ覚えていて、ここでひとつ、はっきりさせておかなければならないと決心したような口ぶりだった。「ここの家賃は僕が払いました」彼は弱々しい声で言った。「お義母さんたちの旅費も僕が持ちました。そもそもお義母さんにお義父さん、リーノ君の今の財産は、すべて僕が与えたものです。だからつべこべ言ってないで、荷物をまとめなさい。もう帰りましょう」

ヌンツィアはそれ以上、何も言わなかった。少しして、リラが部屋から出てきた。薄い黄色の長袖のワンピースに、映画スターのような黒い大きなサングラスをしていた。彼女はわたしたちに言葉をかけようとしなかった。ポルトの町の港に着いても、フェリーに乗っても、地区に戻っても黙っていた。そして挨拶もせず、夫と家に帰っていった。

わたしはといえば、これからはもう自分のことだけを考えて生きようと決心した。そして事実、ナポリに戻ってからは徹底的な無関心を自分に課し、リラにもニーノにも会いにいかなかった。帰った途端に待っていた母さんの言いがかりも黙って受け流した。自分だけイスキアで優雅な生活を送って、我が家の家計を支えることなどまるで考えなかったと責められたのだ。父さんも似たようなものだった。わたしの健康美と輝きを増した金髪をやたらと褒めておきながら、目の前で母さんがわたしを罵りだすと、すぐにこう言って加勢したのだ。「お前ももう大人だ。やるべきことはわかってるだろう」

実際、急いでお金を稼ぐ必要があった。イスキア行きの前に約束された報酬の支払いをリラに求めることもできたが、彼女にはもう関わるまいと決めていたし、ステファノがヌンツィアに（そしていくらかはわたしにも）向けたひどい言い草を聞かされたあとではなおさらだった。同じ理由で、学校の教科書を前年のようにリラに買ってもらうのも絶対に嫌だった。だからアルフォンソに会った時、わたしは、今学年はもう教科書の用意は済んだと彼女に伝えてくれるよう彼に頼み、面倒は避けた。

しかし、八月なかばの聖母被昇天の祝日の連休が終わると、わたしはメッゾカンノーネ通りの本屋に向かい、店主と会った。そして、以前に優秀かつ真面目な店員であったおかげもあれば、太陽と海のおかげでずっと磨かれた容姿のおかげもあって、少しは渋い顔をされたものの、また雇ってもらうことができた。ただし、学校が始まってもすぐには辞めないこと、授業のない午後だけでもよいから、教科書の販売が続く期間は仕事を続けること、という条件付きだった。わたしは条件を呑み、来る日も来る日も、本屋で長い一日を過ごすことになった。主な客は、出版社から見本にもらった教科書を鞄にいっぱいに詰めて持ってきて、安値で売ろうとする教員たちや、ぼろぼろになった教科書をさらにはした金で売る学生たちだった。

やがてわたしは、不安で仕方のない一週間を過ごす羽目になった。生理がなかなか来なかったのだ。ドナートに妊娠させられたのではないかと絶望する日々が続き、お行儀よい外面とは裏腹に胸の中は地獄だった。眠れぬ夜が続いたが、誰の助言も慰めも敢えて求めず、ひとりで耐えた。そしてある日の午後、本屋の汚いトイレに行くと、ようやく下り物があった。あの時期のわたしには珍しい、すがすがしい一瞬だった。ドナートがこの体に侵入したという事実を完全に抹消してくれる、象徴的な出来事に思えたのだ。

九月の初めになると、そろそろニーノもイスキアから戻ってきているはずだと思った。一度くらい向こうから挨拶に来てもいいのではないかと、不安もあったが、わたしは期待をした。しかし彼はメッゾカンノーネ通りにも、地区にも現れなかった。リラのほうはどうかといえば、日曜日の大通り《ストラドーネ》を夫の隣に乗って車で通り過ぎる姿を二度ほど見かけただけだった。ほんの数秒のことだったが、わたしの怒りに火を点けるには十分だった。いったいどうなっているのか。リラは山積みのはずの問題をどうやって解決したのだろう。彼女の生活は以前とどこも変わらず、何も失った気配がないではないか。自家用車も、ステファノも、あのバスルームと電話とテレビのある家も、きれいな服も、裕福な暮らしも、そのままではないか。その上、胸の奥ではどんな計画を立てているかわかったものじゃない。彼女のことだ、ニーノを諦めるはずがない。たとえ彼のほうが諦めたとしても、リラは絶対に諦めないだろう……。それでもわたしは、そうした思いを頭から振り払い、自分との約束を守ろうとした。すなわち、今後の人生はあのふたり抜きで計画し、ふたりの不在を苦しまぬこと、だ。そのためには何があっても動じぬ人間になろうとわたしは努力を重ね、ついには感情を最小限まで抑制できるようになった。たとえば本屋の店主のいやらしい手がこちらに伸びてきても、腹を立てずに押し返せるようになり、失礼な客にも笑顔で応対できるようになった。母さんの前でも常におとなしい娘を演じられるようになった。わたしは日々、自分にこう言い聞かせていた――わたしは、どうしたってわたしだ。それは諦めるしかない。こんな町で、こんな貧しい家に生まれ、こんな方言とともに育った。それがわたしだ。与えられるものは与え、つかめるものはつかみ、耐えるべきことは耐えようじゃないか。

77

そしてまた学校が始まった。十月一日に教室に入った時、わたしは自分が高校三年生になり、十八歳になったという実感を初めて得た。奇跡的に長いものとなったわたしの学生時代が終わろうとしていた。それでいいと思った。アルフォンソとよく、高校を卒業したらどうするかという話をしたが、彼もわたし同様、具体的な考えはなかった。一緒に公募を受けようよ、そんなことをわたしは言ったりしたが、その公募というのがなんなのかもわたしたちは知らぬまま、〝公募を受ける〟〝公募に合格する〟という表現を使っていた。公募とはそもそも筆記試験なのか、それとも面接試験なのか。そもそも合格すると何がもらえるの、お給料？　という程度の知識しかなかった。

アルフォンソは、なんでもいいから公募に合格したら、自分は結婚するつもりだと教えてくれた。

「結婚て、マリーザと？」

「まあ、そうなるだろうね」

ニーノの近況をそれとなく彼に尋ねてみたことも何度かあった。ただ、アルフォンソは元々ニーノをよく思っておらず、会ってもふたりは挨拶すらしなかった。だから彼にしてみればなぜわたしがニーノに惹かれるのかもまったく理解できぬ様子で、あんなに不細工で、姿勢もだらしなくて、骨と皮ばかりの男の何がいいんだとよく言われた。ところがそんなアルフォンソにも、ニーノの妹のマリーザは美しく見えるようだった。とはいえ、マリーザを褒めたあとは必ずわたしに気を遣って、すぐに「君も美人だよ」と付け加えるのを忘れなかった。彼はとにかく美しいものが好きで、とりわけ美容に強い関心を持っていた。身だしなみにもとても注意していて、床屋のよしあしにも詳しく、自分で好きな服を買い、ウェイトトレーニングにも毎日通っていた。そんな彼が一度、マルティリ広場の店の仕事は楽しかったと、こんな風に話してくれたことがあった。あの店の仕事は、うちの食料品店とはまるで違ったよ。あそこでは何より、しゃれた格好をすることができた。いや、店員はおしゃれでなければならないんだ。それに標準語だって使えた。お客さんは裕福で、学のあるひとばかりだからね。あの店ではお客さんに靴を履かせる時だって、まるで宮廷物の恋愛小説に出てくる騎士みたいに、優雅に振る舞うことができた。でも残念だけど、僕が働き続けるのは無理みたいなんだ。

「どうして？」

「色々あってね」

最初は彼が言葉を濁したので、こちらも追及しなかったが、そのうち教えてくれた。なんでも最近はピヌッチャがほとんど店に出てこなくなっていたという。腹もずいぶんと大きくなって、疲れるのを厭うようになったからだ。いずれにしても子どもが生まれれば、彼女に仕事をする余裕はしばらくないはずで、理屈の上ではアルフォンソに有利な状況となるはずだった。ソラーラ兄弟も彼の仕事ぶりには満足しており、高校を出たらすぐに靴屋に就職することだってできたはずなのだから。ところがそれが無理なのだという。その理由の説明には、いきなりリラの名が出てきた。その名前を聞くだけで、胃がかっと熱くなるのがわかった。

「彼女となんの関係があるの?」

イスキアから帰ってきて以来、リラはまともじゃなかった。アルフォンソはそう言うのだった。海水浴は役に立たなかったようで、相変わらず子どもはできぬ上、彼女は奇行を繰り返した。バルコニーにあった植木鉢を片っ端から割ったこともあった。食料品店に働きにいくと言って出かけながら、店はカルメンひとりに任せて、どこかに行ってしまうこともしばしばだった。夜、ステファノが目を覚ますと、ベッドの隣にいないこともよくあり、そんな時、彼女は家の中をうろついたり、本を読んだり、何か書いたりしていたそうだ。だがリラはある時、ぱたりと奇行をやめた。より正確には、ステファノの人生を滅茶苦茶にするためのエネルギーをたったひとつの目標に集中させることにしたのだった。その目標とは、ジリオーラを新しい食料品店に異動し、マルティリ広場の靴屋は自分が預かる、というものだった。

それを聞いてわたしはひどく驚いた。

「リナを靴屋にほしがっていたのはミケーレよ。彼女は行きたくないって言ってたわ」

「前はね。ところが考えを変えたらしい。あの店で働かせろって、リナはとにかく必死だよ。とはいっても、反対しているのはステファノだけだし、兄貴も、結局はいつも彼女の言いなりだからね」

わたしはそれ以上の情報を求めなかった。またリラの問題に巻きこまれるのは本当にごめんだったからだ。それでもしばらくは、彼女は何を考えているんだろう、どうしていきなり中心街に働きに出たいなんて考えるようになったんだろうといつの間にか自問している自分に気づいて、そのたびはっとさせられた。だがやがて、リラのことは考えなくなった。本屋に学校、試験に次ぐ試験、教科書の入手といった他の問題で頭がいっぱいになったのだ。教科書は自分でも少しは買ったが、大半は勤め先の本屋で盗んだ。後ろめたさのかけらも感じなかった。そしてわたしは、また家で懸命に勉強するようになった。午後は本屋の仕事で忙しかったから、主に夜だ。あの仕事はクリスマス休暇で辞めたが、そのすぐあと、ガリアーニ先生が家庭教師の口をふたつ見つけてくれ、今度はそちらを頑張るようになった。学校に家庭教師、夜の勉強で手いっぱいで、わたしの生活はほかに何をする余裕もなかった。

稼いだお金を月末に渡すと、母さんはいつも何も言わずにそれを懐にしまったが、毎朝、早起きをしてわたしの朝食を用意してくれた。時には、砂糖入りの泡立て卵まで作ってくれた。母さんの卵のかき混ぜ方は実に念入りで――そんな朝はベッドでまだうとうとしているわたしの耳に、ティーカップにスプーンのぶつかる、コツコツという音が聞こえてきたものだ――口の中でまるでクリームみたいに溶けて、砂糖なんて粒のひとつも残ってなかった。高校の教師たちのあいだでのわたしの評判はどうだったかと言えば、例によって優等生とみなされていた。学校という埃まみれのメカニズムはある種の機能不全に陥っているのではないか、そう疑いたくなるほどで、わたしはクラストップの成績を楽々守り、ニーノの卒業した今や、学校全体でも一、二を争う地位に上り詰めた。それでもまもなく、ガリアーニ先生が以前ほど親身に接してくれなくなったことに気がついた。寛大な扱いこそ変わらなかったが、なんらかの理由でわたしを恨み、わだかまりを感じているように見えた。たとえば、わたしが借りた本を返した時も、本が砂だらけだと言って不快な顔をし、ほかの本をまた貸してくれる約束もせずにそのまま行ってしまった。先生が読み終えた新聞を回してもらう習慣も途絶えた。しばらくはそれからも自分で『イル・マッティーノ』を買っていたが、すぐにやめた。読んでもつまらず、お金の無駄だと思ったからだ。自宅にもあれから二度と招かれなかった。こちらとしては先生の息子、アルマンドにまた会いたかったのだが。それでも彼女は、みんなの前でわたしを褒めることはやめず、わたしによい点数をつけるのもやめなかった。相変わらず何かの講演会への参加を勧めてくれたり、アルバ門にある司祭のための施設で名画の上映会があれば、それも教えてくれた。クリスマス休暇の直前のことだった。下校時に先生から声をかけられ、少し一緒に歩くことになった。やがて彼女は、ニーノに何があったか知っているかと単刀直入に尋ねてきた。

「何も知りません」わたしは答えた。

「本当のことを聞かせてほしいの」

「本当に知らないんです」

そして明らかになったのは、夏休みのあと、ニーノが先生のところにも、その娘、ナディアの元にも顔を見せなくなったという事実だった。

「あの子、うちの娘を不愉快なやり方で捨てたの」母の怒りをこめて彼女は言った。「イスキアから短い手紙を送りつけてきてね。ナディア、ずいぶんと苦しんだわ」それから彼女はまた冷静になり、教師の顔を取り戻して付け加えた。「でも仕方ないわね。あなたたちまだ若いんだし、苦しむことも成長には必要だもの」

わたしがうなずいてみせると、こう尋ねられた。

「あの子、あなたまで捨てたの？」

赤い顔でわたしは答えた。

「どういう意味ですか？」

「彼とイスキアで会ってたんでしょ？」

「ええ、でもわたしたちはただの友だちです」

「本当に？」

「誓って本当です」

「ナディアは、あなたのせいでニーノに捨てられたって信じてるわ」

わたしは力をこめて否定し、なんだったらナディアに会って、ニーノと自分のあいだには何もなかったし、今後も何も起こり得ないと直接説明してもいいとまで言った。先生は喜び、娘に伝えると約束してくれた。当然、わたしはリラのことは打ち明けなかった。もう関わるまいという決意のためもあったが、彼女の話をすれば自分がつらい思いをするのは目に見えていたからだ。わたしは話題を変えようとしたが、先生はニーノの話に戻ってしまった。なんでも、彼についてはさまざまな噂が交錯しているということだった。秋の試験を受けなかったばかりか、大学までやめてしまったと言う者もあれば、ある日の午後、完全に酔っ払ってアレナッチャ通りをひとり歩くニーノの姿を見たと誓う者すらいるそうだ。彼は足をふらつかせ、手にしたボトルから時おり酒をラッパ飲みしていたという。ただニーノは誰からも好かれていなかったから、嫌がらせに悪い噂を流されただけのことかもしれない。先生はそう結論したが、もしも噂が本当だったら、残念だとも言った。

「絶対にみんな嘘ですよ」わたしは言った。

「だといいんだけど。とにかく、追いかけるのがなかなか難しい子だから」

「そうですね」

「でも、とても才能があるわ」

「ええ」

「彼の消息がわかるようだったら、教えてちょうだいね」

そこでわたしは先生と別れ、マルゲリータ公園のそばに住んでいる、ジンナジオに通う少女にギリシア語を教えに急いだ。難しい仕事だった。その家でわたしがうやうやしく招き入れられたのは、昼

78

なお暗い大きな部屋だった。壮麗な家具が並び、絨毯には狩りの情景が織りこまれ、壁には位の高そうな軍人の写真が並び、高貴で裕福な一族の伝統を示すものがほかにも山とあった。そうしたものが、わたしに委ねられた十四歳の青白い顔をした生徒の心と体の双方を麻痺させ、わたしはわたしで居心地が悪くて仕方なかった。名詞の格変化と動詞の活用を教えるのに特に苦労した記憶がある。授業のあいだ、ガリアーニ先生が語ったニーノの姿が何度も頭に浮かんだ。おんぼろの上着、ぶらつくネクタイ、ふらつく長い脚。最後の一口をすすり、空になったボトルが、アレナッチャ通りの舗石に叩きつけられて割れる……。イスキアのあと、彼とリラのあいだに何があったのだろう。わたしの予想を裏切り、彼女は明らかに悔い改め、恋は終わり、正気に戻ったようだ。だがニーノのほうはそうはいかなかったのだろう。かつてはどんな質問にも理路整然と答えてみせた若き学究の徒が、今や食料品店のおかみさんへの恋患いにやられた落伍者に成り果ててしまった。もっと詳しいことを知らないか、アルフォンソに改めて尋ねてみようかとも思った。あるいは直接マリーザに会って、お兄さんのことを質問してみようか。でもすぐにわたしは自分を戒め、ニーノのことは頭から追い出した。きっと彼は立ち直るだろう。そう思うことにした。彼はわたしに会いにきたか？　いいや、来なかった。リラはどうだ？　やはり来ない。ふたりともわたしのことなど気にかけてもいないのに、どうしてこちらが心配しなくてはいけないのだ。わたしは気を取り直してギリシア語の授業を続け、自分の道を歩み続けた。

クリスマスが過ぎたころ、アルフォンソから、ピヌッチャに男の子が生まれ、リーノの父親の名を受け、フェルナンドと名付けられたと教えられた。お祝いを言いに向かったわたしは、きっとピヌッチャはベッドに寝そべり、いかにも幸せそうに、子どもに乳でも含ませているものだろうと思っていた。ところが彼女は格好こそネグリジェにスリッパ履きだったが、もう床を上げ、不機嫌な顔をしてわたしを迎えた。「横になりなさい。疲れちゃうでしょ」と繰り返す母マリアをうるさそうに追い払い、ピヌッチャはわたしを揺りかごの前に連れていくと、暗い声でこう言うのだった。「わたしって何をやっても駄目ね。見てよ、不細工な子でしょ。触るのも嫌だし、見るだけでぞっとするわ」部屋の戸口にいるその母マリアが、娘を落ちつかせるおまじないか何かのように「ピーナ、何を言うの、凄く可愛いじゃないの」と何度言っても、ピヌッチャはそのたび声を荒らげ、「不細工よ。リーノより不細工。あのひとの一家って不細工揃いだし」と言い返すのだった。やがて彼女は深いため息をつくと、目に涙を浮かべて絶望の声を上げた。「みんなわたしのせい。夫をもっとまともに選べばよかった。でも若い時って、そこまで考えないものでしょ？　おかげで見てよ、こんな子どもを産んじゃって。ぺちゃんこの鼻なんて、リナそっくりじゃないの」そして今度はリラを手ひどく罵りだした。

彼女の口からわたしは、〝あの性悪女〟ことリラが、もう十五日ばかり前からマルティリ広場の店を好き勝手に模様替えしていると知らされた。ジリオーラは抵抗を諦め、古巣のバール菓子店ソラーラに戻った。ピヌッチャも諦め、赤ん坊の世話に縛られて、いつ仕事に戻れるかわからない。誰もがリラに降参し、ステファノも例のごとく降参した。おかげで今やリラは毎日、やりたい放題だということだった。テレビの人気司会者マイク・ボンジョルノのアシスタント嬢のような派手な格好で仕事に出かけたり、何が描いてあるのかさっぱりわからぬ絵を大枚をはたいて二枚も買い、なんのつもりか店に飾ってみたり、本をたくさん買いこみ、棚のひとつを売り物の靴ではなく本で埋めてみたり、ソファーと肘掛け椅子、クッションソファーを並べた客間めいたスペースを作って、クリスタルのカップにナポリの有名店ガイ・オディン謹製のチョコレート菓子をいつも入れておき、客に自由に取らせたりと、まるで自分がそこにいるのは、客の足の臭いを嗅ぐためではなく、お城の貴婦人を気取るためなのだとでも言いたげな有り様だという。

「それだけじゃないんだから」ピヌッチャは言った。「もっとひどい話があるの」

「何？」

「マルチェッロ・ソラーラが何をしたか、聞いてる？」

「ううん」

「ステファノとリーノがあいつにあげちゃった靴があったでしょ？」

「リナが描いたデザインそのままに作ったあの靴？」

「そう。あのどうしようもない靴。水がしみちゃってどうしようもないって、リーノ、前から言ってたわ」

「あの靴がどうかしたの？」

ピヌッチャは鼻息も荒く、金儲けに悪だくみ、ペテンに借金からなる物語を、ところどころ混乱気味ではあったが、ひと息に語ってくれた。なんでも、リーノとフェルナンドの作った新しい靴がどれも気に入らなかったマルチェッロが、まず間違いなく弟のミケーレと結託して、問題の靴の量産に入ったのだという。それも製造を任せた先はチェルッロ製靴ではなく、郊外のアフラゴーラにある別の工場だというのだ。そしてクリスマスシーズンに、その靴をチェルッロではなくソラーラの製品として、マルティリ広場の店を中心に、あちこちの店で売りだしたのだそうだ。

「そんなことできるの？」

「仕方ないのよ、マルチェッロの靴なんだから。まぬけ揃いのうちの兄貴とリーノがあげちゃったものだから、もう何されても文句は言えないんだって」

「それで？」

「それで、今はナポリでチェルッロの靴とソラーラの靴が両方とも出回っているってわけ。しかも、ソラーラのほうがずっとよく売れてるの。その上、儲けはみんなあの兄弟のものでしょ。リーノなんてすっかり怒っちゃって。商売敵が現れるのは当然としても、それがまさか共同経営者のマルチェッロたちだなんてね。それも相手の売り物がよりによって、リーノが自分で作ったのに、なんの考えもなしに手放した靴でしょ？」

わたしは、リラに切り出しナイフを突きつけられた、いつかのマルチェッロの姿を思い出していた。マルチェッロは弟のミケーレほど切れ者ではなく、もっと内気だ。その彼が、どうしてこんなにいやらしい真似をしたのだろう。ソラーラ一家には表立ったものから世をはばかるものまで、さまざまな稼業があり、その規模は日々、拡大を続けている。一家は祖父の代から有力なコネをいくつも持ち、兄弟はそうした有力者たちのために働いたり、逆に便宜を図ってもらったりしてきた。ふたりの母親は高利貸しで、彼女の台帳は地区の住民の多くから恐れられている。チェルッロ家とカッラッチ家も、もはや例外ではないはずだ。つまり、マルチェッロとその弟にとってみれば、マルティリ広場の靴屋は一家の多くの収入源のひとつに過ぎず、決して最大のものではないはずなのだ。それがなぜこうしたことに？

わたしはだんだん、ピヌッチャの話が不愉快になってきた。一見したところただの商売の駆け引きのようでありながら、どこか下劣な意図が隠されているような気がしたのだ。リラへのマルチェッロの恋は終わったが、傷は残り、膿んでしまった。愛のくびきから解放された彼は、今度は、過去に自分を馬鹿にした者たちを好きなように痛めつけてやろうと考えているのかもしれない。実際、ピヌッチャは言った。「リーノがね、ステファノと一緒に文句言いにいったんだけど、まるで相手にしてもらえなかったみたい」ソラーラ兄弟はふたりをぞんざいに扱った。元々、他人の言うことなど気にしない連中なのだ。だからリーノたちも、聞く耳を持たぬ壁に向かってしゃべっているような格好となったが、最後にマルチェッロがこんなことをほのめかした。自分と弟は、試しに作ったあの靴のスタイルを踏襲して、変化を加えて、ソラーラの靴をひと通り作ってみようかと考えている、と。さらに彼は、なんの脈絡もなく付け足した。「お前たちの靴のほうは、新作の売れ行きを見て、続ける価値があるかどうか考えることにしよう」わかったか？　わかった。つまり、マルチェッロはチェルッロの靴を消滅させ、ソラーラの靴をその後釜に据え、ステファノに少なからぬ損害を与えようとしているのだった。わたしは思った。こんな地区は出ていかないと駄目だ。いやナポリを出ていこう。彼らのいさかいなんてどうでもいいじゃないか。それでも、とりあえず尋ねた。

「それでリナは？」

ピヌッチャの瞳が残忍な光でぱっと輝いた。

「あの子が一番の問題なのよ」

リラはその話を聞いて笑ったらしい。ソラーラ兄弟の仕打ちにリーノと夫が怒るのを見て、こう言って馬鹿にしたそうだ。「そもそもあの靴をあいつにやったのは、あなたたちじゃないの。わたしじゃないわ。ソラーラと取引してきたのもあなたたちで、わたしじゃない。馬鹿をやったのは自分たちなのに、わたしにどうしろってわけ？」そんな具合にリラはみんなを怒らせた。彼女が家族の味方なのか、ソラーラ兄弟の味方なのか、誰にもよくわからなかった。事実、ミケーレがまた彼女にマルティリ広場の店を任せたいと言ってきた時、リラは急に承諾し、あの店で働かせろと言ってステファノをさんざん困らせた。

「でもどうしてステファノは降参したの？」わたしは尋ねた。

ピヌッチャはいかにも我慢ならないという風に長いため息をついた。彼女の兄が降参したのは、リラに期待をしたからなのだという。ミケーレにあそこまで重視され、マルチェッロも昔から弱い彼女であれば、問題を解決してくれるのではないかと思ったようだ。しかし、リーノのほうは妹を信用しておらず、すっかり怯えてしまい、夜も眠れぬ始末ということだった。彼と父親が放り出したあのぼろ靴をマルチェッロがそのまま生産に移し、しかもそれが人気を集め、よく売れている。もしソラーラ兄弟がリラと直接かけあい、生まれた時から性悪なあの妹が、自分の一族のために新しい靴をデザインすることは断っておきながら、あいつらのためにデザインするようになったら？

「それはないわ」わたしはピヌッチャに言った。

「あの子がそう言ったの？」

「ううん、夏からずっと会ってないし」

「じゃあ、どうして？」

「リナはそういう子じゃないから。何かに興味を持つと、彼女、そればかりもの凄く頑張るけど、いったん完成しちゃうと、途端にやる気がなくなって、二度と構わなくなるんだよね」

「それ、確かなの？」

「うん」

すると母親のマリアのほうがわたしの説明を喜び、ピヌッチャを落ちつかせようとした。

「聞いたでしょ？　レヌッチャが言うんだもの、きっと大丈夫よ」

でも実のところ、わたしは何も知らなかった。わたしの中のそこまで自信過剰でない部分は、リラの行動は予測がつかないことをよく心得ていたから、さっさとその家を出ていきたがっていた。そもそも自分になんの関係があるというのだ？　彼らの下らないいざこざも、マルチェッロ・ソラーラの小さな復讐も、わたしには関係ない。お金のため、自動車のため、家のため、家具のため、家具の上に飾る置物のため、休暇のために、みんなで勝手に気を揉めばいい。リラもリラだ。イスキアでニーノとあんなことになっておいて、よくも何食わぬ顔で、あの悪党兄弟をたぶらかせたものだ。わたしは高校卒業資格試験に合格して、公募を受けて、合格しよう。そして、こんな汚い場所からはできるだけ遠くに行こう。マリアが抱き上げた赤ん坊を見て、ほろりときたわたしは言った。

「本当に可愛いですね」

79

でもやっぱり我慢できなかった。しばらく頑張ってみたが、結局は諦め、アルフォンソに、よかったら日曜にでもマリーザを呼んで三人で出かけないかと提案した。彼は喜んでくれ、わたしたちはフォリア通りのピザ屋に行った。わたしはまずマリーザに、彼女の母親と三人の弟たちの近況を尋ね、特にチーロについて詳しく聞いてから、おもむろに、ニーノはどうしているのかと尋ねた。マリーザは渋々ながら答えてくれたが、兄の話は腹が立って仕方のない様子だった。ニーノはかなりのあいだ正気を失った状態が続き、おかげで彼女の大好きな父ドナートが恐ろしい目に遭ったというのだった。

どうやらニーノは父親に暴力まで振るったらしい。彼がおかしくなった原因は結局わからなかったが、あのころはとにかくもう勉強はしたくないと言い、外国に行きたがってばかりいたとマリーザは言った。だが嵐は急に終わりを告げ、彼は元の彼に戻り、ちょうど最近、大学にまた通いだし、試験も受けるようになったという。

「ということは、元気なのね？」

「どうかな」

「楽しそう？」

「まあ、あんな男にも、楽しいと思うことがあるとすれば、そうなのかも」

「勉強ばかりしてるの？」

「恋人はいるかって意味？」

「違う違う、そんなんじゃなくて、遊びに出かけたり、踊りに行ったりすることもあるのか、って意味」

「わたしにわかる訳ないでしょ？　とにかく、家になんてまずいないわ。今は映画とか、小説とか、芸術に夢中みたい。珍しく家に帰ってくれば、決まってパパに議論をふっかけるの。それも最初から、ひどいことを言ったり、喧嘩するつもりでね」

ニーノが正気に戻ったとわかり、ほっとしたが、苦々しくもあった。映画に小説に芸術ですって？　人間ってなんと簡単に変われるものなのだろう。趣味も気持ちもあっという間に変わるものなのだ。もっともらしい台詞が、別のもっともらしい台詞に置き換わったということか。きっと時間とは、見かけばかり首尾一貫して見える言葉の流れのことであり、暇な人間ほどいい加減に言葉を並べ立てるものなのだろう。自分が馬鹿に思えてきた。ニーノの好みに合わせようとして、わたしは自分が好きだったものをあれもこれもほったらかしにしてきた。そうだ、ひとは今の自分に満足し、それぞれの道を進むべきなのだ。わたしもそうしよう。それでも、できればマリーザには、わたしと会ったことも、彼についてあれこれ尋ねられたこともニーノに伝えてほしくなかった。だからその晩を最後に、わたしはアルフォンソといる時も、ニーノとリラのことは二度と話題にしなくなった。

わたしはそれまで以上に自分の日課だけに集中し、課題をさらに増やして、昼も夜も忙しく過ごした。あの一年は病的なまでに勉強した。意固地になっていたと言ってもいい。家庭教師の口ももうひとつ、高い報酬と引き換えに請け負った。わたしは自分を厳しく律した。それは幼いころから習慣にしてきた規律よりもずっと厳格なもので、一日の時間は細かく切り刻まれ、日の出から深夜までまっすぐ伸びる一本の直線と化した。昔はいつもリラがいて、さまざまな驚くべき世界に通じる脇道にしょっちゅう連れていってくれて、楽しかった。しかし今度は自分という人間を丸ごと自分の手で作ってみたかった。わたしはもうすぐ十九歳になろうとしていた。もう二度と誰の力も借りず、誰かがいない寂しさも感じない人間になりたかった。

高校三年の一年間は飛ぶように過ぎた。天文地理学に幾何学、三角法と格闘した記憶がある。何でも学んでやろうと一種の競争のようなことをしていたが、心の底では、自分の出来の悪さは生まれつきで直しようがないと信じて疑わなかった。それでも、なんでもやれるだけ努力をするのが好きだった。映画館に行く時間がなければ、その代わりに映画のタイトルとあらすじを暗記した。国立考古学博物館にまだ行ったことがないのかと言われれば、半日だけざっと見学してきた。カポディモンテの美術館もまだ行ってないのかと言われれば、二時間で回って帰った。とにかく忙しかったのだ。問題の靴のことも、マルティリ広場の店のことも関心はなく、一度も行かなかった。

時おりピヌッチャには出くわした。いつもやつれた様子で、フェルナンドの乗った乳母車を押して歩いていた。そんな時はちょっとだけ足を止め、彼女の恨み言を聞くとはなしに聞いた。ピヌッチャはリーノのことで嘆き、ステファノのことで嘆き、リラのこと、ジリオーラのこと、みんなのことで嘆いた。カルメンに会うこともあった。彼女の表情は会うたびに険悪さを増した。職場の問題が原因だった。リラが新しい食料品店を去ってからというもの、残された彼女ひとりがマリアとピヌッチャの餌食となっていたのだ。わたしは毎回、そんな彼女の愚痴を数分だけ聞いてやることにしていた。エンツォ・スカンノがいなくてさびしい、彼が兵役を終える日を自分は指折り数えて待っている、兄のパスクアーレは工事現場の仕事と共産党の活動で本当に大変そうだ……。アーダに会うこともあった。そのころには、あの彼女がリラを嫌い、ステファノを愛情のこもった口調で讃えるようになっていた。それは何も給料をまた上げてもらったからだけではなく、彼が本当に働き者で、誰に対しても親切だからだとアーダは主張し、妻にあんなに手ひどく扱われていいはずがないと憤慨した。

アントニオが重いノイローゼのために軍隊を早めに除隊になったと教えてくれたのも、彼女だった。

「でも、どうして？」

「お兄ちゃんの性格、よく知ってるでしょ。そもそもレヌーとつきあってた時だって、あなたのせいでノイローゼになってたじゃない？」

ひどい言葉に傷ついたが、考えないようにした。冬のある日曜日、偶然、アントニオ本人に会った。ただあんまり痩せていたので、すぐにはそうとわからなかった。気づいたわたしは彼に微笑みかけた。ところが立ち止まってくれるだろうと思ったら、気づかぬ様子でそのまま歩いていってしまった。そこで名前を呼ぶと、戸惑いがちな笑みを浮かべて彼は振り返った。

「やあ、レヌー」

「久しぶりね。会えて嬉しいわ」

「俺もだよ」

「何してるの？」

「別に何も」

「修理工場には戻らないの？」

「もういらないって言われてね」

「腕はいいんだから、勤め先ならほかにもいくらでもあるでしょ？」

「いや、先に治療しないと、もう仕事は無理なんだ」

「治療って、どうしたの？」

「恐いんだ」


恐い。アントニオはそう答えた。コルデノンス（フリウリ・ヴェネツィア・ジュリア州の町）で歩哨に立っていたある夜、彼は思い出した。幼かったころ、まだ生きていた父親がよく見せてくれた遊びだ。左手の五本の指にペンで目と口を描き、まるで五人の人間のように動かしたり、話をさせたりする指人形遊びだった。とても素敵な遊びで、思い出すだけでも涙が出るほどだった。ところが夜番を務めているうちに、父親の左手が自分の左手に入りこみ、五本の指が、ちっぽけながらも五体の揃った本物の人間になってしまったような印象を受けた。しかも指たちは笑い、歌うのだった。それがアントニオの恐怖の始まりだった。彼は、左手を見張り小屋に血まみれになるまで叩きつけたが、それでも指たちは笑い、歌うのを一瞬たりともやめようとしなかった。夜番が終わり、寝る時になって、ようやく恐怖は去った。少し休み、朝になったら、もうなんともなかったという。ただ、手の病気がまたぶり返すのではないかという不安は残った。事実、病気は再発し、それも時につれ頻繁に起きるようになり、指たちは昼まで笑い声を上げ、歌いだすようになった。そして彼は精神障害を疑われ、医者に行くよう命じられたのだった。

「もう平気なんだ。またいつ始まるかわかんないけどね」アントニオは言った。

「わたしにできることがあったら、言って」

こちらの言葉を聞いて、彼はしばし考えこんだ。いくつかの可能性を本気で吟味しているようにも見えた。そしてこうつぶやいた。

「俺を助けることは誰にもできないんだ」

アントニオがもうこちらに特別な感情を持っていないのはすぐにわかった。わたしのせいで思い悩むことは完全になくなったようだった。だからその時をきっかけに、わたしは毎週日曜、外から彼の部屋に向かって呼びかけるのが習慣になった。それからふたりで中庭を散歩し、とりとめもない話をし、彼が疲れたと言えば、そこで別れた。時には、派手に化粧をした彼の母親、メリーナも一緒に下りてきて、三人で歩くこともあった。アーダとパスクアーレが来ることもあって、そんな時は散歩も長めになったが、口を利くのはたいていわたしたち三人だけで、アントニオは黙っていた。つまりは穏やかな習慣だった。ニコーラ・スカンノの葬式にもわたしはアントニオと行った。エンツォの父親の八百屋さんだ。肺炎にかかって、突然の死だった。兵役を務めていたエンツォは臨時休暇を取って駆けつけたが、臨終には間にあわなかった。やはりアントニオとふたりで、パスクアーレとカルメン、その母ジュセッピーナにお悔やみを言いにいったこともあった。兄妹の父親で、ドン・アキッレを殺害したあの元家具職人が心臓発作を起こし、獄死した時のことだ。ドン・カルロ・レスタという、石鹸や家庭用品を商っていた男が半地下の店内で撲殺されたと聞かされたのも、アントニオと一緒の時だった。わたしたちは事件について長いこと話しあった。というより、地区全体が事件の話題で持ちきりで、真偽もあいまいな残酷な噂があれこれ聞こえてきたのだ。殴打されたくらいではドン・カルロが死ななかったため、犯人は、被害者の鼻に金やすりを突っこんでとどめを刺したという噂もあった。犯人の正体はどこかのならず者グループと目され、その日の店の売り上げが持ち去られていたという話だった。しかしパスクアーレがのちに、かなり信憑性が高い話だと言って、こんな噂をわたしたちに聞かせてくれた。ドン・カルロはソラーラ兄弟の母親に借金をしていた。どうしようもないトランプ博打好きで、たまった負けを払うために、高利貸しの彼女を頼ったというのだ。

「それでどうして殺されなきゃならないの？」アーダが尋ねた。婚約者のパスクアーレがそうした現実離れした推理をするたび、疑ってかかるのが彼女の習慣になっていた。

「どうしてって、ソラーラのババアに借金を返したがらなかったから、殺されたのさ」

「あり得ないよ。あなた、また馬鹿言って」

パスクアーレが大げさなのは、恐らくそのとおりだったのだろう。でも真犯人の正体は結局わからずじまいで、しかもドン・カルロの店は残った商品を含めて、まさにソラーラ兄弟がはした金で買い取ったというのも、また事実なのだった。ただし、実際の経営はドン・カルロの後家と長男に任されたという話だった。

「寛大なのね」アーダは賞賛した。

「いや、最低なやつらのらしいやり方だよ」パスクアーレが反論した。

このドン・カルロの事件についてアントニオが何か意見を言っていたかどうか、わたしは覚えていない。とにかく、心の病に参っていた彼はこの時のパスクアーレの話に何かよくない刺激を受けたらしい。自分の体の機能不全が地区全体に広がり、悪い事件の数々として顕現している、そう思いこむようになってしまったのだ。

最高に恐ろしい事件が起きたのは、春めいた、暖かなある日曜のことだった。わたしとアントニオ、パスクアーレとアーダの四人で、セーターを取りに家に戻ったカルメンを待っていた時だ。五分ほどして彼女は窓から顔を出し、兄に叫んだ。

「パスカー、ママが見当たらないの。トイレのドアに鍵がかかってて、呼んでも返事がないの」

パスクアーレは急いで階段を上り、わたしたちもあとに続いた。カルメンはトイレのドアの前で不安そうにしていた。パスクアーレは恥ずかしげにそっと、しかし何度もドアを叩いたが、確かに中から返事はなかった。するとアントニオがドアを指差し、親友に向かって、心配するな、あとで俺が直してやると言い、ノブをつかんで、引きちぎらんばかりの勢いで揺らした。

果たしてドアは開いた。かつてジュセッピーナ・ペルーゾはいつも陽気で、元気で、働き者で、愛想もよく、どんな困難にも負けない女性だった。彼女は獄中の夫の世話をいつだって忘れなかった。ドン・アキッレ・カッラッチ殺害容疑で夫が逮捕された際、全力で憲兵《カラビニエーリ》たちに突っかかっていった彼女の姿はわたしもよく覚えていた。およそ四年前、ステファノに大晦日をみんなでともに過ごそうと招待された時、彼女はよく考えた末にその申し出を受け入れ、子どもたちと一緒にパーティーに出席して、カッラッチ家とペルーゾ家の和解を喜んだものだ。リラのおかげで娘が新地区の食料品店に職を得た時も、彼女は幸せそうだった。だが夫亡きあとは、疲れ果てたか、見る見るうちに体が小さくなり、かつての元気を失い、骨と皮ばかりに痩せてしまった。そして彼女はトイレの電灯を外すと——金属製の笠が鎖でぶら下がった電灯だった——物干しに使っていた針金を天井の鉤にくりつけ、首を吊った。

最初に遺体を目撃したアントニオは、わっと泣きだした。彼を落ちつかせるのは大変だった。ジュセッピーナの子どもたち、つまりカルメンとパスクアーレをなだめるほうがずっと楽なくらいだった。アントニオは震えながら何度もわたしに言うのだった。彼女、裸足だったの見たか？　爪が伸びてて、片足の爪には真っ赤なマニキュアをしてるのに、反対の足の爪にはつけてなかったの、見たか？ わたしはそんなことには気づかなかったが、彼は気づいた。軍隊から戻ってきたアントニオは、心の病にもかかわらず、以前からの信念をさらに強固にしていた。彼の信念とは、危機を恐れることなく、真っ先に飛びこんでいき、あらゆる問題を解決する立派な男であることだった。だが彼はあまりにもろかった。この事件以来、何週間ものあいだ、アントニオは自宅の暗がりという暗がりにジュセッピーナの姿を見るようになり、また調子を崩した。わたしもかわいそうになり、日課の一部を犠牲にしてまで、彼を助けようとした。それから高校卒業資格試験を受けるまでのあいだ、わたしがほぼ定期的に会った地区の友人といえば、彼だけだった。リラは一度、ジュセッピーナの葬式でちらりと見かけたきりだった。ステファノの横で彼女は、嗚咽するカルメンをぎゅっと抱きしめていた。彼女とその夫が贈った大きな花輪には、薄紫色のリボンがついており、そこにはカッラッチ夫妻名義でお悔やみの言葉が記されていた。

80

アントニオと会わなくなったのは高校卒業資格試験のせいではなかった。ふたつの出来事が重なったのはたまたまだ。ちょうどそのころ彼から、ソラーラ兄弟のために働くことになったという報告があったのだ。本人は非常にほっとした顔をしていたが、わたしは気に入らなかった。そんな選択をしたのも病気のなす業かと思った。元々はあの兄弟を嫌っていたはずの彼なのだ。少年時代には妹を守るために、ふたりと喧嘩をしたこともあったし、パスクアーレとエンツォと組んで、兄弟を袋叩きにし、彼らの愛車まで台無しにしたこともあった。それになんといっても、かつてアントニオがわたしを捨てたのは、彼の兵役を免除してもらうためにわたしがマルチェッロに助けを求めたからなのだ。それがどうして今さら、ソラーラ兄弟の前に屈したのか。彼の説明は混乱していた。たとえばこんな具合だ「軍隊で俺は学んだ。下級兵士である限り、それがどんな人間であれ、上官には従うべきなのだと」「どんな秩序であれ、それが秩序である限り、無秩序よりはましだ」「ひとの背に忍び寄り、気づかれるまもなく、殺してしまう方法を俺は習ったんだ」心の病が相当に影響しているのは確かにせよ、根本的な問題は貧困だとわたしはにらんだ。アントニオはバール・ソラーラに行って、仕事の斡旋を頼んだ。するとマルチェッロにしばらくからかわれたが、やがて、こんな提案をされた——毎月、決まった額の金をくれてやる。仕事の内容は特に決まってないが、とにかく俺の指示を待っていてくれさえすればいい。

「指示を待て、そう言われたの？」

「ああ」

「どんな指示？」

「わからない」

「そんな話やめときなよ、アントーー」

彼はやめなかった。そして、ソラーラ兄弟の部下となったことで、パスクアーレとも、エンツォとも口論になった。兵役を終えたエンツォは以前よりも無口で、頑固な若者になっていた。心の病があろうとなかろうと、アントニオの選択をふたりは許さなかった。特にパスクアーレは、アントニオの妹アーダの婚約者でありながら、お前の顔など二度と見たくない、義理の兄だろうと関係ない、とまで言った。

わたしはといえば、そうした問題からはさっさと遠ざかり、卒業資格試験のための勉強に集中した。昼も夜も勉強しているうちに、時々、あまりの暑さにうんざりして、前回の夏休みを懐かしく思うこともあった。特に七月の思い出だ。まだピヌッチャがイスキアにいて、リラとニーノとわたしが幸福な三人組だった、少なくともわたしにはそう思えたあのころ。そのたびわたしは、湧き上がる記憶をことごとく退けた。誰かの台詞のどんなに微かなこだまにも耳をふさぎ、勉強に集中した。

あの試験は、わたしの人生におけるひとつの大きな節目となった。小論文は二時間で書き上げた。課題は、詩人ジャコモ・レオパルディの創作における自然の役割についてだった。暗記していた詩句をいくつも引き、イタリア文学史の教科書の内容を美しい文体で書き換えたものを織り交ぜた。ラテン語とギリシア語の筆記試験では、アルフォンソをはじめ、クラスメイトがみなようやく問題に手をつけようというころに、もう答案を提出してしまった。この早業が試験監督たちの注目を集めた。なかでも、ピンクのスーツを着て、セットしたての空色の髪をした、やせた高齢の女教師はにこにこと笑顔でうなずいてくれた。いずれにしても、山場は面接試験だった。担当した教師全員に褒められたが、特にあの水色の頭をした彼女には絶賛された。わたしの小論文の内容だけではなく、表現力に強い印象を受けたと言ってくれた。

「文章がとてもお上手ですね」老教師の言葉にはどこの出身だかよくわからない響きがあった。とにかくナポリからとても遠い地方なのは間違いなかった。

「ありがとうございます」

「時を超えて残るものなど何ひとつない、本当にそう思うの？」

「レオパルディはそう言ってます」

「それは確かですか？」

「はい」

「あなた自身はどう思います？」

「美とは一種の欺瞞だと思います」

「まさにレオパルディの庭のように？」

詩人が庭をどう謳っているのか、実は見当もつかなかったが、わたしは答えた。

「はい。晴れた日の海のように、です。または、落陽のように、夜空のように、です。美は恐怖を覆い隠すおしろいのようなもの。拭き取ってしまえば、あとには、おののき震えるわたしたちがたよりなく残されるばかりなのです」

わたしは雰囲気のある語り口で、いい回答をすることができた。とはいっても、その場の思いつきの答えではなく、小論文で書いた内容を口語に直したものだった。

「大学はどこの学部に進むおつもり？」

学部についての知識はほとんどなかった。まともに答えられそうになかったので、わたしは話題をそらそうとした。

「公募を受けようかと思ってます」

「大学には行かないのですか？」

自分の悪行を誤魔化すのに失敗した時のように、頬が熱くなった。

「はい」

「就職しなければならないのね？」

「はい」

試験は終わり、わたしはアルフォンソたちのところに戻った。ただ、そのあとで、老教師が廊下でわたしを待っていて、ピサにあるという一種の寄宿制の大学について長いこと説明してくれた。なんでも、今受けたような試験をまた受けて合格すれば、ただで通える学校だということだった。

「二日もしたらまたいらっしゃい。詳しい資料をあげますから」

わたしは彼女の言葉に耳を傾けはしたが、そんな話は自分とはまず縁がないだろうと思っていた。でも二日後、学校に行ってみて――行かなければ、彼女が気を悪くして、試験に悪い点をつけられるのではと不安だったのだ――驚いた。老教師はわたしのために、一枚のレポート用紙に細かい情報をびっしりと書き写してきてくれたのだ。その後、あの先生と再会することはなかった。名前すらわからないが、おおいに感謝している。彼女の丁寧な口調は終始同じだったが、別れ際には、わたしをそっと抱擁してくれた。

試験は終わり、わたしは全科目平均九点で合格した。アルフォンソも平均七点と好成績だった。ニーノが通っていたという事実以外、わたしにとって何ひとつ価値のない灰色のおんぼろ校舎を、悔いもなく、いざさらばと出ていこうとしたら、ガリアーニ先生がいたので、挨拶していくことにした。先生はわたしの成績を褒めてくれたが、その声に熱はなかった。夏に読むべき本も薦めてくれず、卒業後の進路すら尋ねてくれなかった。彼女の冷淡な態度にわたしはかちんときた。わたしたちのあいだの問題はもう解決済みだと思っていたからだ。なんだというのか。ニーノが先生の娘を捨て、姿を消した今や、わたしまで一生、彼と同類の、中身のない、不真面目で、信用のならぬ若者とみなされてしまうということなのか。誰からも親しまれ、受けた好意を常に輝く鎧のように身の周りに保つことに慣れていたわたしはへそを曲げた。あの時の先生の無関心な態度は、のちにわたしが取った決断に大きな影響を与えた気がする。誰に相談することもなく（そもそもガリアーニ先生以外の誰に話すことができたろう?)、わたしはピサ高等師範学校(ピサ市にある名門国立大学)に入学願書を送ったのだ。それからはアルバイトに精を出した。わたしが一年間、子どもたちの勉強を見た裕福な家族はどこも仕事ぶりに満足してくれ、わたしの家庭教師としての名声は広まっていた。おかげで八月いっぱいは、九月に追試の待っていた新しい生徒たちをたくさん受け持つことになり、ラテン語にギリシア語、歴史に哲学に加え、数学まで教えた。そして月末にはずいぶんとお金持ちになった。七万リラも稼いだのだ。うち五万リラは母親に渡したが、その時の母さんの反応が実に暴力的だった。札束をこちらの手からほとんどもぎ取るようにしてひと息に奪うと、ブラジャーの中に突っこんだのだ。まるでそこがわが家の台所ではなく道端で、かっぱらいでも恐れるような仕草だった。二万リラを自分のために取っておいたことは教えなかった。

家族には出発の前日になって初めて、ピサに大学入試に行くと宣言した。「合格すれば、一銭も払わずに学校に行けるの」わたしは確固とした口調の標準語で説明した。あたかもそれが方言ではとても表現しきれない話題であり、父さんも母さんも弟たちも妹も、わたしがやろうとしていることを理解してはならず、また理解できないとでも言いたげに聞こえたはずだ。事実、五人は落ちつかぬ様子でおとなしく聞いていた。みんなの目にはわたしがもうエレナには見えず、変な時間に訪ねてきた迷惑な他人みたいに映っているのではないか、そう思った記憶がある。最後に父さんは、「好きにするといい。だが、忘れるな。金は出してやれないからな」と言い、ベッドに向かった。小さな妹はわたしと一緒にピサに行きたがった。母さんは何も言わなかったが、台所を出ていく前に、テーブルの上に五千リラを置いていってくれた。わたしはしばらく触れもせずにその金を見つめていた。自分のわがままのためにどれだけ浪費してきたかという罪悪感があったのだ。だが、どうせわたしが稼いだものだと自分に言い聞かせて、手に取った。

ナポリを出るのも、カンパーニア州を出るのも、初めての体験だった。自分でも思いがけないくらい、わたしは臆病だった。列車を間違えるのではないか。おしっこをしたいのにトイレの場所がわからなかったらどうしよう。夜になって見知らぬ町で迷子になったらどうしよう。泥棒にあったらどうしよう……。とにかく不安だらけだった。お金はみんな、母さんみたいにブラジャーに挟み、びくびくしながら何時間も過ごす羽目になった。しかしその不安は、強くなる一方の解放感も伴っていた。

すべては順調に進んだ。ただし試験を除いて、というのが当初の印象だった。あの水色の頭をした老教師は、入試のレベルが高校卒業資格試験よりずっと高いという事実をわたしに伏せていたのだ。特にラテン語の試験がひどく難しく思えたが、ほかにも難しい試験はいくつもあり、学力を徹底的に精査された。わたしは時に余計なことを言いすぎ、時には口ごもり、答えは知っているのだがちょっと思い出せないというふりを何度もした。国語の教授はわたしの声の響きまで不快だというような顔をして、こんなことを言った。〝お嬢さん、あなたの文章は論証するというよりは、あっちにふらふら、こっちにふらふらしている感じですな。いいですか、お嬢さん、闇雲に書けばいいってもんじゃありませんよ。批判の切り口の大切さがまったくわかっていませんね〟わたしは落胆し、自分の発言にまったく自信が持てなくなった。すると教授はそれに気づき、こちらを皮肉っぽく見つめてから、最近読んだ本について話すよう求めてきた。恐らくは誰かイタリア人作家の作品について話すべきだったのだろうが、わたしはまるで気づかず、安全そうに見えた最初の手がかりをつかんだ。一年前の夏、イスキアのチターラの浜で、ニーノとリラと三人で戦わせたベケットの戯曲についての議論だ。盲目なのに耳も聞こえず、口も利けなくなりたいと願う、あのダン・ルーニーという登場人物についてわたしは語った。すると、教授の顔から次第に皮肉っぽい笑みが失せ、当惑気味な渋面に変わった。彼はわたしの話を早々に切り上げさせ、歴史の教授にバトンタッチした。こちらの教授も手ごわかった。正確な答えの要求される極めて細かい質問が延々と続いて、わたしはへとへとになった。あんなに自分が無知に思えたのは初めての体験だった。高校で成績が最低に落ちこんだ時期ですら、あんな思いはしたことがなかった。どんな質問でも年号やある程度の史実は答えられたが、わたしの説明は常に大雑把で、細部を追究されれば、降参するほかなかった。ついには嫌な顔でこんなことまで聞かれた。

「君は教科書のほかは、何も読んだことがないのかね？」

「国家という概念について論じた本を読みました」

「作者は覚えてますか？」

「フェデリーコ・シャボーです」

「なるほど。シャボーの本から何を学んだか聞かせてもらいましょうか」

彼は何分かわたしの言葉を熱心に聞いていたが、突然、試験の終わりを告げた。きっと何か馬鹿げたことを言ってしまったに違いないと思った。

わたしはさんざん泣いた。試験の前に、どこかにうっかり自分の一番優秀な部分を置き忘れてきてしまったのではないか。そんな気分だった。だがそのうち、絶望するなんて馬鹿らしい、自分の頭が本当はどうってことないことくらい、昔からわかっていたではないかと開き直った。リラこそは本物なのだ。ニーノだってそうだ。わたしはただのうぬぼれ屋で、当然の報いを受けたまでのことじゃないか。

ところが待っていたのは、合格の知らせだった。わたしは大学の寮に入ることを認められ、夜のたびに組み立て、朝のたびに片付ける必要のないベッドも、専用の机も、必要な本も、すべて与えられることになった。市役所案内係の娘、エレナ・グレーコは、十九歳で地区を脱け出し、ナポリを去ろうとしていた。それも、たったひとりで。

81

慌ただしい日々が続いた。持っていく古い服もわずかなら、本もわずかなものだった。母親はむっとした顔でこんなことを言った。「お金を稼いだら、郵便で送るのよ。あんたがいなくなったら、ペッペたちの勉強は誰が見るの？　三人とも成績はきっとがた落ちよ。あんたのせいだからね。さっさと行けばいいわ。誰が構うもんか。あんたが自分のこと、母さんより誰より上等な人間だと思っているのは、前からわかってたよ」気の病にかかった父さんは言った。「なんだか知らんが、ここがやけに痛むんだ。レヌー、こっちにおいで。お前が次に帰ってくる時まで、父さん、生きていられるかわからないからな」弟たちと妹にはうるさくつきまとわれた。「ねえいつかピサに行ったら、お姉ちゃんと一緒のベッドで寝てもいいよね。ご飯も一緒に食べようね」パスクアーレは言った。「勉強ばかりして自分を見失うなよ、レヌー。自分が誰で、どちらの側に立つ人間なのか、忘れるな」母親の死をまだ乗り越えることができず、弱っていたカルメンはわたしに向かって手を振るなり、泣きだした。アルフォンソはわたしの知らせにひどく驚き、「きっと君は進学するだろうと思ってたよ」とつぶやいた。アントニオは、進路を説明するこちらの言葉には耳も貸さず、「俺、凄く元気になったよ、レヌー。もうすっかりいいんだ。軍隊生活がよくなかったんだよ」と何度も何度も言った。エンツォは黙ってわたしの手を握った。あんまり強く握るので、それから何日も手が痛んだ。そして最後にアーダは、「リナにはもう言った？　ねえ、リナには教えたの？」と知りたがり、にやりとしてからこう言うのだった。「教えてやりなよ、きっと死ぬほどショック受けるから」

わたしのピサ行きをリラはもう知っているはずだ。わたしはそう思っていた。アルフォンソとカルメンからも聞いているだろうし、ステファノからも聞いてるはずだった。アーダが彼に話さないはずがないからだ。それでもリラがお祝いを言いにきてくれないということは、本当にショックなのかもしれなかった。それに、仮に何も知らなかったとしても、もう一年以上もまともに口を利いていない彼女をわざわざ訪ねて報告するのは不自然な気がした。彼女が手にすることのなかった幸運を見せびらかすような真似はしたくなかった。だからリラのことを考えるのはよして、わたしは出発前の最後の用事に集中した。ネッラに手紙を書き、ピサ行きを報告し、オリヴィエロ先生の住所を尋ねた。先生にも吉報を伝えたかったのだ。それから父方の叔父を訪ね、譲ってもらう約束になっていたお古の旅行鞄を受け取った。そしてまだもらっていなかった授業料の残りを回収するため、家庭教師をしていた家々を巡った。

ナポリの町に長い別れを告げるのにいい機会だと思って、わたしはガリバルディ通りを渡り、トリブナーリ通りを山の手に向かって進み、ダンテ広場でバスに乗った。そしてヴォメロ地区まで上り、スカルラッティ通りを歩いて、サンタレッラ地区に進んだ。そこでケーブルカーに乗って、アメデオ広場まで下った。生徒の母親たちには決まって名残惜しまれたが、なかには本当に心から残念がってくれる親もいた。お金と一緒に必ずコーヒーが出た。ちょっとした贈り物をくれる家も多かった。最後の訪問が終わった時、わたしは自分がマルティリ広場のすぐ近くにいることに気がついた。

フィランジェリ通りを進みながら、わたしはどうするべきか迷っていた。そのうち、靴屋の開店祝いの光景が胸に甦った。あの時、リラは華麗に着飾りながらも、自分は本当の変身を遂げていないのではないか、この界隈に暮らす女の子たちの優美さにはやはりかなわないのではないかという不安にかられていた。でもわたしは違う。そう思った。わたしは本当に変わることができた。身なりこそ相変わらずのぼろだが、高校卒業の資格も取ったし、ピサの大学に進もうとしている。外見ではなく、もっと深い部分でわたしは変わったのだ。見た目も近いうちに変わるだろう。しかもその時にはもう、ただの見かけ倒しではないはずだ。

そう思うと、幸せになった。眼鏡屋の前で足を止め、ショーウィンドウに並んだフレームを眺めた。そうだ、そのうち眼鏡を変えないと。今の眼鏡は顔を覆いすぎる。もっと軽やかなフレームがいい。ひとつ、丸みを帯びたデザインで、レンズの部分が大きくて、細身のフレームが気に入った。髪もアップにして、化粧も覚えよう。わたしはショーウィンドウをあとにすると、マルティィリ広場に到着した。

多くの店はその時間、昼休みでシャッターが下りていたが、ソラーラの靴屋は四分の一だけシャッターが開いていた。わたしは辺りの様子をうかがった。リラの最近の習慣を自分はどれだけ知っているだろう。何ひとつ知らなかった。新地区の店で働いていた時は、すぐ近くに家があったのに、彼女は昼休みも家に帰らず、店でカルメンと何か食べるか、学校帰りに立ち寄ったわたしとおしゃべりをして過ごす習慣だった。だから、マルティィリ広場で働くようになった今は、家で昼食ということは余計にあり得ないはずだった。遠くの家までわざわざ戻る意味もなければ、昼休みの時間も足りない。もしかしたらその辺のバールにいるか、ひとりはいるであろう店員と、海沿いでも散歩しているのかもしれなかった。わたしはシャッターを手のひらで叩いてみた。返事はなかった。もう一度叩いても同じだった。次に彼女の名を呼んでみた。すると、中から足音が聞こえて、リラの声が言った。

「誰？」

「エレナよ」

「レヌーなの？」弾んだ声が返ってきた。

シャッターが引き上げられ、リラが姿を見せた。本当に久しぶりだった。遠くに見かけることすらしばらくなかった彼女は、どこか変わって見えた。白いシャツに青いタイトなスカートを着た彼女は、髪もきちんとしていて、相変わらず丁寧に化粧をしていたが、なんだか顔が大きく、平たくなった感じがした。体も全体が幅広く、平板になったようだった。リラはわたしを店に引き入れると、シャッターをまた下ろした。豪華な照明の施された店内は、すっかり様変わりしていた。実際、靴屋というよりは、どこかの応接間のようだった。リラは祝福してくれた。「おめでとう、レヌー。会いにきてくれて本当に嬉しいわ」その声には誠実な響きがあったので素直に受けとめた。ピサの一件をリラはもちろん知っていたのだ。わたしをぎゅっと抱きしめ、唇をこちらの左右の頬に強く押しつけると、彼女は目にいっぱい涙を浮かべて、もう一度、「本当に嬉しいわ」と言った。そしてトイレのドアに向かって大声で呼びかけた。

「ニーノ、出てきて大丈夫よ。レヌッチャだったの」

息が止まるかと思った。ドアが開き、そこから本当にニーノが現れたのだ。例のごとくうつむき加減で、両手をポケットに入れた格好だったが、顔が緊張でひきつっていた。「やあ」と彼はつぶやいた。わたしはなんと言ったものかわからず、ただ手を差し出した。握り返してきた彼の手は弱々しかった。そのあいだにリラは、いくつもの重大な事実を極めて簡潔にまとめて説明してくれた。ふたりはもう一年前からそうして密会を重ねているが、わたしに伏せていたのは、万が一、事態が発覚した時、こちらにまで迷惑をかけるような真似はしたくなかったからで、ならば最初から厄介ごとには巻きこまないほうがいいだろうと考えたためだった。さらに彼女は妊娠二カ月目で、まもなくすべてをステファノに打ち明け、夫とは別れるつもりでいると言うではないか。

82

リラの語り口はわたしのよく知っている、彼女が何かを決意した時のそれだった。あらゆる感情を極力排除しようと努め、事実となすべきことのみを急いで列挙しようとする時の、軽蔑混じりにさえ聞こえる声だ。声か下唇が少しでも震えてしまえば、何もかもが輪郭を失ってあふれだし、自分までなぎ倒されてしまうのではないか。そう恐れているかのような口調でもあった。ニーノはそのあいだ、ソファーに腰かけ、始終うつむいており、時おり同意の印に首を縦に振る以外、身じろぎひとつしなかった。ふたりはずっと手をつないでいた。

リラは言うのだった。無数の不安に怯えながらの店での密会は、尿検査の結果、妊娠がわかった時点で終わった。今やわたしたちはきちんとした家と生活を必要としている。わたしは、友人も本も、講演会も映画も、舞台も音楽も、何もかもを彼と分かちあいたい。「離れ離れに暮らすのは、もう嫌なの」彼女はそう言って、自分には内緒で貯めた金がいくらかあり、カンピ・フレグレイ駅の近くに小さな部屋を月二万リラで借りられそうなので、そこに彼とこもって、子どもの誕生を待つつもりだと説明した。

でもどうするつもり？　仕事もせずに？　ニーノは大学の勉強をどうするの。わたしは我慢できなくなり、口を開いた。

「どうしてステファノと別れなきゃならないの？　リラは嘘が上手で、もうさんざん嘘をついてきたんだから、そのまま続ければいいじゃない？」

リラは目を凝らしてわたしを見つめた。一見いかにも友だちらしく聞こえる、わたしのアドバイスが、実は、皮肉と恨みに加え、軽蔑まで孕んでいることにはっきりと気づいた様子だった。ニーノが急にはっと顔を上げ、何か言わんとして口を開きかけたものの、議論になるのを避けようとこらえているらしい様子にも彼女は気づいた。そして反論してきた。

「嘘は、叩き殺されないようにするための方便よ。でも今は、こんな生活を続けるくらいなら、殺されたほうがましだと思ってる」

別れ際、わたしは口では彼らの幸運を祈りながら、心の中では、このふたりに二度と会わずに済みますようにと、〝自分の〟幸運を祈っていた。

83

ピサ高等師範学校で過ごした歳月は大切なものとなったが、わたしたちの友情の物語にとってはそうでもなかった。入学当時のわたしはひどく内気で、何をやっても垢抜けなかった。自分の話す標準語が本に書かれたそれのように堅苦しく、時にはほとんど滑稽にすら響くらしいことにはすぐに気がついた。とりわけ、複雑な言い回しをしている途中で、何かひとつ言葉をど忘れしてしまい、方言の単語を標準語っぽく言い換えて使った時だ。だからわたしは、自分の言葉遣いを直そうと必死になった。それに、いわゆるエチケットというものをまったくと言っていいほど知らなかったわたしは、話す声も大きければ、食事の時も音を立てて食べていたから、みんなの不快そうな様子を見て、そういうことにも注意するようになった。早く仲間たちと打ち解けたいと焦るあまり、会話に割りこんだり、自分とは関係のないことに口出ししたり、過剰に馴れ馴れしい態度で接したりするのも、悪い癖だった。だからひとには親切にしつつ、距離を保とうと努力した。一度、ローマ出身の女の子に何か尋ねたら、彼女にこちらのアクセントを面白おかしく模倣され、みんなに大笑いされたことがあった。傷ついたが、敢えて笑い飛ばし、方言のアクセントを自ら誇張してみせ、明るいひょうきん者を演じた。

最初の数週間は、家に帰りたい、穏やかで地味な日常に戻りたいという弱気な自分と闘い続けた。しかしそこから次第にわたしは頭角を現し、みんなにも好かれるようになっていった。女子にも男子にも好かれ、用務員たちにも好かれ、教授陣にも好かれるようになった。他人の目にはなんの努力もせずに人気を集めているように見えたことだろう。しかしその裏にはかなりの努力があった。わたしは自分の声と動作を抑制することを学び、明らかなものから隠されたものまで、数多くの行動規範を身につけた。ナポリ方言のアクセントはとことん隠した。自分が優秀であり、尊敬されてしかるべき才能の持ち主であることを誇示しつつも、尊大な態度は決して取らず、むしろ己の無知を茶化してみせたり、自分の成績のよさに驚いてみせたりした。何より、敵を作らぬよう注意した。態度のきつい女子がいれば、その子には特に気を配り、愛想よく、しかも節度をもって接し、親切にしながらも、下手には出ないように心がけた。そのうち相手が態度を和らげ、向こうからこちらに会いたがるようになっても、わたしはあくまで態度を変えなかった。教授陣に対しても同じように振る舞った。もちろん彼らを相手にする時はいっそうの慎重さが求められたが、目標は同じで、彼らの賞賛と好意を集め、愛されることだった。だから、感じの悪い厳格な教授ほど、わたしは穏やかな笑みを浮かべて、いかにも尊敬したふりでつきまとった。

試験は定期的にきちんと受け、例によって非情なまでに自分を厳しく律して勉強した。成績を落とし、大学を追放されるのが恐ろしかったのだ。それなりの困難はあっても、やはりそこは地上の天国だとわたしはすぐに思った。自分専用のスペース、専用のベッド、専用の机、専用の椅子を与えられ、本が無限にあり、故郷の地区ともナポリの町とも対極の都市に位置していて、周囲には自分の研究内容をいつでも議論する構えのある学究の徒しか見当たらない。そんな地上の天国を失う訳にはいかなかった。努力の甲斐あって、試験で三十点満点より少ない点数をわたしにつける教授はひとりもおらず、一年もたつころには、こちらから丁寧に挨拶をすれば、教授たちも愛想よく応えてくれるような期待の優等生になっていた。

困難な瞬間はふたつだけ、いずれも入学当初に訪れた。まずは、ある朝、以前に言葉のアクセントをからかわれたあのローマの子からひどい中傷を受けた。彼女は他の女子たちのいる前で、わたしを怒鳴りつけ、ハンドバッグに入っていたお金がなくなった、今すぐ返さなければ、寮長に訴えると言った。これは気さくな笑顔で解決できる問題じゃないと気づいて、わたしは彼女の頬に一発、強力なびんたをお見舞いしてから、方言で激しく罵倒した。これにはその場に居合わせた誰もが驚いた。わたしは厄介ごとをいつも笑顔で諦めるタイプだと思われていたから、激しい反応にみんな戸惑ったのだろう。ローマの子は啞然としてしまい、鼻から滴る血を押さえて止めると、ひとりの友だちに付き添われてトイレに向かった。そして二、三時間したころ、ふたり揃ってわたしに会いにきた。わたしを泥棒呼ばわりしたあの子は謝ってくれた。なくなったお金が見つかったのだ。わたしは彼女を抱きしめ、謝ってくれてありがとうと言った。正直な心のこもった謝罪に聞こえたのだ。わたし自身は何か間違っても、まず謝らない人間だった。そういう育ち方をしてしまったのだ。

ふたつ目の困難は新入生歓迎会の前にやってきた。それはクリスマス休暇の前に開催される、女子新入生が主役のダンスパーティーで、事実上、参加が義務づけられていた。女子はもうパーティーの話題で持ちきりだった。高等師範学校の男子は全員来るという話で、女子寮と男子寮の生徒たちが交流する大チャンスという訳だった。ところがわたしはおしゃれな服を一着も持っていなかった。あの秋はとても寒く、雪もたくさん降った。雪のたび、南国生まれのわたしはうっとりしたが、やがて、凍った道がどれだけ厄介で、手袋なしではどんなに手がかじかみ、足にはしもやけまでできることを身をもって学んだ。わたしの衣装だんすの中身は、二年前に母さんが縫った冬服が二着、叔母からもらったおんぼろコートが一着、自分で作った青い大きなマフラーがひとつ、何度も底を張り替えた、少しヒールのある靴が一足、それだけだった。問題はほかにも山とあるのに、今度はパーティーときた。わたしは困ってしまった。クラスメイトに服を貸してもらおうか？　ほとんどの女子は今度のパーティーのために新しいドレスを仕立てさせていたので、普段着の中から何か素敵な服を借りることくらいはできそうだった。それでもリラとの思い出のせいで、他人の服を試して、それが自分には似合わないとわかった時の屈辱を思うと、どうしても借りる気になれなかった。ならば仮病を使って欠席しようか、それがいいだろうとほぼ決めていたが、やはり悲しかった。自分はこんなに健康で、アンドレイ公爵かクラーギン公爵と踊るナターシャ（『戦争と平和』の登場人物）を気取りたくて仕方ないのに、ひとり天井を見つめて、こだまする音楽、人々がざわめき、はしゃぐ声を聞いていなくてはならないなんて。最後にわたしはある選択をした。屈辱を感じることになるのはまず間違いなかったが、絶対に後悔しない自信のある選択だった。わたしは髪を洗ってアップにまとめ、軽く化粧をすると、二着の冬服のうちの片方を着た。そちらを選んだのは色が紺だから、それだけの理由だった。

そしてパーティーに出た。最初は気まずかったが、わたしの服装には誰にも嫉妬されないという長所があった。いやそれどころか、ひとに罪悪感を抱かせ、この子を応援しなければという気にさせる効果まであったようだ。事実、多くの優しい女子がわたしにつきあってくれ、男子にも何度も踊りに誘われた。そのうちわたしは自分の服装を忘れ、ぼろ靴を履いていることまで忘れた。フランコ・マーリと出会ったのも、その晩のことだった。決してハンサムではないが、とても愉快な男の子で、機転は利くが、厚かましく、浪費家で、年はわたしよりひとつ上だった。彼はレッジョ・エミリア（北イタリア、エミリア・ロマーニャ州の町）の非常に裕福な家の息子で、共産主義の運動家だったが、当時の共産党の社会民主主義的な傾向には批判的だった。わたしはわずかな自由時間の大半をフランコと楽しく過ごした。彼からはありとあらゆるものをプレゼントされた。服に靴、新しいコート、古い眼鏡で隠されていた目と顔全体が元どおり見えるようになった新しい眼鏡、そして政治文化の本をたくさん。それこそ、彼が何よりも重視していた文化だったのだ。わたしはフランコからスターリン主義の恐怖を学び、トロツキーの著作を読むよう薦められた。彼はトロツキーの本を通じて、反スターリン主義の思想を身につけ、ソ連には社会主義も共産主義も存在しないという確信を得ていた。革命は中断された。それゆえ再開させなくてはならない、というのがフランコの考えだった。

　彼にお金を出してもらって初めての海外旅行にも行くことができた。向かった先はパリで、欧州全土から若き共産主義者の集まる会議への参加が目的だった。でもパリの町自体はほとんど見られなかった。滞在中はずっと紫煙に霞む室内で過ごしたからだ。あの町の風景で記憶に残っているのは、ナポリやピサよりも通りがずっと色鮮やかだったこと、パトカーのサイレンが耳障りだったこと、街頭でも室内でも黒人がとても多くて驚いたことだ。あちこちの会場でフランコはフランス語で長い発言をし、盛んに喝采された。のちにそんなパリでの政治的体験をパスクアーレに語ると、わたしが――正確には〝よりによってお前が〟と言われた――そういう活動に参加するなんて信じられないと驚かれた。だが、読んだ政治書の名前を列挙し、わたしも今ではトロツキーのシンパなのだと言うと、彼は困った顔で黙ってしまった。

フランコに影響されて身につけ、一部の教授の指示や講義によって、わたしの中によりしっかりと根付いた習慣も多かった。たとえば、読んでいるのがSF小説でも、ひとに説明する時は〝研究している〟という言葉を使う習慣もそうなら、どんな文章でも読後は必ず極めて詳細なカードを作成する習慣もそう、社会的不平等の影響が見事に表現された文章に出くわすたびに感激する癖もそうだ。フランコは彼が呼ぶところのわたしの〝再教育〟をとても重視し、こちらも彼の再教育ならば喜んで受けた。それでも残念なことに、わたしは結局、彼に恋愛感情を抱けなかった。彼のことは好きだったし、いつだってそわそわしているその体も好きだった。それでも、彼なしではいられないという気持ちには一度もなれなかった。フランコに対するわずかな好意は、彼が大学の籍を失うと、ほどなく消えた。ある試験で落第点を取ったために、退学となったのだ。それから何ヵ月かは手紙のやりとりをした。彼は復学を試み、わたしの傍らにいたいから、それだけのためだと書いてきた。わたしは彼の挑戦を応援したが、結果は不合格だった。わたしたちはまた何度か手紙を書いたが、その後、しばらく彼の知らせは途絶えた。

84

以上が、おおまかではあるが、ピサで一九六三年末から一九六五年末までにわたしに起きたことのすべてだ。リラ抜きだと、自分について語るのはこんなにも簡単だ。時間は流れも穏やかになり、重要な出来事の数々にしても歳月の流れに沿って順序よく流れていく。空港にある手荷物のベルトコンベアと同じだ。流れてくる荷物をひとつずつ拾い上げ、ページに載せていけば、それで完了だ。

同じ期間にリラの身に起きたことを語るのはずっとややこしい。ベルトコンベアは途端に減速したり、加速したり、急カーブしたり、脱線したりする。スーツケースは落下し、蓋が開き、中身があちこちに散らばってしまう。彼女の持ち物はわたしの持ち物とごちゃ混ぜになり、わたしは荷物を拾い集めるために、また自分の日々の説明にわざわざ立ち返らなくてはならなくなる(せっかく一度はスムーズに語ることができたというのに、である)。そして、前回は簡潔にまとめすぎた気がしてきて、描写を膨らませる必要に迫られる。たとえば、もしもリラがわたしの代わりにピサ高等師範学校に行くことになっていたならば、彼女は厄介ごとを笑顔で諦めるような真似をしただろうか。ローマの女の子にびんたを食らわせた時、リラの行動パターンはどのくらいわたしに影響していたのだろうか。遠くにいながら彼女はどうやって、わたしの作り物の穏やかな仮面を吹き飛ばすことができたのか。あんな思い切った行動に出る覚悟をわたしが固められたのは、どこまで彼女の影響によるものだったのか。もしかして、そのあとの罵倒にしても台詞の大半は彼女が書いたものではなかったか。それに、不安とためらいをさんざん覚えながらもフランコを部屋に引き入れた時のわたしの向こう見ずな勢い。あれにしてもリラの前例なくして、あり得なかった話ではないか。そして、彼を愛していないと気づき、自分の感情の冷たさに気づいた時の不満。それはやはり、彼女がかつて披露し、当時も示していた深い愛情との比較があってこその不満ではなかったか。

そう、執筆を困難にしているのはリラなのだ。自分の人生を振り返れば、わたしはどうしても考えてしまう。もしもこの身に起きたことがリラに起きていたら、彼女の人生はどうなっていたか、わたしに訪れた幸運を彼女だったらどう使っていただろうか、と。彼女の人生はこちらの人生にしょっちゅう顔を覗かせる。わたしの発した言葉にも、しばしば彼女の言葉のこだまが聞こえる。わたしの振る舞いにしても、彼女の振る舞いを自分なりに応用した場合であることが多い。彼女が好調なためにわたしが不調になり、彼女に不調を強いることでわたしが好調になるというのもそうだ。さらには、彼女が口に出さずともわたしが察したこともあれば、当時は知らなくても、あとで彼女のノートを読んで知ったこともある。だから事実を物語ろうとすれば、そうした取捨選択と引用の可能性、不完全な真実に虚実の混在を計算に入れなくてはならない。そこに待っているのは、言葉という不確かな物差しだけが頼りな、過去の時間の計測といううんざりするような作業だ。

たとえば、わたしは自分が当時、リラの苦しみを完全に見逃していたことを認めねばならない。リラはニーノを獲得し、彼女一流の秘術によってステファノではなく、ニーノの子を孕み、愛のために、わたしたちが生まれ育った環境では一般的に理解しがたい行為——夫を捨て、手に入れたばかりの裕福な暮らしを放り出し、愛人と腹の中の赤子とともに、殺されかねない危険な状況に進んで身を置くこと——を実行に移そうとしているのだから、きっと彼女はそんな波瀾万丈な幸福を喜んでいるのだろう、わたしはそう思いこんでいた。小説や映画、漫画に出てきそうな激烈な幸福。それは、あのころのわたしが真に関心を持っていた唯ひとつの幸福だった。結婚の幸福ではなく、情念《パッション》の幸福であり、善と悪の猛然たる混淆《こんこう》。そんな幸福がわたしではなく、彼女に訪れた。

だが、わたしは勘違いをしていた。今ならば、ステファノがわたしたちをイスキアから連れ帰ったあの日の彼女の気持ちがはっきりとわかる。フェリーが岸壁を離れたその瞬間、リラは、これからは朝になっても浜辺で待っているニーノと落ちあうことはできず、彼と意見を戦わせたり、おしゃべりしたり、ささやきあうことも無理なら、一緒に泳ぐこともできず、キスをしたり、抱きあったりもできず、愛しあうこともできないのだと理解し、激しい痛みに襲われた。そしてほんの数日のうちに、カッラッチ夫人としての彼女の生活は――さまざまな均衡と不均衡、戦略、闘い、戦争、同盟、仕入れ業者や顧客とのもめごと、目方の誤魔化し方、レジの引き出しの中のお金を増やす努力、そんなものから成り立っていた生活は――現実の重みと意味を失った。もはやリラにとってはニーノだけが意味のある、確かな存在だった。彼女は彼を求め、寝ても覚めても彼を欲し、寝室の闇の中では、数分だけでも彼のことを忘れるために夫にしがみついた。最悪なひと時だが、まさにその数分間にこそ、彼女は自分がいかにニーノを必要としているかを一番強く感じた。そしてそのたび、心に浮かんだ恋人のイメージがあまりに鮮明でリアルであるがために、彼女はステファノを見知らぬ他人のように押しのけ、ベッドの片隅に身を寄せて、泣きながら罵声を上げるか、バスルームに駆けこみ、鍵をかけて閉じこもるのだった。

85

最初、彼女は夜中にそっと家を出て、フォリーオに戻ろうかと思った。しかし、それではすぐに夫に見つかってしまうだろうと考え直した。次にアルフォンソに頼んで、ニーノがいつイスキアから帰ってくるのか、マリーザに聞いてもらおうかと思ったが、アルフォンソがステファノに告げ口するのではないかと懸念し、これもやめた。電話帳にあったサッラトーレ家の番号にかけてみると、ドナートが出た。彼女が自分はニーノの友人だと告げると、向こうは腹立たしげな声で会話を打ち切り、受話器を下ろしてしまった。絶望した彼女が、やっぱりフェリーでイスキアに戻ろうとほぼ決意を固めた、九月頭のある午後のことだった。客であふれかえった食料品店の店先にニーノが現れた。髭が伸び、ひどく酔っ払っていた。

酔っ払いを追い払おうと、早速飛び出していったカルメンをリラは止めた。カルメンの目には迷惑な見知らぬ若者としか映らなかったようだ。「わたしに任せて」リラはそう言って、ニーノの腕を引き、店から遠ざけた。彼女はわざと事務的に動き、冷たい口調で彼に話しかけた。この酔っ払った若者がサッラトーレ家の長男であることにカルメンは気づかなかったという確信が彼女にはあった。小学校にみんなで一緒に通ったあの男の子の面影はもうない。

リラは急いだ。傍目にはいつもの、どんな問題でも解決してしまう彼女に見えただろう。だが現実には、自分が今どこにいるのかもわからなかった。商品で埋め尽くされた壁は色あせ、道路はぼんやりとしか見えなくなり、建ち並ぶ新しい建物の冴えない色をしたファサードもぼやけて消えた。何より彼女には、自分が危険を冒しているという実感がなかった。ニーノ、ニーノ、ああ、ニーノ。頭の中はもうそればかり、再会の喜びと欲望だけだった。彼が目の前にいる。ようやくまた会えた。その顔を見れば、彼が苦しんできただろうことも、今なお苦しんでいるのもわかった。彼女に会いたいとずっと願い、欲してくれていたのもわかった。事実、ニーノは人目も構わず道端で彼女の手をつかみ、キスをしようとさえした。

リラは彼を家まで引っ張っていった。一番安全な場所に思えたのだ。通りかかる者は？　誰もいない。隣近所の住人は？　こちらも見当たらなかった。彼女が後ろ手に玄関のドアを閉めた途端、ふたりは互いを貪りだした。リラに良心の呵責はなかった。ニーノを今すぐ我が物とし、そばに留め、離さぬこと。それだけしか頭になかった。ふたりの動きが止まってからも、彼女の切迫した思いはそのままだった。地区、近所の住人、食料品店、道路、鉄道の騒音、ステファノ、心配しているだろうカルメン。そうした物事も次第に心に戻ってきたが、彼女にとってはもはや、ふたりの邪魔をしたり、ごちゃごちゃに積み重なって、いきなり崩れてきたりせぬように、急いで片付けるべき対象でしかなかった。

ニーノは、なんの挨拶もなく姿を消したと言って彼女を責め、抱きしめ、ふたたび欲した。すぐにふたりで出ていこうと彼は言ったが、行く当てはなさそうだった。リラはええ、そうね、そうしましょう、と答えて、相手の熱狂を完全に支持してみせたが、彼とは異なり、そうしているあいだにも時間が流れ、現実の一分一秒が経過を続け、誰かに見つかる危険がどんどん大きくなっていくのを理解していた。だから彼と一緒に床に転がったまま、ふたりの真上の天井にぶら下がった電灯をひとつの脅威であるかのように見つめながら考えていた。先ほどまではニーノがすぐにほしいという気持ち以外は何がどうなっても構わなかったが、今は、どうしたら彼をこのまま抱きしめていられるか、それが問題だった。天井から電灯が落ちてくることもなく、床が砕け、彼は一方に、彼女は別のほうに落下して、永遠にばらばらになることもなしに、どうすればニーノを離さずにいられるか。

「もう行って」

「嫌だ」

「頭おかしいんじゃないの？」

「そうさ」

「お願いだから、今は出てって」

リラは彼を説得して帰らせた。そして待った。カルメンが何か言いださないか、近所の噂になりやしないか、旧地区の店から戻ってきたステファノに叩かれるんじゃないか。だが何も起こらず、安心した彼女は、カルメンの給料を上げてやり、夫には優しくなり、ニーノと密会するための口実をあれこれと作るようになった。

86

当初、最大の問題は、すべてを台無しにする噂話などより、むしろ当事者である、リラの愛する若者のほうだった。彼女をひっつかみ、キスをし、嚙みつき、その体の中に入ること以外、ニーノはまるで無頓着だったのだ。一生彼女と唇を重ねたままでいたい、彼女の中に入ったままでいたい、僕の好きにさせろ、とでも言いたげな態度だった。リラと離れるのが耐えられず、彼女がまた消えてしまうのではないかと彼は不安で仕方ないのだった。だから酒におぼれ、勉強はせず、煙草ばかり吸って過ごした。もはや彼にとっては自分たちふたり以外の問題など世界に存在しないらしく、何か意見を表明することがあるとすれば、それは嫉妬をリラにぶつけ、僕は君が夫と暮らし続けているのが耐えられないとしつこく責める時だけだった。

「こっちは何もかも捨てたんだぞ」彼は疲れた声でこぼすのだった。「ところが、君は何ひとつ捨てようとはしないじゃないか」

「でも、これからどうするつもりなの？」そんな時、彼女は決まってそう答えた。

するとニーノはうろたえて黙りこむか、現状に屈辱を受けたように怒りだして、絶望した声で言うのだった。

「もう君は、僕のことなんてどうでもいいんだな」

リラにしても彼がほしくてたまらなかった。何度でも抱きあいたい、そんな気持ちでいっぱいだった。ただ、彼女にはもうひとつ、すぐにかなえたい望みがあった。ニーノに勉強を再開してほしい、そしてイスキアにいた時のように、自分の頭をもっと刺激してほしい。そのことだった。小学校時代のかの神童、オリヴィエロ先生をうっとりさせ、『青い妖精』を書いた少女は復活を遂げ、新しい力を得て興奮していたのだ。暗い穴の底に落ちた彼女を見出し、そこから引き上げてくれたのはニーノだった。少女は今、なんとか彼を勉強熱心な若者に戻したかった。そして自分の成長を手伝ってもらい、彼女の中のカッラッチ夫人を一掃する力を獲得したかったのだ。時間はかかったが、リラは望みをかなえた。

何があったのかは知らない。きっとニーノが気づいたのだろう。彼女を失いたくなければ、単なる怒れる恋人以上の存在に立ち返らなくてはいけないと。いや、もしかしたらもっと単純に、情熱のせいで空っぽな人間になりつつある自分に気づいたのかもしれない。いずれにせよ、彼はまた勉学に励むようになった。そしてリラは初め、その変化を喜んでいた。ニーノは次第に平静を取り戻し、イスキアで出会った若者に戻り、彼女にとってますます必要な存在となった。リラは以前の彼を取り戻しただけではなく、彼の言葉と発想もいくらか取り戻した。彼が不機嫌にスミスを読めば、彼女も読んだ。彼がさらに不機嫌そうにジョイスを読めば、彼女も挑戦した。滅多に会えぬ恋人が話題にした本があれば、必ず買った。読んだ本について話しあいたい、そう願ってのことだったが、その希望がかなえられることは決してなかった。

そうしたなか、カルメンの困惑は深まるばかりだった。リラが最近あれこれと言い訳をしては、何時間か店を離れるようになったのは、どんな急用があってのことなのだろうといぶかしんでいたのだ。

食料品店が一番混む時間でさえ、仕事をカルメンひとりに任せっきりにして、リラは他に何も見えず、聞こえない様子で、読書に没頭したり、何かノートに書いていることもしばしばだった。そんな時は、「リナ、お願い、手伝ってくれない？」とわざわざ声をかけねばならず、するとようやくリラも目を上げ、指先で唇を撫でてから、わかったと答えるのだった。

一方、ステファノは、苛立ちと諦めというふたつの状態のあいだでいつも揺れていた。妻の兄と父親、そしてソラーラ兄弟と会えば口論ばかりで、海水浴の甲斐もなく子宝に恵まれぬのも口惜しかった。しかも妻は、靴の商売でソラーラ兄弟に出し抜かれた彼を繰り返しからかい、夜遅くまで小説やら雑誌やら新聞やらを読みふけり、自分の殻に閉じこもるようになった。かつての悪習の復活だ。まるで現実の世界などもう興味ないとでも言いたげな態度だった。そんなリラをステファノはじっと見ていたが、どうにも理解できず、また、理解するための時間も気力もなかった。イスキアから帰ってきて以来、彼という人間の攻撃的な側面は、妻の拒絶と静かな孤立的態度を前にして、新たな対決と決着を要求するようになっていた。しかし、より慎重で、恐らくは臆病な別の側面が前者を抑えつけ、なんでもない顔を装った。彼女に本当に馬鹿な真似をされるよりはましだと考えたからだ。リラのほうも、そんな夫の気持ちに気づき、できるだけ長く彼にそう思わせておこうと努力した。たとえば夕方、どちらも仕事から帰宅したあと、彼女は決して夫を冷たくは扱わなかった。それでも夕食とおしゃべりが終わると、さりげなく読書に没頭した。読書はステファノには侵入が許されぬ心の中の空間であり、彼女とニーノふたりだけが暮らす場所だった。

あの時期のリラにとって、ニーノという若者はどのような存在だったのか。彼はリラに四六時中エロチックな妄想を抱かせる欲望の対象であり、その知性に追いつきたいと彼女の頭を熱くさせる存在であり、そして何より、彼女が温めていた抽象的な計画の対象だった。計画では、彼ら秘密のカップルは、一種の隠れ家に閉じこもって暮らすことになっていた。そこはふたりの愛の巣であると同時に、複雑な世界を分析する研究所ともなるはずで、ニーノが表舞台で活躍し、彼女はその背に張りついた影となり、彼の注意深いアドバイザー、献身的な協力者となる予定だった。ほんの数分間ではなく、一時間をふたりで過ごせる滅多にない機会が訪れれば、その時間は情交と愛の言葉がひたすら繰り返され、総じて幸せなものとなった。だから別れの時が来るたび、食料品店に戻り、ステファノのベッドに戻るのが、彼女はひどくつらかった。

「こんなのもう耐えられない」

「僕もさ」

「どうしたらいいの？」

「わからない」

「わたし、ずっとあなたといたい」

ずっとが無理なら、せめて毎日、二、三時間だけでも。リラはそう付け加えた。

でもそんな時間を毎日、しかも安全に確保するなんてどうしたらいい？　家でニーノに会うのは極めて危険だったが、外で会うのはなお危険だった。それにステファノが店に電話をしてきて、彼女が留守であったりすると、そのたびにあとからもっともらしい理由を説明するのも容易なことではなかった。そんな具合でニーノの辛抱のなさと夫の不平の板挟みとなったリラは、本来ならば、現実を直視して自分が出口のない状況にあることをいよいよ認めるべきだったが、そうはしなかった。それどころか、現実の世界など芝居の書き割りかチェス盤のようなもので、ペンキで描いた背景を移動するか、駒をいくつか動かすだけで、ゲームは、そう、リラにとっては唯一、本当に大切なものである、〝彼女の〟ゲーム、つまり〝リラとニーノのゲーム〟は、まだ問題なく続けることができると言わんばかりに振る舞った。そして未来とは彼女にとって明日を指す言葉となり、明日が来ればその翌日、そして次の日になればまたその翌日を指す言葉となった。あるいは、彼女のノートにしばしば唐突に登場した惨劇や殺戮のイメージこそ、未来を暗示するものだったのかもしれない。彼女は〝自分はいつか殺される〟とは決して記さなかったが、その代わり、しばしば犯罪事件のニュースをメモしており、自分で作り替えた話を記録することもあった。いずれも女性が被害者となった殺人事件で、特に、殺人犯の残虐行為の描写と血まみれな現場の描写にリラは固執し、新聞の記事には記されていない細部を加筆した。眼窩から目玉がえぐり取られていたとか、喉か内臓がナイフで引き裂かれていたとか、凶刃は子宮をも貫いたとか、腹はへそから下がぱっくり口を開いていたとか、生殖器はそぎ落とされていた、といった具合に。そんな風に言葉という制御可能な形式に矮小化することで、現実に起こりうる自らの残酷な死の可能性からも、彼女は力を奪おうとしていたのかもしれない。

87

つまりリラは、死者が出てもおかしくなさそうなゲームを闘うつもりで、自分の兄と夫、そしてソラーラ兄弟との対決に臨んだのだった。まずはマルティリ広場の店の経営を成功させるには彼女が最適だというミケーレの考えをリラは利用した。彼女はミケーレの提案を拒否するのを突然やめると、喧嘩腰での交渉の末、完全に好きなように店を経営する権利とかなりの額の週給を約束させ、まるで夫などいない独身女性のように靴屋で働くことを承知した。ソラーラという新しいブランドの登場に怯えたリーノには裏切り者扱いされたが、彼女は構わなかった。夫のことも放っておいた。ステファノはまず怒り、彼女を脅したが、最後には考えを変え、自分とソラーラ兄弟の仲介役となり、兄弟の母親に彼がしている複数の借金と、さらには、新たに借り受けたい額と返済額についてややこしい交渉をするよう要求してきたのだった。ミケーレの甘い言葉も無視した。ミケーレは彼女にまとわりついては、店の再編状況をそれとなく監視し、しかもリーノとステファノの頭越しに、新しい靴をデザインしてくれと彼女に直接、催促するようになっていたのだ。

父親と兄がいつかはのけ者にされ、ソラーラ兄弟が何もかもを独り占めにするだろうこと、そしてステファノは生き延びるために兄弟の商売にますます依存せざるを得なくなるだろうことは、リラもとっくに予想済みだった。しかし彼女のノートの記述によれば、以前は腹立たしかったはずのその予想図が、そのころになると、まるでどうでもよくなっていた。当然、兄リーノを思えば胸が痛んだ。結婚をして、子どももできたばかりだというのに、せっかく得た若旦那の地位をもう失おうとしているというのは、やはり気の毒だった。それでもリラの目には過去の絆がどれもたいして重要ではないものと映るようになり、彼女の愛情はただひとつの道筋に集中し、あらゆる思考と感情がニーノを中心に巡るようになっていた。以前には兄を裕福にするために活動した彼女だが、今はニーノを喜ばせるためだけに動いていたのだ。

やるべきことを把握するため、リラが久しぶりにマルティリ広場の店に行った時のことだ。かつて自分の花嫁姿の写真パネルがかかっていた壁の部分に、パネルを燃え上がらせた炎が残した黄ばんだ黒い染みがまだあるのを見て、彼女はショックを受けた。不快な痕跡だった。ニーノと巡りあう前のことは、わたしがしたことも、わたしに起きたことも、みんな嫌い。そう思ってから、リラははっとした。彼女のくぐり抜けてきた戦争の重大な出来事は、どういう訳かどれもこれも、町の中心に位置するその界隈で発生していたのだ。ミッレ通りの若者たちとの喧嘩があったあの晩、貧困から脱出しなければならないと彼女が本気で決意したのもそこなら、そんな自分の決意を悔やんだ彼女が花嫁姿の写真を台無しにして、その侮辱的な作品を、まさに侮辱を与えるために飾るよう求めたのも、妊娠が中断される兆しに気づいたのも、そこだった。そして今、やはり同じ場所で、靴の商売は難航し、ソラーラ兄弟に乗っ取られようとしていた。さらには彼女の結婚が終わりを告げるのも、彼女がステファノを捨て、カッラッチという名字を捨て、その名字がもたらしたすべてをひと息に捨て去るのも、そこが舞台となるはずだった。リラはミケーレに対し壁の焼け焦げた跡を指差し、みっともないわね、と言い捨てると、歩道に出て、広場の中央にある獅子の石像を見つめた。そして恐いと思った。

壁はすべて塗り替えさせた。窓のなかったトイレは、壁に塗りこめられていた、中庭に通じるドアを復活させ、ドアの上半分を磨りガラスにして光が少し入るようにした。キアタモーネ通りのギャラリーで見て気に入った、作家物の絵画も二点買った。店員もひとり雇ったが、自分の地区の人間ではなく、マテルディ地区の出身で、会社秘書になるための勉強を積んできた娘を選んだ。午後一時から四時までの昼休みはリラも店員も毎日完全に休むものとし、マテルディ地区の娘はそのことをいつもとても喜んだ。リラはミケーレを警戒していた。リラによる変革はすべて無条件に支持してくれたが、彼女が進めていた作業の内容と出費の用途については常に細かい説明を求めてきたからだ。

そうした一方で地区では、マルティィリ広場に働きに出るというリラの選択は、彼女をそれまで以上に孤立させた。良縁に恵まれ、いきなり裕福な暮らしを手にし、夫のものとはいえ、持ち家で女主人を気取ることもできた美しい娘が、どうしてわざわざ早起きして、家から遠い中心街で朝から晩まで他人にこき使われて過ごさなくてはならないのか。しかも犠牲になったのは夫の生活だけではない。義理の母親まで彼女のせいで新しいほうの食料品店でまた働く羽目になったではないか――ピヌッチャとジリオーラはそれぞれ全力でリラを中傷した。だが、このふたりの攻撃が想定内であったのに対して、予想外の反応を示したのがカルメンだった。リラに大きな恩のある彼女はずっとその崇拝者だったが、リラが食料品店を去った途端、動物に噛みつかれそうになった手をひっこめるように素早く、それまでの好意をひと息に撤回した。自分の立場がリラの友人兼従業員から、にわかにステファノの母親の召使いへと転落したのが気に入らなかったのだ。カルメンはリラに裏切られ、見捨てられた気がして、彼女を恨まずにはいられなかった。果てにはそのことで婚約者のエンツォと口論までしたが、彼はカルメンの不満に納得せず、首を横に振った。そして無口な彼らしく言葉少なに、リラを擁護するというよりは、リラのことを常に問答無用で正しい、ある種不可侵な存在として語った。

「わたしのやることなすことみんな間違ってて、彼女がやることはなんでもOKってことね」カルメンは腹立たしげに叫んだ。

「誰がそんなことを言った」

「あなたよ。リナはこう考える、リナはこうする、リナにはわかってるって。じゃあ、わたしはどうなるの？　あの子、わたしをこの店に置き去りにして、勝手に行っちゃったのよ？　当然、出ていったリナが正解で、愚痴を言ってるこっちが間違いよね。そういうことでしょ？　ねえ、そうなんでしょ？」

「違う」

エンツォの明確で短い否定の言葉の甲斐もなく、カルメンは納得がゆかず、苦しんだ。エンツォが何もかもにうんざりしており、自分もその対象に含まれていることに彼女は気づいており、それが余計に腹立たしかったのだ。父親が世を去り、兵役から戻ってきてからも、エンツォは日々の勤めをきちんとこなし、以前と変わらぬ暮らしを送っていた。しかし実は軍隊時代から、彼が毎晩、何かの資格を身につけるための勉強をしていることを彼女は知っていた。そして今、彼が頭の中で野獣のように吼えていることも知っていた。内心は吼え、外面は沈黙する男。カルメンはそんなエンツォが我慢ならなかった。特に、ちょっとあの最低な女の話になるだけで、彼がすぐに熱くなるのが嫌だった。だからカルメンはしばしば彼にそうした不満をぶつけ、涙を流しながら、金切り声で騒ぐのだった。「わたし、リナって大嫌い。みんなのこと馬鹿にしてるのに、あんたは逆にあの子のそういうところが好きなんだもの。でもわたしがリナの真似したら、きっとあんた殴るでしょ？」

一方、アーダはもうだいぶ前から雇い主のステファノの味方であり、彼の悩みの種であるその妻を敵視してきた。だからリラが中心街の店で優雅に働くようになっても、憎悪の程度が増しただけだった。アーダは誰の前でもリラの悪口を言った。特に兄アントニオと婚約者パスクアーレに対しては容赦なく、「あんたたち男って昔からあの子にだまされっぱなしよね。男を手玉に取る才能あるもの、あの性悪女」とまで言った。その怒りのこもった口ぶりは、あたかもアントニオとパスクアーレが愚鈍な男たちの代表でもあるかのようだった。兄が自分の意見に反対なのを見て、アーダは甲高い声で罵った。「お兄ちゃんは黙ってて。ソラーラ兄弟からお金もらってるんだから、リラと同じ穴のむじなじゃないの。それに、女に指図されて平気なの？　知ってるんだから。お兄ちゃんがあの店の準備を手伝ってて、これを動かせ、あれを動かせって、すっかりあの子の言いなりになってるって」婚約者に対してはなおひどかった。そのころアーダはパスクアーレと馬が合わなくなっており、「どうしてそんなに汚い格好なの？　凄くにおうんだけど」などと言って、彼を頻繁に責めた。そのたびパスクアーレは謝り、仕事帰りだったものだからと言い訳をしたが、彼女は収まらず、何かといちゃもんをつけて攻撃を続けた。だからパスクアーレもリラの件では譲歩せざるを得なかった。平穏な暮らしを守り、婚約解消の危機を避けるためだ。ただしそれだけが理由でなかったことは、やはり記しておく必要があるだろう。以前はパスクアーレにしても、自分の婚約者と妹が、リラの出世に伴って受けてきた数多くの恩恵をすっかり忘れていることに怒り、よくふたりを叱りつけたものだったが、ある朝、彼は見てしまったのだ。我らがリラがミケーレ・ソラーラの運転するジュリエッタに乗って、マルティリ広場に向かう姿を。車上のリラはまるで高級娼婦のように着飾り、もの凄く派手な化粧をしていた。それで彼もわからなくなった。そこまでお金が必要なはずもなかろうに、なぜ彼女はあんな男に身を売るような真似をしているのか。

リラは例によって、周囲で高まる一方の敵意など意に介さず、新しい仕事に集中した。果たして売り上げはまもなく急上昇を遂げた。そして店は買い物に行く場所という当然の機能に加え、若くて潑剌とした美しい女主人と素敵な会話を楽しむために行く場所ともなった。売り物の靴と一緒に本も並べ、その本を実際に読んでおり、店の客には、機知に富んだ言葉と一緒にチョコレート菓子まで出す女主人。しかも客たちは――弁護士や技師の妻や娘も、『イル・マッティーノ』紙の記者も、社交クラブにおびただしい時間と金を浪費してきた若き伊達男も、老いた洒落男も――揃って彼女から同じ印象を受けた。リラには、チェルッロの靴も、ソラーラの靴も、まるで売る気がなさそうだったのだ。彼らの目には、彼女が本当にとりとめもない話をするためだけに、ソファーと肘掛け椅子を勧めてくれるように見えた。

リラにとって、唯一の邪魔者がミケーレだった。彼はしばしば仕事の妨げとなり、一度などいつもの皮肉っぽい猫なで声でこんなことまで言った。「リナよ、お前は結婚相手を間違ったな。俺の思っていたとおりだ。いつか役に立つかもしれない客の相手をするのが、お前は本当にうまいよ。俺とお前が組めば、何年もしないうちにナポリを支配できる。そしたら、なんでも思いのままだぜ」

そこでミケーレはリラにキスをしようとした。

彼女ははねつけたが、彼は気分を害した様子もなく、楽しげにこう続けた。

「いいさ、俺は待つよ。気は長いほうなんだ」

「気が済むまで待てばいいわ。でも、店の中で待つのはやめて」リラはやり返した。「さもないと、わたし、明日にだってステファノの店に戻るからね」

ミケーレのやってくる頻度が減ると、ニーノが足繁く忍びこんでくるようになった。こうして彼とリラはそれから何カ月ものあいだ、毎日三時間、マルティリ広場の店でようやくふたりきりの時間を持つことができるようになった。ただし日曜と、教会が休業を命じる祝祭日だけは例外で、ふたりにとっては耐えがたい時間となった。午後一時、店員の娘がシャッターを四分の一だけ残して下ろし、立ち去ると、ニーノは例のトイレの扉からすぐに入ってきた。そして、娘が戻ってくる前に、同じ扉から四時きっかりに出ていった。滅多にないことだったが、何か問題が起きれば――ミケーレとジリオーラがふたりで来たことが二度、特に状況が緊迫していた時期にステファノが一度、やってきたことがあった――ニーノはトイレに隠れ、そこから中庭に逃げた。

リラにとってそれは、幸福な生活に向けた予行演習的な激動の季節だったのだと思う。彼女は一方では靴の商売に風変わりな流儀を持ちこんだ若い夫人という役柄を演じ、他方ではニーノのために本を読み、ニーノのために学び、ニーノのために思索していた。店で有名人と知りあいになることがあっても、彼女がいつも真っ先に考えたのは、いつかニーノを助けるためにそんなコネが役に立つかもしれないということだった。

ニーノが『イル・マッティーノ』にナポリについて書いた文章を寄稿し、大学関係者のあいだでかなりの名声を博したのはそんな時期のことだった。わたしは気づきもしなかったが、かえってよかったと思う。イスキアの時みたいにふたりに巻きこまれていたら、きっとわたしはひどい傷を負って、恐らく二度と立ち直れなかっただろう。それに、記事を読んでいたら、わたしはその多くの行が――情報分析に基づいて記された部分ではない。多くの知識は必要としない代わりに、遠く離れた事象をぱっとつなげるひらめきが要求される、より直観的な部分、二箇所ほどだ――リラの手によるものだとすぐに看破していたはずだ。何よりも文体が彼女のものだと気づいたことだろう。ニーノにリラのような文章を書くことはできなかったし、その後もそこまでの文才には恵まれなかった。あんな風に書けたのは彼女とわたしだけだった。

88

それから彼女は妊娠に気がつき、マルティリ広場の悪だくみに終止符を打つことにしたのだった。一九六三年晩秋のある日曜日、彼女は、毎週末の習慣となっていた義理の母の家での昼食会への参加を拒否し、自宅で自ら腕を振るい、豪勢な昼食を用意した。ステファノがソラーラのバール菓子店で菓子を買い求め、母親と妹を訪ねて甘いものの一部をお裾分けし、妻の日曜の謀反を詫びている隙に、リラは新婚旅行のために買った旅行鞄に自分の下着数枚と服を何着か、冬物の靴を二足入れ、客間のドアの陰に隠した。次に、使った鍋をすべて洗い、台所のテーブルにクロスをかけ、食器を丁寧に並べて昼食の支度を済ませると、引き出しから取り出した肉切り包丁を流しに置いて、布巾で覆った。そして最後に、夫が帰ってくる前に、煮炊きしたにおいを追い出すために窓を開け、列車と輝くレールを窓辺でしばし眺めた。冷たい外気は室内の暖かい空気を追い出してしまったが、寒くはなかった。

むしろ力が湧いてくるようだった。

やがてステファノが戻ってきて、ふたりはテーブルについた。母親のご馳走を食べ損なって不機嫌だった彼は、妻の料理はひと言も褒めなかったが、彼女の兄、リーノのことはいつも以上に悪く言い、甥っ子のことはいつも以上にべた褒めした。彼は甥っ子を何度も〝俺の妹の息子〟と呼んだ。男の子の誕生にリーノはたいして貢献しなかったとでも言いたげだった。食後、ステファノはお菓子を三つ食べたが、リラはひとつも口にしなかった。夫は口元のクリームをきれいに拭くと、妻に言った。

「少し寝ようか」

するとリラは答えた。

「わたし、明日からもうお店には出ないから」

ステファノは、日曜の午後の雲行きが怪しいことにただちに気がついた。

「どうして？」

「嫌になったの」

「ミケーレとマルチェッロと喧嘩でもしたのか？」

「そうじゃない」

「リナ、勝手は困るぞ。俺とお前の兄貴があのふたりとは微妙な関係で、いつ血を見ることになってもおかしくないのは、よくわかってるはずだろう。これ以上、話をかき回さないでくれ」

「わたしは何もかき回さないわ。でも、あの店にはもう行かないから」

ステファノは沈黙した。リラは彼が警戒しており、深刻な話になる前に、話題を変えようとしているのに気づいた。ソラーラ兄弟からなんらかの侮辱を受けた、そう彼女から告白されるのをステファノは恐れていたのだ。妻に対する許しがたい侮辱があったとわかったが最後、彼は報復せざるを得なくなり、兄弟との関係は回復不能なまでに破綻するはずだった。そんな状況を許すだけの余裕は彼にはなかった。

「わかった」やがてステファノは言った。「行きたくなければ行くな。うちの店に戻ればいい」

ところがリラは言うのだった。

「あなたのお店も嫌なの」

彼は戸惑い、彼女をまっすぐに見た。

「家にいたいのか？　おおいに結構。働きに出たいと言ったのは、そもそもお前だ。俺が押しつけた話じゃない。そうだったな？」

「そうよ」

「じゃあ、家にいればいい。こっちとしては、そのほうがありがたい」

「わたしね、家にもいたくないの」

ステファノは平静を失いそうだった。不安を払拭する手段をほかに知らぬ彼だった。

「家にもいたくないのか。じゃあ、いったい何がしたいんだよ、お前は？」

リラは答えた。

「ここを出ていくの」

「出て、どこに行くんだ？」

「あなたと暮らすのはもう嫌なの。別れましょう」

ステファノはどう反応していいかわからず、声を出して笑った。彼女の言葉の内容があまりに途方もないものであったため、それからの数分間、彼はほっとしたような顔をしていた。彼は妻の頬をちょっとつねり、いつもの微笑みを浮かべて、俺たちは夫婦だぞ、夫婦は別れたりしないものなんだぞ、と言い、次の日曜はアマルフィ海岸に連れていってやろう、ちょっと気分転換するのもいいだろう、と約束までした。しかし彼女は落ちつき払って言うのだった。わたしとあなたがこれからも一緒にいる意味なんてない。わたしが最初から間違っていた。婚約者時代だってあなたにはちょっとした親しみ以上の感情は覚えていなかった。今だからよくわかるが、あなたが好きだったことなんて一度もないし、あなたに養ってもらうのももう嫌だし、あなたの金儲けを手伝うのも、同じベッドで寝るのもこれ以上は耐えられない。そこまで言ったところで、ステファノのびんたが飛び、リラは椅子から転げ落ちた。彼女は立ち上がり、捕まえようと飛びかかってくる相手を横目に、流しへ駆け寄り、布巾の下に隠しておいた包丁を握った。そして、まさにもう一度手を上げようとした彼に向かって、切っ先を突きつけた。

「殴ればいいわ。お義父さんみたいに刺し殺してやるから」

ステファノはぴたりと動きを止めた。父親の運命を思い出し、呆然としてしまったのだ。彼は、「そうか、殺したければ殺せよ。お前の好きにすればいいさ」というようなことをつぶやくと、退屈そうに肩をすくめ、ひとつ長いあくびをした。本当に我慢できなかったらしく、大あくびを終えた彼の目は潤んでいた。彼はリラに背を向け、ぶつぶつと愚痴をこぼしながら――どこでも行っちまえ。お前にはなんでもくれてやったし、好き放題やらせてやったのに、まったく恩知らずもいいところだ。貧乏から救ってくれた恩人のはずだろ、俺は？　お前の兄貴も親父も、どうしようもない家族も、みんな金持ちにしてやったのにな――テーブルに近づくと、もうひとつ菓子を口に入れた。それから台所を出ていき、寝室に入った。そして突然、彼女に向かって怒鳴った。

「俺がどんなにお前が好きか、これっぽっちもわかってないんだな」

リラは流しに包丁を置き、そして思った。このひと、わたしに捨てられること、本気にしてないいんだ。ほかに男がいるって言っても、きっと信じようともしないだろうし、信じられないはずだ。それでも彼女は勇気を出して、寝室に向かった。ニーノのこと、妊娠したことをステファノに告白したかったのだ。ところが夫は眠っていた。魔法のマントでもかけられたみたいに、急な眠気に襲われたようだった。そこで彼女はコートを着ると、旅行鞄を持って、アパートを出ていった。

89

ステファノは夕方まで眠り続けた。目が覚めて、妻がいないことに気づいても知らぬふりをした。それが少年時代からの習慣だった。彼の父親はただいるだけで恐ろしい存在だったが、父親が恐いと思うたびにステファノはとっさにいつもの微笑みを浮かべ、落ちついてゆっくりと振る舞い、身の回りの何もかもと距離を置くように心がけた。そうすれば、恐怖に耐えることもできたし、父親の胸をその手で引き裂き、心臓をもぎ取ってやりたいという衝動をこらえることもできたからだ。

夕べは家を出て、思いきった行動に出た。店の従業員であるアーダの一家が暮らす部屋の下まで行き、恐らくはパスクアーレと映画か散歩にでも行っているだろうと思いながら、彼女の名を呼んだのだ。それも何度も。すると彼女が窓から顔を出した。その表情は嬉しそうでもあり、警戒するようでもあった。母メリーナの錯乱が普段よりも激しかったので、アーダは家にいたのだ。しかもアントニオはソラーラ兄弟のために働くようになってからほとんど家におらず、いつ帰ってくるかもわからなかった。いずれにしてもパスクアーレも一緒だった。ステファノは構わず家に上がり、リラの件にはひと言も触れず、その晩はカップッチョ家で、パスクアーレと政治談義をし、アーダと店についてのよもやま話をして過ごした。自分の家に帰ってからも、リラは実家に戻ったことにして、丁寧に髭を剃ってからベッドに入った。そしてひと晩中、ぐっすりと眠った。

厄介ごとは翌日から始まった。マルティリ広場の靴屋の店員がミケーレに、リラが仕事に出てこなかったと報告したのだ。電話をしてきたミケーレにステファノは、妻は病気だと答えた。だが病欠が何日も続いたため、ついにはヌンツィアが娘の見舞いにやってきた。しかし誰も玄関のドアを開ける様子がなかったので、夕方、どの店も閉店する時間になってから、彼女はまた戻ってきた。ステファノは仕事から帰ってきたばかりで、いつもよりボリュームを上げてテレビを見ていた。彼は毒づき、玄関に向かうと、ヌンツィアを中に入れた。腰を下ろした義母に、「リナの調子はどう？」と尋ねられた途端、彼は妻に捨てられたと答え、わっと泣きだした。

両家が集合した。ステファノの母、アルフォンソ、ピヌッチャとその息子が来て、リーノとフェルナンドがやってきた。色々な理由から誰もが事態に驚き、怯えていたが、リラの行方そのものを声に出して心配したのは、マリアとヌンツィアのふたりだけだった。残りの面々はリラ本人とはほぼ無関係な理由から口論を始めた。たとえばリーノとフェルナンドは、製靴会社がつぶれるのを防ぐためになんの手も打とうとしないステファノに腹を立て、お前はリナのことが何もわかっていない、あいつをソラーラの店になど行かせてはいけなかったのだと彼を責めた。それを聞いたピヌッチャはかっとなり、あの子は昔からまともじゃなかった、悪いのはお兄ちゃんじゃない、むしろリナのほうだと夫と義父を怒鳴りつけた。警察に届け出て、あちこちの病院を回ってみるべきではないかというアルフォンソの遠慮がちな提案は、その場の空気を余計に熱くしてしまった。彼の言葉は、まるで全員を侮辱する文句ででもあったかのように一様に反感を買った。特にリーノは声を大にして、今度の一件が地区のお笑い草になることだけは是が非でも避けないといけないと反対した。やがてマリアが静かに言った。「もしかしてレヌーのところにでも、ちょっと遊びに行ったんじゃないかしら」その仮定は説得力をもって響いた。口論は相変わらずやまなかったが、アルフォンソを除く全員がその仮定を信じるふりをした。ステファノのせいか、ソラーラ兄弟のせいかはよくわからないが、とにかくリナは落ちこんでしまい、ピサ行きを決めた、そうに違いないという訳だ。「そうよ」落ちつきを取り戻してヌンツィアは言った。「あの子は昔からそうだった。何かって言うと、レヌーのところに飛んでったもの」その時から、みんなの怒りの矛先は彼女の突然の出発へと移った。たったひとりで列車に乗って、あんなに遠くまで、それも誰にもひと言も言わずに行ってしまうなんて。彼女がわたしのところにいるはずだという説はいかにもありそうな上、そう思えば安心できるという部分もあったため、まもなく、そうに違いないと決めつけられてしまった。アルフォンソだけは、「明日、ピサに本当にいるか見てくるよ」と申し出たが、すぐにピヌッチャから、「何言ってんの、仕事があるでしょ？」と叱られ、フェルナンドにもぼやき声で、「いや、少し放っておくのがいいだろう」と止められた。

翌日、ステファノは誰かにリラについて尋ねられるたび、ピサ説を語った。「ピサのレヌッチャのところなんです。少し休みたいと言いましてね」しかしもう午後にはヌンツィアがまた不安にかられ、アルフォンソに会いにいき、わたしの住所を知らぬかと聞いた。ところが彼は知らなかった。うちの母さんしか知らなかったのだ。そこでヌンツィアの代わりにアルフォンソが母さんのところに寄こされたのだが、誰に対しても愛想の悪い生来の性格のためか、あるいはわたしの勉強の邪魔をさせまいと思ってか、母さんが彼に教えた住所はいい加減なものだった（恐らく彼女自身、わたしが教えた住所を不完全な形でしかメモしていなかったのだと思う。文字もまともに書けなかったし、そもそも母さんもわたしも、そんな住所が役に立つ日は来ないだろうと思っていた）。いずれにしてもヌンツィアとアルフォンソは、ふたりでわたしに宛てて手紙を書いた。やたらと回りくどい文章だったが、つまるところは、リラはわたしのところにいるのかと尋ねる文面だった。しかも宛先の住所には〝ピサ大学〟としか書かれておらず（同じくピサにあるが、エレナのピサ高等師範学校とは別の大学）、あとはわたしの氏名があるばかりだったので、手元に届くまでは相当な日数がかかった。手紙を読んだわたしは、リラとニーノに対して余計に腹が立ってしまい、返事を書かなかった。

　さて、早くもリラの〝出発〟の翌日からアーダは、古いほうの食料品店の仕事に家族全員の世話、婚約者の相手に加え、ステファノの家に通って、掃除と彼の食事の世話までするようになった。パスクアーレはそれがひどく気に入らず、恋人たちは喧嘩になった。彼は言うのだった。「何もメイドをやるために給料をもらっている訳じゃないだろう？」すると彼女も言うのだった。「こうしてあんたとつまらない話で時間を無駄にするくらいなら、メイドをしてたほうがよっぽどいいわ」一方、マルティリ広場の店には、ソラーラ兄弟の機嫌を損なわぬよう、アルフォンソが大急ぎで送りこまれた。当の本人は喜んでいた。彼は毎朝、まるで結婚式にでも出るような格好で家を出て、夕方になるととても充足した気分で帰宅した。日がな一日中心街で過ごせる暮らしが気に入っていたのだ。ミケーレはどうしていたかと言えば、カッラッチ夫人の失踪以降ぴりぴりしっぱなしで、アントニオを呼ぶと、こう命じた。

「リナを探せ」

　アントニオは遠慮がちにつぶやいた。

「でもミケーレ、ナポリは広いぞ。ピサだって広いし、イタリアはもっと広い。どこから探せばいい？」

　ミケーレは答えた。

「まずはサッラトーレの長男のところからだ」それから、虫けら以下の価値しか認めていない人間を見る目つきでアントニオをひとにらみすると、こう続けた。「この仕事のことは誰にも言うんじゃないぞ。しゃべったら、アヴェルサの精神病院にぶちこんでやるからな。わかったことも、見たことも、俺にだけ教えろ。いいな?」

アントニオは承知の印にうなずいた。

90

人々がその輪郭を失い、形なくあふれ出す現象こそ、リラが生涯もっとも恐れていたことだった。物体がそうした周縁消滅《ズマルジナトウラ》を起こすことより、人々がそうなってしまうことをずっと恐れていた。かつて彼女は、家族のなかで一番好きだった兄のそんな変化を目撃して怯え、ステファノが婚約者から夫になった時にやはり見せた破壊的な変貌に恐怖した。わたしはノートを読むまで、彼女が結婚初夜にどれほどの衝撃を受けたかも知らず、夫の肉体がまたおぞましい変化を遂げるのではないかと日々どんなに恐れていたかも知らなかった。ステファノの変貌は性欲と怒りという内なる衝動によって引き起こされることもあれば、狡猾な策略や人間の卑しさによって生じることもあったようだ。特に夜は、目が覚めたら、彼がベッドの中で原形を失っているのではないかと彼女はいつも不安だった。体液が多すぎて破裂を続けるいぼだらけの塊になっていたらどうしよう。溶けた彼の肉が滴りだし、周囲の何もかもが、家具が、ふたりの部屋全体が、命を持った汚物の流れに吸いこまれてしまったらどうしよう。妻である自分も形を失い、吸いこまれてしまうのではないか。

玄関のドアが背中で閉じると、リラは旅行鞄を手に、ひとの目から隠してくれる一筋の白い蒸気の中を進むようにして地区を横切り、地下鉄でカンピ・フレグレイ駅に着いた。そして、こんな印象を受けた。形もあいまいなものだらけになってしまったふにゃふにゃした空間をわたしはあとにした。そして今ようやく、わたしを丸ごと完全に納めることのできる建物に向かいつつある。そこではわたしも、身の回りのひとたちも、ひび割れたり、壊れたりはしないはずだ。リラは人気《ひとけ》のない道をたどって目的地に着いた。旅行鞄を引きずりながら、彼女は貧しげなアパートの二階に上がり、ふた部屋きりの新居に到着した。部屋は暗く、ぼろぼろで、安っぽい家具が並び、バスルームには便器と洗面台があるばかりだった。部屋探しは彼女がひとりでやった。ニーノは大学の試験勉強がいくつもある上に、『イル・マッティーノ』のために新しい記事を書かなくてはならず、前回の記事を膨らませた評論の用意もあった。こちらの原稿は『クロナケ・メリディオナーリ』紙には掲載を拒否されたが、『ノルド・エ・スッド』という雑誌が掲載に前向きだった。彼女はその部屋を自分で見にきて、自分で契約し、三カ月分の家賃の先払いもした。そうしていよいよ部屋に入ってみると、やけにわくわくした。かつては一生添い遂げるものと思いこんでいた相手を捨ててきたことに、リラは自分でも意外な喜びを覚えていた。そう、彼女はその時の感情を〝喜び〟と記していた。新地区の快適な生活を手放したことは少しも惜しくなく、部屋のかび臭さも感じなければ、寝室の片隅に湿気でできた染みも目に入らず、窓から差しこむ灰色の日差しがいかにも弱々しいことにも気づかず、辺りの雰囲気に、子ども時代の貧しい暮らしに逆戻りすることになるだろうとただちに予感させられても、気が滅入ることもなかった。それどころか、よき魔法使いの魔術のおかげで、苦しいばかりの生活を送っていた場所から姿を消し、幸せが待っている別の場所に瞬間移動できたような気分だった。リラは恐らく、姿を消すという行為にふたたび魅了されていたのだろう。彼女は過去の一切に別れを告げたのだ。大通り《ストラドーネ》も、靴も、食料品店も、夫も、ソラーラ兄弟も、マルティィリ広場も忘れた。わたしのことも忘れ、花嫁であった自分も、妻であった自分も、どこかに消えた。彼女はニーノの恋人である自分だけを残した。その彼は夜、そこに到着した。

ニーノは明らかに興奮していた。リラを抱きしめ、キスをしてから、あいまいな表情で辺りを見回すと、闖入者を恐れるように窓とドアにすべてかんぬきをかけた。それからふたりは愛を交わした。ベッドの上で抱きあうのは、フォリーオでのあの夜以来だった。やがて彼は起き上がり、試験勉強を始め、電灯の暗さを何度も呪った。彼女も床を出て、彼の復習を手伝った。ふたりは、『イル・マッティーノ』の原稿を一緒に見直してから、夜中の三時にベッドに入り、抱きあって眠った。リラは安心だった。外は雨で、窓ガラスは揺れ、家にもまだなじみがなかったが、不安はなかった。ニーノの体が新鮮に思えた。長くて、薄っぺらくて、ステファノの体とは大違いだった。ニーノはにおいまで刺激的だった。彼女はなんだか自分が影の国からやってきて、本当の人生がある場所にようやくたどり着いたような気分だった。朝、床に足を下ろした途端、吐き気に襲われた彼女は、バスルームに駆けこんだ。でもニーノには聞かせたくなくて、ドアを閉じた。

91

同棲生活は二十三日間続いた。何もかも捨ててきて本当によかったというリラの安心感は時とともに増していった。結婚で得た裕福な暮らしはまるで惜しくなかったし、両親との距離も、リーノをはじめとする兄弟や幼い甥っ子との距離もつらくはなかった。いつかはお金が尽きるという心配すらしなかった。大切なことは、ニーノとともに目を覚まし、ともに眠ること。勉強をしたり、原稿を書いたりする彼のすぐ隣にいること。そしてふたりで活き活きと議論し、頭の中で渦巻く嵐を吐き出すこと。それだけだと思った。夜は彼と一緒に出歩き、映画に行ったり、本の発表会に行ったり、政治討論会に行ったりした。帰りはしばしば遅くなった。そんな時は、寒さや雨をしのぐためにぴったりと寄り添いあって、言い争ったり、じゃれあったりしながら、歩いて帰った。

一度、本も書くが映画も撮る、ある作家の講演を聴きにいったことがあった。作家は名をパゾリーニといった。何かと話題を呼ぶ有名人で、ニーノは以前から嫌っており、「あいつはホモ野郎だ。やたらと騒々しいばかりじゃないか」と口を歪めて馬鹿にしていた。だから最初はその講演会も乗り気ではなく、自分は家に残って勉強をすると言っていたが、興味津々だったリラに無理に連れていかれたのだった。会場は以前、ガリアーニ先生に言われてわたしがリラを連れていったあの文化サークルだった。パゾリーニの話に感激した彼女は、会場を出たあと、恋人を作家のほうに連れていこうとした。話をしてみたかったのだ。ところがニーノは余計に苛々してしまい、彼女を急かしてなんとかそこを離れようとした。特に、会場の前の歩道に若者たちが集まり、講演の聴衆に向かって罵声を上げ、やじを飛ばしているのに気づくと、彼は不安そうに言った。「急ごう。僕はあいつも嫌いだが、ああいう極右の連中も大嫌いなんだ」ところが幼いころから喧嘩騒ぎには慣れっこのリラはまるで逃げる気がなく、彼に路地のほうに引っ張られても、その手を逃れて高らかに笑い、若者たちをやじり返した。しかし、口喧嘩がいよいよ殴りあいに移ったところで、不意に彼女はニーノに抵抗するのをやめた。暴力を振るう若者たちのなかにアントニオがいるのに気づいたのだ。彼は目と歯をまるで金属のようにきらめかせていたが、残りの連中とは異なり、罵声は上げなかった。喧嘩に夢中でリラには気づかぬ様子だったが、せっかく楽しかった彼女の夕べはこの事件のせいで台無しになってしまった。帰り道ではニーノともいくらか角突きあわせることになった。パゾリーニの発言について意見がまったく合わなかったのだ。まるで、それぞれ別の場所で、別の演者の話を聴いてきたかのようだった。だが問題はそれだけではなかった。その晩、ニーノは、マルティリ広場の店でふたりが密会を重ねた長く刺激的な季節を懐かしむうちに、リラにどこかわずらわしさを覚えている自分に気がついてしまった。彼の不機嫌を察したリラは、それ以上の衝突を避けるため、自分が極右の集団のなかにメリーナの長男で幼なじみのアントニオを見たことは黙っていた。

ニーノは、もうその翌日から、彼女を連れて外出するのを嫌がるようになった。最初は、勉強があるから出かける暇がないと言い、それは事実でもあったが、そのうち彼は口を滑らせ、集会や講演に行った時の彼女の振る舞いがあまりに非常識だとなじった。

「どういう意味?」

「君は大げさなんだよ」

「どこが?」

ニーノは辛辣な口調で次々に例を挙げた。

「たとえば、大きな声で構わず感想を言うだろ? それで誰かに静かにしろと言われれば、今度は喧嘩をふっかける。あと、意見を言う時だって、いつまでも長々と続けて演者を困らせたりしてさ。非常識だよ」

それが非常識なことくらい、リラだって知っていた。ただ、ニーノと一緒ならば、何をするのも自由だと思っていたのだ。たとえ相手がどんな有名人でも、距離をひと息に縮めてみたり、馴れ馴れしく話しかけてみてもいいと思っていたのだ。事実、ソラーラ兄弟の靴屋では、そうして重要なお客さんもうまくもてなすことができたではないか。そうしたお客さんのひとりのおかげで、彼は最初の記事を『イル・マッティーノ』に掲載することができたのではなかったか。何を今さら？　「ニーノが控えめすぎるのよ」彼女は言い返した。「あんなひとたちよりあなたのほうがずっと優秀で、いつかずっと凄い仕事をすることになるって、まだわかってないんでしょ？」そして彼にキスをした。

しかしニーノはそれからの日々、なんだかんだと理由をつけて、夜はひとりで出かけるようになった。家に残って勉強をする時も、このアパートはあちこちで物音がしてうるさいといつまでも愚痴を言ったり、父親に金の無心に行かねばならないが、どこで寝るんだ、何をしてる、どこに住んでる、勉強はしているのかとうるさく言われるに決まってると不平を言ったり、リラが一件無関係そうなふたつの事柄をつなげる才能を披露しても、いつものように賞賛するどころか、首を横に振って、むっとしたりした。

まもなくニーノはあまりに不機嫌な上、試験勉強もひどく遅れていたので、勉強を続けるために、リラと一緒にベッドに入ることすらやめた。「遅いから、もう寝ましょう」と誘われても、彼はぼんやりと「先に寝ててくれ」と答えるばかりとなった。上掛けの下で彼女の体が描く曲線を眺めれば、そのぬくもりが恋しくもなったが、恐ろしくもあった。僕はまだ大学を卒業もしてなければ、仕事だってない。人生を無駄にしたくなければ、もっと頑張らないと駄目だ。ところがどうだ？　こんなところで、夫もあれば、子どもまで身ごもっていて、毎朝嘔吐するような女性と一緒にいる。彼女のせいで僕は堕落の一方じゃないか。『イル・マッティーノ』が彼の原稿を掲載してくれないとわかった時、ニーノはひどく苦しんだ。リラは彼を慰め、ほかの新聞に送ればいいじゃないのと言ってから、こう付け加えた。

「明日、わたしが電話してみる」

ソラーラの店で知りあった編集者にあの原稿の何が悪かったのか、電話で聞いてみるつもりだという。それを聞いて彼は怒鳴った。

「電話なんてするな」

「どうして？」

「あいつが興味を持ったのはそもそも僕なんかじゃない。君なんだよ」

「そんなの嘘」

「本当さ。僕だって馬鹿じゃない。君には迷惑をかけられっぱなしだな」

「どういうこと？」

「君のアドバイスなんて聞いたのがまずかったんだ」

「わたしが何をしたって言うの？」

「おかげで頭が混乱したんだよ。まるでぽたん、ぽたんと滴る水みたいじゃないか。そっちの言うとおりに書かなければ、直せ、直せって、いつまでもしつこくってさ」

「あの原稿はあなたが考えて、自分で書いたものでしょ？」

「そうさ。それをどうして、四回も書き直させたんだよ？」

「直そうって言ったの、そっちでしょ？」

「リナ、ひとつはっきり言わせてくれ。君は何か、自分の好きなことをやれよ。また靴を売るのもいいだろう。サラミやハムを売ったっていい。だがね、自分じゃない自分になろうとして、僕の人生を台無しにするのはやめてくれ」

ふたりが同棲を始めて二十三日がたっていた。誰にも邪魔されず愛しあえるようにと、神々がふたりを雲の中に隠してくれたような日々だった。彼の言葉はリラの心の奥深くを傷つけた。だから彼女は言った。

「出てって」

ニーノはセーターの上にジャケットを猛然とまとうと、玄関のドアを後ろ手に勢いよく閉じて、出ていった。

リラはベッドに腰かけ、考えた。十分もすれば戻ってくるだろう。教科書もノートも、髭のクリームも髭剃りも、みんな置いてっちゃったもの。それから彼女は泣きだした。どうしてわたしは、彼と暮らせるだなんて、彼を助けられるだなんて思ったのだろう。全部わたしのせいだ。自分の頭を空っぽにしたいがために、きっとニーノに何か間違ったことを書かせてしまったんだ。

彼女はベッドに入り、待った。ひと晩中待ったが、ニーノは翌朝もその後も帰ってこなかった。

92

これからわたしが話すことは、異なる時期に複数のひとから聞かされた話をまとめたものだ。まずはニーノについて。カンピ・フレグレイの部屋を出た彼は、実家に逃げこんだ。母親は息子の帰りを喜び、以前よりもずっと優しく扱った。一方、父親とは一時間もせぬうちに喧嘩になり、罵声が飛び交った。ドナートは、出ていくんだか行かないんだかはっきりしろと方言で息子に怒鳴りつけ、誰にも断らずに一カ月も姿を消しておいて、金が必要な時しか帰ってこないというのが何より許せない、自分で稼いだみたいな顔しやがって、となじった。

ニーノは自室にこもり、長い自問自答を重ねた。できるものなら、それこそすぐにでもリラの元に駆け戻り、許しを請い、愛していると叫んでしまいたかったが、冷静に状況を分析してみれば、自分は罠にかかったのだ、でも僕のせいでも、リナのせいでもない、すべては欲望のせいだ、という結論が出た。彼は考えた。たとえば、今はリナのところに帰りたくてたまらない。彼女にキスの雨を浴びせ、きちんと責任を取りたい。でも僕の別の部分は、自分が今日、絶望にかられて取った行為の正しさを知っている。リナは僕にはふさわしくない女性だ。彼女は妊娠しており、お腹の中にあるものが僕は恐い。だからあそこには絶対に帰ってはいけない。むしろブルーノのところに急ぎ、あいつに金を借りて、エレナのようにナポリを出て、どこか遠くで大学に通うべきだ。

ひと晩中、彼は考え、翌日も丸一日、時にはリラを渇望する気持ちに負けそうになり、また時には冷徹な思考に必死にしがみついて、考え続けた。そして、彼女の礼儀知らずな純粋さを思い、学はないくせに異様に知的なところを思い、もの凄い洞察力のたまものかと思いきや、実は適当に言っただけの思いつきで自分を振り回した、彼女の力を思った。

その晩にはブルーノに電話をかけ、熱に浮かされたような状態で友人の家を目指した。雨の中をバス停まで走り、正しいバスに飛び乗った。しかし急に考えを変えて、ガリバルディ広場で降り、地下鉄でカンピ・フレグレイ駅に向かった。リラを抱きしめたくてたまらなかった。部屋に着いたらすぐに抱こう。立ったままでいい、玄関の壁に手をつかせて、抱こう。それが今は何よりも大切なことに思えた。それからのことはあとで考えればいい。

辺りは暗かった。彼は雨の中を急いで歩いた。だから、真向かいからやってくる黒い影にも気づかなかった。激しく突き飛ばされて、倒れた。その瞬間、長いリンチが始まり、蹴られては殴られ、殴られては蹴られた。襲撃者の男は同じ台詞を飽きずに繰り返したが、その声に怒りの色はなかった。「彼女とは別れろ。二度と会うな。二度と触れるな。わかったら言え、〝彼女とは別れます〟と。さあ言え、〝もう二度と会いません。もう二度と触れません〟だ。この糞ガキが、人様の女を横取りするのがそんなに楽しいか。さあ言え、〝すみませんでした、彼女とは別れます〟だ」

ニーノは命じられたとおりに繰り返したが、男は攻撃をやめてくれなかった。痛みよりも、恐ろしさのあまり、彼は気を失った。

93

ニーノを痛めつけたのはアントニオだった。だが彼は、その出来事を主人にはほとんどまともに伝えなかった。つまり、ミケーレからサッラトーレの息子は見つかったかと尋ねられた時は、見つけたと答えた。続いて、緊迫も露わな口調で、じゃあリラも見つかったのかと聞かれると、見つからなかったと答えた。そして、結局、彼女の消息は何かつかめたのかと問い詰められると、行方はわからないが、カッラッチ夫人とサッラトーレの息子が怪しい関係にあるというようなことだけは、まずあり得ないとわかったと断言したのだ。

当然それは嘘だった。アントニオは相当早いうちにニーノとリラを発見していた。偶然だった。左の連中を叩きのめす仕事で出かけた時のことだ。幾人かの顔をぶん殴ってから、彼は乱闘を抜け出して、逃げてゆくふたりを追った。そしてどこに住んでいるかを突き止め、一緒に暮らしていることを知り、続く数日の観察により、ふたりが日がな一日何をしているのか、どんな暮らしをしているのかをすべて理解した。そうして眺めていると、彼は賞賛と羨望を同時に覚えた。賞賛はリラに向けられたものだった。彼にはよくわからなかったのだ。どうしたらあんな一文無しの学生のために、贅沢な家から、夫から、二軒の食料品店から、自家用車から、靴から、ソラーラ兄弟まで、何もかも捨てることができるんだ？ しかもそいつのせいで、こんな、ほとんど俺たちの地区よりもひどい場所に暮らすことになってまで？ あの娘はなんなんだ？ 勇敢なのか、頭がおかしいのか、どっちなんだ？ 次にアントニオは、ニーノに対する自分の羨望を分析した。何より忌々しかったのは、かつて彼の恋人であったわたしが惚れた、あの痩せぎすで不細工な最低野郎に、リラまでが惚れたという事実だった。サッラトーレの息子のどこがいいんだ？ アントニオは考えた。昼も夜もその問いが頭を離れず、ついにはある種の強迫観念となり、神経に症状が出た。特に両手のチックがひどく、手を揉みあわせ、祈るように組む仕草を繰り返すようになった。ついに彼は決意した。リナを解放しなくてはいけない。今はもしかすると彼女自身、解放してもらいたいなどとはまったく思っていないかもしれないが、それでもやらなくては。ことの善悪をひとが理解するまでには、なかなか時間がかかるものだ。本当の人助けとはまさに、そんな風に誰かがその時できないことを肩代わりしてやることなのだ。アントニオはそう考えた。ミケーレ・ソラーラは彼にサッラトーレの息子を痛い目に遭わせろとは命じなかった。それは確かだ。ミケーレは敢えてもっとも重要な情報を教えてくれなかった。だからアントニオにしても、本来ならばそこまで手荒な真似をするいわれはなかった。ニーノに対する暴行は彼が自分で決めたことだった。リラからニーノを引き離し、彼女がなぜか捨ててしまったものを元どおりに返してやりたいという気持ちもあったが、殴りたいから殴ったという部分もあった。ただし、アントニオはニーノ本人に恨みがある訳ではなかった。ニーノなど彼に言わせれば、女みたいに生白い肌をした、ひょろ長くてもろい骨ばかりの、つまらない軟弱男に過ぎなかった。むしろ気に障ったのは、わたしとリラがそんなニーノに与えたやけに高い評価のほうだった。

そうした話をずいぶんあとになってアントニオの口から聞かされた時、わたしは正直に言えば、彼の気持ちがわかる気がした。当時、自分の残忍な感情に苦しんだであろう彼がかわいそうになって、その頰をなでてやったほどだ。するとアントニオは頰を染めて、自分が怪物ではないことを証明するように、もごもごと言った。「あのあと、俺、あいつを助けてやったんだ」つまり、彼はニーノを立ち上がらせると、まだぼんやりしている相手を薬局の前まで連れていき、そこに置き去りにした。そして、地区に戻ってパスクアーレとエンツォに会いにいった。

ふたりは会うには会ってくれたが、不承不承もいいところだった。アントニオをもはや友とはみなしていなかったのだ。特に彼の妹の婚約者でありながら、パスクアーレの態度は厳しかった。だがアントニオはもう気にしなかった。ソラーラ兄弟側への自分の寝返りに対するふたりの恨みなど、せいぜいふくれ面程度の話で、三人の友情にはなんの障りもないというふりを通した。彼はニーノのことは一切明かさず、リラの居所をつかんだこと、彼女を助けてやらねばならないということだけを説明した。

「助けるったって、なんで助けがいるんだよ?」パスクアーレがつっけんどんに聞いた。

「家に連れて帰ってやらないといけないんだ。リナはレヌッチャのところなんて、行っちゃいなかった。カンピ・フレグレイのひどいぼろ屋に暮らしてるんだよ」

「ひとりで?」

「そうだ」

「でも、どうしてリナはそんなところに行ったんだ?」

「知らない。声はかけなかったから」

「どうしてまた？」

「ミケーレの命令で彼女を探していたからだ」

「この薄汚いファシスト野郎め」

「俺はそんなたいしたものじゃない。自分の仕事をしただけだ」

「よく言うぜ。それで結局、どうしたいんだよ？」

「ミケーレには、リナを見つけたことをまだ言ってない」

「それがどうした？」

「俺も仕事を失う訳にはいかない。稼がなきゃいけないからな。嘘がばれれば、ミケーレのところは首になる。だから、お前たちがリナを家まで連れて帰ってやってくれ」

そこでパスクアーレにまた手ひどく罵られたが、アントニオはまるで相手にしなかった。ただ、リラがあの夫とその他もろもろを捨てたのは正解だったと妹の許婚が言った時は、少しかちんときた。彼女がようやくソラーラ兄弟の店から足を洗い、ステファノとの結婚は間違いだったと気づいて家を出たのならば、わざわざ連れ戻すつもりは自分にはさらさらない、パスクアーレはそう言ったのだ。

「じゃあ、カンピ・フレグレイでひとりぼっちにしておけって言うのか」アントニオは困った顔で聞き返した。「ひとりぼっちで、おまけに一文無しだぞ？」

「何が悪い？　俺たちは金持ちだとでも言うのか？　リナはもう大人だ。酸《す》いも甘いもよくわかってる。彼女がそこで生きようと思ったなら、それなりの理由があるはずだ。そっとしておいてやろうじゃないか」

「でもリナは、俺たちみんなをいつだって助けてくれたじゃないか」

リラにもらったお金のことをそうして指摘されると、パスクアーレも恥ずかしくなった。そこで、富める者と貧しき者について、彼らの地区とその外に生きる女性たちが置かれた現状について、あやふやな口調でありがちな論評をしてから、彼女にいくらか金を援助してやろうという話であれば、自分もやぶさかではないと言った。しかし、その時までずっと黙っていたエンツォがいかにもうるさげな仕草でパスクアーレを黙らせると、アントニオに言った。

「住所を教えろ。リナに会って、どういうつもりなのか聞いてくる」

94

彼は本当にリラを探しにいった。それも次の日に。地下鉄に乗り、カンピ・フレグレイ駅で降り、住所の通りを探し、アパートの入口を探した。

エンツォについて、当時のわたしが知っていたことと言えば、彼は自分の周りの状況が何ひとつ、文字通り何ひとつとして気に入っていなかったということだけだ。母親の泣き言も気に入らず、弟たちを養う負担も気に入らなかった。青果市場を仕切るカモッラも気に入らなかったし、荷馬車で野菜を売り歩く仕事も、稼ぎは小さくなる一方で気に入らなかった。パスクアーレの左寄りな政治談義も気に入らず、カルメンとの婚約も気に入らなかった。ただ感情を押し隠すタイプだったので、エンツォが本当のところ何を考えているのかは他人にはなかなかわからなかった。わたしはカルメンから、彼が内緒で勉強をしていると聞かされていた。独学で工業技師の資格を取ろうとしていたのだ。その話になった時――あれはクリスマスのころだったろうか――彼女はこんなことも言っていた。春に兵役から戻ってきてからこのかた、彼は何度かキスをしてくれただけで、それ以上は何もない。それから彼女は忌々しげにこう付け加えた。

「もしかしたら彼、まともな男じゃないのかも」

それは男があまり相手にしてくれない時、わたしたち若い娘がよく使った言い回しだった。エンツォはまともな男なのだろうか、違うのだろうか？　わたしは――というより、わたしたちはみな――男性の持つ謎めいた心理が少しもわかっていなかった。だから、彼らが理解不能な行動に出るたび、その言い回しを使った。一部の男たちは――ソラーラ兄弟もそうならパスクアーレもそう、アントニオにドナート・サッラトーレもそうなら、高等師範学校時代のわたしの恋人、フランコ・マーリもそうだった――わたしたちをほしがった。意思表示の仕方こそ、攻撃的だったり、腰が低かったり、ぞんざいだったり、慎重だったりとそれぞれ異なっていたが、いずれにしても、疑いの余地なく、彼らは女性を欲した。ところが男性のなかには、アルフォンソにエンツォ、ニーノのように、こちらも表現はそれぞれ違ったが、女性に冷ややかな態度を示す者たちがいた。あたかもわたしたちと彼らのあいだには壁があって、その壁を苦労して乗り越える役目は、お前たち女のものなのだとでも言いたげな態度だった。エンツォは軍隊から帰ってきてから、この傾向がさらに強くなり、女性の歓心を買う努力を一切しないだけではなく、実のところ、世界の何ごとに対しても一切媚を売ろうとしなくなった。元々背の低かった体まで、まるで自ら圧縮でもしたかのようにますます小さくなり、今や、ぎゅっと凝縮されたエネルギーの塊みたいだった。顔の皮膚は骨の上で日よけのシートみたいに張りつめ、歩き方まで変わった。二本の脚がコンパスのように前後するばかりで、その他の部分は腕も首も頭もみじんも動かさず、赤みを帯びた金髪のおかっぱ頭もそよとも動かなかった。リラに会いにいこうと決めた時、彼がその決意をパスクアーレとアントニオに伝えたのは、ふたりと意見を交わすためではなかった。むしろそれは、芝居の脚本の短いト書きと同じで、あらゆる議論を中断する力を持った言葉だった。彼は住所の通りを見つけ、アパートの入口を見つけ、階段を上ると、目的のドアの呼び鈴をためらうことなく鳴らした。

95

ニーノが十分たっても、一時間たっても、次の日になっても帰ってこなかったので、リラはへそを曲げた。捨てられたというよりは、侮辱された気がした。リラ自身、自分が彼にふさわしくないことは前々から認めていたが、それでも、たった二十三日で彼女の人生から姿を消すという乱暴なやり方で、彼からその事実を証明されたのはひどくつらかった。怒りにかられて、彼が残していったものはすべて捨てた。本もパンツも靴下もプルオーバーも捨て、ちびた鉛筆一本にいたるまで、捨てた。みんな捨ててしまってから後悔して、大泣きした。涙がついに涸れると、自分が醜く、デブで、愚かな女に思えてきた。惨めだった。しかもその惨めさの原因は、彼女が愛し、また愛されているものと信じていた、あのニーノへの恨めしさなのだった。部屋は突如として本来の姿を見せた。そこは町の騒音が筒抜けの薄い壁で囲まれた殺風景な空間だった。悪臭にも、玄関のドアから忍びこんでくるゴキブリの姿にも、湿気が残した天井の染みにも、リラは気がついた。そして、幼い日々と同じ暮らしがすぐそこで自分を待ち伏せしていたのを初めて知った。といっても、それは夢見がちなほうの幼い日々ではなく、非情な剝奪と脅迫と暴力に満ちた日々のほうだ。そこで彼女ははっと気がついた。少女時代からわたしと彼女を支え続けてくれた夢——裕福になりたいという夢——がいつの間にか頭の中からなくなっていたのだ。カンピ・フレグレイの貧困はわたしたちの育った地区のそれに輪をかけてひどいものと彼女の目には映った。しかもお腹の赤ちゃんのために今後の見通しはなお深刻であり、持ってきたお金もわずかな日々のあいだにすっかり使い果たしてしまっていた。それでも彼女には裕福さというものがもはや努力の先に待っている褒賞とも、代価とも思えず、少しも魅力を感じなかった。子ども時代のわたしたちは富の象徴として、金貨や宝石でいっぱいの宝箱を夢見ていた。それが思春期になるとお札に替わった。使い古され、嫌なにおいのする紙幣だ。彼女が食料品店で働いていたころはレジの引き出しの中で、マルティリ広場の店ではカラフルな金属の缶の中で、山をなしていたお札だ。だが、もはや紙幣はほんのちっぽけな輝きさえ失ってしまった。お金というもの、そして、ものを所有するということ、その両者の関係に彼女は失望していたのだ。自分のためはもちろん、生まれてくる子どものためにだって、もう何もほしくなかった。彼女にとって裕福になるということは、すなわちニーノと一緒になることであったから、その彼が去ってしまった今や、どんなお金にも消すことのできない種類の貧しさを感じていた。その新たな貧苦には解決策がなかったから——自分が幼いころから犯してきた数多《あまた》の過ちがひとつに合流し、今度の過ちにつながったとリラは考えていた。自分がニーノなしではいられなかったように、向こうも彼女なしではいられなくなるものと思いこみ、ふたりは特別な運命で結ばれているものと思いこみ、愛するふたりの幸運が永遠に続き、その幸運の前ではどんな必要もひれ伏すと思いこんだ。それが過ちだった——彼女は罪を自覚し、もう二度と外に出ず、彼も探さず、食事もせず、何も飲まぬことにした。そしていつか、自分の命とお腹の子どもの命が完全に輪郭を失って曖昧模糊とした存在になり、彼女を余計に不機嫌にしている捨てられたという意識が頭の中にひとかけらも見当たらなくなるまで待とうと決めた。

それから、玄関の呼び鈴が鳴った。

ニーノだと思って、リラはドアを開けた。すると、そこにいたのはエンツォだった。彼だとわかっても、がっかりはしなかった。何か果物でも持ってきてくれたのかと思ったのだ。昔、小学校の校長とオリヴィエロ先生の希望で開かれたあの算数の試合でわたしに負けた時も、石をぶつけてわたしに怪我をさせた時も、エンツォは果物を持ってきてくれたじゃないか……。彼女はいきなり笑いだした。エンツォはそんなリラの反応に危ういものを感じた。そして部屋に上がったが、礼儀としてドアは開けておいた。近所の人間に、彼女が娼婦のように取っかえ引っかえ男を迎える女だと思われたくなかったのだ。彼は部屋の様子を見つめ、彼女の乱れた格好にさっと目をやった。まだ腹は目立っていなかったから、妊娠には気づかなかったが、間違いなく助けが必要だと結論した。リラは相変わらず素っ頓狂な笑い声を上げていたが、彼はまるで感情のにじまぬ、いつもの真剣な口調で告げた。

「一緒に来るんだ」

「どこに連れていく気？」

「お前の旦那のとこだ」

「あのひとに言われて来たの？」

「違う」

「じゃあ誰？」

「誰にも頼まれちゃいない」

「どこにも行かないわ」

「それなら、俺もお前とここに残る」

「ずっといる気？」

「お前が腹をくくるまでいる」

「仕事はどうするの？」

「あんな仕事は飽き飽きだ」

「カルメンはどうするの？」

「お前のほうがずっと大切だ」

「彼女に言っちゃうから。捨てられちゃうよ？」

「俺が言う。もう決めたことだ」

それから彼は冷静な小声でリラに話しかけたが、笑いながら馬鹿にしたように答える彼女の様子は、まるでふたりの言葉がどれもこれも嘘で、大昔に消滅した世界に人々、感情について話しあうゲームでもしているかのようだった。エンツォは気づいて、しばらく黙りこんだ。それから部屋を巡り、彼女の旅行鞄を見つけると、家具の引き出しとタンスにあったものをすべて入れた。リラは彼のやりたいようにさせておいた。彼が生身のエンツォではなくて、映画館の銀幕に映るような、色のついた影法師に思えたからだ。いくら言葉はしゃべっても、しょせんは光のいたずらだと思っていた。鞄の用意ができると、エンツォはまたリラと向きあい、例の真剣かつ淡々とした口調で、驚くべきことを言った。

「リナ、俺は小さなころからお前が好きだった。今まではっきりと言ったことがなかったのは、お前は凄くきれいだし、頭もいいのに、こっちはちびで、顔だってみっともなくて、なんの取り柄もない男だからだ。お前にはこれから、旦那のところに帰ってもらう。どうしてあいつを捨てようと思ったのかは知らないし、知りたくもない。ただお前は、こんなゴミ溜めみたいなところにいちゃ駄目だ。

もっとましな暮らしがふさわしい女だ。それだけは俺にもわかる。お前たちのアパートの下まで、俺もつきあう。そして、そこで待とう。もしも旦那がお前に手荒なことをするようなら、俺が上がっていって殺してやる。だがそんなことにはならないだろう。戻れば、喜ぶはずだよ。でも、ひとつ約束をしよう。万が一、あいつとうまくいかなかったら、お前をわざわざ連れ帰ったのはこの俺だから、また俺が引き受けにいく。それでいいか？」

リラは笑うのをやめ、目を凝らし、彼の言葉に初めてじっと耳を傾けた。その時まで、彼女とエンツォの関係は実に希薄なものだった。それでもふたりが交差する場面に立ち会うたび、必ず驚かされたのをわたしは覚えている。ふたりのあいだに、幼少期の混乱にルーツを持つ何か定義しがたいものがあるのを感じたからだ。恐らくリラはエンツォのことを昔から信用しており、頼りにしていい人間だと感じていたのではないだろうか。若者が彼女の旅行鞄を手にし、開いたままのドアのほうへと向かった時、彼女は一瞬迷ってから、そのあとに続いた。

96

リラを家に連れ戻した晩、彼女と夫の部屋の窓の下でエンツォは本当に待った。もしもステファノが彼女に手を上げていたならば、恐らくは部屋に乗りこみ、殺していたはずだ。しかしステファノは暴力を振るわなかった。それどころか、よく片付いた清潔な家で、大喜びで彼女を迎え、妻がまるで本当にピサのわたしを訪ねてでもいたかのように振る舞った。彼女のピサ行きを示す証拠がひとつもなかろうが全然構わないようだった。一方のリラも言い訳はせず、ピサに行ったとも、どこに行っていたとも言わなかった。翌日、彼女は起きがけに、「赤ちゃんができたの」とステファノに渋々告げた。すると彼は大喜びをした。彼女が、「あなたの子どもじゃないわ」と続けても、彼は嬉しさのあまり、心から楽しそうに笑うばかりだった。リラが怒りをつのらせながら同じ台詞を二度三度と繰り返し、拳を握って叩こうとすると、彼は妻を撫でよう、キスしようとしながら、こうささやいてきた。「リナ、わかったよ。もうわかったから、やめてくれ。嬉しすぎてどうにかなりそうだよ。手荒い真似をしたことは反省してる。でも、もうやめよう。だからお前も、そういうひどいことはもう言ってくれるな」そして彼は、幸福な涙をいっぱいに浮かべた目をぬぐうのだった。

つらい真実から身を守るためにひとが自分に嘘をつくことがあるのは、リラも知っていた。それでも驚いた。夫があんなにも嬉しそうに自分をだませるとは思ってもみなかったのだ。とはいえ、彼女にとってはもはや夫のことも、自分自身のことも、どうでもよかった。だからさらに何度か、「あなたの子どもじゃないわ」と無感動に言うと、あとは、妊娠のもたらすぼんやりとした状態のうちにこもった。そんなに悲しみを先送りしたいなら、勝手にすればいい。そう思ったのだ。どうせあとで苦しい思いをすることになるのだから。

次に彼女は、自分がしたいこととしたくないことを夫に伝えた。マルティリ広場の店でも、食料品店でも二度と働きたくない。誰にも会いたくない。友だちにも親類にも会いたくない。なかでもソラーラ兄弟にだけは絶対、会いたくない。その代わりこれからはずっと家にいて、妻と母親をやりたい。そうした彼女の要求をステファノは呑んだ。どうせ幾日もせぬうちに気が変わるだろう、そう思ったのだ。ところがリラは本当にアパートにこもりっぱなしとなり、ステファノの商売にも、兄と父親の仕事にも、夫の一族の出来事にも、自分の一族の出来事にも、まったく関心を示さなくなった。

二度ばかりピヌッチャが、赤ん坊のディーノことフェルナンドを連れて、訪ねてきたことがあったが、リラは家に入れなかった。

一度、リーノが来たこともあった。ひどく不機嫌な兄をリラは入れてやり、黙って話を聞いた。彼女が店からいなくなったのをソラーラ兄弟がもの凄く怒っている。チェルッロ製靴の経営が苦しいのは、ステファノが自分勝手で、工場に投資をしてくれなくなったせいだ。そんな話だった。ようやく彼が黙ると、リラは言った。「リーノ、あなたは長男で、もう立派な大人で、奥さんに子どももだっているの。だからお願い。こんな風に、なんだかんだとわたしにすがるのはもうやめて、これからは、自分の力で生きてちょうだい」リーノは相当にがっかりしたらしく、泣き言を言ってから、暗い顔で出ていった。彼の言い分はこうだった。みんなますます金持ちになるというのに、俺だけは、家族のこともチェルッロの一族のことも考えないお前のせいで、すっかりカッラッチの人間になったつもりでいる妹のせいで、せっかく手にしたわずかな成功さえ失いかけてるじゃないか。

ミケーレ・ソラーラまでわざわざ会いにきた。それも最初は、ステファノがいないとわかっている時刻を狙いすまして、一日に二回もやってきた。だが彼女は決してドアを開けず、いつも台所で息を殺し、じっと椅子に座って動かなかった。ある時など、諦めて帰るミケーレが、外の道からこう怒鳴ったこともあった。「何様のつもりだ、この下種女が。覚えておけ、お前は俺との約束を勝手に破ったんだぞ」

リラが喜んで家に上げたのはヌンツィアと、ステファノの母、マリアだけだった。ふたりは彼女の妊娠の経過を注意深く見守ってくれた。そのうちつわりはなくなったが、顔色の悪さは相変わらずで、体の外側よりも内側が大きく膨らんだような気が彼女はしていた。あたかも体という袋の中で、臓器のひとつひとつが太りだしたような感覚だった。自分のお腹が、赤子の息吹で膨らんでいく、肉でできたシャボン玉みたいに思えた。そんな体の膨張がリラは恐ろしかった。昔から一番恐れてきた例の現象が起きるのではないかと思ったのだ。自分は壊れ、あふれ出してしまうのではないか。それがある時から急に、自分の中にいるその生き物が愛しくなった。嘘みたいな形態をした生命、やがてゼンマイ仕掛けの人形のように彼女の性器から出てくるはずの、膨張を続けるその塊が愛おしかった。そして赤ん坊を通じて、リラは我に返った。自分があまりに無知であり、このままではどんな間違いをするかわからないという不安から、妊娠とは何か、お腹の中で何が起きるのか、いかにして出産に備えるべきかについて記した本を手当たり次第に読みだした。それから出産までの日々は、ほとんど外出をしなかった。自分の服や家の飾りなどを買うのはもうやめて、母親には新聞を少なくとも二紙、アルフォンソには雑誌を買ってきてもらい、それ以外のことには一切お金を使わなくなった。一度、カルメンが無心のために立ち寄った時も、用立てならステファノに頼んでくれ、わたしは持ってないと断り、相手をがっかりさせた。もはや誰にどう思われようが彼女は構わなかった。自分の赤ん坊だけが大切だった。

この一件でカルメンは傷つき、リラをそれまで以上に憎むようになった。仲よく一緒に働いていた新しい食料品店をリラが勝手に抜け、ひとり取り残された一件でも恨んでいたが、お金のことでけちけちされて余計に腹が立ったのだ。さらに、行方不明になったと思ったら、のこのこ戻ってきて、今までどおりに奥様の役を演じ、素敵な家もそのままなら、子どもまで生まれるというのも許せなかった。カルメンは自分の不満を隠すことなく触れ回った。性悪女ほど、いい思いができるってわけさ……。ところが彼女のほうは、朝から晩まで汗水流して働いても、幸せになるどころか、起きるのは悪いことばかりだった。父親は獄死し、母親の死にいたっては思い出すのも嫌だった。そして今度はエンツォまで失ってしまった。ある晩、店の前で待っていた彼から、婚約を破棄したいと言われてしまったのだ。いつもどおりの口数の少なさで、それ以上、なんの説明もなかった。彼女はすぐに兄に泣きつき、パスクアーレもエンツォに会って説明を求めたが、やはり無駄で、それ以来、彼らは口を利かなくなった。

復活祭の休暇でピサから帰ったわたしは、地区の公園でカルメンに会い、愚痴を聞かされた。彼女は泣きながら言うのだった。「わたし馬鹿だから、彼が軍隊に行ってるあいだずっと待ったわ。それに、やっぱり馬鹿だから、朝から晩まではした金のために働いてるの」要は、何もかもうんざりだという話だったが、続いて彼女はなんの脈絡もなくリラをけなし始め、果ては、あの子はミケーレ・ソラーラと関係を持ったとまで言った。リラとステファノの住むアパートの辺りをうろつくミケーレの姿が何度も目撃されたのが、その証拠だという。「つまり不倫と金で、あの子はうまく世渡りしてるってこと」辛辣な声でカルメンはそう結論した。

一方、ニーノの噂は一切、聞こえてこなかった。奇跡のような話だが、ニーノとリラの駆け落ちを地区の住民は知らなかった。わたしはその休暇のあいだにアントニオから、彼がニーノを叩きのめし、その後、エンツォにリラを迎えにいかせたと聞かされた。ただし彼はその話をわたしにしかしなかった。多分、そのまま一生、ほかの誰にも話さなかったのではないかと思う。アルフォンソから手に入れた情報も少しあった。わたしに厳しく問い詰められて、彼が白状したのだ。マリーザから彼が聞いた話では、ニーノはどうもミラノの大学に行ったらしかった。復活祭前日の土曜日に大通り《ストラドーネ》沿いで偶然リラと会った時、わたしは彼らの情報のおかげでちょっとした優越感にひたることができた。わたしは彼女の人生について当の本人よりも多くを知っており、しかも情報を総合すれば、彼女はニーノをわたしから奪っておきながら、たいしていい思いもできずに失恋したようだったからだ。

リラのお腹はもうずいぶんと大きくなっていた。痩せっぽちな体から突き出たこぶか何かのようだった。顔も、妊婦らしい健康的な美しさはなく、むしろ普段より醜く、血の気がなくて、大きな頬骨の上の肌はぴんと張りつめていた。お互い、彼女の容貌については気にせぬふりをした。

「元気にしてた？」

「うん」

「お腹、触ってもいい？」

「いいよ」

「で、あれからどうなったの？」

「なんの話？」

「ほら、イスキアで」

「彼とは終わったわ」

「残念ね」

「そっちは最近どう？」

「勉強してるわ。大学の寮に入れてもらって、必要な本もみんなもらえるの。恋人らしきものもできたわ」

「らしきもの？」

「うん」

「名前は？」

「フランコ・マーリ」

「仕事は？」

「やっぱり学生」

「その眼鏡、凄くよく似合ってるよ」

「フランコがプレゼントしてくれたの」

「その服も？」

「そう、彼の贈り物」

「お金持ちなんだ」

「うん」

「よかったね。勉強はどう？」

「大変よ。頑張らないと追い出されちゃうもの」

「油断しちゃ駄目よ」

「うん、気をつける」

「楽しそうね」

「どうかな」

予定日は七月で、海水浴に行くよう勧めてくれたのと同じ医師に診てもらっているとのことだった。地区の助産婦ではなく、きちんとしたお医者さんだ。「だって赤ちゃんが心配だから。わたし、家では産みたくないの」リラはそう言った。家より病院で産んだほうが安全だと何かで読んだらしい。彼女は微笑み、お腹に手をやると、少しよくわからないことを言った。

「わたし、この子がいるから、まだここにいるの」

「赤ちゃんがお腹の中にいる感触って素敵？」

「全然。ぞっとして鳥肌立っちゃう。でも、やっぱり嬉しいものよ」

「ステファノは怒った？」

「あのひと、自分に都合のいい風に解釈してるみたい」

「都合のいい風？」

「妻はしばらく頭がおかしくなって、ピサのエレナのところに逃げだしました、ってこと」

わたしは何も知らなかったふりで、驚いてみせた。

「ピサ？　リラがわたしのところに来たってこと？」

「そう思ってるわ」

「じゃあステファノに聞かれたら、わたしも〝そのとおりです〟って言わなきゃ駄目なの？」

「どっちでもいいよ」

手紙のやりとりをする約束をして、わたしたちは別れた。しかし結局はどちらも一通も書かず、わたしも彼女の出産がどうなったのか、進んで知ろうとはしなかった。時おり、ある思いが心で頭をもたげそうになるたび、わたしはそれをすぐに抑えこみ、意識の表層まで浮かび上がらせまいとした。何か事件が起きればいい、リラの赤ちゃんなんて生まれなければいい。わたしはそう願っていたのだ。

97

あのころ、わたしはよくリラの夢を見た。たとえばある時の夢では、レースのいっぱいついた、緑色のネグリジェを着た彼女がベッドに寝ていた。頭はなぜか、実際には一度もしたことのないおさげ髪だった。腕には、ピンク色の服を着た女の子を抱いていて、悲しげな声で彼女は何度も何度も、

「写真を撮ってくださいでもわたしだけですよ。娘は撮らないで」と繰り返していた。またある時の夢では、わたしを嬉しそうに迎えてくれ、それから娘を呼ぶのだが、その子の名がわたしと同じなのだった。「レヌー、おいで。おばさんに挨拶なさい」ところが、呼ばれて現れたのは、太った巨人女で、しかもわたしたちより、ずっと年寄りだった。それからリラはわたしに、娘を裸にして洗ってやり、おしめと産着を替えろと命じた。目が覚めたわたしは、アルフォンソに電話をして、リラの子どもが無事生まれたか、彼女は喜んでいるのか聞いてみようかと思った。ところが勉強で忙しかったか、試験があったかで、結局、忘れてしまった。八月になり、勉強も試験も終わって夏休みに入っても、わたしは帰省しなかった。親には手紙でちょっとした嘘をついて、フランコと一緒にトスカーナのヴェルシリア地方に行き、彼の一族のアパートで過ごしたのだ。あの夏、わたしは生まれて初めてビキニを着た。大胆な女になった気がしたのを覚えている。

クリスマス休暇でナポリに戻った時、カルメンから、リラの陣痛は相当に激しかったと聞かされた。

「あの子、死にかけたんだよ。医者もとうとうお腹を切るしかなかったみたい。じゃなきゃ、あの坊主も危なかったんだから」

「男の子なの？」

「うん」

「元気？」

「うん、すっごく可愛いよ」

「リナはどう？」

「太ったね」

ステファノは息子に自分の父親と同じ、アキッレという名をつけたがったが、リラは反対した。久しく聞かれることのなかった夫婦喧嘩の叫び声は病院中に響き、ふたりは看護婦たちに叱られた。結局、男の子はジェンナーロと名付けられた。略すればリーノ、つまり、リラの兄と同じ名前だ。

そんな話をわたしは黙って聞いた。なんだか不愉快で、顔にその気持ちを出すまいと、冷静な態度を守ったつもりだった。するとカルメンに言われてしまった。

「わたしひとり話しっぱなしで、そっちはだんまりだもの。なんだかテレビのアナウンサーにでもなった気分よ。レヌッチャ、わたしたちのことなんて、もうどうでもいいと思ってない？」

「そんなことないよ」

「ひとりだけきれいになっちゃってさ。声まで変わったよ」

「もっとひどい声だったってこと？」

「前はわたしたちと同じ声をしてたってこと」

「じゃあ、今は？」

「前ほどじゃないね」

わたしは一九六四年十二月二十四日から一九六五年一月三日まで、十日間、地区にいた。でも、リラに会いにはいかなかった。彼女の子どもを見たくなかったのだ。口元か鼻か、目元か耳にでも、ニーノの面影を見てしまうのではないかと不安だった。

実家ではもはや、急ぎ足で挨拶に立ち寄った名士のような扱いを受けるようになっていた。父さんはいつもわたしをほれぼれと眺めた。こちらもその満足げな視線をひしひしと感じたが、いざ話しかけてみると、妙にどぎまぎされてしまうのだった。何を勉強しているんだとも、その勉強がなんの役に立つんだとも、どんな仕事をするつもりだとも聞いてもらえなかった。父さんだって本当は知りたかったはずだが、わたしの返事が理解できないのではないかと恐れ、口をつぐんでしまうのだった。

一方、母さんは家の中を苛々と動き回り、その独特な足音を聞けばわたしは、自分がかつて彼女のようになってしまうことをどれだけ恐れていたかを思い出した。だが幸い、母さんからはずいぶんと遠ざかることができた。向こうもこちらのそんな感慨に気づき、恨めしく思っている気配だった。それでも相変わらずわたしは、母さんに話しかけられるたび、自分が何かひどいことをしでかしたみたいな気分になった。どんな時でも彼女の声には非難の色がにじんでいたからだ。ただ、以前とは異なり、皿洗いやテーブルの後片付け、床掃除をさせられるということは一切なくなった。弟たちも少しぎこちなかった。三人は無理して標準語でわたしに話しかけようとし、しばしば言い間違えては、恥ずかしそうに直しさえした。でもわたしが昔と同じ姉であることを努めて示したので、彼らもだんだんとわかってくれた。

夜は時間のつぶし方に困った。幼なじみが以前のように集まらなくなっていたのだ。パスクアーレは仲違いをしたアントニオとは絶対に会うまいとしていた。アントニオはそもそも誰にも会おうとしなかった。その暇がなかった（ソラーラ兄弟の指示でいつもあちこち走り回っていたのだ）せいもあったが、みんなに会っても何を話せばいいのかわからない、という事情もあったようだ。仕事の内容は口外できず、さりとて自分だけの時間を持つ余裕もなかったからだ。アーダは食料品店の仕事が終われば、母親と弟たちの面倒を見に家に駆け戻るか、疲れ切り、落ちこんでいるかで、まっすぐベッドに向かった。実際、婚約者のパスクアーレとさえほとんど会わなくなっており、そのことに彼はひどく不満を覚えていた。カルメンはもはや、恐らくはこのわたしも含めて、世の中のすべてを憎むようになっていた。新しい食料品店の仕事を憎み、カッラッチ家の面々を憎み、自分を捨てたエンツォを憎み、そのエンツォを叩きのめすどころか、言い争っただけで帰ってきた兄を憎んだ。そう、エンツォだ。最後に、そのエンツォはどうしてたかと言えば——そのころ母アッスンタが重い病にかかってしまい、稼ぎに出ない日は、昼も夜も彼が看病をしていたが、そうしたなか、彼は工業技師の資格試験に合格してみんなを驚かせた——彼はなかなかつかまらなかった。わたしはエンツォが独学でそんな難しい資格を取ったという知らせに興味を持った。まさかあの彼が、という驚きでいっぱいだったのだ。ピサに戻る直前、わたしはなんとか彼を見つけ出し、無理を言って、ちょっと散歩につきあってもらった。そして彼の偉業を褒めちぎったのだが、向こうはどうってことはないとでも言いたげに唇を歪めただけだった。そんな風に前より口数の減ったエンツォを相手に、わたしはひとりでしゃべり続けた。まともな返事はほぼなく、唯一覚えている彼の台詞は、別れる直前に発せられたものだった。あの時、わたしは一度もリラを話題にしなかった。ひと言もだ。だというのに、まるでこちらがずっと彼女の話ばかりしていたかのように、彼は急にこう言ったのだ。

「なんにしても、リナはこの地区で一番の母親だよ」

その〝なんにしても〟がわたしは気に入らなかった。それまでエンツォを特に繊細な人間だと思ったことはなかったが、その時、考えを改めた。わたしの横を歩きながら彼は、リラの罪状をとうとうと数え上げるわたしの沈黙の声を〝聞いた〟に違いなかった。まるで無意識のうちに、わたしの体がはっきりと怒りの声を上げていたかのように。

98

小さなジェンナーロを愛するがゆえ、リラはまた外出をするようになった。水色か白一色の服を着せた赤ん坊を、やたらと大きいばかりで使い勝手の悪い乳母車——兄が大枚をはたいて贈ってくれたものだった——に乗せ、彼女はひとり、新地区を散歩した。リヌッチョ（「小さなリーノ」を意味する愛称）が泣きだせば、すぐに食料品店に向かい、乳をやった。そのたび義母は感動し、客の女たちはうっとりと赤ん坊の愛らしさを褒めたが、カルメンひとりは不快も露わに、うつむいて黙々と働き続けた。リラは子どもがむずがるたびに乳を含ませた。赤ん坊が胸に顔を押しつけてくる感触も好きなら、母乳が自分から子どもへと流れ、乳房が空になってゆく心地よい感触も好きだった。それは当時の彼女を幸せにしてくれる唯一の絆だったから、例のノートで彼女は、子どもが乳離れする瞬間への恐れも白状していた。

よい天気が続くようになると、新地区には、舗装されて間もない道路のほかは、ちょっとした植えこみか、見るも哀れなひょろひょろした若い並木くらいしかなかったので、リラは旧地区の教会前の公園まで足を延ばすようになった。通りかかる者たちがみな足を止め、息子の愛らしさを褒めてくれるので、彼女は喜んだ。おしめを替える時は古いほうの食料品店に行った。彼女が店に入ると、買い物に来ていた女たちがたちまちジェンナーロを囲んで歓声を上げた。ところがアーダは違った。染みひとつない真っ白なエプロンをして、薄い唇に口紅を差し、顔色は青白く、頭をきちっと整えた彼女は、今やステファノに対しても命令口調で、まるでオペラ『奥様女中』の主人公の女中のように尊大に振る舞うようになっていた。店の仕事でいつも大忙しだった彼女は、リラがそうして来るたび、あの手この手を使って、乳母車と赤ん坊が邪魔だと相手に伝えようとした。だがリラは彼女にあまり構わなかった。むしろ気になったのは、不機嫌で無関心な夫の態度のほうだった。家でも子どもにはあまり気を遣ってくれないステファノだったが、冷たくするようなことはなかった。それが店では、客が赤ちゃん言葉で優しくあやしたり、キスの雨を降らせていても、息子には目もくれず、明らかに無関心を装うのだった。だからリラは店の奥でジェンナーロをきれいにしてやり、急いでおしめを替えると、すぐに公園に戻ることにしていた。そして息子の顔をうっとりと眺めながら、ニーノに似たところはないかと探し、もしかしたら自分には見えないものがステファノには見えているのではないか、そんなことを思ったりもした。

だがそんな自問自答はまず長続きしなかった。一日はたいていの場合、彼女の感情を少しも揺らすことなく、淡々と過ぎていった。リラは子どもの世話をすべてに優先した。本を読もうとすれば、一日に二、三ページずつしか読めず、一冊に何週間もかかった。公園で、赤ん坊が眠っていれば、新芽の出始めた木々の枝先をぼんやりと見つめ、ぼろぼろになったノートに何か書きこんだりもした。

一度、公園の隣の教会で葬儀が行われているのに気づき、子どもを連れて見にいったことがあった。するとそれは、エンツォの母親の葬式だった。胸を張り、真っ青な顔で立っている彼の姿も見たが、リラはお悔やみも言わずにその場を離れた。またある時は、公園のベンチに座って、乳母車を脇に寄せ、背が緑色の分厚い本に目を落としていたら、がりがりに痩せた老女が杖に寄りかかり、彼女の前に立ちふさがったことがあった。老女の頬は自分の吸う息で喉に吸いこまれてしまったみたいにこけていた。

「わたしが誰だかわかる？」

リラにはしばらくわからなかった。でも老女の目を見ているうちに、ぱっと思い出した姿があった。大きな体をしていたオリヴィエロ先生の姿だ。興奮してリラは立ち上がり、恩師を抱擁しようとしたが、嫌そうに避けられてしまった。そこで彼女は赤ん坊を示し、誇らしげに言った。「ジェンナーロです」みんなが口を揃えて褒めてくれるものだから、彼女からも同じ反応を期待していたが、先生は完全に赤子を無視した。かつての教え子が手にし、指一本をしおり代わりに挟んでいる、分厚い本にしか興味がないようだった。

「それ、なんの本？」

リラはむかっとした。オリヴィエロ先生は見た目から声からすっかり変わっていたが、目つきとぶっきらぼうな話し方だけは、教壇から彼女に質問をしてきたころとまったく同じだったのだ。そこで彼女も相変わらずなところを見せてやろうと、やる気なさそうに、しかも攻撃的な口調で答えた。

「『ユリシーズ』って言います」

「『オデュッセイア』に関係ある話？」

「いいえ、現代人の生活がいかに退屈かという話です」

「それから？」

「それだけです。我々は下らないことばかり考えている、そういう話です。我々は肉であり、血であり、骨であって、人間なんてみんな似たようなものだ、とも言ってます。人間って食べることに、酒を飲むこと、エッチすることにしか興味がないんだそうです」

最後の下品なひと言に、先生はまるで小学校の時のようにリラを叱ったが、彼女は不敵に笑ってみせた。すると老女はさらに不機嫌になりながらも、本の感想を知りたがった。リラは難しくて、よくわからないところもあると答えた。

「じゃあ、どうして読むの？」

「知りあいの男性が読んでたからです。でも彼は好きじゃないって言ってました」

「あなたは？」

「わたしは好きです」

「難しいのに？」

「ええ」

「わからない本は読むもんじゃありませんよ。心によくないからね」

「心によくないものっていっぱいありますよね」

「あなた、幸せじゃないの？」

「まあまあ、ってところです」

「あなたは凄いことができるはずの子だったのよ」

「凄いことならやりましたよ。結婚して、子どもだって産みました」

「そんなこと、みんなできるわ」

「わたしはみんなと同じですよ」

「それはあなたの勘違いです」

「いいえ、勘違いは先生のほうです。先生はずっと勘違いなさってたんです」

「子どものころから失礼だったけど、相変わらずね」

「きっと先生の教育がなってなかったんでしょう」

　オリヴィエロ先生にじっと見つめられて、リラは相手の表情に〝自分は間違っていたのか〟という不安の色を認めた。老女は子ども時代のリラに見たはずの聡明さを今のリラの目の中に求め、自分は間違ってなどいなかったという証左を探しているらしかった。だから彼女は思った。先生に自信を与えそうな徴《しるし》は急いで顔からみんな消さないと。あなたは人生を無駄にしたなんて説教をされてはたまらない……。ところがそのうち、また先生の試験を受けているような気分がしてきて、どうでもよいはずの結果が恐ろしくなった。激しくなる動悸を聞きながら、リラは思った。きっと彼女はわたしが愚かな人間だと気づき、わたしの一族も愚かなら、先祖まで愚かだと気づいてしまう。そして、恐らくは子孫も愚かになり、ジェンナーロも愚か者になる、そう判断するに違いない。リラはかっとなって、本を鞄にしまい、乳母車の握りをつかむと、失礼しますとぼそりとつぶやいた。陰険ババアめ、まだわたしにおしおきができるつもりでいるんだ。彼女は公園を去った。あとに残された先生はやけに小さく見えた。杖の握りにしがみついて立つ老女は、病に蝕《むしば》まれながら、負けまいと闘っていた。

99

息子の知能を刺激しなければという強迫観念にリラは取り憑かれた。どんな本を買えばよいのかわからず、アルフォンソに本屋を回って聞いてくるよう頼んだ。そうして彼が買ってきた二冊の本を彼女はとても熱心に読んだ。例のノートには、リラがどうやってそうした難しい文章を読んでいたかも記録されていた。まずは一ページずつ苦労して読み進めるのだが、すぐに話の筋がわからなくなり、集中力も途切れてしまう。それでも目には文字の連なりをとにかく追わせ、指も自動的にページをめくり続ける。すると最後には、内容は理解できずとも、そこに記された言葉と概念がすべて頭の中に入ったような気分になる。そうしていったん読み通してから、また最初から読み直し、誤解していた概念を修正したり、拡充したりしていく。やがてその本がもう必要なくなると、次の本を求める。

彼女の夫は夕方、家に戻ると、妻が夕食の支度をしておらず、自分でこしらえた玩具で子どもを遊ばせている姿を見出すようになった。彼はそのたび怒ったが、もうだいぶ前からリラは、彼の怒号に反応を示さなくなっていた。夫の声など聞こえず、その家に住んでいるのは自分と息子だけであるかのような態度だった。ようやく立ち上がり、料理を始めたとしても、何もステファノが腹を空かせていたからそうするのではなく、彼女自身が空腹を覚えたためだった。

夫婦が互いに我慢をしあう日々はもうずいぶんと長いこと続いていたが、ふたりの関係はそのころまた悪化を始めた。ある晩、ステファノは、もうリラにも息子にも、何もかもにうんざりだと怒鳴った。またある時は、自分は結婚を焦りすぎた、結婚のなんたるかも知らなかったと嘆いた。しかしある時、そんな愚痴に対して彼女が、「わたしだって、自分がここで何してるんだろうって思うわ。だから、この子と一緒に出ていきます」と答えると、ステファノは、出ていけという怒号を返す代わりに、久しぶりに派手に荒れ、息子の前で妻を殴った。子どもは床の毛布の上で母親を見つめていた。騒ぎに少しばかり啞然としている顔だった。鼻血を垂らし、夫の罵声を浴びながら、リラは息子に向かって笑い、標準語で（彼女はだいぶ前から子どもには方言を使わないようにしていた）言った。

「パパね、ふざけてるの。ママも楽しいのよ」

どういう訳かわたしは知らないが、ある時からリラは兄の子どもの面倒まで見るようになった。フェルナンドだ。ただしそのころにはもう、あの子はディーノという愛称で呼ばれることのほうが多くなっていた。自分の息子をほかの子どもと比べたくなったのかもしれない。あるいは、自分の子どもの教育だけに一生懸命になることに気が咎め、甥っ子の面倒も見ようと決めたのかもしれない。ピヌッチャは前々からディーノを彼女の人生の失敗の生きた証と考えており、息子をしょっちゅう怒鳴りつけては、「いい加減にしてよ、わたしにどうしろって言うの？　あんたのせいで、どうにかなりそうよ」と言い、時には手まで上げたが、ディーノを家に連れていきたいというリラの提案はきっぱりと断った。ジェンナーロと一緒に怪しげな遊びをさせられてはたまらないと思ったらしい。ピヌッチャは腹立たしげに言った。「自分の子どものことだけ考えてよ。こっちもそうするから。そんなことより、旦那の面倒を見たらどうなの？　このままじゃ捨てられるわよ」だがそこでリーノが登場し、また話をかき混ぜた。

それはリラの兄にとって、最悪な時期だった。まず父親とは喧嘩続きだった。フェルナンドは製靴会社の看板を下ろしたいと言い、ソラーラ兄弟を儲けさせるためだけに汗水流すのはもうたくさんだと嘆き、是が非でも会社を続けなくてはならない理由がわからないとこぼし、かつて自分がやっていた小さな工房を懐かしむようになっていた。リーノは、マルチェッロとミケーレともしょっちゅう喧嘩をした。ただしソラーラ兄弟は彼を口ばかりうるさい半人前扱いして、金がからんだ問題に関してはステファノに直接相談するようになっていた。そして、まさにこのステファノこそ、リーノの最大の喧嘩相手で、ふたりのあいだにはしばしば怒号と罵声が飛び交った。原因はステファノがリーノに一銭もやらなくなったこと、そしてやはりステファノが、靴の商売を秘密裏にすべてソラーラに売り渡そうとしているとリーノが考えたことだった。彼は妻ピヌッチャとも喧嘩をした。ピヌッチャの言い分はこうだった。わたしはあなたにだまされた。昔はあんなに大物ぶっていたくせに、今のあなたは実の父親にも、うちの兄にも、ソラーラ兄弟にも簡単に操られるただの木偶《でく》の坊ではないか。だから、リラが母親役に偏りすぎてまるで妻らしくないとステファノが怒り、ピヌッチャがリラには一時間だって子どもを預けまいとしていると知ると、リーノは妻とその兄を挑発するように、自ら我が子を妹のところに預けにいくようになった。製靴会社の仕事が減り続けていたこともあって、彼は次第に何時間でも新地区のアパートに居座り、リラがジェンナーロとディーノを相手にする様子を眺めて過ごすようになった。妹の、母親らしく辛抱強い態度も、子どもたちの楽しむ姿も魅力的だったが、自分の家ではいつも泣いてばかりいるか、ベビーサークルの中で哀れな子犬のようにじっと寂しげにしている息子が、リラと一緒だと目を輝かせて、活発になり、幸せそうなことにも驚かされた。

「あいつにどんな魔法をかけたんだ？」リーノは感心してリラに尋ねたものだ。

「遊ばせてるだけよ」

「遊ぶだけなら、うちでも遊んでたぜ」

「ここでは遊びながら、学んでるの」

「どうしてそんなに子どもに手間暇かけるんだ？」

「本で読んだんだけど、子どもがどんな大人に成長するかは、生まれてから何年かのうちに決まっちゃうんだって。つまり、今ね」

「それで、うちの子はうまく育ってるのか？」

「見ればわかるでしょ」

「そうだな、ジェンナーロより頭だってよさそうだ」

「うちの子のほうがずっと小さいもの」

「お前から見てどうだ？　ディーノは頭がいいか？」

「子どもはみんな元々頭がいいの。ただ、伸ばしてあげなきゃ駄目だけどね」

「じゃあ、ディーノを伸ばしてやってくれよ。頼むから、いつもみたいにすぐに飽きたりしないで、俺の子を、もの凄く頭よくしてやってくれ」

　だがある晩、ステファノが普段より早めに帰宅し、しかも普段より不機嫌だったことがあった。台所の床に座っているリーノを見た彼は、部屋の乱れや、子どもばかり見ている妻の自分への無関心に暗い顔をするだけに留まらず、妻の兄に向かって啖呵を切った――我が家でお前がだらだらしている姿を毎日見せられるのは不愉快だ。チェルッロ製靴の経営悪化だって、そんなお前のやる気のなさが原因だぞ。チェルッロ家の人間はどいつもこいつも信用が置けない。とにかくさっさと出ていけ。さもないとそのケツを蹴飛ばすぞ。

あとはもう大変だった。リラは、お兄ちゃんになんてことを言うのと叫び、リーノは、それまではほんのさわりに留めるか、念のため押し殺してきた不満をいっぺんにステファノにぶつけた。きつい罵詈雑言が飛び交った。そんな混乱の中、放っておかれた男の子ふたりは、遊んでいた玩具を滅茶苦茶にしてわめきだした。特に、ディーノに打ち負かされたジェンナーロの声は大きかった。リーノは怒りで首筋の血管を電線のケーブルのように膨らませながら、ドン・アキッレが地区の住民の大半から搾り取った金で、息子のお前がご主人様気取りとはいい気なもんだとステファノを罵り、こう付け加えた。「お前なんてなんの価値もない、ただの糞ったれだ。親父は言ってみりゃ立派な悪党だったが、お前なんざ、悪党もろくにできねえじゃねえか」

恐ろしいひと幕が続き、リラは恐怖のあまり息をするのも忘れた。クラシックバレエのダンサーがパートナーに対してするように、ステファノはやにわにリーノの腰を両手でつかむと、ふたりとも同じような背丈で、体型も似たようなものだというのに、リーノが暴れ、叫び、唾を吐きつけてくるのもまるで構わず、信じられないような力で相手を高々と持ち上げ、そのまま壁に向かって放り投げたのだ。そしてすかさず、倒れたリーノの腕をつかみ、床の上を玄関まで引きずっていくと、ドアを開け、相手を立たせてから、階段から突き落とした。いくらリーノが抵抗し、我に返ったリラがむしゃぶりついて、落ちつくよう頼んでも無駄だった。

しかもそこで終わらなかった。ステファノが猛然と部屋に戻るのを見てリラは、彼が幼いディーノまで父親と同じように階段から投げ落とすつもりでいるのを悟った。彼女は必死で夫に体当たりし、背中に飛びつき、顔をひっぱたき、爪を立てながら、叫んだ。「まだ子どもよ、やめて、ステー、まだ子どもなのよ」すると彼は動きを止め、静かに言った。「もう何もかも、うんざりだ。俺、耐えられないよ」

100

複雑な季節が始まった。リーノは妹の家に行くのをやめたが、リラはやはりリヌッチョをディーノと過ごさせたかったので、ステファノには内緒で、自分から兄の家に向かうようになった。ピヌッチャは夫の妹の来訪を渋々受け入れた。リラも最初は自分が何をしようとしているのか、相手に説明しようとした。これは反射の訓練や、学習効果のある遊戯なの。実はわたし、いつか地区の子どもたち全員を参加させたいと思ってるんだ。彼女はそんな野心まで明かしたが、ピヌッチャの返事は単純だった。「あんた頭おかしいから、何をしようとこっちは興味もないわ。うちの子を連れていきたい？　いっそ殺して、魔女みたいに食べちゃいたい？　好きにすればいいわ。わたし、そんな子ほしくないし、ほしいと思ったこともないの。あんたの兄貴はわたしの人生を台無しにしたけど、そんなリーノの人生を台無しにしたのは、あんただからね」そこで彼女は声を上げた。「哀れなステファノを恨むんじゃないよ。不倫されたって、元はと言えばそっちが悪いんだから」

リラは反応しなかった。

ピヌッチャが最後の台詞で何を言おうとしたのかも問い質さず、ただ、なんの気なしに、蠅を追い払うような仕草をした。それからリヌッチョを抱き上げると、甥っ子に会えなくなるのは残念だったが、兄の家を出て、二度とそこには戻らなかった。

しかし誰もいない自分のアパートに戻ると、怯えている自分にリラは気がついた。もしもステファノが商売女を買っていたとしても、それは一向に構わなかったし、むしろ歓迎すべきことだと以前から思っていた。そうとなれば、夜、夫が体を近づけてきても、つらい思いをせずに済むからだ。しかし、ピヌッチャの言葉を聞いてからは、息子のために不安を覚えるようになった。もしもステファノに愛人ができ、毎日、その女性とずっと一緒にいたいと思うようになれば、ついには思い詰めた彼自分が家を追い出される可能性もあったからだ。以前は結婚生活が完全に破綻するならば、それは自由になるチャンスだと思っていたが、今の彼女は、家に生活の糧に時間といった、息子を最善の形で育てることを可能にしていた条件をいっぺんに失うのが恐ろしかった。

それからというもの、夜はほとんど眠れなくなった。ステファノがあんなにも怒ったのは、精神のバランスが時おり崩れ、頭に血が上り、いいひとぶった上っ面が吹き飛ぶ、例の持病のせいだけではなかったのかもしれない。やはり本当に誰か別の女に惚れたのだろうか？　わたしがニーノを愛したように？　そして結婚も、父親という身分も、果ては自分の店にほかの商売も含め、一切合切の制約がわずらわしくなったのだろうか……。しかしいくら考えてみても、リラはどうしたものかわからなかった。状況を直視し、まずは事態を掌握しなければならない。そうは思うのだが、彼女は行動を先送りにしたり、諦めたりした。ステファノが愛人との日々をこのまま楽しみ、自分のことは放っておいてくれないかといたずらに期待したりもした。それにつまるところ、あと二年も我慢すれば、済む話ではないかとも思った。それだけあれば、わたしのリヌッチョだって、大きく丈夫に育つはずだ。

リラは一日のスケジュールを調整して、夫が帰宅すれば家はいつもきちんと片付いており、夕食もできていて、テーブルの準備も整っているようにした。しかし、リーノを相手に暴れた時以来、ステファノは二度と以前の温厚さを取り戻さなかった。いつも不機嫌で、不安そうなのが彼の常態となった。

「何かまずいことでもあったの？」

「金だよ」

「お金、だけ？」

するど、途端にステファノは怒るのだった。

「〝だけ〟とはなんだ？」

彼にとって人生の問題とは、これ一切、金の問題であった。夕食の後、彼は必ず金勘定をするのだが、そのあいだは悪態をつきっぱなしだった。新しい食料品店の売り上げが以前ほど振るわない。ソラーラ兄弟が――特にミケーレが――靴の商売をまるで彼らの専有物であるかのように言い、ステファノたちに利益を分配する必要などもうないかのような態度でいる。ソラーラ兄弟がステファノにもリーノにもフェルナンドにもなんの断りもなく、チェルッロ製靴の旧モデルを郊外の工房にわずかな代金で作らせている。しかもソラーラブランドの新モデルのデザインまで外注しているのだが、そのデザインというのが、リラのデザインをごくわずかに変更しただけという代物だから、チェルッロ製靴は真剣に倒産の危機にあり、投資をした彼まで苦境に立たされている。

「どうだ、わかったか？」

「ええ」

「わかったら、余計なことは言うな」

しかしリラはまだ納得がいかなかった。どれも昨日今日の問題ではなかったからだ。ステファノはそうした話をわざと大げさに語ることで、彼の精神状態が不安定になった本当の、新しい理由を隠そうとしている。そんな印象を彼女は受けていた。ステファノはリラに対する敵意をますます剝き出しにするようになっていた。なんでも彼女のせいにされたが、特にソラーラ兄弟との関係をややこしくしたと責められた。一度など、こんな風に怒鳴られたこともあった。

「お前、あのミケーレの馬鹿にいったい何をしたんだ？」

「別に何も」

「そんな訳ないだろう。あの野郎、何かといえばお前を引き合いに出して、俺を小馬鹿にするじゃないか。あいつと話して、何が望みなのか探ってこいよ。さもなきゃ、ふたりまとめてぶん殴ってやる」

　リラはついかっとなって怒鳴った。

「お前とやりたいって言われたらどうすればいいの？　お望みどおりにやらせろって？」

　即座に後悔したが――時おりそうして軽蔑のあまり分別を失うことがリラにはあった――すでに遅く、ステファノのびんたが飛んできた。びんたそのものはどうってことなかった。いつもの強烈な平手打ちではなく、指先で叩かれただけだった。むしろ、その直後にいかにも嫌そうに言われた言葉が重たかった。

「本を読んで、勉強までするくせに、お前は品がない。そういう女が俺は大嫌いなんだ。吐き気がするぜ」

　その時を境に彼は帰りが遅くなり、日曜も以前は昼まで寝ていたのが、朝早く家を出て、丸一日帰ってこなくなった。彼女が少しでも家庭の実務的な問題を口にすれば、彼は腹を立てた。たとえば暑い季節が始まったころ、彼女はリヌッチョを海辺に休暇に連れていきたいと考え、夫にどうすればよいかと尋ねた。すると彼は答えた。

「バスに乗って、トッレガヴェータ（ナポリ近郊バーコリ市の海辺の地区）にでも行けばいい」

　彼女は無理を承知で聞いてみた。

「休暇用の家を借りたほうがいいんじゃない？」

「どうして？　朝から晩までお前に乱痴気騒ぎをさせるためか？」

そして彼は家を出て、その晩は帰らなかった。

真相はそれからまもなく明らかとなった。リラが子どもを連れて中心街に出かけた日のことだった。ある本で引用されていた別の本を探していたのだが、見つからなかった。あちこち歩き回って、ついにはマルティリ広場まで来た。靴屋を引き続き任され、喜んで働いていたアルフォンソに本を探しておいてもらえるか、聞いてみようと思ったのだ。すると店には、とてもハンサムで、服装も素敵な、見知らぬ若者がいた。彼女がそれまで会ったなかでも一、二を争う美男子で、名をファブリツィオといった。客ではなく、アルフォンソの友人だった。話してみると、彼は実に博識だった。ふたりは文学について、ナポリの歴史について、子どもの教育の仕方について、熱心に語らった。ファブリツィオは特に児童教育について詳しく、大学で研究中とのことだった。アルフォンソはそんなふたりの議論に最初から最後まで黙って耳を傾け、リヌッチョがぐずればあやしてくれた。やがて客が来ると彼は接客に戻った。リラはそれからもう少しファブリツィオと話を続けた。そんな風に言葉のやりとりに夢中になるのは久しぶりだった。若者は暇乞いの際、まるで子どものようにはしゃぎながら彼女の左右の頬にキスをし、アルフォンソの頬にも大きな音を立ててキスした。そして店の戸口からリラに叫んだ。

「君と話せて楽しかったよ」

「わたしもよ」

リラは憂鬱に取り憑かれた。アルフォンソが客の相手をしているあいだ、かつて自分がその店で出会った人々を思い出し、ニーノのことを思い出してしまったのだ。下りたシャッター、薄暗い店内、楽しかったおしゃべり、一時ぴったりにそっと入ってきて、愛を交わしたあと、四時に姿を消す彼。何もかも自分の空想か、白昼夢に過ぎなかったのではないか、そんな気がしてきて、彼女は落ちつかない気分で辺りを見回した。あのころが懐かしい訳でも、ニーノに会いたい訳でもなかった。ただ、時が過ぎたことを実感したのだ。かつて重要であったものがもはやそうではないこと、自分の頭の中の混乱は相変わらずそこにあり、解消される様子がないことをしみじみと感じたのだった。子どもを抱いて店を出ていこうとすると、ミケーレ・ソラーラが入ってきた。

ミケーレは大喜びでリラに声をかけ、リヌッチョと遊び、彼女にそっくりだと褒めた。それからリラを近くのバールに誘ってコーヒーを奢ると、車で地区まで送ろうと勝手に決めた。彼女と車に乗るなり、ミケーレは言った。

「旦那と別れろよ。すぐだ。今日のうちに別れろ。俺が、お前もその子もまとめて面倒見る。ヴォメロに家を買ったんだ。アルティスティ広場さ。見たけりゃ、今すぐにでも連れていくぞ。お前のことを考えて買った家なんだ。あそこで好きにやればいい。本を読んだり、何か書いたり、好きなものを発明したり、寝たり、笑ったり、おしゃべりしたり。そこでリヌッチョと一緒に暮らせばいいじゃないか。俺はただお前を見て、声を聞いていたいだけなんだ」

そんな風に、いつもの横柄な口ぶりとは異なる調子で自分の気持ちを伝えるのは、ミケーレにとって生まれて初めてのことだった。運転を続け、語りかけながら、彼はかすかな不安を浮かべた顔で傍らのリラをちらちら見て、反応をうかがった。彼女は話のあいだずっと前の道路から目をそらさず、その手はリヌッチョの口からおしゃぶりを取ろうとしていた。長い時間しゃぶりすぎだと思ったのだ。ところが子どもに思いきり手をはねのけられてしまった。ミケーレが黙ると――彼女は一度も口を挟まなかった――リラは尋ねた。

「話はそれでおしまい？」

「ああ」

「でもジリオーラはどうするの？」

「ジリオーラなんて関係ない。お前の返事を聞かせろよ。あいつの話はそのあとだ」

「嫌よ、ミケー。それがわたしの返事。昔、あなたのお兄ちゃんの申し出も断ったけど、あなたも嫌。まず、あなたのこともマルチェッロのことも、わたし好きじゃない。それにあんたたちって、自分は何をしても許される、ほしいものはなんでも手に入れてやるって、思い上がってるから嫌い」

　ミケーレはすぐには返事をせず、リヌッチョのおしゃぶりについて、しゃぶらせてやれよ、取ったら泣くだろう、というようなことをもごもごと言ってから、暗い声で答えた。

「よく考えたほうがいいぞ、リナ。ことによると、もう明日には後悔して、お前のほうから俺にすがりついてくることになるかもしれないぜ」

「絶対にないわね」

「そうか？　じゃあ、教えてやる」

　ミケーレは、みんなはとっくに知っているという話（「お前のお袋さんも、親父さんも、あの馬鹿な兄貴も知ってるさ。だが、厄介ごとはみんな嫌なものだから、お前には黙ってるのさ」）を彼女に打ち明けた。それは、ステファノがアーダを愛人として囲っているという話だった。それもずいぶんと前からのことで、あのイスキアでの休暇の前にはふたりの関係はもう始まっていたらしい。「お前が向こうに行ってるあいだ、あの女は毎晩、お前の家に来てたのさ」とミケーレは言った。リラがナポリに戻ってきてからは、ふたりはしばらく会わなかった。しかし我慢できなくなって、また密会を始め、また別れた。そしてリラが地区から姿を消した時に、ふたたび会うようになったのだという。

最近、ステファノは直線道路《レッティフィーロ》にアパートを借り、そこで逢瀬を重ねているということだった。

「嘘だと思うか？」

「いいえ」

「じゃあ、どうする？」

どうするって何よ？　リラは、夫に愛人がおり、それがアーダであるという事実そのものには、たいしてショックを受けなかった。むしろ、そうであるならば、彼女を連れ戻しにイスキアに来た時のステファノの言葉や振る舞いはいったいなんだったのかという、納得のいかぬ思いにくらくらしていたのだ。ステファノの怒号に殴打、島を出た時の記憶が甦った。彼女は言った。

「わたし、あんたもステファノも、男はみんな吐き気がするわ」

101

リラは不意に〝義は我にあり〟という気分になり、心がだいぶ落ちついた。その同じ晩、ジェンナーロを寝かせると、彼女はステファノの帰宅を待った。真夜中を少し過ぎたころに帰ってきた夫は、台所のテーブルを前に座っている妻を発見した。彼女は読んでいた本から目を上げると、自分はあなたとアーダとのことを知っているし、いつから続いているかも知っているが、まったく気にしていない、と告げた。「同じことはこっちだってしたから、これでおあいこね」彼女は笑顔でそう言うと、最低でも過去に三度は繰り返したはずだが、ジェンナーロは彼の子どもではないと改めて言った。そして、あなたがこの先何をしようと、誰とどこで寝ようとそれは勝手だと断ってから、突然、大きな声を出した。「でもね、これだけは約束してちょうだい。二度とその手でわたしに触れないって」

彼女が何を考えていたのか、わたしにはわからない。もしかすると、単に白黒をつけておきたかっただけなのかもしれない。あるいは何が起きても仕方ないと諦めていたのか。すべてを告白した彼に殴られ、家を追い出され、妻でありながら愛人の下女になれと命じられる、そこまで予想していたのかもしれない。あらゆる暴力を予期し、ご主人様気取りで、金もたっぷりある人間にありがちな横柄な反応を予期していたのかもしれない。ところが現実には、白黒をつけるような言葉にも、ふたりの結婚の終わりを正式に認めるような言葉にも、彼女はたどり着けなかった。ステファノがアーダとの仲を否定したのだ。険しくも落ちついた声で彼は言った。アーダは彼の店の従業員以外の何者でもなく、たとえ自分と彼女とのあいだを疑う声があったとしても、どれも根も葉もない噂に過ぎない、と。そこで彼は怒りを爆発させ、リラを怒鳴りつけ、この先またそんなひどいことを言って俺の息子を貶《おとし》めるならば、必ずお前を殺すと誓った。ジェンナーロは俺に生き写しだと、誰もが口を揃えて言う。だから、そんな挑発はまったく無意味だ。彼はそう言うのだった。そして最後にステファノは、驚くべき行動に出た。妻に愛を告白したのだ。その言い回しは、過去に何度か彼がそうした時とまったく同じだった。俺はお前を生涯愛するだろう。なぜならお前は俺の妻であり、司祭の前で愛を誓ったふたりを分かつことは、何をもってしてもできないのだから。それから彼は妻に口づけをしようと近づいて反抗されたが、構わずその腕をつかみ、そのまま宙吊りにすると、ベビーベッドの置いてある子ども部屋に連れこんで、彼女の服をすべて剝ぎ取り、無理矢理、侵入した。リラは嗚咽をこらえながら、声を押し殺して必死に頼んだ。「リヌッチョが目を覚ますわ。こんなの見せたくないし、聞かせたくない。お願い、向こうに行きましょ」

102

その晩をもって、リラはわずかに残されていた自由の大半を失い、ステファノはまるででたらめな行動を取るようになった。まず彼は、妻がアーダとの関係を知った今や、用心という言葉を完全に忘れた。外泊はしょっちゅうで、日曜は隔週で愛人とドライブに出かけた。八月の休暇には彼女と泊まりがけの旅までして、いつものオープンカーでストックホルムまで走った。ただし表向きは、アーダは、トリノのフィアットの工場に勤める従姉妹のところに遊びにいったものとされていた。だがその一方で、彼は病的な激しい嫉妬にも襲われるようになった。妻の外出を厭い、買い物は電話で済ますよう命じ、リラがほんの小一時間でも子どもを散歩に連れ出せば、誰に会ったか、誰と話をしたかと問い詰めた。彼は夫である自分の立場をかつてなく強く意識し、妻の不義を警戒した。自らの不義が彼女に同様の行為を許してしまうのではないか、そう恐れていたようだ。直線道路《レッティフィーロ》の家でアーダと過ごす時間が彼の想像力を刺激し、リラが愛人たちともっと激しい行為におよんでいる様を生々しく空想させた。得意になって不倫をしていたら、実は妻も不貞を働いており、結局は彼のほうが世間の笑い物になる、そんな結末を恐れていたのだ。

ただし男であれば軒並み彼の嫉妬の対象になった訳ではなく、相手によって程度には差があった。特にミケーレが夫の不安の種となっているのに、リラはまもなく気づいた。自分はミケーレにまんまとだまされ、相手の支配から逃れられなくなったとステファノは感じていたのだ。そのミケーレにキスされそうになったことも、愛人にならないかと提案されたこともリラは黙っていたが、それでも彼女の夫は、ミケーレに意地悪をしてリラを利用させぬことが、相手を商売で破滅させるために非常に有効な手だと気づいていた。しかし、まさに商売の都合があればこそ、妻に最低限は愛想のよい顔のひとつもさせなければならないという矛盾もあった。だから、彼女が何をしてもステファノは気に入らなかった。時には執拗に彼女を質問攻めにすることもあった。「ミケーレと会ったのか。口も利いたんだろう。新しい靴をデザインしろと言われたのか」またある時は、「あいつには会釈のひとつだってするんじゃない、わかったか」と怒鳴りつけ、彼女のものが入った引き出しを次々に開け、妻が性悪女であるという証を探して、引っかき回したりもした。

　そんな状況をさらにややこしくしたのが、パスクアーレとリーノだった。

　自分の婚約者がステファノの愛人であるとパスクアーレが知ったのは、当然、誰よりもあとだった。リラよりも遅かった。誰ひとり教えようとはしなかったので、彼は自分の目でその事実を知ることになった。九月のある日曜の午後遅く、直線道路《レッティフィーロ》のアパートの入口から腕を組んで出てくるふたりを目撃したのだ。アーダからはメリーナの世話があるのでその日は会えないと説明されていた。彼自身、仕事や政治活動でいつも走り回っていたので、婚約者に何かと言い訳をされてなかなか会えなくても、ほとんど気にせずにいた。そうしてふたりの姿を目の当たりにするのは恐ろしくつらい体験だった。複雑な気持ちだった。ふたりとも血祭りに上げてやりたいと真っ先に思ったが、共産主義運動家として受けてきた教育がそうした直情的な反応を彼に禁じた。そのころパスクアーレは党地区支部の書記になっていた。過去には彼だって、地区の幼なじみ連中がみなそうであったように、わたしたち女をあばずれ呼ばわりすることがあった。しかし勉強を重ね、党の機関紙や小冊子を読み、地区支部で自ら討論会を主催するようになった今の彼は、そうした差別的定義をする気にはさすがになれなかった。

というより、わたしたち女が男に劣るということは基本的になく、女性にもそれなりの感情と考えがあり、自由があるのだ、そう考えようと、パスクアーレは常々努力しているところだった。つまり彼は、激しい怒りと寛大であろうとする心の板挟みになっていたのだ。翌日の晩、彼は仕事帰りの汚れた格好のまま、アーダのところに行き、何もかも知っていると伝えた。すると彼女はほっとした様子で自らの咎を全面的に認め、泣いて許しを求めてきた。金のためにやったことなのかと尋ねられると、アーダは否定し、自分はステファノを愛しており、彼がどれだけ善良で、心が広く、優しい男であるかは、わたししか知らないのだと答えた。それを聞いてパスクアーレは、カップッチョ家の台所の壁を拳で一発殴り、痛む片手を抱えて、泣きながら家に帰った。そして妹のカルメンとひと晩中、語りあい、ともに苦しんだ。兄はアーダのため、妹はエンツォのために。そう、カルメンはまだエンツォを忘れられずにいたのだ。状況が本当に悪化するのはそのあとだった。裏切られたのは自分だというのに、アーダとリラの名誉を守るべくパスクアーレが立ち上がったのだ。まず彼は、白黒をはっきりさせようとステファノと談判に向かい、複雑な演説をぶった。要するに、お前はまず妻と別れるべきであり、それからアーダと正々堂々と同棲を始めろ、という内容だった。次に彼はリラのところに行き、妻の権利と女の気持ちをステファノに踏みにじられてどうして平気な顔をしているのかと責めた。そしてある朝――時刻は六時半だった――パスクアーレが仕事に向かおうと家を出ると、ステファノが待ち構えていた。ステファノはにこやかに札束を差し出し、この金をやるから、もう自分と妻とアーダには構わないでくれと言った。パスクアーレは金を受け取り、数えると、宙に投げて答えた。「こっちはガキのころからずっと働いてきたんだ。お前の世話にはならないさ」それからほとんど詫びを言うように、遅刻したら仕事を首になるから、俺はもう行く、と付け加えた。しかしだいぶ遠ざかってから、やはり考え直し、道に落ちた紙幣を拾い集めていたステファノに向かって叫んだ。「お前の親父もファシストの豚野郎だったが、お前はもっとひでえな」結局ふたりは殴りあいとなった。止めが入らなければ死人が出てもおかしくない激しさだったということだ。

リーノも悩みの種となった。リーノは、リラが彼の息子を賢い男の子に育てる努力をやめたのが許せず、ステファノが一銭も金をくれぬだけではなく、自分に暴力まで振るったのが許せず、ステファノとアーダの関係が誰もが知るところとなり、リラが辱めを受けたという事態が許せなかった。彼はステファノがリラを殴るならばと、彼もピヌッチャを殴りだしたのだ。さらに、ステファノに愛人がいるのならばと、自分も愛人を作った。こうして、彼の妹に対するステファノの虐待をそっくり真似た、リーノによるステファノの妹の虐待が始まったのだった。

おかげでピヌッチャの日々は地獄と化した。彼女はさんざん泣いてリーノにすがりつき、やめてくれと必死に頼んだ。だが無駄だった。彼の態度は母ヌンツィアまで怯えさせるほどで、妻が少しでも口を開けば、正気を完全に失い、怒鳴った。「やめろだと？　落ちつけだと？　そうしてほしけりゃ、お前の兄貴のところに行って、アーダと別れろと言え、リナを敬えと言え。そして、あいつとソラーラが俺から今までくすねた金を全部よこせ、そう言うんだ」結果、ピヌッチャはしばしば見るも哀れな格好で家を飛び出し、食料品店の兄の元へ駆けこんで、アーダと客の女たちの前で泣きじゃくることになった。ステファノはそのたび妹を店の奥に連れていき、リーノの要求を聞かされることになったが、最後にピヌッチャは必ずこう言うのだった。「あの野郎にはびた一文やらないでね。それよりすぐうちに来て、ぶち殺してよ」

復活祭の休暇でわたしが地区に帰った時の状況はだいたいそんなところだった。ピサで学生生活を始めて二年半が経過しており、わたしは極めて成績優秀な学生で、そうして休暇のたびにナポリに帰るのも面倒になっていたが、両親、特に母親との余計な衝突を避けるためには仕方なかった。帰郷のたび、列車がナポリ中央駅の構内に入るともうわたしは不機嫌になった。もしかすると何か事件が起きて、休暇が終わっても大学には戻れないのではないか、いつもそんな不安に襲われた。たとえば重い病にかかって、地元の無秩序な病院で入院を余儀なくされるとか、ひどい災難が起きて、家族のために勉強を諦める羽目になるとか、そうしたことだ。

実家に着いて数時間がたち、わたしは母さんから、リラについて、ステファノについて、アーダについて、パスクアーレについて、リーノについて、倒産寸前の製靴会社について、みんなに起きた凶事の意地の悪いまとめを聞き終えたところだった。どこぞの誰それは、ある年はお金をがっぽり稼いで、殿様気分で浮かれ、オープンカーなんて買ったのが、次の年には一切合切売り払わねばならず、ソラーラ夫人の赤い帳簿に名を記され、あんなに偉そうだったのが今は見る影もない、そんな話だ。延々と続いた噂話の締めくくりに母さんはこんなことを言った。「お前のお友だちのあの子も、お姫様みたいに豪華な結婚式やって、大きな車に新しい家までもらって、ずいぶん偉くなったもんだと思ってたけど、今にしてみれば、お前のほうがずっと偉いし、ずっと美人だね」そして母さんはわざとしかめ面をして満足な気持ちを隠すと、一通の招待状を差し出してきた。わたし宛てだったが、当然、中身は先に読まれていた。リラからの連絡で、わたしに会いたい、明日の昼食に来てほしいという内容だった。翌日は復活祭の前の聖金曜日だった。

わたしに会いたがっていたのはリラひとりではなく、その休暇のあいだは連日、たくさんのひとと会うことになった。母さんの話が終わって少しすると、窓の下からパスクアーレの呼ぶ声がした。行ってみると、まるでわたしが薄暗い実家ではなく、神々の住まうオリュンポスの山から下りてきたみたいに、彼は女という生き物についての私見を並べ立て、己の苦しみを告白し、自分の現在の行動に対する評価をこちらに求めた。その晩にはピヌッチャもやってきて、パスクアーレと同じように振舞った。彼女はリーノとリラのどちらにもかんかんだった。翌朝には、思いがけずアーダまで相談にやってきた。彼女は憎しみと罪悪感で触れれば火傷をしそうに熱くなっていた。

わたしは三人の誰に対しても淡々とした態度で接した。パスクアーレには、とにかく落ちつくように言い聞かせ、ピヌッチャには、何より子どものことを考えるように言い、アーダには、その思いが本物の愛なのかどうかよく考えてみろと勧めた。しかし、そんな薄っぺらい助言をしておいてなんだが、わたしが一番興味を持ったのはアーダだった。彼女が話しているあいだ、わたしはその顔をまるで本でも読むかのように注視した。正気を失った後家メリーナの娘であり、アントニオの妹、アーダ。彼女は母親だけではなく、兄にもよく似ていた。母子家庭で、多くの危険にさらされながら育った働き者だ。頭脳が不意に機能を停止する母親と、アパートの階段を親子で何年も磨いて過ごした彼女。少女のころに、ソラーラ兄弟に車に連れこまれた事件もあった。どんなにひどい目に遭ったかはおおよそ見当がつく。そんな彼女が、優しいご主人様ステファノに恋をするのは、無理もないことに思えた。アーダは言った。わたしは彼を愛しているし、彼だってそうだ、と。「リナに伝えてよ」情熱に目をきらめかせて彼女はつぶやくのだった。「心に嘘はつけないから、あのひとのことは諦めろって。向こうは奥さんかもしれないけど、わたしだって、ステファノに何もかもを献げる女だって。普段の世話だって、心だって、一人前の男がほしがって当然のものはなんだって差し出すわ。子どもだって、きっとそのうちあげられると思う。だから彼はわたしのもの、もうあんたのものなんかじゃないって、言ってやって」

アーダが、手の届くものはすべて手に入れるつもりでいるのはわかった。ステファノも、ふたつの食料品店も、お金も、家も、車もみんなだ。そうして争うのは彼女の立派な権利だとわたしは思った。あのころのわたしたちはみな、大なり小なり、そんな風に何かを争っていたからだ。わたしは、ただ彼女を落ちつかせようとした。あまりに顔色が悪くて、目など血走っていたからだ。アーダに礼を言われた時は嬉しかった。そうして占い師のように相談を受けることにも、きれいな標準語で助言を与えることにも喜びを感じた。わたしの標準語には、アーダのみならず、パスクアーレとピヌッチャも等しく混乱させる力があった。ほらね――わたしは皮肉っぽく思った――歴史の試験も、古典文学の試験も、歴史言語学の試験も、必死になって覚えた何千枚という暗記カードも、せめて三人をちょっとのあいだ落ちつかせる役には立ったってことよ。三人はわたしをどこまでも中立的な存在とみなし、汚い感情や情熱も超越した存在、勉学により去勢された人間とみなしていた。わたしは与えられた役目を素直に受け入れた。自分の抱える不安も、大胆な思い出も敢えて明かさなかった。ピサでフランコを自分の部屋に入れたり、こっちが彼の部屋に忍びこんだりして、これまでの努力がすべて水の泡がなりかけた話もせず、まるで夫婦のようにふたりきりで過ごしたヴェルシリアでの休暇のことも黙っていた。わたしはそんな自分に満足していた。

しかし昼食の時間が迫るにつれ、喜びよりも憂鬱が優勢となり、わたしは嫌々ながらリラのところに向かった。彼女があっという間に昔のように主導権を握り、わたしはこれまでの自分の選択の正しさを疑う羽目になる。そんな事態を恐れていたのだ。小さなジェンナーロを〝ほらここがニーノに似ているでしょう?〟と見せつけられ、本当ならわたしのものになるはずだったおもちゃがくじびきで彼女のものとなった事実を思い知らされるのではないか……。だが実際には、そうはならなかった。少なくともその場では。リヌッチョ――リラはジェンナーロをそう呼ぶことが多くなっていた――を見るなり、わたしは夢中になってしまったのだ。実に愛らしい男の子で、髪は黒く、顔にも体にもニーノに似たところはまだ見えない代わりに、リラに似た部分はもちろん、ステファノに似たところまであった。まるで三人で合作した子どもみたいだった。一方、母親のほうは、珍しく元気がなかった。会った時もわたしを見ただけで、目を潤ませ、全身をわななかせたほどで、ぎゅっと抱きしめて、落ちつかせてやらねばならなかった。

わたしに無様なところを見せまいと、彼女が急いで髪を梳き、やはり急いで薄紅を差して、婚約者時代に着ていた真珠色の化繊のワンピースを身につけ、ヒールの高い靴を履いたのはわかった。相変わらず美しかったが、顔の骨格は全体的に大きくなり、目が小さくなったように見え、肌の下を赤い血ではなく、何かくすんだ色の液体が流れているような印象を受けた。とても痩せていた。抱きしめれば骨の感触があり、ぴったりした服のせいで弛《たる》んだ腹が目立ってしまっていた。

最初、彼女は何もかもうまくいっているというふりをしようとした。わたしが男の子に夢中になっているのを喜び、子どもと遊ぶのが上手だと褒め、リヌッチョがどんな言葉を知っていて、何ができるか、披露しようとした。あれこれ読んで覚えたらしい専門用語を無闇に使いたがるのも、以前の彼女にはなかったことで、わたしが聞いたこともないような作者の名を次々に挙げたり、リヌッチョのために自分で考えたというトレーニングを、嫌がる子どもにやらせたりした。彼女に一種のチックが出るようになったことにも気づいた。口元が妙な動きをするのだ。いきなり大きく口を開いたと思ったら、自分で言ったばかりの言葉が引き起こした強い感情に耐えようとするみたいに、またぎゅっと唇を結ぶ。多くの場合、そうして口が開くのと同時に目が充血するのだが、そのピンク色のかすかな

104

輝きは、唇が閉じると、またバネ仕掛けのようにさっと頭の奥へとひっこんだ。彼女はあの時、わたしにあるアイデアを繰り返し聞かせた。それは、もしも地区のすべての幼児の教育に本当に力を注いだならば、ひと世代で何もかもがすっかり変わるはずで、勉強のできる子とできない子という区別もなくなれば、よい子と悪い子という区別さえなくなるはずだ、というものだった。やがて彼女は、息子をじっと見つめていたかと思ったらまた泣きだし、「本を台無しにされちゃったの」と涙混じりに言った。てっきりリヌッチョにやられたという話かと思ったら、ページが破れ、真っぷたつに引き裂かれた本を何冊も見せられた。話を理解するのに苦労したが、子どものせいではなく夫のせいだとわかった。「最近あのひと、わたしの持ち物をとにかく引っかき回すようになったの」彼女はつぶやいた。「わたしが内緒で何か考えることも許してくれなくて、ちょっとした、どうしようもないことでも、隠すと殴られるの」それから椅子を踏み台にして、寝室のタンスの上からブリキの箱を下ろすと、わたしに手渡し、こう言った。「ニーノとのことは全部、ここに書いてあるわ。それに、わたしがずっと前から思ってきた色々なことも、あなたとのあいだのことで、わたしたちが言葉にしなかったことも。お願い、これ、持っていって。あのひとに見つかって、読まれるんじゃないかって心配なの。そんなの嫌だから。だってこれ、あのひとのためのものじゃないし、誰のためのものでもないから。レヌーのためのものでもないわ」

わたしは気の進まぬまま箱を受け取った。そして思った。こんなものどこにしまおう？　わたしに預けてどうしろというのだ？　わたしたちは食卓についた。リヌッチョがひとりで、自分の小さな木製のスプーンとフォークを器用に使って食事をするのを見て感心した。当初の緊張がほどけると、男の子は混じりけのない標準語でわたしに話しかけてきた。こちらの質問にもすべてきちんと正確に答えてみせ、逆に質問を返してきたりもした。リラはわたしたちの会話を邪魔せず、自分はほとんど何も食べずに、ぼんやりと目の前の皿を眺めていた。わたしがそろそろ暇乞いをしようかと思っていたころになって、彼女はやっと口を開いた。

「わたし、ニーノのことも、イスキアのことも、マルティリ広場の店のことも、なんにも思い出せないの。あのころは、彼が命よりも大切に思えたはずなんだけど。それが今じゃ、あれからニーノに何があったのかも、どこに行ってしまったのかも、気にならなくて」

その言葉に嘘はなさそうだったので、彼の消息は一切伝えなかった。

「それが恋のいいところよ」わたしは適当な言葉でお茶を濁した。「いくら狂っても、どうせすぐに忘れちゃうんだから」

「そっちはうまくいってる？」

「まあまあ、ってところかな」

「きれいな髪してるわね」

「そうかな」

「もうひとつ、お願いがあるんだけど」

「何？」

「わたし、この家を出たいの。いつか我を忘れたステファノに、この子と一緒に殺されてしまう前に」

「そんな恐いこと言わないでよ」

「そうね、ごめんなさい」

「でも、わたしにどうしてほしいの?」

「エンツォに会って、〝試してみたけど、無理だった〟って伝えて」

「何それ?」

「いいの、あなたはわからなくても。ピサに戻ったら忙しいんだから、気にしないで。とにかく、〝リナは頑張ったけど、無理だった〟ってエンツォに伝えてほしいの。それで十分だから」

彼女は男の子を腕に抱いて、玄関までわたしを送ってくれた。そして子どもにうながした。

「リーノ、レヌーおばさんに挨拶なさい」

男の子はにこっとして、手を振ってくれた。

105

ナポリを発つ前にわたしはエンツォに会いにいった。〝自分は頑張ったけど、無理だった〟とリラから伝えるように言われてきたと言っても、彼の顔には動揺のかけらも浮かばなかった。せっかく伝えたのに、なんの関心もないのかと思うほどだった。「すごく悲しそうだったよ」わたしは付け加えた。「とはいってもわたしには、どうしていいんだかさっぱりわかんないんだけど」すると彼は唇をぎゅっと閉じ、難しい顔をした。そしてわたしたちは別れた。

　列車に乗ったわたしは、リラの箱を開けた。彼女には開けないと誓ったが、開けてしまった。中には八冊のノートが入っていた。最初の数行を読んだだけで、わたしはもう平静ではいられなくなった。ピサに着いてから、わたしの不調は日を追い、月を追うごとに悪化の一途をたどった。リラの言葉をひとつ読むたびに、わたしは自分という人間がどんどん小さく縮んでいく気がした。彼女の書いた文章を一文読むごとに、それがまだ少女だったリラの手による文章であったとしても、当時の自分の文章ではなく、現在の自分の文章が一文また一文と空っぽになっていく気がした。その一方で、彼女のページはどれも、わたしの思考とアイデアを覚醒させ、わたしのページまで覚醒させた。あたかも今の今までわたしはずっと一種の麻痺状態にあり、勉強熱心ではあったかもしれないが、無駄な勉強ばかりしてきたとでも言われたような気分だった。やがて八冊のノートの内容をわたしはすっかり諳んじた。そしてついには、高等師範学校の日々も、わたしを尊敬してくれる友人たちも、もっと上を目指せと応援してくれる教授たちの温かい目も、その何もかもが、過剰に保護された退屈な世界の一部としか思えなくなってしまった。それにひきかえ、リラが地区の日常のなかで、しわくちゃで染みだらけのページに書き殴りつつ探査してみせた、その世界の荒々しさときたらどうだ？

　それまでの自分の努力がすべて無意味に思えた。わたしはおののき、それから何カ月も勉強が手につかなかった。孤独だった。フランコ・マーリは退学処分となってピサを去っていた。自分はなんてちっぽけなんだろうという印象に圧倒されたまま、にっちもさっちもいかなかった。やがて、このままでは自分も成績を落とし、学校を追い出されると気づいた。だから晩秋のある夜、はっきりどうするという考えはないまま、わたしはブリキの箱を持って外に出た。そしてソルフェリーノ橋の上で足を止め、アルノ川に捨てたのだった。

106

ピサで過ごした最後の一年は、ものの見え方がそれまでの三年間とはがらりと変わった。わたしはピサの何もかもに耐えがたい嫌悪を覚えるようになった。町も嫌なら、男女を問わず学友たちも嫌で、教授たちも嫌なら、学校の試験も嫌、凍えるように寒い日々も、サン・ジョヴァンニ洗礼堂のそばで暖かな夕べに開かれる政治集会も、映画観賞会の映画も、いつ行っても変わらない町並みも、何もかも嫌になった。ティンパノ女子寮も嫌なら、ルンガルノ・パチノッティ通りも、五月二十四日通りも、サン・フレディアーノ通りも、カヴァリエーリ広場も、コンソリ・デル・マーレ通りも、サン・ロレンツォ通りも嫌だった。どの道も何度も通ってきたのに、そのくせ、よそよそしい感じがした。パン屋の主人から挨拶されるようになり、新聞屋の女性とは天気の話をする間柄になっても、それは変わらなかった。彼らの話し方も相変わらず他人行儀に響いた。ピサに来たばかりのころ、わたしが必死で真似しようとしたのは、まさにそんな話し方だったのだが。建材の石の色も、草木の色も、看板の色も、雲や空の色まで、わたしの目にはよそよそしく映るようになっていた。

そうした変化がリラのノートのせいで起きたことなのかどうかはよくわからない。確かなのは、八冊のノートを読み終えてまもなく、しかもあの箱を捨てるよりはだいぶ前に、わたしが夢から覚めたという事実だ。自分はある種の戦場で奮闘中なのだという入学当初の印象が消え、試験のたびに胸高鳴らせて満点に喜ぶということもなくなった。話し方を自ら矯正し、立ち振る舞いと身なりを変え、歩き方まで変える喜びも過去のものとなった。思えば、それは仮装コンクールにでも出場したような行為だった。わたしのまとった精巧な仮面は、〝ほぼ〟本物に見えたはずだ。

ただ、わたしは突如、その〝ほぼ〟という言葉に気づいてしまったのだった。自分は無事やり遂げたと言えるだろうか――ほぼ、やり遂げた。ナポリと地区から脱出することはできたか――ほぼ、できた。ガリアーニ先生とその子どもたちが属する世界よりもしばしばさらに上位の知識階層出身の、新しい友人はたくさんできたか――ほぼ、できた。試験を重ねていくうちに、難しい顔で質問してくる教授たちに受けのいい学生になれたか――ほぼ、なれた。わたしはそんな〝ほぼ〟の裏にこそ、自分の真の姿を見た気がした。つまりわたしは、初めてピサに着いたあの日と同じようにまだ恐れていたのだ。〝ほぼ〟というただし書き抜きで、自然と、教養豊かでいられる人々のことを。

ピサ高等師範学校にはそうした人々が数多くいた。ラテン語やギリシア語、歴史の試験を高成績で通過する学生に限った話ではなかった。そうした若者たちが成績優秀なのは――ほぼ全員、男性だった。ちなみに有名な教授も、学校出身の著名人も男性ばかりだった――自らの勉強の成果を現在と将来にどう活かすべきか、たいした苦労もなく心得ているがゆえなのだった。彼らが学識の用途を知っていたのは、その出自のおかげ、または、生まれながらの方向感覚のおかげだった。たとえば彼らは新聞や雑誌がいかにして作られるかを習わずとも知っており、出版社という組織についての知識もあり、ラジオやテレビの番組編集局とはなんのことかも知っていて、映画がどう製作されるのかも、大学学内のヒエラルキーも知っていた。故郷の村や町の外に何があり、アルプスの北には何があり、海の向こうには何があるかを最初から心得ており、強い影響力を持つ重要人物の名前はもちろん、尊重すべき人物の名も、唾棄すべき人物の名も、彼らはよく知っていた。ところがわたしはそうしたことにはまるで無知で、新聞や本に名前が載った人物は誰であれ神様だと思っていた。だから誰かがほれぼれとした声で、または、いかにも嫌そうな声で、あれは誰それだ、某々だ、何がしの息子だ、甲乙の孫だ、と言えば、沈黙を守るか、知ったかぶりをした。当然ながらそうした名字が〝本当に〟重要なそれであるらしいことくらいは、わたしにだってわかった。でもその瞬間までそんな名前はまるで聞いたことがなく、そのひとがいったいどんな凄いことをして、どれだけ偉いのかもさっぱりなのだった。たとえば、試験には常に完璧な準備をして臨んだわたしだが、教授から急に、「わたしがこの大学でこの科目を教えることになったのは、どの作品の功績が評価されたためか、君は知っているかね？」と質問されれば、途端に答えに窮した。ところがほかの生徒たちはそういうことをちゃんと知っていたのだ。だからわたしは彼らと一緒にいながらも、自分が何か間違ったことを言ったり、しでかすのではないかといつもびくびくしていた。

フランコ・マーリがわたしに夢中だったころは、そうした恐れも薄れた。彼が教育してくれたからだ。わたしはなんにつけ彼を模倣した。フランコは陽気で、気配りができて、そのくせ無遠慮で、大胆だった。自分は正しい本ばかり読んできたと信じていた彼には、正義の側にいるという確信があり、その声はいつも自信に満ちていた。わたしは内輪の機会でも、滅多になかったが公の場でも、彼の名声を踏み台にして自分の意見を表明することを覚えた。わたしはそうした真似がうまかったと思う。少なくとも腕を上げつつはあった。フランコの自信を武器にして、時には彼よりも大胆になり、彼よりもうまいことを言う時すらあった。それでも、そんな大きな進歩を遂げてもなお、わたしには一抹の不安が残っていた。自分にはやはり無理なのではないか、間違ったことを言ってしまうのではないか、誰だって知っている何かを知らないのがばれて、大恥をかくことになるのではないか。そんな不安だ。フランコが泣く泣くわたしの日々から姿を消すと、そうした恐れは勢いを取り戻した。以前から薄々そうではないかと思っていた事実が証明された気分だった。フランコの裕福な出自、高水準な

107

教育、左翼の青年活動家として学生のあいだで得ていた名声、社交的な性格、さらには大学の内外を問わず権力者に鋭い意見を投げかけるその勇気にいたるまで、すべてが彼にある種のオーラを与えていたが、その婚約者または恋人、あるいは同志であったこのわたしも、実は、自動的にそのオーラによって覆われていたのだ。彼に愛されているというだけで、わたしの才能に公的なお墨付きが与えられたようなものだった。しかし彼が退学になるとその功績は過去のものとなり、わたしを明るく照らしてくれることもなくなった。裕福な家庭の学生たちはもうわたしを日曜の遠足やパーティーに誘わなくなり、以前のようにナポリ風の発音を馬鹿にする学生も出てきた。彼の贈り物はすべて流行遅れとなり、肌の上で古びていった。わたしはまもなく理解した。フランコはわたしの人生に入ってきて、わたしという人間の真の状態を覆い隠しこそしたが、変えまではしなかったのだ。結果、わたしは本当に彼らのひとりになることができず、彼らとは別の種類の人間のままだった。昼夜となく刻苦勉励して、好成績を挙げ、親しみと敬意をもって扱ってもらえるようにはなれても、そうして得た高い学識にふさわしい態度はいつまでも身につかぬタイプの人間だ。場違いなことを言いやしないか、話し方が大げさすぎないか、こんな身なりでよかったのか、あさましいところを見せてしまうのではないか、わたしの意見なんてどれも退屈なんじゃないか……。自分はその手の不安を一生拭えないのだろう。そう思っていた。

あの時期があんなに憂鬱だったのは、ほかにも色々と原因があった。大学のみんなは、わたしが夜、フランコの部屋に通っていたことも、彼とふたりきりでパリやヴェルシリアに行ったことも知っていた。おかげで尻軽女とみなされるようになったことも、原因のひとつだ。フランコが熱心に支持していた性の自由という思想に慣れるために、実はわたしがどれだけ苦労したかといちいち弁解する訳にもゆかず、それにわたし自身、偏見にとらわれぬ自由な女性だと彼に思ってほしくて、そうした苦労をずっと隠してきたのも事実だった。かといって、絶対的真実でもあるかのようにフランコに吹きこまれた一連の思想を今度は自分が吹聴して回る訳にもいかなかった。たとえば彼はこんなことを言っていた。〝好色なくせに処女だけは守るという連中は、女の中でも最悪な種族だ。あの小市民どもは、まともにセックスするくらいなら、ケツの穴を差し出したほうがましだと言うんだから〟では、リラの話をすればいいかと言えば、当然そうもいかなかった。自分にはナポリに幼なじみの女の子がおり、十六でもう結婚して、十八で愛人を作って、相手の子まで身ごもったのに、また夫のところに戻った、きっとほかにも色々やってると思うが、そんな彼女の嵐のような物語に比べたら、自分がフランコと寝たことなんてぜんぜんたいしたことない、などとは言えなかった。だから結局は、女子たちの嫌みを諦め、男子たちの下品なからかい文句も諦め、彼らの視線がわたしの大きな胸を舐め回すのも諦めるしかなく、男子から僕がフランコの代わりに新しい恋人になってやろうと軽薄に誘われるたび、こちらも軽薄に断るしかなかった。断れば必ずいやらしい文句が返ってきたが、それも諦めた。わたしは歯を食いしばって頑張った。いつかは終わる、そう自分に言い聞かせて。

そんなある日の午後、サン・フレディアーノ通りのカフェで、ちょっとした事件があった。友人の女子ふたりと店を出ようとしていたわたしに向かって、たくさんの学生たちが聞いている前で、以前に振った男子のひとりが真面目な顔でこんなことを叫んだのだ。「ナポリちゃん、君の部屋に置いてきた僕のあの青いセーター、忘れずに持ってきてくれたまえ」わっと笑い声が上がり、わたしは返事もせずに店を出た。でもすぐに、あとをつけてくるひとりの男子がいることに気がついた。授業でも見かけた覚えのある、滑稽な風体の学生だった。ニーノのような暗いインテリ風の若者でもなければ、フランコのような気軽な感じの男の子でもなく、ガリ勉っぽい眼鏡をしていて、すごく内気な感じで、いつもひとりでいて、真っ黒な髪の毛がもじゃもじゃにもつれていて、明らかに太りすぎで、左右の足は妙にねじれていた。彼は寄宿舎の前までついてきて、ようやく声をかけてきた。

「グレーコ君」

彼が誰であるにせよ、こちらの名字を知っていた。だから礼儀として、わたしは足を止めた。若者はきちんと自己紹介をし、ピエトロ・アイロータと名乗ってから、つっかえつっかえ、ひどく混乱した話をした。要するに、〝さきほどの学生たちを僕は恥ずかしく思う。しかし、意気地がなく、彼らに意見できなかった自分にも腹が立っている〟という内容だった。

「意見するって、何がしたかったの？」わたしは皮肉っぽく聞き返したが、驚いてもいた。こんな猫背で、レンズの厚い眼鏡をかけ、おかしなもじゃもじゃ頭をした、すっとぼけた雰囲気の、いかにも本ばかり読んでいそうな話し方をする彼が、物語の騎士のようにわたしを守るべきだと感じていたとは。地区の幼なじみたちと同じだと思った。

「君の名声を守りたかったんだよ」

「名声なんてそんなたいしたもの、わたしにはないわ」

彼は謝罪と別れの挨拶らしきものをごにょごにょとつぶやくと、去っていった。

翌日はこちらから彼を探した。それからというもの、授業では彼の横に並んで座り、よく長い散歩を一緒にするようになった。話をしてみて驚いた。彼はわたしと同じように早くも卒業論文に手をつけており、テーマにはやはりラテン語の古典文学を選んでいたのだ。しかし彼は卒業論文をわたしのように〝卒論〟とは呼ばず、〝仕事〟と呼び、二度ほど〝本〟という言葉まで飛び出した。なんと、卒業したらすぐに本として刊行するつもりで、卒業論文を書いていると言うではないか。仕事？本？このひと、なんて言葉遣いをするんだろう。二十二歳だというのに、その口調は重々しく、彼は難しい文献からの引用をひっきりなしにした。わたしたちの高等師範学校かどこかの大学でもう教鞭をとっているような風格さえあった。

「本当に卒論を出版するつもりなの？」わたしは信じられなくて、一度そう尋ねたことがあった。するとと彼も同じくらい驚いた顔でこちらを見返した。

「うまく書けたら、そうだね」

「よく書けた論文って、みんな出版されるものなの？」

「うん、少しもおかしい話じゃないよ」

彼はバッカス神信仰を研究し、わたしは『アエネーイス』の第四巻を研究していた。だからわたしはつぶやいた。

「バッカスのほうが、女王ディドよりテーマとしてはおもしろいかもね」

「やりかた次第ではどんなテーマだって、おもしろいさ」

わたしたちはありきたりな会話は決してせず、合衆国が西ドイツに核兵器を供与する可能性についても論じず、フェリーニとアントニオーニはどちらが映画監督として優れているかという話もせず、ひたすらラテン語とギリシア語の古典文学だけを話題にした。ピエトロは驚くべき記憶力の持ち主だった。関連性の極めて薄い複数のテキストを結びつけ、しかもその資料がまるで目の前にあるかのように引用する才能が彼にはあった。だからといって知識をひけらかしたり、うぬぼれたりはしなかった。ほとんど、〝我々のような専門分野の研究者が語りあうならば、これぐらい至極当然〟という風だった。つきあえばつきあうほど、彼の優秀さはわかった。わたしがいくら頑張っても決してたどり着けぬ水準の優秀さだった。こちらは何かへまをするのではないかとひたすら怯えている同じ場所で、向こうは常に悠々としており、何ごとも熟考し、よく吟味した意見を述べることができたのだから、かなう訳がなかった。

彼とほんの二、三度、イタリア大通りか、大聖堂から墓地の辺りを散歩したあとから、わたしの周りでまたすべてが変わりだしたのがわかった。まずはある朝、知りあいの女の子から、茶化すようにこんな恨み言を言われた。

「あなた、男子にどんな魔法をかけてるの？　アイロータの御曹司まで落としたのね」

わたしはピエトロの父親が何者なのか知らなかったが、話しかけてくる学友たちの声には敬意が戻り、またパーティーや食事会に招かれるようになった。そのうち、こうしてみんなが声をかけてくれるのは、普段はひとりぼっちでいるピエトロをわたしに連れてこさせるためなのではないか、という疑念も芽生えた。そこで、自分の新たな友人の父親がいったいどんな功績を誇る人物なのか知りたくて、わたしは聞いて回るようになった。するとわかったのは、アイロータ教授はジェノヴァ大学でギリシア古典文学を教えており、その上、社会党の重要人物であるということだった。それを聞いてわたしは少し落ちつかない気分になった。ピエトロの前で何かあまりに単純なことや間違ったことを言ってしまうのではないか、あるいはもう言ってしまったのではないかと思ったのだ。それからも彼は以前と変わらず、本になる予定の卒業論文についてよく話してくれたが、わたしは何か馬鹿なことを言ってしまいそうで、自分の論文についてはあまり話さなくなった。

そんなある日曜、ピエトロが息を切らせて寄宿舎にやってきた。ピサまで彼に会いにきた両親と姉と、昼食をともにしてほしいと言うのだった。わたしはパニックに陥り、少しでもきれいに見せようと身なりを整えた。そして思った。きっと変ちくりんな話し方をしてしまうに違いない。冴えない娘だと思われるだろう。何しろ偉いひとたちなのだ。お抱え運転手つきの大きな自動車で来るのだろう。何を話せばいい？　まぬけ面をさらす羽目になるのではないか……。ところが、実際に会ってみると、不安はすぐに霧消した。アイロータ教授はずいぶんとしわくちゃな灰色のスーツを着た中背の男性で、疲れを浮かべた大きな顔に、大きな眼鏡をかけていた。帽子を脱ぐと、その下は丸はげだった。その妻、アデーレは痩せていて、美人ではないが上品で、落ちついた雰囲気の優雅な女性だった。一家の車は、ソラーラ兄弟がジュリエッタに替える前に乗っていたのと同じミッレチェントで、なんとジェノヴァからピサまで運転してきたのは運転手ではなく、ピエトロの姉、マリアローザだということだった。賢そうな目をした可愛い娘で、初めて会ったわたしを昔からの友だちのようにぎゅっと抱きしめ、頰にキスをしてくれた。

「ジェノヴァからここまで、あなたがずっと運転してきたの？」わたしはマリアローザに尋ねた。

「そうよ。ドライブ、大好きなの」

「免許取るのって難しかった？」

「ぜんぜん」

　年は二十四歳、ミラノ大学で美術史を教えていて、画家のピエロ・デッラ・フランチェスカを研究しているということだった。彼女はわたしのことはみんな知っていた。とはいっても、弟が知っていることはみんな知っていた、という意味で、つまりはわたしの学問上の関心事のみだった。アイロータ教授と妻アデーレもそれは同じだった。

　わたしは一家と楽しい朝を過ごした。気さくなひとたちで、こちらを緊張させなかった。ピエトロとは異なり、三人とも実に話題が豊富だった。たとえば、宿泊先のホテルのレストランで昼食をご馳走になった時も、アイロータ教授とその娘は色々な政治問題についてあくまで仲よく意見を戦わせた。パスクアーレにニーノ、フランコによく聞かされた話題ばかりだったが、実はわたしにはほとんどまともな知識がない分野でもあった。ふたりの討論はこんな具合だった。パパたちは協調主義の罠に落ちたのよ——お前が罠と呼ぶものをわたしは調停と呼んでいるよ——でもその調停って、結局いつもキリスト教民主党の連中が勝つじゃない？——中道左派政治は難しいんだ——そんなに難しいなら、社会主義に立ち返ればいいでしょ——この国は危機にある。今は変革を急がないといけないんだ——変革なんてちっともしてないじゃないの——じゃあ、お前がわたしたちの立場にいたらどうする？——革命よ。革命しかないわ——イタリアを中世から連れ出すこと。これこそ、今、成し遂げるべき革命だよ。我々、社会党の人間が政権にいなければ、学校でセックスについて議論する学生も、平和を訴えるビラを撒く学生も、逮捕されてしまう。そんな世の中になってしまうかもしれないんだ——そんなパパたちが北大西洋条約をどうするつもりか、見ものね——我々は戦争とあらゆる帝国主義に昔から反対しているよ——キリスト教民主党と一緒に政府をやるなんて、それで反米の立場は守れるの？

そうした短い言葉の掛け合い、言わば、模擬討論で、ふたりとも楽しんでいるのが見ていてわかった。もしかすると相当以前からの親子の習慣なのかもしれなかった。わたしはそんな父と娘の姿に、自分には一度も縁がなかったもの、そして——その時理解したのだが——この先も決して縁がないだろう、何かを見た。それが何か、正確に言葉で表現するにはわたしはまだ力不足だった。世界のさまざまな問題を自分の身近な問題として感じる訓練、のようなものだったのかもしれない。そうした問題を試験で披露し、高得点を獲得するための単なる情報としてではなく、深刻なものとして肌身に感じる能力。そして、なんでもわたしのように自分の個人的な闘いに貶めたり、とにかくひとに認められようとする欲望に貶めたりしない心の持ちよう。そんなところだろうか。マリアローザも父親も言葉遣いが優しかった。どちらの口調も慎みがあり、ガリアーニ先生の長男、アルマンドや、ニーノのような、大げさな言い回しはその影もなかった。にもかかわらず、ふたりの政治談義には温かな血が通っていた。その手のやりとりは何度も聞いたことがあったが、政治用語はいつもみな冷たく響き、わたしには無縁なものに思え、使わないと恥をかきそうな場合のみ使うべきものと考えていた。それが、あの親子の場合は違った。ふたりは互いを挑発しながら、北ベトナム爆撃から各地の学校での学生蜂起へ、さらには中南米とアフリカにおける反帝国主義運動の無数の萌芽へと、話題を切れ目なく変えていった。そして今では娘のほうが父親よりも情報に通じているように見えた。マリアローザの知識の豊かさにわたしは圧倒された。まるで現地で直接情報を手に入れてきたかのように彼女は語った。ついには、夫に苦笑混じりの視線を投げかけられたアデーレが割って入ったほどだった。

「デザートをまだ選んでないの、あなただけですよ」

「わたし、チョコレートケーキにする」議論をぱっとやめて、愛らしい笑顔でマリアローザは答えた。わたしは彼女に尊敬の眼差しを送った。車の運転ができて、ミラノに住んでいて、大学で教え、あくまで穏やかに父親と互角に意見を戦わせる彼女。ひるがえって、わたしはどうだ？　口を開くのも恐ろしかったが、しかしそうして黙っているのも悔しかった。ついに耐えきれなくなり、わたしは声をうわずらせて口火を切った。

「合衆国国民は、広島と長崎の原爆のあと、人類に対する犯罪の容疑で裁判にかけられるべきでした」

沈黙。一家四人全員の視線がいっせいにこちらを注目した。それからマリアローザが「そのとおりよ」と声を上げ、手を差し出してきた。わたしはその手を握りしめた。励まされた気がして、さまざまな時期に記憶した無数の言葉や、かつての常套句のかけらで、すぐに頭がいっぱいになった。わたしは計画化と合理化の重要性について語り、社会民主主義の突然の凋落について語り、新資本主義について語り、構造とは何かを語り、革命について、アフリカについて、アジアについて語り、幼児教育とピアジェを語り、警察と検察の共犯関係を語り、この国のあらゆる部分に潜む極右の腐敗分子について語った。わたしは混乱しながら、息も荒く語った。胸は高鳴り、誰と話しているのかも、自分がどこにいるのかも忘れた。それでも、周りで共感の空気が高まるのは感じられ、思い切って言ってみてよかった、どうやらよい印象を与えることができたようだと思った。普通真っ先にされる質問をピエトロの素敵な家族が一切してこないのも嬉しかった。わたしの出身はどこだとか、父親の職業はなんだとか、母親はどうとかといった質問のことだ。おかげでひたすらに、わたしは、わたしは、という話ができた。

午後も一家とあれこれ話して過ごした。夕方には、夕食の前に、みんなで一緒に散歩に出かけた。道々、アイロータ教授はひっきりなしに知りあいに出くわした。妻と歩く大学の教授までふたり、足を止めて、とても親しげに声をかけてきた。

108

しかし、早くもその翌日にはわたしは元気を失っていた。ピエトロの一家と過ごした時間が、高等師範学校での自分の苦労も結局は無意味だという事実の新たな証左に思えてきたのだ。よい成績を取るだけでは足りなかった。もっと必要なものがほかにあるのは確かだったが、わたしにはそれがなく、どうすれば身につくのかも見当がつかなかった。思い出せば恥ずかしかった。どうしてあんなに慌てまくしたててしまったのか。わたしの言葉は論理に欠け、落ちつきに欠け、アイロニーに欠けていた。マリアローザにアデーレ、ピエトロの言葉にはそうしたものがすべて揃っていた。わたしだって、句読点のひとつにいたるまで吟味する、研究者にふさわしい几帳面な姿勢だけは確かに身につけた。試験の結果も、書き進めていた卒論もそのよい証だ。それでも本質的には、学歴ばかりやたらと立派な無教養な人間であることには変わりがなく、彼らのように悠然と歩くための鎧かぶとは持ちあわせていなかった。アイロータ教授は神話に登場する神であり、子どもたちが戦いに赴く前に魔法のかかった武器をあらかじめ与えた。マリアローザは無敵だった。ピエトロもまた、豊かな学識を誇る礼儀正しい人間としては完璧だった。わたしはどうか？　わたしはただ、彼らの傍らに身を寄せ、そのまばゆい輝きをお裾分けしてもらうことしかできない人間だった。

彼を失ってはいけない。わたしはそんな強迫観念に取り憑かれ、積極的にピエトロと会うようになり、ぴったり離れずにいるうちに、愛着を覚えるようになった。しかし自分から告白はせず、彼の告白をいたずらに待った。そしてある晩、こちらから頬にキスをすると、彼はついに唇を重ねてきたのだった。わたしたちは人目につかぬ場所で、夕方、会うようになり、薄暗くなるのを待っては、互いの秘部に触れあった。しかし、彼は決してわたしの中に入ってこようとしなかった。アントニオとつきあっていたころに戻ったような気もしたが、違いは大きかった。アイロータ家の息子と夕べに出かけ、彼の力をもらうという興奮があった。時々、リラに公衆電話から電話をかけたくなった。新しい恋人ができたことを報告し、ふたりの卒業論文がほぼ間違いなく出版されるだろうこと、きちんと表紙があって、題名が書いてあって、作者の名前も入った、正真正銘の本になるだろうことを教えたかった。もしかしたらわたしもピエトロも大学で教鞭をとることになるかもしれない、だって彼の二十四歳の姉がもうそうして教えているのだから、絶対にあり得ない話とは言えない、そう伝えたかった。言いたいことはもうひとつあった――リラ、あなたの言うとおりだったわ。小さいころからしっかりと教育を受けた人間は、大人になってからなんでも楽々できるの。そういうひとって、まるで生まれた時から何もかもすっかり知っていたようにさえ見えるのよ……。でも結局、諦めた。リラに電話をする？　なんのために？　結局黙って、向こうの話ばかり聞かされることになるじゃない？　仮に話を聞いてくれたとしても、なんて言えばいい？　自分の将来がピエトロと同じように進むはずがないことをわたしはよく知っていた。それになんといっても、彼がそのうちフランコのように消えてしまうだろうことも心得ていたし、つまるところ、それでいいのだとわかっていた。わたしはピエトロを愛しておらず、路地や芝生の上で抱きあうのも、そうしていれば不安が薄れるから、それだけの話だったのだから。

109

一九六六年のクリスマス休暇の直前に、わたしはひどいインフルエンザにやられた。だから実家の近所に電話をして――そのころになると、地区でも電話のある家が多くなっていた――休暇には帰れないと両親に伝えておいた。高熱と咳のつらい日々が続き、寄宿舎は学生がどんどん減り、静かになっていった。わたしは何も食べず、水を飲むのもつらかった。ある朝、消耗し切ってうとうとしていたら、甲高い声が聞こえてきた。故郷の方言だった。地区の女たちが自宅の窓から別の家の窓に向かって叫び、言い争う時のような大声だった。そして頭の奥底の真っ暗な辺りから、聞き慣れた母さんの足音が聞こえてきた。母さんはノックもせず、勢いよくドアを開けて入ってきた。その両手には鞄が山とぶら下がっていた。

想像を絶する出来事だった。それまで彼女は数えるほどしか地区を出たことがなく、それにしたってせいぜいナポリの中心街までの話だった。町の外など、わたしの知る限り、一度も出たことがなかったはずだ。それが列車に乗り、夜通し旅をして、わたしの部屋までやってきたのだ。そして、わざわざ早めに作ったというクリスマス料理一式をどさりと下ろすと、大きな声で騒々しくしゃべりまくり、夜までにはわたしを魔法のように元気にするはずだという指示を次々に出して、今夜、お前は自分と一緒にナポリに帰るのだと言うのだった。家にはほかにも世話の焼ける子どもたちと父さんがいるのだから、どうしたって自分は今夜、また出発しないといけないのだ、と。

わたしは熱よりも母さんに参ってしまった。あんまりぎゃんぎゃんとわめき、勝手に部屋の備品を動かしたり、荷物を乱暴に片付けたりしているので、今にも寮長が飛んでくるのではないかと不安だった。やがて気を失いそうな予感がして、わたしは目を閉じた。自分を引きずりこみつつある、この吐き気を伴う暗闇の中までは、さすがの母さんも追いかけてこれないだろうと期待したのだが、彼女の勢いはもう誰にも止められなかった。母さんは部屋の中をうろうろと歩き続け、世話を焼きたがったり、攻撃的になったりして、父さんの話をし、弟たちの話をし、近所の住人や友人の話をし、そして当然、カルメン、アーダ、ジリオーラ、リラの話をした。

わたしは聞き流そうと努力したが、母さんは〝あの子がやったこと、わかった？〟とか、〝大変だったんだから、わかった？〟などと言って、こちらの腕や、布団に埋もれた足に触れて揺さぶり、放っておいてくれなかった。そのうち、あることに気がついた。病気で衰弱したわたしは、母さんの元々苦手な部分が余計に気に障るようになっていたのだ。彼女のひと言ひと言が腹に立ち、言葉でもそう伝えた。母さんの言葉はどれを取っても、要するに、お前の幼なじみはどの娘も、お前に比べたらどうしようもない大人になった、それだけだったからだ。「いい加減にしてよ」わたしはつぶやいた。ところが母さんはまるで構わず、〝それに比べたら、お前は〟と言い続けるのだった。

ただ何よりもつらかったのは、彼女の母親らしい誇らしげな態度の裏にある懸念の存在に気づいてしまったことだった。母さんは怯えていた。今にも状況が変化して、娘がまた失点し、自分はこうした自慢ができなくなるのではないか、と。母さんは世界の安定というものをあまり信じていなかった。だからわたしに無理にでも食事をとらせ、汗を拭き、何度も何度も熱を測らせた。わたしが死に、彼女にとって優勝カップのような娘を奪われることを恐れたのだろうか。健康を失ったわたしがへこたれ、なんらかの形で格下げされ、落ちぶれて帰郷するのを恐れたのだろうか。母さんはリラの話をしつこく繰り返した。あまりにしつこいので、リラの幼いころから母さんがどれだけあの子に注目してきたかに気づいて、はっとしたほどだった。このひとも、そう、わたしの母親まで、リラのほうが優秀なことに気づいていたんだ。そう思った。それで今度は、わたしがリラを追い抜いてしまったのに驚き、現在の状況を信じたいけれども、信じられない、そんな気持ちでいるに違いなかった。

〝地区で一番幸運な母親〟の地位を失うのを恐れていたのだ。なんて好戦的な顔をしているんだろう。彼女はなんてうぬぼれた目をしているんだろう。母さんの体が周囲に放射する気迫に気づいて、わたしはこんなことを思った。彼女は不自由な脚のせいで、生き抜くために普通のひとよりも多くのエネルギーを必要とした。だから家族の外でも中でも、こんな獰猛な振る舞いをするようになったのではないか。

110

それにひきかえ、父さんはどんな人間だろう。いつもへりくだった態度を守り、ちょっとしたチップを狙ってそっと手を差し出すようにしつけられた、ひ弱な小男だ。あらゆる困難を乗り越え、こんないかめしい建物の奥底までやってくることなど、父さんにはもちろんできないだろう。しかし、母さんはやってのけた。

　母さんが立ち去り、静けさが戻ってくると、わたしはほっとする一方で、熱のせいもあって、感動した。想像をしたのだ。誰かとすれ違うたびに、駅への道はこれでよいのかと尋ね、見知らぬ町をたったひとり、悪い脚を引きずりながら、歩いていく彼女の姿を。一度バスに乗るお金すら出し惜しみするはずだ。五リラだって無駄にはしないひとなのだから。それでも母さんならば、きっと駅に無事にたどり着く。そして正しいキップを買い、正しい列車に乗り、座り心地の悪い席か、立ちっぱなしの夜行でナポリに着く。それからまた長いこと歩いて、地区に帰り、いつものように床を磨き、料理に精を出すのだろう。クリスマスに備えて大ウナギを細切れにし、リンフォルツォ・サラダ（野菜の酢漬けにアンチョビが入ったカリフラワーのサラダ）に鶏のスープにストルッフォリ（小麦粉と卵の団子を揚げ、蜂蜜をかけた菓子）を作る。彼女は片時も休むことなく、怒りっぽく働くだろう。それでも頭の片隅では、「うちのレヌッチャはジリオーラよりも、カルメンよりも、アーダよりも、リナよりもできた娘だよ。そうさ、あの子は一番なんだ」とつぶやき、自分を励ますに違いなかった。

母さんの話によると、ジリオーラのせいで、リラの状況はさらに悪化したとのことだった。すべては四月のある日曜に始まった。その日、菓子職人スパニュオロ氏の娘、つまりジリオーラが、アーダを地区の教会の映写会に誘ったのだ。そして早くも次の日の晩には、どこの店も営業を終える時間にジリオーラはアーダの家を訪れ、「ひとりぼっちじゃつまらないでしょ？　うちにテレビでも見においでよ。お母さんも連れてくればいいじゃない？」とまた誘った。そんな風にふたりは親交を深め、ジリオーラは婚約者のミケーレ・ソラーラと夜に出かける時も、アーダを呼ぶようになり、そのうちジリオーラと弟のレッロ、ミケーレ、アーダとその兄アントニオの五人でよくピザを食べにいくようになった。なじみのピザ屋は中心街のサンタ・ルチア地区にあった。ミケーレが車を運転し、きれいに着飾ったジリオーラがその隣に座り、後ろの席にレッロ、アントニオ、アーダが並んだ。

アントニオは自由時間まで雇い主と過ごすのが嫌で、最初は用事があると言って、アーダの誘いを断ろうとした。しかし、彼が来ないのをミケーレがひどく怒っているとジリオーラに聞かされてからは、諦めて同行するようになった。会話はほぼアーダとジリオーラのあいだでのみ交わされ、ミケーレとアントニオはひと言も口をきかなかった。それどころかミケーレはしばしばテーブルを離れ、色々と取引のあるピザ屋の主人としゃべった。一方、ジリオーラの弟はピザを食べ、静かに飽き飽きするのが常だった。

娘ふたりのお気に入りの話題は、アーダとステファノの恋愛だった。彼女がこれまで受け取り、これからもらう予定の贈り物の数々について、ステファノと去年の夏に行ったストックホルム行きの素晴らしい旅の思い出について（そしてアーダが哀れなパスクアーレにどれだけ嘘をつかなければならなかったについて）、店で彼女をまるで女主人のように立ててくれるステファノの優しさについて。アーダは自分で感動しながら、愛の物語をいつまでも語った。ジリオーラはじっと耳を傾け、時々、こんな風に口を挟んだ。

「教会に頼めば、結婚だって取り消しにできるんだってよ」

アーダは言葉を切り、眉をひそめて答えた。

「知ってる。でも、難しいみたいね」

「難しいは難しいけど、無理じゃないんだって。控訴院《サクラ・ロータ》（ローマ教皇庁にある裁判所のひとつ）に相談しなきゃならないって聞いたわ」

「何、それ？」

「わかんない。でもって、どんな決まりよりも力があるんだってさ」

「本当？」

「うん、何かで読んだよ」

アーダはジリオーラという思いがけぬ友を得て幸せだった。それまではステファノとの道ならぬ恋をひとり胸に秘め、恐れと良心の呵責に苦しんできた彼女だったが、そうして話してみれば、気が晴れ、自分が正しいことをしているような気分になり、罪の意識も消えるとわかった。ただひとり、せっかく安らいだ彼女の心を乱すのが辛辣な兄で、帰り道はいつも喧嘩しっぱなしだった。ある時などアントニオは思わず妹に手を上げそうになり、怒鳴りつけた。

「なんだってお前は、自分の色恋沙汰をああもべらべらと話しちまうんだ？　世間がお前を売女扱いして、俺をその惨めな兄貴だと見下しているのがわからないのか？」

アーダはひどく挑発的な口調で答えた。

「どうしてあのミケーレ・ソラーラがわたしたちとピザなんて食べにくるか、わかる？」

「俺のボスだからだ」

「偉そうに。よく言うわね」

「じゃあ、どうしてだ？」

「わたしがステファノの恋人だからよ。ステファノ、実力者だもの。お兄ちゃんの出世なんてのんびり待ってたら、わたし、いつまでたっても〝頭のおかしなメリーナの娘〟のまんまだったろうな」

アントニオは怒りを爆発させた。

「お前はステファノの〝恋人〟なんかじゃない。あいつに囲われてる〝売女〟だろうが」

アーダは泣きだした。

「嘘よ。ステファノが愛しているのは、わたしだけなんだから」

ある晩、状況はさらに悪化した。兄妹は家におり、母親と一緒に夕食を終えたところだった。アーダは皿を洗い、アントニオは宙の一点を見つめ、ふたりの母親は古い歌を口ずさみながら、やけに張り切って床を掃いていた。やがてメリーナは、本当にたまたまだったのだが、娘の足を箒で掃いてしまった。それからが大騒動だった。今はどうかしれないが、あの当時は、足を箒で掃かれた未婚の女性は一生結婚できないと信じられていたのだ。アーダは己の運命を一瞬で悟り、まるでゴキブリに触れられたように後ろに飛び退くと、手にしていた皿を床に落とした。

「よくも足を掃いたわね」アーダの金切り声に、母親は唖然とした。

「わざとやった訳じゃないだろ」アントニオは言った。

「ううん、わざとに決まってる。お兄ちゃんもママも、わたしに結婚してほしくないんだ。一生ここに閉じこめて、このまま召使いみたいにこき使おうって言うんでしょ？」

メリーナはそんなことはないと言いながら娘を抱きしめようとしたが、突き飛ばされて後ろによろけ、椅子にぶつかって、割れた皿の破片の散らばる床に倒れてしまった。

アントニオはすぐに母親を助け起こそうとしたが、時すでに遅く、メリーナは、息子が恐い、娘が恐い、周囲の何もかもが恐いと悲鳴を上げていた。そしてアーダも母親に負けぬ大きな声でこうやり返した。

「わたし絶対に結婚するから。それもすぐにしてやる。リナが自分から身を引かなかったら、この手であの世に送ってやるんだ」

それを聞いてアントニオは玄関のドアを叩きつけるようにして家を出ていった。続く日々、彼は普段よりも暗い様子で、我が身に降りかかった新たな悲劇から逃れようとして、耳を覆い、口を閉ざして過ごした。古いほうの食料品店の前は避けて通り、偶然ステファノとすれ違えば、よそを向いてやり過ごし、殴ってやりたい衝動が膨らむのを避けた。頭がずきずきと痛み、もう何が正しくて何が悪いのかわからなかった。リナを見つけた時、彼女をミケーレに渡さなかったのは正しい選択だったのか。エンツォに彼女を家に連れて帰るよう頼んだのは正解だったのか。リナが夫の元に戻らなかったか。俺の妹も今はこんなことにはならなかったのだろうか……。すべてが善悪の区別なく、ひたすら偶然に起きる気がした。だがそこまで考えるとアントニオの頭はいつもこんがらがってしまい、あたかも妹を責めることで悪夢から覚めようとするかのように、すぐにまたアーダと喧嘩になるのだった。

「ふざけるな、ステファノは結婚してるんだぞ。小さな子どももだっている。お前はママよりもたちが悪いな。常識ってものがまるでない」兄にそう怒鳴られると、アーダはジリオーラの元に急ぎ、すべてを打ち明けるのが決まりだった。「うちのお兄ちゃん、頭が変なの。このままじゃわたし、殺されちゃう」

こうしてある午後、アントニオはミケーレに呼び出され、長期間のドイツ出張を命じられることになったのだった。アントニオは刃向かわず、むしろ喜んだ。妹はもちろん、母親にさえ別れを告げずに彼は出発した。外国に行き、教会の映写会で観た映画に出てくるようなナチスの兵隊と同じ言葉を話す人間の住む土地に行けば、俺など滅多刺しにされるか、銃で撃たれてしまうだろう。でもそれでいい。そう思っていた。母親とアーダの苦しむ様を目の当たりにしながら何もできずにいるよりは、そうして殺されてしまったほうがずっとましだった。

列車に乗る前にアントニオがただひとり会いたいと思ったのは、エンツォだった。会うには会えたが、忙しそうだった。そのころエンツォは、大切なロバに荷馬車、母親の小さな店、線路脇の畑まで、全財産を売り払おうと奔走していた。そうして作った金の一部は、彼の弟たちの面倒を見ようと言ってくれた未婚の叔母に渡すつもりだという。

「それでお前はどうする？」アントニオは尋ねた。

「仕事を探してる」

「暮らしを変えるつもりなのか？」

「ああ」

「正解だよ」

「そうするほかないんだ」

「俺は一生このままだがな」

「馬鹿を言うな」

「それで仕方ないし、気にもしてない。ところで、しばらくよそに行くことになった。いつ帰れるかはわからない。そこで頼みなんだが、うちのママと妹、弟たちの様子を時々、見にいってやってくれないか」

「地区に残れたら、そうするよ」

「エンツォ、俺たちは間違ったんじゃないかな？　あの時、リナを家に連れ帰っちゃいけなかったんだ」

「そうかもしれない」

「何もかも滅茶苦茶だ。何をするのが正しいかなんてことは、絶対にわからないもんだな」

「そうだな」

「達者でな」

「そっちこそ」

　ふたりは握手すらせずに別れた。アントニオはガリバルディ広場に向かい、ナポリ中央駅から列車に乗った。夜も昼も列車に乗りっぱなしの、長く、つらい旅となった。いくつもの怒りの声が始終、彼の中で響き続けていた。何時間もせぬうちにへとへとになり、足が震えだした。兵役から戻って以来の旅だった。時々、水道の水を汲むためにホームに降りたが、そのたび、列車が出発してしまわないかと不安になった。後日、彼に聞かされたのだが、途中、フィレンツェ駅まで来た時には、あまりに気持ちが沈んでいたので、〝もうここで降りよう、レヌッチャに会いにいこう（フィレンツェからは同じトスカーナ州にあるピサ行きの列車が出ている）〟とさえ思ったということだった。

111

アントニオが去ると、ジリオーラとアーダの仲はずっと密接になった。ジリオーラはアーダに、本人もかなり前から考えていたことの実行を勧めた。すなわち、もういたずらに待つのはやめ、ステファノの結婚を巡る現在の状況を力尽くで変えるべきだと言ったのだ。「リナを今すぐあの家から追い出して、あなたが代わりに入るべきよ。あんまり長く待ちすぎると、恋の魔法が解けて、何もかもなくしちゃうから。お店の仕事だってこのままじゃ危ないわ。だってリナがきっとまた勢いを取り戻して、あなたを追い出せってステファノをけしかけるもの」ジリオーラはさらに続けて、実は自分もミケーレと同じ問題を抱えているから、経験上、よく知っているのだと告白さえした。「あのひとになんて任せてたら、結婚する前にこっちはババアになっちゃうわ。だから今、しつこく責めてるの。一九六八年の春までに式を挙げましょう、さもないと、こっちから捨ててやるってね」

こうしてアーダも行動に移った。ステファノを強力な色仕掛けの網で絡め取り、自分は特別な男なんだと思わせつつ、キスのあいだにこんなことをささやきかけるようになった。「ステー、わたしか彼女か、どっちかに決めてよ。何も、子どもと一緒に着の身着のままで放り出せとは言わないわ。あなたの子だもの。そりゃ、父親としての責任だってあるし。でも、ちょっとした手切れ金を渡して別れちゃえばいいじゃない？　ほら、今は俳優とか有名人だってそうしてるし。それにもう地区じゃ、あなたの本当の妻はわたしだって、とっくにみんな知ってるんだから。わたし、あなたとずっとずっと一緒にいたいの」

ステファノはそのたびわかったと答え、直線道路《レッティフィーロ》の部屋の、寝心地も悪ければ、狭いベッドの上で、アーダを強く抱き寄せたが、結局ほとんど何もしなかった。いいところ、家に帰って、洗濯済みの靴下がないとか、パスクアーレか誰かと話しているところを見たと言いがかりをつけては、リラを怒鳴りつけるのがせいぜいだった。

アーダはもう絶望するほかなかった。そんなある日曜、彼女はカルメンと会った。カルメンは、自分とアーダが働く二軒の食料品店の労働条件について、おおいに不満を訴えた。愚痴をこぼしあうち、ふたりはリラを毒づき始めた。理由こそ異なれ、どちらにとっても彼女こそは、諸悪の根源とも呼ぶべき存在だったからだ。ついにはアーダもこらえきれなくなり、カルメンが自分の元婚約者の妹であることなどすっかり失念して、ステファノとの問題を打ち明けた。すると、元々その噂話の仲間に入れてほしくて仕方のなかったカルメンは、熱心にアーダの話に耳を傾け、相手の怒りをあおるような発言をひんぱんに繰り返して、兄を裏切ったアーダと、自分を裏切ったリラのふたりができるだけ傷つくように仕向けた。しかし、ひとつ指摘しておく必要があるかもしれない。確かにカルメンには積もり積もった恨みもあっただろう。だがそれ以前に、妻子ある男の愛人になった女性と直接に話せるという喜びもあれば、しかもそれが自分の幼なじみであるというわくわくするような気持ちもあったはずだ。わたしたち地区の娘たちは、幼いころからお嫁に行くことばかり夢みて育ってきたが、大人になるにつれ、アーダのような愛人という女性たちに共感を寄せる傾向があった。わたしたちの目には、彼女らの生き方が劇的かつ勇敢で、何よりモダンに映った。それと同時にわたしたちは、正妻（たいていはひどく嫌な女か、昔から夫に不義を働いてきた女）が重い病に倒れてこの世を去り、いつか愛人が愛人という立場を捨て、愛の夢をかなえ、正妻となる日がくることを祈っていた。つまりわたしたちは不義の愛を支持してはいたが、それも、最終的には本来のルールに沿った幸福な結末が訪れることを願えばこその話だったという訳だ。だからカルメンは、陰険な助言を山としながらも、アーダの恋の成就を熱烈に願い、本当に共感するようになった。たとえばある時など、こんな心からの助言までしたほどだった。「今のままでいい訳ないわ。あの女を追い出して、ステファノと結婚して、彼の子どもを授からなきゃ駄目。ソラーラ兄弟に、サクラ・ロータにコネがないか聞いてみなさいよ」

アーダはカルメンの言葉を、以前ジリオーラにされた助言とすぐに結びつけ、ある晩、ピザ屋で直接、ミケーレに相談した。

「そういうことなんだけど、そのサクラ・ロータってのと、あなた話できる？」

ミケーレは皮肉っぽく答えた。

「話ができるかはわからないが、調べてやろう。誰かが手を貸してくれるだろうよ。だがそんなことより、お前が今やるべきなのは、自分の男をしっかりとつかまえることのほうだ。なんも心配はいらねえ。お前に手出しするやつがいれば、俺に任せろ」

ミケーレの言葉は大きかった。アーダは頼もしい思いでいっぱいだった。生まれてこのかた、こんなにも他人から支持されたことは一度もない彼女だった。それでも、ジリオーラの刷りこみも、カルメンの助言も、力ある男に思いがけず約束された保護も、さらには、八月にステファノが昨年のような外国旅行に連れていってくれず、シーガーデンに何度か行ったきりだったことに対する怒りも、アーダを攻撃に転じさせるにはまだ不十分だった。そんな彼女の迷いを断ち切ったのは、まったく新しい、具体的な、ある出来事だった。彼女は自分の妊娠を知ったのだ。

アーダは天にも昇る心地だったが、妊娠のことは誰にも明かさなかった。ステファノにさえ伝えなかった。そしてある午後、彼女は仕事用の上っ張りを脱ぐと、ちょっと外の空気を吸ってくるという風に店を出て、そのまま、リラのいる家に向かった。

「どうかしたの」ドアを開けた、ステファノの妻はそう尋ねてきた。

アーダは答えた。

「別に。あなたがまだ知らないような知らせは、何もないわ」

部屋に入ると、アーダは小さな子どもがいるのも気にせず、リラに向かって好き放題にまくし立てた。最初は落ちついた口調で例の俳優や有名人たちの話をし、わたしは言わば、ファウスト・コッピ（一九一九－一九六〇。イタリアの有名自転車選手）の浮気相手だった〝白い貴婦人〟ことジュリア・オッキーニのようなものだが、もっと今風だと言い、サクラ・ロータの存在に触れ、時には教会と神さえ、たとえそれが不義の愛であっても、渦中のふたりの愛があまりにも強い場合は、元の結婚を解消することがあるのだと説明した。ところがリラが意外にも彼女の話にじっと耳を傾け、一度も口を挟まなかったので――むしろアーダとしては相手がちょろっとでも何か言えば、こっぴどく叩いてやろうと待ち構えていたのだが――落ちつかない気分になり、家の中を歩き回りだした。その家のことならよく知っているところをリラに見せつけたかったのと、なんだかんだと文句をつけてやるためだ。「汚いわねえ。食べっぱなしの皿が山積みだし、どこも埃だらけ。床には靴下にパンツまで落ちてるし、あのひともこんな暮らしをさせられて、本当にかわいそう」ついには強い衝動に逆らえず、アーダは、寝室の床に落ちた汚れ物を拾い集めだし、リラを怒鳴りつけた。「明日からわたしが掃除に来るから。あなた、ベッドもまともに直せないみたいだし。あらあら、シーツのこんな折り方やめろって、ステファノに言われなかった？　何度言っても、あなたは覚えないって、彼、文句を言ってたわよ」そこで彼女は不意に言葉を切った。なんだか混乱してしまったのだ。それから声を落として、こう続けた。

「リナ、ここを出ていってちょうだい。さもないとその子、殺しちゃうから」

　リラにできたのはこんな返事だけだった。

「アーダ。今のあなた、お母さんとそっくりよ」

　そう告げた時の彼女の声を、今のわたしはこんな風に想像する。リラは感動に声を揺らすということがまずなかったから、いつものように悪意のこもった冷たい声か、淡々とした声だったはずだ。でも後年、彼女にその時の話を聞かせてもらったことがあった。あんな状態のアーダを自分の家で目の当たりにしたリラは、かつてサッラトーレ家が地区を出ていったあの日、ドナート・サッラトーレに捨てられた愛人メリーナの上げた悲鳴と、窓から飛び出し、ニーノの命を奪いかけたあのアイロンを思い出したという。さらに当時の彼女が強い衝撃を受けたメリーナの苦しみの長い炎が、今度はアーダの中で同じように揺れているのも見えた。しかも、今回、アーダの苦しみの種となっているのは、ドナートの妻リディアではなく、リラ自身なのだった。当時、わたしたちのあいだでその悪い冗談のような対称性に気づいた者はなかった。しかし本人は気づいた。恐らく彼女は、アーダを憎むことも、いつもの断固とした攻撃的な姿勢を示すこともなく、苦い思いと哀れみを覚えたはずだ。とにかく、アーダの片手を取り、リラがこう言ったのは間違いない。

「座って。今、カモミール茶を淹れるわ」

だがアーダには、リラのひと言ひと言が自分に対する侮辱としか思えなかった。特に最後の仕草は許せなかったらしく、ぱっと手を引くと、白目を剝くほど思い切り目をそらし、またリラに視線を戻してから金切り声を上げた。

「わたしをキチガイ扱いする気？　ママと同じだって？　上等よ、リナ、せいぜい気をつけるがいいわ。わたしに気やすく触んないでちょうだい。どこか邪魔にならないところで、あんたはカモミールでも飲んでなさいよ。こっちは、このゴミ溜めを今からきれいにするから」

それからアーダは床を掃き、モップで磨き、ベッドを整えたが、ずっと口を利かなかった。

彼女のそんな様子をリラはしばらく目で追った。動作が過剰に加速する欠陥のある作り物の体みたいで、今にも壊れるんじゃないかと不安だったのだ。それから子どもを抱くと家を出て、新地区をゆっくりと散歩した。歩きながらリヌッチョに話しかけ、あれこれ指差しては、ひとつひとつ名を教え、即興で作った童話を聞かせてやったりした。でもそうした一切は、子どもをあやすためというよりは、むしろ自分の不安を静めるための行為だった。アパートの入口から出てきたアーダが遅刻でもしたように走り去るのを遠くで確認してから、ようやくリラは家に戻った。

112

息を切らせ、ひどく動転した様子で店に戻ったアーダに、ステファノは、暗いが落ちついた声で尋ねた。「どこに行っていた？」注文をしようと待っている客たちの前で、アーダは答えた。「あなたの家を片付けてきたの。すっごく汚かった」彼女はカウンターの向こうの客たちに顔を向けるとこう続けた。「寝室の整理ダンスの上なんて埃で真っ白で、指で字が書けるくらいだったんですよ」

ステファノは何も答えず、客の女たちを失望させた。客足が途絶え、閉店時間が来ると、アーダは売り物を片付け、床を掃きながら、恋人の様子を横目でうかがい続けた。だが彼はなんの反応も見せず、においのきついアメリカ煙草をくゆらせながら、レジに腰かけ、勘定をしていた。それから最後の吸い差しをもみ消すと、シャッターを下ろすための棒をつかんだ。だが、奇妙なことに、彼はシャッターを店の内側から下ろした。

「何をするの？」アーダは不審そうに尋ねた。

「今日は中庭のドアから出よう」

その言葉に続いてステファノは、アーダの顔に往復びんたを食らわせた。それも繰り返し、何度も。気を失いかけた彼女がカウンターによりかかったほどだった。「よくも勝手に俺の家に行ったな」怒鳴りたいのをこらえ、押し殺した声で彼は詰問した。「妻と息子に迷惑をかけてただで済むと思ったのか？」動悸で心臓が破裂しそうなのに気づいて、彼はなんとか落ちつこうとした。アーダに手を上げたのはそれが初めてだった。「もう二度とふざけた真似はするなよ」震えながらそうつぶやくと、血まみれの顔をした彼女を置き去りにして、彼は店を出た。

翌日、アーダは仕事に行かず、ひどい顔のままで彼女はリラの家を訪れた。顔中にできた痣を見ると、リラはただちに中に入れてくれた。

「カモミールを淹れてよ」メリーナの娘は言った。

リラは茶を用意してくれた。

「可愛い子ね」

「うん」

「ステファノにそっくりね」

「似てないよ」

「目と口元なんて瓜ふたつじゃない？」

「似てないって」

「本とか読みたいなら、勝手に読んでていいから。家事とリヌッチョの面倒は、わたしに任せて」

リラはほとんど楽しげな表情でアーダを見つめた。

「好きにすればいいけど、子どもには近寄らないで」

「心配いらないよ。何もするつもりないから」

アーダは仕事に取りかかった。掃除をし、洗濯をし、洗濯物を干し、昼食を作り、夕食を用意した。それからふっと手を止め、リラがリヌッチョと遊ぶさまにうっとりと見入った。

「何歳になった？」

「二歳と四ヵ月よ」

「まだ小さいじゃない。そんなに難しいことさせちゃ駄目でしょ」

「平気よ。この子、自分でできるって思うことしかしないもの」

「わたし、妊娠したの」

「本当？」

「うん」

「ステファノの子なの？」

「当然でしょ」

「あのひと、知ってるの？」

「まだ知らない」

その時、リラは自分の結婚生活が今度こそ本当に終わりかけていることを悟った。しかし、人生の大きな転換点に直面するたび彼女はそうだったが、それを残念だとも思わず、不安も恐れもなかった。やがて帰ってきたステファノが見たものは、居間で妻が本を読み、台所でアーダが彼の息子と遊び、辺りにはおいしそうな香りが漂う、ひとつの巨大な宝物みたいにぴかぴかに磨き上げられた我が家だった。体罰が無益であったことを知り、彼は顔面蒼白となり、まともに息ができなくなった。

「出ていけ」彼はアーダに低い声で命じた。

「嫌よ」

「今度はなんの真似だ？」

「わたし、ここに残ることにしたの」

「俺から正気を奪うつもりか」

「そうよ、これであなたもわたしの同類ね」

リラは本を閉じ、何も言わずに子どもを抱き上げると、かつてわたしが勉強部屋にし、そのころはリヌッチョを寝かせていた部屋にこもった。ステファノはアーダにささやいた。

「このままじゃお前のせいで、俺は破滅だよ。アーダ、俺のことが本当は嫌いなんだろう。お前のせいで客もどんどん逃げるし、俺を一文無しにするつもりか。ただでさえ店がうまくいってないのを知らないはずがないだろう。いったい何が望みなんだ。言うとおりにするから、もう勘弁してくれ」

「あなたとずっと一緒にいたいの」

「わかった。だが、ここは駄目だ」

「ここがいいの」

「ここは俺の家だ。リナもいれば、リヌッチョだっている」

「今日からはわたしも置いてもらうわ。わたし、妊娠したの」

ステファノはぺたんと座りこみ、自分の前に立っているアーダのお腹を黙ってじっと見つめた。その様子はまるで、愛人の服を透視し、ショーツも皮膚も透視して、そこにいる、もうすっかりひとの形をした、今にもそこから彼に飛びかかってきそうな赤ん坊でも眺めているかのようだった。やがて、玄関のドアをノックする音がした。

バール・ソラーラのウェイターだった。雇われて間もない十六歳の少年だ。用向きはミケーレとマルチェッロからの伝言で、ふたりがステファノにすぐに会いたがっているとのことだった。それを聞いてステファノははっと我に返った。家中の嵐を思えば、ソラーラ兄弟の呼び出しにとりあえず救われた思いだった。彼は「ここを動くなよ」とアーダに言いつけ、彼女が微笑み、うなずくのを見ると、家を出て、兄弟の元へ車を飛ばした。そして思った。なんてことだ。どうすればいい？　親父が生きていたら、鉄の棒で両脚ともへし折られていたかもな。女どもに、借金に、ソラーラ夫人の赤い帳簿。どこで俺は間違ったのだろう。リナか。あいつのせいだ。それにしてもソラーラのやつら、こんな夜遅くに呼び出して、なんの用だろう。

ソラーラ兄弟の用は、古いほうの食料品店を寄こせ、というものだった。ふたりは、はっきりそうとは言わなかったが、ステファノが彼らの真意を暗に理解するように、話を進めた。マルチェッロは、こちらにはまたお前に金を貸す用意がある、とだけ言った。ただし、チェルッロ製靴は完全に俺たちに譲ってもらうし、あの怠け者のリーノは追い出す、あいつは信用ならない、とも言った。そして最後に、借金には担保が必要だ。店か不動産か、何か考えておいてくれと言い残すと、用事があるからとその場を去った。こうしてステファノは、ミケーレとふたりきりで残された。リーノとフェルナンドの工場を救うことはできないか、マルチェッロが言う担保抜きで借金は頼めないか、ステファノは相談を持ちかけたが、ミケーレは首を振り、こう答えた。

「担保は必要だ。悪い噂は商売には毒だからな」

「話が見えないんだが？」

「こっちは見えてるから構わんよ。それで、お前はリナとアーダ、どっちが好きなんだ？」

「そんなこと、俺ひとりの問題だろう」

「いや、ステー、それは違う。金が絡んでくるとな、お前の問題は俺の問題なんだよ」

「参ったな。お互い男なんだから察してくれよ。リナは妻だが、アーダは別格だ」

「つまりアーダのほうが好きってことだな？」

「そうだ」

「よし、まずはそのあたりを解決しろ。それからまた相談に乗ろうじゃないか」

ステファノがそんな混迷した状況から抜け出す方法を見出すまでには、それからまだかなりの日数がかかった。それは暗澹たる日々となった。彼はアーダとの喧嘩にリラとの喧嘩に明け暮れ、仕事はなおざりにされ、古いほうの食料品店はしばしば休業した。地区の住民たちはそうした異変を眺め、記憶した。だからステファノとリラのことは今なお彼らの語り草だ。〝あんなに素敵なカップルだったのに〟〝あのオープンカー、覚えてる？〟〝ソラヤ王妃とペルシア国王みたいだったな〟〝いや、ジョンとジャクリーン、ケネディ夫妻のお通りって感じだったよ〟そしてとうとうステファノも観念し、リラに告げた。

「きれいな部屋を見つけたよ。お前とリヌッチョにぴったりだ」

「それはそれはご親切に」

「俺も週に二度は顔を出して、子どもと過ごすつもりだ」

「別に、もう会う必要ないと思うけど。どうせあなたの子どもじゃないんだし」

「最低な女だな。俺が殴りつけたくなるようなことばかり、わざと言いやがる」

「殴りたければ、殴ればいいじゃない。こっちはもう慣れっこよ。それより、自分の子どものことだけ考えてよ。わたしもそうするから」

彼は荒い息を吐いて怒り、本当に手を上げかけたが、こらえて言った。

「部屋はヴォメロ地区にある」

「ヴォメロのどこ？」

「明日、見にいこう。アルティスティ広場だ」

リラは、以前、ミケーレにされた提案をすぐに思い出した。彼はあの時、こう言ったのだ。〝ヴォメロに家を買ったんだ。アルティスティ広場さ。見たけりゃ、今すぐにでも連れていくぞ。お前のことを考えて買った家なんだ。あそこで好きにやればいい。本を読んだり、何か書いたり、好きなものを発明したり、寝たり、笑ったり、おしゃべりしたり。そこでリヌッチョと一緒に暮らせばいいじゃないか。俺はただお前を見て、声を聞いていたいだけなんだ〟彼女は信じられない思いで頭を振ると、夫に言った。

「あなたって心底、性根の腐った男ね」

113

リラは今、リヌッチョの部屋に閉じこもり、身の振り方を考えていた。両親のいる実家に戻るという選択肢はあり得なかった。わたしはわたしで生きていく。もう娘には戻りたくなかった。兄も頼りにはならなかった。リーノはどうかしてしまった。ステファノに報復しようとピヌッチャをいじめ、しかもこのごろでは姑のマリアとまで喧嘩をするようになった。一文無しになり、借金で首が回らなくなったからだ。頼りになるのはエンツォだけだった。エンツォに対する彼女の信用は昔から変わらなかった。ただ彼はしばらく姿を見せておらず、ひょっとするともう地区にはいないのではないか、という懸念もあった。エンツォはわたしをここから連れ出すと約束してくれた。リラはそう思った。それでも時には、エンツォが約束を守らなければいい、とも思った。彼に害が及ぶのを恐れたのだ。ステファノとの衝突は恐くなかった。夫は彼女をとっくに諦めており、化け物みたいな怪力の持ち主ではあるが、臆病者だからだ。むしろ恐ろしいのはミケーレ・ソラーラのほうだった。今日、明日ということはないだろうが、いつかまるで思いもよらない時に、あいつはきっとわたしの前に現れる。降参しなければ、その報いが待っているだろう。わたしだけじゃない。わたしを手助けした者は誰であれ、ミケーレに代償を払わされるはずだ。だから、誰も巻きこまずに去らないといけない。なんでもいいから仕事を見つけて、せめて子どもに食べるものと家だけは与えてやらないと。

　息子のことを考えるだけでリラは暗澹となった。リヌッチョの頭はどんな光景と言葉を吸収してしまったことだろう。なんの歯止めもなく彼が聞かされたであろう声の数々。それが恐かった。お腹の中にいたころ、この子、わたしの声を聞いたのかしら。わたしの声はどんな風に神経に刷りこまれたのだろう。わたしに愛されていると思ってくれたのか、嫌われていると思っていないか、こちらの不安も感じたのか。子どもを守りたければ、食事を与え、愛を与え、物事を教えてやることだ。それに、一生の傷になるような感覚の侵入も、わたしが防いでやらないといけない。わたしはこの子の本当の父親を失った。あのひとはこの子のことを何も知らない。愛してくれることも決してないだろう。ステファノは本当の父親ではないが、少しはこの子を愛したこともあった。ところが別の女と、もっと本物の我が子を愛するがゆえに、わたしたちを売り払った。今ではリヌッチョも前より物事がわかるようになった。わたしが別の部屋に行っても、ママは消えた訳ではなく、まだちゃんと存在していると知っている。色んなものをうまく扱うこともできれば、想像上のものだって使える。内側と外側の概念も把握している。手にしたもので何か形を作ったり、それをまた変形させたりもできる。おしゃべりだって単語を並べるだけじゃなく、きちんと文章を作るようになった。標準語だ。自分のことも〝コノ子〟ではなく、〝ボク〟と言うようになった。アルファベットも見分けられるし、文字を並べ替えて、自分の名前の綴りにすることもできる。お絵かきも大好きだ。そして明るい子だ。それが今度の騒ぎはどうだ？　ものを壊したり、口汚く罵るわたしを見せてしまった。それも方言で。もうこれ以上、この家にはいられない。

114

リラは、ステファノが家におらず、アーダもいない時にだけ、そっと子ども部屋を出るようになった。そしてリヌッチョの食事を用意し、自分も何かつまむのだった。地区では自分たちが噂の的であり、好き放題に言われているという自覚が彼女にはあった。十一月のある夕方、電話が鳴った。

「十分後にそっちに着く」

声で相手の正体はわかった。リラは特に驚いた様子もなく、答えた。

「わかったわ。でも、エンツォ」

「なんだ？」

「無理して来ることはないのよ」

「わかってる」

「今度の騒動はソラーラ兄弟が絡んでるんだから」

「ソラーラなんて構うもんか」

エンツォはぴったり十分後にアパートに到着した。彼が階段を上ってきた時、リラは、自分と子どもの荷物を入れたふたつの旅行鞄の用意を済ませており、宝石の類いはすべて寝室のナイトテーブルの上にまとめてあった。婚約指輪と結婚指輪もそこにあった。「家出は二度目だけど、今度はもう戻ってこないわ」彼女はエンツォに言った。

彼は家の中を見回した。入るのは初めてだったのだ。その腕をリラは引っ張り、急かした。

「ステファノが急に帰ってくるかもしれない。時々、そういうことがあるの」

「帰ってきたって別に構わないだろ？」彼はそう答えた。

エンツォは花瓶や灰皿、銀メッキの施された飾り物などに触った。彼の目にはどれも高価そうに見えた。リヌッチョと家のために必要な買い物をリラがメモするのに使っていた小さなメモ帳もぱらぱらとめくった。それから彼女に疑わしげな目を向けると、自分の選択に迷いはないのかと尋ねた。それから、サン・ジョヴァンニ・ア・テドゥッチョ地区の工場に仕事を見つけたと言い、同じ地区に、部屋が三つと少し暗い台所のある家を借りたと言った。「でもステファノがさせてくれたような、こんな贅沢はもうできなくなるぞ。俺の稼ぎではとても無理だ」そして最後に、彼はこう指摘した。

「お前がびくびくしているのは、もしかしてまだ覚悟ができてないからじゃないのか？」

「覚悟ならとっくにできてるわ」彼女は言い、苛々した様子でリヌッチョを抱き上げた。「それにわたし、少しもびくびくなんかしてないし。もう行きましょう」

だが彼はまだ動こうとしなかった。買い物用のメモ帳から一枚ページを破ると、そこに何か書いて、食卓に置いた。

「何を書いたの？」

「サン・ジョヴァンニ（サン・ジョヴァンニ・ア・テドゥッチョの略称）の家の住所だ」

「どうして？」

「何も俺たちは隠れんぼをしている訳じゃないからな」

そこでようやくエンツォはふたつの旅行鞄を手にし、階段を下りていった。リラは玄関のドアに鍵をかけると、鍵穴に鍵を差したまま去った。

115

サン・ジョヴァンニ・ア・テドゥッチョという地区について、わたしは何も知らなかった。リラがそこでエンツォと一緒に暮らし始めたと聞かされた時、唯一、心に浮かんだことと言えば、ニーノの友人、ブルーノ・ソッカーヴォの家の工場だった。彼の実家がソーセージなどの食肉加工品メーカーで、サン・ジョヴァンニ・ア・テドゥッチョに工場があると聞かされていたのだ。ふたつの事実が結びついた時、わたしは嫌な気持ちになった。イスキアで過ごしたあの夏のことはもうずいぶんと長く思い出さずにいたが、そうして久しぶりに振り返ってみると、あの休暇の楽しかった時期の思い出はすっかり色あせ、不愉快な思い出ばかりが存在感を増していたからだ。あの島でのどんな音の記憶も、香りの記憶も、今や考えるだけで不快だった。だが驚いたことに、記憶の中でも何よりも耐えがたく、何度も泣いて悔やむ羽目になったのは、マロンティの浜でドナート・サッラトーレに抱かれた夜の記憶だった。あんな体験をかつてわたしが楽しいものと思いこんだのは、リラとニーノのあいだでそのころ起きていたことに対する深い悲しみの反動でしかなかったのだ。ようやくわたしは、自分の初体験の本質を理解した。夜闇の中、冷たい砂の上で、あんなつまらぬ男――しかも愛する少年の父親――を相手にしたそれは、侮辱的な体験だった。わたしは恥ずかしくなり、その恥辱は、当時、さまざまな理由で味わっていたその他の恥辱に加算された。

わたしはそのころ、昼も夜も卒業論文の執筆に忙しく、ピエトロにうるさくまとわりついては、原稿を読んで聞かせ、意見を求めた。ピエトロは優しかった。彼は頭を横に振り、自分の記憶の中から、わたしの論文に役立ちそうな、ウェルギリウスその他の文章を引き出しては教えてくれた。彼の口から流れ出る言葉はすべてメモして、執筆に励んだが、気分は乗らなかった。相反するふたつの感情のあいだで、わたしは揺れていた。彼の助けを必要としながら、助けを求めることに屈辱を覚え、彼に感謝しつつも、憎しみも覚えていたのだ。特に、彼の寛大さにこちらが遠慮せずに甘えられるようにと、やたらと気を遣われるのが嫌だった。さらに、わたしとピエトロは、卒論制作を補佐してくれる助手の先生が同じだったのだが——真面目で注意深い四十代の男性で、時には愛想のよい顔も見せた——研究の経過をこの先生に報告する時、ピエトロと一緒だったり、順番が彼の前か次だったりすると、最悪だった。ピエトロに対する先生の態度が早くも、自分の教室を持つ教授扱いであるのに対し、こちらの扱いは普通の優等生止まりに見えてしまうからだ。怒りや、膨れ上がった自尊心から、先生への相談を諦めることもしばしばあった。自分はどうしたってピエトロにはかなわないと認めるのが嫌だったのだ。だから、彼に勝たなくてはいけないと思った。ピエトロは確かにわたしよりずっと色々なことを知っているが、味気なくて、想像力に乏しい人間だ。彼の研究手法は、いくら親切に勧められても、どうも慎重すぎておもしろくない。こうしてわたしは、書きかけた論文を何度も捨て、最初から書き直しては、斬新に思えた発想を追究するということを繰り返すようになった。そして先生の元に戻れば、向こうはわたしの話をきちんと聞き、褒めもしてくれたが、おざなりな賛辞に留まり、こちらが必死になって書いたつもりの論文も、よくできました、という程度の反応しかもらえなかった。わたしはまもなく、ピエトロ・アイロータには輝かしい将来が待っているが、自分にそんな将来はないだろうことを悟った。

さらにわたしの思いこみから、もうひとつ、つまらぬ恥もかいた。助手の先生がある日、わたしの進路についてわざわざこう尋ねてくれた時のことだった。

「君はとても豊かな感受性を持っていますね。ここを卒業したら、教壇に立つつもりはありますか？」

わたしは、大学で教えるつもりはあるかという意味と早とちりし、喜びのあまりはっと息を呑み、頬を紅潮させた。そして、教えるのも研究も大好きです、そう答え、『アエネーイス』第四巻の研究をこれからも続けたいとまで言った。先生はすぐにわたしの勘違いに気づき、困った顔をした。彼は、一生学問を続ける喜びについて何やらありふれた言葉を並べてから、秋にあるという公募の受験を勧めてきた。わずかな人数ではあったが、小学校教師を育成する複数の高校で教師の募集があるという話だった。

彼は声を大にして、わたしを励まそうとした。「優れた教師を育てる才能ある指導者が、今、必要とされているんですよ」

それだけの話だった。恥ずかしくて、まさに顔から火が出るような思いだった。いつの間にかこの胸の中で育っていたうぬぼれ、ピエトロのようになろうという自分の野心が恥ずかしかった。彼とわたしの共通点と言えば、夕闇が降りるたびにふたりで交わす、ささいな愛撫くらいなものだった。そんな時、彼はわたしの体に自身をこすりつけてあえいだが、こちらが自然と許す以上の行為は何ひとつ求めてこなかった。

わたしはやる気を失ってしまった。しばらくは卒論を書く気にもなれず、本のページをただぼんやりと眺めたり、ベッドに寝転んで天井を見つめたまま、これからどうしようかと考えて過ごした。最後の最後に投げ出して、地区に帰ろうか。それとも卒業して、中学校で教えようか。中学か高校の先生。それがいいかもしれない。オリヴィエロ先生よりは格上だ。ガリアーニ先生とも同格だ。いや、彼女にはさすがにかなわないか。エレナ・グレーコ先生。地区ではひとかどの人物として尊敬してもらえるだろう。〝ああ、あの市役所の案内係の娘ね。小さなころから物知りだったよ〟とでも言われるのだろう。ピサに暮らし、有名な教授たちと出会い、ピエトロにマリアローザ、ふたりの父親であるアイロータ教授と出会ったわたし。エレナ・グレーコが実はピサでたいした活躍もできなかったという事実をはっきりと知っているのは、わたしひとりということになるのだろう。ここでわたしは努力を重ね、期待の数々に胸膨らませ、たくさんの素敵な瞬間を過ごした。きっとこの先一生、フランコ・マーリと過ごした日々を懐かしんで過ごすことになるのだろう。彼との時間は最高だった。あの時は価値がわからなかったが、こうして振り返れば、何もかもが恋しくてつらい。雨も、寒さも、雪も、アルノ川沿いの春のにおいも、ふたりの体が伝えあった互いの熱も懐かしい。あれこれ服を選んだり、眼鏡を選んだり、わたしを変身させて喜ぶ彼の姿も。そしてパリ。刺激的な初めての外国旅行。街角のカフェ。政治談義に文学談義。労働者階級《プロレタリア》は体制に組みこまれつつあったが、それでもまもなく起こるとされていた革命。そしてフランコ。夜の彼の部屋。彼の体。すべては終わってしまった……。眠れぬまま、狭いベッドの上でわたしは苛々と寝返りを打った。だがこうも思うのだった。わたしは自分に嘘をついている、と。本当に何もかもそこまで素敵だったろうか。あのころだってわたしは恥ずかしさを覚え、気まずい思いをし、屈辱を覚え、嫌悪を覚えたではないか。受け入れては、傷つき、また頑張る、いつもその繰り返しだった。しかし、楽しく過ごした幸せな時間の思い出すら、厳密な分析に耐え得るものはひとつとしてないなんて、そんなことがあっていいものだろうか。いや、そんなものなのだ。マロンティの浜の暗闇はまもなくフランコの体を覆い、ピエトロの体まで覆った。

わたしは追憶を避けるようになった。

やがてわたしはピエトロにもあまり会わぬようになった。卒論の制作が遅れていて、このままでは期限に間にあわないと嘘をついたのだ。ある朝、わたしは一冊の方眼ノートを買い、あの夜、マロンティの浜で自分の身に起きたことを他人の話として書き始めた。それから、イスキアでのその他の体験もやはり第三者の出来事として書き留めた。続いてナポリのこと、生まれ育った地区のことも少し書いた。それから、人名や地名、状況をすべて架空のものに書き換えた。さらにわたしはこんな空想を書き加えた。主人公の女性の命には何やら怪しい力が潜んでいる。その謎めいた力はバーナーのような青い炎で火花を散らしながら、世界を彼女の周りに溶接することができる。そうしてできあがった紫がかった水色の半球の中では、あらゆることが彼女の思うがままだ。しかしその半球は、まもなく溶接が剥がれてばらばらに崩壊し、無意味な灰色のかけらの山に成り果ててしまう……。そんな物語を書き上げるのに二十日かかった。そのあいだは誰にも会わず、食事の時以外は外出もしなかった。そして最後に何ページか読み返してみたのだが、どうにも気に入らず、結局投げ出した。それでも気分が前よりずっと落ちついたことに気がついた。まるで恥辱が自分の中からノートへと移動したような具合だった。わたしはひとづきあいを再開し、卒論を手早く完成し、ピエトロともまた会うようになった。

彼の優しさ、心遣いにわたしは心を動かされた。ピエトロの卒業試験があった日（学生による卒業論文発表があり、教授陣を相手にした質疑応答を経て、卒業の可否が決定される。学年全体の卒業式は通常ない）、彼の家族全員と両親のピサの友人たちが大勢お祝いに駆けつけた。わたしは、彼に約束された栄光の未来に自分がもう嫉妬していないことに気づいて驚いた。むしろ彼の幸運を喜び、卒業記念パーティーにわたしを招待してくれた家族のみんなに感謝した。なかでもマリアローザは始終、わたしを気にかけてくれ、わたしたちはギリシアで起きたファシストによるクーデターについて熱く語りあった。

わたしは次の卒業試験日に無事、合格した。両親には何も知らせておかなかった。お祝いに駆けつけなくてはと母さんを気張らせたくなかったのだ。昔フランコにもらった服のなかでも、まだおかしくなさそうな一着を選んで、わたしは教授たちの前に立った。自分を誇らしく思えたのは相当に久しぶりのことだった。わたしは二十三歳弱にして栄えある学士様となったのだ。晴れて大学文学部を卒業、試験結果も満点プラスの最高評価だった。父さんの学歴は小卒止まり、母さんにいたっては小学二年生までで、わたしの知る限り、我が家の先祖には誰ひとりとしてまともに読み書きのできる人間がいなかった。自分はなんと驚異的な努力を重ねてきたことだろう。

試験会場にわたしの卒業を祝いにきてくれた顔ぶれには、同じ専攻の仲間数人に加え、ピエトロもいた。とても暑い日だった。卒業生を待っている学生らしい手作りのささやかな祝福の儀式も済んでしまうと、わたしは少し休みたかったのと、卒論の小冊子を置いてきたくて、いったん部屋に戻った。ピエトロは寮の外で待っていた。夕食に連れていってもらうことになっていたのだ。鏡を覗くと、自分でも美人に思えた。わたしは小説のノートを手に取り、鞄に入れた。

ピエトロに連れられてきちんとしたレストランに行くのは、それが初めてだった。フランコはそうしたお店にもよく連れていってくれて、ナイフとフォークの配置からグラスの種類まで教えてくれたものだ。食事の席で、ピエトロはこんなことを尋ねてきた。

「僕たちって婚約中なんだよね？」

わたしはいたずらっぽい笑みを浮かべて答えた。

「知らない」

彼はポケットから小さな包みを取り出し、わたしに手渡すと、つぶやいた。

「僕はつきあいだしてから、ずっとそうだと思ってきたよ。でも君は違う考えなら、それは卒業祝いとして受け取ってくれ」

包みを開けると、緑色のケースが出てきた。中身は小さなダイヤをいくつもあしらった指輪だった。

「すごく素敵」

試してみると、サイズはぴったりだった。ステファノがリラに贈った指輪はどれもそれよりずっと豪華だったが、わたしにとっては、初めて男のひとにもらった本格的なアクセサリーだった。色々な贈り物をくれたフランコも、指輪やネックレスだけは決してくれなかったし、それまでわたしが持っていたアクセサリーと言えば、母さんの銀のブレスレットだけだった。

「わたしたち、婚約中よ」わたしは言い、テーブル越しに彼の唇にキスをした。彼は真っ赤になって、もごもごと言った。

「プレゼントはもうひとつあるんだ」

彼が渡してくれた封筒には、本になる予定の卒論の校正刷《ゲラ》が入っていた。まあ仕事が早いこと。わたしは微笑ましく思い、少し愉快にさえ感じた。

「わたしもね、プレゼントがあるの」

「何だい?」

「つまらないものよ。でも何か本当にわたしのものをあげたいと思ったら、ほかに見つからなくて」

わたしは鞄からノートを出して彼に渡した。

「小説なの。世界でたった一冊しかない作品よ。わたしの最初で最後の挑戦にして、ただ一度の気の迷いね。小説なんてもう二度と書かないと思う」わたしは笑いながら付け加えた。「実は、ちょっと刺激的な場面もあるの」

116

ピエトロは戸惑っているように見えた。彼は礼を述べると、ノートをテーブルの上に置いた。わたしはこんなものを贈るんじゃなかったとすぐに後悔した。相手は真面目な研究一筋の人間で、由緒ある一族の出身で、まもなく出版されるバッカス神信仰の研究書により輝かしい経歴の第一歩を踏み出すことになる人物なのだ。悪いのはわたしのほうだ。あんなどうしようもないお話で、気まずい思いをさせるべきではなかった。それも、タイプライターすら使っていない手書きの原稿ではないか……。でもそうは思いながらも、わたしはその時も、自分の失敗を気に病まなかった。彼は彼、わたしはわたしだ。わたしは、師範学校の公募を受けてみることにした、だからナポリに戻るつもりだと彼に伝えた。そして、こちらが南の町、彼が北の町では、せっかく婚約してもわたしたちの交際は先が思いやられると笑ってみせた。ところがピエトロはにこりともしなかった。そんなことはとっくに計算済みだったのだ。彼の披露してくれた計画は、二年間待って、大学の仕事にも慣れ、落ちついてから、わたしを妻に迎えたいというものだった。彼はその場で式の日取りまで決めた。一九六九年の九月にしよう。ふたりで店を出た時、ピエトロはノートをテーブルの上に置き忘れた。わたしに、「わたしのプレゼントはどこ？」とからかわれ、彼は慌てて取りに戻った。

それからわたしたちは長いこと散歩をして、アルノ川沿いの道でキスをし、抱きあった。わたしはなかば冗談、なかば本気で、内緒で部屋に来たくはないかと聞いてみた。すると彼は首を横に振り、また熱っぽいキスをしてきた。そんなピエトロとアントニオのあいだには、図書館がいくつあっても埋まらぬほどの隔たりがあったが、それでもふたりはよく似ていた。

ナポリへ戻ってからの日々をわたしは、馬鹿になった傘が突風で閉じ、急に目を塞がれたみたいな状態で過ごした。地区に帰ったのは真夏のことだった。すぐに当面の仕事を見つけたかったが、大学を出た学士様という新たな身分のせいで、以前のようなちょっとしたアルバイトを探し歩くという訳にはいかなかった。そうは言ってもわたしは一文無しであり、金銭面でさんざん苦労をかけてきた両親には恥ずかしくてこれ以上無心もできなかった。ほどなくわたしは不機嫌になった。何もかもが不愉快だった。地区の通りも、建ち並ぶ醜いアパートも、大通り《ストラドーネ》も、公園も嫌だった。帰郷当初は、石ころのひとつひとつが懐かしく、どんなにおいにだって感動したものだったが。もしもピエトロに別の恋人ができたらどうしよう。公募に落ちたら、わたしはどうしたらいいのだろう。不安だった。一生こんな場所で、こんなひとたちに囲まれて生きるなんて、あり得ないと思った。

両親も弟たちも末の妹も、わたしを誇らしく思ってくれているのは確かだったが、でもどうしてそう思うべきなのか、その理由がぴんと来ない様子だった。いったいエレナがここでなんの役に立つというのか。どうして戻ってきたのだろう。あれは自慢の娘であり姉であると、どうすれば近隣の者たちに証明できるのだろうか、という訳だ。よくよく見れば、わたしは狭い実家をさらに狭くして家族に不便をもたらし、もはやわたしを頭数に入れていない彼らの単調な生活をかき混ぜるだけの存在なのだった。その上、わたしはいつも本に目を落とし、家のあっちやこっちで立ったり、座ったりしており、まるで役立たずな勉強家の彫像か、妙に偉そうな人間にしか見えなかったはずだ。家族はそれぞれそんなわたしの邪魔をすまいと気を遣いつつも、これからエレナはどうするつもりなのか、と疑問に思っていた。

母さんはしばらく我慢していたが、やがてわたしに婚約者はどういうひとなのかと問い詰めてきた。こちらからはなんの説明もしていなかったから、わたしの指の婚約指輪から誰かいるのだろうと判断したらしかった。どんな仕事をしているのか、いくら稼いでいるのか、向こうの両親を連れていつ挨拶に来るのか、結婚したらどこで暮らすつもりなのか、そんなことを聞かれた。最初はこちらもそれなりにきちんと答えた。彼は大学の先生で、今のところはたいした稼ぎはないが、他の教授たちから高い評価を受けた論文を今、本にして出版するところで、結婚は二年後を予定しており、彼の実家がジェノヴァだから、恐らくはわたしもそっちのほうか、彼の職場の近くに暮らすことになるだろう、と。ところがわたしをじっと見つめる母さんの顔と、同じ質問を繰り返すその様子を見るに、どうも彼女はこちらの話などまるで聞いておらず、とにかく偏見で頭がいっぱい、という感じだった。婚約者のくせに娘の両親に許しを求めにも来ず、いまだに挨拶に来る様子がなく、えらく遠い場所に住んでいて、学校で教えているのにたいした稼ぎもなく、本を出すというのに有名でもない男。それが娘の婚約者だって？　母さんは例によって機嫌を損ねたが、以前のようにわたしを怒鳴りはしなかった。自分は反対だという態度も努めて隠そうとしているのがわかった。もしかするとわたしに意見する自信がもうなかったのかもしれない。そう、意見と言えば、言葉そのものが、わたしがもはや他人に近いという事実をよく示していた。わたしの話し方は母さんには複雑すぎたのだ。こちらもできるだけ方言を使おうとし、気がつくたびに、言葉遣いをわかりやすく改めもしたが、修正すると言葉はかえって不自然になり、ややこしく響いた。しかも、自分の言葉からナポリ風のアクセントを抹消しようという、かつてのわたしの努力は、ピサの住民にはまるで通用しなかったのに、母さんに父さん、弟たちに妹をはじめ、地区の住民には軒並み強い効果を発揮した。おかげで、通りを歩いても、買い物に行っても、アパートの踊り場でも、わたしは人々に畏怖と軽蔑の入り混じった態度で迎えられ、あのピサ女が、と陰口を叩かれるようになった。

あのころはピエトロに長い手紙をよく書いた。彼の返事はそれに輪をかけて長かった。最初はわたしが贈ったノートについて何か書いてこないかと期待したが、やがて小説のことは自分でも忘れた。わたしたちは手紙で抽象的な会話ばかりしていた。彼の手紙は今でも全部持っているが、当時の日常生活を再現するのに有用な記述はひとつもない。パンの値段や映画のチケットの値段、学校の用務員の月給、あるいは、大学教授の年収といった情報は皆無だ。わたしたちの話題は、彼が読んだ本の話とか、ふたりの研究に関係のある記事とか、彼かわたしが考えたことについてとか、大学の学生運動の激しさとか、そうしたことばかりだった。文学のネオアバンギャルド主義がテーマに上ったこともあった。わたしはまるで知らなかったが、彼のほうが驚くほど詳しく、やけに面白がって、こんなことを書いてきたこともあった。「没にした原稿用紙の球で本を作るのもいいかもしれないと思っているところだ。ほら、何か書き始めて、気に食わず、途中で丸めて捨てた原稿だ。そんな球を僕はもういくらか収集したよ。ぐしゃぐしゃになった紙をこのまま印刷させたい。書きつけられ、途中で尻切れトンボになった文章に、偶然にできた紙の細かなしわが交差する。もしかすると、今日、唯一可能な文学とは、そういうものなのかもしれない」その言葉にわたしは強い衝撃を受けた。よく覚えているが、ピエトロはそんな言葉を通じて、〝君のノートを読んだよ。せっかくの贈りものだが、小説としてはどうも時代遅れな気がする〟そう言おうとしているのではなかろうかとも疑った。

うだるような暑さの続いた数週間、長年の疲労からわたしは体調を崩し、精も根も尽き果てた気分だった。わたしはさまざまなひとにオリヴィエロ先生の健康状態を尋ねた。先生が元気であれば会いにいきたかった。大学を最高評価で卒業したことを彼女に褒めてもらえば、少しはこちらも元気になれるのではないかと思ったのだ。ところが、先生はまた妹に連れられて、ポテンツァに行ってしまったとのことだった。ひどく寂しい気分になった。ついにはリラさえ恋しくなり、彼女との激しい競争を懐かしく思うようになった。会って、ふたりの距離がもはやどこまで広がったかを確認したかったが、やめておいた。その代わり、地区で今、彼女がどう思われているか、どんな風に噂されているかをちょっとだけ調べてみることにした。

まずはアントニオに会おうとしたが、彼はいなかった。まだドイツにいるという話で、ものすごく美人のドイツ人女性と結婚したと主張する者もあった。プラチナみたいな金髪の青い目をした豊満な女性で、ふたりのあいだにはふたごの子どもまでいるというのだった。

そこでわたしはアルフォンソと話してみようと思い、彼のいるマルティリ広場の店に通うようになった。アルフォンソは本当にハンサムな青年になっていて、スペインの貴族みたいに優雅だった。とても上品な標準語を操り、時おりご愛敬で方言を織り交ぜたりもした。彼のおかげでソラーラ兄弟の靴屋は大繁盛だそうで、給料も悪くなく、中心街のタッピア橋通りに家を借りたとのことだった。地区や兄と姉、食料品店のにおい、脂まみれの仕事を懐かしむ様子はなかった。マリー「来年、結婚するつもりだよ」と予告をしたアルフォンソの声に興奮の色はなかった。マリーザとの交際はずっと続いておザとの交際はずっと続いており、ふたりの関係が確固たるものとなった今や、あとは最後のステップに臨むばかりというわけだ。

ふたりとは何度か一緒に出かけた。お似合いのカップルだった。ただマリーザは、以前のおしゃべりで潑剌としたところがなくなり、何を言うにも婚約者の顔色ばかりうかがっているように見えた。そんなマリーザにわたしは、彼女の父親のことも、母親のことも、弟たちのことも尋ねなかった。ニーノのことすら聞かなかった。マリーザのほうも、あたかも兄が自分の人生から永久に出ていったかのように、ひと言も触れなかった。

パスクアーレとその妹カルメンにも会った。彼は相変わらず現場作業員をしており、ナポリと周辺の町の工事現場で働いていた。彼女のほうも前と同じで、新しいほうの食料品店で働いていた。ただしふたりとも、わたしと再会してすぐに、それぞれ新しい恋人ができたことを報告してきた。パスクアーレは小間物屋の長女で、かなり年下の娘と内緒で交際中で、カルメンは大通り《ストラドーネ》でガソリンスタンドを経営する男性と婚約したとのことだった。四十代の真面目な人間で、彼女のことをとても大事にしてくれるそうだ。

ピヌッチャにも会いにいったが、以前とはほとんど別人のようだった。まるで身なりに構わず、怒りっぽくなっていた。ひどく痩せていて、自分の不運を諦めきっていた。ステファノへの復讐としてリーノがまだ彼女に振るっていた暴力の跡も痛々しかったが、それより、彼女がその内面に溜めこんだ不幸の跡のほうがその瞳と、口の周りの深い皺に色濃く見えていた。

最後にわたしは勇気を出して、アーダの居場所を探した。ピヌッチャどころではなく無残な姿で現れるのではないか、愛人という役目に惨めな思いをしているのではないかと思っていた。ところがアーダは、元々リラが住んでいた家に暮らしており、見た目もきれいなら、心まで穏やかそうだった。女の子を産んだばかりで、名前はマリアと名付けたとのことだった。妊娠中も働きっぱなしだったとアーダは誇らしげに言った。事実、今や彼女こそ二軒の食料品店の真の主人なのだった。新旧ふたつの店のあいだを忙しそうに走り回り、あらゆる業務を担当しているその姿をわたしも目撃した。

幼なじみの友人たちはそれぞれ少しずつリラのことを話してくれたが、アーダが一番、彼女の近況をよく知っているようだった。しかもリラについて語るアーダの態度はほかの誰よりも思いやりがあり、親近感すら抱いているように見えた。アーダは幸せだった。子どもが生まれ、豊かな生活があり、仕事があり、そしてステファノまでいる。そうした自分の幸せはすべてリラのおかげだと彼女は心から感謝しているらしく、惚れ惚れとした声で言うのだった。

「わたしだって、馬鹿はさんざんやったわ。自分でもそれはわかってるの。でもリナとエンツォにはとてもかなわない。あのふたり、本当にまともじゃないよ。何もかもうっちゃって行って、自分の命だってどうなろうと構わないって感じだったから。わたしもステファノも恐くなっちゃって。とうとうミケーレ・ソラーラまでびびったみたい。だってあの子、なんにも持っていかなかったんだよ？　宝石の類いもみんな置いてってくれたし、引っ越し先の住所だって、番地まで、きちんと紙切れに書いて置いていったのよ。〝文句があれば来ればいい。お前たちがどうしようが恐くもなんともないぞ〟とでも言いたげにね」

　わたしはその住所を尋ね、メモした。住所を書き留めるわたしにアーダはこう言った。

「リナに会ったら、ステファノが子どもに会いにいかないのは、わたしが邪魔をしている訳じゃないって伝えておいて。あのひと仕事が忙しすぎて、行けないの。本当、残念がってるわ。それから、ソラーラ兄弟は絶対に恨みは忘れないし、特にミケーレには気をつけろ、とも伝えて。あと、誰のことも信用しちゃ駄目よ、って」

117

　エンツォとリラは、彼が買ったばかりのセイチェント（フィアット社の小型自動車）でサン・ジョヴァンニ・ア・テドゥッチョに引っ越した。道中、ふたりはひと言も言葉を交わさなかったが、どちらも小さなリヌッチョに声をかけることで沈黙の重さに耐えようとした。リラは大人を相手にするような言葉遣いで息子に話しかけ、エンツォは例によって、まあな、とか、なんだ？　とか、そうだな、くらいしか言わなかった。彼女はサン・ジョヴァンニという地区をほとんど知らなかった。一度ステファノと通りかかり、中心街で車を停めてコーヒーを飲んだことがあったが、その時の印象は悪くなかった。ところが現場作業員の仕事でも、共産党員の政治活動でも、頻繁にその地区に通っていたパスクアーレが一度、酷評するのを聞いた記憶もあった。彼は労働者としても、活動家としても、その土地に不満を覚えたらしかった。「あれはゴミ溜めみたいな地区だ。地場産業が儲かれば儲かるほど、貧困もひどくなる。しかも俺たちには何も変えられない。こっちだって結構な力があるんだが、駄目だな」とはいえ、パスクアーレはなんでもとにかく批判する性格なので、あまり信頼はできなかった。セイチェントが穴だらけの道路を進み、ぼろぼろの建物や最近できたばかりの建物に挟まれた道を抜けて走るあいだ、リラは、自分はこれから子どもを海沿いの愛らしい田舎町に連れていくところなのだ、そう思いこむことにした。そして、頭の中で用意していた、エンツォにすぐに伝えるべき言葉に意識を集中させた。最初にはっきりさせておきたいこと、正直に言っておきたいことがあったのだ。

　ところがそのことばかり考えていたら、かえって言えなくなってしまった。あとにしよう。そう決めた。こうしてふたりは、エンツォが部屋を借りたアパートに到着した。新築なのに、もうみすぼらしいアパートの二階の一室だった。三つある部屋はどれもまだがらんとしていた。エンツォは、とりあえず必要最低限のものは揃えたが、必要なものがあれば、明日からなんでも用意しようと言ってくれた。リラはこれでも十分すぎるほどだと言って、彼を安心させた。ダブルベッドを見た時、ようやく彼女は決心した。今こそ、話しておかないといけない。そこで優しく彼に語りかけた。「エンツォ、わたし、あなたのことは小さな時から、凄く尊敬してる。ひとりで勉強して、資格を取ったのだって偉いと思う。こつこつ続けるのって本当、大変だよね。わたしにはとても無理だよ。それにわたしの知ってるなかじゃ、あなたは一番心が広い男だよ。リヌッチョとわたしのためにこんなに親切にしてくれるひとなんて、絶対、ほかにいないし。でもわたし、あなたと寝ることはできないんだ。何も、今まで二、三回しかふたりきりで会ったことがないから、とか、あなたが好きじゃないから、とか、そういう話じゃないの。わたしね、感覚がないの。この壁とか、そこのテーブルとかと同じなの。だから、あなたがわたしに触れないで、それでも一緒に暮らせるというならいいけど、やっぱり無理なら、それは当然だと思うし、明日の朝、出ていくわ。でも忘れないでほしいの、あなたがしてくれたこと、わたし一生、忘れないから」

エンツォはじっと黙って彼女の話を聞いていた。そして最後に、ダブルベッドを指差して言った。

「これはお前が使ってくれ。俺は向こうの小さいやつで寝るから」

「わたし、小さいベッドがいい」

「でもリヌッチョは？」

「小さいベッド、もう一台あったでしょ？」

「あいつ、もうひとりで寝るのか？」

「うん」

「さっきの話だが、好きなだけここにいてくれていいぞ」

「本気なの？」

「ああ、本気だ」

「でも、結局ひどいことになって、あなたとの仲が台無しになるのは、わたし嫌よ」

「心配するな」

「ごめんなさい」

「構わないさ。ただ、その感覚ってやつが戻ってきたら、俺はここにいるから」

118

感覚は戻ってこなかった。むしろリラの中では、ある種の疎外感が強まっていった。じめっとした部屋の空気にも、薄汚れた服にも、立てつけが悪いトイレのドアにも、なじめなかった。思うに彼女にはサン・ジョヴァンニという場所が、わたしたちの地区の周囲にあった落とし穴にでも見えたのではないか。助かりたい一心で、足の置き場も注意せずに地区の外に飛び出したら、今度は深い穴に落ちてしまった、という風に。

まもなくリヌッチョが彼女の不安の種となった。普段はおとなしいのだが、そのうち、日中はわがままを言ってステファノに会いたがり、夜は急に目を覚まして大泣きするようになった。リラがあやしたり、一緒に遊んでやれば、落ちつくには落ちつくのだが、そうした母親の行為を以前のようには喜ばず、むしろ、苛立ちを見せるようになった。リラが新しい遊びを考えれば、男の子は夢中になり、母親にキスをしたり、胸に触れたがったり、甲高い歓声を上げたりしたが、そのうち彼女を突き放し、ひとりで遊ぶか、床に広げた毛布の上で眠ってしまうのだった。外に出ても、十歩も歩けば飽きてしまい、膝が痛い、だっこしてとごねるようになった。リラが拒否すれば、地面にひっくり返ってわめいた。

最初は彼女もこらえたが、やがて子どものわがままを許すようになった。夜は彼女のベッドに入れてやらねば落ちつかなかったので、一緒に寝るのを許してやり、買い物に出かければ、丸々とよく育った男の子は重たかったが、抱っこしてやった。片手に買い物袋をいくつも抱え、片手にリヌッチョ。家に帰ればもうへとへとだった。

お金のない生活がどんなものか、ほどなくリラは改めて思い知らされることになった。本も買えず、雑誌も新聞もない暮らしだ。リヌッチョのために、と元の家から持ってきた服の類いは、男の子があっという間に成長するので、すぐに小さくなってしまった。彼女自身、服はほとんどなかったが、なんでもないふりをしていた。エンツォは朝から晩まで働き、必要なお金を渡してくれた。しかし彼は稼ぎが少ない上、弟たちの面倒を見てくれている親類にも世話代を払っていたから、あとは家賃を払い、電気代とガス代を払うのがなんとか、という生活だった。それでもリラに不安そうな様子はなかった。彼女の頭の中では、かつて自分が手にし、浪費した大金も、子どものころの貧しい生活も、なんの区別もなくひとつになっており、お金とは彼女にとって、ある時もない時も、本質的なものではなかったからだ。むしろ、これまで息子に施してきた教育が無に帰すかもしれないという恐れのほうが強かったようで、なんとか男の子を少し前までの元気で、賢く、聞き分けのいい子どもに戻そうとリラは努力した。しかしリヌッチョは、アパートの階段の踊り場で向かいの家の男の子と遊んでいる時にしか、活き活きとした顔を見せなくなっていた。リヌッチョはその子と喧嘩をしたり、泥々になったり、笑ったり、体に悪そうなお菓子を食べたりしたが、とにかく幸せそうだった。リラは台所からいつもそんな息子を観察していた。そこからだと、開けっぱなしの玄関から、子どもたちの姿がよく見えたのだ。うちの子はいい子だ——彼女は思った——隣の子のほうが年上なのに、リヌッチョのほうがずっと賢い。もしかしたら、あの子をこれ以上ガラスの檻に閉じこめておくのは間違いなのかもしれない。よかれと思って守ってきたけれど、もうあの子も自分の足で歩くべき時で、殴り合いをしたり、ひとのものを壊したり、泥んこになって遊ぶべき時なのかもしれない。

　ある日、踊り場にステファノが現れた。今日は店の仕事を休んで、子どもに会いにいこうと決めたのだと彼は言った。リヌッチョは喜び、ステファノはしばらく男の子と遊んだ。しかしリラには、実は夫が退屈していて、早く帰りたくて仕方ないのだとわかった。以前は彼女と子どもなしでは生きていけない風だったステファノが、今ではああして、何度も時計を眺め、あくびばかりしている。彼の母親か、ひょっとしたらアーダにでも言われて、来たに違いなかった。リラに対する愛情と嫉妬はどうなったかと言えば、そちらは完全に冷めたらしく、妙な態度はもう見せなかった。

「坊主とちょっと散歩に行ってくるぞ」

「でも、ずっと抱っこしろってわがまま言うようになったわ」

「抱っこするさ」

「駄目、自分で歩かせて」

「どうしようと俺の勝手だろう？」

　ステファノはリヌッチョを連れて出かけたが、三十分もすると戻ってきて、急いで店に戻らないといけないと言い訳をした。リヌッチョは抱けとも言わなかったし、少しもわがままを言わなかったと彼は誓った。そして立ち去る直前にこう言った。

「お前、近所じゃ、チェルッロ夫人と呼ばれてるみたいだな」

「だってそうだもの」

「言っておくが、俺がお前を殺さなかったのは、俺の子の母親だから、それだけの話だぞ。だがな、お前も、お前のお友だちも相当にやばいことになってるぞ」

　リラは夫を嘲笑い、挑発した。

「あんたがそうやって悪党面するのって、自分より腕っ節の弱い人間が相手の時だけよね。本当、最低な男」

それからリラは、ステファノがにおわせたのがソラーラ兄弟のことだと気づいて踊り場に飛び出すと、階段を下りる彼に向かって叫んだ。

「ミケーレに言ってやってよ。この近所で見かけたら、顔に唾吐いてやるって」

ステファノは答えず、街角に消えた。彼はそれから四回か五回は戻ってきた。最後に妻に会いにきた時は、激しく怒り、こう怒鳴ったという。

「お前は自分の家族にも見放されたな。お袋さんも、〝もうあの子には会いたくない〟って言ってたぞ」

「つまり、わたしがあなたにどんな扱いを受けてたか、うちの親はまだ全然知らないってことね」

「あれで女王様みたいに大切にしてたじゃないか」

「女王なら、物乞いのほうがましよ」

「またガキができたら、絶対に堕ろせよ。お前がうちの名字のままだと、そいつまで俺の子どもってことにされちまうからな」

「もう子どもは作らないわ」

「どうして？　もう男とは寝ないって決めたのか？」

「関係ないでしょ」

「なんにしても、忘れるなよ」

「それを言ったら、リヌッチョだってあなたの子どもじゃないのに、名字はカッラッチじゃないの」

「このあばずれめ。まだそれを言うなら、いい加減、本当の話なんだろうよ。お前の顔も、そのガキの顔も、二度と見たくないね」

ステファノは実は、リラのそうした言葉を一度だって信じなかった。しかしその時は、信じるふりをした。都合がよかったからだ。今の穏やかな生活を続けることで、彼女の引き起こす心の混乱を忘れたい、彼はそう願ったのだった。

119

夫の訪問があるたび、リラはエンツォに詳しく報告した。彼は真剣に彼女の話を聞いたが、まず感想は述べなかった。エンツォは相変わらず、自分の気持ちというものを露わにしなかった。工場でどんな仕事をしているのかも、その仕事が好きなのかどうかも話そうとしなかった。いつも朝六時に出かけ、夜七時に帰ってきた。そして夕食をとり、男の子と少し遊び、彼女の話に耳を傾けるのだった。リヌッチョのためにどうしてもすぐにほしいものがあるとリラが言えば、次の日には必ず必要なお金を持って帰宅した。子どもの養育費をステファノに請求しろとか、仕事を探せとか、そうしたことを彼女に求めようとは決してしなかった。彼はただリラを見つめていた。あたかも、そうして毎晩、同じ時間に家に戻り、台所で彼女と同じテーブルにつき、彼女のおしゃべりを聞くためだけに生きているかのようだった。それから彼は席を立ち、おやすみと言って、寝室にこもるのだった。

やがて、のちに重大な結果をもたらす巡りあいがリラに訪れた。ある日の午後、彼女がひとりで出かけた時のことだ。リヌッチョは隣家の女性に預けていた。後ろでクラクションがしつこく鳴るので振り返ると、一台の高級車が停まっていて、誰かが窓から彼女に手を振っていた。

「リナ」

呼ばれて相手の顔をじっと見ると、それはニーノの友人、ブルーノ・ソッカーヴォの、あの狼みたいな顔だった。

「こんなところで何してるんだ」彼は尋ねてきた。

「近所に住んでるの」

彼女はとりあえず、自分のことを何も教えなかった。当時は軽々と説明できるような話題ではなかったのだ。ニーノの名も出さなかった。それはブルーノも同じだった。一方、リラが、大学は卒業したのかと彼に尋ねると、勉強はもうやめることにしたという答えが返ってきた。

「じゃあ、あなた、結婚したの？」

「まさか」

「恋人は？」

「いたり、いなかったりだね」

「それじゃ今、何してるの？」

「特に何も。仕事は、下の人間がやってくれるから」

その言葉に、リラはほとんど洒落のつもりで聞いてみたくなった。

「よかったら、わたしに仕事をくれない？」

「君に？　どうしてまた？」

「働きたいの」

「サラミを作ったり、ソーセージを作ったりする仕事だぜ？」

「上等よ」

「だって、旦那がなんて言う？」

「もう夫はいないわ。でも、息子がひとりいるの」

ブルーノは彼女が冗談を言っているのか確かめるように、まじまじとリラを見つめてから、戸惑った様子で話をそらした。「きつい仕事だよ、やめておいたほうがいい」そして彼は、夫婦や男女一般の問題について熱心に語りだした。夫といつも喧嘩ばかりしている彼の母親について。最近、夫のある女性と激しい恋をして、捨てられた自分の体験について。以前に比べると彼はずいぶんと饒舌で、リラをバールに誘い、自分語りを続けた。最後に彼女がもう行かないといけないと告げると、彼は尋ねた。

「本当に君は旦那と別れたのか。子どもがいるというのも本当？」

「そうよ」

彼は難しい顔になり、紙ナプキンに何か書いた。

「このひとに会ってみるといい。朝八時からいるはずだ。会って、これを見せるんだ」

リラは戸惑いの笑みを浮かべた。

「これって、そのナプキン？」

「うん」

「それだけでいいの？」

ブルーノは黙ってうなずいた。リラのぶっきらぼうな物言いに急に怖じ気づいたのだった。そして彼はつぶやいた。

「僕、あの夏はとても楽しかったよ」

彼女は答えた。

「わたしもよ」

120

こうしたことをわたしはすべてあとで知った。アーダに教えてもらったサン・ジョヴァンニの住所にはすぐにでも行ってみたかったのだが、わたしにも重大な事件が起きたのだ。ある朝、ピエトロの長い手紙をぼんやりと読んでいると、便箋の最後の一枚の終わりのほうに、わたしの文章（あの小説を彼はそう読んでいた）を母親に見せたという知らせがあった。アデーレはとても気に入ってくれ、原稿をタイプに起こさせ、長年彼女が翻訳家として協力してきたミラノの出版社に送ってみた。すると、そこでも高く評価され、先方は是非出版したいと言っている。そう記されていた。


秋の日の、朝というより昼に近い時間のことだった。灰色の光が差していたのをよく覚えている。わたしは台所のテーブルを前に腰かけていて、同じテーブルで母さんが洗濯物にアイロンをかけていた。古いアイロンが布地を力強くこするたび、肘の下で天板が小刻みに揺れた。わたしは長いことその数行を眺めていた。それから静かに、標準語で、とにかく夢ではないと確認したくて、こう言った。

「母さん、彼の手紙にね、わたしの書いた小説が本になるって書いてあるの」母さんは手を止め、アイロンを布地から浮かせると、縦にして置いた。

「小説なんて書いたのかい？」方言でそう尋ねられた。

「書いたと思う」

「いったいどっちなんだい？」

「うん、書いた」

「お金はもらえるのかい？」

「わかんない」

わたしは家を出て、バール・ソラーラに急いだ。あの店なら、いくらか落ちついて長距離電話をかけることができたからだ。何度も挑戦して――通じるたびカウンターの向こうのジリオーラに大声で「ほら、出て」と声をかけられた――ようやくピエトロが出たが、仕事があるとかで急いでいて、手紙に書いた以上のことはわからないと言われてしまった。

「あの話、あなたも読んでくれたの？」わたしは興奮して尋ねた。

「うん」

「じゃあ、どうして何も言ってくれなかったの？」

彼は、暇がなかったんだ、というようなことをもごもごと言った。研究とか、あれこれあってさ。

「でも読んでみて、どうだった？」

「よく書けてた」

「感想はそれだけ？」

「だから、よく書けてたよ。そういうことは母に聞いてくれ。僕は文献学者なんだ。文学は得意じゃない」

そう言って彼は実家の電話番号を教えてくれた。

「お母さんに電話なんてできない。緊張しちゃうに決まってるもの」

ピエトロが受話器の向こうで少し苛立っているのがわかった。いつも礼儀正しい彼には珍しいことだった。

「君は小説を書いた。ならば、あとは自分で責任を持つべきだね」

彼の母、アデーレ・アイロータについての知識はほとんどなかった。まだ四度しか会ったことがなく、会っても当たり障りのない会話しかしたことがなかったのだ。それまでわたしは彼女のことを裕福な一家の、教養ある母親としか見ていなかったが——アイロータ家の人々は自分のことをまず語らず、世界における自分たちの活躍など実につまらぬものだという態度を守っていた。そのくせ、そうした活躍を誰もが知っていて当然だと考えている節があった——アデーレが仕事をしており、強い影響力を持つ人物であることがその時ようやくわかり始めた。彼女の挨拶は親切だったが、口調はあくまで他人行儀だったので、不安なまま電話をすると、まずメイドが出て、アデーレに代わってくれた。

こちらもかしこまった口を利いた。出版社では誰もがわたしの本を優れた作品だと確信しており、彼女の知る限り、もう契約書の草案がこちらに郵送されたはずだということだった。

「契約書ですか？」

「もちろん。それとも、ほかの出版社と契約をしてしまいましたか？」

「いいえ。でも、わたしまだ、自分の書いたものを読み直してもいないものですから」

「つまり、一気に書いて、何も手を入れてないってこと？」皮肉と聞こえなくもない口調で彼女は尋ねてきた。

「はい」

「安心していいわ。このままで十分、本にできますよ」

「でも、もっと手を入れないと」

「大丈夫。句読点ひとつだって変えちゃ駄目。正直で、自然でいいわ。しかも、本物の文学だけが持つ神秘がちゃんとあります」

その声には最初よりも皮肉な響きがあったが、アデーレはまた褒めてくれた。あの『アエネーイス』でさえ、あなたもご存知のように、まだ下書きだった作品なのだと彼女は言い、きっとあなたは相当前から小説を書く修業をしてきたのだろう、未発表の作品はまだあるのかと尋ねられた。実はこれが初めて書いた作品なのだと白状するとアデーレは驚き、「才能と幸運の賜物ね」と感嘆した。それしてこんなことを教えてくれた。ちょうど出版社の刊行計画に急に穴が開いたの。だからあなたの小説はよく書けているだけじゃなくて、運にも恵まれた作品だとも思われているわ。向こうでは春には出版したいと考えてるみたい。

「そんなに早く?」

「反対ですか?」

わたしは慌ててそんなことはないと答えた。

カウンターの向こうでわたしの声を聞いていたジリオーラは、電話が終わると興味津々で尋ねてきた。

「何があったの?」

「わかんない」わたしは答え、急いで店を出た。

嘘のような幸せに、とにかく呆然として、わたしは地区をふらふらと歩き回った。こめかみが激しく脈打っていた。ジリオーラにわからないなどと答えたのは、何も教えたくなくて意地悪を言った訳ではなかった。本当に訳がわからなかったのだ。この話はなんなのだ? ピエトロの手紙のほんの数行と長距離電話の会話だけ。つまり、何ひとつ確かではないということではないか。契約書と言えば、お金について取り決め、権利と義務を決めるもののはず。もしかして、わたしは何か面倒なことに足を突っこみかけているんだろうか。何日かしたら、みんな考えを変えて、本の出版は取りやめになるんじゃないだろうか。最初はいい作品だと思ったひとも、原稿を読み直したら、やっぱりつまらない話だと思い、まだ読んでいないひとは、出版を検討していたひとに腹を立て、そしてみんながアデーレに腹を立てる。アデーレもやっぱり考えを変えて、屈辱を覚え、わたしのせいでとんだ恥をかかされたと恨み、息子にはわたしと別れろと説得する。そんな目に遭うのではないか。やがてわたしは、地区の古いほうの図書館の前に来た。もうどのくらい来たことがなかったろう。中に入ると、誰もおらず、埃と倦怠のにおいがした。わたしはなんの考えもなく本棚に沿って歩きながら、ぼろぼろの本に触れた。題名も作者の名も見なかった。ただ指でそっと触れたかったのだ。古い紙、ほつれた木綿の糸、文字、インク、本。わたしの本が出る。目まいがするようだった。『若草物語』を探した。あった。本当にもうすぐ実現するのだろうか。リラと一緒にやろうと計画していたことが、わたしひとりに巡ってくるなんてことがあっていいものだろうか。あと数カ月もしたら、わたしの言葉ばかりが印刷された紙を縫合し、貼りあわせた本が出る。表紙にはわたしの名前があるはずだ。エレナ・グレーコ。読み書きがまったくできぬか、ほとんどできぬ無学な祖先ばかりだった一族に突如現れた才能の持ち主。無名だった名字は、こうして永遠に栄光の輝きを帯びることになったのだ。数年もすれば――三年か五年のうちには、いや十年、二十年後か――わたしの本も、この故郷の図書館の書架に並び、蔵書として登録されるだろう。そして住民たちは、市役所の案内係の娘が何を書いたのか知りたくてそれを借りるだろう……。その時、トイレで水を流す音がした。わたしは、自分が優等生だったころと同じ姿でフェッラーロ先生が現れるのを待った。痩せた顔には皺が増え、五分刈りの頭はもう真っ白だろうが、狭い額の際まで、まだびっしりと髪の毛が生えているはずだ。あの先生ならば、今度の出来事を高く評価してくれるはずだ。わたしの頭がこんなにかっかしていて、こめかみのどきどきが静まらないのも当然だと言ってくれるはずだ。ところが、トイレから出てきたのは、見知らぬ太った小男だった。年は四十くらいだろうか。

「貸し出しですか？」彼は尋ねてきた。「急いでください。もう閉館するところなので」

「フェッラーロ先生にお会いしたかったのですが」

「先生はもう退職されましたよ」

急いでくれ、もう閉館時間だ。

外に出た。わたしは今まさに作家になろうとしているというのに、地区のどこにも、〝凄いぞ、よくやったね〟と言ってくれそうな人物はいなかった。

121

お金がもらえるとは思ってもみなかった。ところが届いた契約書の草案を読むと、間違いなくアデーレの口利きのおかげなのだろうが、出版社が二十万リラの前金をくれるとあった。契約時に十万、完成稿を手渡した時点で十万だそうだ。母さんは驚きに息を呑んでいた。信じられなかったのだ。父さんは言った。「俺が何カ月もかかってようやく稼ぐ額だぞ」ふたりは地区の中でも外でも自慢して回るようになった。うちの娘が金持ちになりましてね。作家になったんです。今度、大学の教授と結婚するんですよ。わたしも元気を取り戻し、師範学校の公募に向けた試験勉強もやめた。出版社からのお金が届くとすぐに服を買い、化粧品を買い、生まれて初めて美容室に行き、ミラノに発った。初めて訪れる町だった。

ミラノの駅では、右も左もわからなかったが、なんとか正しい地下鉄に乗り、どうなることかと思いながら出版社のある建物の入口に着いた。わたしは聞かれてもいないのに守衛にあれこれと用向きを説明したが、そのあいだ、相手はずっと新聞に目を落としたままだった。わたしはエレベーターに乗り、目当てのドアをノックし、中に入った。そして清潔な空間に圧倒された。それまで学んできたことで頭がはち切れそうな気分だった。豊かな学識を披露して、たとえ女でも、たとえ貧しい出自は一目瞭然でも、わたしは本を出版する権利を獲得した才能の持ち主であり、今後は、二十三歳のこのわたしにけちをつけることは一切許されない。そう認めさせたくて仕方なかった。

わたしは、礼儀正しく迎えられ、オフィスからオフィスへと連れ回された。それから、わたしの原稿を担当中の編集者と話しあった。年配で頭もつるつるの男性だが、とても親しみの持てる顔をしていた。わたしたちの議論は二時間ほど続いた。彼はわたしをおおいに褒めてくれ、しばしば深い敬意をもってアデーレ・アイロータの名を挙げた。そして、彼が手を加えるべきだと考えた箇所を指摘し、原稿の写しを一部と、編集指示をまとめたものを渡してくれた。別れ際には真剣な声でこんな感想を聞かせてくれた。「とてもいい物語だと思います。今の時代の物語が徹頭徹尾、驚くべき表現力で綴られ、構成も素晴らしい。ただ、問題はそこじゃないんです。あなたの作品を今、三度目に読み返しているんですが、どのページにも何か強力なものがあるのに、それがどこから来るのかがわからない」わたしは赤面して、感謝の言葉を述べた。ああ、わたしはなんと凄いことを成し遂げたのだろう。何もかもあっという間だった。会うひとみんなに歓迎され、こちらも好印象を与えることができた。自分が何を勉強してきたかも、どの学校に行ったかも、『アエネーイス』第四巻についての卒業論文のことも、全部うまく話せた。礼儀正しく指摘を受けるたび、こちらも上品かつ正確に答えることができた。ガリアーニ先生とその子どもたち、そしてマリアローザの話し方の完全な模倣だったが、うまくいった。愛らしくて親切な女性社員——名をジーナといった——に宿を手配しようかと聞かれたので、うなずくと、ガリバルディ通りにホテルを見つけてくれた。驚くことに、ホテルも、食事も、行き帰りの列車の切符も、かかった費用はすべて出版社が持ってくれるということだった。ジーナはわたしに、経費はあとでまとめて報告してくれれば、すべて払い戻しをすると約束し、アデーレに是非よろしく伝えてくれとことづけてから、こんなことを言った。「彼女から電話があったんです。あなたのこと、とても大切に思っているみたいですね」

翌日、わたしはピサに向かった。ピエトロを抱きしめたかったのだ。列車の中では編集者の指示をひとつひとつ確認して、満ち足りた気分になり、今度は、作品を高く買ってくれ、もっとよくしようと知恵を絞ってくれる彼の視点で、自分の小説を読み直した。わたしは誇らしい気分のまま目的地に着いた。ピエトロはあらかじめ、大学で助手をしている女性の家にわたしが泊めてもらえるよう取り計らっておいてくれた。ギリシア古典文学の研究者で、わたしもよく知っている熟年の女性だった。夜には食事に連れていってもらったのだが、その席で彼がわたしの本の原稿を取り出したのでびっくりした。彼も写しを一部持っていて、気になった点を書きこんでおいてくれたのだった。わたしたちは一緒に問題点をひとつひとつ確認した。彼らしい厳密な指摘ばかりで、大半は用語選択に関する問題だった。

「検討させてもらうわ」わたしはそう約束し、礼を言った。

夕食のあとは、人目につかない芝生の上で、寒空の下、邪魔なコートと毛糸のセーターに苛立たされながらじゃれあった。ところがその最後になってピエトロが妙なことを言いだした。小説の主人公が砂浜で処女を失う場面には丁寧に手を入れ、削るべきところは削るべきだというのだ。わたしは戸惑いつつ答えた。

「あれは重要な場面よ」

「でも君だって言ってたじゃないか、あの段は少し過激かもしれないって」

「出版社では誰も反対してなかったけど」

「きっとあとからそういう話になるよ」

わたしは機嫌を損ね、その場面についても考えてみると約束してから、翌日、不機嫌なままナポリを目指した。年も若く、読書家で、バッカス神信仰についての本まで出したピエトロが、わたしの本のあの場面にそこまで驚くのなら、母さんに父さん、弟たち、地区の住民たちが読んだなら、なんと言うだろうか。車上でわたしは、編集者の指摘とピエトロの指摘の両方を念頭に、原稿にとことん手を入れ、削れるところはすべて削った。立派な本、誰からも好かれる本にしたかったのだ。本なんてもう二度と書くものか、そう思った。

122

家に着いた途端、悪い知らせがあった。わたしが留守の時は娘宛ての郵便は開けてもいい、それが自分の権利だと信じていた母さんは、ポテンツァから届いた小包を開けた。中身はわたしの小学校時代のノートが幾冊かと、オリヴィエロ先生の妹からの一枚のカードだった。そこには、先生が二十日前に穏やかに亡くなったと記されていた。晩年、先生はわたしのことをよく懐かしがり、彼女が記念に手元に残していたわたしのノートを本人に返してやってほしいと妹に言い残して逝ったということだった。やはり先生の教え子だった妹のエリーザはもう何時間も前から泣いていて、誰にも慰めてもらえずにいたが、わたしの動揺はもっと激しかった。だがわたしたちの嘆きは母さんの不興を呼んだ。彼女はまず末の娘を怒鳴りつけ、次に長女のわたしにしっかりと聞こえるように、大声でこんなことを言った。「あの馬鹿女、いつも自分のほうがわたしよりずっと母親だって顔してたっけね」

その日は丸一日、オリヴィエロ先生のことを考えて過ごした。わたしが満点プラスの最高評価で大学を出て、本まで出版することになったと知ったら、どれだけ喜んでくれただろうか。家族がみんな床についてから、わたしは静かな台所に向かい、小学校の時のノートを一冊ずつめくってみた。先生には本当に素晴らしい教育を施してもらった。きれいな筆跡も彼女に習ったものだ。大人になったわたしの手が文字を小さく書くようになり、急いで書くうちに崩し字になったのが残念だった。綴りを間違えた箇所に猛然と記されたバツ印も、美しい表現ができた箇所や、難しい問題に正解した箇所の傍らに細い文字で記された〝よくできました〟と〝大変よくできました〟も、先生がいつもくれた高い点数も、なんだか微笑ましかった。彼女は本当に母さんよりも母親らしかったのだろうか。以前はそう思ったこともあったが、もうしばらく前から自分でもはっきりとはわからなくなっていた。それでも、うちの母さんには想像だにできなかった進路を想定し、その道へとわたしを力尽くで導いてくれたのは確かで、その点は感謝していた。

もう寝ようと思い、小包を片付けようとした時、ノートのひとつに薄い小冊子が挟んであるのに気がついた。方眼ノートの十ページほどを一本のまち針で留め、ふたつ折りにしたものだった。はっとして一瞬、呼吸を忘れた。『青い妖精』だった。忘れもしない。昔、リラが書いたあのお話だ。何年前だろう、十三年か、十四年は前のはずだ。パステルで絵が描かれ、題名もとても美しい文字で記された表紙がわたしは大好きだった。当時のわたしにはその小冊子が立派な一冊の本にも思えて、出来映えに嫉妬したものだ。真ん中のページを開くと、まち針は錆び、ページに茶色い跡がついていた。わたしが驚いたのは、そこにあった一文の傍らに先生の文字で〝大変いい表現です〟と記されていたことだ。つまりオリヴィエロ先生は、『青い妖精』を読んでいたのか。しかも、気に入った？ ページを次々にめくってみれば、どこも〝うまい〟〝お上手〟〝とても上手です〟の文字でいっぱいだった。腹が立ってきた。老いぼれ魔女め。どうしてあの時、リラの物語が気に入ったとわたしたちに教えてくれなかったのだ。どうしてリラを喜ばせてやらなかった？ なにゆえリラではなく、わたしの教育に専念しようと決めたのだ？ 靴職人の父親が娘に中学受験はさせないと決めたから、本当にそれだけのことだったのか。お前はあのころどんな不満を抱えていて、リラに八つ当たりをしたのだ。わたしは『青い妖精』を頭から読みだした。色の薄れたインクの文字をたどり、あのころのわたしとそっくりな筆跡をたどって。ところが最初のページからもう吐き気がしてきて、まもなく冷や汗でびっしょりになった。それでも最後まで読み通すまでは、冒頭の数行からすでに明らかだった事実をわたしは認めまいとした。幼いリラが記したその短いお話こそ、わたしの小説の秘密の核だったのだ。何がわたしの作品に熱を与えていたのか。すべての文をつないでいる、頑丈だが、目には見えぬ糸はどこで生まれたのか。その答えを求める者は、ひとりの女の子が書いたその小冊子まで遡る必要があった。ノートのページ十枚を折って、錆びたまち針で留めた、色鮮やかに彩られた表紙つきで、題名はあるが、作者の名前さえ記されていない、その小冊子こそがわたしの小説のルーツなのだった。

123

その晩は一睡もできず、朝になるのを待った。リラに対してわたしが長いあいだ抱いてきた敵意は消滅した。自分が彼女から奪ってきたもののほうが、彼女に奪われたものよりもずっと多い、不意にそう思ったのだ。すぐにサン・ジョヴァンニ・ア・テドゥッチョに行くことにした。リラに『青い妖精』を返し、わたしのノートも見せ、先生がふたりにくれた褒め言葉を一緒に喜びたかった。何より、彼女を自分の傍らに座らせ、わたしたち、ずっと息があったコンビだったよね、ふたりでひとりだったよね、そう言ってやりたかった。そして、ピサ高等師範学校で身につけた厳密な分析と、ピエトロに学んだ文献学者一流の熱意をもって、幼かった彼女が書いたあの本がいかにわたしの頭に深い根を下ろし、長い歳月を経て、ついには別の本を生むことになったかをリラに対して証明したかった。それは彼女の童話とは異なり、大人の本であり、わたしの本だったが、彼女の本がなければあり得なかった作品だった。ふたりでよく遊んだあの中庭でわたしたちがあでもない、こうでもないと、四六時中、想像力をふくらませ、お話を作ったり、壊したり、作り直したりしなければ、わたしの本も生まれてはこなかっただろう。だから彼女を抱きしめ、頬にキスをし、こう言ってやりたかった。リラ、これからはわたしとあなたの身に何が起きても、絶対に連絡を取り続けようね。

だが、それは過酷な朝となった。ナポリの町が全力でわたしと彼女の再会を阻止しようとしているのではないかとさえ思われた。まずは港湾地区《マリーナ》方面行きバスに乗ったのだが、満員で、貧しげな人々の体に押しつぶされっぱなしで、耐えがたい思いをさせられた。次のバスはもっと混んでいて、しかもわたしは方向を間違えてしまった。服も頭もぐちゃぐちゃにされてバスを降り、さんざん待たされぷんぷんしながら、次は正しいバスに乗った。市内の短い距離の移動に過ぎないはずが、すっかり消耗してしまった。ジンナジオに高校、ピサの大学でどれだけ学んだにしても、そんなものがナポリの日常になんの役に立つだろう。サン・ジョヴァンニにたどり着くために、わたしは退化を余儀なくされた。あたかもリラの引っ越し先がどこかの通りでも広場でもなく、過ぎ去った時の流れの中であるかのようだった。わたしたちが小学校に通いだす前の時代、ルールもなければ、礼儀もなかった、あの暗い時代だ。わたしは地区の方言でも一番品のない言い回しで罵り、罵られればまたやり返し、からかわれれば、お返しに嘲笑った。口汚いやりとりなら、わたしだってさんざん修業してきたのだ。ナポリという町は、ピサでの生活にはとても役に立った。一方、ピサという町は、ナポリでは役に立たず、むしろ邪魔だった。マナーも、上品な話し方と見てくれも、頭の中にあふれ、言葉の端々に現れる学識も、ナポリでは弱さの証以外の何物でもなく、わたしはやられたらやられっぱなしの格好の餌食とみなされていたのだ。サン・ジョヴァンニへと向かうバスの中でも、通りを歩く時も、わたしは、おとなしい仮面を臨機応変に脱ぎ捨てるという昔からの得意技を、新たに身につけた傲慢さと組みあわさざるを得なかった。満点プラスで大学を卒業し、かのアイロータ教授と昼食をともにし、その息子の婚約者でもあり、郵便局にはいくばくかの貯金まであり、ミラノでは立派な人々に敬意をもって迎えられたこのわたしを、この下品な連中はいったいなんだと思っているんだ？　そう思えば新たな力が湧いてきて、見て見ぬふりという常套手段にはもう頼る気になれなかった。これまではたいていはその手で、地区の中でも外でも問題を回避してきたのだが。混雑した車内で男たちの手に何度も触られた時、わたしは激怒する正当な権利を自らに認めた、そして母さんもそうだが、特にリラが得意にしていた、ここにはとても書けないような汚い言葉で痴漢を怒鳴り倒した。やり過ぎたという自覚はあった。だからバスを降りた時は、相手が自分のあとから飛び降りてきて、わたしを殺そうとするのではないかと怯えた。

そんなことにはならなかったが、怒りと恐怖でぴりぴりしながらわたしはその場を去った。大げさなくらいきちんとした格好で家を出てきたのに、今や見た目も心もぼろぼろだった。

わたしは落ちつきを取り戻そうとして、自分に言い聞かせた。だいじょうぶよ、もうすぐ着くわ。それから通行人たちに道を尋ね、冷たい向かい風に吹かれながら、サン・ジョヴァンニ・ア・テドゥッチョ大通りを進んだ。ぼろぼろの壁が左右に続き、真っ黒な戸口が並ぶ、黄ばんだ溝の中を歩くような道だった。丁寧だが、余計な説明が多すぎて役に立たない、人々の道案内に混乱して、わたしはさまよった。ついに住所の通りを見つけ、アパートの入口まで来た。汚い階段を上ると、強烈なにんにくのにおいが漂い、子どもたちの声が聞こえてきた。階段の途中で、開けっぱなしの扉から、緑色のセーターを着たよく太った女性が顔を出した。こちらに気づいた彼女に大声で尋ねられた。「誰にご用？」「カッラッチさんです」そう答えたが、不審げな顔をされたので、すぐに言い直した。「いえ、スカンノさん、です」エンツォの名字だ。すぐにまたわたしは言い直した。「チェルッロ、と名乗っているかもしれません」すると女性は、ああ、チェルッロね、とこちらの言葉を繰り返し、太い腕を上に向けて、「上ですよ」と言った。わたしが礼を言って、前を通り過ぎようとすると、女性は踊り場の手すりから上に向かって、甲高い声で叫んだ。「ティティ、リナを探してるってお客さんだ。今、上がってくよ」

リナ。そうして他人の口から、こんな場所で、彼女の名前を聞かされるのは奇妙なものだった。その時になってようやくわたしは、ずっと自分が、リラのことを最後に会った時の姿で思い浮かべていたことに気づかされた。まだ新地区のアパートの部屋にいたころの姿だ。暗い感情に満ちていても、もはや彼女の人生の背景として定着したかと思われた、あの秩序ある空間に囲まれたリラ。家具が並び、冷蔵庫にテレビがあり、清潔な格好のリヌッチョがいて、彼女自身、明らかに沈鬱な表情ではあったが、それでもまだ、裕福な若い婦人然としていた、あの時の姿だ。今のリラがどうやって暮らし、何をしているのかなど、わたしはまるで知らなかった。噂は彼女が夫を捨てた時点で止まっていて、あんなに贅沢な家と富を捨てて、エンツォ・スカンノと出ていくという驚きの行動から先の話は聞こえてこなかった。彼女がブルーノ・ソッカーヴォと再会したことも知らなかった。だから地区を出た時から、わたしはてっきり、これから会うことになるリラはきっと別の真新しい家の中で、あちこちに開きっぱなしの絵本や、教育的効果のあるおもちゃに囲まれているか、最悪でもちょっと買い物に出かけているかのどちらかだろうとばかり思っていた。そして、面倒だったのと、気分を壊したくなかったのもあって、わたしはそうしたイメージをサン・ジョヴァンニ・ア・テドゥッチョという地名――グラニーリ地区を過ぎて、港湾地区の端っこまで来たところにあるのは知っていた――に自動的に結びつけていた。だから、そのアパートの階段を上っていった時もそんな気分のままで、ようやく着いたわ、目的地に無事ご到着、なんて思っていた。ティティことティティーナは、小さな女の子を腕に抱き、スカートの左右にも男の子をひとりずつくっつけた、まだ若いお母さんだった。腕の女の子は静かにしゃくり上げ、寒さに赤くなった鼻から二筋の鼻水が上唇まで垂れている。

ティティーナは、踊り場を挟んだ向かいの家の閉ざされたドアに目をやり、こう言った。

「リナさんならいませんよ」警戒した声だった。

「エンツォも？」

「いません」

「子どもと散歩にでも行ったのかしら」

「あなた誰？」

「エレナ・グレーコといいます。リナさんの友だちです」

「友だちのくせにリヌッチョがわからないの？　リヌー、お前、このひとを見たことあるかい？」

彼女が片方の男の子の頭を軽く叩くのを見て、わたしはやっとそれが誰だか気づいた。男の子はこちらを見てにこりとすると、標準語で言った。

「こんにちは、レヌーおばさん。ママは夜の八時に帰ってきます」

わたしはリヌッチョを抱き上げて、ぎゅっと抱き、大きくなったね、ご挨拶も上手だこと、と褒めてやった。

「そう、とっても賢い子ですよ。神童ってやつね」とティティーナも認めた。

そこで彼女は完全に警戒を解き、わたしを家に招いてくれた。暗い廊下でわたしは何かにつまずいた。子どもが置きっぱなしにした何かだと思う。台所は乱れていて、何もかもが薄暗い光の中にあった。ミシンがあって、針の下にまだ縫いかけの生地があった。ミシンの周りや下の床にも色とりどりの布があった。腕の女の子はそのあいだも抱きっぱなしだった。わたしはリヌッチョを膝に乗せて下らない質問ばかりしたが、男の子は諦めた口調できちんと答えてくれた。その横でティティーナは、リラとエンツォの近況を語ってくれた。

「彼女、今、ソッカーヴォの工場でサラミを作ってるわ」

わたしは驚き、久しぶりにブルーノの名を思い出した。

「ソッカーヴォって、ハムとかソーセージとかも作ってる、あのソッカーヴォ？」

「そう、そのソッカーヴォ」

「経営者の一族に知りあいがいるわ」

「あの家は悪党ぞろいだね」

「社長の息子を知ってるの」

「じじいも、父親も、息子も同じ穴のむじなよ。金持ちになった途端、ぼろを着てたころのことなんてすっかり忘れちゃってさ」

エンツォはどうしているかと尋ねると、機関車関係の仕事をしているという。その口ぶりから、彼女がエンツォとリラを夫婦だと信じているのがわかった。実際、彼のことをティティーナは親しみと尊敬のこもった声で〝チェルッロさん〟と呼んだ。

「リナはいつ帰ってくるの？」

「夜だね」

「それまでこの子は？」

「わたしのところさ。飯を食べるのも、遊ぶのも、全部うちさ」

つまり、わたしの旅はまだ終わっていないということだった。こちらが近づくたび、リラは遠ざかるようだった。わたしは聞いた。

「工場まで歩いてどのくらいかかるの？」

「二十分だね」

ティティーナが教えてくれた道順を紙に書き留めるわたしに、リヌッチョが礼儀正しく尋ねてきた。

「おばさん、遊んできてもいい？」こちらがいいと言うのを待ってから、彼はもうひとりの男の子のいる廊下へ飛び出していった。するとすぐに方言で口汚く罵る声が聞こえてきた。ティティーナは困ったようにちらりとわたしを見てから、廊下に向かって標準語で金切り声を上げた。

「リーノ、ひどい言葉を使っちゃ駄目でしょ？　お手々ぺんぺんするわよ」

わたしは彼女に向かって微笑んだ。バスの中の自分を思い出したのだ。わたしもリヌッチョと同じだ、お手々ぺんぺんしてもらわないと。廊下の喧嘩がやむ様子がなかったので、わたしたちが駆けつけると、ふたりは本格的な喧嘩になっていた。投げあうものがあちこちにぶつかり、猛烈な怒号で大変な騒ぎだった。

124

ソッカーヴォの工場のある地域までは野道を歩いて向かった。道の両脇にはあらゆる種類のゴミが山をなしていた。冷え切った空に黒い煙が立ちのぼっているのが見え、工場の塀が目に入るより先に、脂のにおいと薪の燃えるにおいの入り混じった悪臭がして、胸が悪くなった。守衛は馬鹿にした口調で、就業時間中にお友だちと会おうなんて駄目に決まってるだろと言い放った。そこで今度はブルーノ・ソッカーヴォに会いたいと告げると、急に態度を変え、もごもごと、ブルーノさんは工場には滅多に来ないと答えた。じゃあ彼の家に電話をかけてくれと要求すると、困った顔になり、理由もないのに邪魔はできないと答えた。わたしは言った。「あなたが電話をしてくれないなら、どこかで電話を借りてわたしがかけます」守衛は憎々しげにこちらをにらんだが、どうしたものかと迷っている様子だった。そこへ誰かが自転車でやってきて、ブレーキをかけると、方言で何かいやらしい冗談を守衛に言った。守衛は相手の登場にほっとしたらしく、わたしのことなどまるで構わずおしゃべりを始めた。

工場の庭では焚き火が燃えていた。横を通った時、熱風で冷たい空気が数秒間、断ち切られた。背の低い黄色い建物の前まで来たので、重たいドアを開け、中に入った。外でもきつかった脂のにおいが、もはや耐えがたいほど強くなった。ひとりの娘とすれ違った。明らかに立腹していて、動揺した手つきで髪の毛を整えている。すみませんと声をかけると、彼女はうつむいたまま三、四歩先に行ってから、立ち止まった。

「なんの用？」ぶっきらぼうな返事が戻ってきた。

「チェルッロという女性を探しているんですけど」

「リナのこと？」

「ええ」

「腸詰め工程を覗いてみな」

その工程がどこにあるのか尋ねてみたが、娘は返事をせずに行ってしまった。また別のドアを押し開けると、むわっと熱気に包まれ、脂の悪臭が余計ひどくなった。大きな部屋に牛乳のような液体で満たされた水槽が並んでいて、湯気のたつ液体の中には何やら黒っぽいものがいくつも浮かんでおり、背を曲げて、腰まで湯につかった工員たちがそれをゆっくりと動かしていた。リラの姿はなかった。汚物でぬかるんだタイル張りの床に寝そべり、配管を直していた男に声をかけてみた。

「リナがどこにいるかご存知？」

「チェルッロ？」

「そうです」

「練りこみ工程だろう」

「腸詰め工程だって言われたんですけど？」

「知ってるなら、なんで俺に聞くんだね」

「練りこみ工程ってどちらですか」

「そのままポっすぐ行けばいい」

「腸詰め工程は？」

「右だ。そこにもいなければ、肉を骨からそぎ落とす工程だ。さもなきゃ冷蔵庫だな。あいつはしょっちゅう職場を変えられるから」

「どうしてですか？」

彼はにやりとした。

「あんた、彼女の友だちかい？」

「ええ」

「じゃあ、忘れてくれ」

「教えてください」

「怒るなよ？」

「ええ」

「面倒くさい女だからさ」

わたしは教えられたとおりに進んだ。誰にも止められなかった。工員は男も女も、冷ややかな無関心の殻に閉じこもっているように見えた。声を上げて笑ったり、互いに罵りあっている時でさえ、自分の笑い声にも、口をつく言葉にも、手にした汚らしいものにも、悪臭にも、無関心な様子だった。そのうち、青い上っ張りを着て、帽子を被り、肉の処理をしている女性でいっぱいの場所に出た。いくつもの機械が、スクラップをいじるような金属質の音と、ミンチされ、練り上げられた軟らかなものが落ちるべちゃりという音を立てていた。しかしそこにもリラはいなかった。ピンク色の練り物にサイコロ状の脂身を混ぜたものを腸に詰めている場所にも、切れ味鋭い小型のナイフで骨から肉をそいでいる場所にも、見ていて恐いくらいの素早い手つきで刃を動かして肉を切っている場所にもいなかった。結局、冷蔵庫で見つけた。白い息を吐きながら、中から出てきたのだ。背の低い男と力を合わせ、凍った赤身の塊を肩に担いでいた。荷車に肉を下ろしたリラはまた中に戻ろうとした。その片手に包帯が巻かれていることにわたしはすぐに気がついた。

「リラ」

彼女は警戒するようにそっと振り返り、戸惑い顔でこちらを見つめてから、言った。「こんなところで何してるの?」熱っぽい目をしていて、頬は以前よりもこけていたが、体は大柄になり、背も高くなったように見えた。彼女も青い上っ張りを着ていたが、その下に長いコートのようなものをまとい、足下には軍用ブーツを履いていた。抱きしめたかったが、こらえた。なぜかはわからないが、そうすればわたしの腕の中で彼女が砕け散ってしまう気がしたのだ。ところが向こうから抱きついてきて、かなり長いこと抱きしめてくれた。彼女の服の湿った生地は、辺りの空気に増して強烈なにおいがした。「行こう、ちょっとそこまで」リラは言い、一緒に働いていた男に告げた。「二分だけ休ませて」そしてわたしを片隅に連れていった。

「わたしの居場所、よくわかったね」

「勝手に入ってきたの」

「誰にも止められなかった?」

「リラを探してる、わたしはブルーノの友だちだって言ったら入れてくれたわ」

「うまくやったわね。これでみんなからわたしは、社長の息子のあれをしゃぶってると思われて、しばらくは厄介な目にも遭わずに済むわ」

「何それ？」

「そういうものなのよ」

「そういう職場なの？」

「ここだけの話じゃないわ、どこもそう。ところで大学は卒業した？」

「うん。でももっと凄いことがあったの。リラ、わたし小説を書いたんだけど、それが四月に本になるの」

　リラはまるで血の気のない、灰色がかった顔色をしていたが、それがぱっと色づくのがわかった。紅潮が喉元から頬へと遡り、ついには目元まで赤く染めた。興奮の炎が瞳を焦がすのを恐れるように彼女は目を細めた。それからわたしの片手を取り、まずは甲にキスをし、それから手の平にキスをしてくれた。

「嬉しいわ」彼女はつぶやいた。

　でもわたしはその時、そんなリラの愛情表現よりも、彼女の腫れ上がった両手とそこにできた傷にショックを受けていた。手には、新しいものから古いものまでいくつも切り傷があり、左手の親指にはできたばかりの傷口があって、炎症を起こしていた。右手の包帯の下はもっとひどいことになっていそうだった。

「どうしたのその手は？」

　すると彼女はさっと身を引き、両手をポケットに突っこんだ。

「なんでもないわ。骨から肉をそぐ時、結構、怪我をするの」

「そんな危ない仕事をしてるの？」

「連中の気分次第で、あれこれやらされるのよ」

「ブルーノに相談してみたら？」

「そのブルーノが一番たちが悪いの。あいつがここに足を踏み入れるのは、わたしたち女工を熟成室で慰みものにするために、次は誰にしようかって品定めに来る時だけなんだから」

「でもリラ」

「本当よ」

「いい仕事じゃなさそうね」

「そんなことはないわ。こうして冷蔵庫で働けば、寒いから、一時間につき十リラの特別手当もつくしね」

先ほどの男がリラを呼んだ。

「チェルッロ、二分は過ぎたぞ」

「今行く」彼女は答えた。

わたしは小声で言った。

「オリヴィエロ先生、亡くなったよ」

彼女は肩をすくめて答えた。

「ずっと具合悪かったからね、仕方ないよ」

荷車の横の男が苛々しているのがわかったので、わたしは急いで付け足した。

「先生から『青い妖精』が届いたの」

「『青い妖精』って何？」

本当に覚えていないのかとわたしは彼女を見返したが、どうやら本気のようだった。

「何って、自分が十歳の時に書いた本じゃないの」

「本?」

「あのころのわたしたちはそう呼んでたわ」

リラは唇をぎゅっと閉じ、首を横に振った。彼女は何かを警戒していた。職場で問題を起こすことを厭いながら、わたしがいるために、強がって自分勝手な人間を演じているらしかった。もう行かないといけない、そう思った。

「まあ、ずいぶんと昔のことだもんね」そう言ってから、わたしはひとつ身震いをした。

「熱でもあるの?」

「ううん、平気」

わたしは『青い妖精』を鞄から出して、彼女に渡した。受け取ったリラは、思い出したようだったが、まるで感激した様子がなかった。

「わたし、生意気な子どもだったもんね」彼女はぼそりと言った。

わたしは慌てて否定した。

「そんなことないわ。今でも、すごくいい物語だと思う。読み直して気づいたの。この話をわたしは気づかぬままにずっと覚えてて、今度の小説もそこから生まれたんだって」

「こんな下らない話から?」彼女はひきつった高笑いをした。「それじゃ、レヌッチャの本を出そうなんて決めたひとは正気じゃないね」

男が怒鳴った。

「チェルッロ、まだか?」

「うるさい」リラは言い返した。

彼女は『青い妖精』をポケットに入れると、わたしの腕を取り、出口に向かった。わたしは、自分が彼女に会うためにどれだけきれいに装い、ここまでどれだけ苦労してたどり着いたことかと思い返した。想像していたのは、もっと涙々の再会劇で、ふたりで胸のうちを打ち明けあい、反省し、懺悔して、仲直りをする素敵な朝だった。ところが現実には、防寒着で着ぶくれし、汚れ、疲弊した彼女と、良家のお嬢様みたいな身なりのわたしが腕を組んで散歩をしているのだった。わたしはリヌッチョがとても可愛くて、とても賢い子になったと褒め、お隣さんのティティーナもとてもいいひとだと言ってから、エンツォはどうしているかと尋ねた。するとリラは子どもに対する褒め言葉に感謝し、隣人のことをやはり賞賛した。そしてエンツォの話になると、にわかに表情が明るくなり、おしゃべりになって、わたしを驚かせた。

「エンツォって優しくて、とてもいいひとなの。恐いものなしだし。頭も凄くよくて、夜は勉強してるわ。凄い色んなこと知ってるんだから」

そんな風に誰かのことを話す彼女を見るのは初めてだった。わたしは聞いてみた。

「勉強って、なんの?」

「数学」

「エンツォが数学?」

「そうよ。前に何かで電子計算機について読むか、広告を見るかして、それからずっと夢中なの。電子計算機って言っても、本物は映画に出てくるような、色とりどりの電気が点いたり消えたりして、やたらとビービー鳴るようなやつじゃないんだって。むしろ言語の問題だって彼は言ってるわ」

「言語?」

彼女は目を細めた。おなじみの表情だ。

「言語って言っても、小説なんかを書く言葉のことじゃないのよ」小説を小馬鹿にしたようなその口ぶりと、あとに続いたせせら笑いに、わたしは動揺した。「プログラミング言語っていって、毎晩リヌッチョが寝ると、エンツォ、勉強を始めるの」

下唇はかさかさで、寒さにひび割れ、顔は疲れにやつれていたが、〝勉強を始めるの〟と言ったその声は驚くほど誇らしげだった。エンツォひとりが勉強しているような口ぶりだが、夢中になっているのはどうも彼だけではなさそうだった。

「で、リラはそのあいだ何してるの？」

「勉強につきあってるわ。彼も疲れてるから、ひとりだと眠っちゃうでしょ。ふたり一緒なら、勉強も素敵だもの。ああでもない、こうでもないと言いあったりして。たとえば、フローチャートってなんだか知ってる？」

わたしは首を横に振った。するとリラは目をさらに凝らして、組んでいた腕を離し、新たに見つけた大好きなものにわたしを引きこもうとして、語りだした。焚き火のにおいと脂に肉のにおいが入り混じる工場の庭で、コートで着ぶくれした上に青い上っ張りまで着たリラは、両手は傷だらけ、頭はぐしゃぐしゃ、顔色は真っ青で、化粧など影もなかったが、元気を取り戻した。そして、あらゆる物事を真と偽の二者択一まで単純化する作業について語り、ブール代数について語り、他にもさまざまなことについて語った。こちらにはなんの前知識もなかったことばかりだったが、それでも彼女の言葉は例によってわたしをすっかり魅了した。話を聞いているうちに、三人の貧しい家の夜の様子が目に浮かんだ。男の子は別の部屋でひとり眠っており、エンツォはどこかの工場の機関車の仕事に疲れ切ってベッドに腰かけ、彼女は加熱槽か、骨から肉をそぎ落とす仕事か、室温マイナス二十度の冷蔵庫で一日中働き、今は彼と一緒に毛布の上に腰かけているところだ。睡眠を犠牲にして学ぶふたりは力強く輝いて見えた。声も聞こえる。フローチャートの練習、つまり、世界から余計な要素を完全に取り除いて整理する訓練だ。0か1か、このたったふたつの値で、ふたりは日々のあらゆる行動を図式化していく。リヌッチョの目を覚まさぬよう、惨めな部屋で謎めいた言葉をそっとささやきあうエンツォとリラ。そこでようやくわたしは、自分がどんなに傲慢であったかを理解した。わたしがこんな場所までわざわざ来たのは──彼女によかれと思っての、友情ゆえの行為であったにせよ──何よりもまず、彼女が何を失い、わたしが何を勝ち取ったかをリラに見せつけるためだったのだ。ところが彼女のほうは、わたしが目の前に現れた瞬間から、とっくにそんなことは気づいていた。だからこうして、あとで仕事仲間に責められ、罰金を科される危険を冒してまで、そんな語りで反撃をしてきたのだった。彼女が説明しようとしていたのは、わたしが勝ち取ったものなど何もないこと、そもそも世界には勝ち取るべきものなどたいして存在していないこと、彼女の生活だってわたしの生活と同じくらい大胆な冒険の数々にあふれていること、時はなんの意味もなくただ流れてゆくこと、そして、こんな風にふたりで時おり会い、一方の脳の発する常軌を逸した音が、相手の脳の発するやはり常軌を逸した音の中でこだまするのを聞く、それだけが素敵だということだった。

「彼との暮らしは気に入ってるのね?」わたしは尋ねた。

「うん」

「子どもは作らないの?」

するとと彼女は作り笑いを浮かべ、質問を愉快がるふりをした。

「わたしたち、そういう関係じゃないから」

「違うの?」

「うん。こっちが気が乗らなくて」

「じゃあ、彼は？」

「待っててくれてる」

「もしかしてリラ、エンツォのこと、お兄ちゃんみたいに感じちゃってるんじゃない？」

「ううん、やっぱり好きだもの」

「じゃあどうして？」

「わかんない」

わたしたちは焚き火のそばで足を止めた。リラは守衛を見て、こう言った。

「あいつには気をつけて。出る時、モルタデッラを一本盗んだろうとか難癖つけられて、あちこち触られるかもしれないから」

わたしたちは抱擁を交わし、互いの頰に別れのキスをした。わたしはまた会いにくる、リラとこれっきりなんて嫌だからと言った。正直な気持ちだった。すると彼女は微笑み、小声でこう答えた。

「そうね、わたしもレヌッチャとこれっきりになるのは嫌だよ」こちらも本音に聞こえた。

歩きだしたわたしの心中はおおいに揺れていた。リラと別れるつらさもあれば、彼女と一緒でなければ本当に重要な出来事は何ひとつ起きないという昔からの確信もあった。にもかかわらず、さっさと遠ざかって、彼女が漂わせていた脂の悪臭を忘れたいという気持ちもあったからだ。急ぎ足で何歩か歩くと、わたしはもう耐えきれなくなり、振り返った。もう一度、さよならが言いたかったのだ。するとリラは焚き火の前でじっとしていた。あんな服装のせいでまるで女らしくないシルエットの彼女は、『青い妖精』をぱらぱらとめくっていたかと思ったら、いきなり火の中に投げこんでしまった。

125

わたしの本がどんな物語なのかも、いつ本屋に並ぶのかも、リラには言わなかった。ピエトロのことも、彼と二年もしたら結婚するつもりでいることも伝えなかった。彼女の日常にわたしは圧倒され、自分のそれに元どおりのはっきりした輪郭と厚みを取り戻すまでには何日もかかった。完全に自分を取り戻せたのは——だがそれはどの〝自分〟だろう？——本の校正刷《ゲラ》のおかげだった。百三十九ページ、しっかりした紙に印刷されていた。わたしの筆跡でノートに記されていた言葉が、そうして活字となることで他人ごとのように見えてくるのは素敵だった。

ゲラを読み、また読み返し、修正して、わたしは幸福な時間を過ごした。外は寒く、立てつけの悪い窓から凍えるような隙間風が入ってきた。学校の勉強をするジャンニとエリーザと一緒に、わたしは台所のテーブルで作業をした。母さんはそんなわたしたちの周りで忙しく働いていたが、こちらの邪魔にならぬよう、驚くほど注意を払ってくれた。

数日後、わたしはまたミラノに向かった。その際、タクシーに乗るという贅沢を生まれて初めて自分に許した。最後の修正を吟味して過ごした一日の終わりに、例のはげ頭の編集者が言ったのだ。「タクシーを呼びましょう」わたしはその申し出を断れなかった。それからミラノを発ってピサに着いた時も、駅前でわたしは辺りを見回し、こう思った。いいじゃない、もう一度くらい、お金持ちの真似ごとをしてみたって。ナポリに戻った時も、大混乱のガリバルディ広場で同じ誘惑にかられた。タクシーで地区まで帰るのもいいな。後部座席に楽々腰かけ、いったん目的地に着けば、運転手がドアを開けてくれて……。だが、結局、バスで帰った。思い切れなかったのだ。それでもわたしはどこかいつもと違う雰囲気を漂わせていたらしく、女の子を連れて向こうからやってきたアーダに挨拶をしたら、彼女はこちらをぼんやりと見てから、そのまま通り過ぎていってしまった。しかしそれから彼女は足を止めて、戻ってきて、こう言ったのだ。「ずいぶんおしゃれになっちゃって。本当、あなただってわからなかったわ。まるで別人なんだもの」

その時は嬉しかったが、まもなく残念な気分になった。別人になって、どんないいことがあると言うのか。わたしは昔の自分のままでいたかった。リラとの絆も、中庭との絆も、失われたふたつの人形との絆も、ドン・アキッレとの絆も含め、どんな絆だって失いたくはなかった。それが、当時のわたしに起こりつつあった事態をしっかりと実感するための唯一の方法だと思ったからだ。とはいえ、数々の変化に抵抗するのも難しかった。あのころ、不本意ながらわたしは、ピサ時代よりも大きく変化した。春に本が出版されると、それは大学の卒業証書よりも劇的なかたちでわたしという人間の身分を変えた。母さんに父さん、弟妹にできあがった本を見せると、彼らは黙ってそれを手から手に回したが、誰もページをめくろうとはしなかった。あやふやな笑みを浮かべて表紙を見つめるその様子は、偽の身分証明書を前にした刑事たちのようだった。父さんは言った。「俺の名字だな」しかしその声に喜びの色はなかった。娘を自慢に思うどころか、わたしにポケットの金を盗まれたことに急に気づいたみたいな声だった。

さらに日々は過ぎ、最初の書評が出始めた。わたしは恐る恐る記事を読み、少しでもけちをつけられれば傷ついた。好意的な書評は家族全員の前で読み上げた。すると父さんの表情もまた明るくなった。エリーザはわたしをからかうように言った。「どうせ名前を書くなら、レヌッチャにしたほうがよかったよ。エレナなんて、みっともないもん」

そんな落ちつかない時期に、母さんはアルバムを一冊買ってきて、わたしの本を褒めている書評だけ、切り抜きを貼っていった。そしてある朝、こんな質問をしてきた。

「婚約者の先生、なんて名前だっけ？」

答えはもちろん彼女も知っていたはずだが、何かわたしに言いたいことがあり、こちらの答えを話のきっかけにしたかったようだ。

「ピエトロ・アイロータよ」

「ってことは、あなたも結婚したら名字はアイロータになるってことでしょ？」

「うん」

「じゃあ、また別の本を書いたら、今度は表紙の名前もアイロータになるの？」

「そんなことはないわ」

「どうして？」

「だってわたし、エレナ・グレーコのほうが好きだから」

「そうね、母さんもそれがいいと思う」

だが、母さんは本を読んでくれなかった。父さんはもちろん、ペッペも、ジャンニも、エリーザも読んではくれず、当初は地区の誰も読もうとしなかった。ある朝、カメラマンがやってきて、二時間にわたり、まずは公園で、次いで大通り《ストラドーネ》沿いで、それからトンネルの入口でわたしの写真を撮った。それから『イル・マッティーノ』にその時の写真が一枚、掲載された。わたしは、これからは道行く人々に新聞で見たと声をかけられたり、好奇心から本を読んでもらえるようになるのではないかと思った。ところが知りあいの誰に会っても、〝あの本は最高だ〟とも、〝あれは最悪だ〟とも言ってもらえなかった。アルフォンソも、アーダも、カルメンも、ジリオーラも駄目で、兄のマルチェッロに比べれば、いくらかはまともに文字を読めるはずのミケーレ・ソラーラも同様だった。みんな熱のこもった挨拶だけ済ませると、そそくさと行ってしまうのだった。

わたしが読者たちと初めて遭遇したのは、ミラノのとある書店でのことだった。すぐにわかったことだが、それはアデーレ・アイロータの強い支持があって実現した集会だった。彼女は遠くから本の出版計画を追い続けてくれ、そのイベントのためにわざわざジェノヴァから出てきた。そしてホテルまで来てくれ、午後はずっとわたしに付き添い、こちらを落ちつかせようと控えめに尽力してくれた。わたしは緊張で両手の震えが止まらず、口もまともに利けぬ有り様で、その上、落胆していた。何より腹が立つのはピエトロだった。忙しいからと言って、ピサから駆けつけてくれなかったのだ。ミラノに住んでいたマリアローザは、集会の前に顔を出して賑やかに祝福してくれたが、用事があるとかですぐに行ってしまった。

会場の書店に向かったわたしは緊張の極みにあった。小さめのホールは満員だった。うつむいて中に入ったが、どきどきして今にも気を失いそうだった。アデーレは多くの来客と挨拶を交わした。みな、友人や知りあいのようだった。彼女は最前列に座り、わたしに向かって頑張れと目で伝えてから、背後に座っていた同年配の女性と時おり言葉を交わした。わたしが公の場で何かを話すのはそれでまだ三回目で、前の二回はどちらもフランコに無理強いされてのことだった。聴衆は六人か七人、しかも彼の仲間たちで、みんな思いやりのある笑顔を浮かべていた。ところが今度は状況がまるで違った。上品で教養のありそうな雰囲気の見知らぬ人々が四十人ほど、黙ってわたしを見据えているのだ。彼らの視線は冷たかった。その多くはアイロータ夫妻の名声ゆえに参加を余儀なくされた人々だった。わたしは席を立って、逃げてしまいたかった。

だが儀式は始まった。高齢の批評家で、当時は非常に尊敬を集めていた大学教授がまず、わたしの本を褒めちぎってくれた。しかし彼の話は耳に入ってこなかった。わたしは自分の言うべきことだけを必死に考えながら、椅子の上で身をよじり、腹痛に耐えていたのだ。世界はばらばらになってどこかに行ってしまった。だが、世界を呼び戻し、元どおりに整理するだけの権威をわたしは自分の中に見出せずにいた。それでも表向きは平静を装った。いよいよわたしの番が来ると、自分が何を言っているのかわからぬまま、沈黙を恐れてひたすらに話した。身ぶり手ぶりも派手すぎた。わたしには文学の知識がどれだけあり、特に古典文学に関する学識がいかに豊富かと吹聴しすぎた。そして沈黙が下りた。

　目の前の聴衆はわたしをどう思ったろうか。隣に座っている高名な批評家の老教授は今の話をどう評価しただろう。アデーレはどうだ？　いかにも愛想のいいご婦人然とした表情の裏で、今までわたしを応援してきたことを後悔しているのではないか。彼女に目をやってすぐ、自分が視線で相手に評価の印を求め、励ましてもらおうとしていることに気づいて、恥ずかしくなった。隣の老教授はわたしを落ちつかせようとするように、こちらの腕に触れ、発言したいひとはいますかと会場に呼びかけた。聴衆の多くは困ったように、自分の膝か床に目を落とした。最初に口を開いたのは、分厚い眼鏡をかけた壮年の紳士で、会場の人々のあいだではよく知られているようだったが、わたしは知らない人物だった。その声を聞いただけでアデーレが顔をしかめるのが見えた。男性はまず出版界の退廃を延々と批判してから、業界は質の高い文学よりも儲けばかりを追うようになり、批評家も、新聞各紙の文化欄も商業主義に走ったと非難した。そして最後にわたしの本を皮肉っぽく評してから、例の少々刺激的な場面について嫌悪も露わに語った。わたしは真っ赤になってしまい、発言に返答するというよりは、ありきたりで、的外れなことをもごもごとつぶやくことしかできず、ついには力尽きて口をつぐみ、目の前の机をじっと見つめた。そんなわたしに老教授は笑顔と視線で発言をうながした。まだ何か言いたいことがあるものと思ったようだ。やがてこちらにそのつもりがないと悟ると、彼はまた淡々と呼びかけた。

「ほかには?」

会場の奥で手がひとつ挙がった。

「どうぞ」

背の高い若者だった。もじゃもじゃの長髪に、真っ黒な髭を豊かにたくわえている。彼は、先ほどの批評家の発言を挑発的にこき下ろし、わたしの隣に座る善良な老人による冒頭の好評にまでいくらかけちをつけてから、この国はまったく田舎っぽくてたまらない、何かといえば嘆くくせに、すべてを再編して正常に機能させようと立ち上がる者など誰もいない、というようなことを言った。それから彼は、わたしの小説には文壇を革新する力があると言って賞賛してくれた。彼の正体には、まずその声で気がついた。ニーノ・サッラトーレだ。

訳者あとがき

本書は二〇一二年に刊行されたエレナ・フェッランテ『ナポリの物語』シリーズ第二巻 ***Storia del nuovo cognome*** を翻訳したものである。原題は「新しい名字の物語」を意味するが、邦題は「新しい名字」とした。

もしかすると読者の多くは、そもそも「ナポリ」という地名を聞いてもあまり具体的なイメージが湧かないのではないだろうか。

そこで、あの矛盾だらけなのにやけに魅力的な町について少し語ってみよう。わたしもナポリを訪れたことはまだ数えるほどしかないが、せめて印象めいたものは伝えられるのではないかと思う。

百科事典的に言えば、ナポリはローマの南東二百キロほどに位置する、ティレニア海に面したイタリア有数の港湾都市であり、カンパーニア州の州都にしてナポリ県の県庁所在地だ。人口九十七万人(二〇一七年)、ローマとミラノに次ぐイタリア第三の都市である。南にはイスキア島をはじめとする美しい島々の浮かぶナポリ湾、東にはポンペイの悲劇で有名なヴェスヴィオ山を擁したこの土地の風光明媚なことは古来有名で、一度は見ておかないと惜しいという意味で、「ナポリを見て死ね」とまで言われている。なおこの言葉は、十八世紀末にこの地を訪れたゲーテの『イタリア紀行』にも現地住民の慣用句として引用されているほど有名だが、読みびと知らずのようだ。

そんなナポリの個人的な印象をひと言で述べれば、「イタリアの光と闇、その両方が濃縮されたような町」だろうか。

陽気で、冗談好きで、芸達者なことで有名なナポリ人たち。燦々と輝く太陽と青い海。海岸線を目でたどれば、ふたこぶらくだの背を軽くつぶしたようなたおやかなヴェスヴィオ山が見える。ナポリ生まれのマルゲリータピザに舌鼓を打ち、イタリア随一と言われる濃いエスプレッソコーヒーを味わい、下町の路地を歩けば誰かの朗々と歌うカンツォーネが聞こえてくる……そう、よいところだけを記してみれば、実に魅力的な町だ。いかにもイタリアらしい。十七世紀にはパリに次ぐヨーロッパ第二の都市として栄華を誇っただけあって、見どころも多く、歴史地区はもちろんユネスコの世界遺産にも登録されている。

しかしその反面、治安の悪さ、失業率の高さ、マフィア組織カモッラの暗躍、効率の悪い行政など、これまたイタリアらしい問題が山積みであり、ナポリは残念ながらいまだ多くの日本人旅行者にとっていささかハードルの高い目的地となっている。

ナポリを歩いていると、そうした対照（光と闇、聖と俗、動と静、美と醜など）にはっとさせられる。たとえば、山の手の閑静な高級住宅街ヴォメロ地区にあるサンテルモ城で世界に名高いナポリの眺望を楽しんでから、麓の下町モンテサント地区まで階段で下ってみれば、隣接したふたつの地区に漂う空気が大きく違うことに驚かされる（念のために書けば、夜間はお勧めできない）。賑やかな表通りから路地を一本入っただけで、妙な静けさに包まれて戸惑うという体験もしばしばだった。

　こうした両極端な印象は、ローマで殺人を犯してナポリまで流れてきて、そこで傑作を残した画家カラヴァッジョの作風や人生ともどこか似ている。闇が濃ければ濃いほど光は輝き、その逆もまた真なりということか。そんなところもこの町の大きな魅力だが、それを魅力と呼べるのは恐らく旅人だけの特権だろう。住民にとっては決して幸福な状況とは言えず、『ナポリの物語』の主人公たちの味わう苦しみとも無関係ではないはずだ。


　初めてナポリを訪れた時のことは今もよく覚えている。ローマから列車に乗り、二、三時間かけて、鉄路の玄関口であるナポリ中央駅に到着したわたしは、中心街を目指すべく駅前からバスに乗った。「ナポリは観光客目当てのスリやひったくりが多い」という前評判に少々緊張しながら、足下のバックパックに時おりさりげなく目をやりつつ、窓の外を眺めていた。やがて港が見え、海沿いに茶色い砦のようなものが見えてきた。ヌオーヴォ城だ。すると、隣に立っていた五十代とおぼしき紳士から声をかけられた。

「君、見たまえ、あの城を」

「えっ？　あ、はい」

「我々の王の城だ」

「は？」

「見たまえ、あの旗を」

「イタリアの旗ですね」

「そうだ。我々はイタリアに征服されているんだ」

「え？」

「あの城にはかつて王がいた。ナポリは偉大な王国だったのだ。だが、北の連中に征服されて以来、我々はずっと虐げられているんだよ」

呆気にとられたままわたしは次の停留所でバスを降り、不思議な紳士とはそこでお別れとなった。なんだ今のは、なんだなんだこの町は、と驚いた記憶がある。

イタリアがひとつの国家として統一を果たしたのはそれほど昔の話ではない。一八七〇年のことだ。それまでイタリア半島は多くの小国に分かれていた。ナポリも一八六〇年にイタリア統一運動の英雄ガリバルディの軍隊に敗れるまでは、両シチリア王国という国の首都だった——ナポリを初めて訪れたわたしにもそのあたりの知識は一応あった。しかし百五十年近く前のことを昨日のことのように語り、現在の中央政府に対する不信と嫌悪を歴史の文脈の中で、見ず知らずの外国人に向かっていきなり語る紳士の言葉は衝撃的だった。「ここはイタリアというよりは、ナポリなんだよ」そう言われた気がした。

なおナポリを征服し、統一を果たしたイタリア王国は、一九四六年に実施された王制維持か共和制移行かを問う国民選挙によって体制が変わり、現在の共和国となった。勝利した共和制支持派と敗れた王制支持派の得票差は、全国平均でも約十パーセントというわずかなものだったが、ナポリ選挙区だけの選挙結果を見れば、王制支持派が実に八割弱と圧倒的に優位だった。

ナポリという特異な都市空間に興味を持たれた読者のみなさんには、次のふたつのエッセイをお勧めしたい。須賀敦子氏の『ミラノ　霧の風景』に収められた「ナポリを見て死ね」、そして内田洋子氏の『ジーノの家』収録の「初めてで、最後のコーヒー」だ。どちらの作品もあの町の空気を見事に描いていると思う。

映画であれば、ヴィットリオ・デ・シーカ監督の作品、なかでもソフィア・ローレンとマルチェッロ・マストロヤンニが共演するコメディ作品『昨日・今日・明日』（一九六三年）と『あゝ結婚』（一九六四年）あたりがいいだろう。古い作品だが、『ナポリの物語』とも時代が重なっているうえ、当時の風俗をよく捉えていて、今では記録映像的な価値もあると思う。

二〇一八年四月

モントットーネ村にて

本書では作品の性質、時代背景を考慮し、現在では使われていない表現を使用している箇所があります。ご了承ください。

訳者略歴　1974年生，日本大学国際関係学部国際文化学科中国文化コース卒，中国雲南省雲南民族学院中文コース履修，イタリア・ペルージャ外国人大学イタリア語コース履修
訳書『素数たちの孤独』パオロ・ジョルダーノ，『復讐者マレルバ』ジュセッペ・グラッソネッリ＆カルメーロ・サルド，『リラとわたし』エレナ・フェッランテ（以上早川書房刊），『反戦の手紙』ティツィアーノ・テルツァーニ，他多数

新《あたら》しい名字《みょうじ》
ナポリの物語2

2018年5月20日　初版印刷
2018年5月25日　初版発行

著者　エレナ・フェッランテ
訳者　飯田亮介《いいだりょうすけ》
発行者　早川　浩
発行所　株式会社早川書房
東京都千代田区神田多町2－2
電話　03－3252－3111（大代表）
振替　00160－3－47799
http://www.hayakawa-online.co.jp

印刷所　信毎書籍印刷株式会社
製本所　大口製本印刷株式会社

Printed and bound in Japan

ISBN978-4-15-209763-7 C0097

乱丁・落丁本は小社制作部宛お送り下さい。
送料小社負担にてお取りかえいたします。

本書のコピー、スキャン、デジタル化等の無断複製は著作権法上の例外を除き禁じられています。

早川書房の単行本

地下鉄道

The Underground Railroad

コルソン・ホワイトヘッド

谷崎由依訳

46判上製

〈ピュリッツァー賞、全米図書賞、アーサー・C・クラーク賞受賞作〉アメリカ南部の農園で働く奴隷の少女コーラは、新入りの奴隷に誘われ、逃亡することを決める。農園を抜け出し、暗い沼地を渡り、地下を疾走する列車に乗って、自由な北部へ……。しかし、そのあとを悪名高い奴隷狩り人リッジウェイが追っていた！　歴史的事実を類まれな想像力で再構成し織り上げられた長篇小説

早川書房の単行本

ぼくらが漁師だったころ

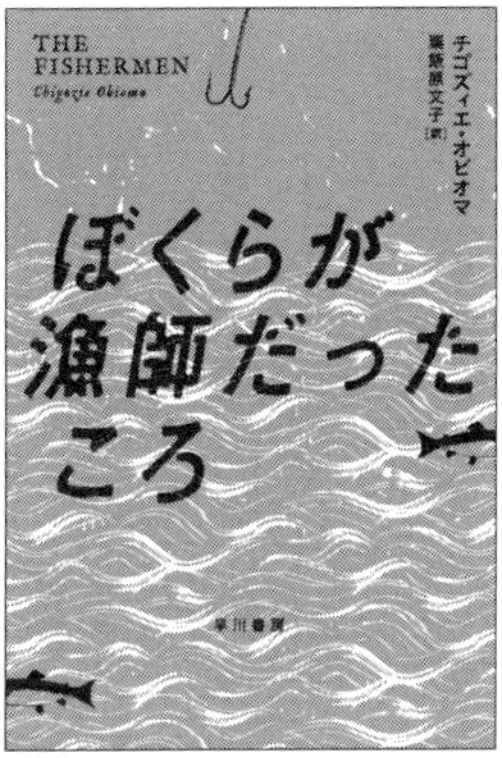

The Fishermen

チゴズィエ・オビオマ
粟飯原文子訳
46判上製

厳格な父が単身赴任で不在となった隙に、アグウ家の兄弟四人は学校をさぼって川に釣りに行く。しかし、川のほとりで出会った狂人は、兄弟についての恐ろしい予言を口にした。予言をきっかけに一家は瓦解していき、そして事件が起きた。一九九〇年代のナイジェリアを舞台に、九歳の少年の視点から生き生きと語られる壮絶な物語。ブッカー賞最終候補に選ばれたアフリカ文学の最先端

私の名前は ルーシー・バートン

My Name is Lucy Barton

エリザベス・ストラウト
小川高義訳
46判上製

ルーシー・バートンの入院は、予想外に長引いていた。幼い娘たちや、夫に会えないのがつらかった。そんなとき、思いがけず母が田舎から出てきて、彼女を見舞う。疎遠だった母と会話を交わした五日間。それはルーシーにとって、忘れがたい思い出となる。ピュリッツァー賞受賞作『オリーヴ・キタリッジの生活』の著者が描く、ある家族の物語。ニューヨーク・タイムズ・ベストセラー